民国武侠·插图版

宫白羽 ◎ 著
杨苇 ◎ 插画

全二册 上

大泽龙蛇传

山西出版传媒集团
北岳文艺出版社
·太原

图书在版编目(CIP)数据

大泽龙蛇传：全2册/宫白羽著．—太原：北岳文艺出版社，2018.11

ISBN 978-7-5378-5727-7

Ⅰ.①大… Ⅱ.①宫… Ⅲ.①侠义小说—中国—现代Ⅳ.①I246.5

中国版本图书馆CIP数据核字(2018)第248057号

大泽龙蛇传（全2册）

著　　者：宫白羽
插　　画：杨　苇
责任编辑：邹　伟
装帧设计：张永文

出版发行：山西出版传媒集团·北岳文艺出版社
地　　址：山西省太原市并州南路57号
邮　　编：030012
电　　话：0351-5628696（发行部）
　　　　　0351-5628688（总编室）
传　　真：0351-5628680
网　　址：http://www.bywy.com
E－mail：bywycbs@163.com
承　印　者：山西人民印刷有限责任公司

开　　本：890mm×1240mm　1/32
字　　数：400千字
印　　张：18.25
版　　次：2018年11月　第1版
印　　次：2018年11月　第1次印刷
书　　号：ISBN 978-7-5378-5727-7
定　　价：68.00元

出版说明

在我国,武侠小说的创作和阅读是一种不可忽略的文化现象,宫白羽是"五四"以来将新文艺思想引入武侠小说创作的有代表性的作家,几十年来海内外不断重印其著作。

宫白羽武侠小说主要是"金钱镖系列作",含:(1)初部作(本传)《十二金钱镖》,(2)二部作(别传)《血涤寒光剑》及其续集《毒砂掌》,(3)三部作(前传)《武林争雄记》及其续集《牧野雄风》,(4)四部作(后传)《联镖记》及其续集《大泽龙蛇传》。另外,《偷拳》影响较大。本社拟陆续推出。

本书是宫白羽1938年至1949年创作的"钱镖四部稿"中的二部作(别传)《血涤寒光剑》之续集——《毒砂掌》,曾于1949年在上海广艺书局分五集出版。

本书按当年出版时的原著排版。文字基本未动,只对原版中的错字、漏字、衍文、标点做了订正;原著不分段者,为方便读者,适当分段。在文法上保持当年原著的习惯,如"的""地""得"的使用,教、桀桀、展眼、缘因等均保持原著风格。

本作品由于种种原因而有些缺遗,为了故事的完整,由宫以仁凭记忆,并根据白羽生前构思,补写简略情节。

宫白羽

宫白羽武侠小说作品概览

序号	书名	卷数	最初连载	底本	备注
1	十二金钱镖	4	1938年2月连载于《庸报》，40年代在天津《天声报》继续连载，更名《豹爪青锋》，1946年天津《建国日报》续载最后5章，更名《丰林豹变记》	1-60章据百新版，61-80章据正华版，参考了叶洪生的批校本。81-85章由宫以仁根据原作8万字大意，取其连载原题《丰林豹变记》，凭记忆写成1万字的故事梗概，以补其阙	
2	血涤寒光剑	1		1941年天津正华版	《十二金钱镖》二部作，写于1940年。曾更名《狮林三鸟》出版，结尾比《血涤寒光剑》少万余字
3	毒砂掌	1		1949年上海广艺书局	《血涤寒光剑》续集
4	武林争雄记	1	1939年12月连载于北京《晨报》	天津正华版	钱镖四部作之一，《十二金钱镖》前传。17章以下为郑证因代撰
5	牧野雄风	1	1942年郑证因代笔在报刊连载	1947年上海励力版	《武林争雄记》续集，1943年天津正华出版部出版卷一时白羽曾大加增删，卷四约在1944年初印行，是正华出版部印行的最后一部白羽小说，正华亦从此关闭。1947年上海励力出版社分上下册再版
6	联镖记	2	1939年初在《北京实报》连载	天津正华版	钱镖四部作之四，1939年6月卷一单行本由天津正华出版部印行，至1942年2月陆续出版六卷36章，伪满康德九年长春新京书店曾再版

序号	书名	卷数	最初连载	底本	备注
7	大泽龙蛇传	2	1941年11月15日连载于北京《立言画刊》，至1944年12月底全部载完	1943年正华出版部出版三卷本	《联镖记》续集，本书未写完，作者曾在天津《真善美画刊》发表续作，与《河朔七雄》嫁接，以《雁翅镖》《青萍剑》系列作的书名出版单行本。为了完整性，宫以仁按白羽生前意图补写了结尾
8	偷拳	1		1940年10月天津正华/1947年上海励力书局	1940年10月天津正华出版部初版20章，1947年上海励力书局更名为《惊蝉盗技》再版22章
9	青衫豪侠	1	1927年在北京《世界日报》副刊以《粉骷髅》的题目刊出前两章，1931年《益世晚报》载完，全书13章，连载时还曾用过《白刃青衫》	1947年6月协和书店版	白羽第一部武侠小说。1942年前六章以《青林七侠》的书名由天津正大书局出版，后七章以《粉骷髅》书名出版。1947年6月上海协和书店合二书为一集取名《青衫豪侠》出版
10	摩云手	1	最早刊于伪满《麒麟》杂志，连载24章	前32章据北京文兴书局版，后10章据励力出版社版	1942年北京文兴书局分三卷出版，共42章，1948年上海励力出版社分三集再版
11	剑底惊螟	1		据正新、元昌两个版本	1947年6月上海正新出版社出版，续集4章于同年12月由上海元昌印书馆出版
12	横江一窝蜂	二书合一册	1933年-1935年连载，原名《黄花劫》	1949年4月上海百新书店	白羽第二部武侠小说，原名《黄花劫》。1949年4月上海百新书店出版《横江一窝蜂》，宫以仁认为此书就是《黄花劫》
13	太湖一雁		1946年下半年在报刊连载，1947年8月出单行本	1947年8月上海元昌印书馆出版	

序号	书名	卷数	最初连载	底本	备注
14	河朔七雄	1			
15	雁翅镖青萍剑	1	1947年天津《真善美》画刊连载	1949年11月重庆中央印书馆出版	《雁翅镖》《青萍剑》实为同一部书的上下卷
16	弹剑记	1	又名《子午鸳鸯钺》		《剑底惊螟》续书
17	雄娘子	1			《弹剑记》续书
18	龙舌剑	1		1949年4月上海正气书局再版	
19	侠隐传技	1		1947年9月上海励力书局	封面印为《侠隐传技》,目录印为《侠影传技》
20	秘谷侠隐			1948年出版,原版残缺无下集和版权页	内容简介和目录印为《秘谷侠影》,出版说明与编辑说明印作《秘谷侠隐》
21	绿林豪杰传	1	1955年8月1日-1956年1月26日连载于香港《大公报》	1956年香港文宋出版社	白羽最后一部武侠小说

内容提要

本书是《联镖记》的续集。

独行侠小白龙为避武林同道，化名隐身。邓飞蛇为报家仇，邀小白龙助拳"拔闯"，小白龙与飞蛇性不相投，几番拒绝。飞蛇费尽心机，设计骗得白龙与其仇家名镖师林延扬斗剑，白龙覆巢。林延扬为诛飞蛇只身寻仇亦伤重身亡，托孤摩云鹏魏豪。数十年后，林之子化名纪宏泽长大成人，与摩云鹏叔侄相协南下找白龙报仇，途中失散，纪宏泽被女寨主飞来凤和遗孀金慧容钟情，两女相斗，演出一场夺婿惨剧。

目　录

缘　起

第一章　潜龙湖边现鳞爪 …………………………… 001
第二章　盗侠山寺斗心兵 …………………………… 014
第三章　卖恩计舍身投湖 …………………………… 032
第四章　伏蛇阴谋布网罗 …………………………… 050
第五章　二县吏访贤窥盗 …………………………… 072
第六章　小白龙露迹倾巢 …………………………… 088
第七章　凌伯萍折节忏情 …………………………… 106
第八章　吃醋饮酒伏牝盗 …………………………… 124
第九章　邓飞蛇寻仇狭路 …………………………… 147
第十章　解武师辣手屠蛇 …………………………… 164
第十一章　避仇家狮儿砺爪 ………………………… 183
第十二章　慈孀伤心龙蛇斗 ………………………… 213
第十三章　成童励志武林游 ………………………… 227
第十四章　赌拳技小试成败 ………………………… 239
第十五章　窥械斗山村蹈险 ………………………… 253

第十六章	失旅伴狭路逢谍	269
第十七章	信谎言误入铁堡	284
第十八章	陷凤巢孤雏奋翼	302
第十九章	受审讯移居西厢	319
第二十章	启械斗二桑作浪	334
第二十一章	遇美妇地道脱身	351
第二十二章	鲍三诛奸挟艳孀	370
第二十三章	陷情网流连小甸	387
第二十四章	双女拼斗夺少婿	412
第二十五章	魏豪求援寻故友	446
第二十六章	父女仗义探贼穴	471
第二十七章	青鸿斗凤胜女寇	491
第二十八章	何跛斗场显神威	508
第二十九章	连珠箭智退群敌	529
第三十章	飞来凤秘窟逼婚	542

第一章

潜龙湖边现鳞爪

　　江苏吴下，七子湖边，住着一位才高学富的秀才，名叫凌伯萍。他不但人品秀雅，而且富甲一乡。说起来，他的田亩并不算多，却有些商铺开设外郡，很能赚钱，如古玩铺、当铺、绸店之类，以此他得以坐拥巨产，隐居高卧。

　　凌伯萍家中人口很少，只有一妻一女和些奴仆。他的妻是小家碧玉，和他结为夫妻，内有一段奇缘。据说凌伯萍性耽游览，不幸有一年南游湘汉，误上贼船，又教叛主恶奴所卖，险些丧了性命，被古刹寄居的一位老儒所救，才得免死。这老儒名杨心樵，也是隐居避仇的人。膝下只有一个爱女，小名春芳，尚在小姑，独处无郎。父女二人在江边古刹，设帐训蒙，春芳也住在庙内，为父执炊。这一日凌晨，突有个穿长衫的少年，从这小庙别庑内，水淋淋出现，手里还提着一把剑。杨心樵父女大惊，看这少年通身水淋，肩负重伤，庙门阶地上又发现斑斑血迹。这父女慌得严词诘问少年。少年书生长揖诉苦，自称凌伯萍，身是秀才，江行遭难。杨家父女把他救了，更衣敷药，假舍养伤，十分尽心。少年陌路获救，恩同再造，自然衷心感戴。杨心樵爱他年少多才，潜动了相攸之心。后来少年伤愈，春芳姑娘便由乃父主婚，嫁为凌伯萍的妻室。

却不意春芳嫁了过去,杨心樵才发觉东床娇婿家境如此豪富,而自己女儿乃是续弦,并非原配。一年以后,又觉察,凌伯萍行踪可疑,猜是江湖人物。揣大心事,顿感齐大非偶,老贡生心中不以为幸,反以为悔。可是这懊悔之情,又不能对女儿透露。光阴荏苒,春芳姑娘嫁凌伯萍不到两年,便生一女。老儒杨心樵心中郁闷,积忧成怨,不久生病,病重死了。春芳姑娘十分哀毁,凌伯萍极尽半子之劳,把岳翁好好安葬。这是已往的事了。

春芳娘子和凌伯萍这夫妻俩的日常生活,可谓以财自娱,不羡神仙。夫妻俩整月地课奴艺花,督婢刺绣,度着隐逸生活。既不结纳官府,又复谢绝交游,服食起居极备豪奢,而且悠闲。

服侍春芳的,有婢女,有佣妇;服侍伯萍的,有书童,有干仆。宅中还有门房、管事、厨役。而且还有个通房大丫头,名叫宝芬,是凌伯萍姑母送给的。这个十八九岁的使女竟很有力气,胆量也极大,敢独行黑道,敢在半夜入花园折花。服侍凌伯萍的书童,共有两个,内中一个叫宝文的,年才十六七岁,也很胆大力强,曾和宅中厨子老冯打过架。厨子老冯三十多岁的汉子,反被宝文小孩子打得直叫唤。

春芳娘子看似蓬门少女,实则系出名门,治家相夫,井井有条,这些仆妇全都敬服她。她和凌伯萍伉俪之情很深,有时看来,凌伯萍倒像惧内。

春芳娘子是个很俊美的女子,生得细腰削肩,眼波盈盈,两双手纤纤洁白,手指甲长有半寸多,隐透肉色,润如春葱。偏偏她丈夫伯萍秀才也养着长长的指爪,刷洗得晶莹如玉。夫妻俩春闺无事,有时要比赛指甲,看谁养得指甲长,谁修得爪甲好。有时春芳娘子故意逼着丈夫伸出手爪来,自己替他修剪、刮磨,更要用凤仙花、指甲草,给丈夫染成红指甲盖。她脉脉含情地说道:"这样,才像个姑娘哩。这样,我看着才喜欢!"

春芳性好绘画,凌伯萍性好围棋。春芳也在抚女治家之暇,就拈笔调色,画得很好看的桃花。凌伯萍饮酒赏花,高兴时,常登七子山,找清凉寺僧下棋。

却有一样,凌伯萍虽得艳妻,仍喜远游。每半年必要出门一次。这一出,少则逾月,久则两三月;甚至流连忘返,延迟至五六个月的时候也有。

春芳娘子爱恋良人,不忍久别,便委婉劝他:"丰衣足食,在家安居多好?何必跋涉风尘,再受那番惊险?"

凌伯萍含笑听着,我行我素,到要出门时,仍要出门。春芳娘子忍不住又娇嗔劝阻,伯萍便说:"男儿志在四方,你叫我长侍妆台,终老温柔乡里,做你的脂粉奴隶吗?况且我也不尽是闲游,我也须到铺子去,算账收息。我只是偶遇名山秀水,顺路一逛,有干仆照护,再不会出错了。"又笑道:"上次不出岔子,你我也不会结成夫妻哩。"

春芳娘子摇头:"收租收息,你不会打发管事人去,何必定要你出门?"春芳娘子情深妒重,便猜疑丈夫勤勤出外,必非无故,也许他在外面另有外家。因伯萍出游,总带着干仆凌安。春芳就用种种方法,向凌安密诘真情:"你们主人不断出外游逛,都是做些什么?"

凌安垂手肃立,回禀道:"大爷好逛山水,又喜欢访古庙,找有学问的和尚道士,和他们谈论佛经密典。大爷和出家人说的话,小的也听不懂。"又道,"大爷不净是闲游,有时到自己铺子里,问问账,算算花红,也是常有的。"春芳不信,仍然穷诘凌安:"我不信他好逛山水,怎么我叫他陪我逛西湖去,他不愿意呢?你们大爷别是在外面私地里有外宅吗?"凌安低头正色道:"奶奶别多疑。大爷可不是那样的人。"春芳哼了一声道:"我若从别人口中访出来,我可不答应你!"

春芳娘子仍不放心,又命贴身使女,向别个仆人打听。她有时故意向凌伯萍闹,试着用话诈他。凌伯萍那时必然含着诡秘的微笑,说道:"芳姑娘,实话对你说吧,我家里还有一对呢。你不是继室,你是第三个。在杭州还有一个,在苏州又有一个,在江州还有一对呢。"

春芳道："说真格的,我也不嫉妒你们,你何必瞒我?我一个人在家,像个孤鬼似的。你一出门,你想我多么闷得慌?外头若是真有人,我说实在的,你倒不如把她接进来,也好跟我做伴。"

凌伯萍听了就笑,仍然故意装出正经神气道:"你若想找个做伴的,还不容易。我再给你娶上一个。一个够不?若不够,我给你娶两个。……现放着仆妇丫鬟一大群,你又像孤鬼似的了,你哪里是闷?你是要拴上我,你把我拴在床腿上,好不好?下回我要再出门,我一定带着你,你就放心了。"

春芳娘子是个聪明女子,她丈夫说的话是真是假,虽不可知,可是他们情深情薄,却能从无形中体察得出。凌伯萍实在对她心无二念,爱眷良深。他即便性好出游,他的心神确是记挂着这一妻一女。若诬赖他有外家,春芳娘子也觉不像。但是凌伯萍总好像别有一点不可告人的秘密似的。聪慧的春芳,实在于无形中感觉出来了。

凌伯萍的衣兜袖口,以及枕畔被底,春芳娘子曾偷着检索过,并没有发现类乎女人的信物,像秀发、弓鞋、丝巾、锦囊、钏钿、环佩等,伯萍身边一向没有。女人们测验丈夫的情爱,可以从他对待别个女人的神情上揣摸出来。凌伯萍不喜欢接近女子,他确像一个不二色的少年稳重男子。家中侍女不少,美姿容的也有两三个。伯萍对她们,委实是拿出家主的面孔,正颜厉色地讲话,决不带轻薄之态。

凌伯萍的书房也不喜欢叫女眷进去,只有那个通房丫头宝芬,有时奉主妇之命,到书房送过茶水夜肴。凌伯萍却也不以为然,曾嘱春芳:"免了这节吧。如果要茶水,我自然叫宝文进来要。"春芳娘子咬着指甲,想道:"他……不像那种人哪?到底怎么回事呢?"

并且伯萍的书房,好像就在白天,也不乐意叫仆妇、丫鬟进去。春芳娘子是主妇,她要到书房看看,自然没人敢拦。不过春芳自己也懒怠常去。去了,伯萍就起身迎送,夫妻间倒成了宾主似的。伯萍居然说:"请坐!宝文给奶奶斟茶。"这样子,书房之中是伯萍为政,内宅之中是春芳娘子为政。并且这书房,伯萍在家,就一个人在里面鼓鼓捣捣。不在家,就把书房门一锁,钥匙交给书童宝文看管,以便随时拂尘清扫。

春芳想:他一个人在书房,都做些什么呢?她曾经抽冷子进去看他。有几次目睹他悄然独坐,捧卷沉思,也有几次见他在书房内自己舞剑。春芳忍不住询问:"你一个人关在屋里,也不嫌闷吗?"伯萍那时必起身逊座,笑着说:"我闷惯了。"又道,"闷得慌,我才想出门逛逛,无奈娘子又不准哪。"春芳无话,搭讪着手指宝剑说道:"你还会舞剑,你倒舞得很好。"伯萍扶桌笑道:"你不知我文武全才吗?何止舞剑,我还会耍刀花骗你呢。这才引起春芳娘子不放心,想来私访我。"夫妻俩说起笑话来了。

偶有一次,看见凌伯萍独在书房,收拾书箧,书童宝文和干仆凌安给打下手,帮忙。这不仅是书箧,还有几只铁叶包角的皮箱。伯萍将它打开,正从里面翻弄出许多文件册子和零星纸条。春芳娘子恰巧进来,看见这个就问:"这些纸片子都是什么?"伯萍直起腰来,把手中东西放下,笑道:"请坐!这个无非是些旧信札、旧单据罢了。也有铺约、房地契等等。好久没整理了,有的潮霉,打算晾晾。"回顾书童、干仆道:"你们先出去吧,晾一会再装箱。"干仆、书童齐声应道:"嗻!"垂手退出去了。

春芳娘子做出不愿意的面孔道:"这些东西应该好好收藏。你把它放在书房里,你放心吗?"伯萍笑了,随说道:"可不是,如今我有了家了。现有掌印夫人,我还放在这里做什么?"春芳不悦道:"我没挑你那些过节儿,我只怕你把要紧契据丢了。你又常出门,这个书房空着没人住,万一下人们手不稳,给你偷出去呢?"伯萍道:"他们敢!"忽又笑道:"你不知道,你那前房姐姐在着的时候,这些东西本放在内宅她那里,她殁了以后,内宅无人主持,我就把这些东西都移入书房了。现在你来了,你是我家的主妇了,这些东西自然该搬进去,交给你掌管。"

于是书房中几只箱笼,都由书童搭入内宅,把钥匙交给了春芳娘子。却另有一具小箱,凌伯萍搬了出来,暗中交给了干仆凌安,春芳娘子并不晓得。春芳娘子是细心人,把这些箱笼盼咐女仆都安置好了,当时也不打开细看,只把钥匙好好地收放起来。一日凌伯萍不在家,春芳便开箱细看了一遍,内中都是些单据文契,还有些不相干的旧信,没有什么可疑。

又有一次,春芳娘子偶然信步来到书房。她本是纤足妇女,脚步甚轻。又不喜穿木底鞋,走起路来,没有声音。直等到一推书房门,来到门口,忽见凌伯萍一手扶着书桌,坐在椅子上,眼看着那个干仆凌安说话。凌安竟倚着桌子,也大模大样,坐在那里。一主一奴脱略形迹,平起平坐,正像是深谈什么事情。忽门扇一响,凌安突然站起来,急忙道:"奶奶来了!"立刻垂手而站,往旁边一退。凌伯萍回头一看,也不知不觉站起身来,说道:"你……你做什么?"春芳娘子道:"我不做什么。"秀目一转,看了看,竟一扭身回去了。

凌伯萍忽觉不是味,急急跟了出来,叫道:"芳姐,芳姐!"春芳不答。凌伯萍追上来,手抚春芳的肩头,徐徐笑道:"你怎么走了?"春芳一甩手道:"什么样子,拉拉扯扯的!"又看了伯萍一眼,见他面红色变,她却又赔笑道:"你们是商量事,我回头再来。"姗姗地回转上房去了。凌伯萍望着春芳的背影,半晌才重回书房。凌安还在门侧,垂手而立。凌伯萍生气道:"你怎么不关门,这多么没有意思。"

这一天,春芳娘子把宅中大小仆妇婢女,挨个叫来,挨个问了。这个仆人凌安到底是怎么回事?主人为什么另眼看待他?假使凌安是个少年俊仆,倒有一说。这凌安却是三十多岁、浓眉巨目、气象赳赳的一个汉子,倒像个护院的打手,不似富室俊奴。春芳连问数人,都说凌安是个老家人的儿子,他父亲在宅内,听说有三辈子了。主人对待他,是与众不同。春芳听了半信半疑。

到了晚上,凌伯萍回内宅寝息,春芳娘子就打叠精神,陪着丈夫说笑。说到欢酣处,春芳问道:"可是的,那个凌安,他是个家生子吗?"

凌伯萍眼珠一转,忽又凝眸看定春芳。春芳一双盈盈秀目,也正看着伯萍。两人眼光一对,春芳娘子居然很强,虽被瞅得面皮发红,有点娇羞,却仍然不错眼珠地和丈夫对看着。凌伯萍忽往前一凑,两手把春芳的双肩一揽,似欲亲吻,却又将手一转,要摸她的胸口乳房。春芳连连闪避,含嗔道:"做什么,做什么!"

凌伯萍哈哈笑了起来,说道:"不做什么,我倒要看看你这玲珑剔透的一颗心,你你你怎么一肚子都是醋啊?"春芳娘子双颊越发羞红,两手用力地把凌伯萍推开,登时回过味来,把凌伯萍打了一下,半真半假发怒道:"大爷,我倒要请问请问你,我向你问问凌安,这话又怎么啦?问不得吗?有什么犯歹吗?"

春芳娘子心上很有点不痛快!

凌伯萍还是顽皮,笑道:"我告诉你吧,你见我和凌安平起平坐,瞧着像忘了主仆的身份。你便是为这个多心了是不是?那个凌安不是别人,乃是我从小的伴读。你这回瞧着新鲜了。我没成婚时,我还管他叫大哥呢。直等到我娶亲之后,他才改了口,管我叫大爷,管你前头那个姐姐叫大奶奶。我和他是儿时戏伴,他父亲也是咱们爹爹的伴读,他父亲还救过咱们爹爹的性命。他一家人,祖一辈、父一辈,在咱们家服役。他当真是家生奴,可是他们的卖身契从他父亲那一辈上,早就由祖太爷赏还他了。不但如此,还给他娶妻成家。在咱们老乡,就有恩赏给他的十六亩地和八间草房,他可以说是咱们家的义仆。你只看见他和我平起平坐了,你还没看见他父亲管束我哩。他父亲管我叫小哥儿,'小哥儿这么不对了,小哥儿那么不对了。'他贬排起我来,比我的叔叔、舅舅还不客气……"

凌伯萍还有些解释的话,春芳娘子摇头不爱听,说道:"谁问你这个来!你爱他好,不爱他也好,那是你们凌家的门风,跟我有什么相干?我只问你一句话,你们一主一奴,截长补短的,嘀嘀咕咕,背地里总讲究些什么体己话?也可以让我听听不?我倒没有看见你跟别人这么屏人秘语过。你却跟他三天两头说私话,这怎么讲?"

凌伯萍大笑,一时无言可辩。春芳的一双俊眼更盯得紧,兀自不错眼珠,看住了伯萍的脸,一面还在追问:"你倒说呀!"

凌伯萍仍然笑道:"没有的事!"

春芳把身子一扭道:"你骗小孩子吧!我看见你们两三次了。不单这个,你还有什么事,不是都先跟他嘀咕吗?你当我傻,是不是?别的不说,就说今儿白天这档子吧,你究竟跟他在书房讲究什么?怎么我一推门,你们俩就'咯噔'打住,全不言语了?这又是怎么的?你可以告诉告诉我这个外人吗?"

凌伯萍小看了春芳娘子。春芳绝不是小家碧玉,乃是聪慧的闺秀,不但知书识字,还很有心机。凌伯萍吃吃地笑着,指着春芳道:"你瞧你,越说越有劲,你也太多疑了。他一个下人,我跟他有什么私话!"春芳瞪着一对剪水青瞳,戟指道:"你又打岔,你倒说呀!"凌伯萍摆出调情的样子,张开双手,往春芳两肋一比,笑呵道:"杨小姐嘴真巧,你叫我说什么,你把我当贼审吗?我看你的舌头有多长,我胳肢你!"整个身子往春芳身上扑来。

春芳早防备着,急急一闪,苗条的柔躯如风摆柳,想把伯萍诓一下。哪知伯萍的身手很快,这一扑虽虚,往上一垫步,早双手一抱,将春芳整个捉住,就势按倒在床上。伯萍自己也一侧身,躺在床上,两个人登时并头对卧。伯萍一手揽住春芳的脖颈,不叫她挣扎起来,一手就当真来胳肢她,并且说:"你这醋,几文钱一斤?我倒要看看这位少奶奶,怎么专跟一个家丁犯上猜疑了?"

春芳身子已被伯萍压住,只双足乱蹬,被伯萍连连胳肢了几下,笑得喘不过气来。春芳满面通红,一迭声道:"别闹,别闹!"伯萍仍然和她起腻,搔痒。春芳真个急了,不由得说出一句话来道:"伯萍,伯萍,你欺负我!"伯萍笑道:"我就欺负你,我看你的嘴还往斜道歪不?"

闹得过火了，春芳娘子禁受不住，竟掉下泪来，哭声说道："你不用扯臊打岔！我是你们家的外人！问你真格的，你和我鬼混，你欺负我娘家没人了！你不用拿真话当假话说，你一定老家里还有人。这个凌安，你这么宠着他，你一准在他手里有短儿。只有他跟你出门，跟你回老家收租子，你是怕着他。你不用冤我了，你背着我一定有故事，你不用胳肢我，你索性打我一顿吧！"她竟由调笑转为悲怒了，娇躯被伯萍擒住，粉面簌簌落下泪珠来。

伯萍登时放了手，心上很懊悔，连忙说道："好姐姐，你真急了。"极力地哄慰。春芳娘子双涕凝泪，躲到一边。凌伯萍凑过去，不住口地赔罪，央告，倒在怀内，装小孩，叫好听的。春芳娘子无法，只得破涕为笑。但对丈夫过分宠信凌安这件事，从此似乎留下了芥蒂。她女人家心肠，总疑心丈夫在外，定有不可告人的私弊，落在奴才手里，自然对这奴才要假以辞色了。她并不是不放心凌安，她还是顾虑到凌伯萍素日喜游的行径。她想：自己和凌伯萍的结合，乃是邂逅姻缘。自己父女从患难中把凌伯萍救出，因此订婚结配。兴许凌伯萍瞒着自己，家里还有女人？可是的，他已经把我骗娶过来，他又何必至今还瞒着呢？

还有一件怪事，伯萍出门之前，必先把凌安设辞遣出去。凌安回来之后，不出旬日，伯萍必要出游，不是说到外埠收账，就是说回故乡看望。这两年来，几乎屡试不爽，难道能说是偶然吗？那么，他到底捣什么鬼呢？

但不拘春芳娘子如何猜疑，却知凌伯萍对自己颇有结发情分。冷眼看看，丈夫每逢倦游归家，见了自己，那番缱绻贪恋，恨不得把自己……春芳娘子想起来，都有些害羞。并且他把自己所生膝前唯一爱女小桐，是这么抚爱着，俨如掌珠一样，见了面，必要偎偎抱抱。从牙牙学语的婴口中，试听叫出一声"爹"，他便这么忸怩而欣然了。他确乎是"初为人父"。出门回来，他第一句话必问小桐，并定给小桐带许多玩具。钟爱子女的父亲，一定爱怜子女的生母。春芳暗道：这难道都是假的吗？这个闷葫芦好难打破！

凌伯萍这一方面呢，实在爱着春芳。春芳姿貌既好，脾性又温婉多情，况又给他生了一个玉雪可爱的小女孩。他想：得妻如此，于愿已足。不过他也有他的怪脾气，好像愿意看妻子拈酸含妒、轻怒薄嗔的模样似的，常有意无意做出撩拨她动疑的举动来。春芳不喜丈夫出游，他每年定要出去三两趟；春芳不喜欢丈夫宠用凌安，凌安照旧拿权。这小夫妻自是一家之主，免不了为这些小事，拌嘴，淘气，斗心眼。可是闺房调舌，到底无碍于镜台画眉之好。

凌伯萍居处豪华，服饰阔绰，是个青年绅士，颇有贵公子的气派。但是性情狷介，好游而不好交，他在当地可以说不与邻右通庆吊的。在家只与娇妻爱女享室家之好，出门则携仆享山水林泉之乐。另外还有一个游乐地方，便是七子山清凉寺，和静澄方丈下棋。

静澄上人性好下棋，谈吐不俗，在当地缙绅群中，颇有名声。城里的绅士上山随喜的不少。说起大施主来，还推凌伯萍。但是静澄上人的围棋并不很高，和凌伯萍棋战，实非对手，总得让两三子，静澄方丈胜不过凌伯萍。但清凉寺内僧侣，有个静闲和尚，年纪已经四十多岁了，他的围棋却不坏，正好和凌伯萍旗鼓相当。凌伯萍闲来无事，便轻步当车，到清凉寺，找静澄方丈、静闲和尚下棋。凌伯萍书法很好，清凉寺的一块匾，就是凌伯萍题的。更写得一笔好隋楷，静澄就劝他虔诚写经，以结佛缘。伯萍含笑答应了，首先写成一部《六祖坛经》，供奉在庙中。

有一年秋天，清凉寺将有僧人发愿坐关，当地绅董纷来结善缘，题捐助善。方丈静澄发帖请凌居士前来随喜。凌伯萍欣然前往，被静澄上人迎入方丈室，方知这位坐关的僧人竟是静闲和尚。凌伯萍诧异道："闲师父法龄已高，发愿坐关，可还行吗？"又道，"我这一来，没有手谈的棋友了。"

静澄笑道："老衲可以奉陪一局。我今天请凌居士来，除了随喜，还有一件琐事奉烦。明天是我们闲师父入关的日子,有新从外乡经商致富、荣归本土的一位善士,这日许愿助善,慨题善簿,我打算烦凌居士做位陪客。这位居士姓高,听说在北方贩皮货发财的,拥着巨资还乡,要借小寺,施舍赈贫,又要捐金修造贮经佛塔和三间大殿。听说这位高居士少年时,本甚穷苦,在佛前许下心愿,他日富贵,要捐资三千金,礼佛还愿。这个人虽是白手成家的商人,居然谈吐不俗,举止爽快。明天他来了,凌居士务必费心照应。凌居士乃是本庙的常川檀越,和这位新施主谈谈,也可以解闷。并且这位高居士跋涉风尘,饱经世故,可以说经多见广,非常健谈。听他说起北方风土人情来,真是闻所未闻,也很有意思的。说到他在塞外日遭三险、绝粮遇狼的事情,也真叫人听了咋舌。"

凌伯萍素厌俗扰,本要谢绝。忽听到这些话,因答道:"这人真是从口外回来的吗?"静澄上人道:"是的。他起家致富,就在关外。"遂将高居士的身世说了一遍。这位高居士的一生果然恢奇,可当得起艰苦备尝、饱经顿挫的人。以一个小穷孩子,遭逢家难,逃到北方。经数十年的苦干,竟由小小负贩,拥资十数万,飘然旋里,来还愿报恩,岂非奇人?更难得他白手起家,毫不吝啬。久尝炎凉,依然热肠待人,真是可钦的人物。

凌伯萍听了,徐徐答道:"我明天就来看看。"心中暗想,静澄未必是叫自己做陪客;不过绕着弯子,也诱我助题善缘罢了。这个姓高的不知是什么样人,但我久想访问边塞风土人情,我向他打听打听北方情形,倒也两便。和静澄上人谈了一回,随即告辞回家。

隔日告诉了春芳娘子,携小童宝文,带些许银票,老早往七子山清凉寺去了。才到山寺,便见几乘小轿留在寺门。那位高施主已经邀着两位朋友,一个清客,带管事厮仆,先时来到庙里。还有县城和木渎镇别位善绅,也来了三四位,齐聚在方丈室,座谈起来。静澄上人打叠精神,敬陪贵客,正和知客僧,向众位施主,讲起静闲和尚坐禅关,一心向佛的大愿。方丈室茗烟斜雾,果核杂陈,桌上展开了一本"广结善缘"的捐簿、两支笔、一方砚。

凌伯萍来到庙中,小沙弥急忙走报进去,方丈静澄立即迎接出来,才让进方丈室,众善士纷纷立起逊座。

第二章

盗侠山寺斗心兵

凌伯萍抬头一看,那上首客位上,坐着一位善士:好雄壮的汉子,足有五尺六寸高,自己仅及他耳下。两道浓眉,一双眼睛,紫酱色阔脸,通红的厚嘴唇,白牙齿,青颔短须,穿一件蓝宁绸长袍,天青缎团花马褂,古铜色套裤,白袜云履,腰板挺得直直的,正和对面两人大说大笑。

对面这两人,一个是中年黄白净子,穿灰绸袍,带小帽,气度安详,微露豪气。另一个是中年黑矮汉子,穿紫模本缎袍子,模样很粗鲁。只一望,便看出这三人面带风尘之色,是常出门在外的人。

在座还有四位善士,虽不熟识,凌伯萍却也知道他们。两个木渎本地绅士,姓谢、姓魏;两个是城里小财主。内中一个老头儿姓梁,一生信佛,谈经说法,比起方丈静澄,学问还深。另一个四十多岁的绅士姓马,平素喜拉拢,好下棋,曾和凌伯萍对垒。只是他围棋太差,象棋还精。

方丈室两明一暗,各集暗间。凌秀才刚一挑帘,浓烟扑鼻。好好一间深广的禅室,被四五支水烟袋、一炉檀香,熏得烟斜雾横。

凌伯萍性恶烟气,眉峰微微一皱,信口说道:"这里有些客人,我在外边坐。"一语未了,老方丈侧身答道:"凌居士,请里边坐,请里边坐!小庙这一回坐关筑阁,总得仰仗新护法、旧护法,广结善缘哩。并且这位高居士久慕你的大名,也想会会你哩。"

凌伯萍略一逡巡,向内瞥了一眼,心想:这个蓝袍紫面汉子,大概是姓高的吧?果然这紫面大汉抢先站起来,从首位退到一边,满面堆欢,双手抱拳道:"久仰,久仰!我说,老当家的,这一位准是宝寺的常施善绅凌大爷吧?小弟久仰得很,请这边坐。"连那旁边的灰袍黄面汉子、紫袍黑矮男子,也忙退下宾席,齐往旁边一站,横着手往里让。那当地四个绅士也都叫了一声:"凌先生,今天好早!"

凌伯萍隐居寡交,与当地乡邻,总是不即不离地酬应着,当下也向众人寒暄。老方丈忙指着那紫面汉子,向凌伯萍引见道:"凌檀越,这位就是我昨天说的那位高施主,高明轩高二爷。高施主少小离家,久闯关东。如今致富还乡,竟不惜屈尊,到小庙来还心愿。他老人家昨天在小庙盘桓了一整天,看见咱们这本善簿了……"说着一指桌上那本簿册道,"他老人家从头到尾看了一遍,就看见你老的官印。俺,你老这两年屡次捐施,足逾千金,是小庙头一位大护法。我们这位高施主很佩服你老,就向我打听,还要求见一面。高居士说,他离家二十年,今日回来,故乡出了像您老这一位大善士,他老人家非常喜欢。他老人家说了,这善缘不能专让你老一个人独结,他也要助施一千两银子。凌施主,你二位比着布施,小庙可就增荣不浅了!"

老方丈哈哈大笑,看了看众人又道:"高居士看见善簿上,还有梁施主、马施主、谢施主、魏施主四位,都是常施的善士。行善结缘,不在多少,持一花也可以见佛。这只在心田,只在永恒。"说着,笑嘻嘻凑近一步道:"高居士还要在小庙摆设素宴,普请你们五位施主,共做一桩大善举。他还邀来两位亲友……"指一指那个黄面汉子和黑面汉子,道:"这一位古敬亭古施主,这一位范静斋范施主,都是跟高施主一块发财回来的。高施主把他们二位邀来,这一凑恰好八位,高施主打算凑成八大护法。高施主的意思,要给咱们这小庙,重建三间大殿,重塑八尊佛像,另筑一座贮经宝塔。高施主愿意独担这三间大殿和一座宝塔的工费。至于八尊佛像,愿与各位施主,每人施塑一尊。"老方丈赔着笑,把缘簿拿过来。另外一张单子是兴工的估单,双手递给凌伯萍道:"凌施主请看吧,别位都看过了。"

凌伯萍耐着烦,一面看估单,一面与这些善士们应酬。高明轩这位善士,非常豪爽健谈,那位名叫古敬亭的施主也很能说,那名叫范静斋的似乎不大善辩。那高明轩旋向梁、马、谢、魏四位施主,谈起他当年不正干,受穷,被人耻笑的旧话来,以至于连老婆都看不起他。后来他被逼得无奈,才逃债投军,流落北方。十年苦挣,改业经商。他说道:"好像倒霉到家,就会转运似的。由打三十一岁起,老天爷保佑着我,一步一个顺,一走一个巧。拿着我一个外行,十年之间,虽然短不了为难着急,可是到底混整了,我居然混出这么一番小小的事业来。"又指着古、范二人道:"他二人和我一块创业,也受了不少苦处。我们三个就是桃园三弟兄,不过他们二位全比我有身份罢了。"面对众人道:"老乡,我可不是败子回头金不换,我是个歪打正着,走邪运的穷光蛋罢了,实在是老天爷给我饭缘!"说罢,哈哈大笑起来。众人听了,一齐说道:"高二爷太自谦了。"

高明轩笑道:"不是自谦,是实话。"随又说道,"我在外面鬼混这些年,连咱们本地口音都忘了。我如今越想越觉着凭我这样人,只有饿死才对。我不但没有饿死,还混好了,说实在的……"双拳一抱,向佛堂拱手道:"这是佛爷保佑我高明轩。我高明轩没什么说的,我总觉得应该报答佛天上神。还有,我高明轩倒运的时候,不怕诸位耻笑,我在这里,坑、崩、拐、骗,把老邻骚扰得可以。现在我高明轩有这半碗饭吃了,无论如何,我也该报答报答,我打算借这庙施舍三天。"扭头对老方丈道:"老当家的,你不知道,我当年在你们这清凉寺寻过宿,还偷过你们的东西哩。现在我抖起来了,我得把欠的账还上,省得下辈变狗变猫。"说得众人哄然大笑道:"高二爷越说越逗笑了。"

高明轩是江南人，却说得一口北方话。长得高颧阔口，紫面短髯，很似川陕地方人。这些善绅听高明轩这一篇毫不掩饰的自述，有的拱手颂扬，称他是爽直有骨气的汉子，是大丈夫气概；有的就窃笑他言语粗鄙，简直是光棍荣归，自鸣得意。

独有凌伯萍，素常沉默寡言，此时只用冷眼打量高明轩，口头上也称赞几句，因系初会，并不曾与他深谈。但这高明轩与他那个拜义弟兄姓古的，似乎很敬仰凌伯萍的学问、人品；跟别的绅士随便敷衍着，得空就凑着凌伯萍，向他攀谈。凌伯萍不即不离，淡淡地酬对罢了。

当下，在方丈室里估计工程，筹议题捐。高明轩向凌伯萍拱手道："凌先生，你老的学问品性，我是最尊敬的。这一回捐修佛殿，出钱是我，出名出头还得让你老兄。我在下只有几个臭钱，肚子里太窄，品性更坏。这个事情一定请凌先生赏脸，领衔首善。还有佛殿上的匾，也得请你赐题。"老方丈也这么说，古、范二人也这么说，其余的人自然而然也都顺着口气这么说了。凌伯萍尚欲辞谢，已经推辞不开。没法子，也就含含糊糊答应下了。

又谈了一阵，高明轩向诸位施主，逐一请问住处，顺口询问他们的职业，有功名没有。他说他客子倦游，心慕乡贤。打听好住处，还要挨门拜访，献赘修敬。又挨到凌伯萍身旁，指东说西，虚心交谈。他这人是这么热肠，好交。

随后小沙弥来报，素斋备齐。老方丈站起来，敬请八大护法，到斋堂用膳。饭后，八位善绅参观坐关，随又到了方丈室。高明轩面向着方丈，眼看着凌伯萍，说道："我听说凌施主的围棋很好，这可真凑巧，我也最喜欢下棋，只是下不好；我虽然下不好，可是最喜欢看人下棋。我说老当家的，看人下棋，最能学高招。凌先生要是不累，可以领教一盘么？"那个姓古的善士也陪笑插言道："在下也好看人下棋，我们家里的五舍弟，他的棋就很高。凌先生如果不嫌弃，我把他领来，请你指教指教他。"

　　凌伯萍渐觉厌烦，信口说道："我哪里会下棋？不过闲来无事，到这里和老方丈闲谈，高兴时就摆一盘。这位澄师父他的棋更高，棋品也好，我倒常常同他手谈。"高明轩道："手谈有意思极了，我也最好跟朋友守着闲谈。"原来他把"手谈"二字误解了。凌伯萍忍不住一笑。老方丈立刻打岔道："是的，是的，凌檀越围棋手谈，实在可称高手，贫僧哪里是他的对手？我有时一输，竟会输给他一二十个子。"高明轩道："吓，输这些子！我听说过输一百多个子的呢。"凌伯萍又微微笑了，把头扭到一边。

　　各位善绅一齐怂恿弈战。老方丈年龄已大，应酬施主，早感力疲，哪堪下棋，重劳心神。心想不下，又怕扫了施主的高兴，只得舍命陪君子，吩咐小沙弥把棋盘摆上来，他却极力让别人。这八个善绅中，很有三四个人懂得围棋的，让来让去，由凌伯萍和马绅对弈。老方丈幸免棋战，忙着招待善绅，照应茶水。那个高明轩就坐在棋桌旁边，孜孜地看人下棋，眼睛不时看看别处。

　　马绅不是凌伯萍的对手，仅走了二十几招，便形势不利；再走几步，越发的摆布不开。这一盘棋工夫不长，便见胜负，马绅竟输了三十多个子。高明轩在旁，不住口地称赞凌伯萍棋高。却是凌伯萍看他那神情，并不懂，微笑着，把棋盘一推道："天很晚了，我要回去了。"老方丈挽留了一阵，众人也一齐留驾；凌伯萍勉强又坐了一会，跟着高明轩谈起塞外情形，凌伯萍倒很愿听。直到夕阳将落，这些善绅方才下山。

　　自此，高明轩解囊施善，捐资塑佛。为了修造佛殿，不时到清凉寺来。高明轩一来到寺内，便向老方丈打听："凌先生来了没有？"如果没有来，高明轩便怂恿老方丈打发小沙弥，到凌宅去请。倘或请不来，高明轩便说："没人谈谈，很没有意思。"立刻离庙下山，回家去了。高明轩好像非常钦佩凌伯萍的学问，极愿和他接谈。他自称是个俗物，愿与风雅人物亲近,可以脱脱俗气。老方丈也觉出这一点,似乎高明轩只见着凌伯萍,方肯欣施香资,毫不吝惜。但凡凌伯萍不在庙,高明轩就分文也不布施,连坐都坐不住。

老方丈也是有阅历的老和尚了。他心想:这高明轩的举动,大约有意和凌伯萍竞富;再不然,就是要和凌伯萍缔交。老方丈只盼望善绅们多多布施,怎么着都好。既觉出此点,便也变着法子,请凌伯萍上庙里来。

但凌伯萍是个儒雅书生样的人,和粗豪阔气的高明轩,好像并不十分投缘。起初听高明轩和古、范二人畅谈北方的风土人情,很觉有味。但谈来谈去,高明轩没说的了,凌伯萍也就没得听头了。凌伯萍好下棋,高明轩也冒冒失失要跟他下棋,一天偶然摆了一盘。吓,竟真个输了多半盘子。依凌伯萍看来,高明轩简直算是个围棋的门外汉,刚会走子儿罢了。高明轩的把弟那个古敬亭,也陪凌伯萍下过棋,却也大非对手,相差过甚。因此,凌伯萍、高明轩,怎么也谈不到一块。

而且他们两个人,礼佛的意念也很不同。凌伯萍时到山寺盘桓,第一,好像是习静;第二,好像是谈禅。至于礼佛以求神佑,诵经以求善果,这种小乘见解,老实说,凌伯萍并不很信,还有点瞧不起。高明轩却不然,他到清凉寺来,据他自称,是为还愿。他开口闭口,佛天保佑:"这辈子信佛,下辈子脱生福地。"这是他的理解。凌伯萍曾经笑对老方丈说:"这位高居士,身上一根雅骨也没有。"老方丈笑答道:"高檀越好像俗气一点,不过他这个人倒很热诚信佛,交友对人也很热肠。"凌伯萍点点头,笑道:"这倒是的。他虽然俗,的确还没有市侩气,不过粗粗鲁鲁,很像个当兵的。"方丈道:"是的,他年轻时,本来当过兵,并且还当了不少年。他在绿营做过什长,后来才改业经商,发了大财。这个人大说大笑,倒真是直爽汉子。"

凌伯萍道:"他和那姓古的盟弟,总愿凑合着和我说话。老实说,我也不是讨厌他,只苦于和他们没话可说。"方丈笑了,忙替高明轩帮话道:"高施主委实敬重你老,他自己说,从小失学,自知是个粗人,起心眼佩服有学问的儒流。他很夸你老年轻稳重,谈吐高雅。他说恨不得拜你做老师哩。"凌伯萍笑道:"笑话,笑话,他比我还大哩。"

这时高明轩已将布施的银子派人送来,清凉寺立刻兴工,造大殿,塑佛像,筑宝塔,修藏经阁,请凌伯萍题匾。善绅们时时来监工,一来二往,这八大佛像将次塑成,这八大善绅也交往得渐渐熟悉了。

凌伯萍这人依然那么冷。他和高明轩不大亲近,也不十分嫌恶。不过在一起初,凌伯萍嫌高明轩满口颂扬自己,谀辞太过,有点听不入耳。并且高明轩的故意掉文,乔饰风雅,也很可笑。有一次,凌伯萍皱着眉躲过他。高明轩立刻觉出来,立刻把谀辞收起,以后对待凌伯萍,不谀不卑,态度很自然了。除了他那粗豪之气时时流露外,一切倒比乍见时率真,凌伯萍以此又处之淡然了。

高明轩曾有一次稍露敬慕高贤,愿结金兰之意。凌伯萍登时峻拒,向老方丈说:"朋友相交,贵在知心。呼兄唤弟,俗气不过,我一向最讨厌人们拜把子、换帖……"说得高明轩脸上很窘,他和古、范二人就是结盟弟兄。凌伯萍公然说出这话,也自觉失言,把话咽回去了。

又有一次,高明轩要登门拜访凌伯萍,问候凌娘子,嫂夫人。凌伯萍立刻谢绝,向老方丈说:"老师父颇知小弟的脾性,小弟闭户读书,务农自守,一向不好交往的。窄房浅屋,连个客厅也没有。"高明轩又一红脸。那古敬亭忙说:"我们高大哥的住宅,房子很宽绰,凌先生哪一天有空,请赏脸去玩玩。"高明轩道:"我备一个小酌,请凌先生和老方丈,还有马二爷、梁大爷,一块儿去。我们家酿的酒,口味还不坏。"凌伯萍淡淡地说道:"对不起,不怕二位过意,小兄实在是除了好下棋,常到这庙来谈谈,别的应酬一点也没有,经年也不进县城。小弟的贱脾气自知太坏,还望二位原谅,或者改日再奉陪吧。"谈了几句,就要告辞。高明轩把个紫脸窘成红布一样。

凌伯萍最好下棋,但自从棋伴静闲和尚坐关以后,便不大往清凉寺去了。修殿工竣之后,踪迹益疏。他还是在家里,浇花看书,陶然自乐。这天午间,凌伯萍正在闺房和爱妻春芳娘子,看着爱女小桐玩耍。干仆忽持进名帖来,到堂屋阶下一站,轻轻咳了一声。通房丫鬟宝芬忙进来通报道:"大爷,凌安回事来了。"凌伯萍道:"叫他进来。"站起身来,由内室来到堂屋坐下。

凌安掀帘进了堂屋,往门旁一站,很恭敬地禀道:"回大爷,有个高明轩,同着朋友,来拜访你老来了。"凌伯萍愕然道:"同着朋友?一共几个人?都是干什么的?"

凌安把名帖递上来,凌伯萍一看,是三张名帖,一张高明轩,一张古敬亭,一张是卢问歧。这高、古二人正是清凉寺的新施主。这卢问歧却不知何人,更不知为何事来的。干仆凌安不待询问,便回禀道:"三张名帖,一共来了两位客人。"

凌伯萍道:"噢,可是姓高的、姓古的二位?"凌安道:"是姓高的和姓卢的,姓古的没来。"

凌伯萍道:"他们做什么来找我?步行来的吗?"

凌安答道:"是坐小轿来的。两乘小轿,跟着两个长随。那姓高的说,是专诚拜访你老,给你引见一位新朋友。"

凌伯萍眉峰微蹙,道:"唔?"凌安回答道:"大爷见他不见他?刚才下人倒对他说了,说你老多半没在家,一清早出门去了,不知回来没有?这名帖,我对他们说,拿进来给奶奶看看。你老不愿见,可以把名帖退给他,下人就把他支走了。"凌伯萍想了想,把帖一扬道:"不见他。你好歹把他们打发走,就说我还没回来呢。"凌安道:"嗻!"接帖掀帘。

凌伯萍道:"回来!你可以问问他们的来意,找我到底有什么事。你对他们说,我往清凉寺去了。他要找我,可以到清凉寺去。"凌安道:"嗻!"掀帘越阶,走出门口去了。

春芳娘子抱着小桐出来,问道:"伯萍,是谁找你?"凌伯萍道:"不相干的人,我也不认识他。"春芳道:"不认识怎么会拜访你来?"伯萍道:"那谁知道呢,他也是清凉寺的施主,只在庙里见过几回罢了。"春芳娘子道:"怎么样,你又挡驾了吧?"凌伯萍道:"这些无味的应酬,我没工夫敷衍,我又和他们没有交情。"春芳笑道:"你也太冷了,人家大远地拜访你来,你好意思地端架子不见吗?咱们这里很僻远,但凡来寻你的,一定是专诚求见的,你何必这样?"

正说着,凌安进来回报道:"回禀大爷,下人把帖子缴回去了。下人说你老没在家,大概上清凉寺去了。姓高的不大信。他说,'不能吧,我们是刚从清凉寺来的。'小的就问他,拜访你老有什么事?他说,'倒没有什么事。不过给你您引见一位棋友。同来的那位姓卢的,说是江南有名的围棋国手,和姓古的是朋友。因为久闻你老好下棋,古、高二位特意给你老荐来,要请教你老的手谈'。"

凌伯萍道:"哦,原来是这个事情。"脸上的表情松缓下来,又问道:"他们都走了没有?"凌安道:"都上轿走了。"凌伯萍道:"他们没说再来的话吗?"凌安道:"说了,小的已经给您老拦住了。那姓高的好像不大高兴,他说,'请你老有工夫,到清凉寺去。'小的说,等家主回来,一定转达。他们就上轿走了。"

凌伯萍眼望凌安,又重复一句道:"原来是这个事情!我当是告帮的又来麻烦我呢。那个姓卢的是什么模样?多大年岁?听口音是哪里人?像个做什么的?"

凌安道:"有四十多岁,大概是浙江人,像个,像个……"凌安可就形容不出来了,半晌方说:"像是个穿长衫的吧。"凌伯萍嗤地笑道:"他像个商人,还是像个念书的?像个幕友,还是像个做官的?"凌安揣摩不出来,摇着头道:"看不出来,穿得很阔。哦,对了,像是个当医生的。"

凌伯萍笑道:"我明白了,这个人大概像个清客吧?"凌安笑道:"对了,还是你有眼力。"这一句话,顿忘了主仆的身份,把嗓门也放大了,幸而春芳娘子不曾留神。

凌伯萍瞪了他一眼,道:"哼,你这是怎么说话?出去吧。"凌安笑道:"嘛!"转身便退出去。凌伯萍追着问道:"这个姓卢的可是跟姓高的,同往清凉寺去了吗?"凌安道:"是的。下人听见那个叫高明轩的吩咐轿夫了,他们一准是往清凉寺去了。"

人千万不能有嗜好,一有嗜好,便为嗜好所累。凌伯萍性嗜围棋,一听说高明轩邀来围棋国手卢问歧,他可就在家里坐不住了。他对春芳娘子说:"喂,我说,我上清凉寺玩耍一会去。"便命丫鬟到外面,告诉门房,传轿夫备轿。春芳娘子也笑了,说道:"你是要下棋去,对不对?"凌伯萍笑而不答,换上长衣服,对春芳娘子道:"开饭的时候,你不必等我了。"

凌伯萍上了小轿,径往清凉寺。将到方丈室,便听见高明轩大说大笑的声音。凌伯萍微微摇头,意似不屑,却又忍不住走进去了。果见静澄上人和一个四十多岁的生客,正在对弈。高明轩和古敬亭坐在一旁观战。凌伯萍才一掀帘,高明轩首先站起来,笑道:"凌先生来了!好久没见,刚才我到你府上去了。这有一位朋友,我给你引见引见。这一位是四明的围棋国手卢问歧大夫。"古敬亭也欠身起来,向凌伯萍施礼。正在下棋的一僧一俗也都停弈,和凌伯萍周旋。

小做寒暄,一齐归座。凌伯萍啜了一口茶,闲闲地把这个卢问歧的长相、穿彰,打量了一番。果然自己猜思不错,此人外表很像个清客。问起来,据他自称,是名医叶天士的再传弟子,在邻郡悬壶有年,但是素性好弈。近因应诊,来到木渎。听说七子山麓,有位凌伯萍秀才,棋法甚高。恰巧他和古敬亭认识,便由古敬亭引见,专诚特来拜会。现时卢问歧就住在高明轩家里。高明轩道:"不瞒凌先生,我的小妾新近患病,正在访求名医不得。现在卢问歧大夫来了,小妾只吃他两剂药,病就好了许多。现在我还是请卢大夫给医治着。不过卢大夫这次来到这里,不专为给人治病出诊,乃是给他自己治棋癖的;他教我们古贤弟和我,硬给留住了。"说罢大笑。

古敬亭也搭腔道:"凌先生,这卢大夫棋法高得很,我恐怕老方丈年高力衰,不是他的对手,我说还是请凌先生和卢大夫对一盘吧。"

此时老方丈正起身献茶,闻言笑道:"好极了!凌檀越,你先给我解围吧。老衲力衰,真不是卢大夫的对手。凌先生,来,来,你看我这盘残棋,还有解救没有?"那卢大夫也合手含笑道:"晚生卢凤鸣,饱食终日,性耽棋局,久仰凌先生手谈高明,谒欲识荆。刚才晚生专诚造府,意欲请教;可惜缘浅,没得会面。听贵价说,凌先生往庙里来了。晚生才又烦高二爷引领着,追随到这里。没想到我们后来的,倒先登了。凌先生请你和老方丈对一盘;晚生末学,可以旁观谲秘,偷学妙招。"说着,呵呵地笑了。

凌伯萍也微微一笑。听此人的谈吐,真像个清客,而且外表潇洒,说的话不俗不卑,很不讨人的厌,便拱拱手道:"岂敢,岂敢!小弟年轻,虽好弈道,没得名师,也不常看谱。只是闲来无事,常陪着老方丈试摆一局。究竟不过是消遣,我恐怕连步眼还不懂呢。"

两个人"岂敢岂敢"地说客气话,高明轩只在旁边含笑,不时帮两句话。谈到棋着,他插不进话去。古敬亭极力怂恿道:"凌先生不要客气了,你的围棋实在高妙。你来看,这盘残棋,我们这位卢大哥手法真高,只走了三十八子,老方丈已经快递子了。凌先生,你快来帮老方丈吧。"

老方丈要推棋另摆,请凌伯萍和卢问歧对弈,笑着说:"我输了!棋走一步错,恐怕凌檀越就有高着,也不能救我这矢棋,还是另走吧。"说着就要动手敛子。高明轩忙拦道:"不用,不用,老方丈不要把自己的高招藏起来吧。凌先生,你快来,你接着下吧。"

凌伯萍被劝不过,含笑过来一看。这局残棋已到不可收拾之地,老方丈太不是卢问歧的对手了。凌伯萍看了半晌,抬头又看了看卢问歧,道:"卢先生的手法真高,恐怕我也是不行。"当下将残棋敛过,两个人说了些闲话,便对战起来。

直下了半响,凌伯萍看看要输。忽然卢问歧走错了一着,被凌伯萍打起劫来。结果又走了几步,凌伯萍费了很大的力气,终局赢了两个子。卢问歧闲闲地推起棋盘,道:"凌先生的棋法果然精妙,晚生太不是对手了。"凌伯萍怔怔地,半响方才说道:"哪里,哪里,还是卢先生。卢先生是让着我,小弟的棋失之于太拘,哪能比得卢先生这么变化不测。"心中非常的折服。于是续战两盘,互有胜负,凌秀才深佩卢问歧不愧国手。跟着两人又谈起棋谱、师承和当代弈人。卢问歧很客气地说:"也没有看过谱,也没有经过师;不过自幼好弈,又不怕输,时常跟高手对弈罢了。"又说起当时的南方国手,他都会过,自己也曾偷过他们的高着。

凌伯萍啜了一口茶,听罢欣然笑道:"卢先生太谦了,你的手法一定经过名人指授。卢先生如不嫌弃,我倒要常常请教。不佞素好此道,可惜屏居僻乡,没有会过高手。"卢问歧忙道:"凌先生有意见教,那可是求之不得。凌先生的棋法,我看最富天才,倘肯赐教,晚生很愿常陪末座的。"高明轩立刻接声道:"好极了,卢先生现时就住在舍下。咱们明天上午,就到舍下聚聚。以棋会友,由小弟做东,请凌先生和这里的老方丈全去。"

凌伯萍抬头看了看高明轩,默然无语。卢问歧看了看高明轩,又看了看凌伯萍道:"凌先生以为如何?高二爷素来好交,晚生就住在他那里。凌先生如果不嫌弃,就请明日正午,命驾光临,晚生一准在高宅设枰恭候。"

凌伯萍迟疑不答,老方丈道:"好极了,高檀越好交,卢先生、凌檀越好弈,我贫僧也可以借这盛会,一饱口福。"

凌伯萍实在好弈,本来跃跃欲试,不知怎的,忽一看众人,立刻谦谢道:"不敢当……只是明天,小弟还有一点琐务,恐怕不能应高先生的宠召,这是很对不过的。"

众人愕然，复又齐声怂恿。凌伯萍倒不耐烦起来，极力地推辞不去。高明轩还在强劝，那古敬亭忙插言道："既是凌先生不得暇，咱们改日再会。"高明轩道："明天不行，后天怎样？后天正午，就在舍下备个小酌。"凌伯萍皱眉道："后天也怕……"古敬亭道："那么大后天……"刚刚说出口，忽看凌伯萍的意思怫然，急忙改口道："喂，我说卢大夫，人家凌先生乃是高人，不甚喜好应酬，轻易不进城的。要不然，咱们还是明天在庙里会吧。"凌伯萍道："庙里倒可以。不过明天小弟实在不得闲，卢先生如肯赐教，咱们后天正午，在这里会。老师父，请你备份素席，由我做东。"

大家已经看出凌伯萍的意思来，他简直不乐跟别人来往，尤不喜酒食征逐。只有棋局，是他一好。当天订了后会，凌伯萍首先告辞离庙。

高明轩脸红脖子粗，对古敬亭说道："这位凌先生也太高傲了，咱们请请他，就像求他似的，又好像宰他似的，简直是看不起人。"静澄方丈笑道："这位凌施主别看年轻，倒有些怪脾气，最不喜拉拢，更不好吃酒席。他绝不是看不起人，高施主不要错怪了他。"

卢问歧在旁听着，站起来，对高明轩道："那么我们后天再说吧。"高、古二人一齐起座，向老方丈告别。卢问歧跟高、古二人一路，三个人同乘小轿下山，回转高宅。

高明轩把卢问歧单让到客厅，命人陪着，他就邀古敬亭同入内宅，屏人商量了半晌，遂叫人预备上好的酒果。到后天清晨，高、古、范、卢四人老早地上了七子山清凉寺，老方丈竭诚招待。

到了巳牌时候，还不见凌伯萍到来。高明轩忍不住，又对古敬亭道："怎么样？是时候了，咱们打发人去催请吧。"古敬亭道："这个……等一等，还是烦老方丈打发小沙弥去请吧。"静澄方丈为了迎合这位大施主，怎么说怎么好；高施主要下交凌秀才，他就暗中帮忙。他把小沙弥叫到面前，由古敬亭嘱咐了一套话："见了凌秀才，他要问都是谁来了,你就说:只有卢大夫。"小沙弥领命下山,前赴凌宅。方丈室只留卢问歧,在那里设棋枰静候;高、古、范三人自去监工,看造佛塔。

将近午时,小沙弥同着凌宅的管家凌安来到,带着食盒酒果,并传主人之命,请老方丈预备素斋。又过了一会,凌伯萍才坐着二人小轿,从家里来了。到了山门,一下轿便问:"那姓古的、姓高的二位来了没有?"监院和知客僧迎出门口,说道:"他们二位没来,卢大夫来了,正在候你下棋。他说还要报复前天的败战哩。"说着,侧身含笑,往里面让。

凌伯萍且行且问:"怎么,高、古二位全没来吗?"方丈出来接言道:"高施主、古施主、范施主,倒是都来了,他们三位很忙,监工去了。"

凌伯萍点了点头,走进方丈室。卢问歧满面含春,站立起来,道:"凌先生,咱们今天得好好地杀三盘。"

棋盘早已摆好,桌上杂陈果点,十分精美。凌伯萍看了看,却不是自己预备的。卢问歧指着果点,殷勤相劝。凌伯萍坐下来,吃着茶问道:"这些东西是卢先生预备的吗?这可就叨扰了。"回头对静澄方丈说:"今天本来是我做东,怎么倒教卢先生花钱?"卢问歧急忙接过来说:"凌先生,我可没钱做东。这是我给人看病,人家送给我谢医的。我又吃不了这许多,莫如邀咱们棋友一同报销了它。"说完又笑。却不道这些精致的果点,还是高明轩、古敬亭特买的。

卢问歧和凌伯萍开始下起棋来。一面下棋,卢问歧一面很恳挚地劝凌伯萍吃茶点。凌伯萍一点不用,反问方丈:"我那下人不是带茶果来了吗?叫他也摆上。"两方面的点心、果品,都堆陈在棋盘旁边两张茶几上。卢问歧大笑道:"我们开了点心铺了。吃吧,凌先生,我吃你的,你吃我的。"静澄方丈笑道:"我就吃二位施主的。凌檀越,我知道你们二位今天赌棋,我也预备了一份茶点;这一来,共有三份了。当然我的那份苦茶粗点不用在这里摆了,拿下去就让凌檀越和高府的贵价用吧。"

凌伯萍笑了笑。围棋刚开着,还闲闲地应酬,但只走了十数着,凌、卢的棋已走到紧要地步。两个人不暇闲谈,也顾不得吃点心喝茶了,都很沉默地、聚精会神地走起子来。下到深处,连高、古、范三人监工回来,立在旁边观战,凌、卢二人也都没有理会。

卢问歧的棋非常的高。头一盘凌伯萍仍然费了很大的心思,才赢了三个子。第二盘,凌伯萍又赢了一个子。等到第三盘,双方竟僵住了:各举着棋子,沉思难下,只筹划着数。

高明轩在旁看着,不由夸赞凌先生的棋真高。但他和范静斋一样,都是假行家,一点看不出高低来,也不晓得妙着、险着,心上一点不感兴趣。古敬亭却懂得一点,孜孜观战,不时替凌伯萍指点一两着。静澄方丈本是个棋迷,更看得入神,连招待也忘了。这第三盘竟下了一个多时辰,还没有下完。

凌伯萍自觉得手法不及卢问歧,可是卢问歧有时在紧要的时候,忽然走了错步,便输给凌伯萍了。凌伯萍虽然获胜两盘,行招很觉吃力;卢问歧头两盘虽然输了,但毫未介意似的。等到这第三盘,卢问歧出奇制胜,得占先着;凌伯萍一下子死了好几处,直到末后,才得救活,竟输了一个子。卢问歧手法灵活,凌伯萍已经深深领略,越发地佩服他。并且他真像个儒医,谈吐高雅,举止不俗,讲起琴棋书画,样样懂得。

并且这个人又很健谈。可是他虽健谈,又很识趣;和别人谈起来,并不抢话,只是静静地很用心地听着对方说话,脸上表情很显着恳切。老实说,卢问歧这个人所以健谈,并非他自己能说话,乃是他能听话。对于别人的话都听得懂,答得上来,善会迎合别人的心思,偶尔加上一两句赞语,非常恰当而富于同情。凌伯萍只和卢问歧周旋了两次,便觉这人十分有趣,比起高明轩的豪夸和古敬亭的假谦虚,范静斋的真粗俗,可亲多了。

三局既罢,老方丈摆上素斋来。凌伯萍、卢问歧、高明轩、古敬亭、范静斋一同进餐,老方丈作陪。斋罢,大家齐夸凌伯萍的棋道高明。凌伯萍却深赞卢问歧。卢问歧旋问凌伯萍:"凌先生,可有余勇?和晚生夜战三局吗?"大家又一齐怂恿。凌伯萍摇头笑道:"小弟实不是卢先生的对手,只这三盘,我已经输得精疲力竭了。"众人笑道:"凌先生太客气了,你三盘两胜,怎么还说敌不过呢?得了,今天晚上,咱们大家全不用回去,就在清凉寺,通夜棋战著谈如何?"

高明轩、范静斋、静澄方丈都这样劝。卢问歧也扪着口须,笑道:"我是败军之将,不足言勇;不过我还要背水一战,捞一捞本呀。凌先生,怎么样?可敢和我这败将夜战一阵么?我可是要拼命哩。"古敬亭道:"只怕凌先生累了吧,行吗?"

凌伯萍很高兴地笑着,已有允意。不想他那管家凌安忽然进来禀道:"大爷,今晚上还回去不回去?要是住在庙里,小的就把轿夫先打发回去了。"高明轩忙一挥手道:"你把轿夫打发回去吧,你们主人还要下棋哩。"掏出一张票子来,要赏给凌安。凌伯萍连忙站起来挡住,向众人赔笑道:"小弟今晚还有些琐事,卢先生,你我明天见吧。"穿上长衫要走,他又不想夜战了。古敬亭急向卢问歧递了一个眼色,卢问歧忙道:"好,说实在的,我也输累了,明天还是午时,晚生在这里专诚候教,再输给你三盘。"凌伯萍欣然道:"笑话,笑话,还是卢先生手下留情!我明天一定还来讨教的。"且说且往外走,高、古等人一齐送出来。

卢问歧笑道:"凌先生,今天是你做东,明天让晚生设个小酌,请你务必赏脸。"凌伯萍道:"不不不,那可决不敢当。并且,明天小弟也许没有工夫。"说话时已到山门,凌伯萍长揖告别,上了小轿,一径下山回家。干仆凌安留在后面,收拾食盒等物。高明轩直望小轿去远,向古敬亭道:"这位凌爷,太了不得!"古敬亭忙使眼色,暗中一指凌安。高明轩自知失言,重将钱票子掏出来,递给凌安道:"凌管家,我说……"

高明轩妄想给凌伯萍的家人一些小惠,却不知看错了人,这个凌安竟峻拒不受,睁着一对圆眼,只看高明轩。高明轩强笑道:"这位凌先生真是高人,不但他这么清高,连他的管家也这么清高,真真难得。我说管家,你贵姓?叫什么名字?"凌安道:"小的叫凌安。"高明轩道:"哦,你也姓凌,你在宅里不少年了吧?你可是凌秀才的家生子吗?"凌安满面通红道:"不不不,我不是家生子。我在宅里本是佣工,凭力气挣钱,我们是同姓不同宗。"

古敬亭、高明轩面面相觑,眼含着古怪的笑意,道:"哦,你们原来是同姓不同宗?"凌安道:"是的,我是我们宅里的旧人。"凌安也似不愿深谈,收拾好食具,腆着肚子,昂着头,一径出离清凉寺,走了。

古敬亭悄扯高明轩、范静斋,三个人急进庙内,登上高阁,俯向山坡,往下眺望。这庙建在半山腰,林木掩映,磴道迂回。一直下望,瞥见凌秀才那乘小轿,慢慢地往山麓盘下去,那干仆凌安挑着食盒,大步如飞追赶。旋见凌安在山坎略一停顿,有意无意地回头瞥了一眼,旋即追上小轿,主仆似有所谈。然后一步一转,顺磴道而走,被山林掩住不见了。

高、古二人恍然道:"这个凌安脚下很够快啊。"

在清凉寺流连半日,三人邀着卢问歧,一同回家。

到次日,卢问歧等预备上山下棋。古敬亭道:"我看凌伯萍今天未必准去。"只请卢问歧一人到清凉寺,劝高明轩可不必去。高明轩点头照办,遂由卢问歧乘着一顶二人小轿,独自上山,仍由高家仆从代携食盒。另遣一仆,到凌氏别墅一看。这日果不出古敬亭所料,甫经过午,卢问歧竟然坐轿回来,凌伯萍当真没去下棋。高家的仆人派往凌氏别墅的,也回来说:"今天凌伯萍没有出门。"

高明轩未免恼然,拍桌子说道:"这位凌大爷,未免太显得高不可攀了。"古敬亭忙道:"二哥,你可不能着急,急病还得当缓病医。'铁杵磨绣针,功到自然成'。你是最有耐性的,怎么又忍不住了?"高明轩浩然长叹道："我一想起寡嫂的话,我就像刀绞一般。贤弟你看,咱们想什么法子,再进一步呢?"面对那个名叫范静斋的盟弟,复道:"这个人脾气太怪,套交情不行,迎合他的嗜好又这么慢,我打算用一种市侩的法子,用财色诱他……"古敬亭道:"那可使不得。咱们这么淡淡地跟他拉拢,他还远着咱们哩;咱们要是向他卖好,恐怕他更不吃。"

高明轩、古敬亭、范静斋屏人商议,皱眉不得良策。忽然,黑矮汉范静斋说道:"我倒想出一招来。套交情,投嗜好,全都不行,卖好又不行,我们要是反来一下子,向他卖恩呢?"高明轩道:"怎么叫卖恩?"

古敬亭突然跳起来道:"对,卖恩太好了!我们要是拿他当恩人看待,他绝不会把报恩的人推出门外!老黑,你这一招真想绝了。"范静斋欣然得意道:"张飞粗中有细,你别瞧不起我老蔡。"

高明轩急问卖恩的法子,古敬亭道:"这得由二哥你先施苦肉计!"高明轩道:"怎么施苦肉计?"古敬亭叩额凝思,良久得计,跃然说:"二哥,你得试着拼一回死,叫他对你有救命之恩。"……高明轩拍案道:"干!"

第三章

卖恩计舍身投湖

这七子山，下临七子湖，山色波光，相映成趣。清凉寺就建在山坎，小小屋峦，区区镜水，倒也颇擅林泉之胜。凌伯萍卜居山麓，闭门静好，陶然自乐，不愧是山居隐士。高兴时，到清凉寺下棋，更觉岁月悠闲。自从儒医卢问歧，薄游木渎，以弈道和凌伯萍会面之后，两人下过了十几局棋，竟很投缘。一个月来，两人不时在清凉寺聚会手谈。卢问歧更要在木渎悬壶，为的是可以常和凌伯萍、静澄方丈来往，凌伯萍也引他为同道。不过高明轩、古敬亭、范静斋这三位暴发户财主，虽然很羡慕凌伯萍，可伯萍总似乎嫌他三人粗俗，不甚愿意跟他们亲近。也因这三个人动不动就是请客、送礼，登门拜访，具柬邀宴。凌伯萍一个隐居的人，素怕酬酢，自然不愿同他三人交接了。

这三个人也很识相，起初总想拜访凌伯萍，又屡次设宴请过他。自经他屡次谢绝之后，三个人便好多了，已不再相强。

时光如箭，匆复两月有余。高明轩、古敬亭、范静斋三人，布施清凉寺，已将佛殿盖好，佛像塑成。由老方丈下请柬，敬求凌伯萍给佛像开光。凌伯萍极力避谢，只推让高明轩。当不得别位善绅一齐推重，凌伯萍也只得勉强答应下。到了这一天，本庙所有的善绅无一不到，附近的善男信女，前来烧香随喜的，成千成万，把一座清凉寺变作了热闹场。

众善绅聚在禅堂,人多气闷,都有些不耐烦。高明轩忽然皱眉道:"我最好清静,最怕热闹,这如何受得了!"对古敬亭说:"咱们找个地方躲躲吧!"古敬亭道:"山根下湖岔子,现在荷花开得正旺。我说静斋,咱们一块儿逛逛去,好不好?回头这里摆斋,咱们再回来。"几个人说着,站起来,摇扇徐步,信口向凌伯萍邀了一句,道:"凌大哥,去不去?"

凌伯萍拱手道:"诸位先行,小弟还有点琐事,这就回家。"说话时,高、古、范三施主已经徜徉而行,出了庙门。

这时候那卢问歧大夫刚刚到来,手摇团扇,向凌伯萍道:"凌先生你听,这里真和闹市一样了,真吵得凶。"凌伯萍道:"可不是,大夫才来?"卢问歧笑道:"本想早来,和你老兄战一盘,偏偏临上轿,又来了一个瞧病的,耽误了下来。我看今天这个清凉寺,一块清静的地方也未必有。莫如溜出去逛逛山景,等着他们摆斋的时候,咱们再回来,把一场善举应付过去。回头我还打算同你老研究研究棋法哩。我新近得到一本抄本棋谱……"

正说着,门帘一动,又进来几位善绅,这禅堂有点容不下子。卢问歧把凌伯萍一招,道:"凌先生,小弟来得日子浅,烦你做个向导,逛一逛这七子山。七子湖的水,也可以把我这俗气去一去。"说着笑了笑,拉着凌伯萍的手,往外就走。

凌伯萍也正想出去,卢问歧倒"先获我心"地邀他,他便欣然跟出来了。顺山道走了不远,满山的野山花,红紫纷披。卢问歧拭汗说道:"下山容易上山难,就是太阳晒得难受。凌先生,我听说山麓下的湖岔子,有一道瀑布,可是真的吗?"凌伯萍笑道:"哪里是瀑布,不过这湖岔子来源的地势很高,又多石崖,往湖里倾泻得很猛,激起水花很大罢了。"卢问歧道:"七子湖,七子山,湖山相衔,可称胜景。我小弟自到木渎,还没得机会好好游览一回。凌先生,可以领我看看瀑布去吗?"

凌伯萍笑道："可以，那只是一脉急流，叫礁石阻住，激起浪花罢了，其实没有什么看头。"卢问歧忽问道："凌先生，这七子山为什么叫这个名字呢？里面一定也有个讲究吧？"凌伯萍笑着点头道："不错，有点讲究。"

凌伯萍前行，卢问歧随后，两人信步下趋，竟往山麓湖岔走去。一面走，一面讲究这七子山的典故。这七子山山坎，有七块巨石，矗立如人。据乡老传言，昔年有同胞兄弟八个人，一同修道，内中七人在这山坎坐化，遗蜕不朽，幻成石形。只有那最小的弟弟，身获大道，独得肉身成佛。后来有一年，他这小弟还要来度化这七位兄长哩。那时七尊石佛立可平地飞升。有这古迹，后人敬法礼佛，建了这座清凉寺。山本不高，寺院就建在山腰。紧靠下面，只两三箭地，便到山麓。山麓下的七子湖，也就因山得名了。卢问歧听凌伯萍说出这段神话，欣然问道："这七座石佛在哪里？倒不可不瞻仰一下。"凌伯萍道："就在庙后，大夫要看，我领你去。"

两人此时顺着磴道往下走，眼看走近平地，凌伯萍便要转身，重上山坎。卢问歧回头望了望，不禁失笑道："哦，这就是庙后那七块大青石吗？"

凌伯萍笑道："正是，你看着不像吧？"卢问歧摇头道："太不像了，哪里像石佛？不过是直立的七块顽石罢了。"凌伯萍道："凡是名胜，都是如此。尽管传说得如何神奇，亲眼一看，立刻索然了。这七子佛的故事尤其荒谬，传说的人不懂内典，把道家羽化，和佛家涅槃，混为一谈，实是见笑大方了。"卢问歧道："算了算了，咱们还是逛七子湖的瀑布吧。"

两人且谈且行。沿途上善男信女，不断地到山上赶善会。又走出一段路，转过一带疏林竹径，路上才见清静。凌伯萍襟怀一畅，指点着湖光山色，向卢问歧说道："问歧兄，你看这一带层峦叠翠，衬着湖内烟波，真个是人在画图中了。"卢问歧悠悠然答道："这一带倒是清幽

胜景,只是那瀑布在哪里?"伯萍遥向西面一指道:"你看那边长堤阻波,就是湖岔子,假瀑布就在堤后面。可是望景不如听景,你只一入目,恐怕又以为不值一道了。"

两人从山麓往西转,耳中听得一片水花激石之声。湖岔子一道急流,盘绕山脚土岗而下,再转往下游湖心,水路已成了居高临下之势。又被波心一块块礁石一阻,激得万点水花飞溅出三四尺去,又落在礁石上,倒也很像瀑布。卢问歧欣然说道:"凌先生,这里的几块礁石,造得景致很不坏呀!我们若能渡过急流,到那大礁石上站一站,岂不更有趣?"说着话,走近假瀑布,登在水畔石崖上,俯视水花飞泻,一时流连忘返。只有一点美中不足,水汽虽然喷薄生凉,此处偏没有竹树遮阴,头面很是晒得慌。

卢问歧持扇遮面,引目四望,向凌伯萍问道:"凌先生,旁边这道横堤,一定是通行的要路吧!没有它一挡,水怕不能东流了。这堤是谁修的?"凌伯萍道:"这堤名叫鲁公堤,过堤往西,就是鲁家坨,是个很大的乡村。首户姓鲁,挂过千顷牌。在先,从鲁家坨往七子山前来,必得从七子山的北山坡绕过去,走十几里的山路。据说鲁老翁独自出资,兴修了这道堤埝。既可防阻山洪,又便利了附近各村镇的行旅,所以这道堤就以鲁氏为名。这也是一桩善举哩。"

卢问歧道:"哦!可惜这堤短少树木,要是再种些桑槐榆柳,真像西湖十景之一的苏堤春晓了。"凌伯萍点了点头,道:"堤北倒有些林木,面山沿水,景致比这里还好些。"卢问歧伸手扪着头脸,笑道:"瀑布可看,就是晒得难受。既然有这么好的地方,凌先生,烦你领路,索性咱们逛够了。"

凌伯萍有点不大耐烦道:"天可是不早了。"卢问歧道:"凌先生,从北歧走,不是可以绕过来吗?"伯萍道:"绕倒是绕得过去,那一来可就多走六七里地了。"卢问歧道:"走吧!六七里地,小弟一个文弱的人还不怕,凭凌兄这种人,难道还怕走不动吗?"凌伯萍微微一愣道:"我怎么就走得动呢？"卢问歧忙道："凌兄不是比我年轻吗？"

于是，两个人离开假瀑布，趋向山根，往西北走去。此时七子山上的盛会笙钹齐奏，正在热闹。正面山麓，行人潮涌蜂集。凌、卢二人却闲行在西北面山根边上，贴着湖岔子，趋奔鲁公堤。

这西北一带，竹林丛草，一片浓绿。极目望去，只堤头还有几个走道的人，近处竟连个人影也罕见。卢问歧欢然笑道："山行疑无路，只见日当头，这里倒真清静。"凌伯萍也笑道："那是自然，正当晌午头上，太阳这么高照，谁会这么高兴，挨着晒游山逛水呢？"卢问歧也被说得笑了，又擦了擦头上的汗，说道："咱们快走吧，趁早到堤头凉快凉快去。"拔步当先，不再那么徐蹔，很快地走起来。

逛山游湖，拔起腿来急走，真是少有的事。卢问歧也自觉好笑。凌伯萍也笑着，且行且说："我们为躲热闹，反倒跑到这里挨晒。这里真是清静，可是暑气噎人，阳光太毒。"

正说着，突听得山坳北边，一声高喊道："救命啦！"隐隐又听得连喊："截住他！救人哪！救人哪！"立刻冲破了清静的空气，应声起了一片喧哗。

凌伯萍心中一动，道："唔，什么声音？"

那卢问歧大夫走在前面，也突然止步，回头道："咦！凌先生，你听是怎么的了？"脸上带着惊疑之色。

"救命哪！坏了，沉底了！"一阵风过处，字字听得真切，却看不分明。一片片蔓草崖石，遮住了视线。

两个人紧行几步，抢上鲁公堤。堤上有些行人，也正张皇倾耳。陡从堤头转角处，尘土飞扬，奔来了一匹马。骑马的人，惊慌失措，扬鞭连打，没命地飞跑。一面飞跑，一面不住地回头看。跟着见一个穿长衫的人，没命地追赶过来！双手高扬，连喊："快截住他！过路大哥，快截住他，杀了人了！"

这"杀了人"三个字喊出口来，堤头上本有三三两两的行人，反倒登时吓得四面散开。那个骑马的人啪啪地扬鞭打马,那马四蹄翻飞,越发地奔腾起来。

堤上行人乱躲,前面马奔命飞驶,后面人高呼杀人。忽有一行人刚跑开,又迎进来,抄取一根扁担,当头一晃。那马猛然地直立起来,骑马的人咕噔仰翻下来,摔在地上,一滚身爬起来。那马往斜刺里跑去,骑马的人拼命地狂追那马。想是摔坏了哪里,走得一瘸一拐,竟被后面人追上,两个人对抓起来。后赶的人把骑马的抓住,下死力往回拖,且拖且骂:"好东西,把人碰到湖里,你还想跑?小子偿命吧!"

卢问歧目瞪口呆,向凌伯萍叫道:"凌大哥,凌先生,这是怎的?这可是路劫?"忽然大诧地叫了一声,"不好,不好!凌大哥,你看,那不是古二爷吗?哎呀,真是古二爷?"把凌伯萍的衣袖一扯,惊慌喊道,"咱们快去看看,是怎的了!"

凌伯萍只说了一声:"奇怪!"不觉得将长衫一撩,如飞地窜上前堤。

那后赶的果然是古敬亭,和那骑马的一个追,一个逃,对撕对打起来。古敬亭打不过骑马的,连声大喊。

忽又从那边奔来一人,岔着声大叫道:"救命啊!你们谁会水,把人给捞上来,我们赏五十两银子!快呀,快呀,行好积德吧。谁捞上来,给一百两。要多少钱,给多少钱。哎呀,古二爷,你怎么忙这个?还不快想法子捞人,我们大爷都快淹死了!"这个人正是高明轩的管家,名叫高升的。

凌伯萍吃了一惊。那卢问歧惊慌得更甚,一个文弱的医生,竟飞跑着,跟从凌伯萍,一齐奔上鲁公堤。那古敬亭还在与骑马的人揪扯对打。

卢问歧抢到头里,忙着问古敬亭和长随,只几句话,便问明白。原来高明轩和古敬亭、范静斋三人,也为搭伴避器,走下山来。不想行经鲁公堤,方在堤边看小鱼戏萍,后面忽然窜来一匹惊恐的马,把高明轩挤坠湖中。地当假瀑布的上游半里以外,水势极冲,浪打甚猛。据说高明轩又不会水,经堤上会水的农夫下水捞救,不意高明轩昏迷挣命,倒把个救他的人,双臂一张,紧紧一抱,也生生拖入水中去了。

高明轩、古敬亭、范静斋三人,本是患难的同盟弟兄。高明轩忽遇意外飞祸,范静斋竟舍生忘死,以一个不会水的人,也跳下水去,妄想捞救。结果,没有把高明轩救出来,反倒又饶上一个。现在范静斋和那下水捞人的农夫,也正在水滨挣命哩。

那古敬亭惊恐急怒,竟丢下救人,反奔来追擒这肇祸的骑马人,抓住他,向他拼命。只一味狂喊狂叫,一句话也说不出。多亏管家高升,一字一板,把这场飞灾说明。卢问歧、凌伯萍不由得一齐惊诧。见古敬亭还同骑马人拼命,立刻唤着管家高升,一同上前,把骑马的人捉住,捆上,连马也捉住。

卢问歧大夫很着急地催古敬亭、凌伯萍,一齐扑奔高、范和农夫落水处一看。急流浪花,三个人载沉载浮,逐浪翻滚。大概肚里都已灌满了水。那范静斋还好些,只在堤边挣扎,侥幸未当中流急湍,没被水溜打走。高明轩和那个捞救他的农人,竟彼此扭作一团,忽然沉下水去,忽然又漂上来,互相牵制,半响浮不上来。高明轩的长袍肥衫,已成了水袋。

堤上站着十几个看热闹的人,没有一个人敢再下去捞救。都说这个被淹的人情急拼命,力量极大。这里水流又猛,弄不好,被他抓住了,一准淹死在一块。又有一个老头儿,在旁边皱眉说:"这里的湖盆子很凶,常常有淹死鬼,捉替生,哪一年都淹死三个两个的。掉下去,咳,准了不得!"这样说法,更吓得没有人敢下水救人了。

堤上还有高宅一个长随,哭喊着悬赏求救,价钱越递越高:"谁捞出我们主人,赏银五十五两,赏银一百两、二百两、三百两!"一时仍没人敢去。又叫了几次,忽来了一少年,乃是个赶佛会、看热闹的渔户,见赏心动,把浑身衣服脱光,求众人做证,答应他:"救出人就给现钱。"

然后他一纵身,跳下水去。伸臂分水,浮得很好。却先浮到近岸浅水处,把范静斋捞救出来。古敬亭忙叫着高宅长随,一齐上前拖救。然后,那渔户二番下水,浮奔高明轩。

一阵浪花,高明轩和那个农夫,被激出数丈。高明轩似已说不出话来,两眼翻白,一双手爪兀自破死命抓住农夫,大概已失知觉了。这二番泅水救人的少年渔户,一直破浪浮过去。无奈水力太大,竟斜冲出数丈以外,好半响才浮近高明轩和农夫。

堤上的人连忙吆喝:"快从后面拖他!喂,先拖那个捞人的农夫,后拖那位姓高的绅士。"高家的长随忙说:"喂喂,先捞我们主人吧!先捞出我们主人,我们重赏。"又有人喊:"千万别迎面截,看把你也抓住了,可要了命了!"

岸上人纷纷出主意乱喊,这少年渔户竟很在行,不敢先捞高明轩,打算先救会水的农夫。哪知这个农夫竟被昏愦失心的高明轩下死力抓得展不开手脚。这农夫仓促下水,又没有脱净衣服。这工夫他竟和高明轩你抓我,我抓你,各使出死力,扭做一团,在浪中翻滚,三起三落,都似淹得大腹膨胀,昏愦失知了。这个渔户直浮到二人跟前,踏着水,觉得没有下手处,看这样子,要拖救,便须把两人同时拖出来。可是两个人几乎有三四百斤重,少年渔户固知在水中,可以运用巧劲。但才刚一作势,高明轩已伸出一只手,没命地乱抓。吓得渔户一踏水,刷地浮出数丈以外。浪花翻滚,眨眼间,两个溺人又被水流冲出十余丈以外。

此时,古敬亭望着卢问歧,哭声叫道:"卢大夫,你你你行行好,你看看我们范贤弟还活得了不?你你你怎么给救一救?"卢问歧忙过来施手术,往外推水,一再安慰道:"不要紧,救得早,还有气呢。"

古敬亭这才放了一半心,又对着浪心,着急地喊起来。分明看见这少年渔户绕着高明轩和农夫,浮过来,浮过去,只不敢下手。那高明轩不知怎的,又沉了底,忽又浮上来,那个农夫也漂上来。两个人不知何时,已松了手,分做两下了。岸上人大喊道:"不好,一定有一个淹死了。"古敬亭越发的悲痛、焦灼。

但是这一来,渔户倒得了手,立刻很轻巧地往中流浮。斜浮到农夫身旁,一伸手,抓着小辫,踏着水,往岸上拖来。不一时到岸,众人忙将二人拖上岸头。那个农夫已淹得人事不省,死过去了。众人七言八语道:"咳,救人没救了,把自己的命饶上了。"

卢问歧忙道:"我看看。"扪一扪胸口,摇头道:"不好……还许有救!"这么一说,古敬亭眼望浪心,跳脚心急,转身催少年渔户,快快再下水。少年渔户已觉力尽,要喘一口气。

古敬亭登时红了眼,大喊道:"你们谁会水?咳呀呀,活的赏五百,死的赏三百,救命行好的事呀!你们看他已经淹死过去了,断不会抓人了。卢大夫,凌先生,你们知道哪里有会水的人?哪里有小船,借一只来!"抓耳搔腮,又跳又叫道:"我就不会水!我的天,可怜我高二哥,一辈子行善!"

正在急闹,那渔户缓了一口气,道:"这位大爷,你准给我五百两银子吗?"卢问歧忙道:"我们做见证,一准给。"渔户还在叮咛讲价,古敬亭拍掌跺脚道:"你还不紧不慢的,说给钱,一定给钱,你看人又沉底了!"急得往水边连推那渔户,自己又要往下跳,又要给渔户下跪。那渔户赤身露体,水淋淋的,这才一攒劲,又一头泅入水中。

这时,高明轩又被水浪打得一翻一滚,乍沉乍浮。渔夫游了过去,比上一次慢多了。好半晌,才挨近高明轩,刚要伸手捞救,忽然高明轩又沉下去了。渔夫踏着水,等他再漂上来。哪知再翻上来时,已在数丈以外了。渔户拼命浮过去,居然绕到高明轩的前头。岸上古、卢二人,和高家的家丁,人人兴奋,攥拳瞪眼地替渔户使力气,乱喊:"够着了,快,快揪辫子!哎哟,又要沉!"

渔户斜冲急流,不敢横阻被淹人的身体,更不敢挨近被淹人的胳臂,相隔只三五丈远,正在踏水作势。高明轩被浪头激得忽仰忽俯。渔夫看准了高明轩的辫子,脚一蹬,陡然伸手去抓。倏地被浪头一裹,高明轩身躯仰翻,辫子又看不见了。渔户往前连凑了两次,全都扑空。岸上的人急怪叫道:"抓头皮呀!"

直到第三次,渔户才觑准了,运足气力,猛然斜身蹿水,冲到高明轩左肩头,竟一把抓住了辫梢。岸上人哗然叫好。就在这时,急流一卷,高明轩的身子随流翻覆,一条右臂正搭在渔户的左肩上。吓得渔户急松手,往下一坐水,想沉下去避开。哪里还来得及?一声惊叫,竟被久溺昏迷的高明轩捞着左臂,忽地一同沉没下去。岸上古、卢二人齐声惊呼:"完了!"

水面上浪花浮泡,眼见得两人翻翻滚滚,乱撕乱抓,被急流冲出去好几丈远。忽往上一冒,见那渔户拼命挣躲,但是高明轩的手竟有出人意外的死力,任凭怎样撕挦,只是掰不开。两人此沉彼浮,眼看牵扯着要漂近那飞湍瀑布。水势越来越疾,那渔户似已力尽筋疲,肚中定也灌进了水。蓦然间两人都沉入水底。瀑布浪花喷薄,岸上已看不甚真切了。

古敬亭、卢问歧和看热闹的沿着湖边追看、着急,不时偷看凌伯萍。凌伯萍双眉微蹙,欲言又止。古敬亭大声悲呼道:"完了,这可活不了喽!天啊,谁积德行好救人啊!我们家业全不要了,谁能把人救了,我们全舍给他!"他号哭着,向看热闹的人作揖打躬道:"哪位能下水,想法子救救吧,这是积德行好的事。哪位把人救上来,死的活的全给一千银子!"这次重赏之下,竟没有一个搭茬的。眼睁睁救不了,反倒有两人被牵同溺。就有会水的人,也不敢下水捞救了。人人摇头吐舌,都说水里一定有拿替生的水鬼作祟。

众人往水中再看,不知何时,那渔户和高明轩分拆开。两人一样地随流翻滚,这渔户尚能在水面漂浮着,高明轩可是只在水中浮起沉下,沉下浮起。偶然一冒,已看出高明轩面色死白,一定快淹死了,工夫已经很久了。

卢、古二人泪流满面。范静斋吐出许多清水,已经缓过来,面色苍白,呼吸低微,扶着一个长随,蹭到湖边问道:"高二哥怎样了,救出来没有?"古敬亭含泪把捞救无功的话说出,一指湖波道:"二哥毁了,你看,眼下漂到瀑布那边,没救了!"

范静斋呻吟一声,往四面一看,失声痛哭起来,道:"我高二哥一生没做损阴丧德的事,怎的这么宽的湖面,竟会没有一只船?这么些人没有一个会水的?高二哥活活淹死,我也不能偷活了!高二哥呀,你救过我的性命,我可看着你死,我我我……"说着一推仆人又要往湖中跳,古、卢二人连忙拦阻劝解,不住地偷看凌伯萍。

猛听卢问歧惊呼道:"哎呀,坏了!"古、卢二人跺着脚,抓住范静斋,一齐哭起来。原来高明轩跟着卷入飞湍中去了。

凌伯萍再忍不住,奋然扼腕道:"咳,三位不要悲痛。我小时候略通水性,现时不定行不行。救得了高大哥,托天之幸。救不了,也只好……"忽地把长衫脱下,往地下一扔,把发辫往头顶上一盘,靴袜也全脱下来。急急伸手,将裤腿下截都撕了一个长口子。古敬亭、范静斋、卢问歧一声惊喜道:"凌先生,你会水?你可救命吧!"三个人不约而同,都给凌伯萍磕头。

凌伯萍早已结束停当,随口答了声:"不要紧,我这水性多年没试了,不准行,且试试看!"边说边走,到湖边一块岩石上,闪目往湖心一瞥,用手先按了按盘着的头发辫,两臂往上一伸,身形往起一蹲,嗖的一个燕子掠波式,猛向水里扎去。立刻波面上水纹荡开,人的踪影不见,只清波底里看见一条黑影。眨眼间,如同大鱼一般,窜出十数丈。那古敬亭在这时紧跑了两步,随即高声喊道:"高二哥呀,你命不该死,可等着凌先生来救你呀。凌先生可是不顾死活地救你去了……"

古敬亭嚷到这里,猛见凌伯萍从水中七八丈以外,往上一冒。古敬亭立刻把底下的话顿住。凌伯萍咻咻地一蹚水,破浪凌波,直赴急湍。距离着高明轩还有六七丈远,倏地往下一沉。众人惊愕,凌伯萍突然沉没水底,咕噜噜的,湖面起了水泡,接着凌伯萍忽从波心翻起,瀑布急流居然打不动他。那渔户还在水面漂浮,高明轩在这一刹那,顺流往飞湍沉没下去,形势危迫,岸上大喊。

凌伯萍蜉蟒戏水式,在水面上一个盘旋,猛然又往下一沉。在急流飞湍七八丈外,水面上浪花一滚,刷啦一声,高明轩的身体突然被托出水面。凌伯萍探首出水,居然把肩头露出水面,立刻踩着水,托定高明轩,逆流浮出来。众人惊喜交集,全站在湖边张着手,哗然大叫:"快送上来!"

高明轩起初张牙舞爪,挣命乱抓。此时魁梧的身形酥软如绵,手脚有时也乱动弹。凌伯萍举重若轻,施展巧妙的手法,被淹的人一点也捞不着他。并且踏水而行,不趋水岸,一手托着高明轩,反倒浮水奔向渔户,一换把,左手托高明轩,右手一抓,抓住渔户的小辫。一个人竟抓住两个被淹的人,凌波前进。岸上登时起了一阵阵惊幸欢赞的喝彩声。

喝彩声中,凌伯萍秀才踏水游行,活似一条大蟒,抓着两个团鱼,毫不费力地游向鲁公堤岸来了。

古敬亭、卢问歧、范静斋似乎喜极,竟不住口喊叫:"凌大哥,凌大哥,你真是救命的活菩萨。"眨眼间,凌伯萍浮到湖边。这里近堤水浅,但还不能蹬着湖底立起,凌伯萍忽然没入水中,把两个被淹的人摆布到一处,自己竟从水底,托起二人。波纹分成人字形,两个被淹的人,像浮尸一样,仰面漂游过来。岸上众人哄然,全都凑到这边。

有人找来挠钩,要往水面捞人,被古敬亭一把夺过来,呼喊道:"凌先生,凌大哥,快把高二哥托到这边来吧!"挠钩直探到水面上,要钩高明轩的头发衣襟,却又迟疑未下。浪花陡然激起,凌伯萍露出头来。高明轩忽往下一沉,那渔户猛往上一冒,呼噜的一声,被凌伯萍掐着渔户的脖颈和一条大腿,跃上岸来。轻轻地把渔户放在堤沿上,恍如一条白鱼,拉着一条死猪。凌伯萍道:"你们快给他控水。"嗖的一声，又劈下水去，把沉了底的高明轩伸手擒住，往水面一托，也捾脖揪腿，掠空往上一蹿。浪花如雨，波纹如环，呼噜又一响，水淋淋的凌伯萍，抓住魁梧胖大的高明轩，半挟半抱，飞身往下一落。堤陡地滑，凌伯萍左脚一蹬，赤足一滑，哧溜一下，高明轩头下脚上，倒栽莲花，重坠入水底。凌伯萍也凝立不住，翻身沉入波间。

古敬亭哗然大叫，看热闹的人也跟着大叫道："凌秀才，凌先生，你快把高二爷拉到岸边来吧。喂喂，他个儿大，身子重，水底泥太滑，你拖着他，蹿不上来。"

高明轩从水底往上一翻，又仰面横漂在水面上了。那凌伯萍从水面上，探出半个头来，往岸头一望，脸上含着怒容。此时，古敬亭大叫着，又一伸挠钩，竟要照高明轩的发辫抓来。凌伯萍探手一把，将挠钩捋住，又一带，古敬亭往前一栽，失声道："哎呀！"凌伯萍抗声道："你不要乱动挠钩，那一定伤了他。来，你们凑几个人，抓牢了挠钩，往上一拉，我往怀里扯。这么样，就可以拔上岸了。"

古敬亭、范静斋、卢问歧及高宅家丁一齐动手，拔河似的往上扯这挠钩。凌伯萍一手拖定高明轩，一手抓住挠钩，慢慢漂浮过来。直临岸下，这才轻轻挟起高明轩，往上一长身，借这挠钩竹竿做跳板，赤裸的脚只轻轻一点。众人惊喊道："不行，钩竿要踩断了！"刷的一声，凌伯萍左肋挟着胖大的高明轩，右腕一挥，轻如飞燕，飘然跃上平地，把高明轩轻轻放在地上。

古、范二人先不救高明轩，上前一把将凌伯萍拖住道："我的爷，你是我们的恩人！"又似哭，又似笑，呵呵不已。凌伯萍发际往下滴水，虽然穿着裤衩，究嫌赤露，忙道："你们快看高大哥，大概他不要紧，没有喝多少水，我看他也许会水的。"对高宅家人说："喂，请你把我的长衣服拿来。"家人答应着取来。范静斋哭丧着脸说道："他哪里会水，会水还挨淹？你看他肚子都那么高了，七窍都往外流水了，人都没气了。不行了，我的高二哥呀！"放声大哭起来。

三人被溺,那农夫早已救活,由他家里人领赏搀走。现在只有二人。高明轩的卧处汪着一片水。那渔户卧在一旁,也流了一地水。看热闹的说:"这不行,这得脸朝下控水。"古、范二人这才齐趋至高明轩身旁,跪下来,哭叫着,拭扪口鼻,从口鼻一个劲地往外流清水。范静斋号叫道:"完了,我的邓……高二哥呀,人可不行了!"指着古敬亭怨恨道:"都是你呀,把二哥害了!"古敬亭忙推他一把,叫道:"你别瞎抱怨了,这有啥法子?意外横祸,谁想得到啊!二哥本来也懂点水性,要不是被那马一撞,也不至于淹到这样。你别瞎闹了,救人要紧。空埋怨我,有什么用啊?"两人你推我搡,乱作一团。

高宅的家人,一个取手巾,给凌伯萍拭汗擦水,侍候更衣。另一个就跪在高明轩身旁,也忙着拭水,且拭且哭道:"卢大夫,我们大爷不行了,身上一点也不热了。"卢问歧慌忙走过来,把家人推开道:"你先不要擦水了。这总得先推水,他在水里泡了这么半晌,身上怎能热?"

一个看热闹的老头子,走过来,指着那捞人被溺的渔户道:"还有这一位,你们也得救救人家呀!这两位全得叫他趴卧着,垫起肚子来。你们再给他推一推,叫他把水吐出来。这么仰面朝天的,可要坏了!"原来这老头子也是个船户,懂得救溺的,把烟袋一插,过来就要动手。高宅家人道:"你懂得救法吗?我们这里现有大夫。"老头子哼了声,面含不悦道:"你们可得快救啊!"

古敬亭忙道:"卢大哥,你快看看,想什么法子,把我们高二爷救过来?"卢问歧俯下腰,给高明轩切了切脉,又摸了摸胸口,暗吃一惊,仰面摇头道:"不好,高二哥灌得真不轻,这位老爷子说得很对,这必得先控水。"古、范、卢三人一齐忙着给高明轩救治。旁人看着不忿,目视仰卧的渔户,窃窃私议。那老头子更忍不住,又发话道:"你们看看这小伙子,好心好意救了一会子人,白卖了性命。谁费心也给人家推救推救呀,别这么干瞪眼啊!"说着,偌大年纪,竟自己下手,把渔户翻转过来。只这么一翻,立刻有数股清水,从少年渔户的七窍咕嘟嘟地冒出来，口鼻里尤多，竟似往外倒水一般，眨眼间吐出一大盆。可是眼角已经大开，鼻孔出血了，双拳紧握，掌心无泥，面色惨白，心不跳，气不出了。

凌伯萍此时将上身下身的泥水，全擦干了，头发也已拆开拭净。衣服穿好，缓步走过来一看，心中不悦。卢问歧正用手法，给高明轩推水，竟也推出一大盆清水来。又将渔户看了看，这两人被淹的工夫久暂不同，吐出来的水竟一样多。许多人竟忙着拯救高明轩，只有老头子一个人，忙着来救渔户。

凌伯萍眉峰愈蹙，俯下身来，试一摸渔户的口、鼻、前胸和寸关尺，又试一摸高明轩的口、鼻、前胸和寸关尺，对众人道："高大哥灌了不少水，但是性命决可无虑。反是这救人的渔户，怎么倒脉散气微，鼻孔出血了呢？"老头子道："他准是叫这位高大爷掐住脖颈了。要不然，我们干船户的轻易不敢下水捞人呢，就怕的是这一手。人要快淹死，挣命瞎抓，救他的人只要叫他抓住，准死没活。不过，这位渔户还不要紧。你听，这不是肚皮里已有响动了，咕噜噜直响。刚才我看见他眼珠好像动了，大概救得活。你们谁费心帮帮忙，把他的两条腿给提起来，倒控一下看看。"凌伯萍忙道："我来！"

范静斋在那边听见了，一跳站起来道："我来控。凌大哥，你真个是我们高二哥救命恩人。你不但救了他，你还救了这位恩人。"古敬亭也从那边站起来，走到这边道："可不是，这位恩人别看是悬赏应募来的，究竟舍命救人，也很难得。想不到竟叫我们高二哥连累了，咱们快救救他吧！"

凌伯萍跟范静斋，两人一齐动手，帮着老头子，也忙了一阵。水既控净，少年渔户渐渐眼皮闪动了，跟着胸口跳动了，低声呻吟了。

凌伯萍吁一口气道："这一位大概不要紧了。救人的事真不容易，无怪人们袖手不管，这一位救人不成，惹火烧身，险些毁了自己的性命！"话风微带不满。古敬亭忙过来敷衍，解说："这一位我们一定好好酬谢人家！"

那一边，高明轩在卢问歧大夫尽力救治下，还没有救醒。卢问歧、古敬亭一齐着急，连说不好。但是高明轩胸头不住起伏，肚皮也咕噜噜发响，并且不时呕吐，唯有眼皮总睁不开。又过了好久，直到凌伯萍走过来察看，高明轩才能微微睁眼。古、卢二人一齐大喜道："凌先生你看，我们高二哥不要紧了吧？"

凌伯萍重伸手一试，觉得高明轩被淹虽久，可是现在竟比渔户好多了，不但两鼻吁吁喘气，胸口也温暖过来了。凌伯萍道："不要紧，高大哥比这渔户强多了，一点危险也没有了。"重又问道："高大哥从前一定会水吧？"

围观的人群中，有一位赶庙的中年汉子，啧啧称异道："真是人不该死，五行有救。要说这位高大爷，入水这么大的工夫，居然能救活了，真是想不到的事。我们守着湖边，这些年看见淹死的人也多了，像高大爷这么大的气脉，真是少有。"

卢问歧抬头看了看说话的人，点点头说道："你说得一点也不错，真能缓过来，就算侥幸。不过让我看，就是好了，也得大病一场。没有十天半月，休想复原。"说到这里，向古、范二人道："高二爷和这位渔户虽然得救，只是他们二位这时一定周身发冷。你看，这不是都冻起鸡皮疙瘩了。赶紧找个避风的地方才好，还要用热姜汤提提气。要是耽误时间大了，只怕他们中了寒，治着更费事了。他府上离这里又远，我想先把高二哥和这渔户送到清凉寺去，比较快当，用什么也应手。你看怎么样？"

凌伯萍道："救溺的第二步法子，本该这样的。"古敬亭目视凌伯萍道："高二哥还是呻吟不出声来，那个渔户倒能说话了，也还起不来。可巧近处没有熟人，若有熟人，把他俩搭过去最好。还有那个惹祸的小子，该怎么办呢？是把他送官，还是捆打一顿，叫他找保？"卢问歧问凌伯萍道："凌先生，请给拿个主意吧。"

凌伯萍道："送官找保的话，请问古、范二位。小弟是外人，不敢做主。不过现在无论如何，也得先找个地方，把两位被淹的人抬了去。要紧的是先给他们发汗。小弟的身上也得洗个热水澡，这么脏太不像样子了。"说时皱眉，很不高兴。

古敬亭看了范静斋一眼，说道："真是的，凌先生一身泥水，好歹擦干的，哪可怎能受得？叫我们太抱歉了。范贤弟，咱们赶快先奔清凉寺，比较还近便一点。那个骑马的小子现在还没工夫把他送官，也不能叫他走了。我看索性将这个小子押到高二哥家里。候着二哥缓醒过来，再发落他，免得受埋怨。范贤弟，你看怎么样？"

范静斋点头答道："这么办也对。"立刻打发高宅家人，到附近民家，寻找两副宽铺板和棉被、绳、杠，又雇来四名庄稼汉。由范静斋、卢问歧督促仆佣，把高明轩跟渔户搭到木板上，同时押着那骑马的小子，牵着那匹闯祸的马，径奔清凉寺。古敬亭陪伴凌伯萍，也要往山寺走。凌伯萍坚辞告退，欲归自己家，沐浴更衣。古敬亭这回竟发起急来，又扯胳臂，又要下拜，一迭声苦求凌伯萍，同往山上。他说："你是我们高二哥的救命恩人，我不能把你放走！你你你不能随便告退了！"居然用起强来。

凌伯萍急不得，恼不得。人家是好意，人家要报恩！

第四章

伏蛇阴谋布网罗

　　凌伯萍从水中救出高明轩之后，便要回家。高明轩的盟弟范静斋、古敬亭却一再强留，不让他走。人家要报恩，凌伯萍急不得，恼不得，最终只得把面色一整，又微微笑道："古先生，对不住，你看我浑身湿污，裤脚直豁到脚跟。庙中这时正做盛会，尽多妇女，我去了像什么样子？"

　　古敬亭道："盛会怕什么？大哥这是做了救人一命的好事，人家看见你，更要佩服。"说时看出凌伯萍不爱听，忙又道："咱们从后门绕进去，人也看不见。就是衣履不整，老方丈那里还不给我找一套衣服换上吗？"

　　凌伯萍笑道："我哪能穿和尚的衣裳？"

　　古敬亭也笑道："大哥这么爽亮的人，还在乎这个？要不然，你不嫌脏，就穿我的，我脱给你。大哥很懂得救溺的方法，你走了，我们真不放心。别看卢大夫是名医，他可是不会水。"又赔笑道："我知道大哥很有洁癖。那也不要紧，一回庙，我就打发人，到府上取衣裳去。真是的，刚才忘了，倒不如早打发一个人，到您宅里去一趟，也给凌大嫂送一个信。"

　　凌伯萍道："那又何必！"

忽然,古敬亭想起了妙辞,手指凌伯萍道:"大哥,你真回去不得。您看您,浑身这么湿,裤子又扯成这样,轿子又在庙里呢。您这样走回去,还不把大嫂吓一跳吗?"

凌伯萍低头自视,小衣全湿,长衫虽干,却被高家仆人拿得皱折了,真像个落汤鸡,外面包着绸衫一样。古敬亭见他迟疑,立即说道:"大哥,你真回去不得,回去会吓着大嫂。"遂走过来,扯了一把。

凌伯萍心中做想,干仆凌安现在庙中,小轿轿夫也在庙中。自己这样子步行回家,似乎不妥,春芳娘子一定要穷诘自己的,咳了一声道:"我真不愿这般模样回庙。古仁兄,我们绕走后庙门吧。"两个人这才往清凉寺走去。

不一刻行近庙旁,干仆凌安已闻讯迎出来,道:"大爷下水救人了吗?"刚才高明轩被抬进庙,已闹得通庙皆知了。

凌伯萍脸含不安道:"没有法子,挤住了。"古敬亭抢答道:"我们高二哥叫惊马撞到湖里去了,多亏你们大爷。"凌安不答,面向着凌伯萍。

伯萍道:"你赶快回去,给我拿一整套衣服来,你看我这身上。长衫已皱,裤脚已撕,双履也沾满湿泥。"

凌安一声不响,抽身下山。伯萍忙追叫道:"你把……外书房的衣服找出来,赶快送来。不必惊动大奶奶,看她晓得了,又要担惊。"凌安道:"我知道。"大步走下山去了。凌伯萍意不自得,范静斋暗暗含笑。

这时清凉寺内正值盛会。高明轩和那渔人,先一步从后门抬入禅舍。老方丈慌忙过来照看,搓手慰问,连说:"这这这怎么说的?"先把高明轩安置在三间精舍内,又把渔人另搭到别间禅房,忙着给二人更衣,加被,煎汤,发汗,按摩。

凌伯萍一步走进去,只见精舍禅榻围满了人。高明轩拥被围在榻上,二目不开,喘息转急,从被中露出一只手,卢问歧大夫坐在面前凳上,正给切脉。在病人脚下嘤嘤啜泣的,还有一个少妇,旁边侍立一女,使婢打扮。这少妇绿鬓纤腰,盛装长裙,姿容仿佛艳冶,原来是高明轩的如夫人到了。她守在丈夫脚下,哭得抽抽噎噎,如梨花带雨,好不伤心。吴娃娇喉,哭得尽恸,哭声柔媚动听。

范静斋站在对面,正在劝解,忽见凌伯萍来到,范静斋忙道:"二嫂子别哭了,你看咱们二哥的大恩人凌秀才来了,就是这位。"

哭声顿住,那少妇拿一条红手绢,正掩着脸,闻声立刻微露半面,睁着一对清澈的眸子,向凌伯萍一瞥。忽然面笼娇羞,把头低下,把身子一扭,似乎自家忘情悲泣,被生人看见,未免觉得可愧。那红手绢才放下,重拿起来掩住嘴,又低头拭眼。然后一整身,抬头,嫣然一笑,先"哟"一声,道:"刚才救我们二爷的,就是这位啊?"

古敬亭从伯萍背后应声道:"二嫂子,就是这位凌大哥,多亏他冒着险,把二哥捞救出来的。二哥这回飞灾,真叫人想不到。二嫂都听说了吗?"

少妇暂不答古敬亭的话,双目偷看凌伯萍。微敛羞容,婷婷站起来,向使女递过眼色,使女忙把拜毡取来。少妇徐徐说道:"古贤弟,范贤弟,你替我请这位凌相公里边坐。"

凌伯萍一看这样子,忙缩身后退,翻身欲出。古敬亭道:"凌大哥别走!"从后面拦住。范静斋也赶过来,两人一边一个,把凌伯萍架住,推让到椅子上。

那少妇羞惭惭道:"凌相公,您真是我们的大恩人。我们明轩若不是您……今天只怕是性命难保!"拜毡铺好,她插花烛似的拜下去。

凌伯萍急避不开,还礼不得,窘得面似蒙了红布,竟侧立着受了三个头。

少妇起初含羞,等到拜罢,见伯萍局促不安,便拿出主妇的体貌来,又扶了扶,侧身站着,伸出尖尖的手指,让座道:"凌相公,请坐下说话儿。"

少妇又道:"凌相公,这救命之恩不比别的,您就是我们的重生父母。"向病榻看了一眼,双眉紧锁,如不胜情道:"您把明轩救了,免得叫他落个淹死鬼,也给他洗去丑名。若不然,人家说了,他上庙还愿行善,当时淹死,想必生前没做好事,才遭这恶报!您这一来,在我们身上积大德了。"伯萍道:"嫂夫人太客气了。"

少妇道:"不是客气,是实话。凌相公,您会游水,您一定懂得救溺的法儿。我说,卢大夫,您跟凌相公合着断一断,到底我们明轩要紧不要紧?怎么他还不能说话呀?刚才我乍一来,把我吓酥了,只当人没了气儿呢。"手抚胸口,吁一口气道:"你听,我这当儿,心里头还扑通扑通地跳呢!"

凌伯萍说道:"嫂夫人无须悬虑,我看尊夫早没危险了。"

少妇道:"既然不碍事了,可是的,凌相公,明轩在这里休养,究竟不便。"又一红脸道:"我一个女人家,也不好服侍他,何况这儿又是个寺庙哩。凌相公您替我拿个准主意,要是真不碍事,莫如就叫一乘驮轿,趁天色还早,把他抬回家去。您看行吗?"

凌伯萍到病榻重加诊视,对着卢大夫说:"若坐驮轿,路上只不见风,料也无碍。还是回家静养的好。"

卢问歧也道:"是的,按脉象说,坐轿回去是可以的。在家里,自然比在这里便当多了。"

这如夫人便做主张,命使女传话,叫仆从觅轿。要一乘驮轿、一乘小轿,连原来的几乘,恰好高明轩一乘,如夫人一乘,范、古、卢三人各一乘,凌伯萍一乘。意思之间,要把恩公接到自家。

仆人领命出去。如夫人刚到病榻前,摸了摸高明轩的头,又切了切脉,转脸来,坐下,便一扫羞怯,亲亲热热,和恩公攀谈,申谢。由感恩说到遇救,由遇救说到肇祸,如夫人紧咬银牙,发狠道:"这骑马的人实在万恶,怎么碰着人,丢下了就跑呢?如今把他捉住,就该送官治罪。"说着转问凌伯萍道:"送官对吧?可是这究竟是误伤,我倒有心吓他一顿,把他放了。又怕我们明轩万一有个好歹,那人就是凶手了,轻放了,心上不甘心。"将一双点水青瞳,望着凌伯萍,似要讨个主见。

凌伯萍便道:"高大哥实已脱险,决无性命之忧。我看把那人放了吧。"

如夫人满脸堆欢道:"那么说,我们明轩真不要紧了。我本打算等明轩好利落,再把惹祸的连人连马放走,省得等他缓过来以后生气,不答应我。恩公既然这么说,放就放了吧。放了也好,省得明轩苏醒过来发脾气,拷打人家。您想他好心好意来行善事,无端被逸马挤坠湖里,他一定懊恼,怎么行善倒遭恶报呢?他一定恨极了这个骑马的,必不能轻轻饶过。既然这样,恩公说得对,还是早早把人放走。这也是件善举,到底凌相公心肠好。"回顾使女道:"你去告诉他们,就说我说的,冲着凌相公的面子,那个骑马的不用押着了,放他逃生了吧。也免得大爷缓过来,拿他泄愤。真算便宜他了,免去一顿好打!"

这样,把整个人情送给凌伯萍了。她却又用红手绢,一掩樱嘴,嗤地笑了一声,赧颜向伯萍道:"凌相公,我们明轩别看心肠慈,好行善,他的脾气可够暴的。回头等缓过来,只怕找我们要人。他若是听说是我做主放的,他一定不答应我。凌相公,那时候,我就往您身上推,我就说恩公叫放的。人家救了你,连讨这点情面,还不行吗?他就没的说了。凌相公,到那时候,他要问,您可替我担着点呀。回头别叫我挨他的骂,说我女人家胡出主意。"

凌伯萍道:"既是觉得不便,不放也可以,等尊夫自己发落也好。"

如夫人哟了一声道:"那是什么话呀!您说的话,我们两口子一定照办。您不是救命恩人吗,况且您这份用心,又是行好。我拙嘴笨舌,凌相公可不要笑我啊。"

这少妇居然健谈,姑苏女儿娇喉自佳,这女子又很洒脱,乍见是怯生,如今把凌伯萍当恩人看待,既不再见外,遂更觉亲切。一时问问高明轩遇险的经过,替那救人几致殒生的渔夫、农人连抱惋惜。一时问问凌伯萍浮水救人的详情,把感恩的话讲了又讲。一时又问问救溺以后的保养方法,该怎样服侍,才不致诱发他症。跟着又和凌伯萍,商量起酬谢渔夫、农人的办法,该怎样给人家家中送信,该怎样加意治疗,该拿多少钱犒谢。把凌伯萍看成弟兄一样,一口一个凌相公,叫得这么亲近。

随后,又叙起家常来,问凌伯萍家中都有什么人,凌娘子多大岁数,是哪里人,有小孩没有。她笑着说:"赶明儿我看看凌嫂子去,把凌嫂子接到我们舍下住两天。"

凌伯萍勉强答对,就要告辞。外面传话说:"轿子叫来了。"

少妇忙站起来说:"凌相公,您别走,这不是轿子都来了吗?"坚邀伯萍随她进城。她又说:"您怎么着也得到舍下盘桓两天。"

凌伯萍不肯,峻辞谢绝说:"舍下还有琐事。"脸上颇露出不耐烦。

古敬亭、范静斋恐怕闹僵,忙说:"二嫂子,我们凌大哥总得回家看看,怕他家里也不放心。"

少妇道:"哟,我就忘了这个了。可不是,凌嫂子一听凌相公下湖救人,自然也很挂念的。我们做女人的就知道往一面想,凌相公,您别笑我不通人情!"又说了许多感谢的话,吩咐仆役,把轿舁入,先送凌相公回家。

凌伯萍很不高兴地等着凌安取来衣服,更换好了,方才坐自己的小轿回去。这里古、范二友和卢大夫、家仆等忙把高明轩和渔人全搀架上轿。他们陆续下山了,老方丈亲送出很远,方才回转。山上的盛会依然做着。

被溺的施主高明轩坐轿进城,回家。将渔夫安置在下房,将卢问歧大夫安置在客厅。高明轩面色惨白,呻吟不已,由古、范二人挽着他的胳膊,直蹀入内宅暗室。他那如夫人和小丫鬟跟随在后。

一入内室,悉屏仆役,小丫鬟也留在外间,如夫人回手掩上内室的门。高明轩跟跄倒在床上,古、范给他盖上棉被。高明轩呻吟声顿住,精神十分疲殆,一语不发,眼角滴下泪来。古敬亭忙低声道:"二哥怎么了？这一来大功告成了，你别难过呀！"高明轩掩面不语，兀自呜咽，似勾起伤心事来。

那如夫人目视古、范，又看了看高明轩，错愕不解，发话道："我看二哥神气不大好，别是弄假成真，真淹着了吧？"

高明轩长叹一声。古敬亭、范静斋在室内走来走去，咳了一声道："可不是，淹了个不轻。若不是这么一来，怎能骗得过小白龙？人家是行家啊。二哥，这工夫觉得怎么样？还难受吗？"

高明轩摇了摇手，道："求人真难哪！我恨我自己太不争气，下多大苦心，还是凭自己本领，斗不过狮子林，挤得没法，出这等下策，真够丢人了，还险些送了性命，还不知将来结果如何。"

那个如夫人道："二哥真淹着了吗？喝了几口水？"

高明轩拥被坐起来，又叹了口气道："浑身筋骨疼！六妹，我简直是死里逃生。还喝多少水？只喝了一口半，就灌满一肚皮。这还是小事，我心里没有迷糊，我自己有把握。只是我久没下水了，乍一沉，又穿着衣裳，又泡得这么久……六妹你不知道，我在水里足足泡了半个时辰，那位凌大爷才肯下来！我只当是没指望了呢。好容易才盼他跑过来，他又犹豫着不肯下水，谁想我这条腿忽然抽起筋来……"

古、范一齐大惊道："真的吗？"

高明轩眼含着泪，苦笑一声道："你看，就这么巧嘛！这条腿直转筋，脚跟差点横过来。简直说，小白龙再晚到一会儿，那真淹死了。那时我心里只祷告，亡兄亡嫂多多保佑我，你夫妻俩要想报仇，可别叫我糊里糊涂死在这里。这条腿还是直转拗，我连忙沉下水去，狠狠地掰了掰，又蹬了蹬，偏偏那个渔夫又来捣蛋，他要救人！把我恨极了，我就掐了他一下子。"

古敬亭道："不好，你收拾这个渔夫，差点叫人看出来，好在快淹死的人都是乱抓人，可是你那手'黄莺托嗉'用得太明显了，只是小白龙没看见罢了。"

高明轩道："是吗？你们在岸上看出假来了吗？你们看，把小白龙骗住了没有？我在水里挣命，他们都说了些什么？"范静斋道："还好，骗住他了。不过，他只问二哥从前会泅水不会，也许动了疑，看出二哥踏水的功夫来了。"

那如夫人道："呀！那不露馅了？"

古敬亭道："我们给掩饰过去了。我们说二哥小时会水，不过叫马猛一撞，水流又急，支持不住了。他只看见二哥淹得翻白眼，大口吐清水，决想不到有假，更想不到骑马的乃是我们自己人。"

高明轩矍然道："这一点很要紧，胡贤弟，你快叫马老台离开这里吧。倘叫小白龙看见他，在咱们这里出入，那就满盘皆输，露出假来了。他现在哪里呢？"

如夫人道："给他一百两银子，叫他回去就完了。"

范静斋道："他现在在店中呢！回头去打发他。"

如夫人道："你们这条计，真想绝了。小白龙纵诡，也绝猜想不到。从来只有卖好，没有倒卖恩的。现在第二步该怎么样呢？是不是明天就去登门拜谢救命之恩呢？"

范静斋道："越快越好！"古敬亭道："不行！二哥好得太快，显出假来了。"

高明轩颓然躺倒道："情实我也是浑身疼痛，真挣扎不动。回头叫卢医生给我诊诊，我得吃几剂药。还有这卢医生，咱们绑票似的把他架来。我看如今用不着他了，把他打发回去吧。"转顾少妇道："六妹妹，明天就烦你到小白龙家，登门拜谢他去，就说我淹得很重，大夫治不好，务必把他请来。小白龙的女人，你可以设法跟她套套交情。"

少妇道："我去，我带着礼物，去到他家道劳叩谢。这是救命的大恩嘛。"说时笑了，又道："我求见他的太太，跟她拜盟，结干姊妹，这个我都弄得来，二哥放心，我准装得像。我再带着小梅妮子去。小妮子长得很媚气，一定会诱人。反正小白龙年纪轻轻的，不贪财，必贪色。不好交朋友，一定好女人……"说着咯咯地笑起来，道："好色的必然轻友，这小白龙不受这套，受那套。我们安排好了，就拿报恩为名，一步一步跟他凑，酒色财气四个字，好什么，给他什么。只要他拿二哥当朋友，一来二往……"

高明轩精神一振，霍地又坐起来，道："对！六妹多受累。皇天不负有心人，这一回我险些弄假成真，命丧湖底。我这回再打不动小白龙，我就真真没招了！"

古敬亭道："这一招准行！就由二哥和六妹，你们二位假装夫妻，天天去亲近，内线外线同时打通，他小白龙不管怎样乖僻，你感激他，天天给他高帽戴，他也不能把你推出门外。那个仆人叫凌安的，也得想法子勾引勾引。这交给老黑办。奴才交奴才，主人交主人。六妹就认准了龙娘子凌夫人，你们拜干姐妹，这招很对。小白龙大概怕太太。"

那如夫人道："听说龙娘子不是我们道里人，只是个外行，寻常女人。"古敬亭道："寻常女子更好哄骗，她必然贪小便宜，喜好珍宝首饰。"

几个人掩门议论一阵。高明轩躺倒歇息，他真个害起病来，心上更浮躁万分。他淹得太甚了。

由次日起，那个艳冶的如夫人，高明轩背地称为六妹的，备了许多礼物，珍宝、首饰、锦绣绸缎、果点，抬了好几抬，携带一个俊婢，名叫小梅的，坐小轿，亲赴七子山麓凌伯萍秀才的住宅，登门谢恩。

高明轩偃卧病榻，和古、范二友低声私议，听候"如夫人"怎样进凌家门，怎样见凌氏夫妇。假如可能，预嘱好了如夫人，不妨留在凌宅住一两夜。仍嘱咐仆从，只要凌家收礼延宾，便速奔回送信。

但是，凌伯萍竟古怪得很，而且乖觉得很。"如夫人"早晨去，响午回来了，礼物整盒提回。凌伯萍竟没在家，凌娘子也出了门。只剩那个干仆凌安，司阍待客，说主人和主妇两口儿住丈人家去了，今早刚刚

动身。"如夫人"失望而归。

但是铁杵磨绣针,高明轩不久病愈,拉开长工夫,日登龙门,凌、高二姓终于不久成为朋友。或者依照凌伯萍的口气说,不算朋友,也成了很要好的"熟人"了。

在高明轩溺水遇救的四个月后,有一天,高明轩夫妇竟在凌伯萍的客厅上,座谈了好久。因为来客是夫妻俩双登堂,凌夫人杨春芳娘子也就抱着爱女小桐,出来陪伴女客,终于把高氏如夫人让到内厅去了。高明轩在外客厅坐了一会子,凌伯萍到底没往内书房让。

这一回登堂拜访乃是头一次,竟周旋了两个时辰。男客在客厅已经辞穷,女客在内宅却欢笑亲热异常,而且一同用过午饭,才告辞回家。

饭后,高氏夫妻坐轿回去,范静斋、古敬亭见了面,齐给高明轩道贺。高明轩也欣然得意,目视他的那位如夫人道:"还多亏了她。若不是她,我还是被人家赶出来了。"

原来高氏如夫人把凌伯萍的爱女小桐,抱在怀内,爱得不得了,一定要认为义女,拜干亲。小桐刚刚四岁,居然和如夫人不认生。

这如夫人乍到内宅,看出春芳娘子是个美而秀的聪慧女子,就打叠精神,和她攀谈。对春芳娘子一口一个大嫂叫着说:"大嫂,您不知道这事吗?凌大哥是我们明轩的救命恩人,若不是凌大哥,我们明轩早成了淹死鬼了。我们老早地想看望大嫂来,明轩总拦住我,说凌大哥是书香人家,高门雅士,我们本是暴发户,浑身俗气,怕大嫂见笑。"

春芳娘子道:"您太客气了,我们本是寒酸人家,我也从来没出过门的,没准倒叫您笑我呢。您说我们伯萍怎么救过高二爷来?这是多早晚的事呀?"

如夫人微微一笑道:"这还是头几个月,春天的事哩。那一回我们明轩在七子湖,叫一匹惊马撞到湖里了,多亏了凌大哥,舍生忘死,把他捞上来。这才是救命的大恩哩。怎么凌大哥没对您念叨过吗?"

春芳娘子面皮一红道:"这个,也许他忘了说了。"

如夫人道:"上回我还到您府上道谢来呢,可惜没见着您。听说那天您住娘家去了!"

春芳道:"是吗?又叫您见笑了,我们伯萍什么事也不告诉家里的。他外头的事,我一点也不知道。您这是来了,您若不来,我还不知道高二爷和他是朋友呢。"

如夫人说道:"我可不信。我早听说过,凌大哥和您感情好着的呢,他会瞒着您吗?别是他怕您,管他太严了吧?"

春芳含羞笑道:"二嫂子乍见面就取笑我了?"

如夫人笑道:"我该打嘴,我可不敢跟您取笑。我告诉您吧,您大概全不知道,我们明轩感激大哥的大恩,恨不得请他到舍下,哪怕敬一杯水酒呢,也算尽尽心,谁知总请不来。我们明轩后来才听人说,凌大哥是很恋家的,轻易不好应酬。大嫂,别看咱们是初见,我早就猜出来,您一定生得够漂亮的,若不然,也配不上凌大哥那一表人物。人们都说凌大哥的夫人比天仙还美,真是头是头脚是脚。今天一见,果然不虚,大嫂,您真俊哪,怪不得凌大哥那么恋家。您今年二十几了?我看您至多也就是二十,再不然是十九岁了,对吗?"

春芳赧赧说道:"我二十五了。"

如夫人道:"是吗?可不像,您瞧着只像十八九岁、二十来岁的人,您真生得少相啊。"

春芳道:"看您说得也太玄了,我们小桐都四岁了。我怎么会是十八九岁?"

如夫人仍嘻嘻哈哈笑了起来道:"人家真有十六岁开怀的,那不算稀罕。"说着,凑到小桐面前,道:"大嫂,这是您跟前的吗?这真跟小天仙似的,怎么才四岁,看着像小大人似的,又活泼,又稳重,真是大家小姐。小嘴多好,多红,简直跟您一样,就是眼睛和脸蛋像她爹爹。"把手一张道:"桐小姐来,叫婶子抱抱。"

小桐咬着指甲,往丫鬟怀中一躲。这如夫人很会哄小孩,搭讪着把小桐抱了起来,偎腮、亲嘴,叫小宝宝。春芳娘子抿着嘴看着,心中喜悦。

如夫人把备下的珠串、手镯,给小桐戴上,引逗着小桐玩耍。面对春芳娘子说:"嫂子是有福气的,年轻轻的有这么水葱似的一个小宝宝,多么开心!"

春芳目视小桐道:"一个丫头子家,有她又算得了什么?怎么大嫂跟前,一个小孩也没有吗?"

如夫人咳道:"没有呢!妹子老早老早地就盼个孩子,就是盼不来。前年好容易有了,谁想又小月了。您还嫌丫头子,我连丫头也落不着呢。要不然,大嫂就把小桐认给我做个干女儿吧。桐姑娘,你愿意要这个干娘不?干娘给你做花鞋穿,领你进城看戏。"

这样说着,下趟再来,果然给小桐裁了许多小衣裳,定打许多玲珑首饰,还有长命锁、避邪符、四双四季花鞋。就这么模模糊糊,她自称是小桐的干娘,小桐也就算是干女儿。干亲走动得越发勤近了。

不过,春芳娘子那天听了救溺的话,当晚又向凌伯萍穷致盘诘,问他:"你是下水救人了吗?这是多咱的事?怎么我一点影子也不知道?"

伯萍晓得爱妻又犯恶了,满脸赔笑地掩饰道:"这是老早的事了。"

春芳道:"老早的事了?你怎么老早不告诉我?你还是老早就瞒着我?"

伯萍笑道:"下水救人是冒险的事,我怕你听见了,又担惊害怕。"

春芳道:"对了!你既知我担惊害怕,所以就把我蒙在鼓里!所以任什么事也不叫我知道!多谢你的好心,无奈这一来,叫人瞧着,好像我又成了外人。刚才人家劈头一谢,弄得我张口结舌,想谦辞几句,都不知道说什么好。叫人拿眼盯着我,很诧异地问我,大嫂不知道大哥救了我们明轩吗?你想我难为情不?我有什么法子呢?我只好跟人家说,'我的这个男人可是与众不同,人家身上的事向来不告诉我。'我们本来不般配,差着大半截呢。我也知道,我不能跟人家高姨奶奶比。可人家别看是夫妾,可是两口子双双出门拜客。老爷有什么事,姨太太全干预得着。人都说至近莫过于夫妻,只有我是例外,我比什么人都不如。我想起来,就要痛哭一场,怨我死去的爹糊涂!"

春芳娘子很磨烦了一阵子。她说的话,又酸又涩,并拿一种极受委屈的腔调讲。可是她脸上的表情隐隐透出"拿斜道歪"的样来,口角还是带着娇笑。

但是凌伯萍自觉歉然。忙凑过来,哄慰道:"芳姐,你别过意。这实在怪我粗心。我因你是个细心人,叫你晓得了,又替我担心。客人进门时,我应该先告诉你一声,就好了。你别难过,往后我什么事都告诉你。不过你可别拦我,也不要害怕。"

春芳娘子把身子一扭道:"我拦过你什么来?你又不会杀人放火,我又害什么怕呢?说实在的,你肯下水捞人,救人一命,也是好事。只是我想你身子骨也够单薄的,你就是会水吧,很凉的天,叫湖水一泡,倘或把你激病了呢?"

伯萍忙道:"不是现在救的,是今年春天,快到夏天了。"

春芳道:"是啊,就是夏天怎么着,冷水也会激着人的。况且我常听人说,捞救快淹死的人最险,乱抓乱搔的,弄不好叫他捞上一把,就许一块全淹死呢。那就叫下阱救人,我说是不是,伯萍,你也太不保重了,还怪人家担心?"

凌伯萍赔笑道:"你说得很对,不过这已经是过去的事了,我不是没有淹死吗?"随在床边并肩坐下来,拉着春芳的手道,"我不敢告诉你,就是为这个,怕你管教我。我自然会泅水,能救人,我才敢下阱呢。你想你我结成夫妻,不就是'水中缘'吗?我若不是遇难会浮水,早淹死在大江了,我焉能遇见恩公娘子你?"说着把头一侧,压着春芳娘子的肩头,轻声说道,"恩公!"

春芳娘子听了,把星眸一瞪,嘴一噘道:"我说不过你,你反正有理!"双手捧着伯萍的头一推,身子往后闪了闪,扯枕头躺下了。

凌伯萍道:"不谈这个了,咱们说点别的吧。我说芳姐,你看这位高公的如夫人怎么样?我看她一举一动,不像个良家女子似的。"

春芳道:"这位高公也不像个大财主,看着倒像个……戏台上的大花脸似的。拿着那根长杆烟袋,指指画画,说话嗓门那么高,我在二门还没出来,就听见他大喝大啸了。他那位如君又那么样,用鼻子说话。这两口子叫人看着,总像不很般配。兴许高公还怕着如君呢。刚才我瞧他总拿眼睛扫着姨奶奶,老是顺着姨奶奶的口气说话。估摸这一位必是高公最宠爱的妾呢。"

凌伯萍想了想,笑了,因道:"你也看出来了?人家还说我惧内呢。"春芳白他一眼道:"你是怕我吗?"伯萍忙道:"别生气,我是说笑话,芳娘子绝不是河东狮。"

春芳笑道:"这句笑话下回也不许你再说,因为我不爱听。"凌伯萍一歪身子道:"是是,下次我知过必改。"

春芳嗤地笑了,又道:"可是的,这高家夫妇,你从多咱才认识他们的?"

凌伯萍道:"近半年才认识的。据说他是本地人,暴发户,新近才从北方发财还家。他这人很怪,我本不愿和他来往。不知怎的,他总想和我亲近,又似乎要跟我比富似的。我在清凉寺题捐,他也比着题捐。我无意中救了他,这一来不要紧,他跟我粘上了。我救他是在春天,我总躲着他,他总嚷着报恩。那大年纪,在我面前装小弟弟。不过他这人骨子里似乎很热,见了我,总那么无可无不可地感激,我实在没法再拒绝他。官不打送礼的,人家满脸赔笑,在我面前转,我绷不起脸来了。"

春芳笑道:"得了吧,凌相公,你还绷不起脸来?你自己是不觉。就说刚才在客厅那一会儿吧,我冷眼看着,人家两口子好心好意,一口一个大哥叫道,跟你亲亲热热地讲话,你倒好,活像债主子,十问不一答,十叫不一哼。谈了那大工夫,我没听你说别的,半晌一个'哦'字,半晌一个'是的'。你真是贵人语音迟,我在旁陪着,都怪替人家难堪的。你自己难道一点不理会?先生,我劝你也稍微随和一点吧,不要端那么大的架子,叫人家笑话你酸!"

凌伯萍失声笑了,站起来说道:"我真是架子大吗?"

春芳道:"小狗才哄弄你呢,你脸上的神气又冷又傲,你真觉不出来吗?"

伯萍笑道:"这个……但是别人说我冷傲还可以,你芳姑娘可不许说。我跟你讲话,一口一个姐姐,你拍拍心口想一想,我拿你不当活菩萨一样看待吗?人家说起来,都笑我惧内,你截长补短地查考我,审问我。"

春芳满面通红躺在床上,伸脚踢伯萍道:"你胡说!谁说你惧内来?"

伯萍纵声大笑道:"谁说,人人都这么说。并且我自己也承认我是惧内。古时有一个惧内的人,别人问他,为什么这样怕老婆?他回答得很好,说是妻有三可怕。才娶进门时,年当少艾,端丽凝重,好比观世音菩萨,人哪有不怕活菩萨的?过了些年,生儿育女,孩子越养越多,活似九子母魔君,人焉有不怕女魔的?等到年老,仍不忘修饰,搽脂抹粉,更增老丑,好比鸠盘荼一样;这鸠盘荼乃是佛书上的女老妖,人哪有不怕妖精的?由此可见妻有三可怕,少幼老各具其妙。芳姑娘现在正当活菩萨之年,我凌伯萍一向佞佛,清凉寺还不断题捐,怎能把家中的活菩萨,反倒忽略了?况且活菩萨又这么亲我以樱唇,瞪我以白眼,恩威并济,刑赏时加,我待罪虔敬之不暇,我还敢冷傲吗?我不但不敢冷傲,我还热,我还热……"一直倾身逼迫过来,道:"在家敬活佛,何必远烧香?"

春芳娘子慌得连连滚身退避道:"又涎脸,又涎脸!孩子都那么大了,还跟人家这么起腻,你们念书的人真没出息!"

凌伯萍仍然顽皮,每逢春芳娘子盘诘他时,他就跟她胡闹,歪缠。现在春芳躲无可躲,她的底襟竟被伯萍压在身底了。春芳含嗔一指窗外,斥道:"你听,大白天价,宝芬进来了!"伯萍笑道:"她这时不会来的。她不是看着小桐了吗?"

春芳道:"咳,你一点正形也没有。还提小桐呢,我告诉你……"低下声音,说道,"你一点也不知检点,你不知道小桐跟宝芬说些什么哩。"伯萍道:"她说什么?"

春芳脸色羞红,轻声说:"也不知哪一天,叫她看见了。她竟大着个舌头,对奶妈和宝芬说,爹爹跟我好,也跟妈妈好。"伯萍笑了,说道:"这也不犯歹呀!"

春芳娘子道:"咳!你听啊,跟着她就歪着脑袋,告诉宝芬说,爹爹亲亲我,爹爹也亲亲妈妈。爹爹跟我们俩好。我愿意爹爹亲亲,妈妈不愿意,妈妈说爹爹的嘴扎人。爹爹的嘴不扎人,爹爹拿刀子刮脸。她的话多着呢,都是你不管不顾,叫她小孩子家看见了!"

伯萍失声大笑起来,手扪下颏道:"刮脸是很要紧的事情,由此可见……人生在世,刮脸盖可忽乎?"

春芳乘机一抽衣襟,坐了起来,并且躲了出去,用斥责的口吻道:"那么大人,一点正形也没有!"

闺门调笑,把这场过节混过去了。高明轩的如夫人既认小桐为义女,他们女眷们越走越近。辗转半载过去了,只有凌伯萍和高明轩,性情嗜好隔离太远,总有些格格不投。凌伯萍性耽风雅,又嗜好书画,喜收藏金石古董,并精辨别。高明轩费了一番心思,发现了凌伯萍的嗜好,他大喜道:"原来凌大哥还是个赏鉴家,这可好极了。大哥,我告诉你,我半生苦干,如今混整了,总想去去身上的俗气。古玩金石我倒是一点不懂,可是我很喜欢。"遂拿出许多古玩来,请伯萍品鉴。

过了些日,高明轩欣然登门,说是新得了几十块古砚:"有人告诉我,内有几块秦砖,还有杨继盛参奏严嵩时用的一块刻铭的砚台,据说顶珍贵。是什么'鸡三号,鼓五点,今日拜疏参大阉,事成奖汝功,不成同汝贬'。念着倒很好玩的。大哥既精鉴辨,请你哪天得闲,到舍下看看,这好几十块砚台,到底内中也有值钱的没有?"

凌伯萍道:"那不是杨继盛的铭砚吧?"高明轩道:"参严嵩的不是杨继盛吗?我记得是他,雪杯园那出戏不就是杨继盛吗?"

伯萍微微一笑,但是高明轩既很有钱,想必好的歹的胡乱收藏些古物,也许里面真有秦砖。遂欣然命驾,到了高明轩的书斋。高明轩忙前忙后,把仆役叫得山响,给凌伯萍预备这个,预备那个。那范静斋恰也在座,一同忙着款待。高明轩把自己"保藏"的古董全数拿出来,一件一件请凌秀才鉴赏。

凌伯萍看了,内中赝鼎居多,甚至像赵子昂画的金瓶梅,柳公权写的苏诗集联也有。然后高明轩把那些古砚从内宅搬出来,方的,圆的,石的,陶的,大的,小的,垒垒六七十块。凌伯萍一见大惊道:"这不是百砚斋的藏珍吗?明轩兄,你从哪里得来的?"高明轩看出伯萍惊讶的样子,淡淡说道:"我还有别的妙法子吗?不过是花钱买的。"

伯萍细细察看着说道:"这东西不尽是花钱可买到的。这两方古砖,我渴求一见,怀之数年。百砚斋主宠爱此物,寻常赏鉴家再见不到的。"

高明轩大笑道:"原来这都是真的吗?那太便宜我了。这是我们敬亭盟弟给我买来的,花钱不多,大概是小道货。"

伯萍道:"小道货?但不知花了多少钱?"

高明轩把得意的神气透出眉梢道:"花的钱很有限。伯萍大哥,这些东西我一点不懂,一点不爱,摆着又累赘,又不好看。大哥既然爱,你全拿了去吧。"

伯萍看了他一眼,道:"这几十方古砚,块块都是奇珍,尤难得的是多有铭刻。怎么明轩兄不喜爱呢?"

明轩笑道:"我本来是个俗人。我好古玩,不瞒大哥说,无非是装点门面罢了。我说来呀!"一个仆人应声进来,高明轩道:"回头你们雇两个脚夫,把这些砚台送到凌大爷宅里去。你们可先包好了,别磕了,摔了。"

凌伯萍道:"这怎么讲?高兄请我来鉴别,怎么整份地送给我?"高明轩搓手笑道:"宝剑赠予壮士,红粉赠予佳人。凌大哥识货,自然该归你,咱们弟兄交情过得多。"

凌伯萍力拒道:"不行,不行!这是无价的珍物,我不能强人割爱。"

高明轩大笑道:"你看我爱吗?我爱的玩意儿,我全摆出来了。"遂一指四壁和桌几,道:"像这些字画、鼻烟壶、玉狮子,这才是我高明轩心爱的呢。我们敬亭盟弟给我弄来这些石头,我还抱怨了他一顿。后来才听人说,砚台也是古玩,也很值钱,这才回过味来。可是若叫我摆,我还是觉得讨厌。况且这东西又是小道货,在我这里摆着,人来人往,也差一点。凌大哥,你就不用推辞,我一定送给你。你真不要,我全摔了它!我卖给你怎么样?这是三百七十五两银子买的,我正嫌贵呢。"

到底这数十方砚台赠给凌伯萍了。高明轩赠砚的态度,倒惹得凌伯萍十分好笑,回来学说给春芳娘子听,伉俪很笑了一阵。夫妻俩全明白,这高明轩欠着救命之恩,特意拿这个来补情。

过了几天,高明轩又带了一盒古钱,求伯萍代为鉴别。问起来时,是有个古董商,新得此物,特给高爷送来,索价五百金,不知是贵是贱。请伯萍代估一下。高明轩从中拣出一把绿锈斑驳的泉刀和一枚贝形的古钱道:"这一把小铜刀,许是古人割东西的,这铜贝有什么用呢?"

伯萍笑道:"周时泉法,本分刀布泉圜几个样式,后代才一律改圆,这铜贝也是古钱。古人用贝玉做交易,后来才改用铜铸,仍旧模拟贝形。只是这种铜贝假的多,真的少。"明轩道:"我说呢,我只是当玩物呢。"

高明轩仍然是要把这盒古钱赠给凌伯萍。摆弄着,做出赏鉴的模样,却暗暗窥察凌伯萍爱憎的神气。凌伯萍只是淡淡的,并不表出爱否来,并且他也看出高明轩有心移赠。

高明轩借这古钱,和凌伯萍畅谈了一阵,末后伯萍执意不要,便把古钱盒带起来,告辞回去。过了几天,他又拿来两轴古画,请伯萍赏鉴,并且要求道:"凌大哥乃是书香世家,你也把你的传家之宝拿出来,给小弟这个粗人开开眼界呀。"凌伯萍微笑不答。

但是,凌伯萍确有不少爱玩的古器字画。在他的客厅,尤其书斋中,杂陈着书史字帖,以及金石古物。依照高明轩这个暴发户的眼光来看,伯萍客厅中,挂有一横幅古画,特别惹人注目。书题着"万马千溪图"五字,不著画者姓氏款题,却钤了许多赏鉴家的印章。这画横幅长有两丈多,非大客厅不能张挂。在远山近水、清苍的画景中,画着许多匹骏马。或仰或俯,或卧或立,或饮或渡,或侧首旁睨,或仰天长嘶,或有骑士跨而疾驰,人马振奋,似试马的样子,或由牧童牵而徐步,似遛马的神气,人马都懒洋洋的,骊黄绿耳,千奇百态。题名万马,实际自不到万匹。可是高明轩、范静斋立在面前,仔细数了又数,到底没有数清确数,看来至少也有七八百匹。

高明轩指着这个巨幅,询问伯萍:"这是谁画的?到底有多少匹马?有准数吗?"

伯萍笑道:"整两千五百二十四。"高明轩道:"不到吧?"凌伯萍笑指中间一段道:"你看山腰林木笼罩处,那里还有一队马群哩。前汉卜式以牧畜起家,卖马不计匹数,以谷计,这画就是从这点取意。"

高明轩摇头道:"可真不容易,得画多少天,才画成啊,况且又是工笔。可是的,是哪朝人画的呢?"

凌伯萍道:"古画多不题款,从题跋印章看来,既有宋徽宗的文翰之宝,恐怕是唐人手笔。赵子昂的跋语说是吴道子画的,只是于书史无考。"

高明轩立在画前啧啧称叹。画挂在东壁,壁旁有一小几,几上有一紫檀座,座上摆着一件古玩,是一棵碧绿的白菜,玉色莹然,刻镂如真,并且栖有真的蝈蝈儿、金钟儿,是用铜丝缚在上面的。高明轩不脱豪气,信手拿起来,看了一眼道:"这玩意儿做得精致。比大哥那座碾玉观音还好。"说着,把那棵碧色白菜仍放下了。

在对面几上,也有一紫檀座,上摆一只古铜蛙,绿绣斑驳,独双眼突出,黝然呈紫色。高明轩道:"这别是三脚金蟾吧?"

凌伯萍用一种漠然的口吻答道:"是的,古书叫蟾蜍。"高明轩谈了一会儿,告别回去了。

这样一来二往,一晃又过了半年。

忽一日,高明轩又来拜访,干仆凌安这次很客气地回答:"我们大爷没在家,出门了,高二爷进来坐坐吗?"高明轩道:"是吗?你们大爷多咱走的?上哪里去了?"凌安道:"昨天走的,回老家收租子去了。"

明轩微微一愣道:"昨天走的,前天我还和他见面,竟没听他谈到。他自己走的吗?管家,你不是常陪你们大爷出门,这回你没跟去呀?"

凌安笑道:"我们大爷倒是常带我出门,不过这一回是凌祥跟去的。"又重复一句道:"你老不到客厅坐坐去吗?"

明轩道:"这个……"

凌安忙道:"大爷走后,客厅门锁了,我给你老要钥匙去。"

高明轩看他一眼,笑道:"不了,我改日再来。你们大爷什么时候回来?"

凌安道:"那可没准,也许十天半月,也许两月一月。"

高明轩沉吟着说道:"那么,烦你费心,到内宅替我回一声吧,我也不留名帖了。"遂上了轿,回转自家。在内宅把范静斋、古敬亭找来,三个人密议一阵。次日,由如夫人到凌府去了一趟。

第五章

二县吏访贤窥盗

两个月过去,凌伯萍率凌祥回来,带回不少东西,装了两口大皮箱,一只小皮箱,一直抬入内宅。自从春芳娘子发过话,不再在书房存放东西了。凌伯萍含笑对春芳娘子道:"娘子多寂寞,多辛苦了!"

春芳笑道:"大爷路上多辛苦了!"笑着,他遂将小皮箱打开,内有一千二百两银子。伯萍对春芳说:"你收起来吧,这是今冬的用度,足够了吧。"问起来,乃是从故乡收进来的租子,也有一部分铺账,说是透支。

那两只大皮箱没有当时打开,只叫凌祥抬到内室套间放着。春芳娘子道:"这里头装的是什么?"凌伯萍道:"有些布匹头,还有几卷子字画儿。"

春芳好画花卉,就要拿出来看。伯萍道:"是山水,还没有装潢呢。"

又过了几天。忽一日,干仆凌安进内宅回话,匆匆数语,转身退出。凌伯萍不知怎的,盯了他一眼。凌安转身退出来,进入外书房小院。凌伯萍在内宅踱了一个圈,忽然顺脚往外走,在厅心往来散步,抬头看天,跟着,干咳一声,又顺脚踱到外书房。

外书房门已开,凌安正在里面,手拿一把掸子,忽坐忽站,眼看外面,样子很浮躁。那一个干仆凌祥也从后园急急匆匆地穿院过来,到书房院内。

凌伯萍负手闲踱,向内宅瞥了一眼,迈步直入书房内。坐定,大声问话:"凌安,你扫地了没有?"

"扫过了。"凌安答了一句,脸对着凌伯萍,主仆相看,忽说道,"院子还没扫完呢。"抽身退出,向凌祥说了几句话。凌祥点点头,俯身操起一把扫帚,站在小院门边,用这扫帚轻一下重一下扫地。扫一会儿,直起腰来,看看内宅。

伯萍坐在书房椅子上,听凌安回事。听罢,仰脸想一想,沉吟,啜茶,又嘱咐了一些话。主仆一坐一立,一问一答,声音低微,只听见外面凌祥扫地的声音。

直到午饭时,凌祥方才扫完了地,凌安也出离书房,来到门房。主人凌伯萍这才从椅子上站起来,扶着桌子,低头寻思,从书架上信手拿起一套书,慢慢走进内宅。书童宝文正在屏门徘徊。春芳娘子正在绣榻上裁剪衣服,听伯萍进来了,也没有抬头,只信口问道:"你上哪里去了?"

伯萍道:"没上哪里去。"顺手把书放在桌上。春芳娘子道:"我叫宝文请你吃饭,这孩子跑到哪儿去了?"说话时,那书童宝文溜到门房去了。使女宝芬却从厨房走来,回禀道:"奶奶,这就开饭吗?"

春芳娘子徐徐叠起衣料,伸足下地,向凌伯萍一笑道,"人家等你吃饭呢,你又溜了。估摸是又上书房发呆去了吧?走吧,吃饭去,你听,这不是小桐叫你了?"

饭开在中堂,使女宝芬带着小桐姑娘,已然早早地坐在椅子上等候,一见面,小桐就叫道:"爹爹,我吃那个,宝芬不给我夹。"宝芬道:"那个辣,吃不得。"

夫妻俩坐下,和这爱女一同用饭。小桐这小孩子很唠叨,吃着饭总问话。平时伯萍必引逗她说笑,今天伯萍没有言语,低头忙忙地吃饭。

饭后茶罢,凌伯萍在上房榻边,倚着被垛,半躺半坐,低头看自己的指甲。春芳娘子要接着剪裁衣裳,说道:"大爷,借借光,你上这边来,别碍事。"伯萍就一欠身,挪了挪窝。小桐凑在他跟前说话。

春芳娘子忽然说道:"伯萍,你怎么了?"

伯萍道:"唔?我不怎么着。你怎么忽然问起我这个来?"春芳道:"我看你闷咕嘟的,好像很腻,你心上不好受吗?"凌伯萍把精神一提道:"我腻什么?你这是胡猜呢。"

春芳道:"哄,你连孩子都不搭理了。你也不看书,你瞧你像泥塑似的……"

伯萍忙一扪胸口道:"不是,许是刚才吃饭吃急了一点,胸口有点膨闷。"春芳道:"你喝点四消饮吧。小桐起来,别跟你爹爹起腻了,听见了没有?你爹爹胸口不舒服……要不,你就出去遛遛呢?好久没上清凉寺了,你找他们下棋去吧。宝芬,你告诉前边……"

凌伯萍笑着摇头道:"怎么今天芳娘子直往外赶我呢。我吃饱了饭,犯食困,实在不愿动,躺一会儿就好了。"信手把桌上那套书拿来,打开布套,抽取一卷,往榻上一倒,闲翻起来。

春芳娘子命宝芬把小桐领到花园去玩。她自己也不裁衣了,收拾起来,偎着伯萍坐着,低头赔笑道:"我给你揉揉呢?"柔情似水,恩爱良深。

伯萍笑道:"嚇,我又不怎的!我说,你也倒下来,陪我躺一会吧。"笑拍鸳枕,要并头昼眠。虽在深闺,究当白昼,春芳娘子不禁红了脸,道:"你又来了!"

当此时,干仆凌安正忙着进城。

这一天,凌伯萍白昼整天没有出门。一到夜晚,凌伯萍老早地睡了,并独寝在内书房。

到了第二天,凌伯萍起得很迟,漱洗之后,似乎更没精神,很带倦容,又像熬了夜。春芳娘子看着他的面色,问道:"昨夜你没睡好吧?"

伯萍淡然一笑,没有作声。

午后,凌安从外面进来回话。凌伯萍挥手道:"知道了。"

过了两天,凌伯萍又精神起来。春芳娘子只道他一时发烦,现在必是把个烦劲过去了。

但是,突然这一天,干仆凌安很匆遽地进来回禀:"县里的二老爷来拜,还同着县里的陆文案陆师爷。"

凌伯萍愕然,他素来不与官府往还,二衙蓦然来见,有什么事情呢?目视凌安,面现迟疑道:"你替我挡驾。"

不过县尉绝非闲来访贤,挡驾无效。凌伯萍终于无法,皱眉道:"我就见见他,可是往哪里让呢?"忙穿衣冠,走到客厅,忽又停步,对凌安说:"往外书房让吧。"

凌安摇头不以为然,早把客厅门开了。主仆急入厅内,看了看,也还罢了,就命凌祥拂尘,命宝芬备茶。凌伯萍扣好衣钮,徐步迎接。那二老爷和陆师爷已经下了小轿。

二衙是个干员,姓宋,三十多岁,南京人。陆师爷很瘦,浙江余杭人,四十多岁了,留着短胡须,样子很酸。此外还有长随两名,持帖随轿。凌伯萍把长随看了一眼,以生员见父台之礼,上前拜见。

宋老爷早抱拳大笑,口称:"凌仁兄,凌先生!"又回身介绍与陆文案相见。二客笑容可掬地说道:"久仰阁下是县境的隐士高人,我久仰得很!"几人遂进了客厅。

凌伯萍疑心二衙此来,必有所为。等到寒暄了几句,宋老爷竟开门见山,直陈来意,不过是半公半私两件公益的事情:其一是编撰县志,求凌秀才入志局。其二是修筑文庙,请凌财主题捐。凌伯萍心上一块石头落地。

宋老爷从长随手上,把捐册取来打开,恳请伯萍捐题。陆文案也从长随手上,把志局编纂条例讨来,递给伯萍,恳请他担任一席。

凌伯萍看了看,只允捐钱修庙,不肯应聘修志,赔笑说道:"治生粗识之无,不懂志例,实在不敢滥竽。"取过捐册,拈笔题捐纹银二百两,将撰志条例重递给陆文案道:"实在对不起,老大人多多原谅!"

陆文案笑道:"凌先生,你就不要推辞了。我们是奉县里太爷谆命,前来拜请的。太爷说了,小弟们如果请不出来,太爷还要亲来致聘的。"

宋老爷又说:"关书和聘礼,县里也备下了,连同谢桐老、蔡范翁、顾鹤生……和阁下你,一共十三位,本月初一,一准同时奉上。由初一起,就算开局。太爷还要出宴诸位。这是本县公议的事,伯萍兄你推辞不掉的。况且这是桑梓要公,为了表彰乡贤,你更不该推辞的。"

凌伯萍为了难,这有两件难处,其一纂志书须有真文学、真史才;其二,入志局须与官绅共事。凌伯萍站起身来,很趑趄、很焦灼地说:"治生实在不敢应命!治生一来年幼;二来寡学。治生不过是略知八股试帖诗,但是撰县志须有真才实学。治生区区幸窃一芹,躬耕自守,近来连岁试都不敢赴,我怎么敢秉笔呢?"

陆文案笑道:"我们全晓得凌先生的古作是好的。你的诗颇近晚唐,你的古文也颇得半山神髓,你不用推辞了。"

凌伯萍峻辞却聘,二县吏坚辞劝驾。一促一拘,僵持良久。那两个同来的长随,在客厅门旁侍立不动,两对眼贼眉鼠相,东张西望,不时偷看凌伯萍的脸。凌安、凌祥忙走进来,往门房里让。这两个长随冲着宋老爷、陆文案一努嘴,好像有吩咐,不能离开。凌安不管那些,扯衣襟,低声硬往外请:"门房泡好茶了,二位下来歇歇,喝一碗。"俩长随笑而摇头,越劝越不动,凌安话声越大。

凌伯萍眼光一扫,立刻站起来,道:"两位上差太辛苦了!请到外边坐吧。凌安,给两位上差泡茶,拿点酒钱。"

两个长随看了一眼,不动。凌伯萍板着面孔还在说,陆文案忙道:"你们下去吧。"

长随这才"嗻"了一声,很规矩地退身倒步,出了会客厅,悄对凌安说:"你不知道,这位陆师爷脾气太大,没他的话,我们不敢离开。"遂在门房坐下喝茶,跟凌安互谈主人,偷偷地骂陆师爷。

陆文案和凌伯萍谈话,仍然劝驾修志,也随意闲谈到别的话头上。宋老爷谈着话,坐久了,就站起来,在屋中走遛。"千溪万马图"也引起宋老爷的注目,连声夸好,凑了过去看,且赏鉴,且问:"谁画的?从哪里买的?值多少钱?"

凌伯萍答说:"朋友祖传的。折价赠送的,说不清谁画的。"

宋老爷顺手把那"古铜蛙""玉观音"两件古玩拿起来,观赏不已。这古铜蛙是前些日子陈设的,玉观音是新近才摆在几上的。这地方原本摆着那棵碧绿色的白菜,如今绿白菜改放在内宅了,却将玉观音换在此处。

宋老爷和陆师爷一个坐谈,一个走来走去看古玩。凌伯萍口里答对谈话,眼睛是追着看古玩的。

这两个新客,谈起来没完,屁股好粘,过了很久时候,都无倦容。敦聘修志的事仍未解决,县衙定要致聘,秀才决计不干。因为这个缘故,两个客人想必是受命谆切,不得一诺,不肯轻回。

这时候内宅也晓得了,现在饭时已过,客不言别,主不留馔,做主人的还在饿着肚皮奉陪。做主妇的心上搁不下了,打发婢女,来问听差,怎么还不请示宅主,到底备饭不备饭呢?

凌安命凌祥陪着长随,自己抽身进内,回禀主妇:"这来的人是县衙门的师爷,要请咱们大爷写什么,咱们大爷不写。他们一死麻烦。刚才下人上去站了两次,大爷始终没叫预备饭,想必是交情过不着,不能留饭的。"

春芳娘子听了,咬着指甲想:你们大爷从一清早,任什么也没吃,直陪到这早晚。怎么的,这客人也太没眼色了。其实就留他们吃顿便饭,也不要紧呀。凌安道:"许是大爷不愿跟他们套近乎。"

春芳娘子道:"就为这个,甘心挨饿么?凌安,你再上去看看。索性你说,上边开饭了,把客人催走也就罢了。"

凌安道:"只怕催不走,下人刚才也这么说,大爷只拿眼盯我,我没敢说。"春芳娘子道:"不要紧,他要不答应,你就说是我的主意。真是的,老这么饿着,人不受伤吗?凌安,你就去说吧。"

凌安"嘛"的一声答应,退出内宅。但是他并不进客厅,却在客厅外,附窗窃听。此时厅中二客也没再谈修志,只泛开来讲今说古,和凌伯萍闲扯。凌伯萍耐住性子诺诺奉陪。

又耗了一会儿,凌安心中焦灼,猜疑,忽然屏门有人叫他。回头一看,是使女宝芬。春芳娘子等不得,又催下来了。凌安咳了一声,道:"这位大奶奶也真难办,大爷就饿这么一会儿,大爷没急,她倒急了。"宝芬抿嘴一笑道:"你瞧不惯吗?告诉你,只小桐先吃了,大奶奶也陪着挨饿呢。大爷要不陪着,大奶奶一个人吃不饱。"

婢仆窃议,刚走进屏门,凌伯萍秀才招呼送客了。凌安、凌祥急忙出来。那两个长随也就出了门房。

陆师爷和宋老爷先后上轿,向凌伯萍举手告别走了。凌安、凌祥掩上大门,忙问宅主,究竟怎么回事。凌伯萍摇头挥手,进了内宅。刚走进屏门,又抽身转奔客厅。二仆跟到客厅。

凌伯萍站在客厅屋心,环顾四壁,看到万马图和古铜蛙,不禁自语道:"唔,不会呀!"眼光一落,落到桌上,还放着那份修志条例,凌伯萍又不禁摇了摇头。二仆全凑过来,请问。凌伯萍一脸懊恼,不肯回答,只说:"回头告诉你们。"两眼凝定,陷入深思。然而使女宝芬进来了,说:"大爷,大奶奶请您呢。"同时,春芳娘子听见客去,也寻出来了。

夫妻见面,凌伯萍忙站起身来,把精神一提,道:"怎么,你吃了饭没有?"春芳娘子道:"谁吃饭啦,我这不是等着你了。来的是谁呀?怎么这么老半天才走?你看都快到未刻了。我叫老冯把菜都热了,快进去吃饭吧。越等你,越不来,把我饿死了。"

凌伯萍脸上犹带迷惘之态,春芳娘子情不自禁,要过来拽伯萍。忽觉忘情,又把手垂下来。

这时二仆已退,只有使女宝芬还在旁伺候。凌伯萍默默地跟着妻子,进内宅开饭。春芳娘子且吃饭且问:"是什么人,为了什么事?"凌伯萍只说是县里人,要找自己捐候。春芳道:"捐多少?"伯萍道:"二百两。"

春芳道:"好在是公益的事,捐就让他们捐吧,怎么麻烦了这大工夫?可是争执多少吗?"伯萍道:"可不是,他们不但捐钱,还叫我做文章。"

一时吃罢饭,喝了茶。凌伯萍对春芳说:"我还得赶紧给他们做文章去。"春芳道:"做什么文章?"

伯萍信口答道:"是县志的序闲篇罢了。"说着,站起来,到书房去了。

春芳信以为真,就没到书房打搅,并且嘱告小桐:"你爹爹做文章了,你在后院玩吧,别去起腻了。"

凌伯萍在书房,没有作序,修志的事到底被他拒绝了。现在他捧头深思,只揣摸二县吏和两长随的态度、神情和用意:"到底他们干什么来的呢?"

凌伯萍潜起了戒心。跟着二县吏各自来了两三趟。干仆凌安也连进了两次城,跟宅主夜谈过三次。

这一天下午,凌伯萍忽对春芳娘子说,"芳姐,等着过两天,我打算带你和小桐,回老家去一趟。自从娶你进门,始终没有回去过。现在孩子这么大了,姑母屡次提到你和小桐,很想见见你们。"

春芳娘子嫁鸡随鸡,欣然承诺,毫无难色。并且她又私心窃喜,她早想到夫家故乡去看看。不过现在时令不大好,出门未免不相宜。她就问道:"咱们哪天动身呢?"

伯萍道:"这个,我想三天以内,收拾收拾就走。只带凌安和宝芬,留下凌祥和章妈看家。"

春芳一听,不由呆了一呆。起初听丈夫说"过两天回乡",只道这"过两天"只是过些日子的意思,哪知伯萍竟真是立刻要起程。春芳忍不住重问道:"三天以里就走吗?"

伯萍脸神稍露不安,迟疑答道:"因为……这两天天气还好,恰巧有同路的伴,道上走着方便。我带着你母女回老家,自然要走稳路。跟人搭伴,比较保重些。今天二十一,明天二十二,随便归置归置,咱们二十三动身。"

春芳噘嘴道:"你这个人想起一出,就是一出。你瞧我连衣服还没做齐呢,就穿这个回家吗?"说时一指自己身上,身上的衣服一点也不旧,不过花样老些。女人总好穿,又好时髦的花样,她丈夫新给她买来的衣料,她还没有剪裁完呢。无奈伯萍打定主意,非此不可。三天以内就走,仿佛不能展期。

春芳咳了一声,口吐怨言,一双水灵灵的眸子瞟着伯萍,只嗔他任性。伯萍瞠目不答,只赔着笑脸。爱女小桐恰在面前,春芳就说:"小桐,你爹爹要带你出远门呢,你愿意去吗?"小桐很喜欢,要坐车。小孩子不知旅行苦,又打开话篓子,"爹爹、爹爹"的叫着,问伯萍可是坐她那小藤车走。

凌伯萍凝眸看定小桐,又偷看春芳;忽然双眉一拧,开口欲言,终复默然了。

可是,"意外时刻不容缓",哪容到三天以里! 就在这议行的当天晚上,凌伯萍新交的好朋友高明轩,突然来访。而且神头鬼脸的,扯着伯萍的胳臂,仓皇失色,只叫大哥:"大哥,我有几句机密的话,要对你谈谈!"

凌伯萍和高明轩同进外书房。

高明轩两眼如灯,眼看着凌伯萍把仆役屏退,又亲自攀门探头,看了看房门外无人窃听,这才抽身回来,掩上内扇,搬过椅子,凑到凌伯萍身边坐下,哑着喉咙说话。

凌伯萍脸色骤变,忽一整容,又洋洋如平时了。于是徐徐说道:"高仁兄,你有什么事,要告诉小弟?我看你气色不好,你这是怎的了?"

高明轩两眼离离即即地盯着凌伯萍,又盯着窗户,低声说:"大哥!"叫了一声,摇着头又不言语。

凌伯萍微微冷笑,并不追问,只看着高明轩的嘴,顺手端起茶杯道:"高仁兄请吃茶!"

高明轩掏出手巾,抹抹额角,突然,侧着身子,附耳低声道:"大哥,你可知道……县里要拿你吗?"

凌伯萍皱眉道:"什么?高仁兄,你说的这是什么意思?"

高明轩拍着凌伯萍的胳臂,悄然续道:"大哥,我刚才得到密信,省里有一个委员派到县里来,指名要剿拿大哥。县里何知县听说担着失察大盗的处分哩,这委员说是奉密谕来的。何县官已经拨派全班捕快,楚守备也点了一百多防兵。文武两个官都慌得不得了,听说要在今明夜三更以后,包围本村,两个官要亲来拿你,还要抄家起赃!大哥,你,你救过我的命,现在我冒着死罪,给你送信。你你你赶快走吧!"

凌伯萍起初耸动,现在,陡转夷然了。眉峰微蹙,纵声大笑道:"高仁兄,你这是在哪里听来的?我一个书呆子,犯了什么叛逆大罪,要来剿拿我?还要抄我的家?还来这么多人,文武官又都亲到?到底我犯的什么罪名?你听谁讲的呢?"

高明轩侧睇不答,突从椅子上站起来,对灯下跪,仰面盟誓道:"我高明轩生受凌大哥救命之恩,我今探得地方官要拿杀人大盗的消息,来剿拿恩人,我舍生忘死,偷来送信。我若有半点不实不尽,叫我死在刀剑之下!"誓罢重站起来,面对凌伯萍,急急讲道:"大哥,案由我已经探出来。我是听范贤弟说的,他刚才急头暴脸地跑来,给我送信,他是从县衙得来的。"

伯萍摇了摇头。

高明轩仍很焦灼地往下说道:"省里委员奉着公文,指名要拿的是江洋大盗小白龙。公文说,小白龙化名凌伯萍,乔装富户书生,在七子山麓潜踪有年,还说什么谬托善绅,娶妻生子,恣行劫掠,动伤官吏……大哥,你听,这罪名就够重了。后面还分条列着案件赃款,什么曾经盗取过肃王府的古画藏珍,又是什么以假易真,抵盗过七公主府的长江万里图。……内有两款情节最重,说小白龙曾经乔装女子,刺杀原任粮道福康佑,又劫去福道台传家之宝'碧玉菘''青铜古蟾'。又曾许骗江南制造的'八凤金铃古镫',因而砍伤事主蒙门客一名。详情我说不出来,是我们古敬亭古贤弟从一个当案师爷口中得来的。他们说……他们说因为这一案,本县文武全都担着很大的处分,说是失察大盗,至少也得丢官罢职。若再缉拿不到,他们文武官还要担贿放的罪名哩。他们竟说小白龙乃是水旱独行大盗,说小白龙就是大哥你的化名!"

高明轩惊惊惶惶,一口气讲出这骇人听闻的话来。

凌伯萍夷然无动,微微一笑道:"他们说我是小白龙?小白龙又是何如人呢?这不是奇闻吗?"

高明轩又道:"他们说,小白龙姓方,单名一个靖字。小弟倒也听江湖上说过,不知官厅上怎么闹的,竟说小白龙是大哥。听他们说起来,这小白龙武艺高强,水上旱地功夫绝顶,并且年轻貌美,善扮女子,有一手很高的剑术。还说他忽然假扮女子,忽然假扮文弱书生,说他装什么,像什么。装女子的时候,居然脚底下很小!装书生的时候,手上留着很长的指甲,不是行家,再看不出他这双手竟会刺剑。据说他作案用刺剑时,把指甲用热水泡软,四根长指甲,卷起来,套上指甲套,就可以随意耍剑,攀墙,登高,往来如飞,两三丈高的墙,他一抖手,连身子纵都不纵,就跳上去了。据说他在七公主府盗宝时,被十一二个护院保镖围住,他身上背着两大包赃物,和镖客动手,只几下,便刺倒两人,跳上房跑了。人们追得很紧,拿箭射他,他拿赃包挡箭,到底把原赃劫走。饶是跟得那么紧,到底也没有把他追上。"

高明轩接着说:"这小白龙轻易不会犯案,因为他暗偷时多,明抢时少。并且他手头很巧,他不只一味偷,他专好用抵盗的法子,偷换人家的藏珍。往往人家藏的重宝,被他一眼看上,他先不偷,必定先仿制。把假的制好了,他再趁夜往盗。偷去了真的,给失主留下假的,因此案情不易败露。往往失盗多年,方才发觉,那时他早把原赃变卖了。"

凌伯萍倾耳听着,眉峰忽皱忽舒,卒然失笑,发问道:"如此说来,小白龙是个巨骗大盗了。他有这样本领,怎会被人访出底细来呢?"他说话的口气,就好像局外人闲谈一样。

高明轩却惊扰不宁,又匆匆说道:"大哥,这事情太紧,诖误官司万打不得,大哥不要把事看小了啊!这回事还是因为七公主府那一案,惹得官厅没法子遮盖,才严加寻缉,悬出很重的赏格,勒出很严的期限,一定要破案才罢。据说小白龙总有点盗侠派头,他作了案,固然不愿破案,可是他总留下一点痕迹,似乎给做公的留一点下手的凭借,省得诬陷好人,又似乎是故意恶作剧,有点伸量捕快似的。他每次作了案,必定留下暗记。他若明偷,就在窃赃的原地方,画下一条粉龙。他若是制造伪物,抵盗真品,他必在赝鼎上,留下很小很小的一点笔迹,也是画一条龙。他在七公主府盗宝,竟画了九条龙,自然是盗走九样赃物了。可是官家只勘出六样来,其余那三样,到底不知偷去的是什么。"

凌伯萍道:"奇闻,奇闻!小白龙还有什么奇行奇事没有?"

高明轩道:"多得很呢!古贤弟跟我谈了好些。不过,小白龙真如神龙,见首不见尾一样,官厅枉自大惊小怪。东捕西搜,搜不着他的下落。只是,现在,大哥,他们竟疑到大哥你老人家的身上。大哥,你是我的恩人,我既知道了信,我也知道涉嫌重大。但是凭天理良心,我就是踏油锅,我也得给大哥送信来。大哥,今天县城老早就关了城门,现在城中正在点兵派役。古贤弟本听说明天夜里,要有二三百号兵捕,会同前来围剿你这府上。也不知怎的,今夜忽然提早点起兵来,也许要早动手。大哥,你要晓得县城城门从来没有关得这么早的,只有前些年闹兵变,早关过三天。现在,今天刚起更,上边就传下谕来,抽冷子把四门一关。官面明着说要移狱,这分明是骗人,移狱哪有在夜间的?"

高明轩接着道:"大哥,我一听这信,吓得半死!大哥是我救命恩人,你救下我一条性命。我虽是粗人,还懂得'知恩不报非君子',赶快冒险送信来。大哥你是不晓得,我起初年轻时,也在这里混过,这里的事我都懂得一点,我如今算是改邪归正。大哥,你千万不要过疑,你要信我的话。大哥你还不知道我。"

高明轩说到这里,凌伯萍秀才突然纵声狂笑道:"我怎么不知道你!朋友,我早就知道你了,你我是你知、我知、心知。"说着一指心口,道:"你如今是求仁得仁了!你是报答我,你给我报信来了!"

凌伯萍这话含而不露,高明轩毛骨悚然,忙看凌伯萍的脸色。凌伯萍的面色又很迷离难测,但他的一双眼直盯着书房东壁,东壁挂着一把剑。高明轩一欠身,手在桌子下,暗摸衣底。

高明轩不敢接茬,不敢反诘,心内甚怯,忙说道:"伯萍大哥,你既知道我,信得起我,大哥,你真看得起我。大哥,你如今事急了,官兵怕眼下来到,不管小白龙跟大哥有没有关系,这案情太重,丝毫沾染不得。君子要全身远祸,大哥应该赶紧先躲一躲,先躲开您这家!"

凌伯萍冷笑摇头,慢慢站起身来,说:"你叫我走吗?可是,朋友……"他不称高明轩为高大哥了,一口一个朋友。高明轩只可装不懂。

凌伯萍道:"朋友你忘了,我有家眷啊!"

高明轩忙告奋勇,说道:"大哥,你是豪杰,当断不断,反受其乱。你的家小,那不要紧。大哥,你只躲你的,你把你的家交给我。"

凌伯萍眼光一扫道:"什么?"

高明轩忙起来道:"大哥你听我说,大哥你先躲开,把大嫂、小侄女藏起来,我不是还有个家吗?"

凌伯萍微露怒容道:"你的府上在城里城外?"

高明轩连忙解释:"大哥别心急,你听我布置。我早料到这层,但是城外我还有别的办法。我是坐轿来的,我已经叫他们把轿抬进来了。轿夫是我的心腹人,决不会泄露的。城外我有一个至亲,我临来已经秘密嘱咐了他。大哥你听,你就赶紧收拾一下,多带珍宝,少带零碎。值钱的东西、碍眼的东西,能带就带,不能带快埋起来。你就悄悄地偷开后门,带着大嫂、小侄女,悄悄地一走……"

凌伯萍坐下了,高明轩也跟着坐下,接着说道:"可有一节,你们三口可不能坐两乘轿,只能对付着坐这一乘轿,轿多了扎眼,轿夫又不可靠。我只坐家里一乘轿来的,你们三口挤着坐,我在步下跟着。你先到舍亲处,藏这一晚上,赶明天,后天,看看风色。明天,后天,三五天之内,若是没事,喂,大哥你再一个人先回来看看。咳,何必叫大哥冒这险,简直由我溜来瞧瞧就完了。咳,我真蒙住了,我也用不着来,回头嘱咐你府上的听差一声,如果没事,就叫他们给你送信。"

高明轩却又吸口凉气道:"我又绕住了,那一来,万一出事,贵价教官面一刑讯,又把大哥的藏身处露出来了,还是由小弟我和古敬亭装没事人,随时来探。但愿没事,大哥就重回家园,一点也不露痕迹。万一糊涂官府,定要到你府上搜拿小白龙的话,大哥就赶紧躲到别处,咱们再设法告状辩证。大嫂、小侄女尽可能住在舍亲那里,再稳当不过。大哥如不放心,就是携眷乘夜远走高飞,也是先这么躲一下才对。大哥,这是小弟来时,坐在轿子里一时匆忙想出来的拙主意,究竟这么办好不好,大哥快斟酌。一步迟,后悔晚了!"

还有许多话,翻来覆去地说,只看表面,真有点感恩知己、探虎口救恩公的气概。

凌伯萍起来坐下地听着,只看表面,还像拿着不当回事似的,脸上神色却变了几次。惊、疑、怒、惭,兼而有之。但是,他这个文弱书生,居然镇静过于常人,惊疑虽透,凶惧未形。高明轩又讲出全身远害、保家避罪之策,大意还是三十六计,走为上计。跟着又催伯萍,速回内宅收拾,速携妻女,开后门上轿。凌伯萍不答,面对窗外。

突然院外一个惊惶破裂的喊声道:"哎呀,谁把花盆摔了?摔了三个呀。东墙根的。"

凌伯萍浑身一哆嗦,他听高明轩这惊人的告密,纵已祸迫燃眉,发觉只在眼下,居然能矜持。而现在,"花盆摔了"这一句话,他竟沉不住气了,皓如冠玉的脸上倏变为死灰色,倏迈步当门,喝问:"外面是谁?是凌安吗?"

凌安应声哑着嗓子叫道:"大爷还不出来,花盆摔了三个啦。"微闻喘不成声道:"客人走了没有?还不打发了他!"

凌伯萍霍地推开书房门,院外又似一阵脚步,似奔进一个人,大叫道:"花盆摔碎了,全摔碎了!"这声音好像凌祥。

高明轩骇然,诧然,两眼紧盯住凌伯萍。凌伯萍如受伤的狮子般,呻吟了一声,突又惨笑道:"好!全碎了?哪边的?"

外面答道:"东边来的。起亮子了,不知冲哪里来的,碎的可是邪性,您快来吧。还不把那家伙打发了,留着他,许耽误了事呢。"这又是凌安。

那凌祥也道:"准是坏包,挑了他,再说别的!"

高明轩暗吃一惊,手探衣底,忙再看凌伯萍。凌伯萍喝道:"你们照看外面,盯着亮子。"只说了这一句,倏回身,眼往东壁一扫,探身便要摘壁上之剑。到此时,他沉不住气了,也不遑掩饰,倏又一转身,到了书桌旁,一伸手,抄起一物,迈步就往外走。

高明轩忍不住叫了一声:"大哥,怎么样了?可是有动静了?"不觉站起,跟了过来。

伯萍猛回头，厉声道："站住！"

高明轩登时站住，凌伯萍忽又警觉，面转笑容道："你请坐，你先别动！我谢谢你送信，我要到外面吩咐一句。"

高明轩身躯一晃荡，忽见伯萍面色已然铁青。高明轩很机警，知道此刻一步也错不得，忙回身就座道："大哥快回来，大哥别忘了，小弟的命是大哥救过的。我是冒险特为大哥报信来的。"说话声音一纵，连院中也可听见，不似初来那么恐惧了。

凌伯萍再顾不得这些细节，然而依旧矜持着绅士的样子，推门出去，把门掩上，并向高明轩点了点头。

凌伯萍趋至中庭，冲二仆发话，只问得几句。答的是："有三个点子前来窥探，没有捉住，也没有追上。看光景，绝非合字，实是鹰爪，身手捷便非常。"

凌伯萍更不多问，只冲二人分别一挥手。凌安、凌祥二仆立刻会意，不用细嘱，早已分头狂奔。一个去惊动宅中亲信人，一个去到宅外，绕邻墙急急蹬了一圈。

凌伯萍站在庭心，由明至暗，急急地摆一拢眼光，又侧耳听了听东方，便健步而行，走甬路，奔后园，忽地一跃，身在房上。

第六章

小白龙露迹倾巢

时当午夜,这七子山麓,小小山庄,为一片夜幕所笼罩,悄静无声,连犬吠声也很孤寂而单调,只偶尔有一声半声散布在旷野村落间,家家户户都入睡乡。月匿光轮,星不眨眼,天空但有湿云如墨,无形中似在松弛的空气中,加上一层紧张。那拂面的南风,一阵阵风吹草动,发出沙沙的声音,徒令人沉闷不快。凌伯萍在房顶上,匆匆一瞬,伏身急窜,斜趋后园最高处,假山上的凉亭,是最适合的瞭台,在这台上,可以远望出十数里外。只是今夜不行,夜色太黑了。凌伯萍心浮气动,凝眸四顾,侧身良久,一阵顺风过去,东南似隐约听见蹄声凌乱。

伯萍出了一身燥汗,更跳上亭栏杆,寻声眺望。"哦!"有两行浮光闪烁,夹在林间,恰在东方,约在县城东关外。更凝眸,侧耳,已看出这光远在十数里外,光竟这么亮,猜想必是成排的火炬,哼,正一点一点往这边游走过来。越看越想越对,这两行浮光初在黑林间,今在黑林前,而且乍起乍伏,确随着蹄声的利落,乍升乍浮,确正游走,确正向这边疾驰!

凌伯萍回头下望全宅,失声咳了一声道:"这可怎么好!数年苦心,一旦败露!"

凌安如箭似的追寻过来，也跟上假山。他已将书童宝文、使女宝芬，连女仆章妈，全都唤醒了。然后忙着备兵刃、备弓箭、备纵火之物。宝文、宝芬也披着衣襟，且忙且问，惊惊惶惶搜文件，开箱笼，找东西，打包袱。章妈也将各屋里查看，东抓一把，西摸一把，不住地唉声叹气。可是悄没声的，不敢惊醒主妇。厨房老冯却也惊醒了，揉着眼发呆，忽然赤臂出来，找铁锹，要掘坑。

全宅只剩下杨春芳娘子，依玉枕竹簟，香梦正酣。还有小桐姑娘，这个小女孩子，本同章妈睡在一处，现在竹榻纱笼中，小脸通红，鼻尖微汗，也睡得很香甜。还有几个佣仆，上半夜苦热未眠，今到下半夜，都刚刚入睡，打起很重的鼾声。哪知宅中忽起了一阵旋风，闹得翻天倒海。

凌安抢上凉亭来，叫了一声："大爷！"虽当危迫，称呼如旧。那凌祥查勘外面，也跳墙进宅，寻到假山茅亭上，对宅主低声道："外面还好，近处没有什么，远处不大对劲……也不知怎么受了病，这两天咱们庄前就不断有生人窥探。你老不要顾虑了，赶快走吧。"

凌府上奴仆不少，二干仆之外，尤其是使女宝芬，书童宝文，和那四十多岁的女仆章妈，这都是心腹亲信，如今全提着刀剑，背着包裹，很神速地打点好，很神速地找到宅主面前，请示："怎么办？要走，怎么走才利落？"

这些奴仆都很焦灼，着急的不是大祸临身，是怕主妇春芳娘子那么一个文弱的女子，宅主又处处背着她，还有小姑娘小桐六七岁的小女孩子。"她娘俩可怎么办？"可是宅主对妻、女如此眷恋不舍，他们又不好借箸代筹，只一味咨嗟，不敢轻赞一辞。十数对眼盯着凌伯萍的嘴，听他的吩咐。

凌伯萍巍然立在亭心，环视宅众，点名计数。凌安、凌祥、宝文、宝芬、乳母章妈，五个人都在面前。只厨子老冯，犹在园中草地上，提铁锹拼命挖坑。凌安忙加喝止道："老冯，你别犯呆气了，那没有一点用！

你快过来吧。"

老冯提锹进亭,哭丧着脸问道:"到底怎么得的信?靠得住吗?是谁给戳破的?"忙乱中没人搭理他。凌祥指着东面的火光,叫他看。

凌伯萍叱命凌安多备弓箭,命凌祥预备火种,命宝文、宝芬、章妈,搜完匿赃,结伴外闯。然后目光如炬,厉声道:"我要拒捕!"

二干仆一齐惊惶,凌祥道:"少当家的,你老怎的这么想!你老要明白,你就拒捕,我们也不能再在这里住了。"

凌伯萍掉头道:"不挡一阵,咱们这么些人焉能走得利落?况且还有脚步不利落的人。"

宝文、宝芬、章妈一齐说道:"你老不用管我们,我们不要紧。"

章妈又道:"我就是走不快当,少当家的,你放心,从我这里不能给您老留活口,吐露了咱们的底细。你老瞧……"一翻衣襟,抽出很短的一把利刃,说:"咱们试着走,走一步,算一步,万不得已的时候,我还有这玩意呢,我就这么一来,干脆!"做出自刎的样子。

然而凌伯萍摇摇头,安慰章妈道:"你很叫我放心,你一定走得开的。不过有一样,你们来看,太迟了,若不拒捕,决计走不开。有我挡一阵,他们也就把你们放宽了。"手指着东南面。宅众顺手看去,浮光游走,好像离这里依然很远,蹄声却越听越清楚了。

这些人个个面目改色,催宅主速做安排。凌伯萍毫不犹豫道:"凌安、凌祥,你二人帮我拒捕。宝芬、宝文,你二人保护章奶奶,你把老冯也带着,一同开后门地道走。"底下的话含隐未言。

章妈和宝芬终于忍不住道:"大爷不用管我们,我们死活好歹都有法子。只是咱们大奶奶小脚小鞋的,还有小桐,大爷,事到生死关头,你不能把她娘俩丢下不管呀!"

凌安、凌祥偷偷窃笑了一声,被伯萍听见了。

凌伯萍续娶春芳,大拂众意,只是生米做成熟饭,顾全主奴的名分,宅中人也无法拆解,既然不同气,当初本不该娶,既娶又何必瞒!

偏偏凌伯萍动了真情,当着春芳娘子,为求挚爱,又种种饰词,种种匿迹,宅中人都以为他似巧实拙,自寻苦恼,一个个早已目笑存之。现在虽逢祸患,异梦同床。他们虽不好劝他"割爱""灭口",却是他们口吻间不觉露出"看你怎么摆布"的声气来!而凌安尤甚,好像正在暗影中拿天秤称量主人到底是"儿女情长",还是"英雄气冲"?

凌伯萍何等聪明,就如受伤的笼中饿狮一般,霍地一转身,低声厉斥道:"你们放心,我作的孽,我自己受。你当我就舍不得吗?"夺过一把短剑,咬牙打战,要奔回内宅。

群奴愕然。凌祥动了一动,要拦,他的衣襟被凌安悄扯了一把。二干仆像钉子似的立地不动。

使女宝芬不忍,忽然一探身,扭住了主人的一臂,道:"三叔,您要干什么?"造次间竟改了称呼:"三婶子年纪轻,又是平常妇女,这个我们想不出道来,得由三叔自己想法子。但是,小桐小孩子家,很疼人的,又是个闺女,您打算怎么着?"

凌伯萍一甩手,道:"打算怎么着?我打算把她们娘俩全收拾了!我决不能留下我自个的累赘,来累害你们大家。你们放心,走你们的吧。这宅子放火的事,你们也不用管了。凌安、凌祥,索性你们几个人一块开后门,走你们的。善后断后全交我一人好了!"遂一甩手,宝芬咕咚跌倒在地。

章妈忙喊道:"那使不得!"这半老的女人托地一蹿,横阻在面前。宝芬拖住伯萍一只脚。

而铁打的凌安、凌祥只脸皮一阵发热,袖手旁观,依然不动,不劝,不阻,一声不哼。伯萍更恼。

凌伯萍怒火如蛇,蓬腾在胸,在黑影中双眸如一对寒星,冒出无焰的火,瞪住群奴。

午夜深沉,看不出他的面色变成了什么颜色,但闻语声破裂,从唇边说出"割爱"二字,道:"割爱!我只有负恩割爱。为了大家的义气,你们敬请放心,我一定这样做!"抽身夺路,仍欲抢奔内宅。

章妈双手把他抱住道:"三少,你不能胡闹,他们浑人,这工夫可不是较劲怄气的时候。小桐是你的骨血,小女孩子,不能随便糟蹋。你干你的,我来管她。我本来是她的看妈妈,把她交给我,活就一块闯出去活,闯不出去,我娘俩死在一块。你快把碍眼招事的东西,拾掇拾掇,就是躲,也不能叫来人趁愿。"

女仆已经慨然任救幼主,独于春芳娘子的安危,二仆和一童一婢,竟都漠视不救。而春芳娘子和伯萍,不但是八年夫妻,又是恩人的爱女,现在众意难违。凌伯萍恼在心内,说不出口,勉强听章妈说完,愤然重发命令,道:"好,你愿意救这一个小肉蛋,随你的便!上房屋里那个女人,我不管她爹和她跟我有恩没恩,我一定杀她灭口,我不能叫她死在官人手内,我也不能叫他们随便检验她的死尸。凌安、凌祥,把火种给我,我把她打发了,我要亲手放火,这宅子是我盖的,我要自己烧掉。老婆我娶的,我送她终。"

二仆默应了。

凌伯萍透心发冷,好狠的一对奴才!但不这样办,势必给自己加上贪色、忘患、不顾大义的讥评。凌伯萍向众一挥手,毅然往里走,一个阻拦的人也没有。

二仆直望着他决然入内,才突然发问道:"喂,三当家的,慢走!还有书房那个客人,可太不对路,怎么打发他呢?"

伯萍回头怒吼道:"随你们的便。"

凌安悍然道:"也留不得活口,不管他是怎么个来路,他今天来得反正不对劲。依我说……"

凌祥道:"别麻烦了,三当家快上里边收拾去吧。外边的客,交给我们俩。"

凌伯萍哼了一声道:"打定主意,赶紧动手。"

二仆这才提兵刃,翻身往外书房跑。

凌伯萍就仗剑直入寝室，杀妻灭口。

章妈叫着宝芬、宝文一婢一童，就到小姐寝房，负救那刚刚六岁的小桐姑娘。

小桐姑娘睡得很香，哪知今天已到生死关头！章妈自觉手脚轻轻地将她一抱。哪知气粗手重了，小桐突然惊醒，小眼惺忪，似辨出保姆童婢三人齐来，神色赳赳，气象不对，就"哇"地哭起来，闹着找娘。章妈急哄，宝芬也帮着哄，越哄越纵声大号。章妈大怒，急急地找出一包药粉，调上清水，取一块湿布，把药水一沾，柔声道："好宝宝，别哭了，我给你擦擦鼻涕吧。"将药布猛往小桐口鼻上一蒙，小桐惊怖挣扎，使女宝芬忙把小桐手脚按住。小手小脚只一阵抽搐，身子一仰，旋即挺然，僵卧在床上。章妈取一块搭包，把小桐腰身拦住，要往身上背。

宝芬忙道："大妈先等等。我说宝文，大妈上了年纪，背人逃走，怕不行。大妈，你怎么没换铁尖鞋？宝文哥，我看还是你多受点苦吧。三叔待你不错，你得把他的女儿救出虎口才对。还是你背着小桐，叫大妈和我左右夹保着你。你看行吗？"

宝文是十七八岁的小孩，拿眼看了宝芬一眼，又看了章妈一眼，一声不响，接过孩子。章妈感叹道："好小子，你有种！"忙替他系好褡包，把一柄短刀、一筒袖箭，塞给他手内。

然后她自己也取了应手兵刃，宝文又冲宝芬看了一眼。使女宝芬今年十八岁，忽然脸色一红，这一童一婢一老妪，把僵挺的小桐姑娘背好，两边持刀保护，悄穿后院，走地道走黑影，绕出旁巷逃走，然而晚了！

章妈一出后门，突受暗箭。宝文一出后门，突受暗箭。

那一边，凌安、凌祥二仆一溜烟先扑入内书房，潜开复壁，拿出救急之物，一桶油，十数束涂蜡的草做成的火炬，以及长绳、布匹、刀、箭、铁锁、铁链等物都取出来，拿到内院中庭，是给凌伯萍预备的。那厨子老冯不再掘坑，犹自在那里，捆柴草，沾脂油，左一束，右一束，做了许多,散放在宅中各处。然后凌安、凌祥二仆把前庭、内院、后院、跨院,小园各处的角门、屏门、正门,择要一一加锁。门户虽多,这一来只留下可以通行的一条曲折之道。

二仆草草打点已毕,把各屋灯都熄灭。然后,突又握利刃,藏暗器,悄悄地,如飞的,奔向前庭外书房,要暗算那突来告密的不速之客,那受恩人高明轩。

然而也晚了!二仆没有暗算了不速之客,突然受了不速客的暗算。

这不速客没有老老实实坐在书房,当凌宅上下在假山茅亭瞭高密议时,这不速客蛇行而出,私开前门,溜到外面,仍把前门带上。而他的伙伴范静斋、古敬亭,也悄悄地密率多人,悄悄地摸黑来了。在暗处等着,等着。不速客潜发一个暗号,伙伴登时埋伏好了,预备妥了。

凌安、凌祥疯狗似的扑到内书房,书房两杯茶犹温,可是客人不见了。凌祥大诧,凌安大怒,道:"不好,溜了!"

凌祥道:"这一定是奸细。"凌安道:"那还用说?"凌祥道:"搜!"第一个奔出来,只一绕来到大门道,伸手一摸,失声一叫道:"坏了,大门开了!"

凌安咬牙骂道:"这是三当家交的朋友!"两人急匆匆追到门外。才出门口,巷前有一个人影。二人低叫:"高大爷!"

人影哼了一声,像高,又不像高。二仆道:"这是谁?"忙追呼道:"高大爷,我们主人请你回去,有话!"前面不答。一转身,似出巷口。二仆急奔过去,眼望前方,手中各端着一只镖。

二仆上当了!突从道边土堆旁,两人背后,窜出来一道寒风。二仆急急一闪。更不防路边树后,猛然爬起数条黑影,手疾招快,二仆失声呻吟起来,而且摇摇欲倒。凌安肋下被深深地刺入一把匕首,凌祥的咽喉被直扎进一刀。瞻前不顾后,看高未看低,连敌影还没辨准,便都殒命。二人临死,竟误认是官人已到。哪知这不是官人,乃是报恩人

"报恩来了！"

两具死尸要倒,被七手八脚架住,刀不拔出,血不外溢。不速客藏在黑影里叫道:"得了吗？"

"得了。"

"拖开,远远地放。"

"当然。"

凌安、凌祥糊里糊涂地遇刺,糊里糊涂被拖远,被放倒,用浅土乱草给埋上。

然后不速客率同伙袭入凌宅,把洞开的大门重掩上,只闩不锁。然后,重装出讲义气,来帮忙,来御敌,凌伯萍在里面竟不晓得。

凌伯萍衔念杀妻,扑入内院,手里拿了许多物件,一把剑,一把短刀,一袋甩箭和镖,还有些火折、绳索、铁锁、放火之物。已入内院,回眸四顾,狞笑了一声,蹑足一跃,蹿进正房檐下,把绳索、柴火丢在阶下,用手轻轻一推堂屋门,门扇吱地开了。未及倒拴,凌伯萍举步入堂屋,屋中灯半明不亮。随手把灯挑亮了,把利剑放在八仙桌上,手提短刃,蹑足进门,进入内寝,往碧纱笼一瞧。

只见碧纱厨房,摆一小几,几置银灯,也笼着光,并不明亮。碧纱橱内,摆着一副竹簟,一对凉枕,春芳娘子靠里边侧卧着,穿着薄薄的粉色睡衣,大红睡鞋,松松地挽着盘云髻,脸上不施脂粉,双眸紧合,朱唇微开,双腿一伸一曲,曲的腿正把夹被压在腿下,一只手搭在外面那只凉枕上(这凉枕是伯萍的),好像香睡正酣。然而眼睑微动,似乎睁睁欲醒。她今年二十五岁,依然有着处女的风度。凌伯萍恶狠狠地低头看她,不禁凶猛地笑了,笑得这么难看。跟着,他把身一探,伸手把银灯剔亮,左手倒提的匕首换交在右手了,左手把纱橱启开。心中沸沸腾腾,百感交集。

他手脚轻轻,凑到床前。本已打定主意,一见面,就下手。是的,八年伉俪,恩情似海;何必把她惊醒,何必叫她临死饱尝受诛的恐怖！

咳,就趁她睡熟,由我,由她的亲丈夫,对准心窝一下……

然而,不对了!这一阵狂风暴雨似的急变,袭入凌宅,征兆已见于前数日。合宅男女此刻都已惊醒,扰动,出来进去地埋赃,匿迹,堆柴,捆包,打点逃走,春芳娘子似乎也不能无动于衷。

凌伯萍低头俯察,看她到底是沉睡,是微醒。似乎他的口气吹着春芳娘子的面孔了。只见她俊眉一皱,眼睑一动,忽然一翻身,两只睡眼惺忪地睁开了,用手伏枕支颐,抬头往床外看。凌伯萍急忙直身,往后微退半步,春芳娘子竟坐起来了,仰着脸,很亲昵地一笑,说道:"你才进来吗?外头是怎么的,可是下雨了?"说时懒洋洋地打一呵欠,又侧卧下了,娇躯往后一挪,手拍旁边的凉枕,意思是叫伯萍过来。

伯萍如僵尸般,立在床头,岿然不动。

春芳娘子又打一个呵欠,很柔媚地说:"多早晚了?你还不想睡吗?"把丢在一边的扇子抄起来,双眸半睁不闭地说道:"我给你扇着。……可是你要洗澡吗?"然而语气安闲,声音颤颤的。

凌伯萍不语,突然,左手提匕首背在背后,右手当前一探,把春芳叩肩擒过来,喝道:"醒一醒,起来!"

春芳娘子哎哟了一声,慌忙坐起来,道:"怎的了?"一双盈盈的秀目突然睁开,抬起一只手,把眼揉了揉,跟着凝视伯萍。似乎从直觉上,感觉出不祥之兆。她那微红的双靥,也骤变惨白。只见她右足一伸,似要下地。

凌伯萍很暴躁、很粗莽地又把春芳一推。春芳哪有力气,登时随手仰面而倒,横陈在榻上了。穿着红睡鞋的一双脚,不由蹬空,几乎踢着伯萍的肩头,同时一滚身,呻吟道:"你你你,你怎的了?又要胡闹!"同时探出一只洁白如玉的手腕,要拉伯萍的手。

凌伯萍一伏腰,左手把春芳手臂一格,往下一按,按住她的胸和咽喉,右手背在背后,喝道:"你不要黏缠,你睁开眼,你知道我是谁吗?你你知道你今天到了日子吗?"

春芳娘子浑身一震,双眸大张,睡意全消,忽然她又把身躯轻轻外挪,往伯萍身边一偎,双臂虚向伯萍一张道:"萍哥,你哪来的这大的气呀,是我惹着你了么,黑更半夜的,又怎的了?"

伯萍喝道:"别打岔!我问你,你知道我是谁?"

春芳一片芳心登时一转,颤声道:"你是伯萍!伯萍哥,我不管你是谁,我不是跟了你了吗,不是都养了孩子了。你就是外边再弄个,家里还有人,我也是嫁鸡随鸡,嫁狗随狗啊。你到底是怎么的,莫非家里出了什么岔错了,外头出了是非了?萍哥,你放心,我不能叫你为难。"两只粉臂伸出又拳回,把伯萍那只手抱住,就势抬头,把自己的腮往伯萍手背上一贴,口发昵声道:"萍哥,你有甚难心的事,好哥哥,你只管告诉我,我决不叫你为难受窄。"口说着,眼含泪点,面泛笑容。她把腮往伯萍手上贴了又贴,如不胜情地说道:"你不知道我心里就有你一个人吗?我不能让你受一点委屈着半点急。"

这一脉柔情,伯萍有些禁受不住。伯萍不是平常的人,猛然喝道:"松手!"

春芳乖乖地松了手,一动也不敢动,像小鸟似的蜷伏在床边。一握绿发半散,两只秀目半恐半惊,睨着自己的丈夫。她是聪明女子,她好像觉出站在床边的这书生,已非她丈夫,而是一个手操着她的生死之权的煞神了。伯萍面腾杀气,不但现于眉宇,一双炯炯的眼早将平素儒雅之气扫除。春芳抖抖地说:"你到底是怎回事,你可以告诉我吗?"

伯萍一阵狂笑,道:"你真不知道我吗?我告诉你,我不是什么凌伯萍,我就是江湖上闻名的水旱独行大盗小白龙方靖。告诉你,现在我犯案了。你父女没睁眼,把我救了,又把你的身子给了我,算是做了八年夫妻。现在我的行踪已被官人发觉。"翻身一指外面道:"你听,城里官兵已经前来拿我,大概已把宅子包围了。现在我要拒捕,杀官,弃家,逃走。逃出去,我再做强盗;逃不出去,我就是死。杨小姐,你我夫妻一场,现在大祸临头,生死呼吸,你打算怎么样?"刚说到一半,春芳娘子没了魂,眸开唇颤,噤不得声。

凌伯萍铁人般地接着往下说:"杨小姐,我玷辱了你的清白,我也是不得已。你父救了我,一定要我娶你。你总还记得我推辞不开,方才允婚。此刻官兵眼看到,你要愿逃活命,我把小桐交给你。你看这是一包金珠,你就拿了去。你就说是被我绑来的肉票,是良家妇女,被我霸占了,官兵必然放了你。再不然,趁此时还没合围,我把你背到外面,你自己再逃活命去。你要是还有别的活命法子,也快说出来。我是有名的大盗,今日事败,有死没活。你我夫妻一场,八年缘分到此已尽。你又是名宦后裔,我活着已经把你糟蹋了,临死决不能把你拖累了,落个贼盗之妻的名声,还得抛头露面,过堂受刑。到底怎么样,你快说,我好救你!"

春芳娘子似耳畔响雷,浑身皆酥,声如裂帛,颤巍巍地叫了一声:"我的娘,是真的吗?"顿时想起她丈夫平时种种可疑,又想起她老父临殁的悔叹。她突然觉得自己坠入万丈深渊,踏入万丈火窟。她身上一点劲也没有了,口张而不能言,身颤而不能动,只一双恐怖的眸子微瞬。

她偷偷往丈夫脸上一看,今夜的他非复平日的他了,美如冠玉的脸全被暴戾笼罩,双睛闪闪吐火,齿缝发出猎猎之声,斩钉截铁,句句凶悍,一只手在前比比画画,另一只手倒背在身后。她突然一闭眼,冒死力把伯萍抱住,浑身乱颤,道:"伯萍,你不要吓我!真是有人要拿你?萍哥,你快跑吧!你你你快带着我们的小桐逃命,剩下我在这里,我替你抵挡……"

伯萍道:"呸!松手,别发糊涂!你一个女人,能替我打强盗官司吗?"

春芳应声吓得一哆嗦,可是越发把伯萍抱紧,而且把整个身子都偎向伯萍怀里。悲声道:"萍哥,萍哥,你不要看不起我,我不是没有骨气的女人,我情愿替你死。我一个女人,我往哪里逃?我离开你,一天也活不了。你离开我,照样活得好好的。伯萍哥哥,你我夫妻一场。你要怕我落在官人手里,抛头露脸,给你丢丑,伯萍哥哥你不会把我……"

伯萍道:"啊,把你怎么样?"

春芳泪珠如断线,簌簌下坠,将头脸偎在伯萍怀内,双手抱着伯萍。其实是一个站,一个卧,她的脸只偎着他的腿。她呜咽道:"伯萍,你不能把我带走吗?唉,不能不能,我一个女人,寸步难移,给你添累赘,准叫官兵追上,没的倒害得三口全活不了。天呀,我夫妻从此就永远死离了吗?伯萍,还是你带小桐逃走,不用管我了。事难两全,伯萍哥,你快打主意吧,没有我的活路了。小桐呢?小桐呢?你叫他们把她抱来,叫我临死也看她一眼。"

凌伯萍脸上神气变了一变,把春芳的手摘开,道:"你不用管小桐,你先说你吧,到底打算怎么样?赶快说,再一迟延,官兵就围上来了。"

春芳痛泪交流,一狠心坐起来,拉着伯萍的手,哭道:"我想只有一条道,伯萍,你莫如把我杀了!"

伯萍道:"我把你杀了?"

春芳道:"是的,最好你把我杀了,你把我的尸体埋藏起来,你父女立刻一走。我早已看出来你不是寻常人,我瞧你是个英雄,你不要儿女情重。你你你索性快下手,我死在你手,比死在官人手里强得多。你逃出去,尽可以继娶生子。你不要忘了我这苦命女子,叫他们拿我当嫡母,逢年过节,给我烧点纸。小桐是你的亲女儿,你自然有安排,你能抱她逃去,也算你我夫妻留下这点骨血。倘若不好走,咳,这焉能好走呢?索性你叫他们给我抱来,我母女死在一块。我娘儿俩都死在你手里,比叫外人作践强。"

春芳把自己的意思说完,哭着,将伯萍的脖颈一抱,樱唇相亲,低低叫了一声。遂突然松手,往床上仰面一卧,把胸口一指,双手掩脸,哀啼道:"伯萍,你不要犹豫,快吧!"

伯萍侧身往床上一坐,忽然大笑,把春芳一拍。春芳吓得一抖。伯萍道:"你倒聪明!我的确不愿你落在官人手内,官人的酷刑,你一个娇柔女子是受不了的。你是大盗之妻,逃是不易,活也更难,留在这里更坏……"

春芳身心一齐狂跳起来,纤腰柔躯缩作一团,抖作一堆。待诛的恐怖已在面前,她惨叫了一声,撒手露面,大睁开眼,哀呼道:"伯萍,你快杀了我吧,你要下手,快下手吧,别叫我活受罪了!"

伯萍道:"下手不难,只是八年恩情,相亲相爱,你父亲又救过我,我实在不忍下手。"

春芳道:"哎哟,我的天爷,你还提那些旧话做什么?你那时受伤求救,来路就很离奇,我父亲不是不知。只是我父亲喜欢你少年英俊,我也……咳,我临死也不害羞了。我那时一见就爱你,是我愿意嫁你。我认命了,八年夫妻,我已经心满意足,死了也不冤,谁让你太迷人了呢?你舍不得下手,你把你左手那刀给我,我自己来。你看看我这名门之女、强盗之妻,有骨头没有?"

伯萍面皮一红,哈哈大笑道:"你怎么知道我左手有刀?"

春芳娘子向他惨然一笑道:"我是大盗之妻,我还不懂这个吗?你不用顾恋着我,你快给我吧!"

伯萍面现忸怩,一挺身把背后的刀亮在面前。春芳伸手要接,伯萍又把她一隔,道:"你一个弱女子,你能自刎吗?看你吓得这样,你行吗?"

春芳此时娇容失色,柔躯瑟缩,惧死之情毕现。她仍强撑着,向伯萍索刀,她说:"我行!"

伯萍摇头踟蹰,猛然顿足道:"我只好这样,管他们呢!春芳,你躺好了,把头蒙上。"

春芳看出死在眼前，情知空言不如免说，双手颤颤，把粉色睡衣的大襟全扯开，露出红抹胸、金兜链和丰满的双乳，洁白的肌肉越显得胸头跳动。她将衣襟往头脸一蒙，手指隔衣抚着眼，断断续续说："萍哥，萍哥，我先走了！你快着！"已经语不成声了。伯萍就虎似的往前一上步，又到床前，匕首往粉胸一比，春芳哼了一声，昏迷了。

半晌不闻声息，春芳延颈待诛，良久不见刀到，隐闻伯萍口气咻咻，犹在身畔。她轻启衣襟，露出双眸，微睁开一看。凌伯萍不言不动，提刀而立，似眼望前窗，侧耳有所听察。

突然见凌伯萍投刀在地，春芳的眸子急急跟到屋地。突然他又扑过来，一弯腰，叫了一声："芳姐！"双手贴身下插，托脖颈，托双腿，把春芳娘子整个抱起来，连连亲腮，低声叫道："芳姐，芳姐，我真真对不住你！"

春芳如醉如痴，也倾身就抱，双手揽着伯萍的脖颈，喘息低呻，喃喃地叫着伯萍的名字。

凌伯萍已觉出她心房怦怦狂跳，几乎要跳破胸膛。伯萍把春芳的头托过来，使她面对自己，说道："你真是我的妻子！你肯为我一死，你不嫌我是贼吗？"

春芳不答，只把身躯偎得更紧，口中低叫："萍哥，萍哥我的……"

凌伯萍心中感动，道："好，来来来，我拼着受人奚落，也要把你带走。哪怕枪林箭雨，我也要闯。你放心，要死，你我死在一处。"紧紧一抱，狠狠一亲，突然一松手，把春芳整个掷在床头，他霍然立起。

春芳哎哟一声，身上被伯萍的长指爪划破了两道血印，仰面跌在床里了，忙又翻身爬起来，道："你你你打算怎么样？"

凌伯萍道："我豁着背你跑！"

春芳忙道："那那那你行吗？"眼光不自禁地又往地上一扫，地上掷着那把短刀。

伯萍不答，把手指拳回来，往口中一放，叭的一声，右手长指甲齐根咬断,左手长指甲也咬断,投在地上,拾起短刀。春芳又不禁一抖。

春芳浑身像瘫痪了一样,幸而心思快,口舌巧,死中求活,从伯萍刀下逃出性命来。她的一双眸子跟着伯萍旋转。伯萍往这边一扑,她眼神往这边一扫;伯萍往那边扑,她的眼神往那边一扫。伯萍是她的亲丈夫,今天情形不同,伯萍每一挨近她,她便一抖。可是她能贾勇受抱,和伯萍相亲相偎,并且和依人小鸟一样,把整个身子交给了伯萍。伯萍到底受了感动。

伯萍很忙,矫若神龙般取刀取绳,倾耳远听,探头外望,又弹额角深思。春芳睁着骇诧的眼,半跪在床上,看着他的举动,一声不敢响,不敢多问。他突然奔出去。一阵窗动门响,他又突然奔回来。眉峰紧皱,向春芳喝道:"下来!"

春芳忙伸足下地,手挂着床,身子直打晃。伯萍突然上前,春芳吓得一缩道:"我就下去。"

伯萍不语,又抄脖颈,托腿腕,将春芳抱下床来,往椅子上一放,疾如电火,喝道:"别动!"立刻取过一床棉被,抖开来,平铺开,摊在床上,绳子、刀子丢在床边。春芳娘子一身粉红的睡衣,脚下一双软红睡鞋,头上柔发纷披,搭落到脸上,粉面惨白而黄,小鸡似的瑟缩着身体,模样很狼狈可怜。伯萍不管,摊好了棉被,张目一看,突又把春芳抱起来,放在棉被上,把匕首交给春芳,春芳又一哆嗦。伯萍道:"你别动,我去去就来。"

凌伯萍大步闯出去,门扇乱响,又一阵风奔回来,将一杯水、一包药拿来,对春芳说:"你喝了。"

春芳害怕道:"萍哥,你叫我死,你叫我死个明白吧。我不是怕死,你不能叫我糊糊涂涂地死呀。"

伯萍惨笑道:"咳,这是蒙药。我既许你不死,我何必药杀你?也罢,你不愿意服蒙药,我要把你卷在棉被里,天这么热,你受得了吗?你可不能叫喊!我是背着你夺路冲杀,还要上房。"

春芳不明白,但是她决然说道:"我受得了,怎么着都行,你可叫我死个明白。"

伯萍居然依了她,自己另拿来一把剑和暗器,那把匕首仍插在鞘内,交给春芳说,遇危机不能脱身时:"你我夫妻好同时自刎。"春芳抖抖地听一句,应一句。然后,凌伯萍奔出去放火。

此时官兵仍未围宅,可是早已来到庄前了,正由县守备会同省里委员督兵熄灯,分四面远远布卡,捕快能手正在一步一探,往这边攻剿。

伯萍要在宅内四处放火,要把全宅烧得片瓦无存。第一把火先烧文件赃物,第二把火再烧住宅。于是手提点着了的十数个火把,将各处堆置的火种油柴,一一引燃。

一缕黑烟首从柴棚冒起,焚宅的第二把火先燃着了,跟着烟冒起火蛇,跟着火蛇冒起了熊熊大火。四面埋伏的官兵捕快还没有合围,登时见火大惊道:"不好,走漏消息了!"登时呐喊一声,急急地奔凌宅正门、后门,猛扑过来。灯笼火把登时已灭复燃。守备官和省中委员忙策马督攻。那省中特派来的八名干捕,武功精强,竟不趋正门、后门,另觅邻院,从旁越墙入袭。

凌伯萍走晚了。可是官兵也来晚了,半路上遇上夜行人,被诱多走出数里地。

凌伯萍放完了火,眼看着要紧的文件赃证烧成了灰,他就急忙奔向上房,扑到春芳身旁。

这时候满院充满了浓烟焦气,春芳娘子跪在床头,像个死人,只眼球随着伯萍转。伯萍把她一拍道:"官兵进来了!"春芳呻吟了一声,瘫倒床上。

伯萍一把将她抓起,并且说:"春芳,别怕!"

春芳挣扎着:"我我不怕……我跟你死在一块儿,死一块儿!"

伯萍将一件似皮甲非皮甲之物,给春芳披上,这样就裹住了上身。春芳随手俯仰,人已昏惘。伯萍把她的手脚一拢,轻轻放倒被上,叫她双手蜷上,掩护着胸口,以免夹死闷死。叫她双足伸直,以便夹抱。然后将被一卷,把春芳娘子卷在被中,紧了又紧,用绳捆上。春芳哼了一声,通身浴汗。可是她忘了热,只牙齿战战地错响。

伯萍忙又取小手巾,叫春芳咬在口齿间。更取一物,往自己脸上一抹,脸色变成姜黄。然后把春芳抱起,连被卷试往肋下一夹,道:"行!"又道:"你忍住了,不要响,不要怕,我可要上高了!"

小白龙左肋夹春芳,右手拿起火把,就灯光一点,放在床帐上。床帐轰的起了火。他便轻轻一窜,出了屋,跳到院中。那千溪万马图,被他插在被卷上,那碧玉菘、古铜蛙,凡能带之物,他居然尽可能带走。那不能带、不可留之物,他就一一连续投入火窟。火光照着他的脸,他满脸狞笑,他自言道:"我不叫你们得意,我毁了它,也不留下!"强盗的本色暴露得十足。

他夹定春芳,右手提剑!急趋入花园,登茅亭,张目四望。官兵越逼越近,熄灯张刃,已然一步步围上来了,把要道口全都把住。

那县城守备骑着马指挥,省城委员带来的八名干捕,一个个抖擞精神,已从邻家越墙袭入。余兵设伏,极力不露声响。但是只能瞒常人,瞒不了行家。爬墙的捕快劈头遇上了伏敌,一支暗箭,把头一个捕快从墙头射坠。群捕不禁大喊:"小白龙拒捕了!"登时外面大扰,黑影中陡起逐斗之声,官兵纷纷放箭。

第七章

凌伯萍折节忏情

小白龙方靖,也就是凌伯萍秀才,不慌不忙,登高外瞭,知道时机已危,他便提剑,挟妻,先下茅亭,要找他的党羽。待到厢房一看,章妈不见,小桐也无,屋中很凌乱,爱女料已逃走了。他稍稍放心,忙蹳出来,口发低哨,再催叫党羽合力同走。叫了几声,一个人影也不见了,料到他们或已先而行。却不知他的党羽已遭人暗算。他又想:"他们许是拒敌官兵。那么,我此时正好逃走。"刷地往后退了几步,眼望房顶,一努力,想往上拔。

这可不对了。他挟定春芳,春芳纵是个体段轻盈的女子,总也有八九十斤。他若背负而逃,还易用力。他为夺路外逃,深恐背遭箭射,把她改为左臂挟持,这就不好蹳高了。伏腰拧力,往上一蹳,也含着试验可否的用意。结果不出所料,竟跃不上去,差着两尺多,掉下来了。

他脸色一变,改从平地夺路硬闯。他毫不迟疑,斜着身躯,蹳足急驰,出花园径寻逃路。

突然迎面有人影一晃,小白龙一声不响,急闪身,抬手一箭,刷的一声微响,迎面人影往前一跳,没入黑影,看不见了。小白龙就连速前蹳,如燕子抄水,闯到后院。院外听见格斗之声。小白龙身有累赘物,不敢冒险。他就一转身,趋奔西院,进入邻街空房。就黑影中,把屋壁用力一推,豁然洞开,望见天上的星光。这是另一股地道。小白龙侧耳一听,刷地纵步穿地道,逃到外头。

刚刚凝步,劈头掠来两三支箭。小白龙一闪,蓦地灯光一亮,人声大喊,数道孔明灯破暗照来。小白龙侧目四眺,贴墙伏隅,皆是官兵。更有几个兵在隔街邻房上喊叫:"小白龙在这里啦!小白龙出来啦!"

小白龙微微吃惊,刚要突围,忽见灯火都往后街门那边照去,同时也有许多火把倏然重明。伏兵突起,也齐奔后门。后门出现一条人影,挥刀夺路,身法很快。只听一阵刀矛交触声,被这人且战且走,往东闯下去了。

小白龙且愕且疑,这是何人?莫非是老冯?却救了自己,自己正好乘隙而走,就急急忙忙把肋下累赘物一提,往西面飞逃。

将到巷口,被官兵卡住。刷地一箭,白龙急闪;数支长矛和挠钩照小白龙下三路探来。小白龙抬手一箭,先射倒一人。摆剑磕矛,挺身突进,狠狠一下,又刺倒一兵。微微一跃,从死尸身上跳过去。顺剑往后一扫,刷地蹿出数步。群兵哗躁,初往后一溃退,见只有一贼,倏又合拢来,刀矛齐进,围攻不舍。

大火熊熊,已从前院、中院延烧到后院。火势固已阻住官兵,不能进宅拿贼。可是火光冲天,也使贼人不易潜踪。四邻也惊起救火。守备和委员喝令官兵,出力围剿。官兵合围,将逃路要口把得水泄不通。

小白龙想不到官兵来得这样多,环顾同党,一个也不见。那个什么高明轩,也不见了。心知他必是卧底之人,心中恨极。就大吼一声,挥剑猛砍。地上的官捕被他砍得七颠八倒,已散复集,已集复散,始终不肯退。只是房上的官兵,不住将箭伺隙射来。那八名干捕也分出一半,来缀斗小白龙。小白龙大惊,继之以暴怒,即奋死力猛冲,往复狠砍,杀开一条血路,落荒逃走。

小白龙是要犯,省里委员见先期泄机,大盗已逃,仅仅擒住一个负伤要死的副贼,无法交案,立即向守备发语:"人赃全未破获,消息先漏,这怎么交代?"守备急怒,忙督兵捕再缀。小白龙脚程本快,只是带着一个活人,竟跑不开。被他且战且走,逃出一段路,未容喘息,回头一看:后面官兵灯笼火把,全冲他一人盯上来。

又不知怎的,官兵起初乱追乱捕,此时竟认定他一个人是要犯,那八名干捕也全撤回来,展开飞纵术,紧紧冲他追来。更有一小队骑兵,从斜刺里赶到前路。小白龙只是孤身一人,前望有一荒林,似可隐匿,但相距甚远。正当面前,是一片平原,碍难飞渡。小白龙睹状知危,恨不能远远冲出一段路,先把被卷藏起来,再抽身回斗,杀退这群兵捕,最为上策。他空有打算,一个帮手没有,已落到有计难展的地步,只好逐步且战且逃。若耗到天明,终不免夫妻同殒了。

小白龙心中焦灼,左臂也累得发酸。虽然如此,仍努力夺路飞奔,更举目四盼。两个干仆凌安、凌祥全没了影,就是女仆章妈和书童宝文、女婢宝芬也都不见,自己的女儿小桐更不知死活。小白龙不悲而怒,扭头再往背后一看,那厨役老冯忽从邻舍跳墙逃出,跟跟跄跄,追了自己来,突然中箭,栽倒地上。官兵一声呐喊,用孔明灯照着,把他捆绑起来。

小白龙咬牙切齿,无法还救。忽然嗖的一声,迎面马兵射过箭来。小白龙挥剑连扫,侧身旁窜,后面跟缀的捕快已有三四个脚步更快的,如飞追到,相隔渐近,把暗器打来。数道孔明灯齐照,小白龙又要陷入重围。他便大吼一声,回身索斗,把两个捕快先后刺倒。余众惊喊,小白龙拔腿又往前奔,前面黑林相距不远了。

小白龙心头才觉一松,突然听黑林中刷的一响,似有伏兵。小白龙道:"哎呀,完了!"霎时间,见林中浓影里有一星星火光一晃,小白龙抖手打出一镖。那浓影刷地又一响,突然跳出两人,又急急退入树后。

正是后有追兵,前有伏敌,小白龙目露凶光,不禁怒吼了一声,就要横剑自刎,却又不甘。

不想这两个人影藏在树后,忽然发出绿林道中的口哨,一个熟悉的口音叫道:"凌兄不要慌,我来帮你的忙!"

这两人竟是古敬亭,还有范静斋!

小白龙微微一诧,林中人已有动作。这时候马兵晃着孔明灯,已然兜抄过来。林中人贴树探身,猝发强弩,那马兵竟如滚汤泼鼠般,被射坠四五名。其余马兵呼叫着败逃回去勾兵。古敬亭、范静斋立刻提孔明灯,仗兵刃,持弓,青衣,幕面,奔出来先冲小白龙叫了一声:"凌兄,是我!是我!"跟着微露半面,用灯一照,跟着把小白龙引入黑林。

黑林中竟伏着七八个人,全带着强弓、长箭,背着锋利的刀,古敬亭和范静斋为首,黑影中还藏着骏马。

古敬亭紧紧握着小白龙的手,道:"大哥,不要慌,我们这里预备好了,有马,有弓箭,有灯。大哥,咱们快走!"

范静斋说道:"我们高大哥搭救你的令爱去了!你放心,上马快走。嫂夫人呢?救出来没有?"

古敬亭就说:"这被卷是谁?可是嫂夫人吗?"

小白龙恍然大悟!哼了一声,说道:"好,我全明白了!两位,我先谢谢你们的好心,有话回头细讲!"

当三个人匆遽立谈时,林边弓弦连响,林外马嘶人呼,喧成一片。林中的七八张连弩,攒射不休,林外官兵叫嚣不休。守备骑着马,指导大队,散漫开把林子围住。

小白龙此时非常愤怒,恶狠狠瞪视着古、范二人,强咬着嘴唇,默不出声,猛然顿足道:"好!走吧!"

浓林狭径,拴着数匹马,小白龙立刻扯缰,牵出林后,把被卷一抱,飞身上去。古敬亭、范静斋,率这七八个持弓壮士,也纷纷牵马出林,跨马夺路,喊一声,箭似的冲出去了。后面官兵急急地追逐。

小白龙得了坐骑,如虎生翼,飞似的落荒急逃下去。古、范率伙伴,夹护着他。闯出荒林,回眸一望,后面蹄声零落,官兵依然穷追不舍。小白龙大怒,止众回马,索过一张弓、一壶箭,把被卷横在鞍上,于是拍马倒追回来。相隔追骑不远,他就一扣箭,一拽弓,喝一声:"着!"头一骑追兵翻身落马。第一支箭才发,第二支箭又早扣上,又喝一声:"着!"第二骑追兵也应声坠马,第三支箭又扣上……一壶箭连发出十几支,追兵呼啸着,不敢追近了。小白龙越怒,扣箭反追,驱马远射,忽一箭射中了那个守备,守备落马。省中委员大惊,带马急逃,追兵立刻全跑了。那八名干捕只剩下三名未伤,还没忘了暗辑,藏在黑影里,暗暗盯着。小白龙长啸一声,恨詈了一声,拍马又逃。

只逃出数里,便逢一旱桥。桥顶站着一人,桥旁斜刺里,有黑乎乎一片浓影,是座古庙。小白龙等一阵风似的奔到相距不远处,那桥头上的人,突然吹起呼哨。哨声格别,范静斋应声也吹起呼哨,古敬亭忙告诉小白龙:"凌大哥,好了,前边是咱们的接应,你的令爱大概闯出来了。"一群壮士,立刻由那桥上的人率领着,斜趋狭径,扑奔古庙。

小白龙方靖跑得马喷沫,人浴汗,心房扑通扑通地跳。驰至庙前,古敬亭、范静斋当先下马。小白龙也甩镫离鞍,将被卷轻轻抱下来。桥上的人过来要接,被古敬亭喝住,只命他引路叫门。门未容得叫,便豁刺地打开了。迎出两个人,两只灯笼,把小白龙引进庙内。

那位高明轩高大爷竟在庙内出现,在黑影里,涩声叫问:"来了吗?"急匆匆跑出来,劈头迎着小白龙,哎呀一声,抓住胳膊,说:"我的大哥,恭喜脱出虎口了,嫂夫人怎么样?这是吧?大哥,叫你放心,你的令爱,被小弟射退敌兵,救到这里了。"一指西屋,侧身提灯引路。

这庙寂然无僧,只西庑透射灯光。灯影里,小白龙凝视高明轩。高明轩也是满头大汗,浑身血污。小白龙哼了一声道:"我谢谢你!"抱着被卷,迈步径入西庑。

西庑禅榻上,躺着小白龙的爱女,六岁的小桐姑娘。小桐身下铺着那红绫小被,四肢僵伸,小衫湿透。偏天气甚热,这小孩面色惨黄,灯光照着,仿佛人已气绝,手脚一动也不动。在她旁边,坐着喘作一团

的使女宝芬,地下坐着呻吟呼痛的书童宝文。那女仆章妈,竟不在此处。

宝文一见主人,喊了一声,爬立起来。宝芬一见主人,失声要哭,又忍住了,低声说道:"三叔,他们估摸全毁了,就逃出我们三个来!三婶子呢?你真把她打发了吗?"见小白龙抱持着被卷,不肯放在地上,她就慌忙站起来,腾让地方。

宝文不禁伸手要接被卷,仰面疑诘道:"这里头是什么?可是那个碧玉菘和古铜蛙什么的吗?"

小白龙目视这一童一婢,脸色惨变,一言不发,只把头微摇。命宝芬把小桐往榻旁稍挪一下,他就轻轻放下被卷,急急地打开了绳索,低低地叫了一声:"春芳!"又叫了一声:"春芳,别怕,我们逃出来了。"

噫,再叫不应!被卷打开来,露出这只穿着寝衣睡鞋,形同半裸的春芳娘子,此时没气了!粉红色的小衫全被湿汗浴透,贴在肌肉上,衣襟敞着,露出金链绿芽红抹胸,也似水泡了一样。臂曲股伸,柔发披面,被汗渍得一缕一缕的。樱口咬着手巾,但已半开,一张粉素的瓜子脸,变成了紫色。宝文、宝芬同时失声叫道:"哎哟,三婶子!"啪哒一响,那把带鞘的匕首滑落下来,那个碧玉菘也滑落下来,那古铜蛙也滑落在榻上了,万马千溪图的卷轴也滑落在一边。小白龙平伸开春芳娘子的双臂双足,袒开她的胸,仰起她的头,急急地伸手一试她的鼻息、心音。鼻息不闻,心声不跳,小白龙突往后一退,顿足道:"咳!"

宝芬使女抢过来,抚摸春芳娘子的唇腮,给她拭汗,慢慢地细扪她的脉门和胸口,心口真个不跳动了。她不禁落泪道:"三叔你白费事了!她她,可怜她一个名门小姐,三叔你害了她了!"

小白龙又扑过来,抓起春芳的手,这手是闲时常和小白龙比指甲的那手。小白龙抚摸着呆然回顾,又突然松手,过去抚摸小桐姑娘。小桐姑娘此时心房已微跳动,小白龙一舒眉,又抓起春芳的手,吐出一口气,一退二退,退身到禅床对面椅子上,坐下来,头上的汗依然如雨。他狞笑着,目视宝芬道:"我害她了,我害她了!怨她父女瞎了眼,误嫁我这个强盗!"说时,切齿捶胸,摇头,可是眼中一滴泪也没有。

高明轩吃了一惊,急忙看小白龙的脸色,似发狂相。高明轩暗暗叫糟,忙凑过来,抚肩叫道:"大哥不要难过,不要着急,大嫂也许还有救。"话没说完,奔出去,端来一盆冷水和两只小瓷瓶,内中是暑药和宁神的药,说道:"大哥,你自己快用些,再灌大嫂些。这冷水你可以喷喷她,你自己也擦擦脸。"顺手送过一条毛巾来,又道:"大哥你快着,我先去打发后面的追兵。"

小白龙矍然道:"哦!"眼看禅床上的爱女小桐、娇妻春芳,一对死人,横陈对面。小白龙突然立起来,道:"我现在什么也不怕了,我已经没了累赘。追兵在哪里,我来打发他回去!"

高明轩横身拦住道:"大哥,你还是救救大嫂!抵抗追兵的事交给我,外面有咱们的好些位朋友哩。"

高明轩立刻出去安排。他早在庙外安下寻风的人,就连范、古二友,也只进来看了一看,略略慰问小白龙几句话,便相偕出庙,率一群壮夫,纷纷上马,迎向后面,假冒着小白龙的名字,诱引官兵,往岔道上走。然后小白龙可携妻女往别路逃。高明轩就在庙内,派兵点将,布置一切,井井有条。虽然低声发话,西庑内的小白龙侧耳听见,就眼望着一童一婢,冷然一笑。宝文、宝芬还想述说自己如何遇救,又要问小白龙怎生逃到此处,都被小白龙示意阻住。

使女宝芬和春芳娘子素日感情很好,今见春芳气绝不醒,含泪向小白龙说:"三叔,你别发愣,你可倒救救三婶子啊?您别看小桐,她是受着蒙药了,一会儿药力解了,她自然就会缓醒过来。可怜三婶子,那么柔和的人,你带她逃出来,也不容易,你总得把她救活。"这十七八岁的姑娘边说边动手,先要过药来,嗅了嗅,问小白龙道:"我们就灌她一下,您可想法子,把她的牙关撬开呀。"

小白龙目视窗外,叹息一声道:"她如果还有救,我焉能不管?无奈,咳,天气热,把她活给憋死了!我从来没在女人身上作过孽,想不到在她身上……"走过来,伸手再试扪春芳的口鼻,又试扪她的胸坎。忽然,唔了一声道:"宝芬,你来摸摸看,是我手颤,还是她胸口真跳动了?"

使女宝芬忙爬上禅床,跪伏着摸了又摸,口虽不言,皱着眉,露出没奈何的神气。

小白龙又追问一句:"怎么样?"宝芬俯首细听,掉了泪来,小白龙凉了半截。

书童宝文这小孩子,抚着自己的伤,咧嘴吸气。又不知听谁讲的招儿,忽然说道:"有镜子没有?嘘着试一试,就准知道有救没救了。"

宝芬道:"哦,可不是。高大爷,这里找得出来不?"

小白龙道:"你当是冬秋天吗?那试不出来。"

小白龙叹一口气,离开禅床,在屋里打了一转。宝芬仍催小白龙灌救。小白龙拭汗沉吟,逃得慌促,良药尽失,且将高明轩拿来的药,嗅了嗅,又看了看,拿起那根筷子。宝文端着水杯,宝芬跪伏着,捧起春芳娘子的头。小白龙调好药,撬开牙关,把药徐徐灌下去。只听喉咙微响,药水入咙,肚子没听见咕噜。小白龙摇头退望,姑存侥幸万一之想。

还有小桐姑娘,服蒙药逾量,也怕历时过久,救不转来。可惜解药带在章妈的身上,至今未见她逃出,恐怕人已失陷了。宝芬摸着小桐的小胸坎道:"这孩子可怎么好?要等着药劲自己解吗?"

高明轩忙道:"要用解蒙药,我这里许有,我的朋友也许有的。"

小白龙道:"解蒙药你也有吗?"

高明轩道:"静斋有一点。"

高明轩急奔出去找。小白龙又哼了一声,见宝文、宝芬一童一婢,也正凝眸不瞬,注视着高明轩的庞大背影,就摆了摆手,"喂"了一声。

解药取来,忙灌救小桐。药居然对症,这六岁的小女孩只过了半顿饭时,便眸动气嘘,渐渐发出低哑的呻吟声来。她活了!

高明轩对小白龙说,要出去勘道,躲出偏庑,屋内只剩下小白龙和童婢,看着春芳。春芳娘子依然不动,脸色丝毫不见缓转。使女宝芬坐在禅榻上,侧搂着小桐,给她按摩。小白龙轻拉着春芳的柔软无力的手腕,摸摸她的唇腮,试试她的咽喉、胸坎。又提起她的春葱似的手来,扪一扪脉门。提起来,看一看指甲。她的染红的长指甲和小白龙的长指甲一样,全部齐根咬断了。白龙将她的手往自己腮上撮了撮,爱不忍释似的,又送到自己唇边。怔了片刻,突然放下来,顿时立起,突然奔出去。

宝文、宝芬一齐惊叫道:"三叔,你做什么去?"小白龙不答,宝芬急叫宝文跟随,被小白龙挥手斥回。宝芬抱怨宝文,宝文反唇道:"三叔许是解小溲去了,你叫我缀着干吗?"

童婢二人低声猜虑,好半响不见小白龙回来。小桐姑娘渐已苏生,还未醒转。宝芬轻轻把她放下,寻出偏庑。院中挂着纸灯,好几个幕面人物出来进去,有的还在房顶上瞭望。高明轩这群朋友全是江湖上人,一见宝芬出来,忙说:"姑娘歇过来了?"

宝芬张皇诘问:"我们……大爷呢?"

幕面的人诡秘地一笑,往殿后一指。宝芬急趋至殿后,哦,小白龙方靖,也就是秀才凌伯萍,正立在墙隅,手扶一棵小树,在那里发怔。呜咽吞声,不欲令人见,不欲令人听。忍不得忏惜悔痛之情,于是他满脸热泪,浑身抖擞,双肩不住地耸动。

宝芬蹑足挨过去,小白龙依然未动。宝芬很同情地叫了一声:"三叔!"

小白龙抬眼摇头,伤心挥手。

宝芬道:"三叔,您别难过了,三婶娘还许有救。"

小白龙拭泪叹道:"小芬,她不行了,她不行了!我我我小白龙,一生纵横江湖,从没做负心的事。宁人亏负我,我没亏负人。"

这话自然是他这样想,他这样说。他手刃他的前妻,血溅鸳枕,起因疑妒,他自觉非他之过。他的原配本是一个女侠,也自有对不起他的地方,他办得究竟太辣。独独春芳娘子,乃是名门闺秀,又救过他,一心爱恋他,有十成好,没有分毫错。

小白龙顿足道:"我真真对不起你三婶娘。你想,她一个缙绅小姐,误嫁了我,被我玷污了;她救了我,我倒害了她!她的父亲,孤高耿介,误择了东床,也算是死在我手。"

宝芬道:"他老人家不是病死的吗?有您什么事呢?"

小白龙道:"你哪里晓得,他是看破我的底细,懊悔死的啊!我不杀伯仁,伯仁因我而死。她父女两条性命,只因误救了我,错爱了我,才双双断送。我固然杀人不眨眼,可是恩怨分明。罗元禄(凌安)总似乎笑我贪色。他怎知我并非贪色,仅是负恩,他怎知我对不起你三婶娘。你三婶娘万一无救,冥冥之中,我真个百悔难赎了!"

坚如寒钢、猛如烈火的小白龙,终于在黑影中失声痛哭了,使女宝芬也不禁同声零涕。此时高明轩的一党,幕面的壮士,预受嘱告,全不敢过来劝解。小白龙也忘了光棍哭妻,招俗人耻笑。也忘了虎口逃生,还未冲出网罗。也忘了骤失巢穴,今后何去何从,该如何重营密窟。更忘了瞬将天明,即此还须振起精神,往前奔觅生路。他胸口一起一伏,双肩一耸一落,力遏哭声,心情越加激动。他似蕴含着万斛哀愁,满腔迸发欲裂。

忽然间,宝文在偏庑叫道:"三叔,快进来吧。你瞧,三婶子坐起来了。"同时听见小桐姑娘哇哇地哭,声声的叫娘。小白龙猛然止泪住了声。

春芳娘子真醒了吗?真坐起来了吗?没有,还没有。

是高明轩催着宝文这样喊叫。果然只这么一声,把哀悔恸惜的小白龙喊住,扯衣襟一抹脸,如飞地奔进偏庑。

春芳娘子犹未活,小桐姑娘已全醒,趴在娘身旁,哀哀绝叫。这景象更不堪寓目。

小白龙奔立在禅床旁,一望这爱女娇妻。爱女见父,放声大哭,大哭索母:"爹爹,娘怎么还不醒?"

小白龙刚才还痛哭,现在面露狞容。摸一摸爱女的腮,就一挥手,来触春芳的胸口。往上一挪,摸摸咽喉。往上又一挪,摸摸檀腮樱口。真是怪事,刚才千呼万唤促不醒,千方百计救不苏,而此际被爱女小桐柔嫩脆细的小嗓子一叫,昵在她怀里,搂脖颈,摸乳头,一声声的来叫娘,这垂死的娘,居然眼皮一撩,似乎要睁,但没睁动。正不知是母女之情,骨血连心,力能再造。也不知是解救之药,有几转还魂之功,总而言之,她的鼻翅微微掀动,她的胸口还未见起伏,可是她的双眸,已然渐渐地在跟皮下转动了。她一点一点地还醒。

高明轩道:"好了,大嫂还醒过来了,咱们赶快预备着走吧。"急急地抽身退出,站在院中,仰望天星,似乎很焦灼。侧耳听偏庑的动静,似乎小白龙夫妻间的秘密,他已揣摸出。

小白龙满面的欣幸惭愧,俯身附耳,低低地叫着春芳:"芳姐,芳姐,醒一醒,喂,不要紧了,我们逃出来了。"握着春芳的一只柔手,轻轻摸着,有无限愧对之情,不能造次倾吐。

小桐竟冲着小白龙哇地大哭起来了。六岁的小儿似不知这一夕的大变,可是她胸口作呕,呼娘不应,她就冲着父亲哭,似有无穷的委屈。她摇撼着母亲,眼看着父亲,说:"爹爹,爹爹!娘怎么啦?"已不大哭了,偶然抽噎,泪点落在春芳的身上,难堪之情,刺戟在小白龙的心坎上。

小白龙的杀气再也提不起。一侧身坐下来,抱过小桐,放在膝上,柔声慰哄她,叫她好宝宝,叫她别哭。这小孩一经父抱,住了哭声,把脸偎着小白龙,絮絮地问母亲怎么不醒,我们现在何处?小白龙叫她别唠叨,仍自拉着春芳的一只手,轻抚低呼。

却又是怪事,春芳本已快苏醒了,小桐哭声一住,她又迷惘,眼皮始终难撩。小白龙在她耳畔呼唤,她似懵然不觉,仅仅发出一声半声低吟。白龙无可奈何,把小桐的小手塞在春芳手内,说道:"小桐,你快叫你娘醒醒,你叫她起来,咱们好……好回家。"

小桐依言偎母:"娘,娘"地叫着。

春芳渐渐撩开了眼睑,小白龙连忙俯身,把自己的脸摆在春芳的眼前:几乎是面对面,鼻头碰鼻头了;连呼芳姐,和小桐唤母亲,一递一歇。终于春芳娘子睁开了眼,双眸迷离,勉强寻顾,头一眼看见小白龙,似乎是相对太近,又似乎鼻息吹着了她。她双蛾陡皱,往旁边扭头,虽然扭不动,已开的眼又闭上了。小桐忙叫了一声"娘!"春芳旋又凝睇,忽然,从眼角滴下泪来。跟着呻吟了一声,双眸又闭上了。使女宝芬道:"好了,不碍事了!"

小白龙摇头,把小桐送在春芳面前,自己惭然后退。春芳胸头起伏,双眸溶溶地流泪。小白龙复凑到跟前,叫道:"芳姐,芳姐,你醒醒吧。你看看,咱们全都出来了,咱们的小桐也好好地在这里了。喂,小桐,叫你娘。"小桐应声推叫。小白龙又道:"芳姐,你快醒一醒,我们还得走。这里是大路边,不能存身,稍时追兵就来啊!"这柔声低叫,声音中充满了央求,惭谢。

而春芳紧闭着眼,只睫毛偶动。在小白龙看来,她脸上已有表情,血色渐复。但是那表情似犹有余惊,又似由惊怖转为哀怨,透出厌恶。那无力的右手握在小白龙掌心,也似乎一动一动地要抽回来,任丈夫、女儿千呼万唤,半响才重睁开眼看,看见了小桐,手抖抖一抬,口唇颤颤,好容易挣出声音来,是叫小桐:"桐儿!"只叫了一声,不禁呜咽有声,泪如泉涌,倏然流下来了。

小孩子一见母亲哭出声来,她一撇嘴,要放声。可是这孩子很怪,她居然又不哭,抱着母亲,一迭声地叫:"娘别哭,娘别哭!您起来,咱们回家吧。"

"回家"二字使春芳含悲,使小白龙抱愧。母女二人相偎而哭,小白龙低劝。过了一会儿,春芳饮泣张目,巡视四周;似乎体力已尽,还不能动转,知觉也没有恢复灵醒,心头还似半明半暗。高明轩已然躲到外面,面前只有一童一婢,也偎上来,照旧叫:"大奶奶!"

小白龙迟徊良久,做一手势,童婢齐走出去,站在外间,替小白龙把门。小白龙终于跪伏在禅床之前,低叫芳姐,说了许多有辞无声的话,断断续续地哄道:"我从今以后,必然改了。"最后是,"你放心,再没这事了。芳姐,你也说一句话,叫我少难过啊!"

春芳只是无言,小桐叫了起来:"娘,您瞧爹爹跪着哪!"

春芳失声一号:"苦命的孩子啊?"她抖抖地伸手腕,要揽过小桐来;又抖抖地伸手腕,要拉起小白龙。夫妻亲女三人在此凄恋,外面的风声又紧起来了。

"伯萍啊!"春芳抚着小白龙的手,叫他起来。声很低,低到有声无字,她说:"你是英雄,你不要这样。我母女何必累赘你,你你你自己逃命去吧。这是哪里?这里离家多远?哦,这是庙吗?才离家三四十里吗?我认命了,我身上一点力气也没有,我跟小桐不必挣命了……"

此时的春芳与闻警时心情不同。刚才她几乎憋死,并且她感觉到丈夫的欺瞒、毒辣,毫无结发之情。彼时自己死里求活,甘与大盗共命,才幸免一刀。若答对得稍露畏惧,愿意自逃活命,那凌伯萍必不容情。她对丈夫久存疑虑,见他背着自己,总似有不可告人之秘。起初只道他另有外室,今日方知同床共枕的书生,自己仰望终身的良人,竟是个独行大盗。自己以一个绅宦之女,竟不幸失身,做了盗妻。她乍闻此耗,真是心胆俱裂,又何止于害怕。现在她怅望终身,来日之计,深觉生不如死。她搂着爱女,不觉得痛哭失声。小白龙越发地内疚了。

而且春芳娘子说出话来,决不怨命,只是替丈夫设想。这是她的机智。她只想殉情,毫无悔意。但是,她之不怨命,正是骨子里怨命,她之不悔失身,正是骨子里深悔失身。

她默默无言流泪,这一段哀愁,比村妇吵詈的怨尤,力量更重。无形的重罚加在小白龙身上。小白龙浑身的武功,强烈的胆气,眨眼就杀人的辣手,竟不能招架春芳娘子柔情似水的"自怨生"。

小白龙只有跪求了。劝她起来,求她逃命。她流泪谢绝道:"刚才把我吓得走了魂,把我颠簸得散了骨头架子,我实实在在是一点劲儿也没有了,你想叫我怎么走法?走到哪里是一站啊?伯萍,你不要难过,你不要觉得对不住我。你要知道你我乃是夫妻,夫妻之情,没有谁亏谁、谁欠谁的情的。你我只能就事论事。你若舍不得我母女同死,你把小桐抱走吧。"这还是临出奔时的话,不过那时她是恐惧,现在却是灰心,真有自厌其生、自甘一死的意味了。

小白龙越发地招架不住,跪在床前,握住春芳的手,小声恳求,喁喁低语,反复的誓解,春芳只是摇头。勉强坐起,终又颓然卧倒,还握着小白龙的手,低声催他起来:"叫人看见,什么样子?"虚怯的神情,低微的呼吸,倍觉动人。小桐偎着母亲,宛似覆巢小燕,苹果样的腮依然惨白。小白龙叹了一口气,凝眸注视着春芳,双手轻抚着春芳递给他的那只手,心里略为宽松。哦,春芳对己,犹有余情!四目对看着,小白龙已听出春芳的哀曲。他摇摇头,站立起来,对窗发愣。浩然长叹了一声。

他重扑到床前,依然半蹲半跪,使自己的脸和春芳相对,轻扳着春芳的头,把自己的心,切实誓告出来:"从今以后,我一定洗手。芳姐,你不知道我的身世,我之所以这么做,也是被激而然。芳姐,我现在为了你,为了我们的小桐,我从今日起……重新做人。"

说到今日,他不由迟疑,他犹有未了之事,未能即时撒手。但为安慰春芳,只可这样含糊地讲。把春芳半偎半抱,剖心吐胆,粗述当年,指天为誓,保证今后。"芳姐,只要你肯饶恕我,不嫌我,我实在对不住你和……"想说"岳父",恐勾起春芳的伤感,更咽住了。"可是,我一定改弦更张,芳姐,你再看吧!我以后改走正道,那就是芳姐你成全了我,保全了我。"

小白龙百般的自誓,春芳闭目而听,簌簌落泪。终于小白龙也窘得掉泪了,扳着春芳的脖颈,摇撼着说:"芳姐,你也这么狠吗?我央告你半天,你心里到底怎样,你也告诉告诉我。你想我心上够多难过,你也答应一声,少叫我亏心啊?"

小桐也忍不住推她娘说:"娘,爹爹又给你跪着呢,你叫爹爹起来吧。咱们回家呀!"

女人家的心胸到底柔软,春芳口仍不说,那只手抚着小白龙的头发,轻轻拂捋着,喟叹一声,半晌道:"伯萍,你是我的前世冤家,你叫我说什么呢?我母女到了今天,总得认命,不认命行吗?你的事我现在明白了,可是我全明白了吗?你干的是什么事,我也不懂,反正是犯法的。我虽然是个女子,也念过几天书,也懂得什么叫盗侠。你在外头到底是劫富济贫,还是为非作歹,你从来不说,我也没看见。我反正嫁了你,就是你的人,我问你,我跟你有二心吗?可是伯萍,你就跟我不一样了。你一句实话也没对我说,我还不如你的听差奴才,你整整瞒了我八年,我都跟你生了孩子了,孩子都大了,你还是瞒着我。大祸临头,你才吐真话。伯萍,女人家依靠谁呢?你说我伤心不?你叫我怎样,我就怎样,可以说得起百依百顺。你一起头不是要杀我吗?我把脖子给你。你还想要我,我就跟你来,你把我像扛被卷似的卷了起来。你如今跪着求我,逼着问我,可叫我说什么?说我恨你吗?你我是夫妻,夫妻无隔夜之仇。说我不跟你吗?又不是那事。你你你叫我说什么呢?"

大抵人们做了亏心事,自然怕人怨恨,可是料到人们必然怨恨,于是他为减轻心里的谴责,又似乎盼望对方怨骂他一顿。他自己再不认错,再替自己辩解,如此方觉心上轻松些。春芳娘子是个机警的奇女子,她起初竟不吐露怨言,不怨之怨越使伯萍难堪。他这时似乎是求着她埋怨,求着她责问。现在她把怨言说出来了,他又觉得刺耳刺心,承担不住。于是他把春芳的头抱住,把自己的脸堵住了春芳的嘴,央告她:"你你你别再惩治我了,我够愧悔的了!"

春芳浩叹一声,推开了小白龙,坐了起来,徐徐说道:"我们往后瞧吧!伯萍,你我是夫妻,没有说的,你要对得起咱们的小桐啊!"于是回身把小桐抱在怀里,亲了亲,凄然坠泪。

小桐紧紧偎着母亲,用一种诧异的眼,端详她父她母的神色。也徐徐地说道:"娘,这是哪里呀?咱们回家去吧。"又看着伯萍说:"爹爹,你跟娘讲什么呀?怎么还不快走啊!"

小白龙在西庑慰妻劝行,那高明轩在外面急得转来转去,使女宝芬也很焦灼。终于一个在窗外,重重咳了两声。一个靠着门扇轻轻弹了数下。

外面风声也步步吃紧。高明轩的朋友,所谓古敬亭,所谓范静斋,早已替换着出去迎敌诱敌。忽然间一个骑客策马奔来,还同着一匹马,驮着一个人。到了庙前,把那人搀扶下来,守望的党羽将二人引入西庑,叩门招呼。小白龙出门迎看,来的竟是那个章妈,这中年妇人且战且走,溃围失伴,藏在黑影中,被高明轩的朋友引救出来了,也是浑身血污,喘息不已。

小白龙忙慰问道:"真难为你,没受伤吗?"

章妈摇摇头道:"伤到没有,把我累死了。"转问道,"咱们的人都是谁出来了?我怎么始终没有瞧见罗元禄(即凌安)呢?"且说且寻,看见了春芳母女,不禁叹气道:"这是哪里的事,事先连点影子都不知道?娘俩平平安安全出来了,总算不错。"

章妈坐下来,冲着书童宝文骂道:"你这小子,你可倒好,你说你够多浑!"想必是溃围时,宝文做错了什么事。

这中年妇人也像瘫痪了似的,捶着腰又夸奖宝芬说:"我们芬姑娘可真不含糊,大娘佩服你!"

宝芬笑了一笑,也不言语,冲她使了个眼色,向春芳娘子一努嘴。

章妈歇了一会儿道:"看吧,看我们大爷怎么变吧。我说大爷,咱们还得赶快走,他们在后边,可是眼看追上来了。"小白龙道:"我晓得。"

　　他们立刻打点走。却喜高明轩预备了一乘小轿，小白龙便催着春芳抱着小桐坐轿。春芳还想不走，被章妈和小白龙硬抱上轿，把小桐放在她怀内。他们立刻乘夜离了这古刹，忙忙地再往后赶。一路落荒，不走通衢，单寻僻径。高明轩的党羽专管断后诱敌，居然把官兵诱到歧路去了。

　　高明轩在前途，本给小白龙预备了投止之处。现在小白龙和章妈另有商量，竟改奔他们自己的别巢，由别巢更转别处，步步远引，从此永别了七子山，七子湖。

　　小白龙终于逃出虎口。

第八章

吃醋饮酒伏牝盗

日月推进,距小白龙弃家亡命,又已数月了。

高明轩救了小白龙,未能示惠,实际反增加了小白龙的多心,衔恨。小白龙自以为行踪隐秘,佯高蹈以掩盗迹,虽床头人还不知,何况路人?何况"食肉者鄙"的官人?今竟突逢意外,落得倾巢弃家。那么高某忽然而来,无因而至,岂能无疑?结交、卖恩,步步推勘,小白龙已经猜思过半。但绿林做事,自有绿林的做法。明知不是伴,急时且委蛇,骨子里是骨子里较劲,面子上仍拿面子还。小白龙方靖是这样打算。

那高明轩呢,等到小白龙安排好了退身步,容他心闲力余。又过了些天这才泣述身世,跪求帮拳;打开窗户,说出了实话。他说,不是什么高明轩,不是什么暴发户,发了财,他是埋踪十年的川陕巨寇飞蛇邓潮。

小白龙含笑而答:"这个我已明白。"

邓潮说:"我有个杀兄、戮嫂、戕侄、绝嗣的深仇大怨,仇人是保定镖行名镖头林廷扬,绰号狮子林。"他说,江湖上冤冤相报,本不足怪,只是这狮子林做事毒辣,人死还结仇,赶尽杀绝,一而再,再而三,"可怜亡兄一门三口,竟被狮子林一手毁灭!"而起因据说不过是为争镖道。

他说,我千方百计为兄嫂报仇,"十数年间,曾经三番几次地寻找狮子林,可是终非敌手,还折了好几位好友。"

邓潮且说且拭泪,又解衣披胸,露出自己的旧伤痕,说:"这是狮子林打的一镖,这是狮子林砍的一剑。"然后说,深仇未报,颇遭同道诽笑。无如斗力斗智,着着不敌。访知当今武林中能敌狮子林的,只有某某数人,只有小白龙方靖。邓潮这才落到邀助复仇这一招上。但他又说:"连邀过几位好帮手,不幸林某红运当头,迄未成功。"

邓潮接着说:"直到数年前(就在小白龙化名凌伯萍秀才,续娶春芳的第二年),他曾托好友黑牤牛蔡大来,到七子湖麓,拿着龙门薛五爷的引见信,登门拜访。又曾在皖北,连烦三友,奉邀了一回。两次都遭拒绝了。实在无法可想,第三次方才亲来登门,未曾求助,先行求交。"

邓飞蛇又道:"方大哥,你可怜小弟这番苦心,你可怜家嫂和舍侄死得太惨!"

飞蛇痛哭流涕,泣诉苦衷,希望拿感情打动小白龙。常言说,父兄之仇,不共戴天。孝悌之行,人人敬爱。飞蛇想象自己这样卧薪尝胆,苦心毅力,小白龙多少也得动感。

然而小白龙只是冷笑,半晌方说:"难为你老兄了。你的苦心立志,胜过了吴王夫差、越王勾践。我若再不答应,也显得枉在绿林立足了。"

小白龙略一停顿,又道:"何况你对我身家全都有恩。你要报狮子林杀兄杀嫂之仇,我得报你救身救家之恩。恩仇两报正好相抵,我焉能不答应你呢?"

飞蛇听出话腔有点刺耳,脸色一变。小白龙含笑挥手道:"我们不妨明白地讲,我一定可以帮你报仇,小白龙跟狮子林见上一面,交上两手。但有一节,我从今决计洗手了。我求你一句话,在我会过狮子林以后,你我可以不可以'从此恩怨一笔勾销'？可以不可以,彼此从此算是谁也不认识谁？"小白龙又道:"是这样,我陪你走一遭。不是这样,我小白龙既然为盗,就不怕死；妻子是身外之累,要不要,更不算什么。你的大恩,我只可改日图报了！"

小白龙凝视着飞蛇,说话斩钉截铁。虽没有当面骂人,神色也差不多。飞蛇当然还要表白,攀交求助实出本心,闻警报信纯出意外。飞蛇道:"老天在上,我姓邓的跟方大哥纯然一片真心,我若是泄底卖恩,叫我死在刀剑之下,断子绝孙。"邓潮再三盟誓。

小白龙也不不信,也不全信,只徐徐说:"过去的事说也没用。邓仁兄,我和你只谈现在。替你报仇,我答应了。报完了仇,还是刚才的话,我要埋名洗手,不再问世事。你我从此恩怨一笔勾销,天南地北,各不相扰,各不相求,必得这样,我才肯替你'拔闯'。如若不然,我只可一万分对不起,我是不去！"

当面硬挤,毫不留情。飞蛇邓潮,紫面通红,无计可施,叹息道:"大哥替我们报了仇,于我邓门三代有恩,我安忍得调头不认？"

小白龙笑道:"哪里的话,是你救了我,是你于我有恩。这一来,你我好比八两半斤折了账,谁也不欠谁的了。"

小白龙的话越说越难听,其愤愤不满,溢于言表。飞蛇就再装不懂,已经不行。到底把飞蛇邓潮挤得吐了口话,直接承认了,斗狮之后,飞蛇誓不再寻小白龙。

然后小白龙说:"好！"

两人击掌立誓。小白龙又说:"邓仁兄,你请预备吧,我先趁这时间,安排安排我自己的私事。请你原谅我,不要再托朋友暗缀我了吧。我把我身边的事安排好了,一定到你这里报到。"

于是两人分手,小白龙忙着藏匿家眷,飞蛇勘查敌踪。在小白龙倾巢的一年后,龙蛇两人重新聚首,飞蛇邓潮把所有的朋友、党羽、与己同仇的人,大举纠聚起来,一路找寻狮子林廷扬的镖道。等到处处安排好了,就在清江浦洪泽湖,拦江邀劫,和狮子林会了面。

小白龙方靖与狮子林素来无仇无怨,小白龙此日动手,另有打算。两人在船上斗起剑来。小白龙想:我只把狮子林刺伤,我就不管了。所谓点到为止,践约就完,决不必求大胜。一来教飞蛇看看自己的武功,二来教飞蛇尝尝自己的手段,以示自己不是好欺骗的,也不是好唆使的。小白龙打算固好,哪知道一旦动手,他竟斗不过林镖头。他不由一惊,立刻掏出真实本领来,极力和狮子林支持。起初轻敌,嗣又贪功。狮子林沉着应战,突然甩剑一颤,把小白龙的剑,弹落脱手,又陡起一腿,把小白龙踢倒在船头。

此时,飞蛇邓潮在对面大船上观战,见状大骇,不由失望。飞蛇就发动了埋伏,倏然放出暗箭。狮子林暗存提防,伸手把暗器接住。水中的群盗也发出暗器,也被狮子林闪开。这时节,小白龙羞愤交加,身子才扑倒船头,蓦然跃起来,一个虎跳,调右臂,运单掌,猛然欺身一挝狮子林的头颅,正对着后脑。明暗夹攻,狮子林竟遭暗算,脑后玉枕穴受了致命伤。临危拼命,仍用甩手镖,把接来的一只暗器,穿入小白龙的右臂。小白龙负痛跳入湖中,泅水逃走了。林镖头也栽倒船上,人已气绝。

这里飞蛇邓潮赶尽杀绝,劫镖追杀,又纵火焚舟,把林镖头保的货船,全部付与无情的水火,变成了残灰木屑。他仍不放松,一路追究败逃的镖客。幸而镖师援兵已到,才得把林镖头的遗尸,运回清江浦,停灵在同业镖局中。

飞蛇邓潮又派至友胡金良(即古敬亭),假装吊丧的镖客,前往清江浦窥探狮子林之生死。入夜就遣伙盗,潜入镖局,盗割狮子林的头颅,以祭亡兄亡嫂。但镖客这边已有戒备,飞蛇同党一无所得而回,反倒失陷了一个同伴。

随后,狮子林的棺木,由师弟护送,运回山东开吊。飞蛇邓潮报复无情,他又率党羽,亲往闹丧行刺,要把林镖头的未亡人程玉英和孤儿小铃子，一并杀死，以期斩草除根，免去后患。程玉英是名镖客黑鹰程岳的侄女，痛夫惨殁，在灵前设誓，矢报深仇，又连打点，随即由狮子林同门师弟卫护，偕孤儿林铃，逃走避祸。但此时飞蛇已经来到，程玉英连夜逃亡，半途遇仇，幸赖亡夫的七师弟摩云鹏魏豪相助，终得挣扎，脱出虎口。

飞蛇邓潮衔毒十五年，一旦发泄，报复无情，此时仍不肯罢休，率领同党，依然沿路穷追不舍。林铃母子由摩云鹏魏豪拼命拒护，且战且走，逃进了小辛集。小辛集的联庄会突闻人声奔逃，女子夜叫，立即鸣锣纠众，摆开长枪队，出来守望勘盗，和邓飞蛇寻仇之党冲突起来。直打到天明，飞蛇方才退出庄外。

那联庄会的副会首辛佑安素知狮子林廷扬的名字，并矜念孀孤，恼恨暴客，潜将林氏母子先隐匿，后设计放走。同时又在小店内，捉住了飞蛇的两个踩道伙伴。邓飞蛇大怒，竟夜袭进庄，绑架了联庄会正会首的儿子，作为肉质，威吓着会众和庄民，要纵火焚掠，逼他们献出被擒的同伴和窝藏的仇人。

联庄会很有能手，拒守高墙，与飞蛇搭话，说："那逃难的男女早已穿庄逃走了，庄内已然没有，如何能交出？"

两边只把俘虏换回，联庄会副会首佯将林氏母子逃路，虚指给飞蛇，说："那三男女往西北逃下去了，你们要是快追，还来得及。"

飞蛇不肯置信，偏巧巡风的同党瞥见西北有一辆轿车，正落荒投暗飞逃；这盗徒忙忙奔来，报知飞蛇。飞蛇这才舍了小辛集，飞似的奔西北寻去。

但是，歧路亡羊，飞蛇奔寻数十里，才发觉不对。穷搜四五日，线索也中断了，林家母子竟鸿飞冥冥，不知逃向何处。飞蛇自己疑心上了联庄会的当，可是联庄会早趁此时请来官兵，缉盗清乡。飞蛇气得暴跳如雷，派出数拨伙伴，分三路加细排搜，又揣度迷人的方向，决计要北访保定，这是狮子林总镖局的所在处。南探杭、宁，那是狮子林镖局支店的所在处。折便道回来,再奔曹州府卧牛庄,乃是狮子林的老家,定要重搜个第二遍。邓飞蛇不杀死林廷扬的寡妇、孤儿,誓不住手。

蛇党纵然伤了好几位同伴,奔波了一整年,飞蛇报仇的心倒越来越炽热。同伴们却渐渐不耐烦,觉得他做得太过了。有人说:"一个年轻的小寡妇,还会守得住吗?今天姓林,明天就许姓张了。一个小屁蛋孩子,更未必能活,也值得二哥这么认真。我看太犯不上了。"其中姓邹姓马的两个同伴懒洋洋的,早就不打算再追了。两个人异口同声说:"我们就此回去,干咱们的旧营生吧。"

飞蛇疾问别人,别人也有一多半主张罢手的。更有一人说:"咱们光棍做事,吃柿子,不要单拣软的捏,一个劲儿盯孤儿寡妇,怕江湖上笑话。"

飞蛇听了,倏将双臂往背后一背,说道:"诸位全是这个意思吗?"伙党黑牤牛蔡大来说:"其实日子不少了,狮子林也死在我们手了,很可以打住了。"

飞蛇双目直竖,仰面狂笑道:"好,大家都这样想,我一人不违二人意,咱们就散!从今天起,我谢谢大家,咱们现在就算散伙!"邓飞蛇竟变了脸,向同伴突然磕头。

群寇愕然,忙把话拉回来说:"二哥别急,有话咱们慢慢地商量。"

飞蛇感情激动,竟抱头痛哭起来。他拉住同伴海燕桑七的手,面向大众诉道:"诸位哥儿们既然不肯欺负孤寡,我们还再商量什么?我的事瞒不了桑七爷。你们诸位只知我跟狮子林有仇,你们可不知这里头还有苦情。"

飞蛇哭诉道:"实对诸位说吧,我大哥叫狮子林一箭射中胸口,血流了我一身。我家嫂当时就力逼我报仇。但是我不是姓林的对手,我家兄还死在姓林的手下,我的功夫是家兄教的;我斗不过人家,我不肯冒昧送死,我要预备。我家嫂就唾我,又哭又闹,骂我没出息,忘恩负义。七爷,你晓得我从十三岁就没了爹娘,我从小跟着哥嫂过,我家兄把我从火炕里救出来的,我哥哥挨饿,偷出东西给我吃,我们手足如同父子。我哥哥死在林廷扬手里,我能不报仇吗?但是我武功不行,我要去报仇,就是送命。我劝家嫂,容我几年。君子报仇,十年不晚。我还没说完,家嫂又唾我一脸唾沫,她自己打嘴巴。我那糊涂侄儿也挖苦我。"

飞蛇忍不住又号哭起来,半晌呜咽道:"我这里下苦心一步一步预备,我家嫂和舍侄不听我劝,刻不容缓,要立刻报仇,他们娘俩竟私自走下去了。我那糊涂侄儿果不其然,死在林廷扬手下人手里,临死还割去了舌头。我那家嫂疯了似的,又找了我来,骂我,唾我,逼我。我家兄的旧伙伴也瞧不起我,说我没骨气,软蛋。后来,我家嫂又要亲自出头,邀结助手,去暗算林某。我一听不好,赶快去拦阻。我说:这可不是硬拼的事呀。我家嫂竟藏起来,不肯见我。家嫂去了不多久,果然又得了凶信。我家嫂也死在林某手下了,叫人家砍掉一只胳膊,自刎死了!"

飞蛇哭不成声,闭着眼呻吟道:"你们知道家嫂是怎么死的?实告诉诸位吧,咳,她是活活叫林某羞辱死的!这话我憋在肚里,从来没告诉人。我家嫂临危传来绝命书,她说她叫姓林的羞辱了,她说她死后见了亡兄,她不恨仇人,她只恨我这忘恩无耻的小叔子!她骂我,她说你哥哥疼你比儿子还疼,你竟忘了杀兄的大仇,眼看着侄儿、嫂嫂叫仇人糟践死了,我到地下做鬼,也不饶你。她痛恨我,丑骂我,怎么难听,怎么骂。"

飞蛇接着说道:"我是说不出来的窝心,我跟姓林的仇深似海,我邓门长支全毁在他一人手下,诸位说好汉不欺孤寡,吃柿子找硬的捏。但是你们几位替我想想,姓林的害死我邓家三口,只留下我一个祸害,到底叫我翻过手来。唵,十五年后,到底叫我报了仇,真格的,我自己还能给自己留下祸害吗?斩草不除根,到底遭了后报,我不怕诸位笑话,我一定要搜寻林廷扬的老婆、孩子,一个也不留,全都杀死。我然后死也痛快,活也安然。"

飞蛇痛述隐恨,同伴听了,俱各动容,都说道:"狮子林这么可恶吗?好男不跟女斗,他竟敢羞辱邓大嫂不成吗?"

飞蛇很难过地说道:"这是什么露脸的事,我还能糟蹋我们亡嫂吗?"他却不知邓潮的亡嫂行刺狮子林,断臂之后,自知难活,她这才故意留下这种遗书,好激动邓潮去报仇。其实她是自刎的,林廷扬不但没有羞辱她,怜她苦心报仇,还把她放了。这可是邓飞蛇万万想不到的。

群盗终被飞蛇邓潮的悲愤陈词所激动,由黑牦牛蔡大来、盘龙棍胡金良、海燕桑七等扶起,都劝他止泪,愿助他续搜仇人之子,斩草除根。

他们张开了罗网,分头办事。往北,由邓飞蛇亲寻到保定安远总镖局;往南,由盘龙棍胡金良、黑牦牛重搜到苏杭二州,把安远支店大扰了一顿;更回头重探山东曹州府卧牛庄,把狮子林的旧宅,纵火烧了,还杀了一个乡下人。可是上天下地,踏破铁鞋地苦寻,仇人的寡妇孤子杳如黄鹤,再得不着踪迹了。

邓飞蛇忿气不出,要放火来烧保定总镖店。总镖店有狮子林的师弟解廷梁、义弟张士锐等,防护得很严。邓飞蛇弄得打草惊蛇,没有放成火,反挨了一弹弓。镖客力劈华山黄秉、大力神李申甫、流星顾立庸,全追出来。邓飞蛇幸有助手,才得逃走。他仍不甘心,在保定潜伏密伺了一个多月。安远镖店似乎知道飞蛇来捣乱,竟昼夜戒备,无隙可乘,无懈可击。邓飞蛇要刺探镖局的内情,也得不着底线。

但是,到底被邓飞蛇诱擒去一个镖行小伙计,用酷刑拷打,逼问林氏遗孤是否到保定。据说解镖头也正在着急,前派专人迎接林氏母子,竟扑了空,只在卧牛庄附近,访出两个趟子手的死尸,已经官验,正在缉凶。因此镖局已料知林氏母子凶多吉少。现在解镖头等都很担忧,已经陆续派出许多人,赶赴鲁北,打听林氏母子和七师父魏豪的下落去了。这镖行伙计的话,正与飞蛇初到卧牛庄劫车搜孤的情形相合。

据这小伙计说,那程玉英、林铃和摩云鹏魏豪确实要北上赴保,正不知半途出了什么岔错,人既没到,消息也断绝了,似乎比飞蛇还纳闷。

飞蛇讯罢,仍不肯凭信,竟把这镖行伙计刺死,埋在荒野;他仍在保定留恋。随后他潜伏的寓所被镖客访着,乘夜来搜捕他,他这才离开了保定。也因为他财力已尽,在保定马脚已露,他的面目又被镖客认准,他不得已方才罢手。他重拾起他的旧营生,号召党羽,照前一样杀人劫货。但是他不再找仇人了,仇人却要找他。有一日狭路相逢,他和狮子林的二师弟解廷梁遇上了。

偏巧邓飞蛇是单人跨马独行,被解廷梁缀上了。解廷梁也骑着马,不远不近地跟着他。邓飞蛇自然毛骨,连连回头,打马急走。解廷梁却戴着大草帽,架着墨镜。飞蛇不认识解廷梁,解廷梁却认识飞蛇。于是挤在一个合适的所在,解廷梁拍马跟近,扬鞭猛打,一直超逾到飞蛇的面前,冷冷说道:"朋友,站住!"两个人动手交兵,杀了个难分难解,一个救援也没有,只解廷梁还跟着一个年轻的趟子手,为要报仇痛快,解镖头不要人帮。

飞蛇邓潮偏偏这一次落了单,他这次正要赴一个女人的邀会,所以才一人独出。平素他深知虎落平阳,必要吃亏,从来不肯单人独行,就是密访什么要事,他也总教一个踩盘子小伙计,远道跟着他,以便万一遇险,好驰回去送信呼援。今天真是太巧了,他自从胞兄殒命,孤侄身死,亡嫂又相继自戕,他就对众鸣誓,深仇不报,林廷扬一家大小的头颅,若不在亡兄坟前祭奠,他决不再娶,更誓不近女色。这话原是被他嫂嫂冷言冷语激出来的。他年轻时,曾因贪色狎妓,被官人捕获,还是他嫂嫂母老虎高三妗把他设计救出来的。

飞蛇出狱之后,娶的头一个女人是良家女,美而不媚,耻为盗妻,抑郁而死。

他的第二个女人是掳来的妓女,名叫小桃红,知入盗窟,生还无望,拿出媚术来,把飞蛇迷得心眼麻痒。当他胞兄被狮子林杀死,山寨失酋,掀起内讧,遂被官军围剿,剿山溃围时,偏赶上飞蛇邀伴出去访仇,他的寡嫂仗刀突出后寨,他的女人小桃红被一个小头目背负逃走,一去没了影。等到飞蛇事后回转,方才发觉入宫不见其妻,巢穴也倾覆了。问他嫂嫂,反受了一顿挖苦。他这才大怒起誓,兄仇未报,决不寻妻,决不继娶。

现在他已暗算狮子林,大仇已报,似可继娶延嗣了,可是邓家三口只抵林氏一命,总觉报复未尽,对不住亡嫂亡侄,又对同党说了大话,更不好改口。他年方四十几岁,未能鳏居,免不了偷偷摸摸,背人狎妓。又不敢入妓馆,往往改装私入暗娼家取乐。当此时忽有一个女强盗,看上了他,就是装他的如夫人的那个叫六妹的女贼。

这女贼叫席六如,原是个十八岁的小寡妇,被大伯子元良把她强嫁给邻村,为的是想算计她丈夫遗留下的财产。这小寡妇足智多谋,一时失算,立即潜打主意,乘夜逃出来,要进县城告状。哪晓得半路上又遇见歹人,反而把她强奸了。这歹人是村上的混混,拿刀子逼着席六如跟他逃走。在店中席六如又逃出来,结果,越逃越坏,竟落在强盗手中了。真是愈走愈下,席六如自觉人已失身,就倒行逆施起来,甘心做了盗妻,只求强盗丈夫给她报仇。她的盗婿很宠爱她,就依着她,找一个机会,袭入她的故乡,把她的本家杀死,大掠之后,纵火烧了房。

席六如跟着强盗过了一年多,也学习骑马,也学习打暗器,玩火器,既已沉沦,索性往下溜去。她生得本很美丽,就极力修饰,放荡起来,使得她的盗婿越加宠爱。但爱之过甚,自然防范极严。

席六如又不吝颦笑,处处随便,招惹得伙盗生心,要逗引她。一天,他们的大头目和她放浪说笑,被盗婿碰见,妒火一撞,两人火并起来。盗婿暴怒失招,反被那个大头目杀死。那个大头目竟霸占了她。席六如佯为顺从,可是心中更起激变,调唆着这个头目和别人打架。某某强盗多看她一眼了,某某强盗要调戏她,捏她的手了,掀起许多是非来。这盗自吃醋行凶,又连杀死了两人,临到末后,也被别人杀死。终于席六如又转嫁了另一个强盗。

自有她这一人,盗帮埋下一根祸苗,屡屡引起妒火。这些强徒妒火烧身,自相残害,四年间她竟换了五个男人。许多高眼的盗伙,骂她是坏水,她越发风流放荡,她几乎是眼看着这些男人为她拼命,她才觉得有趣似的。强盗帮中没人知道她的内心,她对己是自暴自弃,对男人是衔毒生恨。

又不久,遇上了五百年前的冤孽债,她与飞蛇相会。飞蛇邓潮性最贪色,没有女人活不了一天的。

自遭兄变他量敌技高,未敢骤往寻仇。他的侄嫂都怨恨他,反把怨毒移到他一人身上。跟着他的侄儿不度德,不量力,结伴前往斗狮,又死在仇人手上。他的嫂嫂如疯如狂,哭号咒骂,诘责他,催逼他。他连受了过重的打击,性情激变,他越发地狠毒了。自从小桃红逃亡失踪,他垂念伉俪之情,自然要寻找。他的嫂嫂痛痛挖苦他一顿:"人家跟情郎跑了,闪下二爷这可怎么办?你哥哥死了不吃紧,小桃红丢了,可了不得!"

飞蛇愧忿难堪,竟奔在亡兄坟前,断发立誓,大仇未报,宁叫断了嗣,誓不娶妻。誓是这么说,他实在又不行。他又不敢暗室亏心,他把全副心情放在复仇上,果然一连数年,未近女色。于是在这时,忽然遇上了这个女狐精席六如了。

席六如这时算是正守寡。她最近这个丈夫,也是个盗首,新近失手,被官兵擒斩了,只剩下她和十几个旧部,一路逃窜,守在一个僻山洼,照样做旧营生。她的旧部竟推她为首,也凑起了二三十人,成为女盗魁了。飞蛇邓潮为报仇访艺,路经此地,于是孽缘相碰。她把飞蛇邓潮延入巢内,也不知怎的,两人全动了心。

飞蛇邓潮是很贪色,却与席六如从前所遇的子弟不同。席六如以前所遇男人,贪女色,往往沉溺,甘入席六如圈套,尤其是她杏眼一转,昵声放刁,这些人全都折受得亡魂失魄,不知怎么叫娘才好。席六如叫他怎么样,他就怎么样。飞蛇邓潮的气派大不相同,他爱女人,是拿女人当玩物,得要女人处处依着他。席六如是摆布男人的能手,也是拿男人当玩物,要男人婉转由她。现在他和她两硬相碰了。女人拿出女人的把戏来,飞蛇像受像不受,爱受才受。

飞蛇做了席六如的入幕之宾,两人盘桓半月。很有些小事,席六如含嗔巧笑地支使飞蛇替她去做,飞蛇乖乖地答应了。但是遇上几桩事,席六如再使这伎俩,飞蛇会抗颜峻拒,毫不受调唆。这一来,渐渐打动了席六如的真情,她叹息说:"邓老二才是男人哩!这小子很有骨头。"她说别个男人,一遇美人关,甘受撮弄,俺拿眼一瞟他,小子们立刻骨软筋酥,我叫他挖他的祖坟,他明不愿意,也不敢不应。她说:"唯有邓老二梗梗儿的,先比别人骨立。"她爱上飞蛇了。

却不知东风不压西风,西风必压东风。飞蛇邓潮是有名的辣手,深心。同居日久,他竟抓住席六如的弱点要害。起初相遇,飞蛇是只身一人,没说实话,只说自己是过路绿林。席六如便要收他为部下,使他久持帐下。

飞蛇虚答应了,他暗想:我也得要个俊点的女人做帮手。他竟倾心与席六如结好,却不愿做她的帐下卒或副头目。六如竟把竿子上的事,交给副酋,她潜自改装,与飞蛇别营密窟,两个人同居了几个月。席六如本性贞洁,现在流于狂放;狂放之行已然习于成性,改不过来了,日久免不了与飞蛇勃豀。

偶有一次,她引逗一个年轻邻人,欣赏邻人痴迷的丑态。偏巧被飞蛇撞见,飞蛇一声不响,进屋等候。邓飞蛇板着面孔,诘责六如。六如不服,她说:"你大概不知姑奶奶的脾气,专好跟不要脸的男人开玩笑吗?看这样子,你是要吃醋啊?那可够你吃的,姑奶奶最喜欢这个调调儿。"她的话很硬,态度很媚。

飞蛇冷笑道:"你难道不知邓二爷的脾气,专好吃醋吗?我尤其喜好喝着酒吃醋!"

两人拌起嘴来,六如又使出她那狼刁狐媚的伎俩,要来摆布飞蛇,叫他恼不得,急不得。飞蛇不受,一声不响,走出去,关上门,回身来突然把六如按倒,立刻剥光,捆上。登床穿梁,把席六如吊在梁上。他自己取酒壶酒杯,自己弄小菜,温热了酒,在床上摆一小桌,自斟自饮,满面笑容,欣赏这裸体高悬的席六如。

飞蛇说:"我这就是喝着酒吃醋,并且吃一、望二、眼观三,我还看着大白羊就酒。"喝一杯酒,故意舔舌嗅味地说:"有味!多咱把白羊吊出油来,我就不喝酒了,我要喝羊油。"

席六如在梁上挣扎,越挣扎越紧。她并不出声央告,也不嚷骂,她说:"邓老二,你把我放下来,我有话对你讲。"

邓潮道:"对不住,你就这么说吧,我听得见。"

席六如发急道:"邓老二,你就不光棍了。凭你这么棒的汉子,跟我们老娘儿们动硬的,你不嫌丢人泄气吗?你平白吃我的醋,你太出丑了。你放下我来,我跟你重说说。难道你还怕我嚷嚷不成?还怕我跑了不成?咱们这么办,你看不惯我这样,咱们好说好讲,好打好散。"

飞蛇邓潮引杯进酒,运箸吃菜,喜着大嘴笑道:"不错,我姓邓的专会欺老娘儿们,并且我专爱吃醋,吃醋就酒,有味极了。邓老二不懂什么叫'好打好散,好说好讲',只要是女人跟邓老二睡过,二爷就不许她再挨别人。告诉你,别看我不许女人再挨旁人,我邓老二自个还要随便勾搭别的娘儿们去。我这人就是这么个脾气,许我的西凉招驸马,不许王三姐在寒窑吊膀子。"

席六如骂道:"你不讲理!"

邓飞蛇道:"对了,我实在不讲理,六姑娘临跟我凑合的时候,怎

么不先打听打听行市？可是话又说回来,谁叫我身大力壮来着。你若是揍得过我,我也许怕了你,我也许对付着服侍你,在你跟前当软盖活王八,也说不定。现在还不至于,六姑娘你多包涵委屈！"

邓飞蛇的话就是这个味,故意地折磨席六如。席六如的细皮白肉,被丝带高吊,勒得生疼。她看从这方面说不通,她又换转词锋道："邓老二,你快放下我来！"

邓潮道："那叫白说。"

席六如道："你到底打算怎么样？"

邓潮道："吃醋就酒啊！"

席六如道："你别,我跟你讲真格的。"

邓潮道："哪个龟孙讲假话了？"

席六如呻吟了一声道："邓老二,咱们凭良心说,我情实没有跟你两个心。刚才那是你小子多疑,是那小子色迷心,我是故意耍着他玩的。你拍着良心想想,六姑娘跟你坏不坏？到底是真是假？我绝不会背着你偷偷摸摸,你不信跟我手下喽啰打听打听。"

邓潮道："久仰,久仰。你是很贞节的,你的男人还不够三十六友。"

席六如叫道："你可屈我的心？我的事我没告诉你吗？我落到这步田地,怨我,还是怨你们这些没心肝的男人？实对你说,我自从守寡到被掠,直顶到现在,我只动过两回心,最末一次就是跟你小子。你小子真体贴不出来吗？我跟你实在是一心一意的。我可真受不住了,喂,你快把我放下来吧。你只松下我来,还捆着我的手不行吗？我绝不会跑,跑也跑不出你的手心啊！"

飞蛇摇头道："我是孤身一人,你有党羽的,我并不傻,六姑娘。"

席六如发出娇媚的哼声道："邓二爷,你真狠！你真是好汉！你再不放我,我要喊叫救命了。那一喊,你也不好瞧,我也不好瞧,叫老百姓看是怎么回事呢。或许叫鹰爪打眼,落个两吃亏。人家好说歹说,你就不许先松绑,后审贼吗?"

飞蛇道:"鹰爪来了,我才不怕哩。邓老二丢下你一跑。把你这小寡妇留在这里也好,你再跟了捕快去,叫你再尝一回六扇门的味道,倒也不赖。"

席六如疼得流泪,但仍不嚷,仍支持着说:"你要把我活吊死吗?邓老二,我跟你说好的吧。我敢跟你对天起誓,我席老六自从遇见你小子,想不到动了凡心,咱俩这几个月,我情实没挨第二个男人。刚才咱们俩吵,那是我讲的气话。咱们讲真格的,咱们本是一个男强盗,一个女强盗,索性别凑合着胡混了。我索性嫁了你吧。咱们明媒正娶,我从此以后改邪归正,一定走正道。你只要拿我当你的老婆看,我一定谨守妇道,我拿你当亲丈夫一样看待。我决不再偷嘴吃,我要说假话糊弄你,叫我下辈子还落到这一步!你走到哪里,我跟到哪里,我一准跟你白头到老。这么着怎么样?还不行吗?邓老二你也瞧瞧,我可是真支持不住了!你瞧我脑瓜子冒汗了。"说时四肢悬吊在梁上,极力挣扎着,把头脸下望着,俏眼瞟着飞蛇的眼,水汪汪的眸子流露出柔顺的情意来,跟着连叫了几声亲昵的称呼。

飞蛇邓潮停杯仰望,说道:"说得真乖,怪可怜的,这么办,我原打算吊两个时辰,准把你放下来。既然这么说,你是有点认头了?"

席六如道:"我早不就跟你认头了?"

飞蛇把酒壶提起,提了一下说:"还有半壶,你再等一会吧。既然认头,足见抬爱,咱们半壶为度。吊死了不要紧,拿凉水一喷,你自然又会活过来的。"

席六如道:"你别损了,人家都服软了,杀人不过头点地,你还要我怎么样?人家情愿嫁你,我把这一杆子人都交给你,我只做你的压寨夫人,跟你好好过日子,你还不把人家放下来吗?"

飞蛇道:"放下容易,我还有约法三章,你得答应我三件事。"

六如道:"答应,我一定全答应。"

邓飞蛇道:"你倒肯三从四德,也得听我说说呀。"

六如道:"我听,你快说。"

邓飞蛇道:"头一件事,你算嫁了我,可是骨子里嫁我,外面还算姘头。"

六如道:"那那怎么讲?我真是想嫁你,不是哄你。"

飞蛇道:"咳,我有我的心事。你听我说完了,我再听你的。第一件是暗嫁明不嫁,第二件是你仍然在这里当女寨主。有朝一日,我叫你跟了我去,你得立刻跟我走。"

六如道:"嫁鸡随鸡,嫁狗随狗,我一定跟你走。"

飞蛇道:"第三件,我有杀兄大仇,我现在正在访求能人,克期报仇。我如有用你时,一叫你就得到。"

六如道:"是是,你只一叫,我就准到。可是我嫁了你,还在两下里过吗?"

飞蛇道:"一时还不能在一块过。"

六如道:"莫非你另有人,你要我做小?"

飞蛇道:"不是。"

六如道:"咳,管他怎样呢,你先把我放下,还不行吗?你瞧我可是脸都控青了吧?我要吐,二爷行行好吧。"

飞蛇这才站起来,把席六如提抱下来,仍然剪着手,把她放在床上。席六如央告他松绑,飞蛇道:"不行,你嫁了一百二十个野汉子,又当了多年的女寨主,又带着好几十人,你不是女人了,你是母夜叉。我得杀杀你的性,往后才好过日子。"

飞蛇邓潮把席六如折服了,席六如竟乖乖地依从他,自此甘为姘妇,不争名分。掳掠来的钱财,供着邓潮花。邓潮找她来,她排除诸事,好好陪伴着。邓潮寻仇他去,她老老实实候着。真个不再偷嘴吃,比良家妇女还正经。

她手下的群盗个个诧为怪事,彼此议论说:"咱们当家的是怎的？天不怕,地不怕,惯会捏男人的,这回叫姓邓的啃住了,这是什么讲究？"大家都有些愤愤不平,背地耻笑她,又妒恨邓潮。

席六如倒也明白,笑对亲信说:"哥们儿多包涵吧,我跟姓邓的是前世冤家,那辈子我欠他的,再不然就是我们女人身生有贱骨肉。"这倒不是女人性情上有弱点,实是席六如爱上了飞蛇邓潮。人家还有甘为情死的,她这种行为又不足为奇了。邓飞蛇的尖辣性格既打动了她,而且飞蛇又精力弥漫,悍勇过人。席六如动了真情,心知群盗不悦,便厚赏同伙,又向大家道歉,把自己要从良、要嫁邓潮的话,告诉众人,请众人另推首领。群盗也无可奈何,另推了一副酋。

飞蛇邓潮与席六如绻缱经年,仍不忘兄嫂深仇,他伺机把心腹话告诉了席六如,劝席六如暂且不必嫁他,可仍守旧巢,他自己仍纠同伴,去访小白龙。

不久,邓飞蛇得与小白龙方靖缔交,该用女眷通内线了,命人给席六如送了一个信。席六如立刻束装上道,来到七子山边木渎镇上,给飞蛇乔装如夫人,拜见小白龙之妻杨春芳娘子。只是对同党黑牤牛蔡大来、盘龙棍胡金良等说:席六如乃是他的女朋友,说是当年的师妹。又说不算是师妹,乃是师兄的妹妹。

胡、蔡二人全部含笑承认了。蔡大来说:"原来是二哥的师妹。功夫想必也是很好的了？"席六如和飞蛇不尴不尬的情形,瞒不过贼眼锐利的胡、蔡。胡金良劝邓潮道:"二哥四十多岁的人,还打着光棍,席师妹又正守寡,你们二位何不团圆了？也省得再假装了。"

席六如粉面一红道:"呸！团圆什么？"回到屋中望着飞蛇道:"你听听,我算为你丢死人了。"

飞蛇长叹不语,半响方道:"我起过重誓,不杀尽狮子林的全家,我誓不娶妻成家。我不能对不住我的亡兄亡嫂。"

群盗暗称席六如为蛇娘子,又叫作小青蛇。言其够不上当白蛇娘娘,只是不荤不素的一个姘妇罢了。群盗淘气,有时就嘲笑二人。席六如生了气,对飞蛇说:"不行,你得要我,我这么跟着你,他们总向我龇牙。我总得坐一回花轿。"

飞蛇笑道:"太太,你坐过几回花轿了?何必非坐我这一回不可?我听算卦先生说,你命犯白虎,该穿八条白裙子,你要妨死我吗?"席六如道:"狗蛋!我不管那些,我跟他们是鬼混,跟你邓老二是一片真心实意。你叫我怎么着,我就怎么着,我老这么跟你当师妹,我受不了!"

飞蛇作揖道:"我承情,我谢谢你,老六,你慢慢等着,只要我请出小白龙,杀了狮子林,你要怎么坐轿都行。你我一对老花梨棒槌,到了那一天,一准正正经经地大撒红帖,拜花堂,入洞房,重做新郎新娘。"

于是,卖恩计成,小白龙倾巢,到底拦江劫舟,龙蛇合力,刺杀了狮子林廷扬。正对头已死,狮子林的妻子程玉英和林铃竟被摩云鹏魏豪救护逃亡,访不着踪影。

到这事后,蛇娘子席六如迫不及待,又催飞蛇:"邓二爷,成了吧?请小白龙,杀狮子林,我席老六也很卖力气,很对得起你。你是支吾我吗?"

飞蛇皱眉道:"你多时都等了,再等半年,容我访着林廷扬的老婆孩子,拿着他娘俩的两颗人头,在我亡兄亡嫂亡侄坟上,血祭完事,咱们俩立刻办事。"

席六如骂道:"我看我这一辈子当定了你的靠家了!"

蛇娘子这一回不比往日,吵闹催娶,几乎急如星火,原来她已有了四个月的身孕,怀着小飞蛇了。再不娶,席六如说:"我要当姑子去了。"

飞蛇无法,连忙预备,第一步还是张罗钱。席六如说:"你不用拿钱搪塞我。"

飞蛇又道:"我的钱都用在请小白龙、寻狮子林两件事上了。我如今真是囊空如洗,你不教我张罗,可怎么办事?只叫一乘花轿,把你一抬,你愿意吗?"

席六如道:"愿意,你不用愁钱,奶奶我这里还有,多了没有,你要三两千还行。"席六如与飞蛇同赴旧盗巢,挖洞掘赃,起出五六千银子来。席六如说:"够咱们办事的了吧?"

小蛇快出世,蛇娘子和飞蛇快快地张罗成婚。他们两个人就在豫省之北,兰封附近,择定了合欢的密窟。两人商商量量,办得十分起劲。

突然由飞蛇的伙党鸡冠子邹瑞,传来一个警讯:"不好了!狮子林的老岳丈、太极门的黑鹰程岳,已经率领门徒,从晋陕兼程赶来了,现在正托镖行,到处打听小白龙方靖和那个赤面大汉的行踪!"据传言,黑鹰程岳,已然从种种方面,钩稽出狙杀他爱婿狮子林的仇人的主名,已料知是川边大盗,与当年的飞虎邓渊有关。现在,黑鹰程岳已到保定,保定安远镖店已派遣保镖御寇、当时在场的镖师力劈华山黄秉,伴同程黑鹰,由保府南下,历访冀南、山东和苏杭二州。并传言已经访着小白龙方靖的下落,小白龙方靖虽把凌伯萍的假名废去,另行隐姓潜居,仍被黑鹰放出群徒搜着。传言小白龙到底不敌飞鹰,飞鹰斗潜龙,潜龙重伤逃走,大概小白龙已吐出邓飞蛇是主谋人的话来,所以黑鹰程岳此刻正在踏访邓二哥的行踪。

飞蛇邓潮一听此事,憬然大骇。黑鹰程岳是现时武林名手,是太极门的前辈英雄,是当年名震江南,以太极拳、十三剑、十二钱镖三绝技压倒辽东三熊一豹的俞三胜俞镖头的掌门大弟子。程黑鹰以一条藤蛇棒、十二钱镖,横扫芒砀山的白娘子凌云燕姐弟,江湖上留下黑鹰搏双燕救玉虎的佳话。程黑鹰的难惹,江南人士谁都晓得。现在他人已老了,似已不足畏。可是小白龙既不能敌,飞蛇更不敢惹。飞蛇邓潮目视席六如和送信的鸡冠子邹瑞,连连说道:"程黑鹰没有死呀?真来了吗?他可知道我在此地吗?"

鸡冠子邹瑞道:"程老鹰此刻正是由冀南,往河南踏寻过来的。"

飞蛇搔着头皮道："老家伙，不好惹，我们先躲躲他。"又道："江北是他们的熟地方，我们索性奔江南，远远地走，上汉口、九江逛逛。"

邹瑞道："唉，二哥晓得不，你只道是程黑鹰一个人找咱们吗？林廷扬的同门师兄弟，听说也给他们本门长支报信去了，说他们狮林观一派栽在咱们手上，定要报仇。现在狮林三鸟已经派出两位高足，前来查勘究竟，听说来到江西了。"

飞蛇越发惊慌，但面上仍不肯示弱。席六如拿眼盯着他，嗤的一声笑出声来。飞蛇怒道："你这老娘们怎么着，你笑话我胆小吗？"

席六如道："谁言语来？你们商量事，我连大气也没喘，我怎么笑话你了？"

飞蛇邓潮道："你不过是草棵里钻出来的野苗子，你不懂我们绿林道的事，少龇牙咧嘴。邹老弟，我们往哪里闪闪好？"

席六如抿着嘴笑，自言自语道："我的事恐怕又没指望了！"

鸡冠子邹瑞安慰邓潮道："我们索性回老家，奔川陕。六姐你不晓得我们邓二哥的拿手，他一向能折能弯，有软有硬。你别看他外表粗莽，他可是有智有勇。你想想看，凭他一个人，敢跟太极门、狮林观两家武林名门斗，换个人谁敢？二哥，咱们现在赶紧商量，先躲过这头一阵顶风最好。你要晓得，程老鹰一面找寻咱们，一面找寻他的侄女和外孙子哩。咱们的大仇算是整整齐齐地都报过了，狮子林全家三口，一定全灭了。"

飞蛇道："怎见得呢？"

邹瑞道："二哥想情理啊，他们的镖行真不知道狮子林的老婆、孩子的下落。那天咱们一路穷追，程玉英母子一准是死在半道上了。再不然就是那个姓魏的(摩云鹏魏豪)托线起了歹心，林家的一母一子，准是没有逃出来。咱们不用再寻访仇人，只顾防备仇人找咱就完了。"

邓飞蛇翻着眼想了想，觉得有理。可是他为人深心，不由要往深处想。也许镖行故意放出虚声，来骗自己。也许林氏母子潜伏在暗处，伺机寻人报仇。他说:"不论如何,我们不妨先躲一躲。"遂与邹瑞密商去处。

席六如在旁插言:"你这就要走吗?"

邓潮道:"不走,等着狮林观的三鸟和程黑鹰他们来毁我吗?我邓老二会发横,还会装尿,我明天就走。"

席六如道:"可是我呢?"

飞蛇道:"随你的便。"

席六如发怒道:"你这小子真不是东西!你说过的话算数不算数?"邓潮豁然大笑起来。

结果就烦鸡冠子邹瑞做大媒,也不遑铺张,飞蛇和席六如急急忙忙地成了婚。席六如的旧部全来贺喜。邓潮力守机密,不欲人知。到底惊动了旧时同伴,蛇党黑忙牛蔡大来、盘龙棍胡金良、九头鸟乌老鸦、开花炮之流,知道信的,全都赶到。真个办得神速,只忙了三天,便入了洞房。可是席六如肚中的小蛇,也眼看要出世了。

入洞房这天,席六如眉横翠黛,唇含红樱,眉目间透露春色,好像十分地心满意足。穿织金绣袄,百折宫裙,把肚皮勒得紧紧的,群盗看了暗笑。他们又尽情地闹房,甚至品头论足,动手动脚。席六如居然还含羞起来,盘腿稳坐帐中,满头珠翠,低头敛容,在那里装了一会儿蒜,终于被几个年轻的盗伙调侃得骂出了粗话来。

群盗仍很纳闷,像席六如这等妖冶狂纵的女人,会跟飞蛇结了不解缘,而且非要坐一回轿不可。大家都七言八语地逗新娘,审问她:"从哪一点上,看上了我们邓二哥?"

一个二十几岁的强盗,更自扪两腮道:"席寨主,邓二嫂,你瞧我们邓二哥毛烘烘的,活活气死张飞,逼死霸王,你怎么看上了他?你瞧我不比邓二哥漂亮吗?我也比他年轻,邓二哥都四十好几了,足够做您的公公了。"

邓飞蛇大笑,抢过来说:"老弟,你瞧着不愤,是不是?"

飞蛇虽然做新郎,此刻正是强打精神,并不很喜欢。席六如却是由心坎里欢欣,她的眼珠总随飞蛇转,似乎一心一意都被飞蛇抓住。飞蛇大大方方,向群寇道谢,乘间又同胡金良、蔡大来、邹瑞等人秘谈。

有一个年老强盗,私对同伴说:"席当家的今年动了凡心,真要一夫一主地过日子。只是有一节,你看她的相貌,在眉心有一颗痣,在相书上命犯桃花。……我只怕邓老二,咳咳!"说了个半句话,有别人过来,不再说了。群盗聚饮贺喜,直过了三更,新郎新娘入洞房,群盗也就四散。席六如的旧部做了东道主人,把蛇党盛情招待。

新屋是借的,借主乃是一个皇粮庄头,兼管着旗籍主人的坟园。素日这个庄头便招娼聚赌,窝盗销赃,行为不轨,在乡间很有势力。席六如的部下,以前销赃、买粮、打刀,常常跟这庄头勾结着,给过他许多好处。此日借寓,又厚送金银,先说是我们当家的借地方,会朋友,临期才说了实话。这庄主居然来随后人情,被别人接待,让在别处,敷衍走了。

四面都布着卡子,乔装良民,暗护着飞蛇夫妇。花烛三天,人来人往,虽在乡间,越发引人注目。幸而办得周密,又距盗窟不远,过了三天,未生一点枝节。三天以后,飞蛇立刻携带席六如,换了一个住处,一面收拾着,改装良民,准备潜伏川陕。

席六如既有身孕,便坐了暖轿,由飞蛇的好友鸡冠子邹瑞等伴送。他仍托同伙,暗访黑鹰的动静。

蛇党走出一段路,风声忽缓,听说黑鹰已扑奔山东了,狮林观高足来找的话,又访闻是道路谎言。飞蛇至此,忽又改变主意,在豫北一带住下了。

第九章

邓飞蛇寻仇狭路

到夜里,邓飞蛇和席六如商量:"你不是不想回家吗?"

席六如嘤咛而言:"我凭什么不想回家?嫁鸡随鸡,嫁狗随狗,嫁了你这条毒蛇,我不跟你回蛇窝,怎么样呢?只是告诉你,你不信。肚子里的小蛇秧子就要出世了,我实在受不了这挣命一走。别看是暖轿,我也是嫌颠顿得慌。老坐着又憋得喘不出气来。你要是不怕鹰追你,就近找个僻静地方,叫我歇口气,好歹添了小蛇秧子再走,我当然愿意。"

现在的席六如真是百依百顺,说出来的话,都是牵肠挂肚,比正经夫妻还缠绵。邓飞蛇掀髯而笑,眼看着鸡冠子,颇露得色。鸡冠子道:"二嫂子实在够月份了。"

飞蛇道:"那么我们先不回陕西,可是往哪里去呢?我想了一招,我打算不但不躲,我还要找回去。叫老鹰敞开地搜寻我们,我们不往远处躲,我们暗地里反倒踏脚印,绕在他们的后面。你们说好不好?"

席六如道:"哦!这也是一个招,他们一步步往前追寻咱们,咱们反倒绕到他们背后,这确实是很好的一个躲法。"

鸡冠子邹瑞凛然摇头道:"怕不好!这招可对别人施,跟程黑鹰、狮林观他们施,只恐瞒不过去。程黑鹰这家伙久涉江湖,眼力很高。你只跟他一对盘,他就把你看到骨子里去了。我们绕过去,万一碰上,归里包堆说,要是净为躲人,我看还是往旁边冷地方蹲蹲好。莫非二哥还有别的打算吗?"

飞蛇笑了,他一路盘算,自觉形迹未露,忽然想到"一面避仇、一面寻仇"的办法。他想:黑鹰正搜寻自己,同时也必寻找他的侄女、外孙。这是一定的道理。假设黑鹰的侄女程玉英母子真个失踪的话,他焉能不找?假使程玉英与林铃只是藏起来,躲避自己的搜寻,失踪云云,只是镖客在外面故意扬言,以图掩饰。那么,此刻程玉英也该携子出头了。她必要找她的有名望的伯父诉冤、求报仇。于是邓飞蛇由此设想,想入非非。现在,黑鹰正搜自己,自己应该躲他,同时跟缀他;跟缀他,一定可以获得狮子林的妻、子的踪迹。

想到这里,飞蛇突然一拍桌子,道:"对!我一定这么办!"邹瑞道:"二哥打算怎么样?"

飞蛇道:"黑鹰追我,我缀黑鹰!"他要从鹰翼之下,转挖出小狮子的下落。

飞蛇接着说:"我一面躲祸,我还一面要寻仇。不杀狮子林的妻、子,我实在死不闭目,活不安枕,连梦都梦见那个女人同那个男孩子,拿剑直扎我。"

飞蛇站起来,在地上往来走遛,搔头,细想。细想的是,此计太巧,出人意外。但是,也正因为太巧了,怕弄巧成拙,故此他不得不细加推敲。

鸡冠子邹瑞道:"二哥,你的足智多谋,我实在佩服。连小白龙那么精明难惹的人,居然被你利用上,你的道儿,我们全服。只有这一招,我觉着太悬。二哥,你要细想。二嫂子,你说怎么样?这花招玩得吗?"

席六如看着自己的便便大腹,点头咂嘴道:"二爷真有胆量,这不是虎口夺食,还是鹰爪下杀小鹰。二爷办的事都够悬的,难为他拿来当不悬办,居然一办就成。我不敢说这事不能办,我只怕一个拔不利落,拖泥带水,反叫鹰爪子抓一下。"

飞蛇哼了一声道:"怎么着你又怕了?不笑我胆小了吧?你放心,我总得把你先安排一个稳妥地方,然后我才自己前去缀鹰。这一回是不用你出马啦。"

席六如道:"二爷这是什么话?你的事,哪一趟我落后了?我哪能不陪着你?"

飞蛇道:"你不用灌米汤,你看看你那肚子。"邹瑞笑道:"你们两口子还有这些谦辞。"

飞蛇笑道:"她刚才笑话我胆小,这工夫又怕事。你们放心吧,我既然这么打算,我一定打算周全。邓二爷不是瞎摸海。"

飞蛇邓潮看似粗豪,他为人却有苦心,有辣手,看事有决断,办事有细密的步骤。他是江湖上一个怪物,专斗心眼,小白龙实不是对手。当下,他把自己的策划,默想周至,详告妻、友,立刻把轿子折回。命鸡冠子邹瑞改装,随着暖轿走。他自己却是昼伏夜行,随时更衣改容,于是他把席六如安置在豫北一个妥当严密的地方,他与席六如分居,他自己行踪飘忽不定,与二三患难弟兄,开始躲仇,访仇,缀仇。他仍想抓住机会,一举歼仇,使林姓寸草不留。

他的打算过于酷毒,天不从人意。他会寻仇,仇人也不闲着。就在他搜根剔齿,约略访得程玉英、林铃、魏豪三个亡命客的去路,当时还是仅辨趋向,未知定所。就在这时候,他的行踪被安远镖局蹬着!他正要再往河北踩探,却被狮林观耿白雁的二弟子解廷梁遇上。

解廷梁是狮子林廷扬的嫡亲师弟,是保定安远总镖店副总镖头兼股东。自总镖头殒命,办善后来了,镖店复被贼扰,解镖头就毅然决然,准备把镖店收市。他与同门同事密计,初欲扬言关门,继而把镖店交给张士锐(是林廷扬生前的盟弟)和镖师力劈华山黄秉,遂扬言出倒,暗中实已收市。他腾出工夫来,大遣镖师,遍烦同业,辗转密托绿林中的知交,刺探这一龙一蛇的来路、去向。他又腾出身子来,携一支长剑、一袋毒喂飞镖与甩箭,偕一个踩盘子小伙计,扬言南下清账,阴做访仇之计。在黑鹰程岳未到之前,他已开始这样做起。解廷梁在师门排行第二,自然担起复仇的主要担子。

他的三师弟何正平,当江心护船苦斗,已负重伤,一只腿落了残废,而武功仍在,敌忾心尤浓。何正平就也秘密地出离保定,绕道远出,似乎因病伤告退回籍去了。只在家中一停,立刻转道他往。

安远镖局其余同事,感念狮子林廷扬生前友情,也各个分别出去活动。在保定安远总镖店门前一看,马匹骡驮进去出来,照旧火炽,哪知要紧人物俱已潜出,镖局只留空壳。

仇杀的事,报复循环,既种恶因,终收恶果。在狮子林殒命后一年,一龙一蛇反目成仇,各奔前程。于是潜龙逢黑鹰,一击负伤;毒蛇遇解豸,三战并命。宛如螳螂捕蝉,不知黄雀在后。予智自雄的邓潮一弄乖再弄乖到底没有逃开公道!

这一天,解廷梁镖头单剑寻仇,在豫北野店,造次邂逅着飞蛇。解镖头只带一个踩盘小伙计。小伙计当日劫江,曾经在场。此日用来做眼线,飞蛇与解豸,全都改了装。改装瞒不过行家的眼,飞蛇的虬髯,已经刮成光嘴巴,紫酱脸也染了姜黄。唯有很浓的江湖气,纵然极力掩饰,也时露锋芒。踩盘小伙计原是行家,慢慢走过来,一掠而过,拿眼角一夹,抽身回来,低声密告:"不错,二爷,真就是他!"

解廷梁几乎不相信遭遇这样巧,忙沉住了气,用自己的眼瞄认。"不错!"师弟何正平曾经绘声绘影描摹龙蛇的相貌,如今抵面对勘,表面可装假,骨子里正是毒蛇!

解廷梁连忙慢慢地退下来,向小伙计一看,双眼闪闪吐火,垂臂腕一挥手,有辞无声说道:"快回去!"

小伙计点头,不暇饮食,慢慢站起,慢慢离座,慢慢离出店门,匆匆牵马来到荒郊土路。回头四顾,四顾无人,霍地飞身上马,马上加鞭,似狂风般往回跑去。

解廷梁独留店房,轻斟浅饮,浑若没事人一样,在另一客座等候,眼睛决不再照看,却心血如沸。飞蛇邓潮正揣着自己的心思,吃着饭想,居然没有觉察。

飞蛇仅只一人,连个小喽啰也没带。他此行是给席六如预备收生婆。他不愿叫个中人知道他又回来了,更不愿人知道他在近处还营有金屋。他唆使患难朋友放出风声,说是自己娶了席六如,回转四川老家了。他却暗暗鼓捣,把席六如带回藏起,净等六如临蓐,还希望一索得男,再索宜弟。有两个儿子,好给自己的胞兄留后。

他的举动诡秘不测,当地绿林谁也测不透他,也没人再谈到他,他大放怀抱。只有老伙伴鸡冠子邹瑞、黑牤牛蔡大来、盘龙棍胡金良,能够到席六如潜身处,与他见面。飞蛇设计,善从反面着想,虚虚实实,予智自雄。他偏不把席六如藏在深山盗窟,偏藏在僻邑闹市之中。是僻邑,则江湖人不肯光临;是闹市,则自己一出一入,忽来忽走,引不起行家注目。

这一天,席六如眼看够了月份,开始"觉病"。飞蛇已数日未来,席六如扪腹着急,设法把黑牤牛找来。黑牤牛忙去代寻飞蛇。飞蛇摇头想道:"这不能外找收生婆,还是从同帮家眷里,请一位有年纪的妇道。"

黑牤牛办不了这种事,飞蛇不愿出面,怕叫同道知道他已回来。想了半晌,嘱咐黑牤牛转烦鸡冠子邹瑞。他笑着举手道:"六如的事,我就托付你二位了。按说这种事没有托朋友的,可是我没有法子。我现在好容易钩稽着小狮子的下落,我现在正等一个人的回信,实在不能放松一步的。"

蔡大来跳起来,连连摇头道:"这事我们可不行,二爷,嫂夫人要坐月子,这个岂是托朋友帮忙的?你别骂人了!"黑牤牛说罢,竟站起来溜了。临走还嚷,"邓二爷惯会巧支使人,你得看什么事呀!"

飞蛇碰了一个钉子,自想也觉可笑,只得奔回去见席六如。席六如其实还不怎么样,不过飞蛇不在,她有点心无主宰,愿意临盆时,有男人在家,觉得放心些。把飞蛇抱怨了一顿,逼他立刻找老娘婆。飞蛇事事精通,独于此道外行,也不晓得此刻需用收生婆,是否迫切,他只得慌慌张张,奔到市街,走了一圈,看不见"快马轻车"的收生婆幌子,信步进了饭铺,要从堂倌口中,打听一个乡下收生婆。嘻嘻,找收生婆没有找到,却遇到拼命的仇人来了!

飞蛇把饭馆伙计叫到面前,说道:"喂,我说掌柜的,你们这里可有收生的老娘婆吗?"

飞蛇打听产婆,极力矫改口音,装作本村的人,可是口腔仍带川陕土音。他的口音在江南人听,是北方话;在河北听,又是南方话。解廷梁眼望别处,潜加细察,飞蛇终不脱江湖豪气,花钱可买得鬼推磨,竟拿出一锭银子,给那堂倌。乡下堂倌受宠若惊,请问把收生婆找好,送到何处。

解廷梁大喜,不由一提神,要倾耳听飞蛇自报巢穴的地名。哪知飞蛇往四面一看,忽然住声,叫堂倌拿纸笔,写了一个地方,交给堂倌道:"等到散了集,赶快雇请接生婆,雇驴陪了去。"飞蛇说罢,就低头吃饭。

飞蛇低头吃饭,吃到一半,皱眉捧腹道:"不好,堂倌,厕所在哪里?"站起来,奔到外面。

解廷梁连忙跟出来一看,飞蛇确已入厕,飞蛇的马还在树上拴着。解廷梁抽身回来,找到堂倌,把眼一瞪道:"刚才那个客人给你一个纸条吗?快拿来我看!"堂倌犹豫道:"你老是……"

解廷梁道:"你把眼珠子放亮点,快快,我只看一眼!"信手拿出来一锭银子,说道,"这是饭钱,剩下的全给你。"

堂倌看这锭银子比飞蛇多一倍,往四面一看,把纸条拿出。解廷梁只一望,骂道:"好滑贼!"立刻追到院中,又回告店伙:"回头有人找我,你把现在的情形告诉他,说我缀下去了!"立刻追到门外。就在这一支吾的工夫,飞蛇的马不见了。解廷梁大怒,探得贼窟,竟失贼踪,恨得拉缰上马,火速追寻。

一片旷野,飞蛇竟没有走开。他的脱身计没有奏效。

飞蛇策马绕道飞驰,解廷梁遥望征尘,辨明去路,立刻狠狠加鞭,紧紧赶上去。飞蛇这次意外失计,他不知解廷梁的马是镖行走马,脚程火速。飞蛇实该弃马而逃。飞蛇的马甩不下追骑。于是赶出一段路,被解廷梁骤马超尘,赶到前路,圈回缰来,把飞蛇一堵。

两方过了话,解廷梁喝道:"朋友站住!"

飞蛇打量解廷梁,纵然镇定,已看出他满面火气,已知道遇上对头。但还不敢断定是六扇门,还是仇家。飞蛇远远喝道:"朋友,什么事?上哪里去?"

解廷梁道:"朋友,你贵姓?"所答非所问。

邓飞蛇道:"朋友,你贵姓?"不答反问上来。

飞蛇口说好话,见解廷梁的马还是往前走,便猝然一扬手。解廷梁大笑,拔剑一挥,把一只飞镖打落,喝道:"朋友,你露相了,你还想暗算人?"拍马上前,奔飞蛇冲来。这时候晴天白昼,解廷梁不管不顾。飞蛇也忙拔刀,马鞍下本藏着一把精钢短刀。两人交上手。

解廷梁是名镖头,仅次于狮子林,马上步下,长短兵刃,样样全精。尤其是现在,良驹长剑,平添威势。以短兵器作马上斗,飞蛇一点不行。两马对冲,人已追近,解廷梁用十成力,照飞蛇砍来一剑。飞蛇划刀往外一扫,嗖地一下,解廷梁长剑转奔蛇腿截去。飞蛇探身往下一捞,叮当一声大震,蛇刀被压下去。解廷梁突然扬剑,照飞蛇劈头猛剁下来。飞蛇用力往上招架,剑锋几乎斜扫着肩头。

这只是两马一冲的工夫,飞蛇连挨了三剑。飞蛇猛勒马缰,两马交错而过,解廷梁回手一送。飞蛇回身一磕,突又发出一镖。解廷梁早已防到,一伏身,又叮当一声,发出一剑。飞蛇手忙脚乱,顾了马,顾不了剑。情知不好,要下马步斗。忽又四顾,把马缰一带,落荒横逃。

解廷梁道:"朋友,你还想溜?"把马一催,火速地又遮在飞蛇面前。

飞蛇害怕起来,这不是鹰爪办案。张皇四顾,厉声叫道:"朋友,这是怎么讲?我和你又不认识,你这是受谁之托?你贵姓?你知道我是谁?"

解廷梁冷笑道:"受谁之托?朋友,你不用问,手底下分明!你要知道……"招手一指上天,"老天爷没有瞎眼,今天你的报应到了!久闻你心路很快,你能看出二爷不是办案的,足见你招子亮,可是你没有全猜着,来吧!"长剑挥霍,猛攻上来。

飞蛇连发暗器抵挡,想把解廷梁的良马打伤。但解镖师的御马术极精,这马也自知趋避。飞蛇的暗器无济于事,不由深悔自己孤行落单,用刀背照马背狠狠连打数下,跨下马负痛狂奔起来。解廷梁恨道:"哪里跑?你还能跑得开,天爷太不睁眼了!"

飞蛇心慌,只是打马疾逃。跑不多远,又被追上。飞蛇回身迎斗,连发暗器,来打解镖头的坐骑。发出数下,略阻一阻又跑。

这贼招恼了解廷梁,骂道:"你要伤我的马!"纵马紧追,约略够得上,也抬手发出暗器,飞蛇急闪。解廷梁狠狠一下,一支甩手箭,钉在飞蛇的马臀上,那马狂嘶起来,带箭驮蛇,如飞奔去。解廷梁轩眉道:"我看你再跑!"邓飞蛇还不晓得,解廷梁却明白,他的甩手箭已经喂毒。

旷野两马奔行,两人全拿着刀剑,吓得过路人惊喊乱窜。解镖头漫不顾忌,也不吆喝人来捉贼,只纵马要活擒飞蛇,割头报仇。

飞蛇驱马乱窜,心中并不乱,他的脱身计无效,他想:甩是甩不开他,我把这家伙引到哪里去呢?虽是乱奔,他却是逃有走向,他的阴谋又已打好。但事情不由人打算,他的马跑不动了,他就用刀背苦打,这马越打越慢,忽一声哀嘶,头往前一栽。飞蛇大骇,猛一提缰,提不起来。马竟毒发倒地,飞蛇很快地跳下来,幸未压在马身下,他的仇人已然狂笑追到。他刚刚跳落平地,仇人的剑已经劈到。

飞蛇手忙脚乱,哪顾得迎斗,弃伤马于不顾,翻身便逃,拔腿疾跑,回手打出一镖,也想打倒解廷梁的坐马。

解廷梁大笑,将马一带,镖又落空,立刻策马疾追。飞蛇斜奔出一段路,解廷梁把马一放,眨眼间追上。飞蛇忙探囊取镖:"糟了!"一袋镖只留两只。飞蛇脸色一变,留镖不发,突然切齿,抡刀照解廷梁的马颈砍来,未容招架,倏又下砍马足。

解廷梁道:"朋友,你瞎眼了!"这马不由鞭策,自知趋避,解廷梁的剑劈头砍下,马蹄猛踏,飞蛇险被撞倒。刚刚闪开,解镖头的剑,骤如电闪,锐不可当。

飞蛇奋力支持数合,喝一声:"着镖!"把手一扬,那支镖仍未肯放出,借此一晃,竟往外一耸身,跳出两丈外,眼光四扫,向侧面箭似的奔去,侧面有一带荒林,一片村落。

邓飞蛇拼命狂奔,抢奔荒林。解廷梁早知仇人要穿林,哗啦啦放开了马,先一步赶到林边,当林候蛇。飞蛇奋力夺路,只想逃,不想打,终被他绕林一转,遁入林中。解廷梁毫不犹豫,弃马直追入林中。

飞蛇前奔,解廷梁后赶,在林中乱钻。飞蛇一伏身藏好,借林丛障身,一声不响,把那支镖猝然发出。满想到可以伤敌,哪知解廷梁既敢深入,必有把握,被他一侧身接住,顺手还击。飞蛇连忙跳开,从树缝中侧身斜跑,又跑出林外逃到村口。解廷梁直追入村口。飞蛇又跳上民房,解廷梁追上民房。村民大噪,乱喊有贼,而且是晴天白昼。

解廷梁忙喊:"老乡截住他,他是强盗!"飞蛇也喊:"老乡救命,他是强盗!"眨眼间,二人又同奔出这村落。

眨眼间,在村民骇喊声中,一追一跑,又穿村逃出来。飞蛇张眼四顾,奔向南边另一村落。

解廷梁恍然有悟:"这附近一定不是蛇巢。"但飞蛇竟这样东一头,西一头,乱窜乱钻,解廷梁一时猜测不出他有何用意。

飞蛇在南村村口一打旋,打算奔过去,忽又绕起来。

解廷梁想:"这大概许是到了地方!但仇人既已迟疑不肯径入,想必是怕密巢泄露,再不然必是巢中无人。这才一咬牙轩眉,把毒喂甩手箭取出。刷刷刷,一连三箭,分奔上中下三盘。飞蛇哼了一声,腰际受了箭伤。

解廷梁的暗器打得极准,可是直到此时,方下辣手,飞蛇也猜不透敌人的用意。飞蛇忙将箭拔下,这一拔,才知不好,伤处火辣辣的灼疼。飞蛇一声不响,掩住伤口,奋力奔入村中一条小巷,跳进一所小院,口捏呼哨,吱地一响,似乎已入巢穴。

解廷梁胆量很大,公然有入虎穴灭虎族的勇气。他纵目一望,冷笑数声,断定此处至多是飞蛇的伏桩,非老巢。他公然缀进去,仗恃一袋毒箭,一袋毒镖,他要以一人戡灭蛇党。

但是飞蛇围着小院,口打呼哨,吱吱地叫了一阵,忽又逃出来。解廷梁大喜,在房上往小院下一望,至此方才叫道:"姓邓的不用挣命了,把首级留下吧。你的伙伴全出去了,是不是?"

飞蛇不暇置答,紧按伤口,依然往前飞奔。由南村往西转,前面有一小市镇,飞蛇一直奔入闹市之中。解廷梁奋身追究,长驱直入。却不知飞蛇果然奔入他的密巢了。他先到自己的潜身之处,黑牤牛、邹瑞、胡金良等全都不在。他这才迫不得已,往这边跑。

他切齿咬牙,猛窜进市镇内,绕小巷一阵乱钻,回头一看,略略把解廷梁甩出视线之外。他立刻直入密巢,吱吱地一吹呼哨。

他的朋友黑牤牛蔡大来、盘龙棍胡金良,突然从小院小屋中钻出来。

未容迎问,已见危象,飞蛇满头大汗,面色惨白。飞蛇叫道:"快快快,点子追来了!"一指伤处,一指来路,叫道:"我挂彩了,仇人就到。二弟快替我挡一阵。"

黑牤牛、盘龙棍全是行家,已晓得有变,全都提着兵刃,围问飞蛇道:"点子在哪里?二哥快进来歇歇,可是的,你怎么把点子引到窑里来呀?"

飞蛇喘成一片,回顾一看,回手把门关上,自己奔入屋内,叫蔡、胡二友也退进来,赶快埋伏。却是晚了,刷的一声,一只毒镖穿窗打到。解廷梁一声不响,从小院房上现身。黑牤牛蔡大来、盘龙棍胡金良,急捉兵刃,上前迎敌。飞蛇忙道:"且慢!"他还想暗算敌人,敌人追逐太紧,不容缓空。于是黑牤牛、胡金良到底提刀出去迎斗。

二寇与解廷梁动手,解廷梁志在覆灭敌人,一交锋,便下辣手。

邓飞蛇挣命似的进了屋,席六如眼看临蓐,正在床上哼咳,旁边有一个小贼,是她的旧部。席六如一见飞蛇,蓦吃一惊,下床来把飞蛇抓住,叠声地问:"你你你……"外面斗声已起,不用问已然明白了。她仍然问道:"你哪里受伤?"

飞蛇不遑说,忙找利刃,亲自下手,把腰伤用刀割挖,切去了一块肉,血流染裤,命席六如找药。小贼连忙动手,给飞蛇裹伤。

飞蛇已经挖肉疗毒,束创喘息,喝了许多水。席六如趴窗一看,那解廷梁大展武功,与蔡、胡二寇狠斗。蔡、胡武功皆硬,解廷梁甩手一镖,把蔡大来打伤。飞蛇忙喊:"留神毒镖!"

席六如猝然汗下,顾不得临蓐之身,忙取暗器,要帮助二寇。飞蛇命小贼,快去求救。于是,飞蛇和席六如夫妻,踢开后窗,放走小贼,连忙招呼黑牤牛、胡金良,赶快退进屋内,蔡、胡二人不甘心,不肯后退,不信两人会拼不过孤身深入的一个镖头。

解廷梁如猛虎一样,竟不问屋中敌人究竟有多少,提一口利剑,连发毒箭毒镖,与群贼拼命,一霎时锐不可当。黑牤牛连受两处伤,胡金良也受了一处伤。飞蛇红了眼,提出一袋镖,忍伤痛抢了出来,叫胡、蔡二友近攻解廷梁,他自己发镖远攻。

邓飞蛇的镖法不如解廷梁,解廷梁的甩手毒箭,百发百中。群贼喊一声,到底退入屋内。解廷梁一咬牙,竟穷追入屋内。

忽然间,鸡冠子邹瑞一个生力军赶到,里外夹攻,夺门而斗。解廷梁回手一镖。鸡冠子邹瑞闪身让开。黑忤牛负伤退走,将近屋门,被解廷梁剑锋一转,丢下了邹瑞,斜窜一步,照黑忤牛背后劈去。席六如趴窗瞥见,失声惊叫:"看后头!"呼声急,剑势来得更急,黑忤牛急急回身迎斗。解廷梁左一剑,右一剑,力敌二寇,竟把二寇裹住。

此地是贼人住处,解廷梁竟不管院内伏多少贼,也不管附近是否有贼巢,是否还有大帮,他竟以一口剑,深入虎穴,竟似有恃无恐。他格外地大胆,震吓住了诡计百出的飞蛇邓潮。飞蛇猜想:在解廷梁的身后,必还有强援来到。

飞蛇提刀出来,本要催蔡、邹二友,火速退入屋中,计在诱敌,把解廷梁诓入屋中,他们再把门窗一堵,反守为攻,使得客主变势。料自己人多,敌援来到前,可将解廷梁放倒,埋尸灭迹,再焚巢一走。飞蛇竟想不到解廷梁剑光挥霍,锐不可当,黑忤牛既已中箭,邹瑞一个人缠绕不住敌人。解廷梁竟跟得这么紧,半步不放松。

飞蛇陡然改念,诱敌之计看来不成,咬牙切齿,裹创提刀,先催席六如快快逃走。席六如的身子不能越窗而走,飞蛇催她趁邹、蔡阻住敌人,火速地夺门出走,千万不要耽误。然后飞蛇自己破窗奔出,急袭解镖头。席六如大腹膨脖,不自量力,她还想帮助同伙,她身插一把短刀,抄取一只短弩、一把弩箭。她喘吁吁掩在小屋的门后,要用暗箭,攒射解廷梁。

解廷梁就好像深知屋中有多少人似的。又料到飞蛇必不肯就逃,必要负隅设伏,潜施暗算。解廷梁只凭一袋毒镖、一袋甩箭,公然不罢手,穷斗不休。于是他刷地一剑,猛攻负伤中箭的黑忤牛。他避实蹈虚,近攻弱敌。他又一翻身,虚挡鸡冠子邹瑞。邹瑞刚一上步,解廷梁如狂风般一卷,顺手掏出镖。双管齐下,剑取忤牛,镖打鸡冠子。

鸡冠子一伏腰,飞蛇已现身出来,先张目四望,见状知危,连声低叫"留神,留神,这家伙的暗青子有毒!"他又招呼二友:"快圈住他,别给他留空,这家伙的镖、箭全有毒!"

他又催黑忤牛,赶快挖创口,割肉治伤。喊声中,飞蛇探手取镖,照解廷梁打去,跟着赶上来,斜照解廷梁猛劈一刀,他挖肉疗毒,服药止痛,明知毒未必净,可是不能不来替黑忤牛。

当此时,女强盗席六如伏在门扇旁,扣短弩,装利箭,比了又比,仇人身影乱晃,只是不易瞄准。她就一探身,把上半身全探出来,噔的一声,对得准准的,上取解廷梁的中盘。弦鸣箭啸,她不禁喝了一声:"着!"

解廷梁眼观六路,剑扫八方。不等箭到,人早换了地方。偏偏黑忤牛刚刚冲到箭路,被邹瑞看见,忙喊一声"留神",气急急地横刀来挡敌救友,容出空来,好叫黑忤牛撤退。黑忤牛挣命似的躲过去,毒已发作,头脸冒汗,竟一摆刀,退了下来。

战场只剩鸡、蛇二人,鸡、牛又都出来得慌促,全没有暗器,越发不能支持。解廷梁大吼一声,认定黑忤牛,猛砍来一刀,意思不容他走。黑忤牛勉强往外一挣,飞蛇邓潮急忙发出一镖。解廷梁一侧脸,席六如藏在门后,得了这个夹缝,走出门外,噔噔地发出三四支箭。邹瑞赶步扬刀,猛砍敌人后背。解廷梁还剑一扫,托地一跳,箭似的扑到小屋门前。黑忤牛拼命往旁跳,解廷梁连人带刀,劈到席六如面前。

席六如惊叫一声,回身往屋里跑。飞蛇拼命冲来,探刀硬往上架。当的一声,蛇刀二番被打落在地。真是"一人拼命,万夫难挡",邓飞蛇空手顿足往外一跳,解廷梁左手发暗器,照飞蛇钉去一镖。利剑一挺,仍奔女贼。席六如一声惊喊,剑没剁着,挣命似的往屋内跑,竟被门槛一绊,整个身子栽在屋内。一霎时,倒地不能起来,人似摔坏。

解廷梁跟踪追到门口,只一瞥便看破,唇开齿露,桀桀发笑,便不肯入内,取出一只镖,照席六如背上狠狠一甩,叫道:"蛇老婆,也留不得!"

席六如不知怎的,突然跪起来,往旁一滚,镖钉在背后,狂叫一声,滚爬到屋内。解廷梁便不再管,回身另索敌人。敌人不及转寻,已掩到自己背后,刷的一声,鸡冠子邹瑞捧刀高剁,已迫至五六尺以内。

那一边,邓飞蛇不暇俯拾坠刀,为急救席六如,抖手打出一暗器。刀镖夹攻,远近齐到。解廷梁往左一趋,让开了刀锋,忙用剑照邹瑞的刀背一压,往上一撞。邹瑞用力太猛,收招不及,被解廷梁探身就势,将剑尖一送,邹瑞哼哧一声,身受划伤。

就在这一霎时,解廷梁攻敌太疾,进招太猛,飞蛇的镖破空已到,也来不及躲救了。解镖头也哼了一声,臂上中镖,咬牙拔下来,抖手还击,照邓潮打去。

邓潮一镖中敌,心中微微一松,忙往回急跳,要俯拾坠刀。同时低声催喊:"并肩子快快,盯着上,再有一下就成!"眼见解廷梁肩头血溢,趁这工夫,三个人一齐上前,定可制敌死命,除去祸患。却不知解廷梁感念师兄之恩,此来志在拼命,要把蛇党全家灭绝,方才称愿,他决不怕人多拼命。

解廷梁瞋目厉声喝道:"姓邓的……好好好,苍天有眼,师兄有灵有圣!"这句话他觉着只他自己明白,但飞蛇已猜出一半。解廷梁不顾已伤,利剑一摆,专盯飞蛇。邹瑞还想以自己之力,缠住解廷梁。解廷梁竟躲着邹瑞,往开处一闪,绕着院子,追奔飞蛇。

飞蛇已经跳过去,俯腰拾刀,解廷梁振吭大喝:"放下!"甩手箭刷刷刷一连三下,照飞蛇狠打。

飞蛇刚刚弯下腰,暗器破空之声已到。飞蛇久经大敌,知道厉害,暗器之后必跟着刀,他来不及直腰,就俯身之势,脚下一顿,刷地窜到一边。解廷梁的刀果然劈到,飞蛇没有兵刃,忙将暗器打出,飞身一蹿,他心想跳墙上房。

解廷梁仍怕他逃跑,哪知道飞蛇心中未尝不想跑,只是情妇与挚友都受了伤,他不能这样跑,他应该把仇人引走。他立刻又打定主意,要翻上墙头,绕到屋后,从后窗进屋。他要取得兵刃,然后往席六如的旧部伏桩那边跑。他的打算倒也不错,可是咬牙努力,冲墙一拔,竟没有拔上去,仅仅及半,连忙伸手去攀墙头。

解廷梁道:"哈哈!"刷的探囊取箭,甩手箭刷刷刷三下,飞蛇已觉出,同伴也喝破,急急地一翻,到底躲过要害,没躲过全身,嗤的一下,臀部又中了一毒箭。不禁失声一呼,狠命下挣,扑通一声,翻跌到墙外了。

解廷梁大喜,纵没有亲睹仇人坠地之状,听声揣形,知道得手,这条毒蛇必死在己手。他就大喊道:"皇天有眼,林大哥你看着,小弟给你报仇!"拔身一蹿,嗖地上了墙。

蛇党大骇,急救不迭,连喊:"看镖!"可是手中无镖。鸡冠子邹瑞是最后赶到的,忙将铁球照解镖头打去。

解廷梁不管,只一晃身,眼往墙下扫。飞蛇邓潮栽在墙根下,刚刚地挣起身来,一只腿跪,一只腿立,回手扪臀,侧目睨墙。见解镖师一露头,右手中有剑,左手上有毒箭。飞蛇平空添出活力,手按地,蹭地一蹿,这么一拧,站起身来。当的一声,解镖师的毒箭下甩打空。飞蛇邓潮至死不认输,刷地一抡腕,就将那支带血喂毒的箭,照解镖师打去。

打出去的时候,极其歹毒,早不打,晚不打,单等解镖师掠空下窜,身已离墙,脚未着地之时,由下往上,翻打上来。

解廷梁定要割取蛇头,刚刚一伏腰,背后鸡冠子邹瑞又已打出一铁球,被解廷梁闪过,就势往下一跳,恰恰毒箭打到,他就急急一拳,嗤地一下,穿破裤腿,串破划过。解廷梁双脚落地,一咬牙,抡剑直取飞蛇。

降龙棍胡金良已趁此时,奔回屋中,瞥了席六如一眼。屋中惨相十足。黑牤牛蔡大来在外间,自己挖肉割毒。席六如爬入内间,她下身淋血,背后负伤,为了情夫,已迫危亡,她已经产下来一个小蛇,可是小蛇一下生,便已绝声。胡金良很难过,连叫:"二嫂子,暗器袋呢,暗器袋呢?"

席六如已然暗不能言,只虚指了一指。黑牤牛忙问:"怎么样?"

胡金良顾不得细说,只道:"毒箭太扎手!二哥、老邹还跟他对付着呢!你快收拾,你别动手,想法把二嫂子弄走。"于是胡金良如飞地取了暗器,如飞地抢出去。

当此时飞蛇邓潮挣命爬起,解廷梁顿足一跃,狠狠一剑,照飞蛇后心刺去,力大、势猛、手快、招毒。飞蛇手无兵刃,已受重伤,拔腿绕道疾跑。气力不接,剑锋已到,忙往旁闪挣。嗤地又一下,左肋血流。

解廷梁不依不饶,看大仇已报,涩声高叫:"姓邓的,狮子林来要你的狗命来了,趁早留下狗头!少挣命,白费事!"话没说完,第二剑,第三剑,窥准敌人要害,斜劈直扎,骤攻不休。飞蛇左躲、右躲,已没力量反唇对骂,嗤地又一下,挣命往外猛一跳,腿一软咕登跪倒。

"拿过头来吧!"解廷梁左手托毒镖,右手挥长剑,前赶一步。唯恐有闪错,于是左手镖先发,已然不成其为打镖,相距未及一丈,只算是俯腰一插,插在飞蛇肩头。飞蛇刚挣扎起,随手倒在地上。

飞蛇扭头惨笑:"朋友,你趁愿了!我姓邓的死也值得,我把你们……"这一只毒镖直插入肉内很深,飞蛇的话未了,剑已到头顶,飞蛇忙一延颈,闭目待诛。

第十章

解武师辣手屠蛇

邓飞蛇身受重伤，正在闭目等死。殊不防"嗖"的一声，"哼"的一声，眼前黑影一晃。飞蛇不由扶地往上一起，冷而硬的一物，突又打到飞蛇胸坎。解廷梁已鸟似的窜到一旁。

原来鸡冠子邹瑞、盘龙棍胡金良，双双救到。却是无巧不巧，飞蛇早已倒地等死，解廷梁本俯身过来砍头，胡、邹二人追救不及，先把暗器打出来。解镖头耳听八方，俯腰旁躲。邓飞蛇危中遇救，挺身一挣。恰恰正当镖路。最后，送他终的这一只镖，反不是敌人所发，而是好友胡金良下的辣手。解廷梁回身应敌，邹、胡二人苦战候援。

飞蛇邓潮知道这两下伤都太深重，必死无活，竟坐在地上，不敢拔镖，紧紧按住了胸口，大声叫道："喂，朋友，你已经替姓林的报过仇了，你还不走吗？我们的伙计片刻就到，那时候就没有你的公道了。"

他这话大有深意。他临死想保全自己的头颅尸首。万一仇人听他的话一走，自己的人赶到，仍可以追得上。现放着邹、胡二人，必要暗缀下去。但是解廷梁贪功过甚，复仇心切，什么话也不听，多少敌人也不怕。

解廷梁喝道："姓邓的，若要太爷走，你把你的狗头献上来。"说话时，照邹瑞打去一镖，照胡金良发出一箭。当此时，他的喂毒的暗器也因用得太急,所剩无多了。可是他还是恶战不走,但凡抓着空,还是追奔飞蛇。

胡、邹二人急忙来挡,一面挡,一面叫:"二哥怎么样?挣得动弹不?还不快进屋?"

飞蛇若能进屋,他早就爬进去了。他实在支持不住,毒既发作,伤也流血太多。他坐在地上,血流了半身,渍了一片地,他已无力裹伤。

那一边,黑牤牛挖肉挤血之后,又敷上药,扎裹好了,疼得脸都黄了,满头大汗。听屋中席六如低声叫道:"蔡兄弟,你快快救你二哥,快把仇人打发走了,放他快进来。我不行了,我跟他说几句话。"

黑牤牛忙走进去一看,"哎呀"一声,道:"坏了,二嫂你小产了!"

二嫂子不是小产,倒是够了月份,偏偏孕妇身上,中了一毒箭,跟着又临蓐,她此时比起邓飞蛇,正不知谁最危殆。蔡大来哪里看见过这种产房?他叫了一声奔了出来,打圈转了一回子,无计可施。仇人还在那边苦斗,他只得喝了一肚子凉水,吞下一包朱砂,抄起兵刃,带了暗器,寻到屋外。

就在这时候,外面情形已变。墙外只剩下重伤倒地的飞蛇邓潮。那个突如其来的仇人,与邹、胡二寇,缠斗数合,渐渐脸上变色,可是胡金良、邹瑞也都一样,也都支持不住,个个觉得伤口火辣辣的疼痛。

解廷梁起初想走时要带走蛇头,此时脸上冒汗。他以一人斗数强敌,任凭多高功夫,也难持久。况且时时还要顾虑敌人的增援。他且战且转,凑近飞蛇,盯了一眼。见飞蛇脸上已呈死色。解廷梁终于大嘶一声,喝道:"姓邓的,留下你的狗头,太爷过会儿来取!"

解镖头又冲胡、邹骂道:"你们一群蛇秧子,你们还挣命,你们也休想活命!告诉你,二太爷是狮子林的师弟,是你们的活报应。太爷现在要先走一步,回头自然有人来,一个挨一个来摘取你们的瓢!"

解廷梁喝罢,抖手发镖,胡、邹急退。解廷梁竟不越墙,直顺墙根,一直穿过小巷走去。

胡、邹二寇还想跟缀,飞蛇忙叫道:"老弟,你快回来!"可惜他已喊不出声来,胡、邹二寇终不顾己力,跟追下去。剩下飞蛇邓潮,软瘫了似的,在那里着急,一阵昏惘,躺在地上。

　　只不大工夫,黑忙牛绕道过来,见状吃惊,把飞蛇扶起。飞蛇肩头溢黑血,胸坎还插着一只镖没拔。黑忙牛验看伤势,叹道:"毁了!"想一个人把飞蛇搀回去,竟不能够。只得把飞蛇扶坐好了,替他盘上腿,先把他叫醒。

　　抚救片刻,飞蛇呻吟醒转,张皇四顾,问道:"仇人没有回来吗?没有勾人来吗?老弟,你快把我扶起来,我要回屋。"

　　黑忙牛架住飞蛇的胳膊,飞蛇两腿抖抖地立起,费了很大力气,忍了偌大苦疼,竟走不了几步,又已瘫坐下来。恨得飞蛇长叹一声道:"完了!我到底栽在狮子林的狗党手下了。这小子临走到底留名没有?"

　　蔡大来道:"我这才来到,我没有听见,二哥也没有听见吗?"

　　飞蛇摇头,心麻意乱,舌涩唇抖,半响又往起挣,仍命蔡大来搀扶自己。又走了数步,仍是不济。幸而鸡冠子邹瑞、盘龙棍胡金良双双回转,三个人一齐协力,把飞蛇邓潮好歹架回屋中。

　　屋中床上,这一边是临蓐堕胎的席六如,那边是三处受伤的飞蛇邓潮。飞蛇目睹情妇席六如这般景况,浩然叹道:"你也不行了!小孩子添下来没有?是男是女?"

　　席六如道:"添下来了,落胎就死了!"

　　飞蛇惊道:"怎么?落胎就死了!还能活不能?……这也是我的报应,我们邓家就灭了吗?"忍不住哭泣落泪,又强忍住。

　　席六如落泪如断梗,嘶声道:"老二,孩子活不成,大人也活不成了!我跟你夫妇一场,却也好,今天我算是跟你并骨了!"

　　一阵悲痛,两人昏迷过去。隔室胡、邹二友也传过来呻吟之声,两人的伤毒渐次发作。两人互相替换着,急于治伤。觉得解廷梁的毒箭毒镖,力量酷烈,虽有解毒的药,尚恐救治无效。两人也用凶狠的治法,持利刃剪破伤口,彼此挖肉剔毒,弄得血液流离,面无人色。仍恐余毒未尽,更替换着,用嘴对伤口吮吸毒血,吸得满口,再吐到地上。这血含在口中,确觉微咸之外,还有辛辣之味。

两个人纵是好汉,也疼得打战,头上汗珠如豆大直往下掉。黑牤牛蔡大来最先受伤,早经剔治,似已不要紧。鸡冠子邹瑞也支持得住。两人受伤处,都在四肢上或肉厚处,既好着手割治,也容易挤毒,并且行毒也慢。唯独盘龙棍胡金良,伤在胸肋,箭镞深入,恰当要害。因此他受伤最后,伤势反比别人更险。毒发极速,又难下刀,只可由伙伴帮忙,割开创口,勉强用嘴吸毒。

鸡、牛二寇都相顾叹骂道:"想不到这么一个家伙,把咱们全毁了。我们真栽到家了!"

胡金良心中不忿,瞪着眼说:"他就仗着毒药镖,毒毒毒药箭,不是凭一刀一枪。"已然有些舌缩了。

蔡大来叫道:"胡三哥,你别说话了。"忙将大量的定痛解毒丹取出来,已经自服,所剩有限,受伤人既然多,分一半给胡金良,留一半预备灌飞蛇。

鸡冠子邹瑞帮同黑牤牛灌完药,把胡金良轻放躺下。腾出手来,到隔室看飞蛇夫妇。邹瑞端水杯,取一根筷子上床。此时,飞蛇邓潮已缓过一口气,猛然坐起,两眼怒睁,彷徨四顾。他此时神智似已不甚清醒,但他环室一瞥,眼神落到蔡、邹二人身上,他立刻耸然叫道:"不好!我们得赶紧走。"既知仇人忽然退走,料到解廷梁必也已受了伤,多一半是回去勾兵。飞蛇自己遣人求救,可是救兵至今未到。自己现在力尽垂毙,党羽人人受伤。倘或转眼间仇人竟比救星先一步赶到,那时自己和情妇、朋友,必遭毒手,临死还要受大辱,必然保不住完身,必被割头,叫仇人称了愿,情实不甘。

二友给飞蛇服药治伤,飞蛇只服定痛散,拒绝挖治,他说是致命伤,恐怕救不活。飞蛇叫道:"我们快走!哎呀,天爷,我们怎么着,也得挣扎,快离开这里。"他打算火速地背负席六如,离开这已经败露的密巢,放一把火一烧,使丝毫形迹不留。他觉得自己精力已尽,再报仇恐怕不易。可是退一步想,也不能横尸待毙,让仇人称愿得手,坐受宰割。

飞蛇手拍脖颈,眼望同伴。他再没有雷厉风行,颐指气使的威焰,他不禁吐出央告的腔口:"二位仁弟,我谢谢二位,我们是生死患难交情。仇人跟手必然寻到,我还可以挣扎着走,只有六如她……"说至此讲不下去,又改口道,"我们必得赶紧走,我的头他们盼望不是一天了。二位仁弟,你们无论如何,帮人帮到底,你把我的头带走,我的头不能叫他们割去。"

飞蛇实盼望二友,把自己和六如救走。他垂危还要耍花枪。可是他只说自己的事,盘龙棍在隔室呻吟,他竟忘了问一声。他现在绕着弯子,透出心意,无非是求人把他夫妻背走。他对席六如恋恋不舍,他年前还暗笑小白龙儿女情重,现在,他走了小白龙的旧辙。

不过,鸡、牛二寇比小白龙的二仆强多了。而席六如的英雄气象也与春芳娘子闺秀之风不同。席六如此时缓过来,也强挂着床,半卧半坐地爬起来。她苦笑了一声,对飞蛇说:"老二,你的大事是别叫仇人称愿,事到如今,你还可以活,我还想活吗?那不成了做梦了?索性……"眼望鸡、牛二寇又道:"二位叔叔,我是不打算活的了,也活不成了。老二,回头临走,你把我杀了,省得叫我活受罪。你把我一埋,临走放一把火,完事。二位叔叔,我就是这个打算。只是你二哥,他受了伤,怕走不开。我给你二位磕头,你二位看在当年交情上,务必救他一条命。这不是别的,不是咱们怕死,哪怕叫他死在别的地方,也别落在仇人手里。"

群寇此时已知解廷梁是给狮子林报仇的来了,还不知解廷梁的姓名。席六如知不清细情,但已看出仇人大有来历,少时必然再来。她负伤堕胎,自料难保。人谁不愿活,她可是曾为女盗魁,深知盗亦有道,贼遇险放逃的,同伴负伤,能救则救,能走则走,若不能救,必不把负伤之友遗落在后,必不叫他落在官人手内。到了那时,万分紧急之际,手杀同伴,以图灭口,也免他失陷受刑,乃是道里常行之事,按合字的规矩说,这不算残忍。席六如知道自己不能生逃,只有求死了。现在她大仁大义,一味向黑牤牛、鸡冠子求说,只替飞蛇打算,不为自己设想。

二寇不禁同声赞扬道:"二嫂子不愧是一寨之主,足够头一份!"两贼齐将大拇指一挑,十分钦佩,也就不由得把飞蛇瞥了一眼。席六如越是这样谦让,二贼越讲义气。

黑牤牛性子直率,目视鸡冠子邹瑞道:"邹五哥,咱们赶快商量商量。你身上究竟怎么样?我试着我自己此刻还能对付,要帮着个把伙伴,一块儿往外骨碌,挑着道儿走,一路上只要不遇险,管保送到地方。五哥,喂,我们两个受伤的,就把邓二哥、邓二嫂子,一同架出这块火坑。你看行不行?你背二嫂子,我背二哥,咱们一步一步地试,好在离这里不远,就是二嫂子旧部下马老台的窑。咱们若能掏换出两匹牲口来,更不为难了。"

鸡冠子邹瑞比黑牤牛心眼多,他听飞蛇一味替自己打算,并不问问同伴的伤,他心中已潜藏不快。可又想邓老二这是挣命,也不能在人垂危时,挑他的骨节眼。心里正在盘算:丢下一走,当然谁也做不出来,两个受伤的人要救走两个重伤,也觉着不易。正自不得主意,黑牤牛已将主意说出来了。可是黑牤牛也不傻,强派邹瑞背女人,况且又是产妇,邹瑞如何肯干?

邹瑞忙说道:"不不不,你年纪轻,是小叔子,你应该背二嫂子,我背二哥。咱们疾不如快,二哥往外凑一凑。"他反倒急转直下,不用细商量了。

飞蛇邓潮和席六如,喜出望外,一齐说道:"二位贤弟只要搭一把手,不叫我们落在仇人手心,不致临死丢了六斤半……"

正是话路当前,恹恹垂毙的人也会精神一振。忽然间,隔壁猛听一声锐笑,道:"好,该这么办!二哥、二嫂子赶快走,远远地藏,别叫仇人再寻上门来。留下我姓胡的,还可以在这里替二哥抵挡一阵。这房子不用烧,我在这里一躺,看他们谁敢来。可是话说回来,谁把这颗瓢拿去,决不龇牙嚷疼。"

一片反射的话,锐利无比。邓飞蛇、席六如登时愕然,对着墙说道:"哎哟,胡四弟!我只当你在外头巡风来呢,你也挂彩了?蔡老弟、邹老弟,胡四爷的伤,要紧不要紧?四弟,你伤在什么地方了?"

盘龙棍胡金良道:"伤处不很要紧,是在左肋下,入肉四五分,差点透了亮。其实不算什么,不过是毒箭。我替二哥忙了一阵子,现在咱们弟兄可要永别了,总怨小弟无能。"

话很激。声很惨厉。飞蛇邓潮低问鸡、牛二寇。二寇说:"胡爷的伤很凶险。只恐怕……要没有对症的解毒药……刚才那对头也不知用的是什么毒药,好歹毒哩。二哥也尝受过了,还不晓得吗?胡四爷是肋下,这地方……"

难题登时出来。两个受伤人要救三个受重伤的,又是两男一女。鸡、牛二寇十分着急,万分为难。既不能甩手一走,又不能普救众生,急得黑忙牛在地上乱转道:"这怎么弄?"

当此时,鸡、牛二寇四只耳朵都耸立起来,一面着急,一面听外面的动静。外面偶有风吹草动,忙即出去探视,时时刻刻提心吊胆,怕仇人勾来帮手,乃至于勾来官兵,也未可知。

偏偏是飞蛇先前力求机密,连一匹牲口也没有,事先又瞒着近处的同道。此刻危急求救,那个小贼竟一去未能速回。不是没有救兵,是救兵不愿意出动。那邻近盗首说:"邓二爷拿我们当外人,干什么又找我们来帮忙?"这自然是人之常情。小贼百般央求,邻近盗首不肯赶来急难。飞蛇的深心秘计,反而自误。

一霎时倒难为了鸡冠子邹瑞和黑忙牛蔡大来，目睹呻吟垂毙的二男一女三同伴，耳听屋外风声，真是草木皆兵，去留两难，救不救两没法想。

两个连嚷："坏了，坏了！我说，二哥、二嫂子，还有胡四哥，这可是耗不起的事！到底怎么样？该着快打正经主意了！你们三位难道全不能动弹了吗？连凑合着走两步，都不能行吗？"

两人一时出去看，一时到飞蛇夫妻室中站，一时到胡金良室中站，皱眉弄眼，弦外之音隐然可见，显然可喻的了。

盘龙棍胡金良哈哈大笑，涩声大声对二寇说："二位贤弟，你们耗了这半天，足够朋友的了。你们二位趁早请吧，不用管我们了。干脆我讲一句吧，事难两全，大丈夫当机立断。按理说，好汉临危，不死牵连好朋友。这么办，喂……"更放大嗓音道："喂，邓二哥，咱们还看不开今天的局面吗？依我说，二哥素来做事漂亮，今天更干得漂亮，你我咱哥俩趁早来个了断。只有二嫂子，一来说出话来令人可敬，二来跟咱们弟兄这桩子事，究竟还隔着。……我说，蔡老弟，邹老兄，你二位趁这工夫赶快一走，可以把二嫂子好歹架弄出去。这里不妨留下我胡金良，陪着邓二哥，仰着脸一等。你们看好不好，对不对？是不是该这么办？"

飞蛇邓潮不待开言，早已大悟，连忙抢着说："不不不，二位把胡四爷救走，留下我夫妻，索性你二位费心，把我两口子的六阳魁首带走，刨个坑把尸身一埋。再放一把火，把房一烧。仇人寻来，叫他抓不住影。"

席六如争着道："不不不，还是我，老二，你无论如何不能叫仇人称愿。二位仁弟，你费心把他千万弄得离开这里。"

只顾这样争死，到底没有一人要家伙自刎。胡金良恚恨已极，深怨飞蛇不够朋友，厉声说："二位，我不爱听这么磨磨翻翻，你谦我让的。少时仇人一到，一切满完。二位把刀子给我。"

胡金良言外简直是逼飞蛇自杀。蔡、邹二人料到最后的结局,也嫌飞蛇濡恋。这时外面忽似有蹄声,二人忙奔去寻看。有林丛阻隔视线,看不到底细,听了一回,料是过路的大车。两人抽身回来,乘机在外面密议。议好奔回,竟先到胡金良卧处,低声说了几句话,把他轻轻抱负,搭到隔壁,就放在飞蛇的身边,邹、蔡二寇道:"你们三位全在一块,我两人也好当面商量办法。你三位不必寻短见,我两人倒想出一个拙招。我打算先把胡爷背负出去,找邻近地方,先寄放一下。不错,离这里不远,就有一座空庙。我们把胡爷安排好了,回头再背你二位。你二位千万别寻短见,这不过是片刻之间,你三位就别犹豫了,咱就这样办。"

盘龙棍胡金良呻吟一声道:"这是何必?我不知道邓二哥怎么样,我知道我自己受伤很重,必然活不了。这也是我们江湖上为朋友,为自己,出力报仇,一还一报,死也甘心。我不愿拿我这块臭肉,连累你二位好人。我谢谢二位的好意吧。还是二位先请,仇人割我的头,人都死了,一块臭肉早晚烂掉,就叫他们称愿,又有何妨?"

盘龙棍胡金良的话好像有锋芒,直射邓潮的心。飞蛇邓潮凄然断望,把残躯挣出覆巢的想头歇下,夫妻俩只得改转话头,劝胡金良先行。鸡冠子邹瑞,黑牤牛蔡大来顺坡而下,毫不客气,把胡金良背负出去。闪下邓飞蛇和蛇舅母席六如夫妻二人,呻吟在床上,比等死还难过,简直似着仇人邀伴回来屠戮自己。从前的挚友居然言外劝他自尽,他口头上央求二友把自己杀死,二友居然不肯接话茬,现在居然把胡金良救走,仅仅口头上说:把胡金良安放在妥处,立刻回来负救邓二哥、邓二嫂。可是神色仓促,言不由衷,就等于袖手坐视,一任飞蛇自生自灭。这就是弄心机、使乖巧的结果。

飞蛇性情强悍,垂危之时,忽然觉到报应临头。他素来不信鬼神,他生就强盗性格,而现在,他,也许是伤痛所致,也觉得毛骨悚然,从前死在己手的鬼魂恍惚露出迷离的面孔,直在自己眼前打晃。

飞蛇邓潮听鸡、牛二寇把胡金良背走,脚步声早绝,他耳畔仍似听见窗外屋外有人走道。他问了一声,又叫了一声,他头上冒出冷汗,忍不住怪吼了一声。

蛇舅母席六如横陈在床上,若冥若醒,下体淙淙出血,心神居然比飞蛇镇定,居然能够视死如归。听见蛇吼,微微睁开二目,叫了一声:"老二,怎么了?"

飞蛇厉声叫道:"我不怕你们!"戟出二指,指着对面的椽子,瞋目要起,只身子动了动。

席六如忙又叫了一声:"老二,你嚷什么?你还不早打正经主意?真格的等着仇人回来,摘你的瓢吗?"

飞蛇叫道:"我不怕!"

蛇舅母席六如勉强把身躯挪动,挨到飞蛇身旁,把乱鬓蓬松的一颗头偎到飞蛇肩下,伸出手抖抖地来扯飞蛇,并且很亲切地叫:"老二,老二,你醒一醒,你迷糊了?难道你要先走一步吗?老二,你不要忘了我,我跟你日子浅,我对你可是一片真心,咱们不能同穴,咱们今天总算是并骨了。老二,你答应我一声。你叫我一声!"

此时的席六如,似欲将两体并为一体,似欲两个灵魂携手共赴九泉。连叫数声,飞蛇瞪视的眼睛这才若有所悟,身躯转动,长叹了一声,这才侧身顾到同床并命的情妇。

席六如把干枯的唇吻送了过来,飞蛇把她抱住,唇腮相偎,倏然有两行冷泪,由飞蛇眼中沾到席六如脸上。六如叫道:"老二,你不要难过!早晚是个死,难为你我同日同地死,这就很好,这就是仇人成全你我。"

邓飞蛇临死心酸,紧抱席六如,并头对语,惨然笑道:"好好,我们这就叫并骨!六如,我对不住你,六如,我太害苦你了。我上过两个臭老婆的当,由那时起,我跟女人再没有动真的,我只是拿女人开心。不承望你倒看上我,你实是我的恩爱妻子,我直到今天,方知你是一心为我。你瞧刚才胡四爷直拿话挖苦我,老蔡、老邹也揣起手来,他们跟我都犯起心思,我不知道我怎么闹的,会把朋友惹寒了心。这是他们临走袖手,太对不住我,我没有错待他们,他们竟对我这样!他们可以不管我,不该连你也不救。我早就看破了,人心都是冰凉的!"

人若不自知,飞蛇至死,还是怨恨朋友,于是他叹息说道:"他们丢下咱们夫妻俩,甩袖子一走!好吧,叫他们混去吧,我这一辈子也还不错,临死到底有一个知心体己的你,我死了也不冤。"

飞蛇用一种感激凄恋的心情,和六如相偎相依,静待大命到来。席六如和他亲热了一阵,唤起了飞蛇的精神,劝飞蛇作速自决,不要在这里仰面等候。告诉飞蛇床底下有小刀子,灶膛内有火,小刀可以抹脖子,篝火可以焚宅灭迹。如若挣扎得动,劝飞蛇忍痛下地:"老二,英雄临死也得英雄!咱们两口子与其教仇人割去了头,莫如双双葬身在火窟,两刀子两个血窟窿,再烧一把火。你说这法子怎么样?"

飞蛇邓潮道:"什么?点着了房子,再抹脖子吗?"不由眼望窗户。

席六如道:"你不用等候邹、蔡二位了,他二位是不会回来的了。依我说,就是点着了房子,放一把火,然后你给我一刀,你自己再一抹。我们俩安安静静地一走,叫你那仇人称不了愿,这法子最妥当。这就看你还有余力没有了,你难道不能下地了吗?"

飞蛇还是犹豫,席六如叹道:"你大概不行了吧,索性我来。"竟按着飞蛇的一只胳膊,欠身欲起。

飞蛇一见这样,席六如比自己还勇敢,他就蓦然从垂死的躯壳中,生出一股勇力,说道:"好,你真成,你歇着吧,还是我来。我不是舍不得死,我是听一听外面,好像……"

席六如苦笑道:"好像什么?就有人来,也是仇人,不会是朋友,你趁早歇了那个心吧。你的朋友都不高兴你,你刚才的话只知道顾我,忘记了胡四爷,人家三位挑你眼了。"

飞蛇道:"我明白,那么,我就点火去了。"

席六如道:"你快走吧。你只管放火,我这里伸长了脖颈,静等你下刀。你只管狠狠地砍,越快越好。"

飞蛇霍然爬起。说是霍然,不过是他心里这么想着。其实他撑肘拄床,咬牙咧嘴,费了很大劲,方才爬起。慢慢地伸脚着地,摇摇晃晃,以手扶墙,一蹭二蹭,从里间往外间蹭。好容易挨到灶膛边,刚一伏腰,人索性坐下了。于是他哆哆嗦嗦,由灶膛内接柴引火。引着了火,他就立刻放火烧房,立刻引火自焚。

当此之时,鸡冠子邹瑞、黑牤牛蔡大来,已将重伤垂危的胡金良背出五六里地。两人一方面要躲避官人眼目,一方面要提防仇人邀截,胡金良又闹着自杀,在近处又没有投托之地。两人正在着急,忽然遇上了蛇舅母的旧部,由副头目率领二十多人,改服装、藏兵刃,或骑或步,散漫着奔来相救。双方相遇,立刻有了办法。二人放下胡金良,举手道劳。副头目只笑了一声,淡淡地说道:"我们来迟了。"

其实席六如的旧部得讯很早,那小伙计是蛇舅母的亲信,早已离巢,此刻遇仇求救,恰值副头目未在窟内,三头目因邓飞蛇瞒着他们,心中早已挑子眼,此刻闻耗,有的人就要袖手。还是这小伙计再三求告,三头目依然推托,说道:"这个,我当不了家。"

末后才派一个人,把副头目寻回。副头目顾念大体,向众人说:"我们不是冲着姓邓的,是冲着旧当家的。姓邓的看不起咱们,咱们犯不上巴结他。但是咱们别忘了当家的跟姓邓的是两口子,仇人找姓邓的,咱们当家的难免要吃挂落。我们总得帮一手,我们不要为了挤疖子,伤了好肉。"

副酋说了这一遍誓众之词,群贼这才七言八语地张罗动手,未免有点怠慢。半路上遇见胡金良和鸡、牛二寇,又全是飞蛇的朋友。依着众意,还想各办各的事。终究是副头目怕遭江湖耻笑,当下分出人来,把胡金良救回窟内;仍烦邹、蔡二寇当先引路,紧往镇上赶。且行且问细情,五六里路,展眼就到飞蛇潜巢的附近。

副头目很加小心，先不进镇，分散开绕镇一转，意在巡风观变。还未容看出动静来，便望见镇中烟浓火起，分明有人家走水了。估摸方向，正近蛇巢，邹、蔡二人大惊道："哎哟，不好！邓二哥、邓二嫂糟了！"

副头目也愕然却步，把群贼藏在林间，自己单人独马，要进镇一探。群贼全说："垛子窝走水，必定失手了，那还用看？咱们当家的，哼，管保受姓邓的连累，跟着也毁了！"

邹、蔡二友自觉当时挤兑飞蛇过甚，有些亏心，忙撺掇群贼进镇窥看真相。副头目搔头顾众道："我们一步来迟，真成了倒拔蛇了。看这样子，仇人必已得手，镇里准有卧底的。可是，咱们总得进去看看底细。"

拉开了拨子，由他自己丢下兵刃，只带匕首、暗器，率两个好帮手，随同邹、蔡，绕从南镇口进去，一步一探。走了半条街，竟是瞎小心，路上乱哄哄的，已有水会鸣锣救火，并没遇见官面，也没遇见镖客模样的人，只是些土民伴着锣声，乱跑乱嚷罢了。

时候已到黄昏，副头目蹭到火场隔巷瞭望，用眼神叩问邹、蔡，果然正是蛇巢。茅屋见火，延烧不小；巷口已有绳拦阻行人。水会正在泼救，如火添油。近邻号叫，往外乱搭东西，也有人持钩竿挑断火路。近处聚了许多人，纷纷议论起火的人家和起火的原因。副头目和二寇全不能上前，只有侧耳倾听，人多嘴杂，也听不出所以然来。

副头目不晓飞蛇遇仇的细情，邹瑞也没有说出苦斗的真相，副头目十分惊诧，与他部下的两个帮手，向看热闹的人，设词套问。看热闹的遇见生脸人，只说是走了水。当然是走了水。又说火场住的是两口子，这个他早已明白。进探火场，不能靠前，连问数人，又等于白问，副头目忙找邹、蔡二友。

邹、蔡二友目睹那三间茅舍突突冒火，毕爆声中，屋架崩倒，茅顶塌了下来。两人相视亏心，有些抓耳搔腮。副头目暗扯二人的衣襟，二人呆视着烈火，竟似要向火窟里钻似的。他二人心中明白，飞蛇夫妻一定葬身在火窟了。想起刚才讥诮飞蛇,未免太甚,他夫妻俩多半是在二人走后,自思已无活路,又怕仇人寻来割头,这才放一把火,自己把自己了结。邹、蔡二人全是这样想,可又当众不能互诉。两个人只是使眼色,捏手拍肩,暗暗示意。副头目跟过来,猛一挚二人的衣襟,二人反倒吓了一惊。

副头目暗挚二友离开火场,要往近处试寻一寻,也许邓飞蛇和席六如已然强支余力,离开小院,临走放了一把火,掩匿形迹。也许有别的救星赶到,把他夫妻救走。也许是仇人勾兵回转,杀死他夫妻,临了纵火销迹。副头目反复瞎猜,不知底细,可是心中也有点后悔,觉得驰救稍迟,对不起旧当家的。为欲减免疚心,把邹、蔡调到一边,再三叩问:"二位,据你们看,这把火到底是谁放的?"

邹、蔡一味摇头,追问到底,只说两句模棱话:"也许是仇人,也许是走水!"

副头目又问飞蛇二人到底伤势怎样,是不是已难动转?邹、蔡至此,连这话也不好如实回答了。哼着哈着,一味遁词避问。副头目心中越发不悦。

跟着群贼也忍不住出林入镇,趁着天黑各处寻看,逢人便问。居然问巧了,遇到一个好饶舌而又目睹火起的人。据他说:"这家本是夫妻俩,外乡人,大概白天有仇人寻上门来,拿刀动枪地关上门拼命,后来就起了火。这两口子估摸全死在火里头了。"

副头目摇了摇头,虽然没证实,但既在近处未寻见飞蛇夫妻的踪影,那么他二人当然葬身火窟了。可是他再想不到飞蛇夫妻乃是纵火自焚!

邹、蔡等还想等候火熄,副头目竟招呼一声,往回走下去,说是"有事第二天再办。"

但等到第二天,胡金良竟也死在贼巢。镇中旋听说果然刨出两具死尸来,已烧成焦团,不能辨别男女,看大小只像小孩。

那镖客一方面,踩盘小伙计奔回送信,偏偏遇一岔事,只过了两天,三师傅连珠箭何正平方才赶到。又过了两天,老英雄程岳方才策马飞奔而来。忙找二师傅解廷梁,据原住的店房说,客人当夜一去未归,人和马俱已不在。何正平大骇,拼命搜寻,一连两日,略访出一点踪迹,独不见本人下落。跟着黑鹰程岳赶到,一面寻盟侄,一面寻仇人。哪知道恩仇俱已无踪。辗转刺探,多亏黑鹰眼路宽,居然把解廷梁的马寻获,跟着把飞蛇已焚毁的潜巢也已访得确址。这似乎抓到一点线索了,可是解廷梁的下落,竟好像一进这区区小镇,便会消灭。旋又探得已焚蛇窟,在未失火以前,确有一人登门拼命,消息就只访到这里为止,往下就断了线索了。

黑鹰程岳痛心已极,怒焰烧天。可是与何正平合力,踏遍了荒郊野镇,终不能访得解廷梁的生死存亡。

殊不知解廷梁在当日,力诛三寇,连伤五贼,自己也负伤一走,半路上伤发垂危,竟倒毙在一家坟圈内。看坟的人吓得不得了,竟恃夜深无人看见,无人知晓,他居然私埋人命,把解廷梁的尸身掘坑掩埋了。任何人打听,他畏罪怕打官司,竟不吐实情。这一来好比一条线,到他这里给剪断了。黑鹰程岳跟何正平来来往往地查勘,终没有发现此事。只有一件,附近贼人的巢穴,被他怀疑迁怒,提剑登门,逐个大闹。因此,附近的贼巢,竟被这老头子搅散了两处,吓跑了一伙,踏平了两竿子贼群。内中就有席六如的旧部。

黑鹰在此时的威名,已经超过了乃师十二金钱俞剑平。他为给爱婿报仇,竟秘访出小白龙方靖的下落,被他一口剑、一支藤蛇棒、十二只钱镖,把小白龙杀得手忙脚乱,一任小白龙谦辞道歉,哓哓辩白,"害令婿的不是我,是飞蛇。"

这老人咬牙切齿地说:"小白龙,也有你。飞蛇我也找,你小白龙我也要你的脑袋。"

黑鹰剑术精湛,钱镖迅准,小白龙强支数十合,看不利,且战且走。黑鹰程岳冷笑说:"我一定要你的脑袋!"

苍须拂动,黄瞳炯炯,黑鹰展开数十年苦功,利剑运起来,嗖嗖劈风,小白龙实不是对手,连叫:"老前辈,老英雄,你不要逼人过甚,我还有下情!"

黑鹰说:"我只要你的狗头,不听你嚼舌!"

小白龙支持招架,得空便跑,论脚程也不是对手,黑鹰之名便是飞腾术精妙。左奔右截,左逃右堵,可是到底被小白龙避锐不攻,潜寻遁路,抓了一个空,奔到水边,扑通跳下水去了。水花一溅,一划数丈。

黑鹰程岳懊然追悔,转怒为笑。早知如此,应该先用暗器取他。一念及此,立刻手疾眼快,把剑交到左手,右手早拈出三枚金钱镖,趁小白龙刚入水底,赶上一步,照小白龙潜影,倏地三掷。小白龙竟在伏波中受伤,连头也不敢出,就在水底,潜流急渡,双手划水。水面上波纹不动,水底的白龙一窜数丈,眨眼间逃出数里之外,方才换了一口气,又一个猛子,早已遁出数里之外。

小白龙这是第三次弃家覆巢,幸而杨春芳娘子未在此处。小白龙防患未然,对狮子林和邓飞蛇均起了戒心,故此一移再移,仍营三窟。却有一桩,自他上了飞蛇的当,就好像开始倒运,不但覆巢,又失去左右爪牙。紧接着听说北方镖行已动公愤,有好些狮子林的故旧,逢人打听自己。紧跟着又探悉狮林观的耿秋原道长的门人,已大批派遣众徒,访问爱徒林廷扬失事的真情,并打听一龙一蛇的底细。小白龙耸然变色,深悔受绐,他连忙迁地为良,极力掩饰行踪。这小小一条白龙竟变成丧家之狗。一路东藏西躲,才避开了狮林群鸟的刺探。哪知又误打误撞,遇上了黑鹰程岳,险些死在鹰爪之下。

小白龙逃到另一巢穴,敛迹半年。不久,小白龙为了买取爱妻的欢心,决计折节洗手,不再为盗。他为了要洗手,须将私自窟藏的珍宝,挖出来变卖,好拿这钱做他迁善改过的本钱。不意他刚刚掘出一小部赃物,刚刚挑那不甚扎眼的重宝,出脱了三五件,便突然引起了当地捕快的留神。偏这捕快不但眼力高,而且武功也硬,好像深知小白龙不是好惹的穿窬小盗,这捕快布置得十分周密,结果定计擒龙,猝然下手。小白龙倒霉再三再四,这回又遇上大险。人幸而没伤,起出来的赃物全都失陷了。要做好人,还得另筹本钱才行。

像这样接二连三,颠沛颓败,一连三四年没走好运。杨春芳娘子不知真情,见小白龙剑眉深锁,不敢在家安居潜匿,反比以前出去得更勤,她可就伤心到极点了。她非常聪明,饶有警智,她晓得劝得了嘴,劝不了心,丈夫本许她洗手,且已设下重誓,如今见丈夫形迹飘忽,更甚于从前,她就每每背人弹泪。反而在小白龙面前,极力赔笑,绝口不再提倾巢拒捕,涉险几殆的旧话。

但是,她的人却一天比一天消瘦。她本生得单弱,容貌清秀,现在眼眶发青。在大难之后,本已重病一场。今虽痊愈,两只眸子总有些怅怅惘惘的神气,往往偎着爱女小桐,独自发怔。

小白龙见爱妻如此,扪心内愧,竟不知怎么哄才好。傍着春芳娘子,执手叫着名字说道:"芳姐,我实在对不起你。我一定洗手,我现在办的就是洗手的事,你还不放心我吗?我在你身上,有一句说一句,从今以后,再不瞒你。你看我还得出门,你当我又是干旧营生去了?我告诉你,不是那回事。我这一来,在外面结下仇人了。我现在是受着两面夹攻的苦处,我不愿对你说,怕你担心。我要不说,又怕你往更坏的情形疑猜。芳姐,我是这样的打算,我必须弄一笔大财,咱们夫妻父女就择地一隐,远远地一躲。我眼下出门,只是运……"说到这"运赃"两个字,不由吞吐起来。

终于将自己的现况,今后的打算,切切实实,原原本本,告诉了春芳:"芳姐,在七子湖旁边,我埋着一只铁箱子,足值几万金。在七星洲、骆马湖,我也埋着两笔巨资。这都是我历年积攒下的。我可不是劫夺良民,这些全是他们当朝显宦贪官的不义之财。我家父当年受过贪官的害,才激得我倒行逆施起来。我如今为了你,决计洗手。就不为你,我也早有一到三十二岁,就洗手为民的志愿。现在,我必须躲避着旧日的伙伴和新结的仇人,去到埋赃处,把东西全起出来,拿这个好供你我夫妻后半世的享用。"

春芳听了这"起赃"二字。未免觉得剌耳,偷瞥丈夫的神色,心中怙惚。拿着劫掠别人的钱财,做自家享福之用,竟是甚于渴饮盗泉之水了。可是春芳娘子不肯说破,怕丈夫难堪。她反倒劝解小白龙道:"你的打算很对。不过,你不要顾虑我,凡事你自己酌量着办,你觉得怎么办对,你就赶快自己办去。你不要跟我商量,我女人家见识,反倒胆小误事。你更不要为了我,反而劳神费舌。我随着你,你只管放心。有你就有我,没有你,我也不能活。萍哥……"

她把小白龙的手紧紧一握,似有万斛柔情从这一握流露出来,她很温存地说道:"萍哥,你要是真爱我,我请你为了我,多多保重,不要太把钱看重才好,还是你这人要紧啊。我嫁了你,就跟你一辈子,你不要怕我受苦,我本是一个落拓书生之女,阔日子倒过不上来,穷日子我更会过,财大反倒烧身。可是话又说回来,你一定要回去起赃,我也不拦你。我可是心上只有你,不是为了钱,才跟你过日子的啊。"

只商量起赃的事,她再不提"洗手"二字。她越不提,越似乎信不及小白龙折节为良之志,小白龙就越加怙惚,越加内愧。小白龙出门,她也不再贪恋阻拦。小白龙说走,她就打点行囊。她只睁着澄澄清澈的双眸,从无言中,流露出曾经祸变、孤衾难安的虚怯之情,有时候恨不得小白龙天天偎着她,她才不害怕。

她的虚怯超过恐怖。但丈夫要走,她决不说害怕,也不求暂留。小白龙方靖眼见春芳一天比一天消瘦,一天比一天颓丧,他心中自是难堪。春芳那一对幽怨凄艾的可怜眸子,溶溶脉脉,向小白龙含泪而又含笑地看着,小白龙更觉得比长枪大戟,刺力尤大。无言的谴责,无声的吁求,使得小白龙迫不及待地忙着洗手。

天似乎不佑善。天似乎不饶恕"放下屠刀"的人,不叫他"立地成佛"。孽因已种,步步食果。不是天道好还,只因人事的自然驱遣,于是在小白龙决志洗手之后,饱受挫折。毒蛇的缠障幸已脱免,黑鹰的攫拿,狮林群鸟的搜寻,躲过一场又一场,赶落得小白龙风声鹤唳,草木皆兵,赛过丧家之犬,失窟之兔。一连四年,始得辗转亡命。秘密起赃,逃出了仇人和官人的海捕。小白龙他一头埋藏在边邑穷乡,更姓改名,一定一定洗手。对天起誓,对妻明志,从今以后:"我这手再不许沾染半点血腥,再不许重握刀把。皇天在上,我誓为良民,就是有人以刀斧相加,逼我重返绿林,我也决不再踏覆辙了。"

这样,小白龙要日日守着娇妻爱女,永远不错主意了。可是,天不从人愿,他的爱妻也已迫不及待!

春芳娘子给小白龙又诞生了一个玉雪可爱的小男孩,产后失调,"愁能杀人",她懒洋洋地病倒了。延医诊治,许愿烧香,赎不了负心的罪,春芳娘子的病一天重似一天。小白龙偎着爱女,抱着婴孩,抚着爱妻的一只胳臂,恨不得以身相代。一掬英雄泪簌簌而下,成了忏情之泪,那已是六年以后的事了。

第十一章

霸台避仇家狮儿砺爪

光阴如脱弦的箭,倏忽过了十年。

直隶省中部,文安、霸州一带,在数百年前,本是宋金的边关,有名的白沟河,正是宋金的界水。在霸州城附近三十里外,有一座镇甸,叫作信安镇,当年也是边围重镇,一到明清,便成为畿辅闲村了。可是民风强悍,犹有燕赵健儿之风,居民又很能恤邻扶患。镇内大街上很多铺户商店,又有定期市集,倒也热闹。街西夹巷内,有一户人家,共十间房,分成两院。正院六间灰房,是本镇祥记磁店马掌柜住着。另有小跨院,别走一门,这却是四间草房,两间北房,两间南房,原归房东自住。在八年前,这房东移入老宅,把四间草房赁给新由霸城搬来的客户了。

这客户共只三口人,倒租住四间房。并且在八年前,这客户刚搬来的时候,几乎是三个空身人,任什么也没有。一个长身量、大眼睛的壮年男子,同着一个二十几岁的洒脱妇人,带了一个七八岁的小男孩。两个大人每人提着一个小包袱,小车上推着小小两个铺盖卷。看样子像是逃荒的难民,看衣履却比难民干净,看神气又面带忧劳之容,估不透男女三人是干什么的,也不晓得搬到这里,是要投奔谁。

乡下人久居故土,邻里街坊谁都认识谁。骤有异乡人移入,一见面就看出眼生;既看出眼生,便免不了打听。"这一家子是哪村里搬来的?干什么的呢?是哪家铺子的掌柜新接家眷来着?"当这男女三口坐着小车子进镇的时候,是由信安镇福来客栈的店伙陪同来的。多嘴的人围着看,趁便向店伙打听。店伙却也说不甚清,只知这三位客人由霸州城内联号福星栈店东给引荐来的,据说:"他们由打去年,就从外乡好像是北京城吧,辗转流落到咱们霸州来了。在福星栈住了半年多,好像是投亲不遇,扑了一个空,困在店中了。他们就在店中闲住。女的给人洗衣裳,揽外活;男的批些杂货,按日子赶集摆摊,将就糊口。"

这样讲,他们三口是很穷苦的了。店伙说:"这男的很耿直,女的很正派,别看是投亲不遇,困在店中差不多快一年了,他们居然没欠下半文房钱。店东因为这个,很怜恤他们。听说他们要在咱们这里租房落户,做小生意;店东一时行好,就指引到你们新安镇来了。他们不但租这四间民房,他们还要等机会倒两间铺面哩。"

多嘴的邻人听完了这话,很满意。有那多心的人,忽觉着不对茬:"他们有多少钱,要倒铺底呀?他们倒得起吗?"店伙听了一怔,摇头道:"这个咱就不知道了,反正人家有钱,没钱不会租四间房,还要掏本钱做买卖。"邻人道:"做什么买卖呢?"

店伙道:"那谁知道啊?反正是能赚钱糊口的买卖,什么买卖不是人干的?干什么不能吃饭?"霸州人口角强硬,一说话就像吵架,其实他们是惯用反诘语,以问为答,来驳对方。

跟着又有一个邻人矍然地提出疑问:"他们是两口子吗?好像女的岁数大吧?"

店伙连连摇头道:"不不,人家是叔嫂,光棍小叔子,领着寡妇嫂子,带着一个没爹的侄子。"

另一邻人道:"噢,那就莫怪要赁四间房了,人家三口人还是两个房头呢。"

乡民只管议论，这三口客户已搬进新寓。当地男子在门外打听，邻家妇女就一而二、二而三，溜到人家屋里去问，人们都胡乱猜疑，这一男一女许是夫妻，赶情凿真了问，人家并不是，就看神情，也觉得不似。老娘们问了又问，才知道这是一出苦戏。这个光棍小叔子，从小在家务农，他的胞兄出门作幕，十来年没有音信，都以为人已不在了。直到上年，忽听人说，胞兄没死，已在北京做官发了财，娶了小婆；又赶上故乡闹蝗灾，他和嫂嫂商量，这才变卖财产，亲送嫂嫂、侄儿，出来寻兄。哪知人言不可靠，到北京扑了空，不但发财的话是谣言，连他胞兄是存是殁，也生了疑问。这一来，在北京，没找到胞兄，他们叔嫂侄儿三口，反害得欲归不得，流在外乡了。他们出来一年多，望风捕影地寻兄，很受了些困苦。幸有余财在手，才免为路殍。他们又摸到霸州来，也是误听乡亲的传言，说是他胞兄现在霸州做官。哪知霸州的州官只是姓氏同音。现任州官姓稽，他们却姓纪。

乡村中人喜刺探别家的细事，若不打听明白，大有死不瞑目之慨。经王大娘、李四嫂，不嫌讨厌，彻头彻尾打听明白之后，左右邻人这才放了心，都叹息说："大婶子是个苦命的人哪。我想你们当家的，估摸做了大官了，死是不会死的，倒是保不准他要娶小老婆。哼，如今儿做官的人都讲究个三房四妾的呢。大嫂子，你也想开着点。"

新客户赔笑答道："大娘说得对，我是往开处想，娶小老婆就娶吧。"

那偎在母怀的男孩子，翻着漆黑的小眼说道："娘娘，我爹爹不娶小老婆，我爹爹也不会做官……"

那个年轻男子忙过来拉着小孩子的手道："小孩子，少说话，来跟叔叔买东西去。"把小孩扯去了，单剩下纪大嫂应酬邻妇。

娘儿三个整天不出门。区区四间小屋倒有三丈见方的空院子，乡下的房都有宽大的敞院。母子俩把二道门一关，也不知天天做什么。出门上街的，只有那个小叔子，名字叫什么蔚叔。这纪蔚叔据说名叫纪蔚宗,搬到信安镇之后,很谦和地跟街坊联络。闲过些天,便批发些零星货物,赶集摆摊,针头线尾、腿带子、叶子烟,什么都卖。人们看了,又觉纳闷,这一家三口,指什么过活呢? 就指着那点点小摊吗? 后来才听说,人家手里原有些存项,人家还打算租地、赁铺房、开小铺哩。

半年过去,新来客户渐与居民相安,不再遭人猜议,不再被挂在齿颊间了。纪蔚叔跟街面上的人物渐渐有了交情,纪娘子也跟邻妇处得很好,乡妇爱小,纪娘子也不惜小费,一挂线、半块烟锭,很邀得四邻的欢心。那小孩子纪宏泽也渐渐关不住了,偷空摸空,从家中溜出来,找街坊小孩玩。

起初纪宏泽跟人不合帮,常常吃亏,大孩子欺负他,一天总有两三次哭着回家。小些的孩子,又被他打哭,叫人找上门来。他的手溜洒,小孩子比他大个一两岁,也打不过他。但是乡下小孩会合群,一个吃亏,两个帮打,纪宏泽总是吃亏的时候多。他娘很恼,反要打他,骂他没出息。纪蔚叔叹息劝道:"大嫂,你不叫他出门,岂不把他圈坏了? 孩子正在贪玩贪长的时候,你把他憋屈病了,可又后悔迟了!"

这话说得纪娘子泪往肚子里咽,想一想这话很对,小宏在外头挨了打,回家再挨打,到了夜间,必要发吒仗,踢被说梦话哭叫。白天顺了心,晚上睡觉,他立刻会不闹。纪娘子因此又不舍得再打了。纪娘子便屈意哄慰,设法把自己的孩子烦恼岔开,再找邻孩,说一顿好话,管那半大孩子叫大哥,央告他们:"哥哥们多照应我们的孩子吧,他年纪小,他爹没在家。"或者拿出食物果饵,贿买邻孩。一来二去,这些顽童也会拘住面子,不忍再欺生了。

小宏这孩子起初寡不敌众,孤掌难鸣,就是有力气,也要受气。人家学他的口音,管他叫小侉子,一倡百和地哄他。现在日久熟悉,他的母亲又会哄慰邻孩,近邻的小孩渐受感动,把他算入本街,也成了本街上孩子群的一分子了。他们拾柴火、挖野菜、摘地梨、放牲口,也叫

着小宏，一面做活，一面淘气玩闹。有那半大的孩子，成群结伙地和邻村打群架，比武，扮戏，偷果园子，闹坟地比胆子。小宏人小胆大，也想参加，可是人家嫌他岁数小，"他们家里大人太凶"，仍不肯邀他。

如此，直荒废了前后两年，纪大嫂长吁短叹，纪蔚叔忙忙叨叨，纪宏泽却得畅心纵欲地大玩了两年。越是东奔西钻，他越觉环境时变，触目皆成新鲜。于是，在信安镇定居之后，过了一年，他的蔚叔已经租好了"门脸"，开起小铺来。他的娘也跟着忙，包货包，称分量，生涯渐有一定。这天过了正月十五，他的蔚叔已给他找好了书房，他的娘也给他做好了新衣服，新书包，并且，蔚叔也给买来一部龙文鞭影，和几本三百千、仿本、笔砚，要打发他上学。

他的娘不甚放心，因为学塾还隔着一条街，地远稍僻，她不愿小宏野跑，比隔街还远，她心旌悬悬，问蔚叔道："近街没有书房吗？"

蔚叔答道："有倒是有，那位胡先生年纪大了，好喝酒，管得不严，要起酒疯来，又无故乱打学生。倒是北街王先生，今年刚四五十岁，有耐性，教得好。好在隔壁张家那个学生也跟着王先生念书，正好同伴，大嫂放心叫他去吧。"

纪娘子点头应允道："要说呢，孩子认几个字，比一字不识好。咱们也不求他考秀才，中举人；只要能够念家信，能够自己写信，就够了。咱们的孩子还是……咳！"把全盘心思寄托在这一声"咳"中了。

纪宏泽已经玩荒了心，野鸟入笼，不肯上学。又听说入塾规矩如何大，先生动不动要打板子，正和一般村童相似。这天早起，他娘给他洗脸，梳辫子，换上新衣服，挎好书包。他的蔚叔在一边等候。纪宏泽心眼里发毛，好像书房如地狱，先生就是阎王。他懒洋洋地挨磨，忽然看见他娘眼圈中含着两行热泪，终于忍不住滚下来了。纪宏泽人小心不小，他便觉十分不安，叫了一声："娘！"

纪娘子道："孩子，我就指望你了。你要好好上学，长志气，不要逃学。"

纪宏泽答应了一声,他的蔚叔拉着他的手道:"走吧。"纪宏泽出了家门,到了巷口,回头一看,他的娘送出家门,直到巷口。蔚叔一挥手,径带侄儿见先生,献贽敬,把这欢老虎似的小孩送入寒窗冷砚边。

乡塾两间,有胡须的王先生坐拥皋比,有二三十个拖小辫的小孩,在那里提笔写字。静悄悄没有声音,纪宏泽直觉发毛。蔚叔和先生谈话,纪宏泽立在身边,东张西望。满屋的小眼睛都盯着自己,有的坏孩子冲自己挤眉歪眼。纪宏泽转过头来,旋见先生立起,引新生到大成至圣牌位前面,烧香叩头拜圣门,拜老师。先生给纪宏泽找了一个座位,在歪桌破凳上坐了。蔚叔跟先生客气几句,走了。剩下宏泽,顿觉塾中空气既冷又闷,勾得人发烦。偷看同学一眼,又偷看先生。先生是个黄病脸,有胡须,手指爪很长,似乎不甚厉害。同学有的还冲他咧嘴——那个邻村小孩,跟他打过架;还有东邻小孩,跟他一块淘过气,原来他们全拘在此处了。

第一天温性,坐了半天,便提早放学了。已到吃饭时候,纪宏泽如飞鸟出笼一样,倒不能撒欢,一步步走回家来,他娘已在门口等候着了。纪娘子把他拉到身边,问了许多话,回到屋中,一面吃饭,一面还是盘问。纪宏泽只是怔怔地,没精打采。纪娘子试摸他的脸,似有点发烧。遂哄他出去,找邻孩玩耍。像这样,直过了三天,先生才命执笔描"上大人",又过了两天,他才念起"尧眉八彩,舜目重瞳"。

几月过去,纪宏泽度惯了书房生活,方才又欢起来。渐渐与同学结伴,下了学,凑到一处玩。这比那伙野孩子还热闹有趣,人多心思多,淘气的法子另是一样了。

纪宏泽上私塾念书很欢。纪蔚叔开小铺,买卖也很好。纪大娘子不做外活了,乡镇地方外活也小,倒是小杂货铺零包卖货,包糖包,切烟丝,也得用人。他们叔嫂不用徒弟,只自己对付,纪大娘子也成了大忙人。乡镇仍喜早眠,一到黄昏,小铺上门板,纪蔚叔就锁门回家,说是教侄儿打算盘,催着写仿温书。一到近子刻,纪蔚叔又回柜,那时纪大娘子分包的零货小包也打步好了,就由小叔带到柜上。街坊们都说这叔嫂两个好。

纪宏泽随着村童入塾念书,到十一二岁,也该念出什么来了。听老师说,这孩子很聪明,就是贪玩,不肯用功;倒练出一笔好字,唯独背书,他怕得透透的、好像没耐性,不肯熟诵。并且他人大心大,心专往别处转,很够淘气了,贪玩胡闹,谁都赶不上他。他身子骨很结实,面色微黑,二目有神,先生说这孩子坏就坏在眼上,一对大眼骨骨碌碌地转,外面不哼不哈,一肚子调皮心眼。这孩子个儿不高,力气也不见得大,可是同学们全打不过他。他有了外号,同学们管他叫小纪猴。为什么叫他纪猴呢?倒不是因为他会上树,乡下孩子全能爬树摘枣掏雀,因为纪宏泽和同学们摔跤玩耍,只一动手,他立刻佝偻下腰,缩背,曲肘,一手掩胸,那一手就去拨打人。同学们年纪比他长的,力气比他大的,只要跟他一抓闹,总被他占了上风,他专会摔人。

小同学们全知道纪猴太诡,你就捞不着他。你打他,他会躲,你只一扑他,他弯着腰不知怎么一闪,准把你诓一下子。你只往前一栽,他小子准得翻起来,把你上手一推,下腿一绊。弄不好,摔你一个狗吃屎,他小子就乐着跑了。因为这个,同学们骂他是猴崽子。

同学中那个北街的二黑,就吃过大亏。刚一动手,纪猴的头就钻在二黑的胸前,被纪猴拿头一顶,下面一绊,二黑整个跌了一个跟头,摔哭了,直叫妈。二黑的叔伯大哥大铁都十四五岁了,跑上来就抓小纪的小辫。小纪又这样一扭,那么一转,同学全说小猴要吃亏,哪知大铁到底没有抓着小纪,他的脚叫小纪踩住,两手照胸口一推,大铁仰面摔倒了。

二黑和大铁合起来,小纪且招架,且跑。忽然有行人经过,大声喝彩。这个行人是个布商,就说道:"好哇,两个打一个,这是谁家的孩子,别是把式匠的儿子吧?"终于闹出大人来,这场孩子架才罢。

小纪这时不过十一二岁,同学中有比他很大的,还显不出他来。

村童上学,不过念杂字学写算;上过一二年,最多三四年就罢了。小纪却不然,他的母亲、叔父还想大供给他。于是一晃到十三岁,他还是念书,除了两三个财主儿子,同学中可说顶数他学问大了。他虽然刚刚十三岁,在学塾中已熬到二学长的地步了,《四书》读罢,又是《左传》《诗经》,并且也开了讲。先生给他讲《左传》、讲《大学》;他说《大学》真要命。他还是要小聪明,不很用功。他的全部精神不在学塾中,实在下学后。他如今也熬成孩子头似的了,他也跟邻近学童结成一伙,一下了学,便成群结伴,到各处乱转,想出法子来玩耍。削竹片为刀,缚竹枝做马,耍棒弄棍,一到黄昏,就胡闹起来。

若到夏秋收获时间,村塾照例放假,先生也回家忙,学生也回家忙,只有这不种地的纪家,人家越忙,他们倒越闲在,小孩子更闲在。纪宏泽在这假期间,没有同学和他做伴,他就独自一人,孤踪乱串,跑到邻村玩耍,或到河边洗澡捞虾。

信安镇有葡萄园、瓜田、枣林,纪宏泽每每光顾,不但偷摘,而且毁坏。他虽然是小学生,倒成了野孩子了。他的母亲和叔父也渐渐看出他淘气来了,但他蔚叔经营着小铺,他的母亲也不能时时跟着他,也就没法,只有说劝罢了。他又把好话当作耳旁风,大眼珠乱转,自想主意,好话坏话全不听。

一天下学,纪宏泽不知到哪里淘气,惹下了大祸,被人家打了个鼻青脸肿,觉得回家没法交代,在外面盘桓不归,直耗到酉戌左右。他母亲等他吃饭,越等越急。偏偏这天纪蔚叔又跟人下棋去了,她实在不放心,就找到街上。半路上正遇见蔚叔,忙问:"七弟,你看见小宏没有?"

纪蔚叔也慌了,说道:"他还没回家吗?大嫂您请回,我立刻就找。他上哪里玩去了?"说着,大步走了下去。

纪蔚叔到各处喊叫搜寻,并且逢人打听,直找了一两个时辰,反倒在离街半里地一座土谷祠旁,寻见小宏一人徘徊。纪蔚叔大声喊叫,他竟不答声。纪蔚叔怒极,"你在这里干什么?怎么叫你不答应?"就揍他两下,立刻揪他回家。

刚进巷口,纪大嫂兀在口外伫望。她出来得急,没加衣服,被夜风一吹,身上抖抖地打战,心上一团急火。远远望见两条黑影,便叫道:"是小宏吗?是七弟吗?"两条人影全不搭腔,一直走过来,正是他二人。

纪大嫂一见孩子寻回,早忘了一切,心花骤开,上前一把抓住道:"你这孩子,你这孩子,你到底上哪里去了?可是洗澡去了?怎么不回来吃饭!"

纪大嫂惊喜忘情,拖住纪宏泽,就往家中走,却忘了一声不言语的纪蔚叔了。纪宏泽这小孩子仍然一声不哼,甩开母亲的手,一头钻入里屋,竟脱鞋要睡。这样孩子见识,如何瞒得住大人?被母亲拖到灯影一看,原来面目有伤,血迹斑然,不用说,在哪里惹事,挨了打了。

母亲心痛,又气又恨,叔叔更恼骂道:"你这书怎么念的?你不知道你娘就只你一个吗?你不知你的爹……你这孩子怎么不学好,往下道走!你到底惹了什么祸,叫人打得这样?你是偷人家的果园子了吧?"

母亲与叔父严词诘问,他仍是一字不说。他倒倔强得很,打也不说,骂也不说,哄也哄不出实话。索性饭摆在面前,他明明饿,也不拿筷子了。闹了半个时辰,母亲看着心疼,只得把这场事隔过去。母亲重给热了饭,给他再端上来。他这样才偷瞥了一眼,见他娘眼中含泪,他这才羞羞惭惭,挨到桌前,低着头吃饭。

第二天晚上,母亲、叔叔长篇大论给他讲道,哄他学好,别再惹祸。他一对大眼骨骨碌碌的,脸上似乎不受一点感动。他的叔叔又重到学塾,拜托先生。如此,纪宏泽也老实了十来天。

但他转眼又忘了,玩伴找他。邻村的小孩在某某土岗,安下埋伏了,土坑中埋着石子,要乘夜前来,跟本村打架,"他们要偷营"!

本村的军师就是纪宏泽,他不出马,大元帅有勇无谋,无才聚众,这些小孩只可回家睡觉了。那么这一场大战,只可高悬免战牌了。小纪接得小将的密报,立刻又跃跃欲动,把竹片刀拿出来。可是"事机不密",有好几个小孩的"家里大人"知道了,忙把自己的孩子老早拘在家中,也给纪大嫂送话,"他们要打群架"。

那个大元帅是十五六岁的大孩子,叫他爷爷打了一顿拐杖。只剩下纪宏泽,孤掌难鸣,部下也星散了。他还是不死心,在巷口彷徨,往各家探头,唱出他们的集众的军歌,想把玩伴啸出家来。被他的纪蔚叔寻到,厉声叫道:"小宏,你不回家吃饭,在人家门口闹什么?"

纪宏泽翻了蔚叔一眼道:"小黑借我的仿圈了,我找他要仿圈。"

小黑的姑姑开门骂着出来,忽见纪蔚叔,立刻告发他们的密谋。纪宏泽便被蔚叔捉回家去。母亲、叔叔都跟他讲道理,说了许多话,"你要知道,你不是乡下野孩子。你怎么引头打群架呢?"他低了头,一声不哼,也不知道这些话打动他没有,脸上表情却是那么木然漠然。纪大嫂哀叹了一声,流下泪来。

又有一次,纪宏泽不知在外面干了什么,脸上没伤,可是回家嗒然若丧,待了一会,就忙着削木棒,击石做戈,好像又吃了亏,要打算报仇。他的娘看出情形,就防备下。并且明知问不出来,也不再问,只泛泛劝解,略略提示:"你跟人家孩子可不一样啊,你知道吗,人家可是有爹有娘。"说到这"爹",纪大嫂声音哽塞,眼泪直转。

纪宏泽偷眼一看,不禁自语:"哼,又掉泪了,哭不够!"

"哭不够"三字,本是他心中的话,可是一时忘形,竟说出声来。纪大嫂突然立起,面泛红云,她勃然大怒了,骂道:"你,你,你这个没心肝的奴才!"纪大嫂浑身打战,气得手脚冰冷。

纪宏泽看出不好,扭身要溜。纪大嫂喝道:"小铃子,你给我站住!"

纪宏泽感觉到母亲动了真怒,他究竟是孩子,他立刻夺门要跑。

纪大嫂往前一赶,只一步,到了纪宏泽身后。纪宏泽失声一叫,还想支撑,被他娘像捉小鸡似的擒住,只一带,纪宏泽跟头跟跄,栽到内间。纪大嫂回手关上屋门。

屋中微有声息,旋即听见小纪失声一叫,立刻又没有声息了。如此,直到晚饭后,纪蔚叔在铺中饿得肚子叫,还是不见家中送饭来。纪蔚叔只得提早上板,连账也没算,就回家了。家门竟没有上闩,纪蔚叔进了院,回身闩上。一看正房,屋门交掩着,推了推关着呢,纪蔚叔忙叫了一声:"大嫂!"

屋中人半晌才哑声答应,立刻开了屋门。纪蔚叔急道:"大嫂怎么了?"纪大嫂早已扭过脸去,退到内间。纪蔚叔道:"大嫂,饭熟了没有?"在堂屋打转,忽一眼看到内屋,这才明白了。小纪正在内屋当地跪着呢。

纪蔚叔道:"小宏,你又惹你娘生气了。"偷看纪大嫂,面色苍黄,两眼通红,在床上坐着喘息,满脸都是泪,连衣襟都湿了一大片。小宏在地上跪着,浑身是土,手面有伤。纪蔚叔还道是他在外面打架了,哪知纪大嫂恨儿不争气,把小纪大打了一顿,打完又罚跪,已然闹腾了两个时辰了。这孩子口中就不肯说出半句求饶、知悔的话来。要罚他跪,他更倔强起来,打死他,他也不下跪。纪大嫂伤心断望已极,几乎要自杀。母子俩关上门闹,大加责罚,不许出声,小纪也不肯出声,又没有人劝,母子全下不得台阶。直等到纪大嫂拿出刀子来,小纪方才害怕。方才下跪,可是到底不告饶。

纪蔚叔代为求情,把小纪拉起来。纪大嫂痛哭起来,说道:"七弟,我一点指项也没有了!这孩子越大越没出息,您听他说什么,他挖苦我又哭了。我实在不争气,一想起来,就不由得掉泪。别人没笑话我,他倒笑我,这东西多够浑!小铃子,你越大越叫我伤心。你一个没爹没娘的孩子,你身上担着多大的债!你胡吃闷睡,你跟人家比吗,我这个娘本来也不配做你的娘……"

纪蔚叔立刻变了色道："大嫂哑声！"又低声道："大嫂别跟他小孩一般见识,您是最有打算的,您不是早把主意打好了吗？现在他十三,还有三年,到了那时,您再看。"

纪大嫂呜咽道："我哪还能管得了啊！这孩子又不好好学能耐,又不好好念书,从小看大,三岁至老。这孩子从前还差不离,哪知他由打去年,一上学更学坏了。还叫我有什么法呢？想到我姐姐,先一步去了,他爹别看是……他们全比我强,我如今是活受罪。哪一天我才熬出来呀！"

纪大嫂吞声掩面痛哭,不使哭声外扬,双肩耸动,连嗓子都哑了。纪蔚叔急得抓耳搔腮,看了看小宏,又看看纪大嫂。心中也自叹恨,因劝道："大嫂,小孩子都有这么一个犯浑的时候,他如今十三,由十一二到十三四,正是小孩子犯糊涂的时候。他已然有大人的心路了,还没有大人的见识,一定要胡闹。我记得我小时,也有这么两三年。大嫂是最有骨气、最有见识的人,您别看在一时,小孩子总忘不了贪玩,犯浑。好在他如今练的初步功夫却还差不多,您再多忍耐,再看他三年。别的话千万少说,您早先打的那主意很对。"

这叔嫂含泪对谈,纪宏泽明知是议论他,他也迷迷糊糊想起旧事来了。他也曾盘问过大人,大人从来不叫他问,一问就打岔。现在他也听出好歹话来了,他们大人话里话外,还含着别的意思,他可就推测不出了。可是母亲对自己不满,他是知道的。他也想讨母亲的喜欢,无奈一玩起来,他又情不自禁了。并且他又想:母亲本来好哭,说她好哭,也是实话,怎么就值不值生这么大的气？我说的是实话啊！

纪蔚叔直饿到半夜,才把母子安慰好,把小宏私劝私哄,费了五车唾沫,小宏这才过去,给母亲磕了三个头,说了四个字："娘,我不了！"

入睡以后,母子躺在枕上,纪大嫂涩着嗓子,又讲了半晌。这可是多此一举了,她正翻来覆去地比喻,纪宏泽早已鼻息重浊,扯起鼾声来了。

自经此次,纪宏泽好像也略受感动,很安静了七八天。但是不久,他又闹事了。这一次大概又是跟人打架。早晨起来,他母亲给他先梳小辫,次打脸水,梳洗干净了,才打发他上学。母亲拿着梳子,给他拆开发辫,刚要往下通了,他带出护疼的样子。乃至用梳子一梳子,竟格格不下;强通下来,随着梳子掉下来一缕头发;又一通,又是一缕。母亲停梳细验,才知道他的头发直掉落十分之二三,不用说,又跟人揪小辫,打死架了。他才十三岁,他竟这么好勇狠斗。母亲唉哟了一声道:"好孩子!你!"料着也是白问,只得好歹给他梳上,打发他上学。

到了晚上,对纪蔚叔说了。叔嫂二人苦苦盘诘,严加劝责。这孩子还是那么拧,一言不发,把耳朵交给母亲、叔叔。纪蔚叔也不禁失望道:"你这孩子怎的这么不听人劝呢?你爹爹一辈子好汉,你母亲精明强干,都是很爽利的人,怎么单单你这孩子,又硬又拧,又不学好!"

可是,自从那一回母亲动怒之后,他就怕见母亲落泪。因为他这位母亲,与别家母亲不同,从来溺爱他,没有加责过。纪宏泽脱口失言,讥诮母亲好哭,没有想到母亲会如此痛心。他口头上尽管倔强,他可是不敢看母亲眼泪汪汪的那模样了。

母亲一哭,他立刻受不了,抓耳搔腮,恨不得把母亲的嘴堵上,把眼泪也给止住才好。纪蔚叔渐渐体验出这一点来,暗告纪大嫂:"这孩子不是没心,只是口硬,不肯认错罢了。"

纪大嫂叹道:"但愿他有心,我才不白活着!"

又过了些日子,突然又激起大波大浪。时候正值大秋,学塾又放秋假,小学生们随同"家里大人"全都上地了,连王先生也回乡收粮去了。于是纪宏泽又成了闲人一个。每逢纪宏泽惹是非,多在阴历五月麦收、七月大秋放假的时候。现在又到了惹事时候了。

纪宏泽竟拿着三只真镖,满野地乱跑。这不是儿戏的假镖,竟是真镖。他拿着这三只真镖,一把竹片假刀,独戏无伴,一头跑到隔村场院那边。他噌噌地爬上树,他上树的功夫比村童都高。他攀枝踞树,往下试打一望,望见了人家的院落,正在喂猪。相隔足够数丈,他要试试腕力。同时他模仿乡下戏台中武生武丑武花脸的本领,他就一扬手,"着镖!"镖奔小猪打去了。

他的腕力居然不弱,他没有白练,小猪"唧"的一声,掉着尾巴乱跑。猪主人立时听见乱群的声音,壮男壮妇全都"下地"收割去了,村舍中只有老弱。一个老妪、一个梳丫髻的女孩跑出来,看见小猪屁股上插着一只带布条的冰钻,登时叫起来,要给猪拔下。这猪负痛乱跑。在灶下做饭的主妇也被闹出来:"谁扎的?谁扎的?"

正在乱嚷乱骂,往门外寻找,骄阳下照,树上的人影在地,忽被那小女孩瞥见,叫道:"奶奶,奶奶,你瞧树上有人!"

纪宏泽一抱树,出溜滑下平地,一溜烟跑了。可是他丢了一只镖,这只镖成了赃证。

他又一阵乱钻,钻到人家葡萄园,他要施展他飞檐走壁之能,盗取人家的葡萄。顽童们惯用秫秸劈成细篾,做成筷子篓的形状,缚在长竿上,可从园外偷摘人家的葡萄嘟噜。细篾小篓留有小口,探到葡萄嘟噜上,齐蒂只一拧,就摘下一小嘟噜。

小纪嫌这个竹篓形小力软,竟用鸟笼改造,制成一个大篓,把人家大嘟噜葡萄一拧,就拧下一大串,足够一二斤。他说:"看园的老头子好骂街,本够可恶。现在换了他的女人,这老婆子更是可恨,小孩子在她葡萄园左近一走,她就跑出来骂,她把人全都当作偷葡萄的贼了。这不可不惩罚她。"

巧极了,葡萄园外没有半棵树,定是主人防人攀树来偷,把树砍掉了。可是园中有巨树,他人上不去,距墙根很远,小纪居然想出法子来。他在墙外只一跑,又一攀,就能上墙,然后用绳子照树上一抡,做成活套,挂在树枝上,小纪就借力一悠,悠到树上。然后居高临下,大摘葡萄,且摘且糟蹋。

葡萄园有狗,小纪竟加以贿赂,给它投下食物,狗不再咬他了,反拿他当好朋友,在树下摇尾乞怜,另发出欢迎之声。小纪瞎胡闹,在树上以孙大圣自居,大摘大吃。饶他心眼多,到底忘了一样,跳墙上树易,摘了这些大嘟噜葡萄,要想回去,可就不大容易。他只顾打算入园上树,忘了"饱载而归"时怎样下墙头。他回不去了。

狗在树下欢迎他,久等食物不再投下,狗就发出低哼,尾巴摇得更急,而且跳前跳后。小纪在树上彷徨四顾,有心下地,又望见园门上锁,这仍得翻墙,但园中地窄,竟没有向上蹿的余地。他抓耳搔腮,盘算逃走的办法。

忽然看见园人从屋中出来了。却又不是那个老婆子,这是一个二十几岁的娘们,脸上还抹着红红白白的,原是老婆子的侄女儿,怄气回家。这女人因园中无人,就在葡萄架旁蹲下小解。忽然听见树叶子簌簌作响,又见狗冲着树摇尾巴,这女人未免有点疑怪。忽然"啪嚓"一响,小纪怕人家看见他,就往叶密处一钻,兜中的葡萄有的掉下来,吓得他手忙脚乱,索性满兜葡萄全落下来了。

那女子大骇,慌忙提衣要起,没有起好,竟坐下来,坐了一屁股泥。小纪忍不住扑哧一笑。女子大怒,系好衣裤,找了一根木棒,站得远远地骂道:"哪里来的野小子,偷看老娘撒尿?"

小纪笑道:"谁看你来?"

女子越怒,扬着木棒奔来骂道:"好小兔羔子,你还笑?你就没有姐姐妹妹吗?你的姐姐妹妹就没有撒过尿吗?你他娘的偷看什么?"

那女人起初当是野男子,她心中只是夯着胆。小纪一还口,她听出童子音来,倒放了心,越往树下凑来,一个劲地骂。最恨小纪偷看她了,她把偷葡萄的事倒没搁在心上。

小纪道:"我看你做什么,看你又有什么稀罕?"小纪的笑声,闹得这女人满脸通红,手持木棒仰望,要认准小纪的面目。小纪借枝叶把脸护起来,女子已看出是个十几岁的小孩,骂道:"我看你咋着下来,你滚下来,奶奶打不死你!你给我滚下来!"

小纪道:"你快回去洗洗你那身上的尿去吧,我都替你怪脏的。"

小孩子不知男子之嫌,十分调皮,女子恼羞成怒,叫唆狗咬人。狗又不听支使,小纪也没有下树的举动。这妇人嗔极,撮碎砖来打小纪。小纪不依,就把成嘟噜的葡萄往女人头脸上砸。

女人大嚷起来:"这是谁家的小兔蛋,你还要造反?偷了葡萄,还打人。你等着,我叫人去,把你吊起来,打个臭死。"

妇人示威之后,调头就走,故意推门弄锁,却在葡萄架后,静等小纪下树,她想痛打他一顿出气。小纪十分诡谲,仍不下树,笑着说:"大娘儿们,你别冤小爷,我看见你的衣襟了,哈哈,哈哈,藏不住了。"

妇人使诈语,纪宏泽也使诈语。妇人藏不住,忍不得又跳出来骂:"反正你小兔羔别想下来了,奶奶跟你耗了。"

纪宏泽在树上笑道:"小太爷也跟你耗上了。你瞧吧,太爷这一辈子就不下来了,看你有啥法?"

两人一递一口的斗骂,小纪忽然说:"大娘们,太爷要走了,太爷会驾云!你瞧着,小太爷要驾云走了。"树叶簌簌一阵响,正不知树上顽童又弄何把戏。这女人疑疑思思的,真不敢过来,怕用葡萄砸她。可是她横身遮住路口,小纪想下地逃走,实在不易。

那女人又威吓道:"回头我们老爷子就回来,叫一群大小伙子,上树拉你小兔羔子。"这女人也自纳闷,这小孩何故这么大胆,他居然不走,这是谁家的孩子呢?听口音又很特别,不像本村的。这位已出嫁的姑娘竟不熟悉母家本村的细情,更不知信安镇新搬来的客户。小孩越倔强,她越顾忌,真怕吃了亏。她想这小子许有十六七岁,哪知纪宏泽今年才十三。

纪宏泽口头上发横,其实心中发慌,他也怕老娘们撒泼,所以犹豫不敢下树。但时不容缓,将到饭口时候了,他还远远望见一个老头儿,从大道奔这边来了。越走越近,越看得真,果然是那个看葡萄园的老头儿,后面还随着一个中年汉子。

他暗想:不好!

他急急往地上一瞥,女人堵着园门,距树两丈多。他又急急往西墙一看,自料已不能一跃登墙。可是情形越逼越紧,那老头儿越走越近。那老头儿倒是空着手,那中年汉竟挑着两只空筐。空筐不相干,大概是来逛葡萄的,最糟的是担这空筐的还有一根长肩担。纪宏泽自觉搪不了这根肩担。

纪宏泽乡居已数年,深知乡农捉住窃庄稼的小偷,必然有一顿苦打,而且捆上打。他如今深入人家果园,又糟蹋了这些半生的葡萄,看园老头子必不肯轻饶。他在树上高高地望见来人,他至此越发着急了,这才打算立刻逃走。可是迟了!那女人不知怎的,会听动静,突然大嚷起来,"有贼了,有贼了!"

纪宏泽大惊,急往园外看。老头儿和中年汉骤闻呼声,俱都站住,露出张皇观望、欲前不敢之相。但只一停顿,园中女子又喊起来,老头儿也喊了一声,立刻奔园门跑,中年男子也跟着跑。到此刻真是危发千钧,那女子大叫园中有小贼。那老头子奔到园门,用力推门,那男子把筐一放,抽出扁担,雄赳赳摆出要打谁似的架势。原来他们已听见女人告诉明白,园中只是一个小贼罢了。

女人看看门,又看看树,催老头子快进来。可是忘了开锁。老头子催她开锁,她又忘了拿钥匙,还得进屋去取,不开锁,人便进不来。这女人三脚两步奔到屋内,当此之时,纪宏泽可就急红眼了,再不顾一切,刷地盘下树来。恰好女人已从屋中奔出,大嚷道:"小贼下树了,不好,不好,你们快截住,奔西墙了,奔到墙根了,快快快!"

女人且叫且开锁,且回头盯着小纪。小纪也不知哪里来的力气,本来不敢也不能一跃登墙,现在一般急劲,居然在地上一抹地抢奔西墙,糊里糊涂一蹿,两手居然攀住墙头,又一翻,跨上墙头。

老头子从园内开锁追到,骂着来揪腿。中年男子绕到西墙外,扁担一举,喊骂一声:"好贼,大白天价,你就……""就"字没说完,扁担照脖颈肩背砸下。纪宏泽急急一滚身,脚往下一蹬,踢开老头儿的手,扁担啪哒一声,也落了空,砸在墙头上。小纪又一拧身,往下一栽,身落平地,轻如飞吹柳絮,挺身站起。看葡萄园的老头子在内看不见外面情形,哎哟了一声,大喊:"逮住他,逮住他!"

园外的中年汉举着扁担,再往下打,忽看出落地的是个十几岁穿长衫的小孩。好像绅士家的少爷,不禁心中稍一犹豫。小纪比野兔还快,眼往四面一看,伏着腰,撩长衫一窜,落荒跑下去。

中年汉子愣了一愣,园中的老头子和少妇全都绕从园门追出来。老头儿已验明树下糟蹋了那么多的葡萄,又已问明这小孩胆敢花马调嘴,戏弄少妇,越发地怒气冲天,大声吆喊。四邻齐被惊动,都出来看。偏偏正到晚饭口,村边收禾的农夫有的路经回家吃饭,就碰见这事。

少妇指天划地,且诉且骂:"二哥,大叔,快给我截住他!"一五一十诉说前情。

邻家妇人也帮着叫骂:"这是哪村的小兔蛋,跑到咱们这里撒野?快把他逮住,吊起来,拿鞭子抽他!"四邻动了公愤,六七个小伙子奔过来兜拿纪宏泽。

纪宏泽心知这个乱子惹得不小,只顾落荒逃走,回头一看,好几个赤膊汉子分两头堵上来。他归路已断,人小究竟胆小,一看这阵势,又急又怕,慌忙往青纱帐里钻去。有两个壮汉拨青稞追来,被他扬手一把土对准头一个人的上盘,登时扬了个满脸土。第二人赶到,伸手刚一抓,被他一伏腰,从肘下冲出。他终于一溜烟逃走,六七个大人没把他圈住。这些村民远望着小纪逃走的背影,骂着回来,都说这小孩比"大眼贼"(一种鼠类)还溜洒,这是哪村的?

村民毕竟有认得他的:"这不是信安镇开小铺姓纪的孩子吗?"另一个人说:"哪有这家姓纪的?"刚才那人又答道:"是新搬来的客户,

在王先生书房上学。"又一人道:"这还了得!这小孩,哼,准是他娘的贼种。还穿着长衫,我只当是谁家少爷哩。五大爷,您得找他们家大人去。"

老头子和那少妇早将烂葡萄包起来,小纪上树的那根绳子,摘葡萄的竹篓竹竿,也都拿了来。好歹吃了饭,就往信安镇找去。这相隔不过十一二里,好管闲事的邻舍,也跟了两三人去——一来做见证,二来看把戏。

看葡萄园的老人和少妇还没有找到门,那养小猪的老妪的次子,已先一步到了。也是在回家吃饭的时候,得知有一个小孩,登高攀树,拿拴布穗的冰钻,把他们小猪打伤。有邻家小孩做证,说这冰钻是信安镇纪家小学生的玩意儿,有人看见他拿这玩意儿打鸟。人证、物证俱全,焉肯甘休?吃完了饭,登时拿了冰钻,带了小猪,由邻家小孩做眼线,一直找到纪蔚叔的小铺门口。

纪蔚叔正在柜台照料买卖,猪主人嚷着进来。纪蔚叔看见来人手中托着一支钢镖,登时心中一惊。猪主人从头到尾诉说:"你们家的孩子拿这冰钻,打伤我们的小猪……"

纪蔚叔长吁一口气,把这颗悬起的心放下。闲人们围上来看热闹。纪蔚叔忙将猪主人让到柜房内,情愿出重价,把小猪买下。赔了许多好话,要过镖来,又问小纪现在何处。

猪主人说:"他打伤我们的猪,就跑了。"纪蔚叔又赔说了几句话:"等他回来我一定打他。"

猪主人得钱欣然走出,纪蔚叔细看此镖,果是己物,便拭净藏起来,过来验看小猪的镖伤。伤在臀部,入肉数分。据猪主人说,是在数丈外树上打的,那么小纪的腕力已然不小。恨人的是,不许他把镖带在身边,他居然拿到外面施展。

纪蔚叔心中狠怒,在铺中坐不住,又不能出去寻找小纪,忍不得走到铺门外,往街上看,心想此时小纪惹了祸,不知又逃到哪里去了?

于是纵目往街南看,又往街北看。这时候那葡萄园老人和少妇连同四邻,一共五六个人远远地走来了。纪蔚叔眼神很足,远远一望,便看出这几人气势汹汹,似找谁寻隙。哪知相隔渐近,便见一人指着他说:"这就是那个姓纪的!"

那个老头子和少妇立刻直冲过来,嚷骂道:"好吗,你就是姓纪的,你倚仗什么势力,你们开着一个臭铺子,就要横行霸道!"

老头子要撞头,少妇凑过来,要打纪蔚叔的脸。纪蔚叔人纵然精明,也猜想不到是怎么回事。可是他究竟是不大好打的,伸臂一格,架住老头子,抽身一闪,躲过少妇的耳光,连忙叫道:"什么事?什么事?"

老翁少妇依然吵闹。纪蔚叔惶惊万状,连叫:"老大爷,大嫂,您先息怒,到底是什么事?我在下是外乡人,全靠诸位乡亲照顾,我一个做买卖的,我哪敢卖假货欺人哪?"

年轻人最怕"棺材瓢子"拼命,更怕村妇撒泼,偏偏全叫纪蔚叔一人赶上。这一老翁一少妇,抓不着纪蔚叔,又要砸他的铺子,又不敢下手,只是一味地吵。

纪蔚叔受窘不堪,旁人看不过,忙把老翁、少妇劝住。隔壁烧饼铺掌柜劝道:"你老人家消消气,咱们有话说话,有理说理。这位纪掌柜实在是规规矩矩的买卖人,到底为了什么事,得罪您了?"乱嚷了一阵,张罗了半晌,还是由同来的邻人代为说明,是小纪偷葡萄,戏耍了看葡萄园的少妇,如此而已。

然而纪蔚叔竟吓得浑身一震,比刚才还吃惊:"这真想不到,小纪这孩子竟会这么没出息!刚刚十三岁,竟敢调戏良家妇女!"纪蔚叔胸口像被冰刃刺了一下,按住惊愕,细问来人:"到底他说了些什么?他有什么无理的行动?您请告诉我,我一定狠狠地责打他。"

同来的邻人说不来详情,纪蔚叔转问少妇:"大嫂,他到底怎么得罪你老了?"

少妇似乎含羞,把头这么一低,又这么一抬,突然把嘴一张,照纪蔚叔啪的吐了一口唾沫,拍手打掌地骂道:"好吗,你们孩子犯混账,你还要问我一个心服口服?你他妈的也不是东西!"

纪蔚叔侧脸赔笑道:"大嫂别生气,这怨我不会说话,我不过是问明白了,才好责打他,叫他给您赔罪。"说着口中啧啧着急,竟猜不出小纪究竟惹了多大的祸。同来邻人便将那堆烂葡萄、绳子、竹竿、竹篓,都拿给纪蔚叔看。把小纪的罪状,加倍控诉一番。

一面官司难打而易判决,纪蔚叔唯有认罚从打,先给老翁、少妇作了三个大揖,另拿出十吊钱,算是赔葡萄钱。乡下人来势很凶,一见十吊钱,登时云消雾散。

那个同来的邻人忙说:"我叫您侄儿扬了一脸土,你看我眼珠子都红了。"立刻揉眼。纪蔚叔立刻送上一小瓶明目散。邻人说:"这个药上得吗?"纪蔚叔忙又送上五百钱:"这个药上不对付,二哥您再自己买别的药。"邻人的眼也登时云消雾散。

但还有些人不满意,有的说:"小孩哪有不淘气的呢,不过人家小男妇女谁家不撒尿,这孩子太嘎,又偷瞧,还又喊好儿。"

纪蔚叔连道歉带安慰,又说了一堆好话,索性把货架的钱线烟叶等等零碎,随便分赠同来的邻人。老翁、少妇这才心平气和,邻人也都换了口气,不再说"你那侄儿没出息"了,改说:"小孩子都是这样,其实他不懂事,他哪里知道男女的分别呢。"

到底有个结局,众人走了,纪蔚叔怒气填胸,忆起前情,十分伤感,替嫂嫂难过。尤其先入之言深入人心,由不得暗想:这孩子才十三岁,就调戏妇女!从来好色的必无义,这几年苦心难道真白费了?靠柜台想了一会子,到底忍不住提前上了门,先回到家,问了一声:"大嫂,小宏在家吗?"

纪大嫂说:"他吃完饭就出去玩去了,怎么着蔚弟,他又惹事了?"蔚叔道:"没有,我找他有点事……叫他替我抄账。"扯了一个谎,忙到各处寻找纪宏泽。

纪宏泽竟在数里外,同几个顽童下河捞鱼呢。

纪蔚叔大喊了一声:"小宏,小宏!"纪宏泽应着上岸,仰着脸问:"七叔,什么事?"蔚叔道,"走,快给我回家。"纪宏泽道:"你等我把这些螃蟹穿起来。"

纪蔚叔一把抓住他一只胳膊,拖着就走。行到无人处站住,两眼盯住小纪。小纪也就预感到情形不对,翻眼不言语。纪蔚叔越看越有气,猛打了他一掌,低骂道:"小铃子,你这东西这么没出息。你怎么打人家的猪?我不是不叫你拿着镖往外摆弄吗?"

纪宏泽护住挨打的地方,一声不言语。纪蔚叔又打了他一掌,审问道:"你怎么还偷人家的葡萄?你怎么还偷看人家老娘们撒尿?"

小纪还是老脾气,随便你怎么问,他只是不出声。纪蔚叔又打他数掌,末一掌打重了,他不由伸出小胳膊来招架,脖子梗梗的,似乎不服气。这神气越勾起纪蔚叔的怒火来,立刻又把小纪的胳膊抓住,照臀背狠打了几下。小纪猛一挣,挣脱了手,要想跑,又跑不开。纪蔚叔赶着,且打且问,恨不得他说一句认错悔过的话,尤盼望他诉说真情,但愿邻人的控诉不是实情才好。偏偏小纪拧性犯了,挨打不过,负疼不堪,竟也急了。纪蔚叔又一抓他胳膊,他立刻一拨,说道:"你干什么老打我,你凭什么打我?你是我的什么人,你要打我,你赖我偷葡萄,偷看女人了,你看见了吗?"小头一歪,小眼一瞪,似乎要咬纪蔚叔似的。果然这几句话有效,纪蔚叔高高举着巴掌,再打不下去。如冰刃穿心一样,倒噎一口气,呆呆地愣在那里了。

死盯着小纪的脸,半响,纪蔚叔浩然长叹,顿足道:"好!我不打你,真是的,我凭什么打你?好孩子,有你这么一说。咱们走吧,回家吧。"

小纪不走,纪蔚叔道:"你怎么不回去,你娘叫我找你回去吃饭,你不回家行吗?"

小纪嘟哝道:"我回去,你好告诉我娘,回头叫她又冲着我哭啊!"

纪蔚叔失声苦笑道："我告诉你娘做什么？走，我也不打你了，我也不说你了，我也决不告诉你娘，你放心好了。我赶明天就回老家，我这是何苦，招小孩子的不愿意！"越说声音越涩。小纪偷眼一看，那么刚强的七叔，那么大的老爷们，竟也掉眼泪了。

纪宏泽今年已十三岁，出言虽冷，但不是一点人事不知道。他觉出自己又惹出大麻烦来了。他也晓得自己刚才说的话扎了七叔的心，他陡然说："七叔！……"

纪蔚叔道："做什么，我一定不告诉你娘。"

小纪摇了摇头，又叫了一声："七叔！"

纪蔚叔不明白拧性小儿的心理，他不知道这两声"七叔"，实含着无尽的告饶，说道："走吧。"

小纪还是不走，眼中越发露出可怜的乞怜相，在默默无言中，他已表示悔歉。而纪蔚叔琢磨不透，纪蔚叔已然透心冰凉。

纪蔚叔督着小纪，小纪在前头走，纪蔚叔在后头跟着。到了家门，小纪翻身堵门，又低声叫了一声："七叔！"紧跟着又说了一句："您可别回家去说。"

纪蔚叔至此时心中沸沸腾腾，更不做理会，把小纪一推，一同进院。

纪大嫂正给这叔侄烧火做饭，回头一看，道："小宏，你给你七叔抄了几篇账？"大人、小孩全不回答，大人进了西屋，小孩钻进了东屋角落。而纪大嫂竟一点揣想不到。

少时饭熟，在堂屋摆好，连叫数声，叔侄方才出来。小纪低头吃饭，纪蔚叔捻筷子，半响吃一口，愣一愣。纪大嫂尚不知内有文章，于是饭罢，泡上茶。小纪溜出去了，纪蔚叔手接茶杯，低头沉吟。纪大嫂忽然看出他眼含着泪，这才愕然。她是曾经忧患的妇人，又是个精干的主妇，忙设词动问：街面上有什么事？对头有什么动静？新遇见眼岔的人了没有？小宏又惹事了吗？……连发许多问题，纪蔚叔不肯直答，可是满脸懊丧,再掩饰不住。纪大嫂实在问不出,就凄然长叹道:"我娘俩累赘七弟好几年,七婶子在家也不知怎么样了。若不然,你把七婶也接来吧!况且七弟你还没有小孩。"

而纪蔚叔还是不说实话。

纪大嫂可就沉不住气了,暗道:"想必是七叔年轻一个壮汉,恐怕为我们母子,耽搁了前程事业,许是日久生厌了吧?我不要太不识趣。"她说:"七叔,您要是想家,您就回家看去。"话风愈逼愈紧,纪蔚叔不能再隐瞒了。他站起身,先往外面一寻,小纪像避猫鼠似的,虽然溜出去,竟没有远离,在街门外自己掷钱呢。纪蔚叔把他叫到屋内,时已掌灯。

纪蔚叔对着小纪母子,未从开言,先搔头为难半晌,末后才说:"大嫂,我说了,您别生气。小宏他今天又淘气去了,他拿这东西……"从衣袋内取出钢镖来:"把人家一口小猪打伤。人家找到铺子,我说了许多好话,又赔给人家一锭银子。这事刚刚了结,人家东村看葡萄园的老头子和他侄女,还有七八个邻居,跟手也找来了。说是小宏摘了他几十斤葡萄,全糟蹋了。那女人还说,小宏偷看她小解,还说便宜话……"

话刚到此,纪大嫂蓦地站起身,旋又坐下,道:"好!他,他,他,他偷看女人……"

纪蔚叔忙道:"大嫂别着急,您听我说。"纪大嫂嘻嘻冷笑道:"好孩子,你才十三,你,你,你……"一双星眸盯住小纪。小纪这时真害怕了,圆脸苹果样的两腮顿时雪白,叫了一声:"娘!我没有!"

纪大嫂呻吟道:"你七叔会冤枉你?是不是你……"说着眼寻屋角,似欲觅杖。纪蔚叔一看嫂嫂气成这样,登时后悔不迭,但已不可挽救,忙站起来道:"大嫂,大嫂,你先听我说,我还有下情。"

纪大嫂闭目道:"好,七弟,你只管说吧。"

叫他"只管说",他竟噤住,说不出来了。自己满腹憋气,已不敢再诉。横身遮在小纪的面前,只得劝解。纪大嫂气得嘴唇直抖:"小孩淘气不要紧,他竟这么下流,他会偷看人家妇女小解。好好好,我算没指望了。"

纪蔚叔道:"大嫂竟气成这样,我真不敢说了。大嫂,我刚才已经狠打了他一顿,我已经带着他,给人赔不是去了。这也不是他故意偷看,想必是他跟别的小孩一同淘气,上了人家的房。他们这地方的茅房,都在房后,扎个篱笆障,就算是茅房,他们在房上,自然就看见了。一定是大孩子调皮,乱喊看女人撒尿,他也跟着人笑。人家欺负咱们是外乡人,所以单找上咱们来了。准是这么一回事,您别生这么大气,等着咱们细问问他。小宏,刚才你不肯告诉我,你看你娘气得这样,你还不快说,到底是怎么一回事?是不是他们野孩子惹了祸,故意往你一个人身上安?"

纪蔚叔后悔失言,有意替小纪开脱,哪知确正道着真情。纪宏泽这小孩天生口羞,不肯直供己过,他只点了点头道:"是他们赖我,我没有偷看。"

纪大嫂道:"你不用扯谎,怎么人家单赖你?你爹爹一辈子英雄,你亲娘也不是寻常女人,怎么偏偏生下你这么一个现世宝!"

纪大嫂越说越怒,越想越恨,定要责打纪宏泽。纪蔚叔极力劝止。纪大嫂定要纪宏泽下跪,宏泽性情挣,宁折不弯,如今竟似知道理亏,居然下跪了。抬头望了望纪大嫂,又瞥了纪蔚叔一眼,低下头叫道:"娘,我改了,我下次再不了!"说得声调那么低哑可怜,一句话引得纪大嫂呜咽不止,终于痛哭起来。

这回事就这样含糊过去了。

可是纪蔚叔心中总憋着一个疙瘩。因为小孩子话太伤人心了。纪蔚叔想:自己千辛万苦,为了手足之情,同门之嘱,捐弃壮年的前程,专做着像保父一般的娘们事。嫂嫂年纪轻,侄儿年岁幼,自己周旋其间,外涉艰险,内避嫌疑,受尽多少挫折?结果,落了小孩子这句话,

"你凭什么打我?"是呀,非亲,非舅,我凭什么打人家?

纪蔚叔年纪轻,却是有耐性、想得开的人,为此更加难处。因为他明白,这是孩子话,你真能认真吗?跟小孩一般见识,岂不成了笑话?然而这话是多么刺心啊!我凭什么打人家?

纪蔚叔于刀林箭雨中,不说一不字。独独这一句话格格难茹,咽不下去,忍受不住了。他从此忧忧不乐,怏怏寡言,再打不起精神来。每逢无人时,便由不得想到古今以来的孤臣孽子,抱忠诚而反遭诬蔑……更由今天推想明天,由今年推想明年,若是一番苦心竟成徒劳呢?

当他猝闻小纪那句话时,挤在气头上,恨不得一跺脚回乡完事,又恨不得面见大嫂,细说己情,然后一揖而别。……但他是有理性的人,及至见了纪大嫂,那么一个健壮的少妇,如今圆脸几乎瘦成长颊!那么有说有笑,如今变成寡默无言,只低头做饭,做活。做做做,不愿片刻闲,想以劳苦消愁埋恨。纪蔚叔他就是有多大的难堪,也就抵面气沮了。他吞不下,也要吞;忍不了,也要忍!嫂嫂人家还是个女人,我又算了什么?

他想而又想,终于不忍也不能一怒告别,甚至连那句话也不敢一吐了。因为,如今刚刚一说小纪淘气,嫂嫂就恼成这样,而且嫂嫂和我正不是一样的人吗?全算托孤之人啊,嫂嫂已够难过了,我还能把自己受的小小一句话说破,更惹嫂嫂悲愤不成?

但是冷言实如冷箭,叫人越想越凉。纪蔚叔终不免受这一句话的影响,对于小纪,不知不觉竟客气起来。若小纪稍有不驯,他有劝无拦,未说话先拿出笑脸。小纪想:七叔待我更好了,不像从前厉害了。哪知大人心中苦恼,就怕的是他人大心大,似明白,而实际是更糊涂啊。

这样又过了些日子。但是这种情形不久便被纪大嫂觉察,看破,诘问起来:"七弟,这是怎么回事,您怎么不管他了?"孩子不敢说,也早忘了一言伤人;大人不忍说,过去了何必再折腾?

然而这种情形实在延迟不下去,也支持不下去。因为每天晚上,七叔还得督促小纪做功课哩。教不严,便是师之惰。纪大嫂自然讶怪,小纪的夜课怎么松懈下来了?

每逢饭后,小纪照例稍休,再写字,温书。然后,再开始另一种夜课。

这种夜课,一向由纪蔚叔亲传,纪大嫂有时也在旁指点。不过纪大嫂差多了,虽知之而不精,传习之业仍靠七叔。而七叔忽然改了样,从前是严师课徒,现在成了益友伴教了。

"七弟,你得加点劲呀。他的架势不好,得校正他,别依着他的性子糊弄。"

纪大嫂挑了出来,于是七叔走过来,把小纪的胳臂腿摆弄摆弄,并且告诉他:"这个力该这样发。"小纪扭头道:"这么发太吃力,又不得力呢。"七叔道:"练的就是这股力,孩子,你要听话。"

每天大概就是这情形,小纪遂心了,纪大嫂感觉不是:"七弟是怎么回事呢?"她怎知蔚叔心中梗着那句话呢!对小纪似乎每想严管,便觉气沮了。

似积云密雨一般,终于到了霹雳震撼的时候。一天月下,恰只纪蔚叔与纪宏泽二人对练,纪大嫂没有在场。不知怎么一来,纪蔚叔怫然发话道:"小铃呀,不是我不心疼别人家的儿女,不是我定要苦苦地管束你,我实在是不敢耽误你呀。我一味由着你的性,你固然顺心了,那还练什么功?"说着,忍不住长叹了一声:"小铃子,你别叫我左右为难了,我对得住你,我可就对不住你的父母了!"

这一句话把小纪说了个脸通红,又恰恰被纪大嫂听见。纪大嫂愕然了:"七弟从来不说这样的话,他这是怎么了?怨不得他这些日子闷闷不乐,怨不得小铃子的功课越练越松,这必定……有缘故!"

纪大嫂忙走过去,说道:"七弟,练累了吧,茶泡好了。你刚才说什么来着?"纪蔚叔忙一回身,立刻改口道:"大嫂,我没说什么,我们正练呢。"

纪大嫂不肯放松,忙又问道:"是呀……你刚才好像是……说什么左右为难。莫非小宏又不好生练了?又不听管教了?"

纪蔚叔急忙说:"没有,没有,我们练得好好的哩。刚才么,刚才是他,是我劝他几句。"可是忍不住叹了一口气,又提起一口气道:"没有什么,其实没有什么,我们正练劈掌哩。"

纪大嫂更恍然了,忙着看纪蔚叔,又看纪宏泽。纪宏泽此时把个小胳臂挺得棒棒的,腰背立得直直的,正在呼呼哧哧,左一拳,右一拳,越耍越加紧,越带劲。可是一颗小脑袋转向别处,不肯和他娘对脸。纪大嫂更恍然了,默立在那里,想了一想,当下也不说什么,只道:"天可不早了,你们爷俩也该歇歇了。"将一壶热茶,送到东屋纪蔚叔的住处里,搭讪了几句话,把小纪叫进正房,母子关门熄灯睡下了。

纪蔚叔自在东屋,端着茶杯,且喝且默默地发愣。过了一会,也就掩门归寝。忽然心血来潮,翻来覆去不能成寐,忽然又坐起来,侧耳听了听。忽然心中又一动,忙摸索着穿衣,点灯,开门,悄悄走到院中。

院中月色皓然,万籁无声,唯有远处的狗吠和风声,偶破沉静罢了,却有一种凄怆的悲咽,发现在耳畔。

纪蔚叔心头如被刀刺了一下,忙潜足走到正房窗根。果不出料,是哭声,是强遏不令出声的哭声。

但在这咽泣的声音中,还有别的声音。纪蔚叔忙侧耳凝神,过细地听,暗道一声:哦,不对!忙叫了一声:"大嫂!哦,大嫂!"

屋中凄咽之声顿住,纪大嫂似乎吃了一惊道:"谁呀,七弟吗?"纪蔚叔道:"大嫂,是我,大嫂还没睡吗?你怎么了?"

屋中起了一阵轻微的声音,纪大嫂说道:"七弟你还没睡吗?……我吗,我没怎么,我早睡了。"

"刚才大嫂……我听见好像有谁哭似的……大嫂又难过了吧?"

纪大嫂又接着答道:"没有,刚才我睡得着着的,许是小宏发呓怔了吧。"纪大嫂说着,打了一个呵欠。

纪蔚叔不禁一叹,又问道:"小铃子呢?……小铃子,你睡了吗?"

纪大嫂忙代回答:"他早睡得着着的了。"

竟问不出来,只在屋中发出簌簌之声,恍惚听见纪大嫂低声说道:"上来吧,别言语!"

纪蔚叔愣在窗前,忍不住也凄然下泪,半响才说:"咳,大嫂,凡事你要想开一点,这一条路,我们还没走出一半哩。我们打起精神来,一步一步往前闯。小铃子这孩子,你不要管他太紧,怕管出毛病来。你别一味打他呀!好比一棵小树,不修理也不行,若是一个劲地摸摸按按,苦往上巴结,倒不会长得好。大嫂,你刚才是不是打他了?"

纪大嫂道:"没有,没有。"

纪蔚叔再问,纪大嫂不再搭茬。纪蔚叔只得海阔天空地虚劝了一阵。屋里寂静无声,蔚叔也就回房归寝。

第十二章

慈孀伤心龙蛇斗

孀妇训子,昏夜关门加责,不欲人知,不叫孩子哭喊。打得极狠,打完又心疼哭泣。这情形最为凄惨。纪蔚叔听见上房隐泣之声和扑打的动静,赶忙起来,站在窗根下再三叮问,纪大嫂竟不肯搭茬。纪蔚叔只得海阔天空地虚劝了一阵。半响,屋中既无动静,也就回房归寝了。

等到第二天早晨,果然看出纪大嫂眼圈红肿,似彻夜恸哭过的,就是小纪也是两眼通红。为了自己,致使母子伤心,纪蔚叔很觉过意不去,到了晚饭时,又劝了一顿。纪大嫂只唯唯诺诺地应着,心中另有打算。

又过了几天,纪蔚叔回家吃饭,刚一进屋,突觉异样。纪大嫂满面春风,给他备饭,竟是很丰肥的大酒大肉。纪蔚叔微微一错愕,不知是什么缘故,刚要询问,纪大嫂抢说了:"蔚弟,我前天给人又做了一点零活计,得了几个铜钱,咱们今天把它吃了吧。"纪蔚叔道:"哦,好哇,还有酒?"便坐下来,纪宏泽母子也跟着坐下。纪大嫂向宏泽施一眼色道:"给你七叔斟酒。"

纪宏泽很恭敬地站起来,给斟上热热的一杯烧酒。连饮三杯,连斟三杯,纪大嫂又亲自给纪蔚叔斟了一杯。纪蔚叔微觉不安道:"大嫂,我自己会斟。大嫂也喝一杯呀!"纪大嫂道:"喝,我今天是想喝一点。"

她素来能喝酒的,可是自经忧患,早已不茹酒醪了,今天居然也斟了三盏。纪宏泽这孩子素来吃饭很快,见了鱼肉,吃得更快,此刻竟斯文起来。这位嫂嫂、叔叔和侄儿如享宾宴,且吃且谈。纪大嫂竟说起当年那场忧患事。这在以前,本是讳而不言的。谈着,纪大嫂又问:"七弟,可是想家吗?要不然,我看现在也安定下来了,莫如七弟回去看看,或者把弟妹接来。不过,咳,我又不放心。我们的事,谁知道将来怎样呢?我又怕连累了七弟妹,她又是文静人,岂不担惊受怕?"

纪蔚叔道:"嫂嫂怎么谈起这个来?他们娘俩在老家有吃有喝,我惦记她们做什么?她是个无能的笨女人。多了她,万一出了事,倒多累赘。她哪能比大嫂呢?"

纪大嫂浩然叹道:"我也是个废物啊,我母子若不是七弟,早死在小辛集了!"

纪大嫂的话,有意无意,往旧事上引。纪宏泽在旁听着,低头吃饭,一口一口慢慢地咽,一对大眼骨骨碌碌地转。纪蔚叔不做理会,可也觉出纪大嫂心中有事,唇边有话。喝完了半瓶酒,旋即吃饭。饭罢,小纪居然忙着跟七叔泡茶。天色已晚,忙着掌灯,跟着小纪又跑到街门口,把大门关上,又加上了闩。回转来,到堂屋旁边,找一小凳坐下。

纪大嫂脸色严肃起来,低头默想不语。过了一会,抬起头来看了纪蔚叔一眼,走出正房,旋将门帘一撩,手指东房说道:"小宏你请你七叔到东屋坐!"

纪蔚叔愕然说道:"大嫂什么事?"东屋乃是纪蔚叔住的屋子,他忙即走进去看,屋内情形已变。灯光明亮,香烟缭绕,在屋心放着一张方桌,上面摆着香炉蜡扦。一对白烛一炷香,供着一个灵牌,横摆长短两把剑。灵牌写的是:"绍兴镖头林府君讳廷扬之神主";下款是:"孝男林剑华"。在右上方写着亡人的生卒年月日。

那一对白烛已燃点着,两点星星黄光,映着桌上摆着的两把剑,发出青莹莹两道微光。这方丈的东间屋,顿然显出异样的情调。纪蔚叔平素睡觉的木床已然移开了,当地上放的是一具拜毡。桌两旁是两张椅子,此外别的东西也全挪开了。纪蔚叔这才明白,嫂嫂是要纪念那惨死的亡人!可是又有一样奇怪,"林府君讳廷扬"的灵牌,一向是用黄布蒙了,摆在正房空间,还用别的东西挡上。此刻反移到纪蔚叔这屋内,看来又不仅是纪念亡人了。

纪蔚叔一睹灵牌,不禁喟叹:"呀,一晃六年了!"不由得肃然侧立,面对灵牌,转问纪大嫂:"嫂嫂,您这是……"

纪大嫂满面郑重,却不带丝毫戚容,正色说:"七弟,这到如今,整整六年又两个月了。小铃他已然十三岁,我想我该对他说实话了!这孩子一天比一天大,还是这么糊涂贪玩,我本想等到他十六岁成年的时候,本领学得差不多,体力发得够了样,我们再从头到尾,细细告诉他。但是,我近来越看这孩子越似乎发浑,他迷迷糊糊地忘了他是什么人了。我们再瞒着他,他就许越往下流走。就说前天吧,七弟苦心费力地教导他,他人小心大,自作主张,居然有不肯受教的神气……"说到此,目视纪宏泽。纪宏泽随在七叔背后,已然跟进来,低头垂手,立在门边,一脸敬惧的神气,与往日不同。大约他的母亲由打那夜起,不知怎样诫饬过他了。

纪大嫂厉声道:"小铃!"纪宏泽忙应了一声,又叫了一声:"娘!"声调中似也含着激动的感情。

纪大嫂遂说道:"而且他又跟着野孩子玩,到处惹祸,管也管不过来,劝也劝不动他。我没有旁的法了,只好把他的身世告诉他。他若是有人心,他就起誓改过;他若是没人心,我也不强巴结了。难为七弟一番苦心,这孩子总该记得。我听说七弟你打他,他居然还口,说七弟管不着他……"又转眼看着小纪道:"孩子呀,孩子呀,你可记得吗?想当年你才七岁,仇人把你父害了,又来杀你和你娘。那时候,若不是你七叔舍生忘死,把你这块臭狗肉背救出来,你和你娘都是一个死呀!怎么你倒说七叔凭什么管你呢？若没有你七叔，还有你的狗命在吗？"

纪大嫂说着说着，泪又滚下来了。纪蔚叔忙道："嫂嫂，小孩子的话，谁还理他？大嫂千万别往心里去。"纪大嫂叹道："我不往心里去。不过我想，这孩子太浑，我打算叫他由今日起，对他父灵牌起誓，同时叫他拜七弟为师。从此以后，七弟要好好管他。他若敢不服教，不肯好好学，这两把剑，一把是仇人的，一把是他爹的！七弟你只管把这没志气的孩子给我杀了，这一把剑我就拿来自刎。我不能替夫报仇，又不能教子雪恨，我只好跟了他爹去，我实在不愿再活下去了。"

泣泪交流，遂一转面，命纪宏泽肃立在拜毡前听训，叔、嫂二人分坐在供桌左右。纪大嫂略为沉默片刻，首先发问："小铃，你还记得六年前，你叫七叔背着，冒雨乘夜逃难吗？"

小铃道："娘，我记得。"

纪大嫂道："孩子，你还记得，好！我再问你，你知道我们为什么逃难吗？"

小铃道："娘，我现在刚才知道一点。记得从前我七八岁的时候，我问过娘，我们为什么跑？是谁追我们？娘那时候告诉我，是闹贼了，闹翻了；我再问时，娘又说没人追咱们，那不是追咱们，是追贼。那时候，我到底不知道是怎么回事。直到昨天夜里，娘才告诉我，那是仇人，杀了我爹，又要斩草除根，来搜我们。可是娘，您到底还没有告诉我，谁是我的仇人啊！"

纪大嫂道："好，孩子，那年冒雨逃难的情形，你全记得清楚吗？"纪宏泽道："我都记得，我就是不明白怎么回事。……娘，到底杀我爹的是谁？追咱们的是谁？"问的态度很焦切。纪大嫂、纪蔚叔看着他，互相以目示意，好像觉得此子还有盼望。

纪蔚叔厉声道："小铃，你要想知道仇人的姓名吗？"小铃忙道："我昨夜问娘，娘总不说，要叫我起了誓，一准替父报仇，才告诉我。娘、七叔，你们快告诉我，我就起誓。……我一定要报仇，苍天在上，我

纪宏泽在下……"小孩子会看闲书了,就模仿戏词来起誓。纪蔚叔忙拦住他,教给他套誓词。

小纪立刻燃香叩头,对着父亲的灵牌,用本姓真名"林剑华",起了决志报仇的誓愿。"父仇不报,誓不为人!"誓罢,跪在灵牌前,等着寡母拭泪叙说旧仇。

纪大嫂真名叫程玉英,就是安远镖头狮子林廷扬的继室,也就是小铃的后娘。小铃的生母名叫程金英,是名武师黑鹰程岳的爱女。这纪大嫂程玉英,乃是小铃生母的族妹。她和小铃虽非亲母子,可是她爱抚她姐姐所生的这个孤儿,比生母还要恩深情重。小铃也很爱他这个继母。

不幸程玉英嫁后数年,狮子林廷扬遭仇人暗算,惨死在洪泽湖。仇人飞蛇邓潮十分歹毒,虽把狮子林戕杀,仍要杀家复仇,阴纠同党,潜逐遗孽,赶到山东曹州卧牛庄,纵火灵棚,半夜图刺孤儿。当时被林廷扬同门师弟和镖行好友、赶来吊丧的人所发现,把飞蛇的党羽逐走。飞蛇仍不甘心,又二次潜来。未亡人程玉英痛遭大丧,为人明决,见事不好,遂与亡夫的七师弟摩云鹏魏豪商计,乘夜携子逃亡。这七师弟摩云鹏魏豪,就是现在化名的纪蔚叔。他们逃走时,已被仇人缀上,半路奔到小辛集,已与仇人交手,幸亏小辛集的联庄会仗义逐贼,才将这年轻的寡母和孤儿救了。

他们见仇人死缠不休,又不知暗中究竟有多少人,他们虑祸深远,就辗转远遁到这信安镇,化名隐居,蓄志训子复仇。摩云鹏魏豪乃是狮子林的七师弟,也算是奉同门诸友公推,叫他担任护孤之责。至于狮子林的二师弟等人,就专管寻仇雪怨。

当狮子林的未亡人程玉英,携子逃亡时,仇人大举搜追,他们已然动上手。林铃儿这个孤子那时真是虎口逃生。他那时虽小,已然能记事了,并且冒雨奔命,他小小年纪曾经大病了一场。等到难后,他曾经询问他母:"这是谁追咱们呢?他们为什么要害咱们?"

程玉英母子和亡夫的七师弟摩云鹏魏豪,曾经计议,一切真相还是不告诉小孩,免得他年幼失言,泄了底细。这叔、嫂二人遂设词哄他:"那是追劫道的小贼,那是乡团。咱们是赶上了,咱们到底跑开了。"

小孩子想象力薄,大人编得谎很圆全,只要小孩一问,就设法打岔。未几时过境迁,林铃儿把当时的险难渐渐淡忘。等到他十二岁,贪玩好耍,更不忆旧。大人不提这事,他早不放在心上了。恋往事,怀宿怨的,只有大人;小孩的心如一片春光,只往前看,再不会流连陈迹。林铃儿把逃难的事全丢在脑后了,他更想不到逃难就是避仇,避仇还要复仇。

现在他已十三岁,依着他母亲原定的主意,是要熬到林铃成年之时,等他十六岁初度那天,武功练成之后,再把父仇告诉他。叫他起誓发愿,把仇人的宝剑,他亡父的宝剑,全交给他;叫他天涯海角,寻找仇人。但是,纪大嫂也就是程玉英再等不及了,这孩子的顽梗脾性引起了程玉英的疑虑和伤心。她想,再不痛切地激励他一下,只怕他越大越趋下流。他既强项不肯受教,那么,武功何日学成?他又贪玩不知自爱,那么,将来怎保他以父仇为念?程玉英左思右想,只有拿出这最后一招,要把实话全告诉纪宏泽,要告诉他,为什么他要改名纪宏泽;要告诉他,他不比寻常儿童,在他肩上,还背着戕父的血海深仇,要他去报。或者这一揭穿真情,小孩子就能懔念身世之悲、不共戴天之恨,或者就能折节发奋,努力求学……

这就是今日的纪大嫂的打算。

灵牌写着林府君,供桌摆着两口宝剑,纪大嫂目睹娇儿灵前设誓,她面色如铁青,眸中无泪,闪闪吐寒光,从胸坎发出一声"噫",然后命纪宏泽退立一旁,她也拜倒在亡夫灵牌之前,喃喃默祷,有声无字,虽然无字,痛泪已夺眶而下。她用手一拭,强按心头悲痛,挺然站起来。

那纪蔚叔,也忍不住要下拜对灵牌叫了一声:"大哥,你逝世六年了!大哥,我们一事无成。大哥,我对不住你!"禁不得嘶声欲哭。纪大嫂忙叫了一声:"七声,忍住一点。我还有话,对他细讲!"说着用手一指纪宏泽。纪蔚叔忙即三顿首起来,退立一旁。纪大嫂便指着上首椅子,请纪蔚叔落座,她自己坐在下首。纪蔚叔不肯就座,纪大嫂挥手示意,纪蔚叔看了看这刚才十三岁的孤儿,心中暗叹,因向纪大嫂说道:"嫂嫂,你打算……不太早点吗?他才十三呀!"纪大嫂笑道:"不早,七弟,你听我讲吧。"

这一笑,神情很惨,纪蔚叔只得在上首坐下。纪大嫂就在下首扶桌角坐下了,命纪宏泽重对灵牌跪定。然后,纪大嫂很沉着地发问:"铃儿,你知道你姓什么吗?"

纪宏泽直溜溜地跪在拜毡上,左看纪蔚叔,右看母亲,低声说道:"娘,我知道,我从前是姓林,自从咱们搬家之后,您告诉我,咱们不姓林了,咱们姓纪了。"

纪大嫂点头,又问:"你知道你为什么不姓林了?"

纪宏泽搜索七岁时的往事,想了想才说:"您不是告诉我,咱们本来就不姓林吗,咱们的老姓姓纪,由我爷爷起才姓的林,不对吗?"

纪大嫂又点点头,冲纪蔚叔苦笑了一声。纪蔚叔沉吟不语,也正回想当年,是怎样捏词瞒哄小孩,居然把小铃蒙信了。

纪大嫂突然提高了声调,叫道:"傻孩子,你今年十三岁了,你从前的事,真格的就一点不记得吗?你、你、你还记得你那个保镖的爹爹吗?"

纪宏泽真有点茫然了。宏泽丧父之年,虽已七岁,正因他父是个镖客,经年不在家,在他"有父之年"六个年头里,不过有两年多的聚首罢了。这两年多又全在他乳臭不能记事之时。他苦索旧情景,只记得在他五岁那年,他父曾在家中,过了一个年,是腊月初回家,二月二龙抬头回转镖局的。他记得他穿上小小的马褂长袍,被他父亲携抱着,出去拜客拜年。他父亲的面庞已记不清了。他只记得他父亲仅用一只手抱着他,别人都用双手。他父亲大概很有力气,并且很疼爱他,只是不会抱小孩子。他觉得在他父臂抱之中,很不舒服。他记得他挣扎着要下地,而他父亲爱不忍释似的,偏要以抱他为乐。

他想而又想,渐渐想起来了。哦,他记得他父亲青黑马褂,蓝长袍,那还是拜年的景色。他又记得他很爱他父手指上的玉扳指,他父就褪下来,给他小指头戴上;他摆弄摆弄,失手坠地,给摔坏了。别人嚷,娘也骂,他父似乎抱起他来,连说:"不怕,不怕!"他又记得父亲给他两锭银锞子,装在荷包内做压岁钱。然而,他玩了一天,就丢了。娘又心疼寻找,他父似乎直笑,照样又给他一对荷包、两锭小元宝。……

纪宏泽默想亡父,他母亲又催问了一声:"孩子,你就不记得你那保镖的爹爹了吗?你一点也不记得他了吗?唵?"

纪宏泽忙应道:"娘,我记得。我父亲是个镖客,你不是嘱咐过我,千万别说吗?你不是告诉我,我父亲不是镖客,是个幕客吗?"纪大嫂眼中忍不住蕴泪,当年的假话和真情搅在铃儿的脑中,叫他分辨不清了。

纪大嫂道:"孩子,罢了,你还记得。你可知道你父亲叫什么名字吗?"

纪宏泽眼望灵牌,迟疑起来,嚅嗫道:"我的父亲,你从前告诉我,是叫纪辅清……我的父亲许是叫林廷扬吧?"

纪大嫂、纪蔚叔不觉耸动,一齐问道:"你怎么知道你父叫林廷扬?"纪宏泽道:"灵牌上这不是写着了?"

叔、嫂立刻侧脸观看灵牌,这明明写着"林府君讳廷扬之神主"。纪大嫂立刻面呈喜色道:"罢了,这孩子还算有人心!"纪蔚叔道:"大嫂不过是盼子成名,心太急些,这孩子错不了。你看他心眼够多快?瞒了他整六年,现在一点全透了。"

纪大嫂呜咽道:"但愿他有心才好。只是这孩子两只眼睛太秀,我只怕他一为女色所迷,就忘了血海深仇,那我可就白熬了。"转脸对纪宏泽道:"铃儿,我今天告诉你实话吧,咱们并不在旗,也不姓纪,咱们实在是姓林。"手指灵牌道:"这牌位上写的,果然是你亡父的名字。这孝男林剑华就是你。"纪宏泽道:"我知道,我写仿还写过这林剑华三个字呢。"

纪大嫂说道:"你听着!林廷扬就是你父,林剑华就是你的官名。小子……"突然厉声道:"小子,你可晓得你为什么更姓改名吗?你可晓得咱们的老家在哪里?咱们为什么忽然搬家?为什么这六七年,东奔一头,西藏一阵?你、你可晓得吗?"

纪宏泽有点琢磨出来了,这真是怪事,更名改姓,迁地搬家,六年间挪了许多地方,忙答道:"娘,我知道,我们老家在卧牛庄,有一所大庄院,跟这里房子不一样,咱们的房子是石头起基的。我可不明白,咱们为什么要逃出来。你从前告诉我是闹土匪,回头又说不是,我实在想不出来。"

纪大嫂叹道:"孩子,你还懂事,咱们确实有家,你也知道咱们是逃难啊!孩子,咱们这些年东逃西奔,不是为闹土匪!"说到这"闹土匪"三字,声如裂帛。纪宏泽忙道:"那么,是怎么回事呢?"

纪大嫂斩钉截铁说道:"孩子,你问怎么回事吗?告诉你,咱们有仇人!"

"有仇人?"纪宏泽道:"我们的仇人叫什么名字?"

纪大嫂切齿道:"孩子,咱们有仇人,要杀你!孩子,这仇人先害了你爹,还不算完,他还想斩草除根,要把你我母子全杀了才罢。孩子,你虽然小,总还记得,那天夜里逃难,那不是闹小贼,那就是仇人追上咱们了。杀了你爹,还要杀你,还要杀你娘!"

纪宏泽突然从拜毡上立起,说道:"真的吗?"

纪大嫂喝道:"跪下!"纪宏泽忙又跪倒,一叠催问。纪大嫂道:"傻孩子,你自己往回想吧,那不是逃难闹贼!"纪蔚叔这时候在旁搭腔了:"铃儿,我来告诉你,你仔仔细细听着。你的父亲就是叫林廷扬,是有名的镖客。六年前,你父和我保着三只镖船,行经洪泽湖,突然遇上强盗。这不是寻常强盗,乃是你父的仇家。贼们把你父围上,你父……"说到这里,把桌上长剑举起,道:"你父亲的武功精强,力敌群贼,把为首一个贼的剑打落!"又将那短剑拿起,道:"这就是仇人的剑!……可惜你父亲一念之慈,只想借道,无心杀人,虽把贼人的剑打落,把贼人踢倒,却说了一句客气话,'承让!'还要伸手把这贼扶起来。哪知无耻的恶贼恩将仇报,骤施暗算,立刻由贼船上发来一阵暗器雨。你父武功实在太好,这些暗器全不能伤他,反被他接住几支。就在这工夫,那被打倒的少年无耻贼,突从背后骤下毒手,照你父脑海猛然一挝,你父立刻殒命……"

纪宏泽一对大眼几乎弩出,直勾勾盯着这两把剑,忙问:"他是谁?他叫什么名字?"

纪蔚叔道:"孩子,你且留神听,我都告诉你。"立刻接述夺路之事,移灵之事,贼人仇家穷追不舍之事。说到此,纪大嫂忙又接说:"仇人又狠又毒,你父亲的棺木前脚到家,仇人后脚缀下来。那时候,只有你娘一个年轻寡妇,只有你这没爹没娘的小肉蛋!那时候,仇人找上门来,一来好几十个!那时候,你才七岁,我才二十六岁!那时候,孩子呀,若没有你魏七叔豁出死命来护前护后,舍生忘死,为了跟你父是同门师兄弟,拿出全副精神来救我母子二人,那时候,若没你魏七叔,哼哼,孩子呀,你这小狗命还活到今天?……"

纪大嫂一口气说出来,语无伦次,声泪俱下,把个纪宏泽说得毛发耸然,如临鬼域。当此深夜,斗室双烛,吐出淡黄的微光,对着这一个灵牌、两把利剑,纪宏泽竟满脸是汗,浑身乱抖起来。

他今年才十三岁。

他抬眼往上一看,灵牌上"林府君讳廷扬之神主";灵牌左是森然枯坐、瞠目无语的纪大叔;灵牌右是他的矢志抚孤的继母。母亲、七叔,两人四只眼全注在纪宏泽一人身上。纪宏泽惊愕,惶骇,惨痛,七情交迸,都装在他小小十三岁的少年心坎上。

他骇然半响,仰面问道:"娘,是七叔救的我们吗?"纪大嫂道;"好小子,你一点也不记得了?"纪蔚叔忍不住哼了一声,道:"孩子,你难道忘了吗?你趴在我背上,叫雨淋得小水鸡似的。你哭也不敢哭,哑着小嗓子,低声问我:'七叔,咱上哪里去呀,是谁追咱呀?'你,你全忘了吗?"

纪宏泽没忘,这一节他一点也没忘。是大人蒙骗他,告诉他是搬家,他虽年幼,也觉得不对。他每一询问那夜之事,七叔和母亲就百般打岔,不叫他打听,他至今怀着疑团。现在明揭出来了,他于是把前后事,联想起来,加以贯串,他彻底省悟过来。亡父棺木进家,灵棚的失火闹贼,半夜的冒雨搬家,半路上的巧遇追贼,一切的一切,原来恰是一桩事的急转直下。

他忍不住大声说:"我全明白了!娘,我全明白了!"

他热汗交流,二目如灯。他忍不住失哭而号,登时被两面的手指头按住。他立刻吞声,双肩耸动。他嗷然叫道:"七叔,七叔……"

他更不能再说感激的话,他就在拜毡上一扭身,磕头如捣蒜,他叫道:"七叔,七叔,你是我们纪家,不是,不是,七叔你是我们林家的大恩人!七叔啊……"他竟栽在拜毡,打滚哀哭起来了。

纪大嫂看了纪蔚叔一眼,二人互相示意,暗暗点头,两个大人也忍不住热泪交流了。纪大嫂尤其是泪如断缏。但忍不住还要忍,纪大嫂强咽悲声,仍然呜咽着,喝令小纪噤声。

当此时,屋内双烛微闪淡光,香烟缭绕,外面万籁无声,但闻萧萧风吼,木叶瑟瑟作响。一钩斜月,凄凉地挂在天半空,正不知照到谁家的欢聚、谁家的生死难愁!

良久,良久,屋中悲咽声断续渐住,纪大嫂涩然说道:"小铃子,你还说七叔管不着你吗?你可知七叔为什么管你吗?……"纪蔚叔局促不安,忙道:"大嫂,小孩子不知轻重说一句糊涂话,揭过就完,大嫂再这么说,我越发抱愧了!"纪大嫂浩然深叹道:"七弟,话不是这么讲,小孩子糊涂,大人不糊涂啊。越是小孩的话,越没有掩饰,才越扎人的心。他这是说七弟你,他也可以说我啊。我这么苦苦地拉巴他,管束他,谁知他心上怎样呢?他也许说我是后娘,说我虐待他……"

纪蔚叔咳道:"这可没有,大嫂子千万别这么存想,这孩子在大嫂跟前足够十成十。这是大嫂换出来的,您娘俩可不要犯心思呀。那可就毁了,大哥的怨仇永远报不得了!"纪大嫂点头道:"我也知道,他常常说,我是他的亲娘。他小的时候,我只一逗他,说他不是我亲生的,他就哭闹。必得我承认是他亲娘,他才不哭。但那时他是小孩子罢了,现在他人大心大,他肚子里转什么弯,我也不知道。小铃子,我告诉你,论理,你七叔是多管你,连我也是多管你。你如今也十三了,我得叮问叮问,你叫我管我就管你,你七叔也一样,你求人家管,人家才肯管你呢。小浑蛋,你明白吗?"

小纪泣道:"得了,娘别说了,我明白了!"

纪大嫂道:"但愿你明白不在一时,要永远明白才好。"

这才命纪宏泽拜纪蔚叔为师,行了大礼,师徒之分已定。纪大嫂道:"七弟,他再不听你管,再不好好学,七弟,你狠狠地打他,问他可对得起死去的爹爹?"

然后,纪大嫂又提起那桌上长短两把剑,厉声叫道:"小铃,你可知你为什么叫纪宏泽?你可知你为什么忽然姓纪?孩子,你爹爹惨死在'洪泽'湖,我望你这一辈子记着!纪宏泽,你要永远记住洪泽!这仇人的剑,你要记牢,使这剑的人就是杀死你父的人!……这是你父的剑,你父生前轰轰烈烈,仗着这把剑,浪迹江湖,无人不怕,哪知一念之慈,遭了绿林宵小的暗算。孩子,我要你用这把剑,加在仇人的胸坎上,不然,你就拿这剑把你娘杀了。我眼不见,心不烦,我何必守这无味的寡!"

纪大嫂的语调,声如裂帛,她的语意更是火辣辣充满了辛辣之味,唯恐刺戟不动她的这孤儿。她的双眼如火,纪宏泽嗫不能语,接过剑来,满眼眶的泪,只一迭声诺诺。

然后,纪大嫂命纪宏泽对剑鸣誓:务必要用仇人之剑,割仇人之头;用亡父之剑,雪林门之恨。这才命他叩头起来,立在一旁。然后,纪大嫂跪倒灵牌之前,顿首,默祷,禁不住抽噎,由抽噎禁不住泪随声下,低低地哀叫道:"亡人啊,亡人啊!你可知我这无能的女人,这六年真真不容易呀!你知道我都受了些什么罪?你保佑我母子,你保佑铃儿学艺早成,你保佑我,叫我死在仇人后头!"

第十三章

成童励志武林游

　　一年半之后,孤儿纪宏泽仿佛成了人了。身材很高,快赶上七叔,只是身相略瘦,生得面貌微黑,长眉入鬓,一双眸子尤其清澈英锐。小时的浊气渐除,颇知勤学励志了,看来颇有后望。纪大嫂盼子情殷,见状大慰;可是心上还有点缺欠,觉得这孩子刚劲有余,韧劲不足,做少年时的张良可以有望,做含辛茹苦、忍辱负重的陆逊,似乎逊色。

　　他现在已经算是十五岁了,每日只读半天书,是在下晚。至于早半天,据纪蔚叔对塾师说,是铺子里生意忙,虽然招了一个学徒,还是忙不过来,叫他侄儿帮着照应一会,所以只能上半天学,学金照旧,塾师自然没说的。可是就在上半天,纪宏泽也只在铺子里打个晃,铺中塾中甚至街上,都少见纪宏泽的影子。

　　纪宏泽真是不贪玩了,就是下晚在塾念书,也比较从前不同。从前他敢跳敢闯,玩得最欢,念起书来,扯起喉咙喊,和一般村童正是一样。现在成了大学长,在学塾里很沉默,小声念书,有时低头想心思发愣,仿佛换了一个人似的。而且他时常在白天打呵欠,好像患失眠,旧学伴再邀他玩耍,他也不干了。他如今的趣味,已不在贪玩了,他喜欢看小说,喜欢写字。他虽是大学长,他的叔父并不教他念八股,也没教他开笔。他如今不过念《左传》,念尺牍罢了,也学学珠算。其实在这村塾中,学八股文章的确是有限,大抵念杂字、学珠算的居多。

纪宏泽既然是大学长,塾师自然另眼看待。每见他精神不振,坐着打瞌睡,塾师便觉诧异,这不是十五六岁孩子所应有的,除非是少年新成家,贪色恋内,才会如此。因此曾问:"宏泽定了亲没有?成了家没有?"纪蔚叔回答说:"他岁数很小,还没定亲呢。"

塾师便把宏泽在塾昼寝打呵欠的情形,告诉了纪蔚叔。意思是怕学生春情初启,有了非法自渎的情事。纪蔚叔听了,很感谢塾师的好意,忙代侄儿分说:"这倒不是的,铺子里的账目,现在都归小侄管,他每天睡得很迟,差不多总到三更天,才能上床。小孩子气力短,白天免不了要打呵欠的。"

塾师自然不知底细,纪宏泽正在刻苦励学。他的白天功课稀松,他的夜课正在加倍上紧。纪蔚叔全副的能耐,已然倾囊而授了。然而可惜的是,纪蔚叔是一把好手,却不是一个好师父,他把学生教到歧途上去了。就实际说,纪蔚叔的艺业并未大成,比起宏泽之父亲差多了。而且由他做启蒙师,更是不对路。他就不会量材设教。这一点,纪蔚叔自己也明白,纪大嫂也晓得,无奈他们限于境地,在纪宏泽尚未成年,不能离母的时候,又有大敌当前,不知何时猝至,所以纪大嫂终不忍叫儿子另访名师。就这样敷衍了这些年,也可以说,把孩子耽误了。

即如纪宏泽现在白天打呵欠,这就差事。因为他们太把学生赶碌紧了。好比填板鸭一样,贪多鹜广,纪蔚叔恨不得把自己一切所学所知,一滴不剩,全传给这个学生。好几样拳法,好几样暗器,好几样兵刃,他都掏弄出来,教小孩子今天学这样,明天弄那样,这样刚练了个粗枝大叶,又把那样开始了。纪蔚叔并没想到人与人不同,纪宏泽这孩子天生体质较弱,只当以巧胜,不能以力施。纪蔚叔却生来体气坚实,他师兄教他时,截长补短,按照他的体质,传授他所能胜任的拳技。他所学的艺业,可说偏于硬功。这硬功对纪宏泽来说,就根本不合适。一个好学生,可惜叫笨师父耽误了。

纪宏泽这孩子心灵口讷,体弱手巧,他若学一点本领,不但要知其当然,还想知其所以然。纪蔚叔只能自己心里明白,若叫他讲出诀窍来,他可就拙于措辞了。并且他也是这样学来的,师兄如此教,他就如此学,有时他不问,师兄也就忘了说。现在偏偏遇上这一个好问的学生,凡事必要打破砂锅问到底,每每把纪蔚叔问得翻白眼。虽不致以讹传讹,已落到盲教盲练的地步。这便是纪宏泽九岁开蒙,到今年十五岁所得的成绩。

他所学的玩意的确不算少,七叔不藏私,早已倾囊而授,可惜这些玩意都类乎浅尝:一趟八仙拳,一趟臂掌,一套青萍剑,一套六合刀,和甩箭、钢镖、弹弓、袖箭,纪宏泽都能摆弄得来,却都不算拿手。苦心励志的孤儿在今日凭这区区技业,若与那久历江湖、锋芒不可忤视的草泽一龙一蛇,拿来一比斗,莫说他才十五,他就是二十五,莫说纪蔚叔不敢信,就连纪大嫂也不敢相信他准有把握。

所以,又过了一年,到这一天,十月初二,恰是纪宏泽的十六岁初度,纪大嫂又备酒肉,宴请七叔,算是谢师,又算是为儿子庆成了。

酒食已罢,重摆上灵牌,点上香烛,纪大嫂这才当面把儿子奖勉了几句:"儿啊!你还罢了,这三年你还有心,你居然把七叔传给你的艺业,好好用心习练。我已经看见你练的剑法了,比起你父自然还差得多,可是放在你十六岁一个孩子身上,我做娘的已然心满意足了。这都是你七叔恩待你的地方。看你这样,我就是一口气上不来,死了,也甘心了,准知道你还有心了,你一定能够替你爹报仇。"

纪大嫂又道:"可是,你七叔告诉我,你这点能耐,论年纪已然没算虚度,想拿出来在江湖道上施展,还差得太多,更不用说报仇了。再说这样关上门练能耐,就是真练到家,实际拿出来用,还先得见过真阵仗才行。你七叔只给你喂招是不成的,那是假的。真个遇上仇人歹人,拼上性命一斗,你一个初学,未免心慌躁进。所以我们练武的人,功夫学好之后,还得师父师兄带出来闯练闯练,经过几次真杀真砍,那才算有了把握。这些日子,你七叔对我说了几次,打算带你另投名师,换一换门户,再到江湖上闯个一年半载,一面搜寻仇人的下落,一面拜访武林高手。你七叔的意思,要叫你满了二十一岁,再行出门,满了二十四岁,再去寻仇……"

纪宏泽对着灵牌——这一次叩拜之后,没再下跪,只规规矩矩站着,面现沉毅之容道:"娘,我已经十六了,再熬到二十四岁,我那个仇人谁知还有没有呢?儿子的意思,也知娘怕我年纪小,敌不住仇人。这样办,我不必另投名师了,我再苦练两年,我等到十八岁的时候,就去寻找仇人。我先把他杀了,回头再说别的。您不要不放心,我现在就是膂力不够罢了,若论功夫,我看我足能顶一气。娘不信,我练给您看看,连七叔都破不了我。我的手很快,我只是没有七叔那大手劲罢了。"

此时的纪宏泽确是有志了。却又踏入少年不可免的覆辙,"初生犊儿不怕虎",他又过于自信了。这也是实情,他的持久力不如七叔,他的手劲不如七叔,可是一招一式打起来,他比七叔快得多。师徒过招时,七叔有时被他抓挠得手忙脚乱。若论招数的灵巧圆熟,纪宏泽今日可说青出于蓝了。他之学艺,既长于理解,又肯出力苦练,可说是勤学好问。

所差者,纪宏泽似乎失之于自作聪明,凡七叔讲不出的拳理,他就一知半解,自加揣摩;也有的被他琢磨透了的,也有的被他误解,走入歧途。他究竟十六岁,近半年他每和七叔过招,常能抢占先着,他却耗不过七叔。他想:这是我劲头不够,等我到了十八九岁,七叔就怕不是我的对手了。

他是这样设想,虽然稍微,究算志气可嘉;七叔为提起他的兴趣,又为安慰苦节的寡嫂,也常常奖励他。七叔用心独苦,实在是努力,要成全这个惨亡的师兄的孤儿。哪知教小孩子如扶醉汉,"扶得东来又西倒",这一招弄错,也会得了不良结果,越发使少年自负的纪宏泽不知天多高、地多厚了。

幸而纪宏泽的自负,才是近一年来的事,纪蔚叔还有法子补救。纪蔚叔对宏泽说:"宏泽,你觉着你现在的功夫差不多了吧?我告诉你一句拦高兴的话,你如今刚十六岁,照这样你再练五年,还是拿不出手去。"

纪宏泽道:"怎的呢?"

七叔道:"这显而易见,我比你父亲差得多了,你父亲和那一龙一蛇比斗起来,不过刚刚能够取胜。如今又过了十年来,你这里苦练才有几年,你的仇人只怕精益求精,到现在越发难惹了。你必得想法子,压过他们一头,才行。"

纪宏泽眼光霍霍地说:"我要现在就访访他们去,我们应该访实他们的底细!"

七叔道:"当然了,你母亲已经跟我商量许多次了。你现在才十六,你的本领不如敌人。你的岁数却很小,你的前途无量。只要你有志气,一步一步往前走,管保有志竟成。可是,你千万不要自满,你和对头比,正如小雏雀追老鹰,说实在的,你差得太多。你要明白,你我现在不过是过招喂招,到底不是性命相搏,彼此心情是镇静的。等到真拿出来,到江湖上闯,莫说寻仇争杀,一刀一枪拼命,就算跟寻常的一个武师较量一下,不管是争名,是夺利,只一动真的,我们心中就不知不觉要浮动。况且事先又未必准知对手练哪一门,用的哪一招,过起手来,一个接不上,看走了眼,就要当场认输。那时十成本领,就剩六七成了。等到遇上对头,性命相搏的时候,那又是一番心情了。生命呼吸,转眼就分人鬼,那时我们就把整个性命交到自己一双眼和一手一脚上。这一挂劲,十成本领连对半也剩不到!"

纪宏泽听了,翻着眼揣摩,半响道:"七叔,我们这试招,您不是掏出真本领,和我真打吗?"

七叔道:"自然是真打,可不是拼命啊。你想想,站在你面前的是我，我是你师父，这就差多了。换过话来，站在你面前的是你的死对头，他不杀你，你就杀他，那时又是什么心情？你是不是精神震动？你就是有胆，无奈大敌当前，也难免进攻退守，两面照顾不到了。我们武林中人，初次临敌的，全是这样，不单是你。平日学会的千招百式，一拿到阵上，不觉全都忘掉。那时，就只看见敌人的胸口，只一扎就报了仇；又只看仇人手中的刀，挨着我，我就要受伤。这另是一种滋味，你还没有尝过。我们是假装真拼命，不管怎样，也装不像。"

纪宏泽不觉点头道："七叔说得对，可是我该怎么样呢？想个什么法，真试一试？"纪蔚叔道："你母亲跟我商量好了，要尽着两年工夫，训练你实际应敌的胆智，然后叫我带着你，出去寻师访友，更求深造。你现在跟着我，可是孤学无友，只学会本领，没有真用过，总不行的，何况我教给你的这点玩意还差得太多呢。我看你近来很有点自负的意思，自负本是好事，人要信得自己，这才有胆量，敢杀敌。可是还得有真功夫，真经验。现在咱爷们先习练闯江湖的诀窍吧。总而言之，你应该自负，却不可自满；你应该虚心，却不可气馁。"

从此，纪宏泽随着七叔，又展开另一种学习方法。在从前，他们是关上院门，在家中暗练。现在他们师徒二人每到夜间，悄悄出去，到村外面乱走。此杀彼搜，此逃彼赶，或猝然相攻，或潜施暗器，练逃跑，练勘寻，练跟缀，练偷窃，练行刺，练偷听窗根。凡是江湖上追、逃、寻、斗，明攻暗算的功夫，苦苦地又学了一年半，纪宏泽已然十八岁。

纪宏泽居然有志气，预定学两年，他不到一年半，便学会了。凡夜行技击的本领，粗枝大叶，其学已备。他现在自信可以保镖，可以做贼，可以卖艺，可以从戎。但是，他自觉他的本领越学越多，越练越精。可是纪蔚叔从前总夸奖他，鼓励他；现在却总警诫他，说他差得还远。好比行路，倒越 走越远了。到他十八岁，体力发育已足，身子骨又高，已显出十分坚挺了，纪蔚叔反倒说他："还得另投名师，再练五六年。"纪宏泽恨不得现在就去寻仇。他母亲也说："还得另投名师，再练五六年。"固然纪蔚叔曾说:"对头此刻的本领更大了。"可是转念一想,对头此刻也许岁数更老了。纪宏泽以为此刻一味悬想对头可畏,究竟没有访实。他的意思,现在无须先访名师,正当先去捞一捞仇人的行踪。

他这主张,跟母亲、跟七叔说了几次,母亲与师父全不以为然。他们的意思是宁愿宏泽苦练技击,要超过仇人多少倍,再拿出去施展。不找仇人便罢,只一找,便探囊取物,把仇人的头颅割来。不但要有十成把握,恨不得要有十二成把握,方才出头寻仇。这办法当然把牢,纪宏泽却以为做得太过了,好比日暮途远,只苦苦往前奔跑,何妨且跑且问,打听打听前途的距离呢?照这样,岂不要跑过了地头,自己还不知道?

纪蔚叔和纪大嫂警告他:"你要知道你的身份,你上无伯叔,中无弟兄,孤零零只你一人。你是想跟仇人见一面,能胜利则胜利,不能胜利再去埋头苦练。你可知道这主意未免太悬,这岂不是打草惊蛇?我们埋头十几年,仇人只当我们孤儿寡母已经绝灭了。我们做得很对!孩子,你那试碰运气的打算太险,你打不过仇人你还想再练。仇人怎能容你?恐怕那时你连跑都跑不开了。你没有涉足江湖,你还不晓得仕途上的艰险。"纪大嫂说着又落了泪,她已经很久没有哭,虽然人见瘦弱,如今目睹儿子争气,已然拨开愁怀。遂又劝解儿子道:"你很有志气,可是娘只有你一个,我固然愿意你父仇早日得报,我却也舍不得叫你孤注一掷啊!"

痛切之言,说得纪宏泽默然,眼中也不觉含泪。纪蔚叔又道:"宏泽,我知道你心急,你说的话也有理,你是急想知道对头现在的情形。仇人现在的本领究竟怎么样,我们也该设法探探。不过这不是容易事,我们必须踏遍江湖,方能获得他们的底细。"遂目视纪大嫂道:"大嫂,你琢磨琢磨看,要不然,我就带着宏泽出去闯闯。我们本打算他二十一岁的时候,再带他出去。现在他本领已然将就用得,他体格很好,他现在的膂力已跟我差不多了,莫如我们就提前一步。大嫂,你说呢？"

纪大嫂叹道："既然你师徒都以为然，那么你们就收拾收拾，出去闯一下看。"低头又想了一会道："你们先试着出去，半年为期，你们早点回来，我实在不放心啊，孩子你还差得远呢。"又叫道："铃儿，你知道你现在的本领，连你父亲的一半还抵不上哩。你信吗？"

成年人老成持重的话，少年人常常不以为然。但一面闯练，一面访师，一面寻仇，实在是面面顾到的好主意，三个人到底决定这样办了。师徒择日出发，母子赶办行装，定规半年内登程。行前先布置小铺的买卖，已找了一个伙计照应。其实纪大嫂颇有积蓄，本不指仗小铺糊口，区区杂货店只用来掩饰行藏罢了。依着纪大嫂的心情，恨不得停了营业，亲自伴同儿子出头。她却自知种种不便，把这出门之事全托付七弟了。

这时刚刚在春暮，纪大嫂秘问纪蔚叔："对头的动静怎么样？孩子的本领到底拿得出手不？他一天也没有真用过，想什么法子，叫他实做一下看看？"纪蔚叔略有成算，对纪大嫂说："嫂嫂请放心，我暂且带他出去闯荡半年，看成绩如何，再定第二步。"为免得叫大嫂悬念，把实底也透露出来："照这样看，也总得再过五年，才有把握。大嫂沉住了气，我决不带他犯险。"

纪大嫂点头微喟，纪蔚叔遂命宏泽到小铺柜上，督促伙计，照应生意。然后纪蔚叔告诉宏泽："你先练练处世之道。我趁这工夫，先回家看看你七婶去。不到三个月，我准回来，那时我就陪着你出去闯练一下。你在这时候，夜间千万不要再出去了。万一闯出枝节来，你年纪轻，弄不圆全的。"又嘱咐纪大嫂，千万看住宏泽，夜间不要叫他独自出去。嘱罢，纪蔚叔首先收拾，独自出门。对外面说，又听见哥哥的消息了，要找找他看。对宏泽说，是先回家一趟。实际却只有一半对，他到故乡看了看，只耽搁半个月，立刻又出去了。到别处寻找旧友，有所刺探，又到各处转了一圈，耽搁数月，方才回来。把自己所访所闻，秘密告诉纪大嫂。纪大嫂面有疑难,跟着又露喜色。叔嫂两个好比下棋,已然布下棋子。

然后到了七月二十一日这天,这是他们在小辛集逃出虎口,最可纪念的一天。纪宏泽惊恐雨淋,生了一场大病,经纪大嫂提心吊胆地护视,不见起色,延医调治,也似无效。纪大嫂寸心欲碎,竟倒用了割股疗亲的愚昧疗法,自己潜割臂肉,挥泪默祷,给孤儿下在药内。居然,也不知是弃物有灵,是精诚感动,小纪的病由危渐渐好转。现在纪大嫂臂上,就有铜钱大小的创疤。她可算对这亡夫的孤儿、亡姐的遗孽,悬下苦心。七月二十一日,就是她割肉疗孤的纪念日。她择在这日,命孤儿成行。由打这天起,孤儿便算成童,将离开她的怀抱。她这番苦心,连纪蔚叔也不晓得。

当天也如钱送大宾一样,纪大嫂给他叔侄设小酬,又命孤儿对亡亲灵牌叩头,又将自己的臂伤袒露,叫宏泽看。纪宏泽"哎呀"一声,十分感动,抱住母臂不禁泪下。

纪大嫂点了点头,然后含泪说:"儿啊!你总记得我们逃出虎口,你被暴雨激淋,害了一场重病,差点死了。是我万般无奈,亲自割肉来治你的病。我不敢说我的苦心感动天地,反正我对得起你的父亲、母亲了。孩子,今天我们应该欢喜,因为你到今天算是成人了。可是我怎么喜欢得来?我不是给你添烦,我也不是表白我的苦心,我是叫你知道,你的命就是我的命!孩子,第一,你要保重自爱,为了你死去的亲父母、苦命的我,你在外面,要爱惜生命!凡是用不着的冒险,你千万不要逞胆量,路上你要听七叔的话。第二,你学成之后,那就盼望你拿出本领来,和仇人一拼。你要把仇人全杀了,才是我的心愿。万一你被仇人所害……"

纪大嫂想了半晌才说:"那就是你对不起我,那就是你贪功急遽,功夫没练好,硬要跟仇人撞大运,你可就做鬼也对不起我了。你若有好歹,我还怎能活?孩子,你要记住,做娘的我,不是叫你一味跟仇人拼命,我是要你好好地练精本事,越精越好,不妨多耗几年工夫。不出手便罢,一出头就把仇人的首级,探囊取物地弄来。总而言之,我不盼你冒险成功,只要你抱着十二成的把握去一举成功。"又道:"你该明白,你的身份太重,你是林家报仇的人,你又是林家接续香烟的人。我还盼望你复仇之后,成家立业,娶妻生子,好歹给你们林门留一后代啊!"说着,又泪随声下了。但她不愿在儿子初登世途的第一日,过形凄苦,于是勉咽悲声,转为强笑。把一杯清酒先献给纪蔚叔,再把一杯酒给儿子斟上,这好比誓师了。

纪宏泽肃然敬受,说:"娘,放心!娘的话我一定不能忘掉,我一定照你的意思做。"纪大嫂目视宏泽的昂藏身躯道:"我但愿你这样出去,还这样回来。"纪蔚叔忙道:"大嫂放心,天道有灵,必然要成全你母子这番苦心的。"纪大嫂道:"我谢谢七弟的吉言,但愿这样才好!"

纪大嫂的悲苦,也无怪其然,从今日以后,她的爱子即将渐渐离开她的怀抱,去做那储材寻仇拼命的大业,在前途恍见如狼似虎的两个巨贼巨仇,今遣一个没阅历的少年,去跟他相抗。就算照七叔的话,敌明己暗,量力伺机下手,也究竟是可虑的事,非同小可!

但纪宏泽并不如此设想。学技小成,渴望一试,就是敌强我弱,秦始皇又该如何?也怕搏浪沙的一击。这区区不过两个强盗罢了,只怕寻不着他,但能找到,便跑不了。他面前仿佛已展开图画,似有两个积寇,年已老,力已衰,如掉了牙的猛虎,自己却是火爆的少年,仗鞘中剑,囊中镖,要用仇人之剑刺入仇人心坎,要用亡父之剑割取仇人之头,精诚所至,何事不成?他胸中早燃起熊熊愤激之火,要将仇人烧成劫灰。他翻来覆去,只盘算如何寻仇,忘了中间还须访师寻友,他恨不得一出门,即碰到对头,一剑便成功,转身回家:"父仇得报,归慰寡母。"现在母亲怎么嘱,就怎么应,免她悬念罢了。他一双眸子只是乱转,仇人的年貌,他已问明,此刻仇人就好像正在邻村哼哼。

纪蔚叔在旁胸有成竹。他知道少年人的狂傲,他知道少年人看事太易，虑患不深。他已在外面布置好，虽说是偕孤侄寻师访艺，潜作寻仇，他却要第一步迈出去，先试试少年人的胆气、机智。以为在少年的前途上，必须有一番示戒，教给他慎重，比教给他勇猛还紧要。当下，见母子均有惜别之情，连忙打岔。纪大嫂所设的酒食，三人全吃不下去。祭奠林廷扬的灵牌之后，三人草草喝了几杯酒就算送别。

镖客都好喝大碗茶。饭后，纪蔚叔又喝了一顿茶，站起来说："咱们走吧，大嫂在家，多多保重！"纪大嫂道："你们爷俩在路上多多保重！"纪宏泽目视寓庐，不敢和母亲对面，于是趴在地上，给母亲磕了三个头，说道："娘，我们走了！"

纪大嫂已看出宏泽这孩子是个多情的人，忙把心中的悲感抑住，只一挥手，向门口一指，陡然厉声道："孩子，孩子，你今天不出门，你还是孩子。你一出这门口，就是大人了。你不要忘了我，不要忘了你父亲，你不要忘了洪泽湖，你要记住，你为什么叫纪宏泽！你要记住洪泽二字。"说罢，奋身先走出去。纪宏泽叔侄各提起小小行囊，跟出大门。

纪大嫂直送出村口，方才站住，又叫了一声："宏泽，你要记住了！"纪宏泽忙道："娘，我记得！"纪宏泽刚走上大路，纪大嫂竟调头不顾，径返家门。却将街门一闩，急急进屋，扯被往床上一倒，哀哀低泣起来。

她不愿把惜别之象，留给儿子。报仇之事，须有悲壮之情，她愿意她的儿子看见她的怒容，不愿稍露凄恋之意。可是这屋子顿然只剩下她一个人了，她孤影吊独，怎会不悲痛！

纪宏泽被母亲一再策励，奋然上道，恨不得立刻去访仇人。他们已约下暗号，把仇人二字唤作"债户"，他们把寻仇叫作"讨债"。叔侄二人仗策而行，当天走出一段路，投店打尖。纪宏泽便问纪蔚叔："债户到底在哪里了？您先领我看看去。"纪蔚叔道："你不必催，我自然领你去。在家中我怕你母亲挂虑，没肯对她实说。现在我领着你，是一面访艺，一面讨债，你就跟我走吧。欠债的就在河南。"

纪宏泽忙道:"在河南什么地方?"纪蔚叔道:"在河南开封,我早访好了。你跟我走,先奔邯郸,那里有你父亲一位老朋友,他知道得最详细。"说罢,叔侄继续赶路。

…

第十四章

赌拳技小试成败

晓行夜宿,渴饮饥餐,叔侄二人走出三四百里地了。纪蔚叔时时察看宏泽的神气,要先磨炼他耐劳,所以不坐车搭船。继而又训练他耐烦,又故意雇车代步,和车船店脚打交道,都命宏泽接洽。纪宏泽固然很机灵,出门的经验虽没有,倒是懂得人情世态。做出事来很大方,又不肯吃亏,也不太傲。只有一节,宏泽有一身武功,常想找人打架似的,纪蔚叔也明白他的意思,是要借端试一试对手。纪蔚叔不由暗叹:"这孩子也还罢了。"

在出门第四天,坐了一回船,为争小费,纪宏泽要打船夫。被纪蔚叔拦住了,告诉他车船店脚最是齐行欺生;你打不过他们,他们吃了亏,会号召成百的人来,和你捣乱。论拳头真打人,不如微露拳技,把他们镇住。纪宏泽竟不甚会用江湖市语,他的年貌气概也像童生秀才。船夫和他对吵,纪蔚叔过去,只说了几句话,便露出老江湖态,船夫就老实了。纪蔚叔告诉宏泽:"这一招你也该学。"

这时连走了七八天,已到八月初旬。在这七八天中,纪蔚叔引领纪宏泽,拜访了两家镖局,全都没吐露真姓名。不过教他看看镖行的情形,让他认一认镖行中人的气派。在邯郸县城,又领他到一家当铺,拜访当铺护院的一位武师。纪蔚叔跟人家说了几句武林行话,这护院武师居然披长衫出来，邀纪蔚叔到酒楼一叙。

纪宏泽打量这位武师，年约五十岁以内，肚大腰圆，扇背浑厚，两眼很亮，可是说话似乎带喘。这人生得面黑微麻，手团一对核桃，直挺胸腹，好像练的是外功。纪蔚叔给宏泽引见，说："这位是赵秉元赵老师。"又指着宏泽说："这个孩子是小弟的新收徒弟，他名叫纪宏泽，今年十八岁了。"赵秉元武师道："很好，你这弟子很精神，一定功夫够料。"两人在酒楼上饮酒畅谈，纪宏泽很想听听他亡父生前的轶事，纪蔚叔不曾提，这赵武师也没有说，竟一味说他自己的得意事。

留神听来，赵武师管纪蔚叔叫魏老弟，可见他们是旧友了。纪蔚叔向赵武师打听这个人，打听那个人，总是问话时多，自叙时少。这赵秉元武师是一个话篓子，乱说一阵，口气之间，十分自负。并说他收了六十多个徒弟，在本街上也有十几个。他是在当铺护院，同时还在一家煤铺，铺着把式场子。跟着说起上年有人来踢他的场子，被他的大弟子展开半趟罗汉拳，就给教训得鼻子破，牙花流血了。说罢哈哈大笑，几乎笑翻了酒杯。

酒过三壶，赵武师的话更多起来，越发夸说自己当年的勇力。纪宏泽在旁听着，很觉无趣，这样的人见他做什么？酒足饭饱，抢着会钞，赵武师便邀纪蔚叔到煤厂子玩玩。在柜上小坐，打发人把他徒弟全邀来，高高矮矮，十二三位。赵秉元指着说："你们见过这位魏师父，这是我的老朋友，是咱们北方有名的镖客，我把他邀来，练几套拳，叫你们见识见识。"

徒弟们哄然说："魏镖头多指教吧。"立刻往场子里让。纪蔚叔也不很拒绝，也不很踊跃，淡淡地说："我早搁下了，不怕诸位见笑，我是令师手下的败将。"随即解衣下场。这场子就在煤铺后院，一块空地上，也晒煤，也练武。墙隅摆着兵器架，放着春秋刀、石锁、石墩、箭垛子，还有沙土袋等物，应有尽有。

纪蔚叔抱拳说了声："诸位师兄们，我在下早把功夫搁下了，我现在只算是个买卖人,贵老师既叫我献丑,我是恭敬不如从命。诸位师兄们多多指教,练错了,您别见笑!"

纪蔚叔讲完外场话,就拉开架子,练了一套八仙拳,一招一式交代得很清楚。由纪宏泽看来,七叔这不过是点到为止,比划了一个大致不差罢了,并没有掏出真的来,可说是有势没劲。那伙徒弟打圈聚观,哄然叫好,赵秉元武师更是赞不绝口。纪宏泽潜观群弟子的举止,似乎在窃窃私议。

纪蔚叔练毕收式,刚要穿长衣服,便见群徒中一个黑矮子走过来,对赵武师低声说:"同门师兄弟要请魏镖头当场指点,不知可不可以给弟子们领领招。"这徒弟说的话倒很客气,称呼纪蔚叔为魏镖头,可知七叔拿出真姓名来了。但只引见纪宏泽,仍说是徒弟姓纪。这黑矮徒弟只有二十几岁,正在壮年,体格精悍。先跟同门嘀咕了一阵,跟着站在师父和纪蔚叔二人面前,不时用眼角扫着纪宏泽,挺胸腆肚,颇有挑逗意思。

纪蔚叔向赵秉元谦让不遑,叫着赵武师笑说:"老哥,你们贵师徒就把我扣在这里,我也不敢伸手。你这几位高足都够可以。强将手下无弱兵,我的玩意瞒不过老哥,我可不能自找丢脸。"赵秉元笑着说:"贤弟,你别说反话挖苦我们爷们了。我说佑明,你们也偌大个子了,你们真敢向魏镖头跟前讨脸。魏镖头岂肯跟你们对招,算了吧。若不然,你们小哥几个凑凑吧?"一转脸,对着纪宏泽说道:"老弟,你下场子玩玩吗?你们年轻人跟年轻人过过招,彼此都有益处,要不怎么叫如切如磋如琢如磨呢?你们来磨试磨试吧。"

纪宏泽跃跃欲试的神色,纪蔚叔、赵秉元全都看出来了。纪蔚叔仍说着谦辞话:"小徒年纪轻,学艺没成。他刚刚入门两年不到,他哪里成呢?诸位师兄都比他大,又是名师教的,老哥别叫我们师徒栽在这里,出不去门啊。"口里这样说,却凑近一步,对那黑矮徒弟说:"我说这位师兄你贵姓啊?贵排行第几?练了几年了?你们老师父传给你的是哪一种拳学,哪一种家伙呢？"

黑矮徒弟道:"弟子姓高,我什么拳也没练好,我也是初学。"赵秉元代答道:"他是我的第五个小徒,他是本县人,名叫高佑明,今年二十四岁了,跟我学了五六年。我又不会教,他又没有长功夫,怎什么也没练好,倒是会打一趟猴拳,六合刀也会砍两下子,就是下盘太慌,眼神也不足。"这高佑明也算是煤厂的少东,乃是东家的侄儿。

赵秉元接着说:"我说,魏贤弟,左右你今天也走不了,你爷俩就在咱们这里多盘桓两天,叫他们小哥们全把所学的师门本领拿出来,彼此对一对,贤弟你不是说带着徒弟访艺寻友吗？你真格瞧不起愚兄,站起来一走不成？来吧,叫他们练练吧。反正谁摔倒了,谁自己爬起来,自己弟兄没有说的。"赵秉元拍着纪宏泽的肩膀,催他脱长衫,又向群徒点手,含笑道:"你们别净盼人家师徒赐教。你们也该抛砖引玉,把咱们那点臭的烂的,都摆弄摆弄,好叫魏老师给你们改正改正。练武这玩意,跟做文章不同。这不是关上书房门,自己一个人鼓捣的事。魏贤弟,还有这位纪师兄,难得今天光临,咱们应该别客气,说来就来。"

纪蔚叔笑说道:"好,好,老哥吩咐,小弟从命。不过小徒是后进小孩子,岁数太小,师兄们多多容让他。你们真把他打哭了,我可不答应你们老师。"说得众人嘻嘻一笑,全说:"您太客气了！"

两位老师遂命门徒,先下场子,各走一趟拳,各试一套兵刃,借此教他们认识认识别派的手法,随后才叫他们开手较量。

纪宏泽与生人乍试身手,满心争强好胜。当下心眼一转,想到人家年长人多,自己只一个人,须得留着气力到后头使。走拳试剑时,他只把十分本领,用出六七分。也和刚才纪蔚叔一样,只稀稀松松,走了一趟排掌,刺了一套三才剑。赵氏门徒看了,并没把他一个十八岁小孩看在心上,他们只想把小的打败,再要求和这位魏镖头动动手。因为这很合算,胜了就很露脸,败了也不丢人。十几个弟子纷纷下场,有

的耍春秋刀,有的走拳脚。一个高身量的少年,气势虎虎,把春秋刀耍起来,插花盖顶,金钩钓鱼,挺刀献刀,舞动起来,居然气不喘,面不改色。这人乃是赵门三弟子。四弟子和六弟子两人对练了一套单刀破花枪,七弟子和八弟子打了一套拳,又发了三镖。纪蔚叔看着,一迭声喝彩。那五弟子高佑明,独自打了一趟崩拳,虽然手疾势快,形似猿猴,只是下盘果然像赵武师所言有点不稳。

赵门弟子先后练罢,纪宏泽夹在中间,也匆匆练完;两方面的老师都盛加赞许,随后便该对手过招。高佑明显见年长力强,赵秉元武师特把他叫到一边,嘱咐了几句话,好像有所关照。纪蔚叔也把纪宏泽叫到一边,告诉他要量敌,要小心,要记住从前指示他的那些话,还要"做事须留余地",不要叫人太过不去。纪宏泽诺诺答应:"七叔放心,我全晓得。"

纪宏泽蹬了蹬靴子,又重勒了勒腰带,凝神静气,潜相对手。高佑明凑了过来,两人互相谦让,纪宏泽心上明白,嘴上说不出,只说了一句"多指教",高佑明叫一声"别客气",刷地一探,进步发招,照纪宏泽冲来。疾如速风,一拳打到,这才紧跟着又说出一声"请!"

纪宏泽一侧身,不觉得退下半步,急急地应式还招。纪蔚叔和赵秉元都在旁观阵,就在这一交手之际,高佑明已连发三招,好似下马威,急三枪,吓唬小孩一样。纪宏泽似乎应接不暇,一连六七招,只守不能攻,只退不能进。赵氏门群徒都凑过来看。纪宏泽似已觉出众目睽睽,都盯着他,他的心情果然浮动。

纪蔚叔又替他担心,又愿他碰个钉子。按高佑明的拳路,此刻分明用的是外家拳,拳风纯以劲胜,步步抢取先招。纪宏泽应该用内家拳来抵挡,或用劈挂掌来拆卸,才能得势。一连走了十九招,纪宏泽一味用他的八仙拳,有点硬碰硬,分明碰不过。纪蔚叔并不提醒他,任由他自己应付。突然间,见高佑明抢进一招,刷地打一掌。大概纪宏泽吃了亏,只听他哼了一声,霍然又退。旁观群弟子登时起了欲抑反扬的一片哝哝声。

高佑明越发得势,攻势愈猛。纪宏泽耳根通红,百忙中眼光往外一扫,立即迎上去。拳风一变,刷刷刷,避实蹈虚,冒险争胜,往上紧钉起来,依然硬碰硬。这两个人心境不同,潜胜者轻敌,挥霍越力,有恃无恐;暗败者志存雪耻,应招变化自然加急。又反复了六七招,高佑明往前一欺,往旁一闪,纪宏泽合身正扑进去。纪宏泽的右臂竟被敌人拿住,高佑明侧身用力一带,不禁失口喝了一声:"倒!"砰的一声大响,出乎意外,纪宏泽往敌人右侧抢去,跟跟跄跄栽出三四步,到底旋身泄力,凝步拿桩,要倒未倒,终于站住了。高佑明猛然一个趔趄,竟仰面斜栽,整个身子摔得仰八叉,摔在地上。

胜败陡分,赵秉元武师大叫了一声:"好一个大脱袍,难得难得!"

纪宏泽喘吁吁立住,高佑明红头涨脸爬起。纪宏泽这才想起江湖上的交代,过去要扶,连说:"承让,承让!"高佑明脸上含愧,要找场面,说道:"我大意了,纪师兄真可以,你能赏脸再跟我比兵刃吗?"赵、魏二位师父连忙拦阻,赵门弟子群请继续比武;都以为高佑明恃胜大意,输得冤枉。赵秉元也说:"魏贤弟,令徒怎么样?还能够跟他们斗一阵吗?反正都不是外人。"纪蔚叔转问纪宏泽:"怎么样,这比喂招差多了吧?这还不是真上阵,你就手忙脚乱了。这几位师兄还要跟你过过兵器,你的力气用不匀,现在还行不行?"

纪宏泽自觉力气还有余。这时赵门弟子公推出一个二十一二岁的少年,体格高矮和纪宏泽差不多。由兵器架上取了两把刀,直抵宏泽面前,问道:"师兄用什么兵器?"两位师长忙道:"你们要真拼命吗?"另挑了两根短棒,作为刀剑,分递给二人。纪蔚叔乘便低告宏泽:"用劲不要太猛,要留后手,留余力。"

两个少年各提短棒,下了场子,先彼此客气着,问了问对手使什么招,随说一声:"请!"便过起招来。纪宏泽把短棒做宝剑用,那少年名叫谢良弼,把短棒当短刀用,两人对砍了起来。实际的战斗,并不似把式场面的演样,把式场每每一来一往,对斗数十招。真的斗兵器,只一接触,也就是十几个照面,便分胜败。

那少年谢良弼竟用先发制人之计,容纪宏泽一棒劈来,侧身一让,猛然提棒照左肩一刺,一转,又往下一扫,招招迅疾。纪宏泽只发出一招,竟挨了三下,登时慌乱起来。急调棒还招,奋力斗了十来手,啪的一声,被敌人砍中一棒,正斜削在大腿上,其疼无比。少年人不服气,负疼也打了谢良弼一下。两个人还要动手,纪蔚叔、赵秉元急忙喝住,笑说道:"你们这一下子,若是动真的,一条腿砍断了,一个胳臂砍掉了,你们还要打吗?"

纪蔚叔称赞谢良弼刀法纯熟。赵秉元说:"还是纪师兄,他是刚比完拳,累了。"嘴里这样说,赵秉元心中毕竟高兴,赵门群弟子也似吁了一口气。

纪蔚叔面对宏泽,隐含笑意。纪宏泽脸色通红,还要比一比。本讲的是试三场,还差一场。赵门弟子又走出一人,名叫高佑光,乃是高佑明的族弟,大声说:"我跟这位纪师兄过过招。"

两人都想用兵器,两位师长说:"你们试试暗器怎么样?"纪宏泽忙说:"很好,弟子的暗器比兵刃更坏,很愿意同师兄切磋切磋。"心中暗暗欢喜,他学了三四种暗器,很可以借赵氏门徒的肉身,做箭垛子了。不想这把式场设备得很周到,试暗器也有代用之具,有秃头镖、木镞箭、裹蜡的弹弓等物。赵氏弟子一听说要试暗器,把箭靶子抬了出来。

赵秉元道:"那么试,没有用处,你们还是一面过兵刃,一面用暗器。"

高佑光用镖和铁莲子,纪宏泽用甩手箭和钱镖、袖箭。甩手箭没有替代,却幸纪蔚叔早做下牛皮箭镞的皮套,带套打人,不致负伤。两人各提木棒下了场子,侧身旁睨,挥棒动手。只换了八九招,这个往外一跳,那个也往外一跳。高佑光棒交左手,回手发镖。纪宏泽暗把一枚厚钱扣在掌心,容得对手镖到,挥棒一打,就势将木棒交到左手,左掌心的钱镖交到右手,倏地一扬手,照高佑光上盘打去。高佑光一伏身,又一窜,直窜过来,抬手一棒打到。纪宏泽略一招架,转身便走,翻身又打出一甩手箭。跟着高佑光也发出一镖,两人全都闪开了。可是人已迫近,立刻又旋身动手。

纪宏泽连发三招,高佑光还了两招,立刻往圈外一闪,刷刷刷,发出三个铁莲子。纪宏泽也冒险进扑,提棒往下劈;打算以进攻为虚,以发暗器为实。他袖内早装着一筒袖箭,借这一窜一扑,陡然扬腕打出一袖箭。高佑光突地一斜身,挥棒往外一削,又发出一只镖。两人相隔又近,各一顿足,交错跳开。纪宏泽借势一咬牙,刷地抬手,一只钱镖脱手打出去,未容高佑光闪让,又捏出一只袖箭。钱镖瞄准,直打上盘;甩手箭估量着对手必往右侧闪窜,就故意错开半尺的准头,平发出去,只要敌人一躲,恰好碰上。

满心这一招定能取胜,哪知敌人不旁闪,陡然反欺,伏着腰直窜到自己这边来,刷地一棒,照下盘猛扫。纪宏泽这时手中又提出一支甩手箭,右手既要发暗器,兵刃自然要交在左手了。敌人猛袭,已到侧首,闪躲不及,必须招架,一时慌张,竟用左手棒往下一挡,右手甩手箭刷地也打出来。啪的一下,"哎哟"一声,纪宏泽的反把左手棒被人打飞;顺手挨了一棒,恰又打在左股上。高佑光进攻太猛,一棒虽然取胜,脸上也挨了一甩手箭,正打在眼眶下,立刻酸泪交流,掩面往旁一跳。纪宏泽两次挨棒,全在左股,也咧嘴往旁一跃。全场大笑,两位师长也发笑道:"你们全都是手慌。"

比武已毕,总算不分胜负。唯有纪宏泽心中有点沮丧。叔侄旋即辞别赵氏师徒,回转店房,歇了一天,收拾行装上道。到了没人时,纪蔚叔这才对纪宏泽讲道:"怎么样,我告诉你的话不假吧?学艺是学艺,上阵是上阵,比武是比武。你要想报仇,还得多多实习。赵门这几个弟子还不是什么了不得的人物,你不能把他们打败,你还想找那一龙一蛇江湖上的老贼巨寇,硬碰去吗?"

其实这话不用纪蔚叔说,只这一试,纪宏泽已经爽然觉悟。纪蔚叔道:"现在你也不必灰心。咱们出门,就是先访艺,不是先访仇。贤侄,你跟我闯闯吧。十成本领,还靠十成经验,你只多多跟人过招,多识多见,熟能生巧,自然神定心闲。神定心闲自然攻守自如。这小小一试,你就灰心,未免太脆了。"

纪宏泽却不知他已上了纪蔚叔一个当。纪蔚叔是故意叫他学乖碰钉子来的。在访赵之始,纪蔚叔已将宏泽所学所擅,一一告诉了赵氏师徒,并且再三拜托,务必警诫他一下。人家已经摸透纪宏泽的技艺,纪宏泽却不知道人家会什么,故此比起来自然吃亏。而且赵氏弟子下场的,也全是硬手。实际上饶这样,纪宏泽还能不大败,这在他十八岁的少年人,也算难得了。纪蔚叔苦心成全这个孤侄,可说是想尽了方法,然而这不过是一端,以后还有别的方法。

叔、侄二人重上征途,遇上江湖事,纪蔚叔就讲道;遇上江湖人就叫宏泽比量。纪宏泽想这样瞎闯,何日是了局?纪蔚叔却有深心,每遇宏泽心厌要改计,便给他掀出一点事故来,刺激他。这天打店,纪宏泽叹了一口气。纪蔚叔忙道:"宏泽,这近处有一位能人,我领你去拜访拜访。"

说话的地方,是在山径小店,十分荒僻。纪蔚叔竟不用代步,也不用爬山虎,引着纪宏泽步行翻山越岭,走的全不是正道。只走了半天,纪宏泽脚下的鞋已爬掉了底。纪蔚叔先有预备,从行囊中,取出两双扳尖洒鞋,命宏泽和自己都换上,又往前走。一片荒山,当秋荒落,山径窄隘,崎岖起伏,纪宏泽初尝此苦,走出不多远,不由说道:"这道怎么这样难走?"张眼四顾,不但道险难行,天上只有片片浮云,地上尽是丛莽枯草,走了这半晌,连个行人都少见。纪宏泽自然不晓得,这地方正是冀南、豫北、晋西三交界的群山,并不是行人通行的大道,纪蔚叔故意叫宏泽尝尝爬山越岭的滋味。

一口气走出三十多里,山路回转,渐往下盘,群谷中露出一段溢地,由山坎往下望,林木掩映,似有山村市镇。纪宏泽走出一身大汗,方才下了山岭,奔向山村口外。在山上看,山村只在脚下,却又走了二十多里,方才到达。纪蔚叔回顾宏泽笑道:"望山跑死马。你看不远了,越走越远。我们进村歇歇吧。"纪宏泽问道:"这是什么地方?""刚才我们盘的那道岭,就是冀豫界岭,我们已然来到山西边了。"

宏泽问道:"我们上山西做什么?债户不是在河南吗?"

纪蔚叔答道:"倒不是债户,是你父生前的一位老伙计,名叫张士锐,我要引你见见他,将来也有个照应。还有你的三师叔,我们何正平何三哥,当年和你父在洪泽湖一道遇仇,拒敌苦战,当场伤了一条腿,已然成了残废。你如今出世也该见见他,好叫他放心。你要知道,自从你父一死,我们狮林第三支几乎星散。我们四师兄虞伯奇也是当场水斗殁命的,和你父死在一天。他也有个男孩子,要替父报仇,如今也有你这么大了。还有我们二师兄解廷梁,搜寻仇人,要替你父报仇,在十几年前,突然失踪,恐怕早遭仇人暗算,已然倾生了。我们三师兄何跛子,自恨残废,灰心丧气,退出江湖,已然多年。我们今日能够幸免仇人毒手,你又长大成人,我们本门一线之望,又可以重张旗鼓了。不但是报仇,还要光大门户哩。宏泽,你要励志,我引着你去挨个拜访他们。他们见了,一定欢喜。你将来在江湖独闯时,有这些老前辈照应,多少可得便宜。"

说话时,两人进了村口。这小村只寥寥十几户人家,在村后才有一条通行大路,有车辙马迹,也有了行人。纪宏泽拭汗道:"刚才我们竟是横越山岭吧?"

纪蔚叔微微一笑,也不置辩,只引领宏泽进村,住店打尖。这山村过小,竟没有店。只在村后道旁,有一小茶馆,带卖熟食,有一口井,行路车马可以在此上料饮水。小茶馆搭着木架草棚,架上堆着生柴鲜枝,可以上遮阳光,人在下面可以纳凉。只摆着三张长木桌,也无旅客,只有一个背筐的行贩,在棚下歇脚,还有两三闲人,在茶棚底下棋。

纪蔚叔投过去,要了两碗山茶,味道苦涩,水味的苦比茶味还浓。茶馆只有一个老翁,一个半大孩子,照应买卖,都眍着一对迷离瞌睡的眼,强打精神,给客人泡茶。看那食物,有烧饼、煮蛋、煎饼、豆干,也好像搁了好几天没人买,倒有鲜果可食。纪蔚叔两人爬山用力,全都饥渴,好歹买了些,吃用起来。

茶馆老头打量着纪蔚叔师徒,说道:"客人,你二人这是从哪里来?往哪里去?"

纪蔚叔信口支吾道:"我们是往前边去,前边是什么地方?"老头子听了这话,脸上显出惊讶的神色道:"前边是姚山村。怎么,二位可是应聘去的吗?"纪蔚叔道:"应聘?我是过路的,应什么聘?"那老头又打量了一眼,方才说道:"二位原来是过路的,那就是了。"

这时,那两个背山货筐的行贩,喝完了茶,自拿出干粮来,叫老头子卖给他咸蛋、豆干。老头子回头看那半大孩子,又倚着棚柱睡着了,便骂了一句,起身自去拿蛋。两个行贩也顺眼角,端详纪氏师徒,两人全是急装紧裤,身形矫健,带着小小长条形的行囊,拖着爬山助力的短棒,那行囊分明看得出来,内有防身兵刃。两个行贩也似面露疑讶,等着老头子端过咸蛋来,两个小贩且吃且问:"近处还有别的捷径,可以绕过去不?"

老头子摇头道:"没有没有,你趁早吃完了,走回去。别说二位是空身人,昨天有三辆大车,走到这里,都照样退回去了。你不要找不心静,还是老老实实退回去,走那蔡各庄,不也一样吗?"

二行贩道:"好老爷子,那么一绕,就得多走一天半的路。"老头子咧嘴道:"那有什么法子!你要是不怕死,敢豁得出去,你们就往前闯。他们那边可是真刀真枪,玩出好几条人命,你二位豁得出去吗?"

老头子把两只迷离睡眼全睁开了,脸冲行贩说话,眼睛溜着纪蔚叔师徒。纪宏泽也听出话风来了,就要插口动问。纪蔚叔悄悄拦住他,叫他少问多听。哪知道老头子连那两个行贩,都觉得纪氏师徒眼生得很,说话全留着余地。老头子只劝行贩绕道而行,千万勿往前闯,却始终没有说出前途如何险阻。两个行贩深以绕道为苦,更不问前途因何过不去。

两个行贩嘟嘟囔囔,连喊倒霉,彼此商量,终于打定了绕道而行的主意。却又转问那下棋的人道:"我说二哥,你是住在邻村的,他们这个村子到底闹了多少天?还没有完吗?官面也不问吗?"

下棋的抬头说道:"有好些天了。哼,快半个月了。他们这事起根发苗,可远了去啦,足有十六七年的茬口。山角落里,官面会知道啊?官面就知道催租。"

茶馆老头子点点头道:"足有十八年了。地方看见了,还装看不见呢。"

纪宏泽还没有听懂,纪蔚叔遥望前村,林岗掩遮,虽然一无所睹,可是听话听音,已猜出前途的阻难,十之六七是出了械斗,到此忍不住闲闲插言道:"我说老爷子,前边是不好走吗?"老头子半响才应了一声道:"你老说什么?前途的道倒不难走,就是生人过路,不大容易。"纪宏泽道:"为什么呢?"

这老头子想必误疑纪蔚叔是与前途有关系的人,依然迟疑不肯直言。纪蔚叔忙解释:"我们正要往姚山村去,如果不好走,我们就绕一绕。"老头子道:"你老想绕,就跟着这两位绕一绕吧,前边真是不好过。"纪蔚叔道:"可是前边有人械斗吗?"

纪蔚叔一口说破,这老头离离即即的,往四面看了看,方才答道:"你老料到了。可是说不得。他们这事跟寻常械斗不一样,也算械斗,也算闹贼。叫他们听见,一犯疑心,把人捉去,轻者一顿苦打,重者就活埋了,可不是闹着玩的。"

纪蔚叔忙问:"怎么又算械斗,又不算械斗呢?为什么又算是闹贼呢？"那老头子摇头不答,劝纪蔚叔少打听为妙。

少时,两个行贩算还茶钱,背起山筐绕道走了。老头子冲纪氏叔侄一努嘴道:"你们想走,快跟他们走;绕远道,要是地理不熟,可留神走迷糊了。"

纪蔚叔似乎另有打算,并不想借仗行贩做向导,口头答对道:"我们认的道,不用人领路,我们还想歇歇再走。"遂低声对纪宏泽说:"你听明白了没有？"

纪宏泽道:"我听明白了,前边是有人拦路,不让行人通过吗？"纪蔚叔道:"正是,一定有人械斗。宏泽,你愿意借此机会,试试本领吗？"

纪宏泽一听登时跃然道:"好极了。你老叫我帮拳吗？"

纪蔚叔摇头道:"那可不好,一来寡不敌众,二来又不知谁是谁非,三来咱们就去自告奋勇,人家也不相信。我的意思,要看看你偷渡关卡的本领。他们前边既然正在械斗,村前村后,要路斜径,一定布着很严密的卡子,有人值岗巡风。你可有本领偷渡过去吗？"

纪宏泽大喜,连声说好:"还是七叔,处处心路快。您想成全我,真是无微不至。那么咱爷俩就走吗？"纪蔚叔道:"走!"师徒二人丢下钱,出了茶馆,径奔前途。那茶馆老头子年老热肠,连声喊叫:"客人,客人,你可小心了。那边走使不得,可真不是闹着玩的!"

纪蔚叔含笑答道:"我们跟姚山村的庄头认识,不要紧的,你老放心吧。"口头这样说,却不直趋前村,反而斜奔这旁山冈,引领纪宏泽,未从涉险,先登高一望。

第十五章

窥械斗山村蹈险

这地方正当河南西北部,与冀南两交界,太行山盘旋在西北,林岗交错,夹着山谷盆地。姚山村就在土岗南边。和姚山村对垒的,是铁牛堡。两处山村为争水道,久已结仇。近因姚山村运输货物,重新引起一场纠葛。

纪蔚叔和纪宏泽,登土岗遥望多半晌,因这土岗太矮,竟看不出什么来。远远只看见随山起伏,有一座山村,被丛林掩遮,露出红墙黄旗,好像有庙建在山腰。有庙的村庄,一定不小,相隔太远,也看不出人踪。盘山而下,有两股交叉的土路,路上不见行人,田间已然收割,也看不见农夫。这便与寻常的村庄不同了,无论多么偏僻的山村,也不会路断行人。

纪蔚叔观望良久,忽然一阵风过处,西南方浮起了呼噪声,似在林丛后面,暗暗点头道:"是了,这必是集众的声音。"再倾耳细听,过了一会,果然又有锣声。

纪宏泽立在纪蔚叔身旁,也聚精会神地看,看着又听。半晌,见纪蔚叔面露疑讶,便发话道:"七叔,这里看不清楚,咱们索性越过这道土岗,前边不是有旗杆吗?那里一定有人烟,咱们到那里打听打听,岂不更明白了?"

纪蔚叔哂然说道："你怎么知道前面那片人家，不正是械斗的村子呢？"纪宏泽道："那当然知道，你老请看，他们村口一个人也没有，一定不是械斗人。若是械斗的人，一定聚着不少壮丁。"

纪蔚叔听罢，失笑道："你猜得不对。我正因为这个村子一个人影没有，才不肯冒险前去。正因为他们村口一个人没有，我才断定他这村子就是械斗的人家。你想，若是寻常老百姓，一听见邻村械斗，他们老的少的一定出来许多人看热闹。现在他们这村口竟如此寂静，足见他们已然倾巢出动了。你看表面没有人，但是在暗处一定有埋伏。咱们只一过去，他们一定会鸣锣聚众，把咱们包围了。我告诉你，凡推测事情，你要往两面想，千万别只猜一面……"

叔侄二人正在乱讲究，饶纪蔚叔这样拟议，纪宏泽还是半信半疑。忽然间，山根大路开来了三辆驮轿和五六匹马，一直趋向前村。纪蔚叔哼了一声道："不好，这就要出事！"纪宏泽道："怎见得呢？"纪蔚叔答道："一边械斗不让过，一边恃众硬要过，还有不滋事的吗？"可是这驮轿相隔很远，要想招呼他，也够不着。宏泽忙说："七叔，怎么办？倘若照你老所料，这几辆驮轿，一定惹出是非来。我们赶过去，把他们拦住，怎么样？"

纪蔚叔在土岗上，仔细端详道："这也不行，你我两个人全是空身，又是这样打扮，你一拦他，他们还疑心咱们是劫路贼人踩盘子的呢。你再看，这驮轿分明是由官兵护送，也许不要紧，闯得过去。"纪宏泽笑道："他们要能硬闯过去，咱们何不跟过去？"纪蔚叔也笑了，说道："你的心路倒不慢。"两人立刻下了土岗，奔向驮轿后面凑去。

还没容二人奔到，驮轿已闯到山村脚下，忽然听见村中发出一阵锣声，从山村对面窜出十几个壮汉。同时村内也扑出十几个人，各持兵刃，把大路截断，三辆驮轿陷入重围。纪蔚叔二人已落平地，看不见怎样动手，也不知做何交代。在喧腾声中，支持了一会，那一群壮丁竟将三辆驮轿、六匹骑马的官役，全给裹进山村去了。

纪蔚叔、纪宏泽一齐止步,避到路旁矮林中,听了半晌,听不出声息。又登高眺望,只望见村口留下三四个壮丁,持刀扛枪,在那里比手划脚,想必正在讲究。更望村对面,埋伏的人又埋伏好了。依着纪宏泽就要绕道进村一探。据他估料,这三辆驮轿绝不是好好进去,一定是被押,因此他很想进村,探一个水落石出。

纪蔚叔竟不言语,引着宏泽,过一道土岗,寻一密林,找一块平地,拂土一躺,也催纪宏泽躺下。纪宏泽道:"这干什么?"纪蔚叔道:"这叫养精蓄锐,快躺下歇歇。"纪宏泽明白了,依言枕行囊,也那么倒下。

转瞬耗到夕阳垂落,天空群鸦归巢,山风也更见凄厉。纪蔚叔突然坐起,出林看了看天色,对纪宏泽说:"时候差不多了,我们可以先出去探探道。"

两人刚刚拂土站起来,忽听见林边有脚步声,两人连忙躲到树后。少时人声走近,也是两个壮汉,身上都暗带兵刃东张西望,似在窥探什么。察看外表,布衣粗服,穿短打,系扎包,又似乡团村汉,又像江湖人物。看神气,鬼鬼祟祟,躲躲闪闪,似要趋奔山村,又不敢一径过去,很有疑畏的意思。纪蔚叔猜想他们或是械斗对方派出来的探子,哪知没有猜对,这两人竟是派出来给对头送信的。两人拿着一个小包袱,内中包的便是一封信。

纪宏泽向师叔做一手势,悄悄地缀在二人背后,要听听他们的议论。这两人一高一矮,竟一声也不言语,快出林路,方才嘀嘀咕咕低声说话。

那矮身量的人说:"他们在这里也设下卡子,咱们只要遇见他们的人,就把信交给他,我们就回去交差领赏。"高身量那人说:"不行,头儿还要回信呢。你既然胆小,就不该来,怎么当着人自告奋勇,贪图领赏,出来了又害怕?"矮汉子说道:"谁害怕来?我是盼望遇见他们的人,省得拿咱们当奸细。"

两人说着话,又往前蹭。越迫近村根,越加疑畏,不敢举步。果然绕过斜径,突从埋伏处窜出数人,把两个送信的人围住。送信人打开包袱,高举双手大声地说明来意。设卡子的人置若罔闻,夺过信来,把二人蒙上眼睛,押进村中。这小小的山村居然布置很严,白天绝不能混进去。

纪蔚叔和纪宏泽见状停步,想等候送信人出来,设法贿问械斗的情形。哪知送信人因为胆怯,路上耗时过久,来到山村太晚,村中竟没有当场释放。村中人大概是看完了信,写好回信,竟将二人扣留,预备明午再放。

纪氏师徒不知究竟,伏在路口旁窥伺,眼看已到黄昏时候,还不见送信人出来。纪蔚叔拿出干粮,和纪宏泽吃了,又寻山涧,饱饮清流。一霎时深山入暮,星黑无光。纪蔚叔对宏泽说:"来吧,咱们两人闯闯看,我也看看你的夜行功夫。可有一样,我们只可夺路,不要生事。村民械斗是不管王法的,凶气一撞,真敢活埋过路行人,刚才那几辆驮轿,此刻,还不知怎样了呢。我们人单势孤,去寻找我们的路,千万不要妄想多事。你别看是山村,内中也许有能人。"

纪宏泽诺诺答应了,师徒二人让开正面,从侧面南山根往上爬。这是一道横岭,山村恰当夹谷,两人在昏夜中往上爬山,只隐隐见山坎的一星星灯火。村民多是早起早睡,这山村反倒透露火光。纪蔚叔心知他们这灯火必是守望的号令。偕同纪宏泽,爬了半个更次,居然登上山坎。时值山风振振,草木萧萧鸣动,两人展开夜行术,居然躲开卡子的监视,绕到山村的西面。

纪宏泽身到山坎平地,不由呼了一口气道:"只看下面,他们好像戒备得很严,想不到顾下不顾上,顾外不顾里。师叔,咱们索性穿村而过吧。"

纪蔚叔忙拉他的手道:"低声,你别大意!"先引他到暗隅蹲下,说是缓一口气,实是贴着地皮,往村中窥影听声。居然被纪蔚叔看出前

面土坡后,还有一道卡子,黑影晃来晃去,似有两个人。又往南面看,一片漆黑,看不出虚实,好像这片浓影并非山坡,颇似民房。在这浓影后,就有一支灯竿,立得很高,西北面却是广场,恍惚也有人影。

纪蔚叔看清四面,命纪宏泽随己蛇行上前,躲着卡子,冲南溜过去。直爬出数箭地,且爬且看,好像山腰没有人似的。纪宏泽放了心,因蛇行太累,禁不住一直腰。纪蔚叔忙喝命:"趴下!"

果然这一站,引出麻烦来。突从旁边抛来一块碎砖石,跟着现出两三个人影来。沉默的空气中,听见遥遥喝道:"谁呀?"立刻履声踏踏,奔这边寻来。纪蔚叔急一拖宏泽,四无避处,只有坎坷的土坡,忙趴伏在土坑上。纪宏泽也卧在附近土坡上。

那投砖的人往这边走了十几步,又喝问了几声,无人回答。凝目看了半响,天色太黑,二人屏息蜷伏不动。投砖的人又立了一会儿,看没有动静,一个人就说道:"你一定看岔眼了。"一个人说:"不是,我真是看见一个人影一晃似的,哪里去了呢?"投砖的人正是巡逻的乡丁,其中一个仍不放心,叫着同伴,寻了过来。寻岔了路线,岔到别处去了。却将纪宏泽吓了一跳,纪蔚叔嘘唇了几声,禁他勿动。直耗过好久工夫,纪蔚叔这才展开蛇行的方法,很迅速地往南爬去。纪宏泽不敢再冒失,也只得跟着往南爬。

南边有浓影处,居然设有卡子。纪宏泽纳闷刚才纪蔚叔东张西望,暗有选择,西边四面漆黑的山腰中,正不知七叔会怎样辨出虚实来。扑到浓影这边,竟是一片民房,家家关门闭户。纪宏泽尚在迟疑,纪蔚叔竟直起腰来,引领宏泽,钻入民房小巷。吁了一口气,四面一望,急贴墙疾走,到一民家,手向墙头一指,又往旁边一指,纪蔚叔自己竟伏身一蹲。留出一面,催纪宏泽也蹲上去。

在墙头半俯身,往下看了一眼,抬头看那有火光处,就在隔巷,果然是长竿挑灯,估摸是村中庙宇的旗杆。纪蔚叔轻轻从人家房顶上,藏在房脊,一直奔有灯竿处爬去。仍不敢直腰,恐让地上巡逻的人瞥见。纪宏泽至此也加了一份小心,学着纪蔚叔的举动,弯腰在人家房上走,脚步很轻。每从这所房改跳邻舍房,纪蔚叔必先侧耳听一会,方才拥身急急一跳。不走平地,只在房上墙上通过。这些民房全熄了灯火,除了灯竿,也有二三处地方偶透火亮,山村全都很黑。

两人辗转踱到有灯竿处的隔壁民家,不敢再往前凑。只从房脊后,徐徐探头,果然是一座庙。庙中内外灯火辉煌,有数十名壮丁七出八入,似正有什么忙事。庙门已闭,庙门外和院内都有人持枪站岗。白天村中所截留的那三辆驮轿和六匹马,都在庙中拴着。庙中大殿也透露灯光。纪蔚叔和纪宏泽从庙墙隔壁往庙内遥窥,实在不能看清一切。

纪蔚叔本该就此溜下平地,由这里寻路穿村下山,就可以闯出去了。只是武林中人物既已上房窥见庙中似有异动,总想看明白再走,也想叫纪宏泽看看究竟,见识见识世面。纪蔚叔便打定主意,引领纪宏泽绕奔庙后。从民宅跳下去,贴墙走了几步,便跃上庙垣,顺庙垣急走,跃上偏殿。约摸庙宇的形势,两人分据在这座偏殿的房脊左右,微露半面,凝目往大殿里面窥望。

大殿供桌上,点着许多灯火,并摆着两张方桌,几条长凳。有几个穿长衫的人物,正在说话。还有几个雄赳赳的汉子,在那里比手划脚,正似议论械斗。桌旁有一个秀才模样的人,正在伸纸写字,也不知是写信,还是写状子。旁边有一个赤红脸老者,指指点点斟酌字句。纪氏师徒像这样远远地窥看,竟窥不出一点眉目来。

纪蔚叔想,驮轿既然押在庙内,那坐轿的官眷料想也必押在此处。微挪地方,凝目光往前后大殿两边配殿寻看,竟没有一点征兆。再侧耳倾听,只偷听见影影绰绰几句话,说是村中首事的人少时就来。纪蔚叔要看看这首事的是何等人物,在房脊伏了一会,忽听见外面人马喧声,庙门呼隆大开,从外面拥进三四十人,全都急装紧裤,拿着刀箭兵器。

纪宏泽也凝目下看,见这三四十人乱哄哄地进了庙。内有两个中年壮汉,像是领队,一个生得高颧瘦颊,一个生得大眼浓眉。这两个人刚到庭院,庙中人便迎着问道:"怎么样?"两个壮士得意扬扬,回手一指。果然在后面有几个人,蜂拥着两个倒缚双手的囚房,推推搡搡,把两个囚房直押到院心,先拴在小树上。纪宏泽细看这两个俘虏,全都用黑布套蒙着面目,看不出是何等人物来。庙中人七言八语,围观询问:"这捉住的是谁?"有一个人上前伸手,要摘罩面的布套,被那两个壮士喝道:"不叫他们看见咱们这里的虚实,才给他带上套,你怎么要摘?"

纪宏泽不深悉江湖上的事,还以为这两个俘囚就是白昼送信的人。纪蔚叔伏脊下望,只一瞥便已断定:这是另外两人,只看身形体格,显然和那送信人不同。因为罩着面幕,到底也推测不出是什么人物。那个领队的高颧壮士,吩咐庙中人好好看住俘囚,又命队下去休息。二人便大步走上正殿。大殿上正写文书的人,立刻停了笔,让座献茶,说道:"二位师傅辛苦了。"两个领队壮士说:"姚大爷呢?已经回去了吗?"写字的人答道:"请去了,这就来。"

旋又听见一阵喧呼:"姚大爷来了!"庙门重开,两人提灯,两个护卫,引着一个长衫男子,一个短装男子,走进庙来。才到庭心,便看见俘囚。那长衫男子轩眉似喜,立刻又眉峰紧皱道:"又捉住两个吗?"庙中别的人全都雄赳赳,面笼杀气,已带出械斗场常有的那种暴戾神情。唯独这个长衫男子,大家称他为姚大爷的,面上颇带忧容,立刻见他趋至树下,到俘囚面前,伸前要解除面幕,那随行的短装壮士忙道:"姚大爷,且慢,留神叫他咬着手。"殿中的两个领队也迎出来,说:"姚大爷,你要审问,可以把这两个押进殿上来。"姚大爷点了点头。

姚大爷全副的精神都注意到这两个俘虏身上,庙中人又全注意看姚大爷。唯有短装偕来的武士,短小精悍,一对圆眼炯炯含光,似乎武功熟练,眼光四射,精神旁驰,不知怎么一来,听他失声大喊了一声:"不好,有奸细!"

庙中人诧然,张皇四顾:"奸细在哪里呢?"

这短衣壮士虚向殿内一指,大喝道:"好奸细,藏在佛殿佛头后面呢!兄弟们,快抄家伙,快跟我来。"庙中人登时乱奔乱窜,乱寻兵刃。那两个领队也张皇四顾,竟抢一步把俘囚的绳索扯断,一人夹一个,提俘虏反倒奔进大殿。

偏殿房脊上的纪宏泽,见状十分诧异,把身子紧贴着,极力从殿脊后,往下窥看。想看看这个所谓奸细,是怎么会藏在佛头上。冷不防背后被人抓了一把,急忙回头看时,正是纪蔚叔。手掩口唇,往下一指,道:"不好,我们形迹露了,快走!快走!"

纪宏泽还在纳闷。因为庙中人一味注意俘囚,似乎全没有抬头往上看,自己藏身很秘,怎么会被人察出?但等到再往下一瞥,下面情形已变。庙中这些人口嚷着正殿有奸细,全都扑奔正殿去。却从正殿后门穿出来,立刻人人手中有了兵刃。纪宏泽刚觉不对,一刹那,突然听背后腾的一声,已有两三支箭直冲自己射来。纪蔚叔低头喝道:"快快!"倏地一长身,剑已在手,往外一扫。纪宏泽也往旁一闪身,抽出了兵刃。

纪蔚叔立刻一指西南,说道:"快走,快走!"纪宏泽应声往下一窜。下面是墙,墙里墙外竟全是人了;同时庙中敲起锣声,长矛短箭,纷如乱麻。师徒本想看一看这乡中械斗讯俘的实情,然后再借道一走,现在顾不得了。师徒二人挥剑夺路,往庙外奔闯。那短装精悍壮士,提一口刀,蓦地现身,直扑过来。那高颧大眼两个领队,指挥乡丁,把全庙包围,竟也直趋西南,先剪断纪氏叔侄的出路,就是来路也被堵塞。同时还有几个人不顾拿贼,奔出庙外,似乎送信勾兵。

纪宏泽到今日,才算是初临大敌,初尝性命相扑的滋味。他先把心神一定,认定西南,由偏殿跳到大庙墙头,当先开路,顺着墙飞跑。敌人用箭追射,他直着腰,挥剑格打。纪蔚叔就挥剑断后,一面遥拒敌人,一面又照顾纪宏泽。见纪宏泽全形毕露,忙喝命:"喂,小宏,伏下腰!"

一言未了,那持刀的短装壮士已从别处绕登邻墙上房,绕追到近处,大喝道:"好你铁牛堡狗党,你们真敢入虎口拔虎牙?"扬手一镖,照纪蔚叔打来。纪蔚叔一闪身,早已跳到墙上。持刀壮士已扑过来,两个人几乎对了面,却还隔着一道墙。纪蔚叔忙道:"朋友,我们不是什么铁牛堡的人,我们是借道的。"急急说了几句江湖话。持刀壮士不肯置信,喝道:"你真是借道的,请你邀着你的朋友下来,咱们到庙中一叙。"

纪蔚叔道:"对不住,我的事忙,改日再会!"

说罢侧身一看,纪宏泽已奔出庙外,落到平地,正与拦路拿奸细的乡丁交手夺路。纪蔚叔不敢与纪宏泽隔开,连忙也窜落平地,跟踪过去。乡丁立刻打圈围上来。持刀壮士也急忙缀下。刚追了几步,突然撤回,招呼众人道:"快快分一半人追贼,分一半人留守,不要叫敌人偷营,不要中了敌人的调虎离山计。"

这一喊倒放松了纪氏叔侄。他二人孤掌难鸣,假道窥庙犯了众疑,惹起众怒,本已陷入重围,被隔两处。壮士一声大喊,庙中人顿悟,立刻分出一半人重往回跑。纪宏泽已被那高颧大眼的两个领队缀上,两个领队展开刀法,上前攻打纪宏泽。

纪宏泽身在房上,被乱箭攒射,落到平地,又被乡丁围攻。自想乡下人没甚本事,不意一交手,这些乡丁虽然武功不济,却是护乡情深,恋战不退。纪宏泽又不敢杀人行凶,心存顾忌,剑法不由透慢,两个领队攻上来,居然也是行家。纪宏泽且打且回顾纪蔚叔,心神一分,脚步一迟,乡丁赶过去,往回一兜,这才陷入重围中。

纪蔚叔也是如此,一面夺路,一面寻伴,心上既然悬虚,手上又不肯下绝情,当然很吃亏。乡丁越聚越多,挑出长竿灯笼,照着二纪奔逃的去向,左奔右堵,右奔左截。两个人刚刚冲出大庙,穿过两条小巷便被乡丁远远地圈在垓心,纪宏泽用剑背连连砍倒两三个人,又用石子打退一两人,胆子便大起来。回头一看,纪蔚叔还在后面,他竟大吼一声,仗剑一冲,甩开了两个领队,专奔乡丁反扑回来。乡丁不由惊退,纪宏泽竟振吭大叫:"七叔,快过来,快快过来!"

纪蔚叔贴墙根且战且走,冷不防,又上了房,火光中,恰恰望见纪宏泽鏖战情形,初出茅庐,应付敌人十分镇定,心中大慰。见纪宏泽返寻回来,实是失策,忙厉声叫道:"宏泽,往外闯,不要管我,有路就走!再晚了就逃不出去了!"纪宏泽远远听见呼声,也没有十分听明白,只当是叫他上房,他便就近一蹿,登上临街的土舍。乡团见状,火把灯笼齐又团团扑来。这叔侄二人一先一后交错着,一面往西南逃,一面往一块凑。那两个领队起初不知奸细来了多少人,未免备多力分;现在跟追之下,已与奸细见了面,不过两个人,又全在房上,便放了心,立刻指挥乡丁,齐奔二纪叔侄。

这一集中兵力,顿与刚才不同,乡丁越聚越多,能手也渐赶到,弓箭手也寻了过来。一阵椰锣,箭如飞蝗,照纪宏泽、纪蔚叔,上上下下攒射过来。两个人在房上东奔西窜,挥剑不住地格打,无奈矢石太多。两人一面格打,一面还是往南奔。更往开处望去,山村没有灯火处,此刻全有了灯火。夺路下闯,实非易事,而且两人当中隔开二三丈,必须合在一处,互相掩护,才好一同往外闯。二人才往一处奔凑,被那高颧骨壮士窥破此情,喊了一声,竟率二三伙伴,从半腰中登房横截,把二纪分隔在二处。

纪蔚叔见状惊道:"不好!"可是敌人追上房来,下面的矢石恐误伤己众,不由放缓一步,不再攒射了。纪蔚叔又向纪宏泽吆喝:"快下平地!"

纪宏泽急应了一声。叔侄二人容得两个领队刚刚追上房,便哈哈一笑道:"朋友,对不住,我们是借道的!借光吧,朋友!"纪氏叔侄一翻身,又全跳到小巷了。

追兵和逃跑人恰好换了个。两个领队大怒,居高临下,用刀一挥,向乡丁喊道:"快堵住西南!"二领队也一翻身,跳到小巷,迎头来截。纪蔚叔催纪宏泽往没人处速奔,他自己横剑断后,截住两个领队。纪宏泽忙往开处一跑,劈头又被人挡住,立刻喝道:"呔,看镖!"迎面敌人惊得一蹲,纪宏泽一溜烟冲出巷外。一个乡丁仗长矛刺来,纪宏泽倏地一伏身,扑到乡丁脸前,又倏地一剑,乡丁怪叫了一声,倒在地上。纪宏泽从此人身上跳过去,一味往黑影中钻。

纪宏泽借着七叔断后的机会,奋力闯出小巷,扑到坎坷不平的山村大路上。这山村本在山坎半腰上,下山路只有两股。纪宏泽一路急冲,回头再看,后面追兵依然缀得很紧,那高颧骨领队提刀缀奔过来。独独看不见纪蔚叔,也不知他是落后,也不知他是已失手。

纪宏泽心中惶急起来,百忙中心中一转,且战且走,且寻七叔。未容高颧骨领队扑近,抖手先发一暗器!那领队哼了一声,止步不前,似已中伤。纪宏泽暗喜,才要反攻,哪知这领队果然挨了一石子,也引动了他要施暗器的心。容得纪宏泽反奔过来,也抖手打出一镖,喝道:"着!这下子还你!"纪宏泽吃了一惊,夜影中看不清,忙往斜刺里一窜,一缕劲风,贴面打过去。纪宏泽直腰回身,不敢反攻,忙往近处奔窜。近处有一黑暗小巷,似可穿行。纪宏泽斜扑过去,专避灯火,抄奔黑影。不料黑巷中突然喊道:"截住他,截住他!"纪宏泽不敢深入,一拧身,又上了临街的墙。由墙头上房,就在人家房顶上,伏腰急走,并闪目防敌寻伴,却是纪蔚叔依然落后不见。

那个高颧骨领队又追踪上房,众邻舍横截过来,且堵截且吆喝。命部下开弓放箭,攒射逸敌。那大眼睛领队竟揣测形势,先一步赶到前街,等着纪宏泽奔来。纪宏泽在房上跳来跳去,一面避敌,一面寻伴,居高临下,张皇四顾,黑影中看不清仇友,只在灯光中恍惚看见一群人奔驰呼噪,倒往东追赶,料想必是纪蔚叔,他便想翻身绕道,奔寻过去。但追的人左一堵,右一截,恰恰迎头把他挡住,他竟甩不开追兵。而且追兵越逼越近,那个上房的高颧骨领队,已迫近背后,兵刃还够不着,暗器已然打到。纪宏泽急忙一伏身,躲在草舍房脊后,才将这暗器闪开。地上的追兵又恰好望见他的影子,绕过来又是一排箭。

纪宏泽乍当大敌,心神总不够用,顾得了房上,顾不了房下。又跳了一阵,方才省悟,自己居高临下,虽在昏夜,人家也能望得见。要想逃开,必先避开村中人的视线,还是跳下平地为妙。但一跳到平地,越发看不见纪蔚叔的行踪了。到此不由急得两眼如灯,可是事机危迫,刻不容缓。想起了纪蔚叔嘱咐的话,临敌遇危,当断立断,千万不要迁延,致蹈两误。而且刚才夺路时,蔚叔本已告诉他,有路速逃。千万不要你等我,我等你。想到此处,敌人的包围圈已从两面挤过来,再不容他仔细思量,更不容他寻找伙伴了。他这才大叫一声,栽身一跳,下了平地。

果然时机已然稍后,那大眼睛的领队引七八个人从斜巷窜出,一直包抄到前面,前面过不去。纪宏泽一翻身,又退入小巷。小巷中刀光一晃,横劈出一个人。纪宏泽一股急劲,抬手一暗箭,那人急闪。纪宏泽刷地一剑,连人带剑,直冲过去,如一阵狂风。那个埋伏的人竟不能御,被冲得连连倒退。纪宏泽不管不顾,舞剑直窜过去。避敌蹈虚,往黑影中没人处,奋力急奔。顺着坎坎坷坷的山路曲径落荒一阵乱钻,背后已不闻脚步声。

他这才逃出来,投入小小林丛中,倚树喘息;再侧耳倾听背后,张目窥望前途。前途不利,竟误撞到悬崖绝壁之前,下面一片皆黑,举手不见掌,但觉扑面山风,便知下面不能立脚。侧面山坡,一片浓影,隐约闪透火光,猜想有人家处。但依然远闻呼噪声,还怕追兵少时寻来。纪宏泽缓过一口气,刚要出林,寻伴寻路,突然在十数丈外,火光一亮,立刻传过来追呼声,果然追兵穷搜到了。

纪宏泽一怔,就要冒险滚崖而下,却又回头一瞥。火光乍缓乍远,渐追渐近,忙退身入林,屏息暗伺。跟着看出这是几个乡丁,持火把刀矛,虚张声势,来排搜逃人。听他们喊:"截住他,截住他!"可是声很急,行不速,分明是茫无目的,漫施诈语,东一头、西一头,一味海搜乱撞罢了。纪宏泽心中一动,顿生一计,他要让过这几个人,悄悄缀在他们背后,或者借此获得出路。还盼望听听口气,也许能够探知纪蔚叔的下落,弄巧了,就许从这几个人背后,冲下山去,也未可知。

纪宏泽主意打好,慢慢溜出林边,哪知他走错了棋。这几个乡丁一路排搜,相隔渐近,忽然哗噪起来。黑影中,真个被他们蹚出一个逃跑人。巡兵刚过一小土岗,灯光一照,突有一个人箭似的贴地蹿起,如飞的奔向纪宏泽藏身处小林边。乡丁大呼,纪宏泽大诧,却又大喜。乡丁刷地散布开,追赶过来,夜暗灯昏看不清,大约也有六七人。这逃跑人只是孤身一个,黑衣短打,贴林飞奔。纪宏泽忙吹呼哨,又叫了一声:"喂,是蔚叔吗?我在这里!"

那人惊得一停,也还叫了一声:"是来峰吗?"纪宏泽听出口音生疏,并非纪蔚叔,但可断定必是械斗对方的人。登时想到敌人之敌,就是自己之友,忙低叫道:"咱们是一伙的。"

纪宏泽回答得不如法,那人又回头一看,追兵将至,纪宏泽横身而出,恰挡前锋。这人立即低叱道:"少施诈语,快闪开!"挥刀奔了纪宏泽。纪宏泽吃了一惊,急抽剑护身。这时候追兵已然追到了。

追兵还当纪宏泽是自己人,连叫:"快截住他!"立刻打圈从两侧包抄过来。逃跑人很焦急,刀砍纪宏泽,拼命夺路。纪宏泽仓卒辩白,词不达意,忽想起此时舌辩不如拿事实回答。便一侧身让路,向逃跑人挥手:"快走,快走,朋友别认错了。"那人也没听明白,立刻挥刀直冲出去,纪宏泽翻身跟了过去。那几个乡丁连喊快追快追,也跟在纪宏泽背后,三拨人跑成了一串。

纪宏泽这一回做对了。夺路的逃跑人竟熟悉这山村的地理。局外人看着山回路穷,本地的人三转两绕,便找到了捷径。只可惜逃跑人脚程太慢,不能把追兵断开。纪宏泽跟在后面跑,直奔出一大段路。那

人连连回头,初疑渐悟,可是还有些顾虑。转眼快奔到山脚下,竟有村人所设的卡子,卡在路旁。山村地势起伏,时有果林和山田交错。林坡倾斜,田陇平衍,这逃跑人专择易逃易走处奔来。无如这道卡子正当咽喉要路,卡子上埋伏的人只有十几个,此时想已接到山村的警报,人虽不多,卡得极严。当途置火把,安吊灯,人伏在火光后,遥望好像无人,显见虚实难测。

这逃跑人奔到这里,不敢前闯。纪宏泽跟了过来,这人连打手势,意思是让纪宏泽在前面走,直冲卡子,奋力夺路,他自己反倒离开山径,改爬那丛莽乱石,难以立足的悬坡。见他拂草择路,侧身下溜,忽然一栽,直滚坠下去,好像滚落到平地上。纪宏泽并不傻,他也不肯硬闯卡子,紧跟着逃跑人的脚印,也从乱岗冒险往下滚。顺坡一溜,居然也到达深谷。爬起来一看,此地细草茸茸,坡势险峻,偏少荆棘,怪不得逃跑人专择此处。但等到纪宏泽身落平地,再找逃跑人,深谷昏黑,已然逃走。听那拂草践踏声,恍在前面,纪宏泽到此已然迷失方向。

卡子上听出动静,后面追寻的人已赶到。立刻此呼彼和,排搜过来,碎石纷纷,直往深谷投下。纪宏泽磕磕绊绊,手脸受伤,仓促不细想,遥逐逃人的后影,极力跟缀过去。

深谷迂回,天色即将破晓。纪宏泽刚奔出谷外,山脚下,卡子上的乡丁已然截抄当前。那个逃跑人走得无影无踪,纪宏泽只得躲避着乡丁,有路便走。谷外有一片田地,此时已然收割,远望去,白茫茫一片,似是浅滩小河。在半里地外,还有一道乱草土岗,似可匿迹。纪宏泽立刻奔趋过去。卡子上的人敲锣聚众,追赶不舍。

纪宏泽越过土岗,奔到小溪岸边,既无野渡,也无板桥。纪宏泽不敢游移,连忙泅水渡过去。于是前有大林当路,纪宏泽绝处逢生,直投过去。卡子上的人直追到小溪边,散开来,在岸头来往梭巡,竟不肯渡流穷追,叫骂一阵,收队而回。纪宏泽哪晓得这条小溪,就是两村械斗的界河。夹着这道河,俨然分为两国。纪宏泽逃出险地,又踏进另一险地。

民国武侠·插图版

宫白羽 ◎ 著
杨苇 ◎ 插画

全二册 下

大泽龙蛇传

山西出版传媒集团
北岳文艺出版社
·太原

第十六章

失旅伴狭路逢谍

大林的背后,就是对村下卡子的所在。土岗,小溪,田径,大林,在最近几十年中,曾经流过多少次血,械斗过无数次。纪宏泽钻入大林,知道"逢林莫追"的戒条,料到追兵不会追入。他喘息一阵,脱去湿衣,拧干了水,一面晾衣,一面打主意。把衣裤搭在树枝上,把小包袱打开,所带干粮衣物全都水浸,也拿出来晾着。山风凄冷,浑身起栗,又饥又疲,又与纪蔚叔相失,心中十分焦急。正在赤身呆想,强忍饥寒,忽听林内簌簌有声。纪宏泽吓了一跳,忙操起利剑,披上湿衣,寻声找过去。

穿行树缝中,找到那边。那边也有一个赤膊的男子,正在脱湿衣,换干衣。树根下也展开了一个包袱,却是干燥无水,在身旁也放着一把刀。一见纪宏泽,立刻操起刀来,低声喝道:"站住!什么人?"

这不用问,这人正是刚才那个逃人。可是这逃人竟反目若不相识,威吓纪宏泽,不叫他上前。此时渐有曙色,深林中不透日光,依然对面看不清面貌,只是揣摩声音,也能断定。纪宏泽忙道:"朋友,别嚷,咱们是难友!我跟你是一路,咱们俩不是刚才一同滚山谷下来的么?你怎么忘了我?"

那人"唔"了一声,半晌才发话道:"我不认识你,你给我站开了。

人心隔肚皮,你到底是干什么的?刚才你那是干什么?"

纪宏泽情知此人城府很深,戒备很严,也就见机而作,倒退了数步,相隔稍远,自己首先把剑抛在地上,双手拍掌,叫对手放心。然后说:"朋友,我是过路人。我有一个伙伴,我们结伴从这山村通过,他们山村子上的人,不知何故,竟要扣留我们。大概他们误把我们看成奸细,把我追了一个跑。我和我的伙伴都会两手拳脚,我们夺路逃出来,只逃出我一个人,我的伙伴至今没有逃出,恐怕叫他们捉住了。我们听说他们正跟邻村械斗,我们算是误打误撞,踏进是非坑了。我现在还得想法子寻找我的伙伴,若是真叫他扣下,我还得想法子把人救出来。这就是我的实话。朋友,你也是过路人吗?"

那人听了,又看了纪宏泽一眼,哼了一声,似回答又不似回答。纪宏泽忙又叮问一句:"我说朋友,你究竟是跟我们一样呢,你还是邻村上的人,跟他们械斗,特来夜探敌情的呢?"

那人又哼了一声,还是不答。纪宏泽绕着弯又问:"到底,他们这村子胆敢随便捕捉过往行人,倚仗着什么势力?他们就不怕官府办罪么?"

连问数次,那人只翻眼珠子,盯着纪宏泽,神情上犹带猜忌。宏泽就是不问械斗,专打听前途的道路。这人也是哼着哈着,不肯回答。后见纪宏泽释剑落座,倚在对面树根下,显然不存敌意。又听纪宏泽出语幼稚,这人便渐渐释虑,也收刀坐下;依然不错眼珠,盯着宏泽,随将包袱中的干粮取出,自己享用起来。还有一只水壶,也取出来,口对口地痛饮了一气。然后张眼往四面看,侧耳往林外听,似有所待。对于纪宏泽还是不爱搭理。

纪宏泽一夜奔驰,肚中也早觉饥饿,更苦口渴。看自己包裹中的食物,空有油纸包扎,已被河水渍入,馒头几成了稀酱,一捏便成粘粥。因与衣服同包,染上蓝靛气息,更难下咽。纪宏泽哼了一声,连油纸也都投在地上,抬头看望对手,且饮且食,且歇息,正偷眼打量自己。纪宏泽有心向这人借粮,又不肯启齿,对手也不让他。刚才他们曾共患难,此刻漠如路人。纪宏泽实在无奈,站起来凑到那人面前,拱手道:"朋友,对不住,借口水喝,行不行?"

此时天色渐明,密林深谙,已能辨得出面目。那人仰面睨了纪宏泽一眼,看出宏泽只是个十八九岁的大孩子,他便微露诧容。也明知求水就是乞食,他低头把水壶看了看,竟又提起,口对口仰面喝了一顿,这才摇着水壶说:"只有一点水了。"捉壶送过来,并不递到宏泽手内,只放在地上,便退回去,手指着教宏泽自取。

纪宏泽提壶一看,只剩残滴,刚够润嘴唇的,不由赧然愧怒。自己和这人一同夺路,逃出虎口,若不是自己打岔,此人未必闯得出来。现在他竟如此傲慢,拿空壶戏弄人。纪宏泽动了少年火性,说道:"这是怎么讲,没有水,还让我喝?"

那人笑了笑,摆手道:"别着急,这边近处就有水泉,你不会拿壶汲点去吗?我这水也是刚灌的。"说着似感不安,索性把干粮也分了一半,放在地上,对纪宏泽说:"你看林这边就有清泉。你解开腰带子,系上这壶,就可以汲来。还有这点干粮,对不住,你也将就吃点吧。"

纪宏泽凝视这人,半晌才提壶举步,依着那人指点的汲道,寻了过去,穿林找了半个圈,近处并没有泉,只得仍寻刚渡过的那道小溪。又走了一程,才寻着小溪的上流。提壶汲水,先喝了一阵。喝完,本想提空壶回去,转想:我何必跟他一般见识?满满地再汲了一壶河水,便提着回来。路疏林密,多绕一圈,才寻回故处。不料看林径,验树根,仿佛已到故处,那个同逃的人已然没影了,连自己带那人的包袱也全不见。开始还是当自己寻错了地方,可是自己刚才投在地上的湿馒头油纸包,还在树根下,草棵中。纪宏泽登时明白,那人甩下自己,悄悄溜走了。

纪宏泽大怒,溜走不要紧,不愿和自己搭伴也不要紧,他最不该连自己的包袱也拐走。却幸自己的兵刃没有离身,气得宏泽抽剑托镖,在林中往返搜了数遭,那人竟会走得无影无踪。远眺林外,有一望无际的丛莽,更无法追寻。

宏泽兜肚内只装着一些散碎银子,两封整锭银子全在包内。暗想这一定是那人见财起意,用一把空壶,诳自己取水,他便卷包逃走了。既失旅伴,又丧资斧,恚怒已极,又不敢喊嚷,搔头无术,绕着这树林,出来进去,转了好几圈,害得一筹莫展。

愣了一会,想起纪蔚叔教给他验道的方法。重寻到故处,就拿抛在地上的湿馒头做起点,低头细验脚印。林内遍生丛草,也有踏倒的草棵,可验人踪。纪宏泽履着形迹,低头寻着,偶一仰面,有一物正拂在脸上,抬头一看,是一根湿带子,从树上垂下来。再看树上,在树杈枝上,竟拴着一个蓝布包袱。纪宏泽忙盘树摘下,打开一看,正是自己失落的那个布包。包中银两未失,衣物也都没丢,连那人分给自己的干粮也放在包内了。纪宏泽至此恍然,刚才那个人并没有安心拐骗,只不过存心要甩开自己,不愿意自己跟随他罢了。

纪宏泽揣不透那人是干什么的,也揣不出此人已然潜奔何处。只得席地而坐,把干粮吃了,又喝了半壶水,搔头沉思,还得寻找纪蔚叔要紧。至于刚才那个人,既与己无关,索性不必管他了。想罢,倚树躺下,闭目养神。不想少年血足,不耐劳苦,心中烦躁,转增瞌睡,凉气一吹,呼呼地睡熟了。

过了好久的工夫,忽然惊醒,揉眼爬起来一看,阳光四射,早已大明。凝神一听,林前有声。忙探头出窥,这才看见械斗的光景,隔着那道小溪,两边都有人持长竿短棒,伏岗依林,设防布卡,互相窥伺。正是械斗的两方面,踞守界河互相提防,但还没有开始械斗,不过是严阵以待罢了。纪宏泽探头处,正当丛林的一角,不能望见全阵。遂又择了棵大树,攀登上去,向四面窥看。打算就近处寻个村镇,打听打听细情。不意登高一望,才知自己正陷在械斗场的核心,这段密林恰是铁牛堡的势力范围,处处设着卡子,要想出林寻镇,便免不了受他们卡子的盘诘。

纪宏泽到底年轻,不识厉害,他还想试着往外闯。正在犹豫眺望,突然又望见远处有一拨过路行人,直奔械斗场而来。刚刚挨近卡子,便听得一棒锣声,跳出来七八个人,持刀挺矛,一阵吆喊,把路口剪住。那拨行路人有的被搜身,有的挨了打,末后被卡子上的壮丁拦路不放,统统给威吓回去。

纪宏泽眼力很锐,虽然听不明白,已然看得清清楚楚。想起昨天那三辆驮轿,也是行经山村,强要借道,到底被山村扣留,至今未见放出。现在这边铁牛堡也是这样,可见械斗的人为杀气所笼罩,不服王法,草菅人命,居然敢逐捕过路行人。那么自己一个单身客,倘若出林寻路,这伙械斗的乡下汉必然不容自己过去,还怕他们扣留自己。现在七叔失陷山村,未见出来,械斗的人如此强暴,真是招惹不得。想了一会儿,打定主意,不再冒险,还是等到天黑以后,探山村,寻七叔,比较妥当。遂顺着树爬下来,仍到树林深谙处,倚树假寐,静候日落。

刚刚的打盹,突又听见喧哗。纪宏泽忍不得重攀高树,向外探视。不知何故,铁牛堡这边忽然开来大队的乡丁,约有七八十人,纷纷持刀矛弓箭,直扑到小溪岸边,叫骂着似要渡河。河那边埋伏的人登时鸣锣传呼,纷纷集众。两边的人登时隔岸对峙。铁牛堡这边有一大汉,像领袖,竟戟指向山村大骂,不知骂些什么。余众也有的开弓放箭,也有的揭石而投;对面山村的人一面遥抗,一面派人往回送信。对峙良久,跟着从山村续开出二三十人,押着两个囚房,直到岸头。两边的人嗷叱争骂,遂见那两个囚人被松了绑。两个囚人蠕蠕而动,自己浮水渡到这边。这边的人立刻应援手,水淋淋地引上岸来。众多人登时围聚着这两人,七言八语,反复问讯。

纪宏泽看了好半晌,方才琢磨出来,这两个人大概就是昨天投信的两个使者,直到此时方被开释。只是被扣的那三乘轿和纪蔚叔,还不见出来。纪宏泽溜下树来,心想,他们械斗,怎么不动手,只骂街呢?

寻思着,林外喧声依然时作时息。耗时既久,宏泽腹中饥饿起来,暗道:不好!可是往哪里寻食去呢?

纪宏泽站起身来,不知不觉往外走,从密林中窥看日光,刚刚过午。这要耗到天黑,再出去寻市镇,买吃食,再回来寻找七叔,只恐时间来不及。可是要趁此时,出去寻觅市镇,一定和械斗的人碰头。

纪宏泽拿不定主意,伸头探脑,正往林外看,林外忽然远远走来四个人,一直地奔宏泽潜藏处。纪宏泽大疑,忙抽剑托镖,藏在树后。转眼间,来人直入林内,且语且寻。纪宏泽细辨来人面目,内中一人正是昨夜的难友。

这难友竟空着手,随行的人只有两人背刀。这难友入林寻搜,寻搜不见,便招呼起来:"喂!朋友,出来!"纪宏泽心中嘀咕:"他大概是找我,他找我做什么?"他才一回旋,欲出不出,已被来人发现,立刻叫道:"在这里呢,是这位吧?"四个人齐找到树后。纪宏泽连忙现身出来,提剑纵身,喝道:"别过来!你们找谁?"

那难友哈哈一笑道:"小朋友,我找的就是你!我猜你不会出林,你果然还在这里呢。来吧,朋友,昨天多承你帮忙,我谢谢你。我刚才没有招呼便溜了,你一定起了疑心吧?哦,还好,你的包袱是我给吊在树上了,我是怕你跟缀我。来吧,朋友,饿到这时候,你一定够受了,跟我进堡吧。"

那同来的人也都打量纪宏泽。宏泽环观四人,忙问道:"你们四位打算把我带到哪里去?"那难友情知纪宏泽心存疑虑,忙即解释:"我们是铁牛堡中的人,我们正和前边山村起械斗,已然闹了半个多月了。我们的人被他们捉去好几位,我昨天是奉我们头儿之命,前往来探敌情。不料他们防备很严,我险些被他们擒住。那时多亏你打岔,我才得逃出来。我原怕你是敌人支使出来的奸细,所以当时没敢带你进堡。可是我一回去,便报告了。我们的头儿很佩服你,打发我来,请你进堡。你不是说你有个同伴,失陷在敌村中了吗?这很好,我们可以合起手来,再去探山,一来搭救你那同伴,二来刺探敌人的动静。我们堡里的人会夜行术的人太少,你老兄有这么好的功夫,我们头儿很想见见你,这于你很有好处。老弟,跟我走吧。"过来就拉手偕行。

纪宏泽一听,喜形于色,至少今天不致挨饿了。暗想这个人半途舍己而去,原来是回去报信去了。看来这个人倒不是冷面无情,只是比自己年长,做事谨慎。盘算了一回,决意跟这人走。但是临行前,必须把他们械斗的原委打听明白,到底为什么起衅?到底谁是谁非?向那人点点头,遥指河边问道:"他们究竟是干什么的?"那人笑道:"你老兄还没有看出来么?这就是械斗。你看,河边就是我们的人。"纪宏泽道:"这个我知道,我要问你,你们两边打了多少天了?究竟为什么事?你们两边械斗,难道就是隔着河,这么虚比划,对嚷对骂吗?"

那人微微一笑,同来的三人也都目视纪宏泽而笑。那人说道:"老兄,你不用问了,跟我走吧。我们这场械斗可是一言难尽,我们头儿见了你,一定仔细告诉你。我们头儿做事慷慨,最肯帮江湖上的朋友。回头见了他,他一定先问你的来路,你有什么,只管说什么。问完了,他一定要派人帮着,搭救你的同伴。你遇上我,你真走运。你不用顾虑了,快跟我走吧,管保有你的好处。"

纪宏泽少年性傲,听见这样说法,觉得格格不入,脸上一红,微透怫然之色。哼了一声说道:"朋友,你别忙,我还没有请教你贵姓呢?"这人脱口说道:"我姓周,叫周德茂。"

纪宏泽道:"这三位呢?"这个难友还不理会,同来的三个人有个瘦子,似很识趣,听出纪宏泽口风不悦来。登时接过话茬,说道:"周三弟,你太心急了,你也不问问你这位新朋友贵姓,就一个劲往家里请。"转向纪宏泽拱手道:"我小弟姓杜,叫杜宝衡。这位姓张,这位姓鲍,我还没有请教你老兄贵姓。"

纪宏泽道:"我姓纪。"这杜宝衡道:"原来是纪老兄!你台甫?"纪宏泽道:"好说,我叫……"略一迟疑,答道:"我叫纪宏泽。我是过路人,也不是江湖道,更不是耍胳臂的。我们是过路投亲的。"他还要往下说。

这杜宝衡满脸含笑拦住道:"您别这么说,我可不敢盘问你。我听说我们这位周贤弟,昨夜很承你帮忙,我们很佩服你的武功。我们是粗汉子,我们会头最喜欢结识武林人物。平常有武林行家过路来往,我们还要设宴招待。你老兄正在青春,真是少年英雄。我们周贤弟回去一说,我们堡里的人都很羡慕,所以打发我们来请你。我们可以谈谈。再说我们这铁牛堡,跟他姚山村多年械斗,仇深似海。他们各处聘请能手,我们也不能跟他们对付。像老兄这份本领,我们正要延揽。听周贤弟说,纪仁兄还有一个同行的伙伴,被他们姚山村的人扣下了。他们就是这样混账。若不然,我们两村各耕各地,何至于械斗?就因为他们太强梁无理了。他们倚仗人口多,村子富,武断乡曲,横行霸道,邻村的人全惹不起他们。只有我们铁牛堡,勉强跟他们叮当着。我们年年械斗,已有十多年了,前年经人说和,两罢干戈,划出界地,各不相扰,好容易消停了一两年。今年又因为收山货,闹讧起来。我们的人叫他们捉住了好几个,硬被他们诬良为盗,送到官府。"

纪宏泽不由诧异道:"他怎么诬良为盗?"杜宝衡道:"怎么诬良为盗?就是抓我们堡里的人,硬赖偷了他们的山产了。"纪宏泽道:"这怎么能诬赖得上呢?莫非是……"那周德茂接声道:"纪老弟,你还不明白吗?你想想昨天的事吧,你一个过路人,你和你的伙伴由打他村前一走,他们就把你们扣下。谁要是打他们村前通过,谁就是贼,谁就算偷他们的山梨、山楂、山核桃了。"纪宏泽道:"哦,原来如此!他们村中有什么人物?都是干什么的?他们到底有多大势力,敢这么跋扈?"

四个来人看纪宏泽不打听实落,不肯跟着走,就一面劝驾,一面约略说了一遍。杜宝衡说:"他们姚山村全村,十家有九家姓姚。他们是又经商,又务农,又交结官府。他们村子比我们邻村全都富裕,他们就恃财力势力压人。官府上跟他们很有来往,来不来的他们就写状子告人,净欺负我们老百姓。我们四邻全吃他的亏,顶可恨他们这村子,正卡着山岭,正堵着我们的咽喉要道。他们把山村一卡,我们就出不去了。若想绕出去,只得远奔蔡庄,多走一天半的路。他们现在跟蔡庄也连上手了,那里也过不去了。他们蔡庄守住了一道桥,他们姚山村把住了一道山谷口,谁打那里过,全得看他们脸色。让过才得过去,不让过,你要强打算借道,他就鸣锣聚众,拿你当贼。"

周德茂说:"这个蛮横法,你老兄是尝过的了。他们村子倚仗人力、势力、财力,上结官府,下压邻村,实在太霸道,好像这山沟子的土皇上一样。你老兄和贵伙伴不就是吃了他们的亏?你老兄昨夜奋勇夺路,才得脱走。你若不幸被他们活擒,轻者打一顿,再送官,当贼办,重者就硬活埋了。你那同伴直到现在还没出来,说句不好听的话,就许是凶多吉少。"

杜宝衡道:"着啊!正是百闻不如一见,口传不如目睹,目睹还不如身经。你老兄何用细打听,他们蛮不讲理,只能瞒别人,反正瞒不过你老兄,你老兄都尝过了。我们和你老兄一见如故,咱们不必在此地谈了,我们在堡子里预备了一点酒肉。我们奉了会头之命,恭请你老兄,一来就算设宴欢迎少年英雄,二来我们还要借重你老兄的宏才。你是一个人,我们是整个村庄,我们大家伙要请你帮忙。一来请你路见不平,拔刀相助;二来我们合起手,一同搭救令友。这事要快办,一刻也不容缓。万一迟误了,令友就许被他们当强盗,送到县衙去,那可就别想活着出来了!"

这一句话很重,说得纪宏泽毛骨悚然,不由童稚之气毕现,情不自禁地叫道:"真的吗?他们真敢诬良为盗吗?"

那姓张、姓鲍的两人插言道:"怎么不敢?他们诬良为盗,已经许多次了。这回令友至今未见逃出,十有八九被他们活捉住了。掐指计算,今天他们必定先用刑讯,私设公堂。赶到明天,他们看情形,该活埋,明天夜里一准活埋。要是认为犯不上活埋,他们就给挑断了腿筋,拿片子送县衙门。口上积德,说是他们的乡团捉住一个小贼;若不积德,他们就说是捉住一个强盗。少者五年八年,多者就得受十几年的牢狱之灾。这事可不止一桩了。你不信,往邻村问一问,谁都晓得他们姚山村的厉害。"

纪宏泽越发着慌,搔头顿足道:"不好,不好,我的七叔竟要落到这地步吗?哎呀,他们竟会这么可恶?不行,不行,我得赶紧搭救他。我不怕他们送官,我们是良民,我们可以保释。可是挑断了筋……我听说挑断腿筋,是治飞贼的毒法。我的七叔腿筋一断,这一辈子岂不是毁了吗?"不由得心焦气浮,拔腿就往林外走。

四个来人互相示意,连忙跟出来,却又把纪宏泽拦住道:"纪仁兄不必着急。现在晴天白昼,你想救令友,也不是时候,你还是先到敝堡吧。我们会头一定替你想法子,你一个人去冒险,何如咱们合力去做!我们的人失陷在姚山村的,也有好几个,咱们今夜再去冒险一探。得手就趁便救人,不得手,访出他们何日送官,也可以拦路劫囚,你看好不好?"

纪宏泽道:"那么办好吗?你们四位看,挨到夜晚,误不了吗?"他到此时,竟张皇无计,只剩着急了。一想到"挑筋"二字,毛发森然,替他的七叔万分悬心。他也忘了饿,也忘了现在两方面还在隔溪械斗;被这年长一倍的四个壮汉,左一言,右一语,弄得六神无主!也忘了交浅言深,反而向四个人讨主意。纪宏泽又不待人问,不遑思索,冲口说:"我这位七叔,非比旁人,乃是我的恩人,又是我的七叔,又是我的师父。"又不待人问,不遑思索,向人诉说:"我这回是跟随七叔,出来游学访艺,想不到遇上这事。我的七叔倘有个好歹,我简直……"说着竟要落泪。

其实他和纪蔚叔夺路相失,还断不定纪蔚叔是否已然罹险,是否已然遭擒,却横被四个人如此一说,他却感觉到不吉的预兆,认为七叔此时必已失陷,必定此时正在受着苦刑。而七叔所以遭擒,必定是夺路时不见自己的踪迹,为寻找自己,致蹈危机。

他潸然落泪,不欲见人,忙偷偷拭去,背着脸向那杜宝衡讨主意。他觉得这杜宝衡说话很客气,似乎和蔼近人。那同逃的难友周德茂,行为冷淡,言语骄矜,尤其带着自大的意味,引起纪宏泽的憎嫌。

这杜宝衡拿出十二分同情来,向同伴夸赞起宏泽道:"你看看这位纪仁兄,看年纪不过二十来岁,你看他对朋友竟这么热心肠!"拍着纪宏泽的肩膀,十分亲爱似的。说道:"老弟,我姓杜的最喜欢交结热心肠的朋友。"其实谁又喜欢冷心肠的人呢?杜宝衡拉着纪宏泽,就往外面走,且走且说:"纪老弟,我一定和你交交手,咱们一见如故。我们会头更是佩服你。不过救人这件事,白天不好下手,总得入夜。你且跟我们进堡,先吃饭,养养精神,然后我们再派几位能手,帮着你今晚上探村去。管保一探成功,把令友搭救出来,不叫他丝毫受伤。"

四个人拥着纪宏泽一个人,出离密林,斜趋荒径,并不走河边。纪宏泽绕出林外,回顾械斗场,两方依然夹河对峙。在河面较窄,河堤较高的一个所在,似有双方的领袖隔流相对,哓哓抗言,看模样又不像讲和。遥望姚山村,尘沙正起,又奔过来一群骑马的人,约有十几位,相隔太远,人小如猿,马大似狗,辨不清来者是谁。

纪宏泽心怀诧异,忍不住停步回头,欲观究竟,并问周德茂、杜宝衡:"你们这场械斗,怎么还是空比划不打?"

那姓鲍的笑道:"实对你说了吧!我们这边人,正跟姚山村的会头讲和约,换俘虏哩。我们捉住他们好几个人,他们也扣住我们几个人,我们两边通信,打算对换。"

纪宏泽道:"人数一般多吗?"杜宝衡、周德茂忙道:"人倒是差不多相当,只是他们那边,把我们堡里很要紧的人给扣住了,我们只捉住他们几个不相干的人,个顶个地换,我们吃亏,他们不干。"纪宏泽忙道:"这话怎么讲?贵堡吃亏,他们倒不愿意吗?"

杜宝衡道:"这个,一言难尽。你瞧,我们头儿……我们头儿打算和他们对换,他们倒刁难起来。他们提出要挟,要在人换人之外,叫我们再赔送他们三十支大抬杆火枪。这种换法,我们太吃亏了,把火枪赔送他们,转头来让他们开枪打我们。我们再傻,也不肯干啊。不干,他们就肯定了不肯换。所以我们头儿一面和他们商量讲和换人,一面还是要派人探村,把自己人盗救出来,他们就没的要挟了。你明白了?"

纪宏泽明白了,杜宝衡忽然觉出话说多了,趁势改口道:"陈谷子,烂芝麻,讲个什么劲,咱们还是快走。到了堡里,我们会头一定会仔细告诉你。还要请你联手,一同探村,把令友稍带也救出来,咱们都好看。"把救纪蔚叔的话又描了一遍,遂拔步紧行,带着纪宏泽快走。

纪宏泽心中疑闷,仍不住回头往河边看。意思之间,也许无意中在什么地方,发现了失踪落后的七叔。他想自己尚能逃出村围,七叔一身功夫,总不至于失脚遭擒。杜、周等四个人都脚不停趾,夹着纪宏泽,直往荒径走,不容他留恋回顾。此时那姓张的正与纪宏泽并肩而行。纪宏泽便问他:"你老兄台甫,你们会头贵姓?"张某答道:"好说,在下叫张明绪,我们会头姓鲍,这位鲍四哥就是我们会头的族侄。"纪宏泽把这鲍四哥看了一眼,毫不带富农气象,俨然是个耍胳膊的汉子。便冲这鲍四问道:"你老兄台甫?你们这铁牛堡,为什么叫铁牛堡呢?"

鲍四未答,那姓张的说道:"他叫鲍晋卿。我们这铁牛堡,地点正在织女河下流,我们这堡在早年建过一座浮桥,用八只铁牛,贯穿铁链,拴住浮桥。铁牛镇浮船,为此叫铁牛堡。后来山洪夜发,把铁牛拖入河淤,把浮桥也给冲没了影。我们上辈等到水平之后,募金改建石桥,把那七只铁牛仍旧摆在桥边,还盖了一座龙王庙。那只陷入河淤的铁牛竟被山洪冲出很远。可是铁牛不是冲到下流,这东西竟会往上流走,所以是神物,现在还在石桥上游二里地以外呢。捞出来之后,我们公议盖了一座铁牛庙。这本是我们铁牛堡的风水,他们姚山村的人使坏,几次三番要破坏我们的风水,我们这才激起械斗。"

说到这里,铁牛的事又与械斗有关了。纪宏泽刚觉得支离,那杜宝衡接过话来,把铁牛逆水而行的故事讲得神而又神,经他描摹,铁牛竟成了灵物。殊不知江中巨石被急浪激打,在石下逆流处,必然成深坎。水流不住地冲打,石下之坎越淘越大,日久石块自然逆流滚入坎中,既入坎中仍被浪打,日久又逆流冲成一个坎,石块自然又逆流一滚。一坎一滚,结果把水底冲出一道深沟,这石块便顺沟逆流紧往前翻,物性水势现象,无足奇怪。

杜宝衡抓住这个故事,说了又说,意思是堵纪宏泽的嘴。其实他们两村起衅,并非争风水。缘因铁牛堡既建石桥,竟强收过桥税,美其名白修桥补路,实际做了铁牛堡土豪的一笔大收入。凡非本堡中人,所收桥税奇昂。姚山村的人不堪苛征,恃着本村坐落在山峡中间,也怄起气来,横遮山道,设下卡子,也要征收过山税。两村为此起争。又因姚山村的山产和织女河的水运极有关系,必须联手,方能外运。铁牛堡既与结仇,多方刁难,越惹起不平来。双方为此屡生械斗,俨如敌国。姚山村为商为宦的多,就倚仗官府势力,铁牛堡负苦做脚行的多,就勾结草莽人物。双方谁是谁非,正难断决。

纪宏泽被四个人引领,且行且说,转瞬到一卡子。四个堡民,一个生客,刚刚接近土岗暗卡,就被卡子上的人吆喝拦住。纪宏泽至此方知械斗场果为是非地。一个过路人夹在当中,竟是寸步难移。那杜宝衡抢先过去搭话,卡子立刻放行,又放了一支响箭,然后续往前走。单择荒径僻路,穿林拂草,曲折前进。遥望前途林木掩映,黑压压现出一座土堡。土堡东南,便是织女河的支岔。

那周德茂往前走了一箭地,立刻站住,和杜宝衡说了几句话。四个人全都停步,从身边取出四个黑布套。杜宝衡含笑向纪宏泽说:"纪仁兄,前面就是敝堡了。我们堡里连年和对头械斗,我们议定了几条会规。凡是远方亲友来堡,不管是谁,只要是生客,必须给蒙上眼睛,才请他进堡。为的是防范间谍,以免泄露堡中的秘密。对不起,请你胡乱戴一戴,好在一进堡就摘。"说罢,将那黑布眼罩递给纪宏泽。

纪宏泽一看,这是双层黑布,又夹一层红布,做成一个帽套面幕似的东西,戴在头上,一直由脑顶扣到脖颈,只留出口鼻喘气的孔洞,连耳朵带眼睛全堵住。纪宏泽怫然不悦:"这不是拿着人当奸细吗?"拒不肯戴,情愿不进堡。杜宝衡、周德茂再三解说:"这不单是你老兄生客如此,就连我也得带上这套,才能进堡呢。堡中另有人引道。"

纪宏泽遥望堡墙,相距还远,含怒道:"对不住,冲着这东西,我只好不进贵堡,我往别处走好了。"周德茂和鲍、张三人全都皱眉冷笑,仍用好言哄说。七手八脚,把纪宏泽围住,一个劲地劝,又把自己的眼罩先戴给他看:"其实您只戴一会儿,进了堡,就不碍的了。"纪宏泽年轻脸热,心虽不悦,情不能却。哼了一声,就往头上一罩。走了几步,又闷又热,又迈不开步,再忍不住怒气道:"不行,不行!"扭头便往回走,索性不进堡了。

那周德茂等脸色齐变,似要用强。杜宝衡忙使眼色,说道:"也罢,纪仁兄想是戴不惯,不要紧,我还有一法。"忙向鲍、张二人说了几句话,张明绪拔步急走,余人稍待。片刻之间,张明绪从堡中开出一辆轿车。四人道:"好吧,纪仁兄坐车进堡吧。"让纪宏泽坐在车厢内,由杜宝衡陪着,车帘一放,外面情形顿不得见,这才轱辘辘地走了进去。

纪宏泽虽然年轻,到了这时,也怙惬起来,觉得这铁牛堡的举动太诡异,这和入贼巢赎肉票的情形分毫不两样。到底铁牛堡是什么所在呢?或者竟是僻道山村中的盗窟不成吗?可惜纪蔚叔已然失踪,自己也无处问计。偷眼看那杜宝衡,也看不出人家的心情来。这杜宝衡倒好像揣知纪宏泽心中不安,坐在车上,扯开话篓子,和宏泽攀谈,问东问西,问籍贯,问行止,问师承,问武技,乱扯一阵。纪宏泽也觉出来,他故意唠叨,无非是打岔,堵自己的嘴,不叫自己盘问。哪知人家乃是占住他的心思、耳音。纪宏泽哼着哈着敷衍,也自侧耳揣听车行的动静。

　　坎坎坷坷，走过一时，忽然车停住了。杜宝衡又掏出眼罩，先抱歉，后坚请纪宏泽："好歹只戴一会儿，进了门就算。"说着自己先戴给宏泽看。纪宏泽到此也无法再拒，勉强扣在头上，扣着瞎下了车，仿佛身旁过来两三个人，递过来两只手，臂腕相扶，一步一步迈上台阶，过门坎，一趋一跄一招呼，曲曲折折，磕磕绊绊，一霎时止步。耳畔听一声："到了。"杜宝衡伸过手来，要替宏泽摘罩套。纪宏泽早一把扯下。看这杜、周二人，也装模作样，手提眼罩，像刚除下来。

　　纪宏泽拭目一看，一座破大庭院，阶生枯草，四隅悄然，看光景不似民宅，又不似庙宇。面前只见杜、周和另外三个短衣持棒的壮汉，此外更不见他人。刚才他们说得天花乱坠，好像一进门，他们会头不知要怎样排队欢迎自己，哪知蒙老瞎似的，把自己撮弄在这里。纪宏泽东张西望，大不痛快。杜宝衡、周德茂很客气地一指角门道："请！"纪宏泽噘着嘴迈步前进。

第十七章

信谎言误入铁堡

纪宏泽拭目一看,只剩下杜、周二人,鲍、张二人已然他去,环顾四面,有十几对眼正盯着自己;再看身到处,是一所破旧大院,老四合房,跟山村土窑不同,四周静悄悄,却是迎面那十几对眼睛古怪,女多男少,一个个穿着红红绿绿,不村不俏。虽有男子,也不像农民。首先发话的,也是一个三十多岁的女子,向周德茂说:"这位就是昨夜从他们姚山村跑出来的么?"杜宝衡道:"就是这位。"这女人道:"哟,我当是多大年纪,这不是一个十八九岁大孩子么!他真会飞檐走壁么?"一双水灵灵的大眼像相姑爷似的,把纪宏泽由上到下看过一遍,回过头来,向一个二十多岁的女人,啧啧称异道:"你瞧,人家才这么点岁数,居然逃得出来,想必功夫够棒的。我说小伙子,今年多大了?你是哪儿的人?"

纪宏泽满想到入堡之后,先见会头堡主,哪知进了这一个破大院,一群女人拿自己当稀罕物似地相看,不由满脸通红,抬不起头来。他今日已非十三岁时偷葡萄的小孩儿。这女人向周德茂问道:"这小孩年轻轻地,倒有这么好的功夫,你们头儿见了他一定喜欢。"

周德茂到此也露出本来面目,嘻嘻哈哈地说:"不但头儿喜欢他,只怕大公主也要……"中年妇女咄的一声道:"你胡说吧,回头叫她听见,怕不揍你。可是的,你领他见过头儿没有?"答道:"刚请示过了,头儿正忙,叫你给招待招待。四嫂子,你就让他到屋里坐吧。"女人粉面一红道:"周老茂,你是作擂呢!"周德茂笑道:"不是作擂。你想,别处又不方便,只可领到四嫂子这里。到你这里就是你的客,你不招待谁招待?"妇人道:"还有你妹妹呢?不会叫你妹妹招待么?"这妇人骂着,当真过来对纪宏泽说:"小伙子,请到这边坐吧。"引领纪宏泽通过破大院,到一跨院,进入东屋。

这东屋真像个人家的卧室,方桌大椅、铜灯、面盆、一铺大炕,上铺厚毡、红绫被、双鸳枕,花儿粉儿,香奁气息扑鼻,却又不像山村乡妇的闺房。炕上又放着短脚桌,桌上铜壶瓷碗、果盘子、旱烟筐、水烟袋,不伦不类地摆着。炕上还有牙牌、叶子牌。别的妇人挤挤压压坐了一会,旋即散去,只由这中年妇人和一个十八九岁的大姑娘,随着周德茂、杜宝衡,陪着纪宏泽。妇人一指炕,就让纪宏泽往炕头上坐。

纪宏泽没见过这阵仗,未免怩忸不安。杜宝衡先斟茶请纪宏泽喝,又对妇人说:四嫂子受累,给弄点吃的吧,我们这位新朋友还没有吃饭呢。原来这时候早已过午,纪宏泽正在饥肠辘辘。中年妇人就命那个大姑娘唤来一个妇人,赶快给做饭。少时饭得,杜宝衡、周德茂全都站起来,让纪宏泽独自进食,跟着杜、周二人就要推门出去。纪宏泽忙拦住道:"我就见见你们的会头,你们二位不要走啊。"杜、周二人笑道:"我们会头正在审问俘虏,此刻忙得很,我这就给你回话去。等你吃完了饭,我们会头准来请你。"到底丢下纪宏泽走了。只剩下中年妇人和少年女子,在旁陪伴。纪宏泽如堕五里雾中,竟猜不出杜、周二人把自己撮弄到什么所在。这个地方越看越不像寻常人家。

纪宏泽很饿,又不善谈,对这二位女主人,无法搭讪,只可低头吃饭。这两个女子,也只有中年妇人向纪宏泽问长问短,打听他的来历,也像漫无目的,只是随口闲问。

纪宏泽吃饭以后,转问女子:"这里是什么地方?会头现在何处?"

试着要问堡中细情。中年妇女也是不肯答,只说:"他们的事,我全不知道。告诉你,他们不过是借我这里落脚罢了。"纪宏泽更觉支离,便找出一句话问道:"这位大嫂,你们当家的呢?可以请来见见不?"妇人笑道:"我的当家的么?远了,早不在这里了。小伙子,你别打听了,我是什么话也不能对你说,有话回头你问他们。"说着,这妇人与那少年女子站起来,收拾杯盘,姗姗地走出去。把纪宏泽一个人丢在屋中。

纪宏泽纳闷,也站起来,刚在屋中走溜,那妇人突然回来,挑帘说道:"喂,你这小伙子,可好好待着,别伸头探脑的!我告诉你可是好话。"纪宏泽道:"什么?"妇人将身子倚着门帘,一手托盘,一手比划说:"我可不知道你是什么来历,你到了这地方,可要仔细,一步也错走不得。我看你年轻轻地,我可是好话。"连说了两句"好话",抽身出去。纪宏泽愕然。

妇人少时回转,催纪宏泽归座,她便与那少女坐在椅子上,四目相视,望着宏泽,好像监视人。纪宏泽闷骨突地坐着,暗打量此妇,不村不俏,不城不乡,凭他少年的眼光,竟估不透此妇为良为莠。再看少女,体态苗条,倒也生得不丑,却打扮得过于鲜艳;并且神情憔悴,有两个青眼圈,双眉微锁,隐透忧郁。抵面相对,眼光不时扫看纪宏泽。宏泽还眼看她。她似避不避,似大方又不很大方,怎么看也不像农家女,这么默默相对。过了很久,纪宏泽渐渐不安起来,转脸望着纸窗,窥测日影。

那少女突然低问道:"四嫂子,这个人是怎么撞进来的?他们打算把他怎么样?"妇人低声悄言,不知说些什么。纪宏泽听了,不禁回头,两人全不言语了。

纪宏泽凝目望这二人,这二人躲避目光,眼观旁处。纪宏泽感觉到这种况味难受,开口问那妇人:"杜、周二位到底干什么去了?怎么还不来?"妇人应道:"他们就来。"纪宏泽又问道:"这里的会头现在何处?我什么时候可以见他?"妇人道:"一会儿就见着。"纪宏泽连问数次，都是这样答法。纪宏泽忍不住说道："对不住，我要找他们去。"妇人忙道："你别忙，他们这就来。他们给你请会头去了。"

纪宏泽站起身来，这妇人也站起身来。纪宏泽从身上取出一锭银子，放在炕桌上，意思是给饭费。妇人问道："你这是做什么？"纪宏泽道："我要出去，打扰了！"说着就要往外走。这妇人登时拦阻道："你别走。"纪宏泽面红过耳，一声不响，强往外走。妇人横身遮挡，做出喊吓得样子道："你，你，你……老实给我坐着，你别找别扭！"

纪宏泽再不肯受这无形的拘禁，抓起包袱兵刃，冲出屋门。那妇人和少女一起惊慌，全部赶出来当门而站，不放宏泽出去。纪宏泽只得赔笑道："我只出去看看。"

那妇人指着纪宏泽的鼻头，瞪眼说道："你要看什么？这不过是个破大院。我说你这年轻人，你老实给我进去吧。你不知他们正在械斗，捉拿奸细么？"

纪宏泽望这两个妇女，那少女也说："客人你等急了。你再等一会，我们给你叫他们去。这么多时间都等了，何必起急？"纪宏泽越被他们遮留，越要走开。他怕陷入美人局，索性揭穿了说："我不能一个人在这里，我没有犯法，我要寻找我的旅伴去。大婶子，借光，你让我走吧，我没工夫等他们了！"

妇人道："你出去不得！"纪宏泽动怒道："我一定要出去！"他奋力往外挤，妇人、少女依然强截不放。

纪宏泽越发惶恐，猛往外一撞。少女"哎哟"了一声，妇人倒退了一步，登时喊道："你要干什么呀，你不能走，你给我站住！"纪宏泽哪里肯听，一溜烟似的往外走。不想这一声喊，早惊动了人，刚刚离开东屋，庭院中已然扑进来五个壮汉，手中全提着刀。

五个壮汉堵住了出路，纪宏泽还想闯。那妇人已喘吁吁跟出来，拉住宏泽，叫道："客人，你落下东西了，你忙什么？"纪宏泽回头一看，又看看自己的小包。那五个壮汉已然发话道："四嫂子嚷什么？可是这个人要走么？"

妇人本来慌张，此刻忙又遮说道："不是，不是，周老茂一去不回来，这一位等急了，要解小溲。"忙对宏泽说："你不是要小解么？这不是来人了，叫他们领你去，不就结了。真格的，活人还叫尿憋死么？"且说且向纪宏泽施眼色，叫宏泽顺着口气说。

纪宏泽再不能堪受，竟向五个壮汉发话道："我要找你们杜宝衡杜爷，周德茂周爷，我是过路人，是他二位一番好意，邀我到这里坐坐。我还有急事，对不住，我已然讨扰了，我还得赶紧走。烦你们哪位费心，言语一声，我告辞了。"说罢，纪宏泽回身向妇人作了个揖，算是道谢。一转身，举步往院外走。

那五个人登时喝道："别走，站住！"纪宏泽道："干什么别走？"

五个人道："干什么？我们这里不许随便出入，谁领你进来的，叫谁领你出去，你自个不能这么走。"

纪宏泽勃然变色道："这怎么讲？我一定要走，你们为什么不放我走？"

五个人堵住了门户，见宏泽气势虎虎，似欲动武。这五人相视而笑，反倒缓和下来，用好言哄慰道："朋友，你大概是外乡人，你不是杜宝衡、周德茂二位把你引来的么？你打算走，我们叫他送你，你远来就是客，我们听说我们头儿还要见你！你多时都等了，还忙在一时么？"

那妇人也搭腔道："对呀！刚才我也是这样说。客人，你请进来，再坐一会儿。我说你们哥五个，哪位费心把杜宝衡找来吧。他抛下人家，光叫我们妇道人家陪客，人家自然不得劲。"遂又上前相让，催纪宏泽回屋稍候。

纪宏泽决计不肯入室，决计要走。妇人拉不回来，五个壮汉横身阻止，两方面晓晓争执，眼看翻脸；忽听院外一阵马走銮铃之声，来到门前，突然声住。那妇人忙说："客人，你不用着急了，大概是会头亲自相会你来了。"

五个壮汉也都回头,跟着听见叩门声。却是一个娇嫩的喉咙喊道:"戚老六,戚老六,开门来!"

五人中那个叫戚老六的应了一声,立刻奔出去开门。其余四人仍推纪宏泽入室,宏泽不肯。就在这时,骑马的人已然进来了。果然不是会头,纪宏泽张眼一看,来的竟是一个戎装女子。年约二十来岁,细高挑,削眉纤腰,皓面蛾眉,脸上微有几个雀斑,却生着很小的小嘴。一对杏子眼,盈盈流动,一双手臂洁白如玉。穿一身男子衣,披软革甲,挂佩刀,脚下蹬着窄窄的鹿皮挖云靴。这手提一条革缕马鞭子,那手拿一条紫色绢巾,拭眉眼,握口唇。此女凝望着纪宏泽,面露疑讶,姗姗走过来,向这几人问道:"什么事,你们这么乱法?"

纪宏泽正跟这五男二女撕掳,心蕴躁怒。戎装女子刚一露面,便有一股香气扑鼻,熏人欲醉;禁不得退一步,抬头打量此女。此女也打量纪宏泽,四目对射。这女子美容颜,俏打扮,眼光照人,毫不怯闪,直睒纪宏泽,倒把初出茅庐的纪宏泽看得扭头他顾。堡众这五男二女,见了戎装女子,都肃然垂手,叫了一声古怪的称呼:"三爷!"

戎装女子绰巾曼立,环顾众人,拿马鞭子指点宏泽,重问了一句:"这个人是干什么的,可是姚山村掳来的么?"壮汉回答:"不是,这人是个过路客,周德茂、杜宝衡把他引进来,要见大爷的。"

女子哦了一声道:"要见大爷,见过了没有?"壮汉说道:"已经回上去了,大爷正忙,吩咐留下他。"

女子道:"那么,你们刚才在闹哄什么呢?"壮汉瞪了宏泽一眼道:"他吃饱喝足了,大爷还没有见他,他闹着要走,怎么留也留不住。"

女子双眸一转道:"哦,我明白了。可是的,老周、老杜为什么非要带他见大爷不可呢?可是他□□□□……"连说了一串江湖市语,纪宏泽一字不懂。

壮汉答道:"三爷原来不晓得。这个人不是寻常过客,他是从姚山村逃出来的。他这人懂得点武功,姚山村的人扣不住他,被他突围夺道,跟咱们的周德茂一块儿闯出来的。他的飞纵术据说很棒,他还有个同伴,失陷在姚山村,至今没有出来。老周把这话回禀了大爷,大爷很有爱才之意,要传见他,还打算再探姚山村,叫他做向导,搭救他的同伴呢。他竟这么不识抬举,硬吵着要出堡。"

戎装女子道:"哦!"往前紧凑几步,俏凝双眸,把纪宏泽仔仔细细,由头到脚,重打量一遍,说道:"你还会武功,还会飞纵术?咱们锅伙里缺的就是这路人才,会飞纵术的人简直太少。我说,你今年多大子,你姓什么?"

纪宏泽被瞅得抬不起头,被审得很不悦;目视他处,抗颜不答,脸冲着壮汉们说:"我是过路人,我姓纪,我有要紧的事,我还得搭救我的同伴去。对不起,我不能久候,我不见你们会头了。"眼望二门,绕着戎装女子身畔,要往外溜跶。

壮汉们"瞎嘻嘻"的齐声拦阻,宏泽不答仍走。戎装女子笑了笑,说道:"我说你站住!看你年纪很轻,你大概初闯江湖,不晓得这里的事。这地方,来是不大好进来,走也不能随便走的啊。"手中马鞭一提,横挡住纪宏泽的出路,那意思也是不放他走。别看这女子长得够漂亮,跟他们堡中人是一样。

纪宏泽窘而且怒,厉声说:"不行,我一定要走!你们就是阎罗宝殿,我也要走……烦你们哪位费心,把周德茂、杜宝衡二位找来吧,我不见你们会头了,我谢谢。"

壮汉道:"你也不搭救你的同伴了么?"纪宏泽道:"我自己想法子,不跟你们合伙了。"说着还是往外挣,几个壮汉照样拦阻。

戎装女子眉峰一皱,笑道:"这个人胆子倒不小。喂,你老实待会儿吧,这个地方可不能恃强硬闯。姚山村许你闯得出去,这里可不大容易。"

僵势又起,先时那个中年妇女赔笑帮话:"三爷,你不知道,他是等急了。周德茂、杜宝衡把人家引来,丢在这里,一去不回头。青年人沉不住气,估摸着还有点害怕。要不然,赶紧把老周找来,得了。"

戎装女子道:"你们没找周德茂去么?他干什么去了?"壮汉回答:"有人找他去了吧!我们在这里值班,我们说不清。"中年妇人道:"你们再叫一个人找找去,何须弄得很僵呢。"

堡众还在商量,纪宏泽越耗越听越觉尴尬,一声不哼,突从戎装女子身边一转,径奔院门。壮汉齐声喝止,纪宏泽气势虎虎,口不置答,脚不停步,双方立刻翻了腔。壮汉圈上来,一个人扑奔前路,当门堵截,两个人从旁伸手来揪宏泽。纪宏泽侧身一闪,挥臂猛格。

那个汉子出其不意,"哎呀"一声倒退一步,喝道:"好东西,你真敢动手?伙计,快围上他!"

那汉子刷地拔出刀来,另外一个壮汉抡棒打下。纪宏泽急急伏腰,往开处一蹿,躲过了当头一棒。那壮汉跟踪赶上来,拦腰又是一棒,不防纪宏泽似旋风一转,木棒落空。刷的一个靠山背把这汉撞得仰面跌倒。第三个壮汉刚刚抡起刀来要砍,见状吃惊,急急地掣转刀锋,险些误伤了同伴。纪宏泽从鼻孔笑了一声,趁势一个垫步,越众夺门。

堡众哗然,有刀的立刻拔刀,有棒的早已抡棒:"打东西!扣下他,活埋!"一窝蜂似的抄击这孤行客,乱打、乱窜、乱喊,其实仅这几个人,倒有三个是笨汉。纪宏泽认定夺路要吃快,不能容他们增援。当下奋身张眸,彷徨回顾,从人丛中一蹿,将次扑近院门。戎装女子叱道:"你们这群废物,怎么挤疙瘩,还不散开了堵门?"喊声已迟,纪宏泽已然抛下几个壮汉。但是院外已然闻警,门扇咣当一声震响,突然倒掩门。门扇又一合一开,登时劈进来两棒一刀,是三个短装汉。

刀棒迎头而下,纪宏泽刷的倒窜。两棒一刀立刻扼住了门。院心跌倒的壮汉,一滚身蹿起来,赶上一步,挺刀尖,照这少年客后心,咬牙狠戳。斜刺里又有一刀,斜切藕式刺来。纪宏泽不暇前抢,赶救后路;倒翻身往左跨步,倏如箭脱弦,蹿到墙根。闪开了这前后两刀,立刻掷小包在地,抽剑退鞘。

壮汉不容他拔剑,哗骂声中,有三把刀一根棒,前后左右乱劈过来。人多势众,院心不大,纪宏泽显然不利。

那戎装女子,还在绰鞭旁观,把拼命看成儿戏,俏眼流露出笑容,盯着纪宏泽,口中说:"这小伙!这小伙好大的胆!"

中年妇人和少年女人,骇然退避,一迭声呼唤:"别价动手,别价动刀!喂喂喂,你们别砍啦。"又说纪宏泽:"周德茂这就来,你好好等着,你别动手呀!"忙乱中没人听她喊,纪宏泽努力地展开了身法,闪展腾挪,忽东忽西乱窜;情知敌众,决计不叫他们包围,眼光四射,窥伺夺门。壮汉们东扑一头,西扑一头,几个人追一人,仅能截住他,不能捉着他。

戎装女子目追斗影,鼻翅一扇,嘻嘻地笑了一声,道:"好小伙子,真有两手啊!待我来……"

说了一声"待我来",纤腰稍转,皓手提鞭,恰好纪宏泽从一人肘下伏腰冲出,借一蹿之势,正扑到女子身左边。戎装女子登时扬鞭娇叱道:"打!"鞭梢掠空哧然微啸,刷地扫下来,照宏泽持剑的左手腕一抽。口中说道:"别跳了,给我老实呆……""呆"字没落声,鞭子拂敌腕。纪宏泽急闪,鞭影掠身而过,险些抽中。背后又有刺刃劈空之声,女子跟手进步,刷的又一鞭。纪宏泽知遇劲敌,恐被夹攻,慌忙一错步,身不退闪,反而进扑;伏腰一蹿,合身卷到女子怀中,鞭不能展,刀也落空,纪宏泽一长身,探手来夺女子掌中鞭。女子慌忙一退,鞭梢又起。纪宏泽一偏身,突蹴起一腿。相逼太近,女子忙往开处退跳。纪宏泽立刻用剑鞘往背后一扫,为得招架敌人那把刀,未容得皮鞭再起,拧身斜蹿,如燕掠空,跳出两丈以外。果然刀鞭同时落空,纪宏泽借此一缓,翻身凝步,女子不禁叫道:"咦!"

恰有另一壮汉绰刀赶到,刀锋近面一晃,斜扎纪宏泽咽喉。纪宏泽刚要拔剑,见状埋头闪避,身旁又袭来一股劲风,疾错步闪开这边刀,那边木棒"老树盘根",到了下盘。纪宏泽"白鹤展翅",顿足拔身,木棒走了空招,忙忙地乘机掣剑。"不动刀不行了!"把带鞘的剑,一按绷簧,换交右手。敌人又扑过来,急切间甩不下剑鞘,就拿带鞘的剑来招架,一架一抢,绷簧已开,绿鲨鞘脱手甩到空际。迎面敌人后旁一退,挑刀一拔,啪的坠地。纪宏泽这才旋身应敌,亮剑开路,"夜战八方"式一扫,冲开了近身处两把刀、一根棒,再抢院门。

戎装女子三鞭未能取胜,心中惊奇:这小伙倒懂得空手入白刃?立刻闪退出局外,凝目再打量纪宏泽,要验看他的武功深浅、拳门宗派。等到纪宏泽拔剑失鞘,这女子扑嗤一笑,似已知道黔驴之技。这女子伏身一蹲,竟取鞘在手,看了一看,墙隅还有宏泽投置的小包,女子也绕过去取来,信手放在窗台上。对那避在檐柱后的中年妇人说:"这小伙子倒有一套,也不知哪里来的。"

妇人央求道:"三爷行好,保全保全他吧!小孩子不懂事,不知道咱们这里的阵仗。"

女子笑道:"我倒有心饶他,你看他跳得多么有劲,他还想宰人哩。"妇人忙解释道:"他那是在挣命想跑。"

戎装女子点点头,振吭呼道:"呔,小伙子,别跳了,你不要逞能,趁早住了手,有你的便宜。你要走,我叫他们送你出去,你这么糊弄,你更出不去了。"

纪宏泽一心夺路,充耳不闻,就是听见,也怕上当,宝剑出鞘,奋然苦斗。戎装女子笑道:"看这样子,善说是不行。索性把他放倒,他就不进了。"

说罢,仍不拔刀,提马鞭扑过去,向众人一挥手,叫他们退下,纤足一顿,直抵敌前,举手扬鞭,刷刷刷,一连数下,专打上盘。鞭梢软而长,手法极快、极轻,比这几个力笨汉的刀棒还难招架。纪宏泽连连闪避,连遇险招,皮鞭梢几乎拂着脸;不由激起火来,略略一闪,劈面一剑,照戎装女子刺去。身剑齐进,势如狂风。女子急退,利剑又到。刷刷刷,一连数剑,这女子腾身急蹿,连退出两三丈外,不禁叱了一声,面泛红云,向壮汉喝道:"快围上他,好东西,等着我的!"

刀棒重围上来,这些人功夫并不怎么样,只是纪宏泽不敢伤人,失去了稳狠准三要诀的狠字诀,既不狠,便透慢,慢就吃亏了,而且敌手又多。所幸纪宏泽只想夺门,非求制胜,舞剑防身,遮前御后,眼神依然瞄着院门,转瞬间又往墙头一扫,更往戎装女子一巡。他知道这女子不寻常,这女子抽身奔出去,从她的坐骑上,解下一只豹皮囊,重又奔回。

还有那中年妇人和少女,在他们动手时,已然退到房檐下,想是不懂武功,都有些害怕。那少女很惶急地说:"四嫂子,你快找周德茂去吧,这个人的性命可要保不住!"中年妇人想绕出去,庭院中穿花似刀棒乱打,她乍前又却,闯不出去。那少女很焦急,溜房檐,贴墙根,往外蹭,好容易快蹭出去,劈头遇见戎装女子,一声断喝,把少女喝住。少女脸通红,钉在那里,不敢转动。

戎装女子脱去长衫,提豹皮囊,眉横杀气,面含笑容,二番扑回来,堵门一站,睨定了单剑夺路的纪宏泽,她手中还绰着一把刀。纪宏泽且斗且绕,眼角直往东墙头瞧,身子直往东墙根凑。东墙很矮,只有一丈来高。戎装女子微然一笑,挎上豹皮囊,命壮汉堵门,她自己飞身一掠,蜻蜓点水,蹿到东墙角。伏腰一跃,先抢上东墙头,说道:"小子,叫你跳墙跑!"

纪宏泽一见,大失所望,把牙一咬,奋力夺门,这几个壮汉竟圈不住纪宏泽,纪宏泽三转两绕,突然踢倒一个人,挥剑猛抢,冲到院门口。院门口还有两个壮汉绰棒监防。纪宏泽刚一扑,壮汉挥棒抢刀,先堵住,口打呼哨,出力截攻。纪宏泽提剑一冲,已知不伤人,不能逃出,刷的一剑,来刺迎面之敌。迎面之敌空有刀棒,空嚷得凶,猝然间张皇失措,往后倒退。

纪宏泽趁此间隙,蹿出门外,门外是一条长甬路。戎装女子在墙头"哎呀"一声骂道:"废物!"立刻飞掠而下,从背后追来。不想外援已到,纪宏泽抢到甬路上,从两头又奔来两个壮汉。内有一个身高力大,突从左侧掩来,刀取要害。纪宏泽被夹在夹道,危急之下,嗖的一蹿,刷的一剑,不想这大汉竟不弱,刀花一掩,当的格开。刀花又一晃,扼住出路。戎装女子率院中人先后赶到,把一条长甬前后一堵。纪宏泽如入瓮中,要退也退不回去了。想往房上蹿,此地甚窄。敌人的刀棒错落劈到,竟不容他挫身作势,他就上不去墙。

纪宏泽顿然失悔,在林中,不该受给入堡,既入堡,不该和堡中人翻腔。百忙中窥见甬路北头,有一小角门,咬牙切齿,挥剑一路猛砍,扑到角门边,侧肩一抗,直冲进去,门扇撞倒,豁然开朗,是另一所旷院,地势宽绰。这纵然未必是活路,总比在死夹道强。纪宏泽伏腰急逃,壮汉纷然一散,人家地理熟,绕道堵截,又把这孤身汉围住。当此时,戎装女子追到,已然把暗器收拾停当。

这戎装女子换一身短装,肩挎豹皮囊,右手提刀,左手暗捏一物,如飞赶奔过来,喝命围攻诸人:"你们退下来吧!待我拿他。"

围攻壮汉已凑到十多个,有行家,有力笨汉,乱糟糟地追堵纪宏泽。纪宏泽从人缝中跑着斗,斗着跑,剑格敌刃,目寻逃路。抬眼望见对面,还有一道角门,扭头看见戎装女子提刀赶到,他自然不晓得女子的厉害,只悔恨自己的应变失当。戎装女子奔过来,一声娇叱,群汉立刻应声一散,远远围住逃路。内中一个黄脸汉子,像是头目,提一条竹节鞭,竭力缠住逃人,且斗且说:"三爷小心,这小孩很扎手!"

女子道:"不要紧,看我的,你闪开吧!"

黄面汉猛打一鞭,卖个破绽,往旁一蹿,容出空来,好叫戎装女子上。不想纪宏泽,见空就钻,顿足一蹿,刷地抢出两三丈。四面包围的壮汉登时往核心一挤,戎装女子吆喝了一声,刀尖一指,忙抢过来。那黄面汉手疾眼快,刚刚一退,忙奋身一跃,从斜刺里邀住,疾如电火,鞭剑一交,叮当一声响,各震得虎口发麻,各往后一退。

纪宏泽退到墙隅,戎装女子趁此换上来,近面一站,口中说道:"好小子,放着敬酒不吃,一定吃罚酒,你真胆子不小。你来到我们这里,你还想动武,你可晓得圣人门前卖三字经?你给我老老实实把剑交出来,老老实实回屋,你跑的什么,闹的什么?"

纪宏泽负隅张目,看这女子提刀佩囊,除去男装,露出一身紧裤绣衫,越显得蜂腰削肩,形容洒脱,脚下仍穿鹿皮窄靴,弓弯纤瘦,靴尖包铁。脸上薄敷脂粉,风情俊俏,不像山村女,也不像大家闺秀,猜想许是盗窟一枝花。看年纪仿佛二十一二岁,哪知此女芳龄已然二十五,貌美善饰,便减去三四岁的青春。纪宏泽看这女子,这女子不错眼珠地看他,倒把他看得很难为情。他抗声说道:"我不管你们是干什么的,我一定要走!"

女子道:"你不能这样走,我不许你这样走!"纪宏泽怒道:"你是什么东西,我要走就走!"

女子嗔道:"好个不识趣的浑小子,看刀!"刀尖一指,往前上步,搂头盖顶,劈下来一刀,左掌心另捏一物。

纪宏泽也听七叔讲过,唯女子僧道不宜与斗;但在此时,早忘了这话。他的一颗心除了失悔,就剩夺路。女子的刀迎面砍到,他一攒力,要给敌手一个厉害,往旁微闪身,剑锋一挥,刷的照敌腕扫去,这女子慌忙收刀,不敢硬架;纪宏择急赶一步,直走洪门,眨眼间连发三剑。这女子并不想使刀法取胜,两人连交五六回合,抓了一个空,刷的一刀,斜斩纪宏泽胁下。诓得他还剑招架,女子陡然探身,把左手一扬,喝一声:"呔!"

黄蒙蒙一片烟雾,直向纪宏泽脸上扑去,纪宏泽骇然挥剑一扫,扭头疾往横处蹿躲。不想面目已没入黄雾中,陡有一股辛烈的气息,钻脑刺鼻中,倒噎一口气,鼻酸泪发,二目登时昏花,大吃一惊,恐中妖术,捏鼻屏气,双足一顿,要往开处逃,哪里来得及?女子左手又一扬,喝一声:"呔!"劈头盖脸又罩下一层黄雾,纪宏泽二目酸痛难睁,肩膀登时挨了敌人一下,那女子横刀一拍,纪宏泽勉强挥泪闪过,不妨女子托地跃来,纤足一蹬,铁尖靴,连踢带砸,纪宏泽哼嗤一声,歪身栽倒。立刻一声哗噪,过来七八个人,把纪宏泽按住,夺宝剑,拧腕子,掣绳子,把他捆上了。

纪宏泽二目仍然簌簌地落泪,耳畔听那女子格格地发笑。嘲笑自己道:"小子,不跳了吧?老实了吧?喂,老孟,把这东西押到我那里去,我要审审他。"

登时又七手八脚,把纪宏泽拖起来,已然是倒剪二臂,座上客变成囚虏。刚才受过宏泽踢伤的人,趁势报复,恶骂数声,狠捣他几拳。听那戎装女子斥道:"你们这是干什么?不许毁他,好好把他押来。"登时不再殴打了。

几个壮汉推推搡搡,押出数步,忽有一人说:"给小子带上罩子,别让他东张西看的。"立刻和刚入堡时一样,又被人家蒙头盖脸,扣上脸罩。纪宏泽突遭迷雾,二目依然流泪难睁,这一戴套,越发昏天黑地,连脚步都迈不开。两个壮汉架着他的胳膊,背后有人推着,磕磕绊绊,往外押解,比初来时更不客气了。每逢失脚一栽,便遭辱骂。所幸那戎装女子还在旁跟着,因此没人再动手。

曲折行来,到了地方,刚有人要推倒他,那女子便喝道:"得了,得了,你们回去吧。"紧接着过来两只软绵绵的手,把自手一提一抱,往下一放,下面软绵绵的,好像没做阶下囚,反倒成了高楼客,整个身子落在类乎床褥的东西上面了。跟着那双手揪脖颈把自己一推,双臂反缚,力难抗拒,不觉的和身栽倒下去。纪宏泽唯恐抢破了脸,极力扭着头,哪知头脸接触处,颇似枕头,只有面罩没摘除,眼前的情形,为吉为凶,当然懵然一无所睹,耳畔却听扑嗤一笑,而且那只手照自己脑门轻轻凿了一下。

纪宏泽身已遭擒,任人摆布。蒙头盖脸,什么也看不见,而且一到此间,人家把他的双腿也捆上了,简直分毫不能转动,隐隐觉得有个人,挨在自己身旁,鼻息习习,相隔至近。纪宏泽不胜沮丧,百感交集,眼下凶吉莫测,更不知身置何地,只这眼睛酸辛,直到此时,依然簌簌流泪,双手被缚,无法自拭,真格的涕泪纵横,交颐沾腮了。可恨的是这戎装女子,将自己活捉,既不处置,也不摘套,把自己蒙在鼓里似的。纪宏泽到了这般光景,索性一声不哼,瞑目等死。五官还有鼻孔可以出气,耳朵可以辨声,一任流着泪,且自侧耳听声。

那些男子似乎都被这戎装女子遣开,这女子好像有很大的势力。纪宏泽两眼渐渐痛得可以忍受了,一番拼斗,现被捆倒,也渐歇过来,两眼微启,兀自下泪;耸鼻微嗅,似有冰麝香气冲入,偷听时遥闻喧噪声甚远,近身处悄然,恍惚有个人似嘘似笑,若近若远。同时发出窸窸窣窣的声音,大概戎装女子正在更衣。忽听一个轻俏的脚步声,推门挑帘声,一个生疏的女子声吻,发出惊讶之声道:"哎哟,这是什么?……"

那戎装女子竟在自己身旁,猝然坐起似的,用她那清脆的声音斥道:"你咋呼什么?"那女子笑着改口道:"三爷,是您在这儿哪,吓了我一跳,我当是谁进来呢!这是谁呀?还捆着呢,还蒙着脑袋呢!"

这当然议论的是自己了,纪宏泽提神来听,借测吉凶。戎装女子很娇蹇地说:"唠叨什么?你上哪儿去了?快给我打洗脸水来,可把我脏死了,你瞧我这一身上。喂,等等再打水,你先给我掸掸。"

纪宏泽立刻觉出身下床铺吱吱地响,似戎装女子立起来了,跟着听见掸尘拂衣之声。戎装女子说了一个"得"字,旋听见端盆,开门。那个女子大概是个丫头、女仆之流,想是打水去了。跟着咣当一声,这个戎装女子大概是亲自过去掩门。旋听见女子用斥责的口吻说:"小伙子,好好地给我爬着,不许你偷瞧。"床又吱吱地一响,女子又坐在床上。

这女子似乎正在换鞋,换小衣裳。纪宏泽懵无所睹,头在枕上,刚刚一动,立刻过来一只软绵绵的手,居然扯耳朵,把他一推,并且娇骂道:"小东西,叫人捉住了,还不老实,你紧自歪脑袋,那是干什么?我本来想给你摘套,就知你这孩子两眼秀迷迷的,准不是好孩子。你老实给我躺好了,再不许动弹了,再动,我就揍!"刮的一声,给了他一个清脆的耳光。

纪宏泽此刻是抗力毫无,杀剐任便,更不用说这区区零饶的嘴巴子,大脖溜了。却是这敌人如此侮弄,分明把自己当作了痴童,惹得他心中不平,但到底没有招。

旋听见木底声,打水的女奴已返,戎装女子慢条斯理下了床,就盆洗了脸,水声哗啦哗啦,清晰可辨。跟着戎装女子说:"把胭脂拿过来,哼,这是什么东西!快去,把我的胭脂粉梳妆匣拿来,快点走,别扭啦。"

女奴笑应而去,旋即奔回,戎装女子细细地饰妆整容。纪宏泽满想到落在人手,必被讯供,不料这女子一味地捯饬起来,而且捯饬得工夫很大,自己被蒙盖的工夫,也就格外延长。

忽又听见紧急脚步奔驰声,门扇踩开处,似闯进来几个壮汉。戎装女子陡然斥道:"这是谁?"立刻听见男子腔口,叫了一声:"三爷!"

洗涤声顿住,戎装女子说道:"你们这是干什么?闯什么?"男子答道:"三爷,刚才大爷听说您捉住一个秧子。"

女子道:"怎么样呢?"男子道:"大爷要提过去,审问审问他,派小的上你这里来领。"

啪的一声,女子愤然,半响才听她说:"你回去告诉他,叫他等一等,我这里还没问呢。"一霎时屋中默然,来的几个男子似很踌躇。空手回去,大概不便,要人又不敢,钉在那里了。戎装女子怒道:"你们去吧!就说我说的,叫他等一会儿。"

一阵脚步声,男子悉数走出去了。洗脸声又起,夹着两个女子叽叽呱呱的笑声。跟着听那戎装女子说:"把镜子拿过来,怎的这么笨?你过来站这边呀。"鼓鼓捣捣,过了片刻,突又有一阵脚步声奔到门前,未推门先叫了一声"三爷!"

约莫又有三四名男子到来,戎装女子很不耐烦道:"你们来有什么事?"男子低声回道:"三爷,大爷请您!"

女子道:"请我做什么?"男子回答道:"大爷有要紧的事,跟您商量。"

女子越发不悦道:"你告诉他,我这就过去,叫他多等一会,不要啰嗦了。"男子嗫嚅着说了几句话,激起女子的怒火来,把梳妆台捶得山响,一迭声叱道:"老六,你也这么浑蛋!你没睁眼么,我这里还没洗完脸,你就是小鬼活捉活拿,也得容我一步呀。"一阵娇叱,男子哑然全走了。

第十八章

陷凤巢孤雏奋翼

男子一走,戎装女子又咯咯地笑起来,对那女奴说道:"你们给我把门看住,别叫他们进来了,我捉住的人凭什么叫他审问?我还没摸着问呢。"

戎装女子又鼓捣了一会,这才稍移莲步,挨到榻前,把纪宏泽先往旁一推,口中笑说:"小伙子,你可老实点。"紧跟着拍脖颈,搬脑袋,把纪宏泽的蒙头罩一摘,纪宏泽登时眼前豁然一亮。戎装女子伸纤手,又往颈下一托,把倒剪二背的纪宏泽连抄带扶,给扶坐在床上了。女子哂然一笑,凝目看纪宏泽的脸。

纪宏泽依然满眼含泪,瞬而又瞬,睁而又睁,方才辨出存身处,乃是人家闺房,怪不得脂粉气息扑鼻。再看置身处,竟是坐在人家绣榻上。一个艳装盛饰的美女子,正半跪半坐,挨在自己身边,双眸盯着自己脸,鼻息吹着自己腮,香气袭人,容光触目。纪宏泽定睛看去,居然是施暗算、用迷雾、把自己捉住的那个戎装女子,亲来给自己摘面幕。那女奴模样的女子,反倒含笑倚桌而站,恰当对面。

纪宏泽把眼睁而又睁,戎装女子这样瞅他,他不禁低了头。戎装女子嗤地笑了,伸手一触纪宏泽的腮,说道:"小伙子,怎么还哭呢?是怕死吧?刚才跳得那么狠,现在怎的不英雄了?"

纪宏泽侧脸要躲，又躲不开。戎装女子越发嘲笑道："你瞧你满脸都是泪，真格的成了泪人儿了。你别怕，姑娘连小猫儿小狗儿都不肯害，你这大的人，你娘抚养你很不容易，我哪能做那种损事。别哭了，嗐，还哭？我给你擦擦吧。"叫那女奴拧一块手巾，戎装女子亲自动手，给纪宏泽拭泪，揩眼，抹鼻涕。

纪宏泽蓦地红了脸，奋力一挣，可惜双足已被拴住，仅仅躲开半尺远，仍被女子一把捉住，吆喝道："小伙子你别犯贱毛。放着敬酒不吃，定要吃罚酒么？小菊，过来帮着我按住这孩子。"

到底这女子亲手给他拭净了鼻涕，且拭且说道："小伙子，你别不识好歹。姑娘这件法宝够你受的。姑娘给你擦净了，还要问你话呢！你要好好地答对，有你的便宜。你刚才看不见，可也听见了吧？这儿的堡主要提取你，审问你，一定要用毒刑逼取你的实供。一个答对得不好，就把你活埋了。再不然，砸折你的腿，叫你一辈子落残废。你说你年轻轻地，可惜不可惜？还是老老实实对姑娘说了，姑娘给你做主。你别看我把你擒住，实在是救了你。像你刚才拿着一把剑，你往外跑，你想跑得开么？他们这里正在械斗，捉住犯歹的人，只要你带着凶器，碰巧了，连问都不问，立刻刨个坑，埋了。小伙子，老实点吧！我问你，你快照实说。"

纪宏泽此刻只觉着倒霉，初入堡时，他还能揣测利害，此时对这女子，他觉得智穷力尽，再测不出她是怎么一种人物了。也不知她擒拿自己，逼问自己，到底意欲何为。

他低头想了想，说道："我本来用不着说谎，谁问我，我都可以说，我句句都是实话，我姓纪，今年十八岁，直隶省信安镇人，我随着师叔，出来做小买卖，到你们邻村姚山村。他们拿我们当作奸细，把我们追了一个跑。我的师叔叫他们扣住了，至今没出来。是你们铁牛堡姓周的把我邀进来，要跟我夜间再去探山救人。姓周的把我丢在那个什么四嫂屋里，他一去不回来，他本说领我见堡主，我等不及了，我就要走,是你们不叫我走,硬要捉我,就叫你们捉住了。我是老百姓,一不犯法,二不做贼,我跟你们铁牛堡,一向又毫无瓜葛。我不知道他们姚山村也扣人,你们铁牛堡也扣人。我不知道你们是怎么回事。我的实话就是这个。你们还要问我,我倒要问问你们,青天白日,朗朗乾坤,像你们这样随便拦阻过路行人,随便捉拿孤行客,我倒要请问,你们是要干什么?你们打算把我怎么样?……我的话就是这个,任凭谁问,我也是这一套。我说完了,你们呢?"

纪宏泽说罢,带着豁出去的神气,一迭声反诘女子,要杀快杀,要放快放。眼睛兀自发酸,眼睑一挤一挤的,依然掉泪。心中纳闷不知这女子弄什么东西,扬自己一脸,起初还道是什么妖术,这时才知她不过洒了两把迷目呛鼻的蒙药。身虽遭擒,心实不服,恶狠狠瞪女子,喃喃说道:"凭功夫栽了,我甘心;像这样,我真倒运罢了!"言外这暗器不能算,只能说是中了暗算。

女子瞧着他,抿嘴直笑,说道:"看这样子,你还是不服气,你练武功的人怎的就不防备敌人的暗算呢!你要我释放你么?小伙子,说个好听的吧!你看你脖子梗梗的,哼,可惜我不是诸葛亮,你也不是孟获,我也不会七纵七擒。你若想叫我放了你……吃吃吃,怎么又哭了?"

纪宏泽忿道:"你不要挖苦人,也不知什么东西,扬人一脸,眼睛辣辣的。反正随你们处置吧!怕死不是男子汉。"索性闭上眼,做出不含糊的样子。

女子嗤之以鼻道:"嘴倒很硬,我本有心放你,你倒逮住理似的,一百二十个不甘心。好吧,你不见刚才他们派来人要提你么?小伙子,你一到他们手里,我可不是吓唬你,轻了要砸折你的腿,重者把你活埋了。小小的年纪,任什么不懂,只知叫横,你当初不该撞到堡里来。既然三不知钻进套了,就得守着这里规矩,叫你走,你再走,不叫你走,你老实一呆,他们也就不会毁了你了。谁想你这点粗粗的能耐,竟想炸刺,七出来八进去地胡闹,你一个孤身客,好大的胆子啊!你可就惹火焚身了,孩子,我说这话,你不爱听吧!刚才你实在不该拿刀动剑,你把他们全堡的人都看成秧子,这一来你犯了条款了,他们非杀你不可。什么?你不怕死呀,好,他们更会叫你趁愿。你倒想着死个痛快的,他们偏拿钝刀子割你。也不要你的命,只是把你的眼睛揉瞎了,再不然挑断你一条腿筋,把你一放。小伙子,这辈子你可就完了。你不用冲我翻眼珠子,我可不是吓你,你只管打听打听去,你知道他们是干什么的?你不用冲着我女人家发威,那算你行。你就不知道这里是没王法、有帮规的地方,你拿话硬顶我,我不过一笑,我是一念之慈。我是一个姑娘家,连个蚂蚁还不愿踩死,何况你这大一个活人,只要你……"

女子说到这里,瞟了纪宏泽一眼,低头沉吟了一会,方才说道:"只要你说好的,我就想法子,把你放了。我跟他们不是一回事,我何必做坏人,毁害你年轻人呢!"

听这说辞,好像纪宏泽一告饶,就可以释放。但是纪宏泽纵然年轻,初涉江湖,也知既擒故纵,没有这么容易的事。女子的话是这样讲,她的神色和语调另透露一种意思,比话头还切实。可是纪宏泽瞑目而听,全看不到眼里。

女子似乎生气,攒起粉团似的拳头,照纪宏泽背后捶了一下,道:"你怎么老闭着眼,我说的话你听见了没有?"

纪宏泽开目道:"我听见了。"

女子又道:"你听懂了没有?"纪宏泽道:"我听懂了。"女子道:"你真懂了么?"纪宏泽道:"这有什么听不懂,你叫我说好的,我始终没有说出犯歹的话呀。我还是那个意思,要杀要剐要放,全随着你,我一个被擒的人,我不能磕头礼拜求活命!"

女子气得把身子一扭,跳起来在屋中走遛。旋又挨身坐下,低声对纪宏泽说:"我的话你到底全听明白没有?你到底愿意我放你走么?

俺,你别总闭着那瞎窟窿,你睁开眼看着我,你别把一对耳朵丢给我算完。你莫非眼睛还疼?来,我给你治治。"一拍肩膀,拿那手绢,要给纪宏泽拭目。

两人挨近,纪宏泽不由睁开了眼。这女子通身艳妆,玉面修眉,身边脂粉香气四溢,冲入宏泽鼻端。并肩侧坐,分明听出女子低低的发出微喘声,口气习习,扑到纪宏泽脸上。纤手如绵,轻扶着纪宏泽的头。纪宏泽不禁心头小鹿怦怦一跳。身被拘絷,欲避无从,蓦有一团热力烧心扑面,登时耳根通红。

女子眼望门窗,转脸来低声说:"趁这时他们没来打搅,你快点说。你要是愿意我放你,你别对我这么梗梗的。告诉你,你别把我看错了,你要知道,我跟他们堡里不是一码事。他们械斗,我是他们好礼好面邀来帮拳的。你大概未必听懂我的意思,实在对你说,我是真心想救你,只不知你心眼上把我看成什么人了?喂,你倒说呀!你心上怎么样啊?"

纪宏泽手足全缚,挣扎不开。那个使女已被这戎装女子遣出院外,似乎巡风。屋中只他和她二人相对,被这女子容光所照,气息所熏,心上乱乱的,要躲躲不开。并且女子的话正是车轱辘话,远远地绕,团团地转回来,到底怎么个意思,纪宏泽空活十八岁,好像听明白,其实不明白;若说他真糊涂,他也觉得不对味。他侧着身子,于无可躲避中勉强挣躲着,也不禁放低声音,悄然答道:"你真想放我么?"

女子咳道:"你真傻呀,你也是二十岁的人了,你是装糊涂?你真格的看不出我跟他们不一样么?"

纪宏泽道:"姑娘!"不知不觉改了口气,起初是"你们你们",现在是"姑娘"了。他说道:"姑娘,你想放我?你何不帮我逃出去?刚才你为什么捉我?你不捉我,谅他们一群笨汉全不是对手,我早闯出去了,这是怎么讲?"

女子凝星眸,盯着纪宏泽的嘴,无端地失笑了。口中骂道:"你这人真真岂有此理,你问我刚才为什么捉你？你觉着我若不捉你,凭你的本事,你就跑出去了？"

纪宏泽忙道:"正是,你若不扬我一脸……"

女子忙拦道:"想不到你也二十来岁了,竟这么糊涂。你要晓得你跑不出去！他们在堡里堡外下着好多道卡子,你跑出这院子,你也跑不出这堡,你就跑出这堡,也逃不出这方圆五十里。你疑心我有恶意,帮他们捉住你,咳,傻子,你仔细想想,我捉你,正是救你啊！"话到手到,把纪宏泽拍了一下子。

纪宏泽一想,这话似乎有理。侧目重盯了女子一眼,好像要从她的眼目口吻间,体察善恶。女子双瞳盈盈,颇透矜怜,纪宏泽不觉把敌意一释,但是他还有疑虑,他说道:"你是真要救我？"

女子笑了,说道:"我敢跟你起誓,我自从初见你,直到此时,我是一片诚心只为救你。你只要跟我一个心,我准救你逃出这里。"

纪宏泽只听出两个"救你",没听出"一片诚心"和"一个心"。他紧张的心情不由一放。吉人天相,想不到自己初涉江湖,便逢险难,想不到逢凶化吉,忽遇这风尘奇女子。可是,她到底是个什么样人物呢？现在自己犹为阶下囚,榻上客,未遑转诘,先叩逃路。对女子说:"姑娘,你的意思,是想耗到夜晚,就把我放么？"

女子含笑点头道:"对了,你真猜着了。"突然站起来,绕着屋子转了一圈,又启帘推门,向外一望,似窥日影。转回来,对榻叉腰一站,恰当纪宏泽面前,一双星眸上上下下打量这个俘虏。把头一摇,似嗔似喜,脸上带出一种难以测度难以形容的神色。

纪宏泽被瞅得磨不开,眼望他处,重复问道:"今晚上你真预备放我么？"

女子眉峰一皱,半晌,支支吾吾说道:"我正是这个打算。可是一个人行好积德,也许盼望人报答她。我救了你,你逃出虎口以后,你、你、你不能再恨我了吧？"

纪宏泽忙道："姑娘,这是哪里的话,姑娘救了我,就是我的恩人,我当然感恩匪浅,结草衔环。"

女子嗤道："这是戏词,我不爱听这一套……"说罢,目不停瞬,盯住纪宏泽。

纪宏泽惶然,不知怎样答对。女子候了一会,见纪宏泽答不出,只得说："纪少爷,你要明白,我不光是白白地要救你呀。"

纪宏泽道："那么,姑娘……"

女子登时一喜,听他的下文,纪宏泽到底口懦,说不下去了。女子呆得一呆,忽然把头一调,喟然叹道："纪相公,老实告诉你吧!我不只是救你,也是救我自己啊!"

这话纪宏泽就不明白了,他始终替自己这面着想,他不曾理会这女子东说西说,意欲何为。当下忙问道："这话怎么讲?"

女子蓦地脸一红,点头说道："难得难得,你还知道问我这一句!年轻人真有你的。你现在净给自己个打算,怎样挨到夜晚,怎么对付好了我,我把你一放,你怎么好闯出去,别的你就不管了。你也翻回来想一想,我一个姑娘家,我总是他们帮里的人,我无故要把他们捉的人私自放了,他们肯答应我么?我又图的是什么?"

纪宏泽也不由红了脸,说道："对不起,我实在不知道。"

女子道："不知道不要紧,你也没有问我,我到底是怎么回事。"女子颇有点凄然怨尤之态了。

纪宏泽自知疚心,忙道："姑娘,我正要问你哩。你不是堡中请来的帮手么?你一定是堡中要紧的人物,他们管你叫三爷,你大概是三寨主了?"

女子欣然,却又拂然道："罢了,你还猜得到。实对你说,我不是什么三寨主,他们铁牛堡和姚山村械斗,势力不敌,邀出我们哥们打帮手,这是面子话,不是我们自己的事。咳,索性我对你实说了吧。我姓桑,叫桑玉明,我哥哥叫桑玉兆,我们是亲哥俩。我们不幸,吃的是江湖饭,我们兄妹率领一百多人,只在这山西、直隶、河南三搭界的地方混……"

纪宏泽矍然道:"你还是女寨主!"

女子忙道:"瞎说,你晓得什么?有我这样的女寨主么?我们不错,吃的是江湖饭,我们可不是杀人放火,也不是当强盗做贼。我们干的营生恐怕你也不懂,我们只凭胳臂根架弄着,给人家仗腰子,包运包赌。反正我们不是坏人,我们这行饭也不很地道。我哥哥狐朋狗友不做人事,我已然这么大了,我哥哥不管我,不给我虑念正事,我直到如今,还是一个姑娘。我今年……我说你到底多大岁数了?"

纪宏泽道:"我十八岁。"

女子道:"你才十八岁,你猜我呢?"

纪宏泽道:"我猜不出来。"女子道:"嗜,我说你这人,你猜不出来,你不妨试猜一猜,猜错了,我也不要你的脑袋。"纪宏泽无法,眼皮一撩,把女子重看了一眼道:"你大概二十三四了吧?"

女子把鼻子一耸道"你倒会猜,我八十五了,你信么?我老实告诉你,我今年整十九岁,比你大一岁。"

纪宏泽道:"你才十九岁?"

女子道:"我不冤你,我真是十九岁,属马的。你想我都十九岁了,我哥哥一点正事不虑,把我耽误到现在。他自己吃江湖饭,他现在又跟铁牛堡联起手来。他的事我管不了,我的年纪不小了。你想,你瞧,我看你年轻轻地,人很不错。你要是……肯可怜我,我把你放了,你得回回手救我一把呀,这儿好比就是火坑,我拉你一把,你再拉我一把,就全都逃出来了,咱们两个人今晚上就一块往外逃。你、你、你可肯答应我么?"

这女子说罢,不错眼珠看着纪宏泽的嘴。纪宏泽打了一个冷战,沉吟,反诘道:"你自己不会逃跑么?"女子道:"你好糊涂!我一个女孩子家,我往哪里去跑?我跑到哪里是一站呀?除非是跟你搭伴,我看你这人怪不错的，你不要辜负我的心。……可是的，你家里都有什么人？你大概有老爹老娘吧？你有小孩没有，你成过家了吧！成过没有？"

纪宏泽赧然道："我只一个人。"女子摇头道："我不信，你家里一个亲人也没有么？我不信，不信，十八岁的男人会没娶过媳妇儿，谁信呢？也许是订下了，没娶吧？"纪宏泽道："也没有，我家里只有一个娘。"

女子登时眉横喜色道："你家里真没有别人了么？就只你母子俩口么？"纪宏泽道："就只我们娘俩。"

女子道："你不是还有一个伙伴，失陷在姚山村了？他是你什么人？"纪宏泽道："那是我七叔。"

女子道："是你七叔，你们是一大户人家了？"纪宏泽道："不，我家只两口，此外没人了。七叔是我的师父。"

女子道："原来如此……"想了半晌，道："你没有成家，你家里只两口人……"又低头道："纪相公，我是打定主意，一定要救你。救了你，你再救我。你想我这法子好不好？我假装拘留你，他们找我要人，我决不放你，我要把你交给他们，你就毁了。挨到夜晚，我就把你一放，你就把我带出去，我们远走高飞。你想，我一个女孩子，我哥哥只顾自己，光姨太太就三四个，还有靠家，抛下我一个人，他不闻不问，一点也不管顾我。我嫂子也不好，她只知哄丈夫，讨爷们喜欢，在妹子身上也是不管。咳，想起来我这一辈子真和孤鬼一样。一个姑娘，若是没有亲娘，太苦了。自己的事，谁来管呀！"

这戎装女子忽然把这个阶下囚尊为榻上客，又对这榻上客自述起身世之悲。纪宏泽心头小鹿跳动，终于恍然了。他小时看过说部，他登时明白过来，这女子活脱又是个"穆桂英"！然而返念自己："我却是负着杀父深仇的人，我不是杨家将呀！况且这女子说得如此可怜，她说她十九岁了，可是我却看她，哼，至少也有二十二三，也许二十三四，也许二十四五……谁给她批过生辰八字呀！"

310

纪宏泽又想起初出家门,他的母亲双眸蕴泪,瘦颊含春,是那样强作欢容,激励孤儿,发露着刚毅之气。又想起姚山村失陷的七叔,至今生死难卜。更反观此时此地,自己依然是手足交缚着,女子说的话尽管好,她竟没想到给自己解缚,她到底是怎样的打算?安的什么心?

纪宏泽心情瞬息万变,终于暗暗打定草稿。他说道:"桑姑娘,你的意思,我明白了。你想放了我,再叫我救你,你我一同逃出此地,可是这样打算么?"女子道:"着啊,我就是这个主意。"纪宏泽道:"可是你总得先把我松了绑,才好说别的。"

女子道:"哎哟,我忘了这个。你放心擎好吧,一到天黑,我准放你。我也收拾收拾,好同你一块走。"女子欢欢喜喜,挨坐在纪宏泽的身边,倒比开初文静了,低声商量共逃的办法。纪宏泽说道:"姑娘,你先不要谈这个,现在你得给我解开绳子呀?"

女子眼睛一转,道:"纪相公,按理说,我得给你释缚,可是你是明白人,咱们得遮外人的耳目,一到掌灯的时候,我准释放你,你多受点委屈吧。"纪宏泽道:"我的手脚都捆麻了,到了那时,我可是怎么走法?"女子道:"呀!这是真格的。"忙亲自动手,把纪宏泽捆的绳解开,独留下缚手之绳,仍不给解。低声说道:"纪相公,你多多抱屈,白天叫他们看出来,就不好办了。"

纪宏泽伸了伸腿,皱眉道:"两腿全麻了;我的两只胳臂若捆到天黑,恐怕必然麻痹了。姑娘,你好歹给我松一松绑,叫我活动活动血脉。"女子想了想,真个找出一条绸巾,代替了麻绳,叫纪宏泽扭过身来,亲手替他解扣。但等到解绑换缚之时,纪宏泽暗运一口气,两臂不肯再受反剪,双腕一挥,突然站起来。女子大惊,急急横身当门,怒喝道:"你、你、你要跑么?"手举暗器,睨定纪宏泽。

纪宏泽早已留神,看见自己的剑和小包都放在对榻方桌上,他未尝没有逃跑之心,但他才脱绳索,这么用力一举步,一挥腕,顿觉二臂麻木,酸得不可支持,两脚顿地,才一登劲便一歪一软,登时踉跄欲倒。女子抢上一步,倒把他扶住。纪宏泽觉得受缚处血脉苏苏地流,麻得十分难受,心知此刻寸步难移,登时赔笑道:"我得遛一遛,我的腿和手全麻了,姑娘对不起,你搀我两步吧。"

女子回嗔为笑,道:"我当你嘴说好话,暗打转轴子主意呢。你只不要口是心非,我一定保护你,搭救你,你要抛下我,独自想逃跑,我就是不收拾你,他们堡中人也不肯轻饶,你要放明白些。"挨过来伸腕架着纪宏泽,慢慢在屋子遛走。遛过数遭,问纪宏泽道:"行了吧?"强架着他,仍到榻前坐下,仍叫纪宏泽背转身,重行加缚。

纪宏泽央告道:"姑娘别捆了,你再一捆,我又麻木,到晚上可怎么逃走?"女子道:"不行,我倒不想捆你,少时他们堡中人要再来讨你,叫他们看在眼里,就不好逃跑了。"纪宏泽再三求告,女子皱眉道"得得,我不反缚你,咱们这么虚拢着一点吧。"

把反捆改为顺缚,用丝巾拢腕,交捆手脖,这就好受多了。命纪宏泽坐在榻上,紧挨着床柱,仿佛是捆在柱上似的。女子附耳对宏泽说道:"这样才好遮掩外人的耳目,他们就闯进来,再不疑心咱们俩通同作弊了。"说着冲纪宏泽很柔媚地一笑,仍偎着宏泽,絮絮地计划今夜的偕手同奔之计,来日患难相共之计,反回来再盘问纪宏泽已往的家况身世,她自己也极力地述说她自己。

这样,女子的心情,昭然若揭了。纪宏泽却是心上乱糟糟,一点准打算也没有,好像打定主意了,却又自己起矛盾。结果,眼为心之苗,心思不宁,眼光就闪烁不定,不时地窥视纸窗门帘。女子比他大,比他精,登时动了疑。这女子话里绕话,同逃、共患难,应该起誓,谁也不许存二心,谁也不许哄骗。

女子首先起了誓,转对纪宏泽说:"咱们俩人心换人心。我先救你,你再接我,皇天在上,我一定不亏负你。"然后请纪宏泽也对自己起誓。

纪宏泽大窘,他是十八岁的少年,他不是傻小子。他敷衍女子道:"起誓是笑话,我决不能辜负你。你好心好意救我,真格的人心换人心,我还能骗哄你不成?男子汉,大丈夫,一言出口,如白染皂。起誓,那是何必?"

纪宏泽只表忠诚,不肯起誓,女子起初要依允,忽又发怒说道:"莫看你人小,你还玩花活?你不肯起誓,好好好,你的心我算看明白了,你一味对付我,只要把我骗过去,把你放开了,你就扭头一走,你东我西,各奔前程。你是这个主意不是?"

女子翻来覆去,口发怒言,又说出恐吓的话,逼迫纪宏泽。纪宏泽赔笑对付,越对付越不行,无论纪宏泽如何斗诡,终诡不过这年长几岁的江湖女子,终于逼纪宏泽推托不开,低头说道:"你叫我起誓,你得放开我呀。你把我拴在床框上,我就这样子对天盟誓,老天爷也不肯作证人。"女子笑道:"解绑容易,你只跟我一个心,样样好办。"口说好办,站起来凑到纪宏泽面前,四目对射,盯住纪宏泽的双眸,似要从眼神中窥测他的诚伪。纤手按着他的肩膀,兼要用柔情加上无形的束缚。起誓一说,好像是一种试探,纪宏泽腾地红了脸,感觉到一种莫名其妙的压迫,心头小鹿跳个不住,身子欲躲无从。正在挨挨靠靠,不得开交,突然外面有了响动,那个使女飞奔进来,一迭声说:"三爷,三爷,大爷和鲍爷全来了。你还不快迎出去?"

女子愕然回顾,本来神情如醉,蓦地惊觉,把脸色一正,一推纪宏泽,低声说道:"喂,你不要多言,你顺着我的口气说。"这女子矫如游龙,忙向门外走。纪宏泽被抛在闺房中,仍拴在绣榻上,这个女奴迟迟不行,落在戎装女子的后头,也凑到纪宏泽面前,一脸的笑意,说道:"好小子,你倒……"女奴只说了半句话,戎装女子将到门口,突然回声,叱了一声,吓得这女奴一吐舌,忙跟着女主人迎了出去。

纪宏泽昏头昏脑,心上乱七八糟,初尝到生平未尝过的一种滋味,倒把眼前吉凶祸福全忘了。心中盘着一个疑问:这女子到底是什么人物？听她意思，好似以身相许，这不突兀了？我该怎样？正陷入深思，外面脚步声利落，听见一个粗暴的男子喉咙，和戎装女子高一声、低一声辩论，好像抬杠，又夹杂笑声。这样过了好半晌，履声又起，来人大概支吾走了。女子匆匆地独自回来，红头涨脸，显见动怒，却又眉舒眼笑，透露得色。向纪宏泽抛了一眼，指点说道："你呀，真叫我费了事了，刚才你听见我们吵么？他们定要活埋你，是我好说歹说，方才化解开了。现在我就领你见他们去，你说话要小心，可得跟我对了茬。"

纪宏泽听见"活埋"二字，鼻孔哼了一声，反诘道："跟你对什么茬？"女子道："对什么茬？我告诉你，他们现在提出一件事，要放你不难，必得叫你入伙。你肯入伙么？我可是替你答应了。"

纪宏泽道："入什么伙？"女子道："入我们的伙，你刚才不该动武，他们堡里全要杀你，我们哥们也要杀你，只给你留了一条道，决不放你生出铁牛堡，要你加入伙里，我们一块混，你的心意怎么样？"

纪宏泽怫然道："我可不知你们这一伙是干什么的，我本来是过路客，我还有自己的事，我焉能留在这里入伙？况且我的同伴失陷在姚山村，没有逃出来。"女子道："果然还是这一套，叫我猜着了。这么一说准砸，就保得住脑袋，你的两条腿也准折。"

纪宏泽道："我说什么好呢？"

女子欣然往榻上一坐道："这话明白，你早就该问我，我替你编排呀。我告诉你，回头我就领你见他们去，你只顺着他们说，他们问你是干什么的，你就说出门找事的。他们叫你入伙，你说好极了，早就有意闯荡江湖。他们要你怎样，你全答应，你只敷衍他们三两天，得空我们一走，不就结了！"

女子一面说，一面盯着纪宏泽的脸。纪宏泽听出缝来，忙道："怎么又敷衍两三天了？你不是今晚就帮我逃走么？"女子道："傻子，你又犯死心眼，逃跑的事得看机会。没有机会，想走，成么？我不过这么说，听话要听音，别死抠字眼。我刚才替你说了许多好话，说你飞纵的功夫很好,比我还强,有你入伙,足能做一个好帮手。我说我早已劝好你了,我说你第一步志在搭救你的同伴,你就入伙,并且连同伴一块入伙。我这样费了好多唾沫,他们方才点了头,不再活埋你了。咳,你想我一个姑娘家,拉下脸来替你讲情,你想人家够多难,我这样说法,可你的心么?"

纪宏泽想了想,点头答应,女子这才亲自释缚,搀起纪宏泽先在屋了遛了几步,问他怎么样,腿还麻不麻?纪宏泽试了试,体力已复,说道:"行了。"回身便趋方桌,要拿自己的小包、宝剑。女子忙横身一挡,急道:"做么?做么?你可不能带兵器,你得空手跟我走。"

女子抢先一步,把纪宏泽的囊剑,全都按住,圆睁双瞳,瞪着宏泽道:"你还是囚徒,你又来这个!"纪宏泽退后一步道:"咱们已经说好了,你怎么还不给我呢?"

女子道:"你不用装糊涂。"手指门口道:"快跟我走,别捣麻烦。这剑我先戴着,到了时候,我自然还你。"索性把剑抓起来,要系在自己身上,不想提鞘按柄,一眼见到剑柄上的刻镂标志,突然她又犯了疑,手指剑柄,目睨纪宏泽说:"等等再走。我问问,你到底叫什么名字?你真是姓纪,真叫纪宏泽么?"说着横身绕过来,把门口堵住,又一推纪宏泽,重按在榻边上,说道:"你到底叫什么?"

纪宏泽登时恍然,这把短剑正是仇人之剑,那把长剑是亡父遗物,现在七叔手内。这把短剑在柄上镂着一条小小银龙,还有八字铭语,还在亚形花纹中篆刻着一个方字。戎装女子虽不认识篆字,可是剑既有铭,独不见一个纪字,她似乎犯起疑猜了。纪宏泽大大吃了一惊,忙道:"我叫纪宏泽,这是我的真名字呀。"女子道:"不对吧,这剑上刻的是什么字?你的名字准叫什么龙,你告诉我的一定是假名字,你还是骗我!"

纪宏泽道:"咳,你太多疑了。这把剑是古剑,是我师父当年在破烂摊上,花八两银子买来送给我的,你看见剑上刻着龙,我就叫龙。你可晓得龙泉宝剑也刻着龙呢？"

这种解释，女子似乎又释疑了，扑哧一笑，道："我是诈你，走吧！"到底把剑系在自己腰间，推着纪宏泽，往外面走。纪宏泽这才明白，女子忽嗔忽喜，忽疑忽怒，乃是一种做作。她故意动疑，无非是打岔，不叫纪宏泽索剑罢了。哪知纪宏泽心中有病，这一诈真个把他诈毛。暗想：不对，这剑柄的"雕龙"铭刻，委实害事，莫如趁早把它换了……

女子紧绊着纪宏泽，出了这闺房。那女奴正在阶下徘徊，女子冲她一挥手，女奴进了闺房。女子来到院门口，门口竟有两个壮汉持刀棒站岗，见了女子，叫了一声："三爷！"女子又一挥手，带领纪宏泽往前走。壮汉忙道："三爷，我这里有罩子，给点子带上点吧。"女子道："不用你管。"径引纪宏泽离开小院，暗向纪宏泽抛了一眼道："便宜你，你知道吗？"纪宏泽笑道："我承情！"他渐渐地也放肆了。

曲折行来，纪宏泽不带眼罩，堡中的内容，至此也大致看明。这是好大的一片土堡，瓦房、土房参半，堡中人大抵携带武器，看不见女人。这戎装女子把纪宏泽引进一座黑大门，在门左右，散散落落有八个短衣壮丁，持刀棒梭巡，见了女子全都致敬，口称三爷，纪宏泽听了，很觉奇怪。有一个矮汉子，好像小头目，凑向女子身边，说着客气话，指问纪宏泽道："这就是三爷捉着的那个家伙么？怎么也没捆，也没给带罩子？"又哦了一声笑道："由您自己押着，就不上绑，他也跑不掉。"这矮汉故意搭讪，没话找话，戎装女子带理不理，哼了一声道："他们对阵的人散了没有？"矮汉道：刚才散的，还没有归队呢；姚山村的人太可恶，他们抓住有把的葫芦，一个劲地刁难。刚才鲍大爷和咱们大爷，传下话来，叫邢老七回老窑勾兵去了。依我看来，越跟他们对付越不行，还是硬干。只是咱们的人叫他们掳了好几个去，总得想法子寻回来，再跟他们拼斗一下子。若不然，事总结不了。"女子皱眉道："你说得倒也对，不过……今儿是你的班不是？你只好好地值你的班吧。"一摆手，矮汉诺诺连声，挤眼一笑，侧身旁站。女子带领纪宏泽径入黑大门。

黑大门内的房舍,好像就是铁牛堡的公议堂,正房五大间,此刻聚着高高矮矮十几个人。两大间通连,用六张八仙桌对成长案,这些人都坐在桌旁。为首两个人,一个黑大汉,身量甚高,年约三十四五,穿一件紫色长袍,上套团花青马褂,坐在当中左上首。在当中右上首是一个黄面汉子,年约四十多岁,长袍马褂,抱着水烟袋,拿那纸煤子,正在指指划划讲究什么。其余的人都承望颜色,类似小头目之流,衣履不齐,有的穿长衫,有的穿短打。戎装女子才到院阶前,院中仆从模样的立刻报道:"三爷来了。"

女子践阶登堂,在座的人站起一多半,齐打招呼,女子大模大样,只向为首的人点了点头,回身引领纪宏泽,来到案前,指了一个座位,把椅子拉了一把,命纪宏泽落座。她自己掐腰一立,面向为首的人和旁边一个瘦汉子发话道:"我这不是来了么?你们刚才那是干什么,左一趟、右一趟的催命,敢是怕我逃跑不成?"扭身坐在旁边椅子上,恰在纪宏泽上首。

众目睽睽,望着纪宏泽。纪宏泽未肯就座,环顾众人,昂然拱手道:"诸位,请了!在下叫纪宏泽。"他眼光平视,面对为首二人站着。要是把自己看成囚房,他这样是等候盘讯;要把自己礼如上宾,他这样子是预备寒暄应对。

在座的人,有的归座,有的还站着,都打量他,却没把他当作一回事,纷纷向女子敷衍客气话。黄面男子笑道:"三爷您又发脾气了。我们只想把这纪某人提出来,问一问他姚山村的情形,您别过意。"

戎装女子道:"我这不是亲自把他送过来了,你们就问他吧,你们忙什么,急什么?这个人情实是过路客,跟姚山村一点干连没有。我刚才问了好半天了,人家也是叫姚山村扣下的,怎么会知情,杜宝衡就没对你们讲么?"满面含嗔,似是做作。

第十九章

受审讯移居西厢

　　黄面男子托着水烟袋，极力赔笑；那黑面大汉眉横怒气，说道："三妹，你太那个了，就是你亲手捉的人，你也应该交出来，叫大家问一问啊。这不是在咱家，这是朋友场！"

　　女子蓦地红了脸，从椅子上跳起来，大声道："朋友场怎么样？我本来没打算瞒着谁，我拿住的人，我得先问问。你不等我问完，就两次三番催命。好像迟一会儿，我就把人丢了，放跑了。又好像我天生没出息，你再不来讨，我就跟人跑了！"把粉拳往桌上一捶，扭着脸儿，眼珠直转，似乎要气哭了。又说道："别人没有作践我，只有你会作践我。你刚才那是什么样子？瞪眼硬要往我屋里闯，你是要捉你妹妹的私弊不是？"

　　黑面大汉也蓦地红了脸，说道："三妹，你这是怎么说话？他们大家等着问供，老等老不来。这人又是杜宝衡引来的，跟你有什么相干？怎么又是你捉住的？你捉住的就不许哥哥过问么？你看你歪到哪里去，我可说什么来？我有犯歹的话吗？我疑心你了么？"

　　女子叱道："你凭什么疑心我？两条大道走中间，许你左一个右一个弄小女人，我做妹妹的有哪点不守闺道了？我是挑唆的嫂子跟你打架了？"

黑脸大汉道:"你还往哪里扯？你守闺道,你不守闺道,我多咱挑过你……"

女子一听这话,刚坐下又跳起来。黄面男子和瘦汉子急忙劝道:"得了,得了,三爷少说两句吧。你们哥俩千万别拌嘴。这件事情实是大哥心急了些,这实在怨大哥,三爷消消气吧！三爷,我告诉您,我们五爷刚才和姚山村隔河对阵,当面议和。一抵一个地换俘虏,他们咬定不肯答应。一定要咱们贴给他二十只大抬枪,还有别的勒索……"

他继续还要往下讲,戎装女子扭头道:"这个我知道。"黄面男子笑道:"三爷一定早知道了,不过咱们实在不甘心,刚才我们打算,明着与他们讲和,暗中仍派人去夜探姚山村,把咱们失陷的人盗救出来。也不必全盗,只把奚克庸奚四爷搭救出来,他们就没有拿捏人的把柄了。杜宝衡从姚山村带出来这个姓纪的,我们正好用得着。我们很想把他提过来……"

黄面汉子目光又环顾到黑脸大汉和戎装女子,把底下的话咽住,方要改口,旁边那个瘦男子站起来接声道:"过去的事别说了,这姓纪的不是押来了么？咱们该怎么问快问,该怎么办快办吧。三爷请坐！别生气,倒茶来呀！"

黄面男子也把黑脸大汉推坐在椅子上,极力打岔,很敷衍一阵,女子渐渐息怒。她的发怒就是一种反攻,堵别人的嘴。在座的人也有的乘机向纪宏泽点头,手指椅子道:"朋友,你坐下你的,你既然来到这里,只管放心,不要害怕。我们不难为你,只要你肯说实话。"

纪宏泽笑了一声,说道:"我没有为非犯歹,说什么谎？害什么怕？"旁有一人冷笑道"那也不见得,到了我们这地方,老虎也要拔毛,没错也要捏个错,就看光棍睁眼不睁眼了。"

这纯是威吓的声口。纪宏泽凝目一看,这人是个其貌不扬的混混模样的人物。纪宏泽张了张嘴,要拿话噎他。戎装女子在旁听见,两个人一站一坐,相挨至近,女子潜伸纤足,微微一蹴,又指一指椅子,纪宏泽默然会意，就势坐下，仰着脸，不再搭理那人。

那人喝道："我跟你说话呢。"戎装女子立刻接声道："这里也有你龇牙的份儿，你们倒是谁过堂呀？"抢白得这人翻了翻眼，不敢出声。

他们这一唧哝，在座的人全都看见了，也听见了，只当装作看不见，把这个兄妹拌嘴劝住。由黄面汉子发问，先向纪宏泽招呼了一声，跟着把来踪去影，从头又讯了一遍。黑脸大汉负怒不言。过了一会儿，也插话盘问起来。戎装女子倒做了被告的辩护，很替纪宏泽排难解纷。

黄面男子连发了许多问："纪朋友，你今年多大年纪？你是哪里人？你到底为什么闯到我们这山角落里来？"又问道："你是投亲访友，还是投靠谋事？你可愿意留在我们这里，把你安插一个地方？"

黑面大汉也道："你会武艺？你师父是谁？你学得是哪一门？看你很年轻，你在江湖上做过什么事情？现在你落在我们这里，我们若把你放了，你打算上哪里去？"

黄面男子又问："姚山村里的人，你都认识谁？你从前跟他们有过交道没有？"

黑大汉又问："你的同伴失陷在姚山村，你想搭救他么？你一个人怎能搭救他？你打算用什么法子？近处可有亲友帮忙的么？"

黄面汉子又道："我们打算探村救人，今晚就去一趟，你一定路熟的了，你可以跟我们的人一同去么？"又道："这一去连你的同伴一块救出来，你可以邀着你的同伴，一同加入我们这一伙么？"

絮絮地连发许多问话，滴水不漏，又把杜宝衡唤来，好像对供似的。戎装女子仍然在旁帮话，纪宏泽答得不利落，不接茬的，戎装女子全给圆上，说是："我早问过他了，人家愿意跟咱们合手。"并且以目授意，叫纪宏泽顺着口气说，不要支吾，不要谢绝。

当场反复问罢，黄面男子拿眼睛向黑面大汉要主意，道："怎么样？"黑面大汉兀自不快，半晌说道："小毛孩子，有什么大不了？"黄面男子道:"那么,放了?"

黑面大汉摇头道"唔!先留他几天,看看那边怎么样再讲。"说着站起身来,要往外走,临行又道:"不能随便放走他,倘或是奸细,叫姚山村笑掉大牙了。"

黄面男子忙道:"大哥等等,今天晚上呢?可用这人领路试探一下子?"黑面大汉道:"还是等老四回来,我们再去探山。"一甩袖子,引领两位座客,一直出去了。

女子嘻嘻地冷笑道:"甩给谁看。"黄面男子笑道:"三爷隔过这一章去吧!大爷的脾气一向这样,你们亲手足还不晓得么?他因为杜宝衡白去了一趟,徒劳无功,刚才隔岸讲和,对手又很刁难,他心上恼极了,您是正赶在气头上了。刚才大爷对我说,要等四弟一到,两人合手亲到姚山村去一趟。他的意思是不入虎穴,不能得虎子。我却怕一个弄不好,倘或大哥也失陷了,我们就可栽到家了。"

戎装女子听着,秀眉一展一展的,忽然说:"有了,何必专等老四?今晚上,我叫这位姓纪的朋友带路,到姚山村窥探一趟,就算救人不容易,要给咱们人通一个消息,窥一窥虚实,我保管落不了包涵。"黄面男子道:"这个,三爷肯辛苦,敢情好极了。你等等,我跟大哥商计商计。"忙唤人追请刚出去的黑面大汉。

戎装女子不悦道:"罢了,罢了,您别叫他,我的事我自己做主,他管不了我的事。您要跟他商量,我不去了。"黄面男子为难道:"不过这事很涉险,愚兄我担不住呀。"

女子道:"你担不住,别担。是我自己愿意去,碍您什么事?"黄面男子道:"不是这话,探山有险,万一出了闪失,您是一个姑娘,千金之体,您想想,我兜得住么?"

女子怫然道:"好好好,您兜不住,我不去不就结了么!你们的事真难办,蝎蝎螫螫的,有胆的也叫你们吓破胆了。我不信姚山村,又不是龙潭虎穴,凭我飞来凤,要去就去,要出就出,你当我是杜宝衡啦!"

发了几句话,也站起身来,说道:"随你们的便吧!我不管了。这位纪朋友,你们到底怎么样?"

黄面男子道:"刚才大哥不是说了,先留他几天。"

女子哼了一声道:"留是可以留的,你们可不许难为人家。人家是客情,再说又很年轻,跟姚山村毫不相干,你们不要把人看错了。"

说罢,她迈步要走,又似乎不想走开,扶着椅子背打晃,半晌,淡淡地说道:"你们可把人家搁在什么地方啊?就在这里拘着不成啊,也得拾掇一个地方,叫人家歇歇呀。你们不是还要借重他领道探山么?"黄面男子道:"是是,那当然。三爷有事,您先请吧。这位纪朋友,你交给我好了,我还有几句话,要跟他谈谈。"

女子眼皮一撩道:"有话?你就问吧,反正还是那一套,问不出新鲜的花样儿来,你们还有完没有?"她又一欠身坐下了。那个意思,要催堡中领袖当着她的面问供。

黄面男子脸上颇带窘容。在座的人也都睁着眼,看他们领袖的嘴,替他挨憋。他们在座的人本要容得女子走开,再严讯纪宏泽,不料叫戎装女子盯住了。黄面男子只得顺水推舟,客客气气,搭讪着重问了几句话,只算是闲扯淡。回转头来,和在座的一个中年人低声商计:"把这人安放在什么地方合适呢?"

中年人低声回答:"索性搁在六房里,叫二爷照顾着,跟姚山村的人在一处,倒好照应。您要问话,等到晚上,也不为迟。"黄面男子点点头道:"也好。"

中年人站起来,向纪宏泽点首道:"纪朋友,请您跟我来,我给您找一个歇脚的地方。"引领纪宏泽,出离公议堂,院中巡逻的人,受命跟过来两个,各提兵刃,一个在前引路,一个在后伴送,礼如上宾,相待仍如寇仇。

纪宏泽心中明白,向黄面男子拱了拱手,昂然举步往外走。记住女子谆嘱的话,不再支吾,临出门口,回头望了一眼。在座十几对眼珠,和那黄面男子蕴怒的眼珠,全都一眨不眨地送出自己来了。

那戎装女子也就待不住,跟手告辞出厅。来到街上,女子紧行数步,叫住纪宏泽,说道:"您只管放心,我们还要仰仗您哩,我们决不会错待您,您不要想别的呀。"说罢这话,飘然自去。

纪宏泽像起解似的,通过大街,进入小巷,被中年人引到另一院落。这是寻常的村舍,瓦舍四合房,不见女眷,院中、门口,都有短衣壮汉,持木棒、短刀看守。

这小院正押着姚山村俘房,正是铁牛堡暂设的肉票票房,临时监牢。

那六房的二爷,是三十多岁的壮汉,他就是铁牛堡的狱吏牢头。纪宏泽被摆布得迷迷糊糊,和中年男子进入小院正房。当门一站,中年人背着纪宏泽,向六房二爷唧唧哝哝,讲了半响。六房二爷看了纪宏泽一眼,说道:"这是大孩子吧?还会武功么?"

这二爷开桌屉取出钥匙,把纪宏泽引到西厢房门前。房门紧锁,六房二爷亲自开锁,对纪宏泽说:"朋友,请进屋,坐下歇歇吧。"他头一个进去,中年人让着纪宏泽,也进了屋。这屋虽已上锁,却不是空房,有被褥铺陈,有椅有桌,有女眷用具,很像是住家的卧房。料想械斗一起,把女眷移开,借做延宾拘囚之所了。

中年人附耳告诉六房二爷:"大爷叫我转达您,您多留神桑家的三丫头,回头准来泡蘑菇,您别惹翻了她。"旋对纪宏泽说:"不要东张西望,不要独自出院,彼此有里有面,当然按朋友看待。若是犯了规,那可说不得,彼此都不好瞧。朋友,我说的是好话,这里的事,你还看不出来么?你要是有什么话,可以对这位二爷讲。"又交代了几句话,告辞走了。

六房二爷已将纪宏泽的来历询明,随便盘诘了一阵,也警告了几句,并不陪伴,径回了自家住房,把纪宏泽一个人扔在西厢房了。

纪宏泽曾问到这六房二爷的姓名,据他自说是姓鲍。纪宏泽越琢磨越不是味:这里到底是什么所在,说盗窟不像盗窟,说良民不像良民,怎么回事呢？心中暗想:且等天黑再说。

转瞬天夕,居然没人再来打扰他,也没人来审讯,来窥伺。到晚饭时,才有一个村仆模样的人,提食盒来送饭,两菜一汤,不算太薄。叫一声纪爷,给摆在桌上,还有一壶酒。看着纪宏泽操起筷子来,仆役这才转身退出。纪宏泽很小心地用完饭,还怕饭里有东西,酒也不敢尝,其实是多虑了。过了一会儿,那六房二爷这才过来照看了一遍,问道:"吃饱了没有？太简慢了。"饭罢仆人送来一壶茶。纪宏泽又剩了一个人,皱眉犯思,正不知自己该如何出堡,如何寻找七叔。也不晓得戎装女子如何救助自己,也不晓得铁牛堡羁留自己不放,究竟如何存心,更不知黄面男子,黑脸大汉,为良为莠。

纪宏泽一时想起那女子夭矫不羁的神情,蓦地自己一阵耳根发烧。他今年十八岁,正当少艾,知好好色,何况此女这么样的花媚蝶舞,如在他洁白的心中,点染了一片脂粉色,纵然看不惯女子的狂态,又对女子的年龄不无琢磨,可是他到底沉不下心去了。一时虑及眼前,一时仍要冥想这女子刚才说的那些怪话。纪宏泽禁不得自言自语:"这是怎么一回事呢？"

天黑下来了,窗外院中,竟设着气死风灯,可是他歇脚的这西厢房仍没有灯盏,他眼看要摸黑。他已经有过午间的经验,不肯冒失了。遂在屋中走来走去,隔门缝向外看去,院中巡守的人已然换了班,偶然听他们自言自语,讲的全是械斗,也没有意外的话,也没有议论到自己。纪宏泽忍不住挨到屋门口,重重咳了一声。巡守的人登时过来,向纪宏泽叱责,好像这新接班的人并不接头,把纪宏泽也当作俘虏了。

纪宏泽纳着怒,很客气地说:"朋友,请你把你们二爷请来。"巡逻人喝道"待着你的吧,爷们不是服侍你的。"

两人吵嚷,那六房二爷在上房听见了,忙出来查看。纪宏泽站在西厢房门边,身在屋内,头探出门外,忙招呼道:"鲍二爷,请了,我要出去方便方便,不知厕所在哪里?"

这六房的鲍二爷眉头一皱,登时换出笑脸道:"厕所就在这边,喂,么鹅子,你陪这位纪朋友去。么鹅子,这位是朋友,不是姚山村人。"巡逻人恍然抱歉道:"原来不是姚山村的呀。对不住,你跟我来。"

六房鲍二爷却又说道:"么鹅子,你要小心了,这位可不是熟人,可是新来的过路客,生朋友,你要明白!"么鹅子立刻又恍然道:"哦,原来不是您的朋友啊。"把脸又拉下来了,说道:"你跟我来呀!"

把纪宏泽引到厕所内,这么鹅子提着木棒在厕所外等着。纪宏泽并不是定要小解,他实是借此窥测堡中人对待自己的态度,现在居然被他探出来了。出了厕所,么鹅子紧跟着。纪宏泽说;"朋友,你贵姓?"

么鹅子绷着脸说道:"好说,您哪,你不是解完溲了么,快请进屋吧。我们这里很严,查得很紧,你别叫我落了不是。"

纪宏泽笑了笑,徐步院中,把上房、东厢、南房,都看了一遍,唯有东厢房戒备极严,把守的人也多,自己待的西厢房,是介在宾客、囚徒之间,只此两人监视着。纪宏泽向鲍六房索要灯火,鲍六房笑道:"您还怕黑么?有火,这就给你点。"

纪宏泽走进屋中,摸黑往炕边一坐。少时灯来,鲍六房也跟着进来,命那仆人点着灯火,面对纪宏泽,一指土炕道:"这里有现成的被褥,你困了,只管睡觉,咱们明天见吧!我再告诉你一句话,晚上你可别出屋子,这门是要上锁的,我们这里正跟姚山村打死架,夜晚你只一探头,我们巡逻的人不管那些,立刻要放箭的。我把话说在头里,你多加小心。还有一节,晚上也许有动静,他们姚山村的人也许来捣乱,你不拘听见什么,千万不要下炕,省得他们误伤了你。"

纪宏泽道:"这么紧么?"

鲍六房道:"你瞧,我们怎么偷探他们来着,还挡得住人家不探我们来么?你最好是早早睡下。"纪宏泽道:"我就要睡。"随即打了一个呵欠。

鲍六房站起来道:"请歇着吧!"忽又说道:"要不然你稍等一会,听说他们还要过来,跟你谈谈哩。"纪宏泽道:"那么,我就多等一会儿。"

鲍六房在屋中转了一圈道:"你先睡你的,他们来了,我再叫你。"转身出门,随手将门倒带,咯噔一声,从外面上了锁。

纪宏泽不由愕然,暗骂道:好东西!纵目往门窗一望,前窗通明,后窗漆黑。纪宏泽暗中作劲道:"冲你们这一手,我今晚一定要走!"

纪宏泽在此发恨,忽一回头,发现前窗添了一个破洞,有一只眼睛正往屋里瞧。纪宏泽立刻上炕,也要破窗向外看。外面那人立刻叱喝道:"嘻嘻,朋友,你规矩着点,这么扒头探脑可不成。我们可要放箭!"发话的还是那个么鹅子。

纪宏泽并不搭腔,随往炕上一躺,和衣而卧,暗打算盘;心想:"叫你偷瞧吧,耗到下半夜,我一定穿窗夺路,做个样儿叫你看。"只有一样,自己的兵刃都被那戎装女子洗去,丢了行囊不打紧,内中却有那把剑,是仇人小白龙的兵刃,为了复仇总得寻回。

想到这里,满屋一寻,屋中暂能借作兵刃的东西,可以说半点也没有,仅仅这张八仙桌的腿,还可以卸下来,作为防身之具,聊胜于无。无奈这一拆卸,必有很大的响动,外面人听见,定来干涉。纪宏泽左瞻右顾,茫然束手,心中暗想:"赤手空拳,这可怎么办?"只剩了一招,穿窗硬逃出去,乘其不备,袭击院中值岗的人,夺取他们的兵刃,给自己使用。再寻搜那个戎装女子的住处,把自己那柄宝剑盗弄回来。然后展开夜行术,立即遁出堡外,重探姚山村,寻救七叔,一同脱出这是非坑,最为上策。

纪宏泽盘算到这里,在西厢房土炕上,再也沉不下心去,翻来覆去,琢磨逃路,不时抬头望一望纸窗,窗纸依然有通明,外面巡逻的堡中人依然跺躞有声。纪宏泽不禁皱眉,看他们这派头,大概是通夜巡守不休,监视竟这么严,如何是好?他们这样对付自己,自己真要向外闯,颇非容易,必涉太险。纪宏泽心中浮躁起来,再也躺不住,重又坐起来,对窗发愣。

纪宏泽只当铁牛堡在这小院中,安置了如此之多的巡逻,是纯为监防他自己。他却猜错了,人家并不是为了他这两间西厢房,铁牛堡这番举措,全是冲着西厢房的对过,专为着东厢房,才加了八个岗。对于他不过是一弹打两鸟,顺便照顾罢了。

在东厢房,铁牛堡囚禁着姚山村的俘虏。姚山村捉获他们五个人,他们只捞着人家三个,他们算是吃了亏。屡次与敌人议和,商量着划界而守,各不相扰,永罢干戈,虽经人调停,到底没有议妥。就是暂商交换俘虏,也为了差着两个,姚山村向他们加索火枪二十杆,还有旁的东西。他们认为丢脸,又致破裂。他们认为姚山村是故意侮人,未免太甚;姚山村那面更是振振有词,说这二十杆火枪,不是我们讹人,也不是故意寒碜你们,实在这是一笔赔偿。铁牛堡的人曾把姚山村一般山货,搡在织女河中,这票货值得太多。既要讲和,按理该多赔补。

而且双方被俘的人数,固然差两个,同时姚山村失陷在铁牛堡的三个人,乃是不甚重要的人物。铁牛堡被姚山村捞去的那五位,内中有一人实是铁牛堡的四当家。姚山村放出话来,只凭这一个,就值二十杆火枪。铁牛堡当然不肯拿火枪换人,好比授敌以柄,太不上算了。交涉破裂,他们双方各邀助手,各想别法,这才有明着定期决斗,暗中偷探对方的举动。——当纪宏泽和纪蔚叔游艺访仇、初涉江湖,头一步便蹚在他们双方的漩涡中了。他们双方的援兵陆续来到,他们即日要有一场大的械斗。他们的首领依然向各方挖找帮手,同时提防着奸细。纪氏叔侄恰恰赶上麻烦了。

这铁牛堡的堡主,就是大厅上讯问纪宏泽的这个黄面男子,他名叫鲍麟生,看外表面容黄瘦,手底下却有几手武功。他的二胞弟鲍龙友,年约三十岁,为人精强有力,更是铁牛堡的台柱;又跟戎装女子的哥哥桑玉兆,交深莫逆,是口盟弟兄。戎装女子的话并不假,她兄妹正是铁牛堡邀请来的硬帮手,所以是客情,颇受礼待。

鲍氏兄弟一母同胞四人,老大官名叫鲍士麟,字麟生;老二名叫鲍士龙,字龙友;老三名鲍士熊,字熊飞;老四名叫鲍士虎,字虎扬。他们原是拳勇世家,在铁牛堡成为一霸。他们鲍家族大人多,席丰履厚,免不了武断乡曲,惹得同乡人人害怕。他弟兄倒有一点长处,对本村人颇知庇护;独对邻村农户,脾气特别恶暴。所坏的就是他弟兄四人,全都孔武有力,良懦的庄稼人免不掉受他们凌压。他的上辈做过武官,桑梓传言。据说,老鲍当年乃是改邪归正的降匪,原本是罗思举手下的小贼目。罗思举既由川边飞贼,立功升为总戎,老鲍也跟着做了小武官,集资升了大武官。鲍麟生这弟兄四人,全都幼承家学,人人习武,性情又秉乃父刚德,虽然是一乡之望,仍旧免不了耍胳膊,一言不合,跟人动手。他们和姚山村启隙,起初也就是由于鲍家的人,和姚山村的人,在赌局上由口角动了刀,小事牵起大浪,以致祸结十数年未解。及至鲍龙友结识了桑玉兆,铁牛堡和姚山村遂由寻常的邻村仇视,打群架,演变为水旱两路,争码头的大械斗了。

那黑面大汉桑玉兆,和他的妹妹桑玉明,才真是闯江湖的人物。桑玉兆绰号叫左臂丧门神,他的妹子——那个戎装女子桑玉明,绰号叫飞来凤。这兄妹二人原是风尘中跑马卖解的人物,从小在中原闯荡江湖。不知怎么一来,这兄妹得遇能人传授绝技,除了登皮缸、走绳索、双足跨双驹、登高杆拿大顶的戏法本领,居然获得飞檐走壁、击剑扬镖的真功夫。

走码头,揽生活,桑氏兄妹在江湖上浮沉日久,结交风尘人物,竟得加入江北的秘密会帮。他兄妹除了卖艺之外,也就免不了做些私商勾当。桑玉兆又娶了个女人,也是会帮中人,岳父是有名的盐枭。桑玉兆年力精壮,颇为岳家看重;结果,把爱婿也引入了私贩盐船队中了。

只两三年,便赚了左臂丧门神的外号。因他年轻大胆,敢为敢做,居然大获油水,岳家也沾了光。他的老岳父自顾年老,儿子又懦弱不成气候,遂择日拜杆,把贩私盐的事业全盘交给了女儿、女婿。这一来,桑玉兆便成了头脑人物。这么闯着干,豁着干,只不多几年,桑玉兆便发了大财。

这期间,他的胞妹飞来凤桑玉明,颇显身手,助兄创业,桑玉兆同时也很得妻子一篓油的内助,他们夫妻兄妹三人成了盐枭中的三怪杰了。

江湖上人物没有什么正经,现已发财,还不歇心,登时饱暖思欲,添了许多排场好尚。桑玉兆好色贪赌,纳了三个妾,整天在赌场中泡。竿子上的事交给了副手,他如今一味吃喝玩乐。他的夫人一篓油,日日守空房,当然吃醋,曾拿着刀,向桑玉兆拼命。又拿着剪子剪过头发,要当姑子去。

但是不多时候,桑玉兆的手下一个伙计,忽得内当家的器重,指日高升,由外面跑腿,提升到内府买办了。并且由这小伙计从中化解调停,一篓油和桑玉兆这夫妻俩不再捣乱了,一个是颇安于室,一个是颇安于外。内外相安,各寻各乐,登时天下太平了。

然而独独苦了小妹妹飞来凤桑玉明,嫂嫂忙于家务,不暇照管;哥哥忙于外务,也不暇照管。女子终竟是女子,一到了年纪,便爱惜韶华,自怜青春之虚度。飞来凤至今已二十多岁了,小姑独处,依然无郎。哥哥和三个小嫂嫂,以及嫂嫂和那个小伙计的那些勾当,被她一一看到眼里,真是又羞又气,又叹又惜,又不好受。

她也曾当面抱怨过哥哥。哥哥嘴头上很忙,只要是妹妹拿话一点,他就搔头说道:"妹妹也偌大了,你看你看,真得早点给她操持终身大事了。"可是终身大事托付给谁才相宜呢?桑玉兆指东说西,和胞妹商量,张三很合适,可惜岁数大。李四很般配,可惜有老婆。论品貌,顶数黄郎,最合乎射雀东床了,无奈他名份上是哥哥的干儿子,姑姑下嫁，未免辈分上稍差，况且飞来凤是个颀美的女郎，苗条淑女，高逾常人，黄郎虽美俏，却是短小精悍，个儿只在她的肘下。那么哥哥讲了这半天，归里包堆，还是废话。

春光虚度，飞来凤转眼二十三岁了，再转眼便是花信之年，再没有人家，岂不要丫角以终？飞来凤一天比一天忧愁，一天比一天心急，怨恨哥哥不体贴，曾经明开谈判，又托人道达。不想她一个劲儿地紧钉，到临了，竟钉出哥哥桑玉兆母鸡下蛋的话来。

据他对小嫂嫂表示："妹妹的事，我没有一天不上心，偏偏找不着合适的人儿。再说像她这年纪，二十三四岁，已然失去婚期了，再寻原配人家，颇难相当。若给她找个填房续弦呢，还比较容易。可是人家填房，男子往往都在三十七八岁和四五十岁之间。我不是不虑此事，我连托媒人，媒人全说，姑娘一过十六，就不好找主了。十七、十八、十九、二十，一直到二十四五岁。年纪越大越不好说。可是翻回来，老姑娘若到三十几岁，反倒容易往续弦上提。媒人的话很有道理，做哥哥的这么揣摩过，要给我们三姑娘找个门当户对的人家，怎么着也得等她到了二十七八、三十来岁，就好办了，而且像姑娘这个脾气，也就是老后婚老女婿，才容易担待她。"

桑玉兆的话是这样，既失嫁期，索性要叫她等候着未来的女婿，活到四十岁，死了原配，她便可以挨肩上去。这话论事不为无理，讲情简直是给妹妹开玩笑了。桑玉兆又看出妹妹在江湖上闯荡，举止轻狂，不拘形迹，所说"老女婿有担待"的话，颇似讽示自己的妹妹已失女贞，只可晚嫁。

桑玉明虽是女子却性如烈火，就在会帮中，人家都称她为三爷。她也惯常男装，素常行为跌宕，举手就要打人。她哥哥这番话，她的小嫂嫂没敢告诉她，反只略略透露意思罢了，已将她气白了脸。

兄妹两个抓碴大吵了一顿，桑玉明姑娘还是不依不饶。她想：哥哥太混蛋了，傻子拉胡琴自顾自，实在太恨人。只有一法可以对付他，就是天天跟他吵架,叫他日不聊生。

果然,飞来凤桑玉明安下此心,天天寻隙,和哥哥叮当,果然把桑玉兆吵得头昏眼花,这才憋不住了,说道:"三姑娘,你这些日子像疯了。我别张嘴,我一张嘴,你就跟我犟。你到底想怎么着?哥哥哪点对不住你?"

飞来凤骂道:"你哪点对不住我?我这么大了,不是不知好歹,不懂香臭。我问问你,我摆在你们家算是干什么的?你发了财,你天天找乐子,我呢?"

不但挑明了常吵闹,并且,再遇上特别的事,做哥哥的要烦妹妹出马,这妹妹也必多方拿捏,或者故意不好好干,给他弄砸了锅才罢。害得左臂丧门神桑玉兆不敢有劳妹妹的大驾了,妹妹还是天天吵。

这样离心离德,当然发生很坏的影响。起初,桑玉兆本恃妻、妹这两位女将,才得声势大张。运盐的江湖人物从来都是男子干,没有女盐枭。他们这帮与众不同,故此才闯出路子来,发了大财。现在不然了,桑门闹家务,当然牵害到枭务。并且桑玉兆财大烧身,他自己这些日子也太贪欢了。

恰值中原一带,突然发生了大举查拿盐枭的事情。漕督总督为拔本塞源计,决心从旱地入手,严断接济,水贼自然不禁自绝,不剿自灭。漕督又重拾施世纶的故智,收降了好些水贼,做了眼线,兜着圈子一抄,顿有许多大帮的盐枭,先后落网,这桑家兄妹正是官人侧目伺捕的要犯之一,他们偏偏又闹内讧,结果不言而喻,桑玉兆等纵然幸逃法网,到底被官军赶了一个跑,落得倾巢而逃。

官军骤至,官军四面合围;这兄妹全有武功,头一个便是飞来凤桑玉明,对于现有的家当,毫不牵挂,闻声之下,立刻单枪匹马,闯出重围。哥哥、嫂嫂的事,她全不管了。桑玉兆的一妻三妾,真格的当场多被擒拿。

桑玉兆的妻子一篓油,本有很好的武把子,可惜近年发福发胖,蠢得赛过两篓油了。她一见事败,本已抢了一匹马,操起一把刀,立刻要跑。无奈这匹良驹只能致远,不善任重,突然中了一箭,马蹄子一跳跃,把一篓油卸了载,丢在地上了。这马带箭飞奔,居然逃出来;一篓油却没有逃出来,摔在地上发昏似的刚刚爬起来,又是一排流矢,她哎呀一声,她的得意的帐下卒,颇为情重,立刻来援,没有弄好,反落得双双遭擒拿,同落法网。

到底是左臂桑玉兆英雄,他也是一闻响动,立刻登高一望,看出来兵太多,立即一翻身跳下高台,目对巢穴,恋恋怅怅,不知带什么好。终于想起第三妾,是他新买来的活宝,他立即奔过去,把爱妾一挟,把良驹一带,跑了。

他逃跑的时候,正是他的压寨夫人,与帐下卒一同失事的时候。官军获得了一篓油这员女盐枭,又捉住些副手、下手,当将一篓油和那帐下卒,认成盐枭的一对夫妇,算做要犯的两个领袖。捷报递上去,是大破盐枭旱地的锅伙,擒斩无数,拿获著名枭匪桑玉兆及其妻一篓油二名。

审讯时帐下卒当然说:"我不是桑玉兆,我不姓桑。"

问官就打他,告诉他:"你反正活不了,你招也得杀,不招也得杀,何不临死做个英雄?"于是乎帐下卒也想开了,索性认了账,画了供。

一篓油也说:"他是俺的男人,俺可不是一篓油。你们说俺是一篓油,我就算是一篓油。"

这案子如此通详上去,自然奉到明喻:"着即就地正法。"办案的漕标官弁,自然是升官受赏。一篓油竟这样顶了缸,替本夫殉身于本帮事业了。

第二十章

启械斗二桑作浪

左臂丧门神桑玉兆却带着爱妾,头一步逃到同党秘窟,第二步再往内地逃。因为他带着这一个爱妾活宝,当然须持重,当然和同伙走散了。他潜伏了些日子,暗暗出头,打听同帮。才知他的太太已然殉难了,胞妹也不知逃往何方,只听说跟她一同逃出来十多个人,并没有散了帮,好像是窜到南边去了。左臂丧门神听了这些消息,不禁骂骂咧咧,却也落了几滴英雄泪。他自己揣摸此次被抄,定有漏底之人,到底也不知是谁给卖的。

他闯江湖已久,文不能测字,武不能担筐,他只得秘密地规划,要另开码头,重整事业。他预先本埋有赃物,也便改装潜行,秘往起赃。起出这赃来,就作为自己复兴事业的本钱。原来做贼也是要本钱的,除了刀之外,也还要钱。

不久,丧门神桑玉兆的漏网同党,也渐渐的出头。他们一旦失业,避过风头之后,免不了三五成群,剪径,挖洞,白钱,黑钱,纷纷改了行。如今忽闻本帮头目东山再起,有的改行不顺手,就再投了他来。可是他部下这些匪类,全是身无一技之长,空具无边之欲,吃喝玩乐,惯惯的了。就是做小偷,当白钱,也和盐枭的技艺不同。一年半载之后,丧门神新开的码头渐渐站牢。他这次再不敢在海疆、运河水道上做事,他就遁入豫北,渐渐地做起旱路营生来了,渐渐又啸聚了数十人。但有一样,桑玉兆本身,可算是水旱两路的能手,他手下人多半是贩私盐的人物,惯于水道上试身手,如今改为旱路,总觉人不杰,地不灵,而且隔行如隔山,所认识的人物,所拉拢的合字,自然嫌隔阂。

结果挤来挤去,舍岸移舟,他们在豫北又跟水道联上线,他们便重整旧家风,不再贩私盐,仍凭水道贩运别样的私货,也兼做打劫水道运贩物的生涯。只有一样,桑玉兆自经盛极转入衰微,他的凭借总算失去,他的运气也好像是过头了。他接连遇上不顺手的事情,气得他顿足骂大街,嫌运气不好。他也明白:如今的局面,和举家度日、拆大改小的一般,当然人少势薄,运转不灵。他的部下也常叹气,这年月不好混了,比较起在海疆、漕道的时候,真是江河日下了。看这样子,再不想法,便要活活穷死。当年未覆巢的时候,他们这一帮日进斗金,蒸蒸日上,在各帮中处处占上风头。他们的事,冒的险,别帮全都望而却步,替他们吐舌,他们竟一办一个成。如今不然,他们事事比不上人家落地户,规模很小,收入菲薄,而常出错,他们不由骂道:"他娘的,怎么搞的呢?咱们的风水泄了!"

桑玉兆和手下人商量,越混越紧,打算改行,或者改码头。正在计议不决、去留不定、得混且混的日子的时候,丧门神为了劫货和铁牛堡的鲍氏四虎,由相打而相交,他和鲍老二鲍龙交换了帖。

跟着,忽传来一件意外的新闻,他那已经失散的亲胞妹飞来凤桑玉明姑娘,又叫作桑三爷的,当时逃出来并没有死,现在窜到直南打开了新局面,居然啸聚着二三十个夜行人物,独当一面,做起没本生涯来了。而且名气还不小,得了这个飞来凤的外号。

桑玉兆听到这话,犹恐传言不足凭信,忙派专人前往打听。居然人言非虚,桑玉明姑娘俨然成为一竿子夜行人物之首,飞檐走壁,劫夺富室显官,颇有女侠盗的派头,伏地绿林给她贺号为"飞来凤";这是好一面的传说。坏一面的传说,有人讲究女采花贼,好像就是她桑三爷。只是桑三姑娘行踪飘忽，不肯流连一处。官兵剿拿她，每苦无处下手，她仿佛是飞来飞去的一只鸟。她自然是女飞贼了。她又有党羽，按目下情形论，比起她的哥哥混得声气还大一些。

她哥哥呢，无非是再重招旧部，恢复旧业罢了。这个姑娘一离开哥哥，居然独创起来，在江湖上确有出奇的名声。至于名声是好是坏，旁人听得见，当哥哥的桑玉兆当然是访不切实，江湖上的人物谁肯对着哥哥，丑诋妹妹呢？

桑玉兆派去的人是个小头目，费了很大的事，才访着飞来凤的准巢穴。见面之后，请安问好，口称三爷："我是奉了大当家之命，寻访三姑，要请三爷到那边去。"

此时的桑玉明，忽钗忽弁，乍雌乍雄，既为本帮之主，手下人全称她为三爷。她对这一兄一嫂，也算思念，也算不甚思念。向这小头目问东问西，打听了一回旧情。她那胖嫂嫂的下场头，她已然早晓得了。

桑玉明把小头目留住几天，随后遣走。叫他对大爷说："我在这里混得还凑合，你回去告诉大爷，不用惦念我了。想不到兄妹失散这些日子，到今天他才想起来找我。"飞来凤今日既已自立，再不要人来管束她了。末后，她才说："等着过些日子，我再看你们舵主去。"口吻全是出嫁的姑奶奶样，与旧情截然不同。

小头目很劝了一阵，桑三爷话头还是那么股劲儿，怎么也劝不动她。小头目无法，只可回去复命。

桑玉兆听了小头目回来的报告，心上不安。想起了死去的爹娘，只给他留下这一个妹妹，而且他也需要妹妹相助，忙即打点，亲去寻妹。

兄妹相见，相对落泪。尽管她不满意这哥哥，总算在大劫之后，骨肉之情，见面之下，免不了仍要感伤的。桑玉兆好说歹说，把三姑娘劝说了一阵，仍请三爷一如往日，兄妹合手。桑玉明似乎不大乐意，又像别有念头似的，撇着嘴，不肯跟着哥哥走。

兄妹呶呶了两天，最后，桑玉兆说起他自己新交了一个男朋友，此人年富力强，武功超越，姓鲍叫鲍龙友，他的原配娘子久患痨病不久就死。鲍龙友还有个四兄弟，叫作鲍虎扬，也至今未娶亲。做哥哥的桑玉兆，有心把妹妹许给鲍家，或老二，或老四，随着妹子挑。说完问妹妹怎么办？

飞来凤听了这话，把眼睛瞟着哥哥，似笑不笑，似嗔非嗔，先啐了一口，方才说道："哥哥怎么着，你还惦记着妹妹的事儿么？这可是新闻。无奈妹子早就死了这块肠子了。做妹子的要静等着不办人事的哥哥……"说着把脚踢了一踢，跟下的话咽回去了。

桑玉兆顺着口气往下猜，半截子话，一时猜不透。只可再劝她："跟着为兄回去吧，两帮合做一帮，还像往年咱兄妹刚一创业的时候。"当年遇上该着私访秘探的事，哥俩假装乡下人，接妹子住娘家，往往混过官人的眼目。

在秘密会帮中，需用女将的时候，实在很多，并且很难获得好手。唯有桑三姑娘，天生成女江湖的性格，长得又俏皮，手底下的功夫又行，应付六扇门，论耍的，论硬的，处处比嫂嫂一篓油还强。况且一篓油现在已死，就不死，也发福了，又跟丈夫离心离德，不很中用了。桑玉兆的内助，此刻竟没有适当人才。第三妾固已扶正，但这新嫂嫂系出窑变，妖冶有余，拳技分毫没有。左臂丧门神桑玉兆实在是论骨肉之情，理应邀妹回家；论帮伙之用，更是样样渴盼着这个贤妹，恢复旧日鹡鸰之谊，外御其务。就是妹子前些时候给他捣乱，却到了吃紧的时候，多少还能帮自己的忙。这便是桑玉兆此时的心情。

桑玉明桑三爷就不然了，她此刻俨然独当一面，局面虽小，却是自在逍遥，手底二三十人，都尊她为当家的。凭一个女子，居然当了绿林魁首，实在足以自豪，并且她手下的喽啰奉承自己，不只是小贼听从大盗的号令，他们又处处献媚着这个女寨主，趋前承后，胁肩谄笑，她简直成了盗窟一枝花，贼队一女王了。

然而哥哥的话,内中有几句倒也打动了她。她一片芳心,试加揣摩,正不知这个鲍什么龙,鲍什么虎,人物怎么样。她觑着哥哥,半晌才说:"这个姓鲍的,他是干什么的?你跟他怎么认识的?"

左臂丧门神听了这一问,心中暗喜,立刻像夸姑爷似的,把鲍老二盛称一番,年轻,力壮,个头高,相貌好,武功棒,家大业大,是鲍家围子(即铁牛堡)的一霸。不过相貌怎么好法,桑玉兆形容不出来。

桑玉明拿反话挤着打听,挤得桑玉兆大张嘴,想了半晌,方才拍屁股说:"对了,他这人活像窦老九,是个黄白净子,身量比你还高,劲头比我还大。"又比手画脚说了一阵,还是描摹得不恰当。跟着又讲到鲍老二的女人,现在固然占着好人的窝,但是出缺也快。

桑玉兆说:"鲍老二的女人,我是见过的,连鼻孔都干了,颧骨烧得通红,说是活人,多一口气罢了。我当时就心中一动,想起了妹子,和鲍老二很般配,只要他这痨病鬼夫人一咽气,妹妹,我就立刻给你张罗。这鲍老二久已羡慕妹妹的武功,你跟他要是什么的话,那可真是美满良缘,而且我们由朋友变成亲戚,更加亲近一层了。他们哥四个,咱们哥两个,倒可以合起手来,大做一番事业。"

桑玉明凝着双眸听着,半晌问道:"她害的什么病?"

桑玉兆道:"痨瘵病,有六七年了,大夫都这么说,她活不到今年春天了。"

桑玉明把身子一扭,面向着墙道:"哥哥还是这一套啊!人家要是不死呢?"

左臂丧门神笑道:"妹妹别急,鲍老二的老婆不死,不是还有鲍老四么!鲍老四也够精神的,可惜比妹妹小两岁,但是女大两,黄金掌,毕竟还是好姻缘的,妹妹可以先到哥哥那边去,我就把鲍家哥们邀来,妹妹可以暗暗地相看。你看着哪个合适,我就给你张罗哪个。"

花言巧语,劝说良久,桑三爷摆起谱来,站起身对哥哥说:"哥哥大老远的来了,我若还是不去,也叫您没法子下台。不过妹妹现在的

情形,不比往常了。在我手下还有二当家、三当家,您叫我搬场,大主意固然是由我拿,我也不能不跟他们商量商量。您先歇两天,让我酌量酌量。"

桑玉兆登时耳根通红,颇有些动怒了,却又皱了眉,扑哧地笑出声来,三姑娘不过率领着二三十人,她还有二当家、三当家,简直在亲胞兄面前摆架子,并且桑玉兆心中又不觉一动:这二当家、三当家,又是什么人呢? 强将疑虑按住,用好言说道:"妹妹先别出去,你手下既然还有主事的,何不请来一同商议? 何必蒙着我不见面呢? "

话是很和气,声调也很柔和,只是他这扑哧一笑,以及主事人三个字,惹得桑三爷登时回身站住,眉皱双峰,颊起红云,用眼睛盯着桑玉兆,双瞳闪闪吐火,带出杀气,四目对射,全都一声不响。过了一片刻,桑玉明道:"你说什么? "

桑玉兆垂下眼帘,赔笑道:"妹妹手底下既然有副手,你也给我引见引见呀。"

桑玉明道:"那当然! 哥哥,你可放明白些,我跟嫂嫂不一样,咱们祖上无德,生下的儿女不能学好,单吃江湖饭,我也没法子。我倒也想着大门不出,二门不迈,偏偏我福小命薄,爹娘死得早,又没有生下好哥们,只会挑我的眼,不肯管我的事……"越说气越大,眼泪也下来了。

桑玉兆大窘,忙改言掩饰:"妹妹别往歪处想,我是随便问问,你别多心呀。你要明白,我若不惦记你,我干什么一次二次地来寻找你! "

稍不留神,兄妹说呛了,还是桑玉兆说好话,桑三爷方才息怒,拭去眼泪,说道:"哥哥你等着,我把我那主事的人请了过来,您可以见见。他们个个都是坏小子,吃江湖饭的,本来没有什么好人,头一个我就不是好姑娘。"

桑玉明说着站起来把椅子一推,走了出去。左臂丧门神桑玉兆气得翻白眼,也要甩袖子一走。被手下同来的小头目,横身拦住道:"三姑娘发脾气,好比小孩子跟哥哥撒娇。您若真恼了就没意思了。您刚才的话也说得太冒失了,不怪三姑着恼。您的来意是请三姑回去,您别为两句撒娇的话,就把来意损了。"

但是,三姑娘把哥哥蹾在秘窟,直过了半天,方将手下人带来两位。一位粗粗鲁鲁,像个打铁汉;一位漂漂亮亮,像个剃头的。这桑玉明好像已与副手商定,决计跟随哥哥,暂且看看。本帮的事,就由三当家留守,三当家就是那个剃头匠模样的人。她自己草草收拾,就率那个铁匠汉,另跟一个小喽罗,一起动身。

这时左臂丧门神桑玉兆,确已与鲍家昆仲订盟结拜。鲍氏弟兄对待桑玉兆,十分客气。表面看,似乎是鲍氏弟兄好交朋友,又佩服桑玉兆的武功,所以越走越近。骨子里,鲍家和姚山村结隙,连吃败仗。正在私下里访求能人,作自己的羽翼。桑玉兆的近状固不如前,外人却看不出来,只知他率领一百多人,称雄草莽,势力颇不可悔,哪晓得他这些日子也是诸事不利,也正想结纳本地的合字,推广眼界,免遭伏地人物欺生。这一来双方都有意求友,自然一拍即合,越交越深。

鲍家四豪,久闻桑玉兆手下有两员女将,一个是太太一篓油,一个是妹妹飞来凤。鲍老二和桑玉兆最为投缘,有一天鲍老二问到此事,桑玉兆叹了口气,不肯说泄气的话,只说他们都在老家呢。其实一篓油被捕殒命,北方武林也有耳闻。鲍龙友带口之言,夸奖到一篓油和飞来凤的本领,跟着又问:"令妹有了人家没有?"

桑玉兆说:"还没有人家呢!"鲍龙友道:"她今年多大了?"

桑玉兆眉峰一皱道:"她二十多了,耽误了。"

鲍龙友啧啧连声道:"大哥你这可错了,妹子二十多岁,还没有人家,你也太模糊了。想必是妹子武功好,眼界高。您等着,我跟我们大爷念叨念叨,有会武的给提一提,但不知要怎样的人才?"

鲍龙友这话也不知道信口瞎聊,敷衍交情,也不知是真心。桑玉兆听了,却不由动了联想,他早知鲍龙友妻子抱病,要娶小婆。又听说鲍老四订了婚,未婚妻突然死了。但桑玉兆到底是个不办正事的人,妹子又已失踪,听过也就忘怀了。直到兄妹重逢,话赶话才忽然想到。当天和妹妹化装而行,桑玉明仍改男装,来到冀晋交界秘窟内,桑玉兆引着妹妹见了他的新扶正的第三妾,也算是姑嫂重聚首,彼此滴了几点泪,新嫂嫂立即给姑娘预备闺房,大开家宴,延见帮友。

转瞬过了几天,鲍龙友不见到来。桑玉兆商量着要邀妹妹帮他踩探织女河的水道。桑玉明心中不悦,慢慢盯问哥哥:"你别忙,你等我歇两天看。……我说,哥哥,你那位朋友是干什么的,离这里远不远?"

桑玉兆道:"你问我哪位朋友?"

桑玉明越发不悦道:"你哪位朋友?你自己的朋友,我如何知道啊?你要探织女河,你不会同着你那姓鲍的朋友去么?"

桑玉兆顿时省悟,忙道:"妹妹问的是鲍家老二呀。嗐,别提了,他们家出事了。"

桑玉明道:"你瞧这个巧劲,哥哥还是老脾气,再改不了。我也没有工夫多待,我也看见新嫂嫂了,哥哥的住处,我也认得门了,我明天可以回去了。"

飞来凤便要招呼她带来的副手,打点行囊。

桑玉兆连忙拦阻道:"妹妹别生气,你听我说。我已派人给鲍龙友送信去了,他明天后天准来。我不冤你,他们家真是出事了。他们铁牛堡和姚山村发生械斗,鲍家老四新近被人活擒过去了。鲍老二邀我前去助拳,我惦记着妹妹,还没有回答他呢。我本想把他们兄弟二人全邀到家来,和妹妹谈谈。现在不能够了,只可先见见鲍老二,其实你只见过老二,那鲍老四也就不用见了,他们哥俩正好一个模样。他明天准到,我打算趁今天闲在,咱哥俩坐船先到织女河看看,顺便再走一站,也就到了铁牛堡了。他们铁牛堡、姚山村,有个把月了,打得正热闹。妹妹若是愿意看看,咱们就先去一趟。你可看看鲍老二的调度。他们两家这一番械斗,鲍家这边遣兵调将,全都是鲍老二一个人的计划,你瞧上一瞧,也足知他这个人真有两手。"

桑玉明从鼻孔里哼了一声,说道:"他有本领,又该如何?那不过是他的夫人有造化,嫁着好男人罢了,跟我有什么相干?他有本领,他的令弟还叫人活捉,你说的话连点影子都没有,你哄小孩子吧!"

桑玉兆忙又解释,桑玉明拿她那条红手绢,把耳朵连腮都堵上了。桑玉兆也自觉歉然,鲍老二不过是遇缺即补的妹夫,出缺不知在何时?鲍老四倒是尽先委用的妹夫,此刻又失陷在姚山村,没法子调来,叫妹妹审查。怨不得妹妹又生气,实在自己办事说话有点荒谬。目下为求妹妹欢喜,还是赶紧把鲍老二邀来,先搪上一阵。这才出来暗遣部下,到铁牛堡速请盟弟鲍龙友:"到舍下一谈。"倒不好意思说舍妹要看盟弟,只顺便透露一点意思说,姑奶奶飞来凤来了。

到了第二天,鲍龙友果然来到,还带着重礼。见了桑玉兆,笑道:"令妹多咱来的?我久闻令妹是女中豪杰,我倒要见一见。我本想同贱内一块来,无奈她的咳嗽又犯了。我们七妹妹也想见见三姑,还有家母、家嫂,都叫我带话,要请三姑到舍下住几天去。"

这无非照例的寒暄,桑玉兆却喜之不尽,看着礼物,颇有女人用品,不禁失口说道:"你可来了,你再不来,我更落抱怨了。"鲍龙友诧然道:"这话怎么讲?"

桑玉兆猛然醒悟过来,忙道:"这个……"连咳嗽了几声方道:"这个是哪里呀,我们舍妹一到,就要看望伯母和三位嫂夫人去,是我拦住了她,我说得了,走吧。咱们到家里说话去吧。"

左臂丧门神桑玉兆一面说,一面呵呵,倒把鲍龙友弄得迷迷糊糊。桑玉兆站起来挽着鲍龙友的胳膊,道:"走走,家里预备下酒菜了,咱们哥们大喝一场。"

鲍龙友皱眉道:"我是真没有工夫,不过令妹来了,我是很想见见的,我实在坐不住。"桑玉兆道:"真格的连吃一顿饭、喝两杯酒的空都没有不成？"

鲍龙友道："咳，桑大哥，你哪里知道，我们这回大栽给姚山村了，我们要给他们死拼一下，我实在分不出身子来。我这回来，一者是探望令妹当代的女英雄，二者还要请大哥拔刀相助哩。"

桑玉兆道："好好好，我早料到了，咱们到家里仔细说去。"

桑玉兆替妹妹拉姑爷，把这个家有病妻要死还没死的鲍二爷，硬拖到自己家来，是叫鲍老二挡头一炮。两人进了家门，让客到上房，桑玉兆抢先一步，到了后面对妹子说："鲍老二真来了，还买了好些东西，他要见见妹子，他很佩服妹子的武功。"

桑玉明有意无意，扫过来一眼，一声不言语。桑玉兆忙说："鲍老二现时就在这里呢，我把他让到你嫂嫂屋里了，他静等着哩。"这句话似乎是叙实，听来却有点刺耳。桑玉明不禁掩口而笑，站起身来说道："他要见我做啥？就他一个人吗？"

桑玉明不等回话，纤足一迈，就往门口走，忽又站住，转趋镜台，对着镜子，看了看自己，掠鬓拭唇，匆匆地把自己赏鉴了一回。桑玉兆跟在背后说道："就是他一个人先来的，他们四爷叫姚山村掳去了，他还要请咱们帮忙，他们正在预备大械斗。他们家的几个妹子还有他老娘，都要见见妹子。你先跟他谈谈，回头咱们就上铁牛堡，他们很羡慕你哩。"

飞来凤桑三爷跟着又脱去男装衣服，换上窄袖女衫和长裙。哥哥的两眼尽管瞅她，她一点不带作容。修饰好了，又看了看自己的脚，这是她最满意的地方，整日在江湖上跑，依然纤小。她这才嬢嬢而行，随同哥哥，到了嫂子房中。新嫂嫂正和鲍二爷酬酢着，鲍二爷按着茶杯，随随便便，与这桑大娘子谈笑。桑大娘子原是窑变货，应酬周到。姑奶奶来了，她这才退让到一旁。哥哥抢上来，两面介绍："这是舍妹，这是鲍二爷。"

鲍二爷眼前一亮，立刻释杯而起，眼光由下往上一扫，深深一揖，

344

说道:"三姑娘,我鲍龙友久仰久仰的了。"

桑三姑娘嫣然一笑,剑衽还礼,眸子一转,同时把鲍老二由上到下看了一个透。咳,略失所望,这不是个莽大汉么?前听哥哥一面之词,说了个天花乱坠,她一片芳心当时描摹了一个英明精悍的好汉。如今对盘,显然不对。倒还是虎背熊腰,不秃不麻;可惜庞儿不俏,黑不溜球,一对圆眼,偏生配着一张血盆大口,好像撕破了一样。总而言之,雄而不甚英,汉而不甚好。桑三姑娘一侧身,坐在嫂子床上了。

那鲍龙友却出乎意外,遇上了美人儿,心想女英雄一定肥臀大脚,像跑马卖艺的丫头那样,想不到这飞来凤如此苗条。怪不得江湖上风言风语,流传着飞来凤许多风流史;见面胜似闻名,竟是这样的风流模样。比起她的哥哥迥乎不同,相姑娘,看大舅,果然毫不足凭。

鲍龙友一阵迷糊,立刻肃然起敬,直直溜溜,规规矩矩,坐在客位上,偷眼不住打量,打量完了妹妹,又偷看妹妹的嫂嫂,年纪比嫂嫂大有限,相貌比嫂嫂强得多。他定醒一会儿,搭讪着攀谈,震于芳容,犹然拘束。做哥哥的桑玉兆在主位椅子上奉陪,谈了个粘长天,没话找话,说完西墙,再说东墙,鲍二爷本说有急事,立刻告辞,现在坐而忘时了。

盟兄弟面对谈笑,姑嫂并坐在床上,也三言两语地插话搭腔。起初飞来凤心中失望,赶到谈起来,鲍二爷原来是喝过磨刀水的人物,肚里有"内秀",颂扬个人,捧个高帽子,十分得窍。而且他肚里不知从何处搜集来的那么多的奇闻笑话,被他信口描说出来,招引得姑嫂二人咯咯地笑个不住。他这人居然有这么一种长处,面目既不十分可憎,话头又津津有味。态度也好,当着女主人,外表像很庄重,又很自然似的。初开话篓子,还有点拘谨,既至深谈到酒宴快摆上来的时候,鲍二爷越发活泼了。桑三爷一双水灵灵的大眼隋,直盯着鲍二爷的血盆大口,从这血盆大口,一张一合,露出很好的一口白牙,倒出来连珠炮似的花言悄语,桑三爷爱听。

桑大奶奶亲下厨房,督促小喽啰,端上酒馔。瑰二爷欠身道:"这是做什么?我还是外人么?倒叫大嫂子费这事。"调开桌椅,鲍二爷在左上首坐,桑大爷在右上首陪,桑三姑娘在对面打横,大奶奶在下首打横。四只酒杯,八根筷子,皮蛋肉丸子,煎鱼小鸡子,不类不伦十六样菜,好酒三杯下肚,桑三姑娘眉添春色,鲍二爷面透红光。再喝下去,男男女女的话越发多了。一顿家常便饭足足吃了一个时辰。

随后鲍龙友讲到械斗,讲到胞弟被掳,跟着讲到要求桑氏兄妹助拳帮场的话。兄妹二人脱口全答应了。

又提到邀桑三姑娘到舍下玩两天去,家母、家嫂都要瞻仰你女英雄的。话赶话,赶到这里,出乎意外,滋出岔头来。桑大娘子不知想起什么来,忽然问到鲍二奶奶的贵恙:"近来可好些么?"桑三姑娘登时低下头,把脸拉下来了,在座的人都不曾理会。

鲍龙友喝酒太多,口头也渐渐没了遮拦,问得不钉对,答得也不合拍,他敲着筷子说:"承您问,这些日子好点了,有一位楚大夫,专治妇女痨瘵,现在吃他的药,倒很对劲,比冬天强多了。只是近半月又咳嗽起来。"言者无意,听者动了心。

又说到鲍四爷被掳的事,鲍龙友道:"这也是该着的,我们老四功夫本来不行,人又张狂些,年轻轻的好赌贪色,不肯练功,临到上阵,又不服气,不栽跟头等什么?自从他被掳,我费了好大心思,才捞了他们姚山村的二三个人,作为押当,别看是不吃紧的人,究竟脸上好看多了。我们老娘也不知听谁说的,说他们姚山村的人拿酷刑收拾我们老四,老人家心疼得很,催我们赶快跟他们议和。岂不知我们越赶落,越受他们的拿捏。"说着又叹了一口气,好像诉苦,也有点自夸。

桑三姑娘越发觉得没意思了。有本领的人,该死的太太遇上良医;没本领的倒是光棍儿,又偏偏落到虎口里,谁知道何日能够救出?就是救出来,知道他生的是几个鼻几个眼?哥哥不干人事,讲得跟真事一样,好像已把自己的婚姻和鲍家说到八成了。敢情现在对面锣鼓一敲，鲍家并没拿着当回事，人家注意的还是械斗啊。飞来凤越咂越不是滋味，刚才又说又笑，此刻浑如老僧入定，捻着筷子沉吟起来。眉尖眼角，只偶尔瞟到鲍龙友那边罢了。

鲍龙友是个机警人物，刚才谈话，颇得美人青睐，自己讲几句，桑姑娘便咯咯笑两声，此刻咯噔打住了，他寻思着自己也许酒后出言有失，只不知失在何处。忙察言观色，打量桑氏兄妹。桑玉明的表情不可测度。桑玉兆却透出不安，不时偷看妹妹的眼神，并拿闲话往旁处引。

末后桑玉兆明讲出来，长叹一声道："二弟，不瞒你说，我们三姑娘一身的好武艺，寻常人物她全看不入眼，直耽误到现在，还没有合适的姻缘，这都是我做哥哥的不对。鲍老弟，你回去给大爷说，有合适的人家，务必给查对查对。只要也是咱们武林中的同行，也不要太高的人才，但能够跟上二弟你，就算很好的了。这是愚兄我的一件心病，妹妹的终身大事，一日不能成就，我就一日不得安心。你想，妹妹都这么大了，我实在是天天着急，无奈红鸾星没动，我又怕对不起她，不敢随便俯就。我想二弟和大哥眼皮子最宽，请你二位务必费心多留点神，并且越快越好。"

桑玉兆当着自己妹子公然烦媒，在鲍龙友想，似乎太难为情了，也许这位桑大爷吃醉了酒，讲出来心腹醉话。但侧目一看三小姐，秀目盈盈，似嗔似笑，脸上另有一股子劲，倒显得大方不拘，这就叫不吟细节。鲍龙友心弦一动，顿时想起外面的谣传，人们是臭嘴的多，对于桑三姑娘，本有些风言风语，鲍二爷早已晓得了。及至目睹芳姿，油然起了倾慕之情，他竟认为谣言不可尽信，爱美之心，人皆有之，求全责备，那是对待男人。鲍二爷进一步希望面对这个"美"，是个"完美"才好，其实三小姐外表美，心里美不美，又与鲍二爷有什么相干？而现在鲍二爷竟暗想起来：怪不得有谣言！

宴散后，鲍龙友又敦邀二桑，告辞回去了。桑玉兆送走了客，动问妹妹："鲍老二人品怎么样？"

桑玉明一声也不言语，脸上露出不耐烦。"真也是的，鲍老二就好煞，又怎么样呢？"哥哥说人家的太太眼看要入殓，人家亲口说，幸遇良医，病有起色了。而鲍老四又因在姚山村，真格的姑娘大了，越发不值钱，为要求婚，还要探山救人，拼命帮拳，才能捞得着么？

可是机会硬往这条道上挤，到了次日，鲍龙友和他的大家兄，居然于百忙中，潜踪来到，正正经经恳求桑氏兄妹助拳，致重聘，备优礼，还许下好处。桑大爷正没办法，慨然答应了。桑三姑娘却将小嘴一绷："我去干啥？"

桑玉兆和鲍麟生劝了好多话，妹妹的头还是像拨浪鼓，更曲献谀辞，她还是"不"。到底仍由鲍龙友直对三小姐，作了三个大揖，叫了三声"妹妹"。妹妹居然眉尖一蹙一蹙地勉强答应了。虽然鲍龙友的血盆大口，让她看不入眼，血盆大口中吐出来的话听起来倒很投机，这就算是有缘法了。

二鲍本已偷偷开来几辆车，桑氏兄妹还要摒挡一下。过了两天，桑玉兆竟秘选十多个精悍的部下，乘夜分赴铁牛堡。他自己和妹妹化装良民，乘坐轿车，也进入鲍家庄院。铁牛堡的鲍家四虎，竟与左臂桑门神的匪帮合手，借此对付那富力强过数倍的姚山村。大械斗赶着布置。

桑氏兄妹到了铁牛堡先露了一手，把姚山村运山货的船，在织女河给剪了。并非明劫，是乘夜暗袭，使出水寇盐枭的招，把船底砸漏了，把整船的货物给卸到河底，聊以出气。仍恐姚山村不明白，又设法授意，只要不把铁牛堡的人释放出来，你们姚山村的山货，休想出运。

这硬掐脖颈的办法，徒惹起反感，姚山村的人探知对方潜捐助手，还不晓得人家已然暗中勾结匪帮。但为了应付起见，也忙出重聘，招揽来几位武师，把全村乡团加紧教练，货船通行织女河，必派拳师武装护送；而且把正经运货当作走私，货物装载，或车或船，忽早忽晚，也不走准路，说走就走。这期间依然不断出麻烦，你给我捣乱，我也给你捣乱,是非一天严重一天,正不知推延到什么地步;当事人都有些危惧,深觉无以善后,却落得箭在弦上,不得不发,谁也不甘心退让。

姚山村的主事人,是姚师虞、姚葆年叔侄,和亲戚马景方。看到械斗不足以制敌了事。也曾有人建议,到府县里递呈告状。铁牛堡拦水毁舟,形同水贼,很可以告他们,但又抓不着实据,并且他们自己也犯着法纪。村内秘藏火器,纠集着大众,一旦经官,对方也要指控自己。

姚师虞更提到前几年的一桩惨案,在晋陕之交,有两村械斗,经官之后,官兵前来清乡,把两村所有的团练一律遣散,把他们的兵刃、火器,一律收缴了去。其中人口多、村子富的那一边,竟弄得两手空空,无以自保。隔过数日,忽有陕匪窜入,仇家为了修怨,竟派人卖底,乘夜勾引匪帮,袭掠村庄,结果把一村二百多口惨杀了少半,还放了一把火。这件事闹得惊天动地,后来官府把仇杀案只当匪案报上去,请兵清乡,大乱了一阵,竟害得两败俱伤,那仇家索性投入匪帮去了。

既有这前车之鉴,鲍、姚两家都是投鼠忌器,不敢经官,终于是刀来刀去,把械斗翻来覆去地重演,起初毁舟阻运,渐渐押扣仇人,鲍龙友邀请飞来凤兄妹,也是打算掠敌为质,好彼此对换。

鲍氏弟兄旋又听得姚山村新邀到河南有名的拳师,还带着师兄弟和门徒,功夫都很难惹,并且扬言要摆擂台,和铁牛堡一对一个,明着决斗一下。他们开出来的货车货船,也添了得力的护送武师,再想暗算他们的商运,已有些不便,而自鲍老四失陷已经累旬,老娘思子,哭泣成疾,和议未成,其间也曾小试械斗,偏偏又是铁牛堡吃了亏。鲍麟生以此心中很着急,鲍龙友说道:"大哥别慌,水来土屯,兵来将挡,咱们也会多邀能人。"

此时鲍龙友已和飞来凤兄妹共过了两回事,感情越发融洽。经一度商议,桑玉兆派副手回窑再度去勾兵,随后鲍龙友又亲自出马,邀妥了几位夜行人物,大约两三日可到。届时探山,先把鲍老四救出来,对方失了把柄,和议就成功了。飞来凤也自告奋勇,要跟着到姚山村去一趟。

但到了三天头上,鲍龙友邀的朋友竟没有来齐,他赶紧去亲身催驾。就在这当儿,桑玉兆和鲍二爷亲临阵头,和对方答话,桑三姑娘改男装巡逻护院。那个杜宝衡竟把初出茅庐的纪宏泽诱来了,桑玉明居然看上了纪宏泽。

第二十一章

遇美妇地道脱身

纪宏泽被扣留在铁牛堡内,被款留在西厢,他心上却是一团乱糟糟,不知准该如何才好。先时他盼望女子来接应自己,一同出走。等到掌灯以后,越琢磨越不是味。他又算计着,还是凭一己之力,夺路出堡,比较妥当。院中不时有人来回巡逻,他这里稍一探头,巡逻人便将屋门倒锁了。他情知自己是座上宾,也是阶下囚。他耗过很久的时候,悄悄下炕,挨到后窗,试用手一推,窗扇严肩,当然推不动。他忙退回身,满屋重搜,只寻着一把削梨小刀,便藏在身旁,预备拨窗撬门。又把八仙桌的陈设移开,试着拔取桌腿,这当然拔不动。他心想:我只很快地踏翻桌子,揪着腿一蹬桌底,立刻可以拆下来。就拿这个做兵刃,我就开后窗夺路。可是我得拿这条桌腿做本钱,先捞取他们一把刀,才好凭刀寻剑。

纪宏泽简直想入非非了,把如意算盘收起来,又溜上土炕,伏窗孔往前庭窥看。站岗的人居然趁他心愿,走来走去,渐渐挨到东厢,靠门口搬了一条长凳,三数人有的挂着花枪,有的倒提单刀,倚着门坐在凳上歇腿。纪宏泽窥伺良久,希望睡魔速临,叫歇腿的人由假寐而皆睡过去,自己便可突然蹿过去,一人赏他一桌腿,抢得一把刀,我就跳上房!

刚才还烦躁,现在纪宏泽又提起精神来了,他嘘一目向外看看,心中翻来覆去琢磨:我真格的不能等着那个女子。她要接应我,她又要求我安插她。我怎么安插她呢?她问我的家,她说她哥哥不干正事,她至今还是个大姑娘。她空有一身功夫,她倒要我帮她,我又怎么帮她呢? 现在我是奉母命,出来访艺寻仇,真格的,我刚出家门,就认识了这么一个大姑娘,比我还大。我把她领回家,我的母亲肯答应吗?恐怕不但不答应,老人家又要伤心落泪了。我小时很糊涂,现在我是个十八九岁的人了,再说头一步就难走,我还要寻找七叔。我和她一个姑娘家,是住店呢,寻宿呢,寻着七叔怎么说呢? 这是谁家的姑娘呢?

疑问越想越多,他的独逃主意便定而不移了。困在屋中对着明灯一盏,心上依然天昏地暗,不晓得此刻是什么时候了,也不知外面的情形。外面倒有更锣,但是锣点特别,又像是号令,他听不出究竟到几更了,他估量着许已逾过了三更,其实孤身困羁,顿觉时间悠长,此刻刚刚二更才过。他觉得该动手了。他悄悄地下炕,握着小刀,先来拨启后窗。

纪宏泽大为失策,做这些事,应该摸黑,他竟没有熄灭屋中的灯,为的是寻找窗缝,容易看得清楚。纪宏泽本已学会夜行术,如今拿出来实用,不知不觉,还是想着借灯光,摸黑不如灯下做活的好。他咬着嘴唇使劲,小刀插入窗缝,居然悄悄密密,没有弄出大响动来。可是他这里没有大响动,堡内竟有了大响动,姚山村的能人竟抢先招,秘密地来了好几位,也要寻救被掳之人,正在飞檐走壁,满堡里寻找囚禁之所。

纪宏泽先舔破窗纸,往外瞥了一眼,后窗外漆黑,料是小夹道。他捏小刀,登着小凳,紧贴窗台,对着窗缝,轻轻地划下去。两边划开了,再划上下,动一动簌簌地落土,渐渐地大功快告成了。当此时姚山村的人也正鹤行鹿伏,潜踪而进,居然偷渡过了界河,摸到铁牛堡土围子墙下,用声东击西之计,这边一打岔,那边翻过了堡墙。

纪宏泽当然想象不到,把后窗所糊的纸,都已划通,又抽去木榫试将窗扇一掀一推,居然活动,却发出吱吱的声音来,未免讨厌。纪宏泽回看前窗,幸无人来窥,忙收起小刀,轻轻用力,把窗扇推开一点缝子,又轻轻一拉,拉开了半尺来宽,暗说:这不就行了?心中大喜,重给合上,忙翻身跳下来,扑奔前窗,就窗孔往外一张,站岗的人犹自倚门据凳,前仰后合。纪宏泽刷地跳下土炕,把桌子轻轻掀翻,脚踏桌心,手搬桌腿,这就要拆桌取腿。

正在此时,前庭忽闻嗟叱之声,后窗忽闻扑朔之声,紧跟着听见房顶上啪达一响,骨碌一响,像是石头。紧跟着听见一声:"什么?"

纪宏泽惊如脱兔,倏然直腰张眸。先抬头一瞥后窗,急旋身重跃上土炕,向前庭再一张望。又旋身嗖的一跳,扑奔后窗。矫如游龙,煞有身手,只可惜一样,这一忙更忘了吹灯。

纪宏泽顾不得拆桌腿,跳上小凳,一伸手,急急地要开窗。刚刚侧身取势,手扣窗格,不想,他正要掀窗,这窗突然不掀自动,悠悠地往里张开来。这窗格恰是往里掀的,纪宏泽迫窗太近,吱吱声中,又猛然这么一掀,他存身不住了。并且这窗无故不启自开,他当下暗吃一惊,两手空空,被挤得往后一退,当然挤下小凳来了。

纪宏泽退到屋心,骇然张目,窗扇全开,探进一个人头。同时,前庭猛听见怪喊:"哎哟,不好……有人!"跟着啪达、扑登一顿乱响。

纪宏泽瞻前顾后,错愕失措,再想吹灯,势已无及。凝眸看窗,这才看明,探进来的那个人头,青绢包头,二目如星,面浮嬉笑,正是与己有约的那个戎装女子,也就是飞来凤桑玉明。这时候,前庭劈登扑冬,发出很大的动静。

桑玉明一手掀窗,举过头顶,一手持刀。双眸向纪宏泽一扫,低头看见了那张仰腿朝天的八仙桌,她点了点头,撇嘴一笑,说道:"果不出我所料,你又在调猴!"立刻插刀支住窗格,腾出双手来,这手扶窗,那手向纪宏泽一招,道:"喂,别发愣怔,快出来跟我走。"

纪宏泽不遑答话,向桑玉明一笑,他已看见飞来凤背后插着一把剑,正是自己之物,她没有失约,真要助己偕逃。纪宏泽向飞来凤比了比手,叫她让开窗口,他就一跨步,登上小凳,要往外面蹿。桑玉明阻窗挥手道:"且慢!"指一指灯,指一指八仙桌,蛾眉一皱道:"别慌!"

纪宏泽登时默喻,跳下小凳,把八仙桌重翻过来,往原处一放,桌上的陈设散丢在炕几上。他不管不顾,正要吹灯,前庭已然大乱,房上地上,乱喊着拿奸细、拿奸细。桑玉明也似骇异,很焦灼地往旁侧身催纪宏泽赶快收拾。忽然她哼了一声,扭头往身后一瞧。恍惚如有所睹,她失声道:"等等出来!"只见她往下一溜,溜下窗台。啪嗒一声,从窗开处打进来一只暗器,钉在屋墙上。纪宏泽也不由失惊,两手空空,无物防身,急忙一探手,取下这一只镖。又贴墙探手,把桑玉明支窗的那把刀取下来。可是刀已取下,窗扇呱达一声,立即合上,内外又隔绝了。听见桑玉明在外面娇叱一声:"什么人?看箭!"好像私逃之计被人发觉,已然动上手。

纪宏泽惶惑已极,猜不透这镖是铁牛堡巡夜人打的,还是外来人打的。飞来凤叫他等等出来,已然得到一把刀,他已然不怕,他立刻对窗低喝:"怎么样,我要蹿出去了。"

飞来凤桑玉明似正与人交斗,没有回答。纪宏泽心头一转,前庭后窗都有响动,后窗打进来一镖,前窗的动静较大,他也想避重就轻,却不知何处轻重。纪宏泽就跃上土炕,就窗孔窥望前边的情形。前庭像走马灯般,果有许多人乱窜乱打,房上地上尽是夜行人影,情形比后窗严重。庭中原有灯火多半已灭,影影绰绰望见对面东厢房的门扇也被踢破,堵门躺着两个死尸似的受伤乡丁。有几个戴面具的、穿青衫的人物,身手矫健异常,正在挥刀夺路,堡中人正在喧呼抵挡,房上的人揭瓦往下打,纷纷扰扰,分不清谁是谁。却恍惚望见一人,像是他的七叔,这人也是细高挑,也是使宝剑,正和另一个背对背,扼门而斗。纪宏泽顿时忘了一切,大声叫了一声:"七叔!"

这一声喊,喧斗中也有六七个人回头寻声,那个使剑的人独没有回顾。纪宏泽忍不住又叫了一声:"是七叔么?我在这里呢。"用刀把窗扇一掀。

不想他这一叫,陡然喊来了一把飞蝗石子,从正房斜打过来,有两个石子险些打着他的脸。同时有人喊道:"放箭,放箭!一个人也别放走了,你们快堵门,弓箭手来了!"

那夜行人物也似乎惧怕乱箭,应声打起呼哨,预备逃走。

纪宏泽此时恍然大悟,这前庭互斗的人,自然是姚山村前来偷营。既然不是七叔邀众前来寻找自己,我正该趁乱溜走,倒正是机会。

他忙跳到后窗前,小心提防着冷箭,慢慢重掀窗扇,慢慢侧身一窥,刀护面门,急急踊身一跳,跳出来了。脚踏实地,张目四望,瞎小心了一阵,这后窗的小夹道,半个人影也无,正不知何人打来那支镖。真是巧得很,好像故意把那戎装女子透走,好容得自己趁空独逃。纪宏泽自以为老天保佑,忙抬头四面一看,一道长墙,窄窄夹道,自己怕跃不上去。更纵目看两头,黑呼呼也似无人。纪宏泽估量方向,蹑足往南飞跑下去。

纪宏泽慌慌张张直奔到南头,转了弯,又碰着了墙;倒有一道角门,早已堵塞了,还是出不去。忙又折回来,心想这夹道断不会没有出入口,一口气奔到北头。北头也照样,虽有角门,但墙很高,路太窄,欲要飞身上墙,又苦于跑不开,不能借力取势,仓促之间,试伏身往上硬拔,果然不济事,手一攀垣,上面竟荆棘刺手。纪宏泽大为惊讶,刚才那个戎装女子可怎么能够出入自如?显见人家的武功比我高强了,心中又惭愧,又焦灼。

他重翻身往回寻路,心想:这可怎么好?不意他这回跑得稍慢,才发现后夹道这一排西厢房,有的有后窗,有的有后门,纪宏泽一直飞奔,竟没有理会。今既寻着,唯恐有人追他,他赶忙俯身贴门一窥,没等看清,这门吱的开了一道缝,竟没有锁,空有门闩,已然毁拆,是从里面用一把椅子顶着。

纪宏泽大喜过望,急急推椅子,蹑足钻进去,里面黑呼呼,靠左边透光明。他定睛一看,想不到自己逃出囚宾馆,又钻入人家卧房了。眼前这一亮,他方才看明,这是两暗一明的三间外院西厢房。当中开着后门,左右两个暗间,只靠左边的那个暗间点着灯光,仅隔着格扇门,故此透明。后门虚掩着,前门竟插着门闩,还加上大栓。防前不防后,纪宏泽自然觉得奇怪,他哪知道后柱乃是刚才砸落的,前栓却是手开的。

纪宏泽悄悄溜进来,悄悄摸索门闩。摸来摸去,已摸出大栓的枢纽所在。他正要拔下来,稍一疏失,竟碰出一点响声。在暗间登时听见一声微嗽。纪宏泽忙提刀过去,舔破格扇上糊的纸,刚刚侧一目要看内中虚实,不意屋中人已然端着灯出来了。

这端着灯、开格扇的人,竟是二十来岁的一个轻俏姑娘,姿容白皙,眉锁清愁,足蹑红绫,穿一身淡绿短衣肥管裤,鬓发不整,满脸透露愠色,纤细的手端着那只油灯,姗姗地走到格扇门前,要开又不敢开,终于拉开了。纪宏泽要躲还未来得及躲,两个人几乎碰上头。那女子猝出不意,失声一叫,手中灯几乎丢掉。只见她一退两退,退到桌旁,把灯放下了,这才喝道:"怎么你又来了?"

听这口吻,似对付熟人。纪宏泽忙打量此女,果然眉目清扬,似曾相识,自己乍被诓进堡来,劈头遇见一群妇女,恍惚内中就有这一位。这女子大概起初把自己认为是堡中人了。为了自卫,纪宏泽把刀一亮,把手一指,低声威喝:"噤声!你不许喊,你只一出声,我就剁死你!你只不出声,我决不杀你。"又把刀一比,说道:"你给我开了门,我就饶了你。"

却是出人意料,这少年女子起初倒有点惊岔,此时看明来人是纪宏泽,她倒比较镇静起来。两眼凝视纪宏泽,上上下下打量,先看他手中的刀,又看他脸上神色。这女子双眉一蹙一蹙的,忽然若有所悟道:"哟,你是谁呀?你不就是今儿早晨个,叫他们掳进来的那个过路的客人么?你不是姓纪么?你怎么一个人跑到这儿来了?"

纪宏泽听这声口,又不似堡中居停,又像跟那戎装女子一样的了。但他已然遇见过飞来凤,今重遇此女,他似乎有了应付经验似的。立刻喝道:"把手抬起来,不许你动!……唔,你快给我开门,把我放走,我决不害你,我还要感激你。我跟你们铁牛堡无嫌无怨,彼此各不相扰,我不过是个过路客,我只想离开你们这里罢了。"

纪宏泽拿刀比划着发话,这个女子扎撒着手,身子往后倒退,似乎不很恐怖,乍着胆子,悄声说道:"你别来这个,我给你开门。"

纪宏泽道:"快点。"女子道:"你可别砍!"

纪宏泽道:"你不喊,我决不砍。快着!快着!"

女子眼盯住纪宏泽的手,说道:"您让开点,我好过去给您开门。您把您那刀放下,行不行?"

纪宏泽焦急道:"你别跟我耗,你敢成心捣鬼,我就不客气了!"

女子道:"我绝不敢!"溜溜失失地走过来,还是怕那把刀,侧着身子,轻轻说道:"我给您开门,您可别价临走的时候,砍我一下子呀!我瞧您一定是姚山村的人,刚才一阵大乱,准是救您的人来了。您怎么不逃走,反倒钻到这里来?这里是个死夹道啊。我可不是铁牛堡的人,你别毁我,我也别毁您。你要是砍我,我只一嚷,你也活不了,我也活不了。"

纪宏泽厉声催促道:"我只叫你开门,快着!"

女子道:"开门容易,哎哟,这前门不是锁了?刚才桑家的三丫头追赶一个人,她也是打这里跑过去的。你要跑,走前门准叫他们堵上。您要明白,我跟您同样,我也是叫他们掳来的,我困在这儿快一年了。你自己个瞎闯,保管闯不开,他们处处下着卡子。你要肯救我,我情愿把你领出去。"

纪宏泽诧然道："你说什么？"

女子道："我说我也是难女，我愿意卖道把你引出堡外，你可得搭救我。你把我送出织女河码头，我就指给你一条明路，用不着动手，就可以穿地道一直走出铁牛堡西栅外。"

纪宏泽不肯相信，张眼打量此女，明眸浩齿，姿容俊俏，似乎很单弱，果不类农家女，却也不像良家子，他又惶惑了。

这女子也是心眼很多，不等问就解释道："您若是不信，钥匙就在这儿呢，您叫我给您开门，我就给您开，不过是白费事，再叫他们捉住更坏。我在这里囚了一年，看见他们害人多了。您看这院子，就是他们拘人的地方。您瞧这后门，就是逃跑的人刚刚踹开的，是我刚拿椅子顶上，你就又跑来了。这前门也是我刚锁的，这不是钥匙？您自己可以开。"一伸手从梳妆台上拿起一串钥匙，要递给纪宏泽。

纪宏泽喝道："你给我开。"

女子诺诺道："我就给您开。不过您可以扒门缝往外瞧一瞧，那边墙头上有亮，那就是他们的岗。况且在您前脚刚逃出一个，他们前边一定有人拦，那桑家三丫头又在后头紧紧地追赶，您岂不是替人顶缸？您要是依着我的话，您瞧我这人可是骗人的不是？我这是求您捎带手把我救一把。您要是肯的话，这儿有秘密的地道，连刚才的那个桑家三丫头都不知道，堡中的人晓得的也不多。你我可以一同逃出去。出了堡围子，您回您的姚山村，我奔我的河南路。我只要你给我偷偷雇上一只船，我就可以逃回老家。我本是好人家的姑娘，叫他们姓鲍的万恶滔天的奴才拐骗了来，我就跳进火坑了。我久想逃走，无奈女子寸步难行，没有帮手，就只织女河，我也到达不了。我如今依然犯了嫌疑，刚才从我这里逃出去一个人，那个桑三丫头就威吓我，我不跑不行了。我只要逃出虎口，我这一辈子也忘不了你的好处。"

女子低言悄语，邂逅求救，一见倾诚，眼睛瞟着纪宏泽，声音柔媚可怜。

纪宏泽又乱了阵仗,忙道:"你讲了半天,地道在哪里?快着点走,万一叫人遇上,岂不白费事?"女子满面堆欢道:"你答应我了,好极了,好极了,你跟我来。等一等,我要逃走,这里还得布置一下。"上眼下眼,把纪宏泽打量了一个够,又冲着窗户一看,侧耳一听,说道:"正是好机会,阿弥陀佛,我可遇着贵人了。他们外头打得正热闹,趁这工夫一溜,我算脱出火坑了。可有一样,你别在半路上丢下我一跑,那一来,可就把我一条小命饶在里头了。我指给你活路,你倘或跑回姚山村,把我甩在脑后,他们捉弄我,我非死不可呀!"

纪宏泽道:"你只告诉我地道在哪里,我只要出得去,我一定把你送上船。"

女子道:"咱们一言为定,皇天在上,谁也不许骗谁,咱们都得起个誓,明明心,可是的,您贵姓?您是姓纪么?"

纪宏泽道:"不错,您怎么知道?"

女子道:"我是堡中人,自然知道,你怎么叫周德茂诓来的,怎么叫飞来凤捉住的,我全听他们说过,你不是叫纪什么泽么?你是从姚山村出来的,对不对?"

女子求纪宏泽设誓,满脸露出求允之情。纪宏泽说道:"你只管放心,你救我,我决定救你。"

女子道:"就是这样,你给我瞭着点,我把我的私房拿出来,咱们好一同逃走。"遂请纪宏泽持刀把门,她挑帘入内,往床上被底捞了一把。纪宏泽定睛看住女子,女子忽然一惊道:"你听听后院又有动静,你快拿椅子把门顶上点。"

纪宏泽慌忙过去,只这一到外屋的工夫,女子突然一探身,从床底掏出一把刀和一个皮囊,另外一只小包,这女子似早有逃走之心,但是她把刀取到手中,立刻诡谲一笑,态度不再那样恐惧,另换了一个样子,匆遽地佩上皮囊,囊中当然是暗器。她立刻从皮囊中掣出一件暗器,扣在掌心,又背上小包,然后面色一松,露出有恃无恐的神情,说道:"喂,不用把门了,你跟我来!"

纪宏泽回头一看,顿觉失策,这女子不是刚才说的那样可怜,她手底下原来也有活。女子用刀尖指着纪宏泽道:"你往这边来,你在头里走。"

纪宏泽颜色一变,举起刀来。女子忙掩嘴唇道:"你别多心,快着来呀,你可别动粗的,你要想砍我,我可就嚷了。告诉你,我还是真想逃走,你不要见刀就多疑。"向纪宏泽点手,急引纪宏泽,扑奔对面暗间。

暗间漆黑,女子叫纪宏泽端进灯来,纪宏泽不肯。女子咳了一声,笑道:"你是犯疑心了,我没有冤你,我来端灯,没有亮怎样开地道门啊?"

女子立刻拿了那串钥匙,叮咛纪宏泽:"我占着手,你可不要毁我,毁我就是毁你自己。"然后端了灯。

灯先到了暗间,铺陈一如闺房,墙隅有一个立柜。女子凑过去,随手把灯递给纪宏泽,她自己轻轻开锁,把柜门一推,果然是一道暗门。女子叫纪宏泽先进去,纪宏泽迟疑不前。女子咳道:"你这么不放心,准是为了我这把刀。我也懂点武功,要不然,我怎敢跟您一个生人一块逃跑呀?我的心掏不出来,你可仔仔细细瞧瞧我的脸,你瞧我像个害人精不像?"把俏面摆在灯光前,眸子凝看纪宏泽。女子的眼光竟有一种吸人的魔力,令人一望,觉得轻盈可亲,比起飞来凤来,更有着柔态,她的眉心也另有一种疏淡气相,但是她另有一种风格,在疏眉朗目的底里,觉得神秘难以捉摸。纪宏泽哪里知道,人固不可貌相,美貌的女人更容易使人发生错觉。

女子故意地叫纪宏泽端详她,纪宏泽就灯影下果然再看她一眼,点了点头道:"你是好人。"这是半截子话,他的意思是说,这女子与飞来凤桑玉明截然不同。

女子笑了笑,把柜门大敞开,往里探了探头,回身退步,先插上暗间的屋门,这才和纪宏泽钻入立柜。立柜很矮,俩人全弯着腰,仍命纪宏泽把油灯带入柜门,然后从柜内倒加上锁。女子接过灯来往下照着,这立柜实是一道暗门,历阶而下,便进入地室,地室有交叉的隧道,也很矮,不过一丈来高,里面霉湿气很浓,柜门一开,霉气便往外扑出来。

纪宏泽和女子并肩而立,柜门一扣,乍入漆黑,一灯如豆,发出黄昏的光,外面动静听不见了。只是这地室不知是从哪里吹来的风,灯苗闪闪欲灭,必得用手遮着。女子才一举步,一个趔趄,几乎扔了灯,纪宏泽连忙搀扶。女子咳了一声道:"我脚底下不行,我说你替我端着灯吧。"

纪宏泽道:"还是你引路吧,我道路不熟。"

女子道:"咳,你这人还是不放心吗?倘我把灯弄灭了,更不容易走了。"纪宏泽道:"难道没有灯笼?"

女子矍然道:"有是有,又得上去。"女子到底把灯给了纪宏泽。纪宏泽一手持刀,一手掌灯。女子一手空着,一手提刀。空着的手不知不觉抓住了纪宏泽的一只胳臂,悄悄说:"我说,你扶着我点,我怎么迈不开步呢?"

两人历阶而下,从假柜到达地室。两人走得很慢,稍一加快,手中的油灯便恍恍地要灭。又加上道路不熟,湿气逼人,两人全想快走,就是快不了。纪宏泽道:"你不是认识地道么?"

女子道:"你这人料事糊涂,你瞧这地道不是个秘密走路么?寻常人谁肯在这里通行?"女子的话很对,她纵然知道有地隧,却没有身临过。但这隧道虽不高,却多歧路,由此证明,鲍家四虎果非良民,无故地虚设隧道,好人家谁肯这样做?

女子与纪宏泽并肩而行,曲折走出一条路,拐了几个弯。地室阴森怖人,外面响声一点不闻。脚下踏着积尘,软软的好像没有墁砖,积尘成了湿泥。两人心中惴惴不安,端灯又走了一段路,忽然一绊,女子几乎跌倒,她不由一拖纪宏泽。纪宏泽也是一绊,忙扭身拿桩,要用那提刀的手采扶女子。女子没有栽倒,纪宏泽这手的灯随身势一荡,灯碗中的灯草立刻沉下去了,火灭光熄,登时满眼漆黑。女子失声叫了一声:"哎哟!"竟很惊慌,将纪宏泽一把抱住,口中说:"怎么你把灯弄灭了?"

但是纪宏泽身失重心,黑影中油灯又一歪,索性把半灯油全倒在自己身上,衣襟上滴滴嗒嗒流油,女子整个身子贴近纪宏泽,手抓着不放。女子的鼻息微喘有声,脂粉气袭人,两人几乎碰了头。纪宏泽心中扑登扑登地跳,隐隐听见女子也正心跳不休。灯光既灭,两人都几乎迈不开步。两人都沉默在漆黑的狭窄隧道中。

过了一会儿,纪宏泽方才神定,低声说:"姑娘,你身上有火种没有了"

女子道:"这个,我没有,你也没有么?"答道:"我身上带的东西都被他们洗去了。"女子道:"这可怎么好?"

纪宏泽道:"我们只可摸黑走。"

女子道:"只可摸黑。"半晌不言语,也没有动,紧立在纪宏泽身边,手还抓着纪宏泽的手臂,似乎忘其所以。纪宏泽也没有动,睁大眼发呆,眼前任什么也看不见。

女子忽然悄声说:"你今年多大岁数了?"纪宏泽道:"我十八岁了。"女子道:"你才十八岁,我比你大一岁,我十九了。"

也是十九,也大一岁,纪宏泽不由得又跳起来。两个人全不言语,霎时间竟忘了身处何地。纪宏泽微呼一声,女子的手还在抚着纪宏泽持刀的手臂。纪宏泽把油灯丢下,轻轻摘开女子的手,低声说道:"我们快走吧。这么黑,你能认得道么?"

女子道:"摸着试吧,我情实是只知道有地道,没有走过。"两人振作精神,重往前寻路。这比刚才更加困难,磕磕绊绊,女子几乎一步也走不上来。发狠道:"我脚下太没根,你别不管我,你得扶着我点。"竟将胳臂穿着纪宏泽的胳臂,身子越发贴近。纪宏泽两耳烘烘地冒火,想这女子也必和自己一样,两个人心上大概都乱乱的,深一脚,浅一脚,摸着墙,往前继续蹚,反而较前更慢了。

又转了几个圈,纪宏泽不知东西南北了,同时女子也觉得转了方向,这边一钻那边一钻,接连碰壁。女子啧啧地着急,纪宏泽更是心慌,对女子说:"我们出不去了吧?"

女子忙安慰道:"你放心,决不会憋死在这里。"

两人如瞎蒙一般,乱扑乱撞,所幸失亮已久,渐渐恢复视力,虽不能暗中辨物,还能寻壁探路。两人此时猜忌全消,借这一场黑,揭开表面,心心相合。渐渐地两人摸到一处台阶,似从底平处,往地面上爬。女子道:"对了,这里准是出口。"却是摸着瞎,费了很大事,摸了半晌,有台阶没有门户。两人失望,女子似乎酥了一样,站不住要坐下,被纪宏泽提腕拉住。

女子略歇一歇,手拉手循墙再往别处撞,又绊了一下,又遇上高台,两个人又拿这高台作为据点,往四面摸索良久,女子又停足听了听,想了想道:"好了,这里真是门,一定是出路。"

两人一步一试,走上台阶,摸索着门,又摸索着门扇。女子对纪宏泽说:"你来摸摸,你把这门撬开。"说着,伸出十指纤纤的手来,找着纪宏泽的手,就叫纪宏泽的手来摸。

纪宏泽渐渐地平掌细摸,果有门缝,门开两扇,高仅八九尺。纪宏泽道:"不错,像是出口的门。"忙请女子闪开,他立即持刀插入门缝,上下一划,被东西搁住,也许是插管,也许是锁头,用力划了一阵,仍不能开。

女子屏息旁站,听出动静来,伸手一拍,拍着纪宏泽的后背,低笑着说:"这样鼓捣不行,这扇门应该端下它来。"

纪宏泽道:"哦,你说得对!"蹲下来寻着门槛,摸着门扇的榫轴,放下手中刀,两手从门槛下扣进去,用力一端,居然端下来,没有一点声音,又轻轻一推,推开尺许的缝子。

女子笑了一声道:"你是个好人,你原来不会夜行术。"纪宏泽还口道:"我看你很文弱,倒很懂局。"女子笑了。

纪宏泽站起来,那卸下的左扇门,还被插管闩着,和右扇相连。女子道:"可以过得去,不必再卸了。"

两人侧身钻了过去,仍把门扇轻轻带好,门扇这边仍是斗大的小屋,对面仍有短阶小门,与入口相似。女子命纪宏泽照前拨开门,自己退下来持刀保护着他,她提刀先上。

小门果然是出口,门扇有一小孔,暗中透出微明,女子倚门缝探头往外一看,忙又缩回。纪宏泽也探头往外一看,对面照旧昏暗,看不出所以然来,但从小孔已吹进凉风,同时听见远处犬吠人呼。女子道:"谢天谢地,我们果真钻出来了。"

两人悄悄倚门避了一会,听了听外面的动静。女子道:"我们该快跑了,出了这里,就是露天地,我们可不能再像刚才那样踱着走了。你得打起精神,你还得保护着我,我再叮问你一句,你可得照约行事,不能甩了我。"

女子很细心。纪宏泽诺诺应允:"我决不能变心,我一定对得起你。"

"不变心"三个字,女子听了很喜,却又很担心地说:"闯吧!"各把兵刃准备好了,抖擞精神,要错着肩一同往出口外面钻。

这出口和入口截然不同,入口不止一处,他们逃出来的地方,是在鲍家大宅厢房,有一个立柜是地道的暗户。出口也不止一处,这里的出口却是一座小庙,庙殿神座下,在供桌之前,设着秘密机关。神座的台基,并非土石所砌,乃是木座,这便是隧道的暗门。内外全有机关枢纽,用手轻轻一按,供桌立即移开,神座正面的木板往下一落,登时亮出门来。机关的构造,并不太难,也不甚巧,女子却并不晓得,照样叫纪宏泽使笨法子卸门。无奈上下摸了一遍,这门扇的榫轴与前不同,门也很矮。纪宏泽和女子一同用力,可惜没有用力的地方。女子着急道:"没有法子,没有动静是不行的了,你就硬拆吧。"

两人就从小孔下刀,把暗门劈开一道缝。纪宏泽奋力一蹴,把门板踢裂,发出大响来。女子倒吸一口凉气,道:"轻着点,轻着点!"

轻着点竟一毫也开不了。纪宏泽急得大张二目道:"顾不得了,吃快吧!"切磋喀嚓,拆碎门板。两个人弯着腰跳出来,立在神座之前。

纪宏泽眼前一亮,庙内昏黑,庙门紧闭,庙窗破漏,庙外的星月之光已然照进来。还好,四面悄然无人。女子却很惊慌,很诧异,四面看看,从破纸窗隙看到外面,口中说:"这是哪里呀?哎哟,这是哪里呀?"

女子自言自语,虽不见面容,但听声口,似非常扰动。纪宏泽越发惶惑,忙问道:"到底这是哪里?出了堡没有?"

女子口带哭声道:"没有没有呢!"纪宏泽道:"哎呀!"费了偌大的牛劲,还是没有逃出堡,纪宏泽和这不知名的女子面面相觑,黑影中只看见对方的头打晃。纪宏泽一咬牙道:"闯!不会打出去么?你告诉我,这地方是在堡内的哪一个方向?"

女子道:"这好像是……"她实在看不出来了,她心中内怯,说不出来。纪宏泽奋身过来要开庙门。女子道:"你,你,你等等!"

女子窥窗外望。看罢前窗,又旋身跑回来,查看后窗。前窗外面黑呼呼,是一片房舍,后窗外有空场展开。女子到纪宏泽身边,悄声说道:"这里离堡围墙,最近还有一箭之地,你快跟我来。我倒有另一个藏身的地方。现在天色已晚,不等跑到织女河,天就要大亮。你跟我先找个地方藏起来,赶明天,耗到天黑,再一同逃走不迟。"

纪宏泽不肯,说道:"无论如何,我们也得先逃出土堡。怎么着,你走不动么?"

女子道:"也罢,我豁出这条性命去了。你可要明白,捉回你去,你还是一个俘虏;捉回我去,我就成了叛徒了,他们一定要把我活埋。我的苦处你要明白,现在我们搭上伴了,我破出死,一定跟你一同逃。您现在要出堡,也好！来吧！你不认得路,你跟着我走！"

女子竟和纪宏泽,悄开庙门,不敢走空场,恐怕被人望见,两人反倒扑奔了庙前。

此时星月光微,铁牛堡这边那边不时传过来奔驶哗逐的声音。女子引领纪宏泽,奔到有房舍处,循墙贴壁,藏在黑影里,曲折闪躲,投向壁墙。

刚刚走出不远,突见前面透露火光,女子道:"不好,前头有卡子!"女子一拉纪宏泽,倒步退回来。忽闻背后有人吆喝了一声,两人登时忘其所以,拔腿狂奔起来;更不惶择途,往斜刺里黑影中如飞狂窜。女子表面像很文弱,跑起来并不慢。侧面高处忽然照来孔明灯,两人抬头瞥了一眼,越发地脚步加快。女子的道路比纪宏泽熟,纪宏泽要躲灯光,横奔小巷,被女子拦住。那庙后空场,本不便通过,女子向纪宏泽说:"快奔这道吧！"纪宏泽依言,径奔空场。

两人一前一后,微错着肩,刚刚往空场这边跑,从空场迎面也打出几个石子,跟着由暗隅里跳出五六个人,一迭声喊拿奸细,抢先一步,迎头来堵截。女子忙将头巾往脸上一蒙,叫纪宏泽也高举着刀,喊拿奸细。女子也跟着吆喝,却低告纪宏泽,躲着那几个人,快往旁边绕。

二人跑得太忙,那几个人登时动疑,放出三个人,追了下来。纪宏泽依然随着女子,没入黑影,三拐两绕,眨眼间望见堡围子的土墙头。堡墙本不很高,堡外掘着护墙壕沟。由外面越墙入内,高达两丈以上,由内往外跳,便矮得多。两人驶近堡墙,纪宏泽知道此女子不是泛常女流,且跑且问她:"上得去不？"

女子且跑且答道:"你不用问,反正得跳出去。"但这土堡内部就矮,也有一丈三四,女子实在蹿不上去。后面追逐的人已被甩下,可是追兵必要追来。纪宏泽很着急,女子引着纪宏泽一味乱跑,似欲寻找堡墙上下道,打算爬上去。

无奈堡上设着岗,此时闻警,分别扼住四门四隅,随时瞭望,沿土墙每隔五六丈,更有一两人藏垛口后巡风。女子竟和纪宏泽奔向墙根,相隔数丈,巡风人立即探头,往地下投下一块石子,同时喊拿奸细,喝问口号。女子忙应了一声,是一个"红"字。巡风人又问了一个字,女子忙又回答一个字,石块不再投过来。

巡风人已然听出是自己人,只不知道是谁,忙又问:"你是哪位?"

女子仓促说道:"我姓金。"巡风人说道:"唔,你是金三元么?"

女子道:"啊,是的,……我不是他,我是桑三爷手下的。"

巡风人疑疑思思地问道:"你是桑三爷那道的,怎么我听不出来呀?你到底贵姓?"

女子道:"得了吧,葛老大,你不认得我,我可认得你。你不是葛洪祥么?"

巡风人果然是葛洪祥,听见来人叫他的名字,不由猜虑尽释,遂道:"我的耳朵拙,眼睛也拙。怎么样,金爷,捉着奸细没有?"眼望下方,端详纪宏泽和女子,心中还在纳闷:这姓金的可是桑家哪一位呢?

女子早已打定主意,粗着喉咙,对巡风人假传命令道:"你们上道究竟几位?我们头跟你们头叫我俩告诉你们,小心把守住了,堡里可是有奸细了,留神他们里应外合。"

巡风人葛洪祥道:"我知道,到底他们姚山村偷进来多少人?从哪边跳进来的?我们这边可是滴水不漏。"

女子做出匆遽的样子,且喘且说:"他们来得人很不少,顶数西北角吃紧,你们这边怎么样?堡外头一点动静都没有么?"

这时临近另一垛口后,又有一个人头晃过来,问道:"葛老大,你同谁说话?"女子抢口答道:"是我,你不是刘头么?"刘头道:"不错呀,你是哪位?"

女子道:"你连我也不认识了,我叫金玉良,是桑爷那边的。"刘头道:"哦,你是贵客。那位呢?"

女子道:"是我们伙伴。我说二位多费心,你往堡外头嘹瞭,外头准有埋伏。"

葛洪祥离开垛口,扭头往堡外看,堡里堡外漆黑,任什么也看不出来,忙过来低头对女子说:"外头一点动静都没有,我们盯得很严。怎么着,西北角混进人来了么?"

女子道:"谁说不是。"又说道:"你们这边一定也有,他们这是声东击西,堡里闹得很凶,外面怎会没有接应?"大声向纪宏泽说:"我说你快上去看看吧,你是夜猫子眼。"纪宏泽应了一声,立刻往上凑。

在巡风人葛洪祥立身的旁边,相隔三五丈,虽然不是堡墙的上下走道,却有一段稍为倾圮的砖墙,容易垫脚往上蹿。纪宏泽倒提着刀,抢奔这堡墙破口,女子跟随在后。巡风人刘头、葛头登时动疑,大声拦阻道:"朋友,你们二位是桑爷手下的客,你们难道不晓得这儿的规矩么?"原来堡里规定,边围子墙,不是值岗的,就在白天,也不许登上。

巡风人刚说不许,女子锐叫了一句:"快快,上!"纪宏泽摆刀一跃,借力垫脚,跃上围子破墙口,女子也跟踪跃上。

第二十二章

鲍三诛奸挟艳孀

巡风人大喊了一声:"你们给我下去!喂,伙计,不好,有人夺墙,有奸细!"

墙头走道上,垛口后,蓦然涌现出六七个人,同时有人吹起呼哨。葛洪祥怪吼一声,心知上当,猛打出一暗器,跟着横身挺刀来遮。那刘头也挥花枪,来抢打纪宏泽;纪宏泽闪开暗器,用浑身之力,夜战八方,挥刀一扫。又进一步,刀尖一扎,刘头咕登栽倒。女子也摆刀把葛洪祥一挡,伏腰冲上去。奔到堡墙边,先往外一望,向纪宏泽喝道:"快下,快下!"她竟一伏身,往堡外黑漆的下面滚窜下去。

纪宏泽提神夺路,隐闻女子坠落到堡外,"哎哟"了一声。他不由稍一分神,葛洪祥的刀已劈到,纪宏泽奋身一闪。这时候这面堡墙上巡风的人都已闻警,奔向这边来。两杆花枪先一步扎到,两三条木棒也抡圆打到。纪宏泽忙又摆刀一扫,一冲,顺手放倒一人,趁黑影抽身,急往堡外墙壕这边奔去。堡墙上哗成一片,警笛乱吹,纪宏泽大吼一声,摆钢刀横挥斜扫,抓住一个空,竟也踊身一跳。葛洪祥一刀劈下,纪宏泽已然直落下去。

纪宏泽到底和那女子诈出堡墙,跳到堡外。

这自称姓金的女子摸着黑,跳得太急,由两丈多高的土围往下窜,落脚外恰当坑边,跌得不算很重。只是女子的武功比飞来凤不如,一番挣扎,气力似尽。纪宏泽窜下来,也摔了一下,忙跳起来,寻找女子。堡墙上追着两个人的后影,往下乱投石块。那女子从黑影处又叫了一声,纪宏泽寻声张目,女子半跪在壕沟边,纪宏泽奔寻过去,忙伸臂挽扶女子。女子涩声说:"你得救我,你可别甩了我!"

纪宏泽道:"你放心!"把女子半架半拖,走向壕沟。壕沟竟有半塘水,纪宏泽踩了一脚退回来,急问女子:"水深不深?"

女子道:"不深,这得淌过去,你、你、你得背过我去。"纪宏泽忙背起女子,走到壕沟里,水仅一二尺,却有很深的淤泥,直没过脚胫。

纪宏泽渡过泥沟,把女子放下来,两人相挽着,一口气跑出一段路,方才止步。回头仰望,堡墙上已然发现火亮,似有几盏孔明灯直往墙外照,竟没有人跟踪追出。纪宏泽道:"万幸,万幸,他们不追,我们挣扎出来了,我谢谢你!"

女子道:"谢个什么劲,你只不丢下我,我还得感念你哩。我们此刻仍没有逃出虎口,你要明白,他们现在正忙着对付姚山村,咱们就缓了一步。他们在前边还有卡子,稍待片刻,他们一定还要开堡门追出来。"

纪宏泽道:"既然如此,我们快跑。"女子似哭似笑地说:"你还行,只是我实在支持不住了,刚才把脚蹲了一下,如今一步也走不动了,我们实在该找个地方藏一藏,缓一口气再说。"

纪宏泽忙往四面巡看,遥指左侧对女子说:"那边黑呼呼的,一定是树林。"

女子道:"你说那边么?那可去不得,我倒有个藏身地方,快跟我来。"

纪宏泽无计可施,只得依着女子。这女子仍命纪宏泽挽扶着,潜行荒郊林丛中,躲避着卡子,终将纪宏泽引到一个极隐僻的地方,过了一夜。女子又要求纪宏泽把她送往河南。纪宏泽还想寻找他的七叔,女子竟用柔情蜜意,把纪宏泽这个十八九岁的少年紧紧缚住。

纪宏泽沉溺于爱网情罗,摆布不开。这么一来,鲍家围骤失"艳媚"——即那姓金女子,又失俘房——即纪宏泽,里外闹翻了天。飞来凤桑玉明骤失有约在先的意中人,也在鲍家围闹翻了天。纪蔚叔受着托孤之重责,才一出门,便与孤侄半途相失,他那里也是闹翻了天。他们三方面再想不到纪宏泽已被这自称名叫金玉良、行藏浑如卓文君的女子,架弄到秘密窟穴,当作禁脔。

这女子倒也姓金,却不叫金玉良,她在鲍家围的名字,是叫金慧容。她是鲍六房的弟媳,鲍六房的七弟在外乡做事,不知用什么方法,骗娶来金慧容这个貌美多智的女子。初娶时,说是嫡室原配,过门之后,才发现鲍老七原有大婆。这大婆沿着晋陕故俗,好娶长媳的劣习,实比鲍七大着五六岁,人已老丑,可是泼悍已极,金慧容和鲍七嫂打过多少次交手仗。这女子表面文弱,鲍七嫂撒泼打滚,总是吃亏的时候多。金慧容曾向鲍老七闹过多次,但生米做成熟饭,鲍老七又低声下气地哄慰,并且下过跪,她也无可奈何,似乎甘心认命了。

偏偏那大婆也很泼悍,既恼恨丈夫忘旧纳宠,又欺新人蛟柔,起初言语勃溪,渐渐动起手来。这鲍老七不敢做左右袒,眼看着新人旧人冲突,他躲在一旁不敢出气。金慧容一开始上哄公婆,外哄大伯子大嫂子,内慰原配正室,处处都还容让着大婆。后见大婆咄咄逼人,愈逼愈紧,她也就当场不让故,举手不留情,两人由对骂,慢慢地对打起来。

金慧容刚进鲍家的时候,还不到二十岁,大婆想打她一个下马威。不料金慧容手底下很有两下,两位女将一动手,大婆竟吃了亏。大婆是有名的泼妇,无端败在"小东西"手下,当然不甘休,这一来,再接再厉,竟打了六天六夜,连公公、婆婆、大伯子、大嫂子全搅在里面,到头也没有解决。大婆恨气不出。给娘家送信,外舅登门问罪,拿出宠妾灭嫡的条款来。事情闹大,鲍家围子的庄主鲍四虎也晓得了,鲍大爷鲍麟生夫妻亲来排解,那大婆娘家惹不起鲍家四虎的势力,找了一个台阶,模模糊糊地把事情化解过去,两姓姻亲幸未决裂。可是大婆、小婆之争依然时息时起,鲍老七的原配太太还是撒泼打滚,寻死上吊,和新人吵完,再和丈夫吵。如此整乱了一年多,鲍老七忽然暴疾而死,两个女子都守了寡,没得可争了,却照旧勃溪。

金慧容嫁到鲍家,不过两年,没有生下一男半女。她在鲍家六房家庭中,非李非桃,守节没有儿子,改嫁又不容她走。在夫死数月后,经她一番抗争,大伯子为了息事宁人,便把她安排在另一个小跨院,和大婆隔离开,按月由大伯子供柴供米,由她自己做点外活,可以供给自己零用,如此暂得相安,过了半年。

这金慧容生得很美貌,年纪又轻,自从打败大婆,鲍家围子的人诧为奇谈,都说鲍老七的媳妇有名泼悍,居然被年轻美貌的小婆打得鼻破血流,不晓得这小婆是怎样的人物。有几个好奇的亲戚近邻,借端串门子,找金慧容来闲谈。自然来的是妇女,却也有几个沾亲带故的男子,借端偶来串门。不是拿着一双袜子,就是拿着一件汗衫,表面上称呼她为二嫂子:"烦二嫂子给裁缝衣裳。"骨子里是向她没话找话,甚至于向她挑逗。

这样又过了些日子,有的人就劝她的大伯子:"何不把这位小婶送回娘家?像这样叫她一个年轻寡妇自食其力,不是咱们这等人家应该有的。"

大伯子听了这话,无端地脸皮一红,半晌才说:"我们鲍家从来没有改嫁之女,再醮之妇。况且我们老弟坟土没干,就把他的侧室遣回娘家,面子上也太不好看。"劝话的人说:"既然这么说,你何妨多给她一点零钱,何必叫她揽外活呢?"

大伯子道:"我这里由上月起,按月给她送四串钱去,本来用不着她做零活。她大概是闷得慌,愿意揽点缝活解闷。你想,一个年轻轻的媳妇,刚刚二十岁,就守了寡,她怎能不愁闷?"

劝话的人笑了笑道:"这话很对,你何不劝大嫂子接长补短,没事的时候,常去看望看望她,也好给他解闷呀。"说得这大伯子不言语了。

原来这大伯子也常借事到小婶院里走走,问柴问米,问短什么使的用的没有,好像外面也有一种不雅的流言。有的人还说,这金慧容不像良家女;若不然,二十来岁的人,小脚小鞋的,如花似玉的人,怎么能打败大婆那只雌老虎?人们的嘴是无德的居多,甚至有的人讲得有眉有眼,说她恐怕和北院的三爷不大很好。但人们尽管胡说乱道,你只见了她的面,便立刻觉出她艳如桃李,冷若冰雪,好像她不吝颦笑,却又凛然不可轻犯。她有点像大观园的尤三姐,外貌可亲,骨子里不大好沾惹。据说某某人被她打过一个耳光。又有人议论她和北院三爷却平起平坐,有说有笑,她还请教过北院三爷,她要学打弹弓。总而言之,自从她搬入独院,分居另度之后,跟手便散布出一些风言风语。她一个人占住一个小跨院,她居然很胆大,并不害怕,并且她这个人到底为贞为淫,颇难观测。也有人背地里讲究她,唯有像她这样的女子,才是家庭的祸水,男子的魔星呢!若真个是水性杨花的女子,不过秽声四播罢了;像她这样,才算得起倾国倾城为蛇为虺的哲妇。"你看她多么漂亮,多么和气,又多么正派,你可知道她心上是什么劲头?

外面人言啧啧,不为无因。其实金慧容自从夫殁,确存去志,只是一时不得其便。北院三爷不时借端找她来做活,她也晓得北院三爷居心不可问。但是北院三爷就是鲍家四虎的第三虎鲍雄飞,乃是鲍家围子的三堡主。她从嫁过来以后,已然知道鲍家一门武断乡曲,都不好斗;她自料自己究竟是个女子,为了保护自己,对待鲍三爷不能不设法敷衍。鲍三爷是武林中的人物,她已从话风中听出鲍三爷识透自己的行藏。她略通武功,别人不晓得她的底细,鲍老三却曾彻底盘问过自己,他是把她看成避祸出嫁、甘心做妾的女江湖了。若不然,凭她这样年貌,这份武功,断不会无缘无故屈节嫁给六房二少这样一个花花公子。而且六房二少是怎样娶的她,她娘家的情形如何,金慧容不曾说过,六房二少也不曾说过,就当妻妾争打时,也只听见大婆骂金慧容是狐媚子,是臭婆娘,什么丑话都骂出来,独独骂不到金慧容的娘家。由此可见金慧容和六房二少都是讳莫如深的了,这更成了疑窦。

鲍雄飞对这远方本家的遗妾,有种种猜测。其实堡主鲍麟生夫妻也觉得金慧容这个人来头太古怪。鲍家四虎也曾为这女人,有过一次家族秘议。按理说,女子的出身既属可疑,六房二少一死,立即将她送走,岂不甚好?何苦定要叫她守三年孝?难道真个等着六房二少坟土吹干不成?金慧容自己也要住一趟娘家,便愿自己一个人走,不要婆家人送。六房大爷仍不肯放,就是鲍四虎,也好像被金慧容的漂亮的谈吐,秀美的仪容给吸住了。结果,一任她年轻轻居孀的小婶寄居独院,不来干涉。岂特不来干涉,鲍雄飞还不断地来串门子,帮助她零花,表面上是接济寡居守节的族弟妇。

但过了不久,就生出枝节。一天夜间,姚山村和铁牛堡的械斗已起,全堡戒严已有多日,鲍雄飞值班查夜,巡回到东巷小街后,忽听见扑登一声,似有人自高下坠。鲍雄飞会打弹弓,忙摘弓扣弹,轻轻寻过去。瞥见一条人影,正在贴墙根,闪闪躲躲,溜奔隔巷。隔巷就是鲍六房的跨院。鲍雄飞当下大诧,初疑是姚山村派来的奸细,定是来窥测虚实的;忙跃上墙,往四面寻看,只有一条人影,并没有巡风瞭望的下手。鲍雄飞觉得不对劲,暂不下手,欲观究竟。哪知此人攀高走低,跳墙入院,正是趋奔金慧容守孀独居之院,那个小跨院。

鲍雄飞大怒:想不到二海家的明面上端上一个严,暗地里背着我做这勾当?想到此,心头火直冒到耳根,忙把弹丸扣上。两眼一瞪如灯。究其实!"背着我"三个字,说出来太没边,其词若有憾,其意与狗咬尿泡何异?然而鲍雄飞正在气头上,他也有正当的理:是的,家门不幸,出了丑事,奸夫淫妇人人得而诛之,何况这原是我们鲍家的事?

鲍雄飞恐怕弹弓打不到,忙往前凑上数步,瞄准人影的头,开弦待发。可是那个人影已然往下一溜,从墙上落下院中了,再往前走,便可达到那个长夹道。鲍雄飞心头又一转,自己对自己说:"且慢,我这样打倒这个人,还不知道这人是谁。……并且捉奸要双,我也堵不住金慧容的嘴。咳,索性看明他和她搭了话,我再当场一抓。"又自己暗揣:这人影是常来幽会,还是头一趟呢?我倒要弄明白了。

想罢,他也涌身跳下墙,蹑足跟过去;果然不出所料,人影是趋奔长甬道,从长夹道这边摸到那边。鲍雄飞忙再上房,越在屋脊后,盯住人影的动作。那人影在长夹道摸了一会儿,忽又跃上墙,似乎要走。鲍雄飞暗道:"怪呀!"鲍雄飞忙缩头隐住身形,再盯那人,那人竟改奔前院。

那人绕到前边,竟不弹窗,悄悄从身上取出一物,便来拨门。鲍雄飞切齿道:"好,我明白了,我们鲍家竟出了妖孽!"立即打定主意,替寡妇捉奸。只不曾看清这人是谁,托定暗器,打算吆喝一下,诱得那人一回头,认清面貌,再下辣手。但转念一想,这恐怕不是外人,还是把他堵在屋里,看个水落石出,我再看事做事。鲍雄飞有了转轴主意,未免还有点想入非非。那人居然拨开屋门,进入屋内;立刻听见屋中隐隐轻咳了一声,跟着灯光突然大明。

鲍雄飞在房上望见纸窗透明,断定十九有奸:"金慧容那么刁钻俏丽,果然心上不老实了。这一下子,落在我手里,哼,往后看吧。"于是鲍雄飞贴房檐溜下平地,也轻轻地掩到前窗,略略驻足,偷听屋中人语。屋中似有动静,竟听不出所以然来,仅只看见灯影打晃。鲍雄飞把刀一顺,索性跟踪从拨开的门缝,潜挤入堂屋,为的是堵住门口,不叫奸夫逃走。然后挨到隔扇旁,要侧目往里看。就在这时,屋中已然有了人声。

先是女子惊诧,跟着叫道:"好哇,我猜着就是你,你倒好大的胆子,你来干什么?"那人不直接答话,夹着笑声道:"二嫂子,你还没睡,你等着谁呢?"

女子轻斥了几句话,那人笑道:"我么,我这是查夜来的。"

女子道:"你查夜怎么查到我屋里来?"

那人道:"您看,我眼见一个人往二嫂这里来了,我想非偷即盗。我正值着班,我焉能不管?我是怕进来好好歹歹的人,吓着二嫂子。二嫂子年轻轻的一个人,又是孀居,支应门户实在不易,咱们又算亲戚,又算近邻,我怎能不管?"

金慧容似乎要叫那人出去,那人笑着说:"真格的,二嫂子还不叫我歇歇么? 二嫂子,你瞧我手里拿的什么?"

金慧容道:"那不是一把刀么?"

那人道:"对了,你可知道我用这刀,把姚山村的人劈了三四个么?我只一瞪眼,人人都怕,可是我跟二嫂子不能,我不能吓唬妇道人家。我说二嫂子……"语声低下去了,声音颤颤地颇有狎亵的意味。

金慧容咯咯地笑起来,忽然大声说:"我这门栓得好好的,是谁拨开的? 你用心不善哪! 可有一节,我说你歇够了,可以走了吧? 你晓得寡妇门前是非多,黑更半夜里的……我先谢谢你,往后你多照应我。今天对不住,天快亮了,我还得歇歇,你请吧。"

那男子不肯走,似乎愈逼愈紧。

鲍雄飞和里面的人,只隔一层纸扇门,竟已听出男女心跳的声音似的。他已经恍然,这是初次,并非前有成约。金慧容用好言慰哄,似乎怕着男子,却不像情愿。鲍雄飞暗暗点头,忙撕破纸隔扇,要看男子的神情。却是一看,恰与金慧容对面。金慧容衣襟半掩,妙目惺忪,另有一种仪态,面上微露惶扰,带出巧笑,叫人猜不透。两只眼游游离离的还像是害怕的意思多。那男子背对门扇,面对女子,鲍雄飞只看见那人的背影,那人的面目仍不得见,仍不知是谁,听语气口音知是堡中人。

那人说着话,提着刀,身子往前凑。金慧容极力对付,身子往后退,两人已迫到床前。那人哈哈一声怪笑,往前一扑。金慧容很轻巧地一闪。那人扑空了。那人立即笑道:"嫂子还有这么俏的身法,不怕闪了你的柳腰么?二嫂子,你别躲我。……什么?你怕我手上的刀么?这刀是杀敌人的,我可怎么舍得在二嫂子面前摆弄这个。"

金慧容且躲且说:"我就怕刀,你可以不可以把这家伙放下?你的刀又是砍过人的,我哪里见过这个?"男子笑道:"我就放下刀你可别再躲我了。"他便一侧身,将刀立在墙隅。

就在这一放刀的工夫,鲍雄飞认出此人的面目,不禁勃然大怒:"原来是这东西!"怒焰上腾,不由气粗起来。

就在这工夫,男子弃刀,再往前一扑。金慧容忽然叫道:"谁呀?"纤手一指前窗。

那男子不禁随手势一瞥前窗,回眸怪笑道:"二嫂子还使花招?谁也没有,就只有咱们俩。二哥去世两年多,二嫂子哪能不闷得慌?……"发出难听的腔调,愈逼愈切。

金慧容这么一闪,那人这么一扑,那么一闪,那么一扑。那人是乱扑,金慧容是故意闪,闪有闪的方向。男子似乎已识破金慧容的滑躲招儿来,发出怪笑的怒语来,道:"怎么着?二嫂子憎嫌我么,若是换了四房老三来,你就不躲了。我可不管那些了……"

金慧容忙说:"你等等,这就天亮,明天请你早点来,好不好?"男子道:"我不听那一套。"

此扑彼转,金慧容大声说:"不好,外头真有人来了,外头是谁呀?"男子明知诈语,仍不禁一回头。鲍雄飞至此再忍不住,振吭喊了一声:"呔!"

金慧容和那男人俱都一惊。男子忙回身当门道:"谁呀?"

金慧容却纤足一点,伸手前去操刀,男子大悔,也忙抢刀。金慧容不知手中暗捏何物,照那人脸上一打,那人掩面怪叫。墙隅立的刀,到底被男子抢在手中,金慧容却从枕下抄出一把刀,扬起来就砍。男子还想招架,竟挨了一下。急匆间,拨头往外跑。鲍雄飞恰往屋内蹿,与那人斜交叉相碰。那人猝出不意,挺刀就刺。鲍雄飞预有戒备,挺刀猛格,就势还扎,那人踉跄招架。金慧容如飞地追出来,已听出外面伏着人,堂屋黑洞洞不能见物,她锐声叫道:"杀人啦!好吗,你们都来欺负我!"

金慧容往前一蹿,把手中刀往黑影中乱扫。鲍雄飞也就势砍进一刀。那人猛退不迭,正撞到金慧容怀里。金慧容微退一步,双手进刀。那男子闪前躲后,失声一叫,猛然栽倒,隔门槛跌到堂屋。鲍雄飞抖手打出一弹,那人已倒,弹丸直打过来。金慧容"哎呀"一声,掩胸退入屋中。那人受了伤,挣命跳起来,弯腰挺刃,从鲍雄飞肘下冲过来,抢奔门口。鲍雄飞急侧身用力,一送刀锋,嗤的一下,那人应声倒地,不能转动。这一刀扎在软肋上。

金慧容阴错阳差,误挨一弹,退到内间,往床枕下捞了一把,只捞着一把铜钱,不能应敌。鲍雄飞从受伤人身上跳过,追进内间。人出人进,内间灯影摇曳。金慧容饶有机智,此刻方寸大乱。鲍雄飞挎弓提刀,半身溅血,立在她面前。她面色焦黄,欲躲无从,吃吃地叫道:"你,你,你,你们都没有安好心!"把嘴唇一咬尖声叫道:"杀人啦!"

金慧容只嚷出一声,忽又噤住,突地猛如雌虎,扑奔了鲍雄飞,手中刀狠狠递出。鲍雄飞猝出不意,横刀护身,往后倒退,急忙叫道:"二嫂子,别嚷,别动手!你瞧是我,是他调戏二嫂子,我把他撂倒了,你怎么冲着我来?"

金慧容一阵猛劲过去,登时想到后患,坐在床上,刀不离手,呼呼地喘气,两眸盯住鲍雄飞,暂不出声。

鲍雄飞用好言稳住她,徐徐说道:"二嫂子真有你的,你还有这么一手。这小子好大胆,把你看错了。二嫂子不要心惊,我们先验验他的伤。"手指灯火,请金慧容给他端灯。

金慧容心神已定,冷笑不动。鲍雄飞道:"二嫂子怎么不懂我的话么?刚才的事,我全看见了。这和二嫂的名节有关,不管怎么样,我们应先验明他的生死,再想善后之计。二嫂不肯端灯,别是猛劲过去,又后怕了吧?待我自己来照。"

鲍雄飞提刀端灯,出了内间,来到堂屋,俯身一看。那人卧在屋心血泊中,脊背朝上,脸面侧挨着地,血仍汩汩地冒,软肋后背两处有伤。鲍雄飞已认出此人是堡中人,虽非本家,却也沾亲带故。鲍雄飞摇头道:"致命伤!我说喂……"把那人踢了一脚,那人不答,也不知是伤重,还是害怕装死。鲍雄飞搔发沉吟,回头一看,金慧容没有跟出来,也许看了一眼又回屋了,竟像没事人一般,一声不哼。鲍雄飞低声道:"二嫂子你也出来看看呀!这个人躺在这里,不是办法,该想法子把他处置了。"鲍雄飞端灯进屋,站在金慧容面前,重说了一遍。

金慧容秀眉一挑,忽然冷笑道:"你杀了人,你得偿命!你不要走,你得顶着头打官司,你怎么倒问我?"

金慧容话风很硬。鲍雄飞不禁一笑,说道:"人是伤在二嫂子屋里,他还有气哩。有气就有嘴,我倒不大明白,这有我的什么干连?我不过巡夜来到这里,听到你们这儿扑扑登登的,你们黑更半夜究竟作的什么事,我也说不清。你叫我偿谁的命啊?"

金慧容立刻把声调一提道:"好,你推得干净。你们这些男人,你巡夜会寻找到我寡妇屋里,我也不用跟你瞎嚼,你瞧你身上那些血!我请本家户族评理,你杀了人,还要威吓我们女人。好了,瞧你的吧。咱们叫四邻来看看。"立刻又要喊杀人。

鲍雄飞眉峰一挑,厉声道:"二嫂子,你不要倒打一耙,自己毁自己。常言道,'捉贼要赃,捉奸要双。'我杀了他一个人,是该偿命,我要把男的女的两个人一块杀了,我就用不着偿命了。我这叫作替本族除奸,整饬门风。我身上有血,你身上有没有?他还有气,我先把他打发了,回头再冲你来。"翻身提刀,又奔堂屋。

堂屋血泊中的人低叫了一声:"饶命!"

金慧容忙厉声道:"等一等,你给我回来!"

鲍雄飞一脸的诡谲,提刀又立在内间灯前,金慧容也把刀一提,先笑了笑,然后说:"老三,你要威吓我么?你不要看错了人,你看我吃这一套么?你要诬蔑我的名节,你无故先伤了他,为了免罪,再来杀我,你的打算倒好,我跟你何冤何仇?你要我的性命,还要毁我的名声,你会欺负女人,很好很好,我把脖颈给你,你就杀杀试试!"

立刻她把手中刀投在地上,纤纤手指指着鲍雄飞的刀,俏转身形,挨了过来,口中款款说道:"老三,我年轻轻地守着寡,在你们鲍家不李不桃的,再没有活头了,人家又七言八语地作践我,我早想殉节。你是英雄,你赶快给我一下,我是清清白白的,你都看见了。他来调戏我,我不肯受,才出这事,别看我无能,岁数小,豁出命去,我到底把他逼跑了。想不到你又来毁我,好好好,嫂子卖给你了,你就趁热下刀!"又自言自语似的说:"硬把我算作淫妇,却也好,那是你们鲍家的荣耀。你们愿意拿尿盆子,往自己脑袋上扣,我的一条小命又算什么?来吧,三小子!"

金慧容这一卖味,鲍雄飞突转怪笑,微退半步,掷刀在地,说道:"哈哈哈,二嫂子真成,原来你也是个女英雄,我没看错了你。可是你也不要看错了我。你要明白,我也不是乏小子呀。你看我这把刀,也杀过一二十人;我不敢说杀人不眨眼,我却也决不怕事,更不怕死。你这样说话,岂不是拿我当肉蛋了?咱们趁早打开窗户说亮话,第一步想法子把外间屋里这块臭肉先消灭了,随后再讲别的。你要是把我看成坏人,可就不好办了。二嫂子睁开眼珠子,瞧我三雄是什么人物?"

两人互相威吓,终于金慧容输了气,依了鲍雄飞的道。两人全丢下兵刃,把灯端出去,协力先验看受伤的身子。金慧容这才看明此人后背的伤,是她刺伤的,肋下部的伤是鲍雄飞伤的。受伤的人只有出气,没有入气,显见不得活。可是人有一丝活气,还知告饶。他睁开死鱼般的眼睛,嘶声求饶命,已然听不出声音,只见嘴唇动。

金慧容恨恨不已,用纤足踢他。鲍雄飞竟当着金慧容,取了刀来,猛然照那人咽喉一勒,登的血溢气断,腿伸眼翻。鲍雄飞吁一口气,急急地催金慧容,从床上撤下一床棉被,一条被单,将死尸血口堵住,打包包起,立刻由鲍雄飞扛出去,乘夜埋在无人地方,屋中血迹,由金慧容用水冲刷,用土洒垫,草草收拾完毕,各处溅的血点,也设法拭净。

鲍雄飞竟在金慧容跨院中,掩尸灭迹,忙了半夜。第二日,第三日,也去了数趟,并且验看血迹,恐露破绽。移尸之时,路上真有点点血迹,但已凝定,变成黑紫色了,别人再想不到。不过由当夜的第二日起,堡中忽然短了一个人,遍查无踪,人们不能无疑,又经过半个多月的穷搜冥索,仍无下落,人们越发诧异。

其时铁牛堡和姚山村的械斗已然掀起,又已扩大,人们由此推想都疑心那人遇上姚山村的人,狭路逢敌,交斗失手,不是被敌掳去,就是被敌活埋。这样推测,颇在情理之中,哪晓得这人的性命是死在美人关口,一条性命白搭进去,凭白的倒给鲍雄飞做成幽会的桥梁。

鲍雄飞抓住金慧容这一桩秘密,替她除奸御侮,替她掩尸灭迹,两人越走越近。积日渐久,谣言散布,人们越发说金慧容生成美人胚子,心上当然不安静。她最规矩的时候,人们还有种种猜测,如今更被人说得有眉有眼了。

然而暗室之事,空穴来风,谁也没见着实迹。只觉得鲍雄飞时常彻夜不归,却没人见他走近六房跨院。人们又传说到"地道"上面的话了,金慧容大门不出,二门不迈,也许是走地道潜出去幽会。

那金慧容起初也许是敷衍鲍雄飞。那夜的事,她的本意,自恃粗有武功,无非是持刀自保,把那夤夜拨门的人威吓跑了便罢。更不料那人在前,鲍雄飞在后,黄雀捕蝉,无端地在寡妇屋中出了一条血案。金慧容想到将来,大是不了之局,万一人们把嘴一歪,自己跳进黄河也洗不清。况且她会武功会使刀的事,实在不愿叫外面传说出去。她有这些顾虑,到底受了鲍雄飞的挟制。当时她和鲍雄飞对付了一个通夜。

金慧容为事所挤,不能不迁就鲍雄飞。鲍雄飞对于金慧容,早有难言之隐，今日恰逢其会。他就借着这一点，向金慧容提出不轨的要求。金慧容面色一红一红的，似恼非恼，似笑非笑，做出顽皮的样子，把鲍雄飞的脸打了一下，骂道："小该死的，你跟你嫂子这样么？"她的真意竟难捉摸。

鲍雄飞不肯死心，再接再厉，在埋尸后的半个月里，金慧容每逢鲍雄飞前来，便亲亲热热地招待。鲍雄飞和她泛泛地说笑，若把她看成寡嫂，她通以好面目对待，真把雄飞看成亲弟兄一样。只要鲍雄飞再深进一步，行止谈吐稍露亵意，金慧容便装聋作哑，虽不致再像从前冷若冰霜，却也落落难合。

鲍雄飞很是不痛快，索性越逼越近，重拿出那夜埋尸的话，来逼她的一诺，并露出怨恨之意。金慧容登时巧笑相哄，极力敷衍，给他亲手做菜吃，陪他说笑，可是处处留有余地，如此支吾了一个来月。鲍雄飞色令智昏，得寸进尺，再忍耐不住了。这一夜，照方抓药，也半夜拨门，潜进屋来。满打算乘其不备，一个女子，夜静无人，就算有武功，诱之以情，威之以兵，料她无法可避了。不意金慧容十分诡谲，不知从哪点上料到这点，她事先竟有了防备。鲍雄飞扪到寡妇屋中，屋中突然出了声。原来床上高卧的，素日只有金慧容一人，今夜忽然多添了一个癆病老太婆，咳咳不已，乃是隔壁二大妈。

二大妈大嚷大咳，大叫有贼。正值械斗，全堡都有戒备，巡风的人闻声奔至，也照方抓药，寻声发出暗器。气得鲍雄飞大骂丧气，跳墙跑回自己家，向自己老婆大闹脾气。

这事的出现，就在纪宏泽失陷铁牛堡的半月以前。金慧容因为美貌年轻，听了许多谣言，此际感觉到铁牛堡真是禽兽巢穴，不可再留了，还不如回娘家。在这里早晚落不出好结果。她潜打主意，未得其便。到了隔日，鲍雄飞公然登门找来，明兴问罪之师，口发怒言，二嫂子绝人太甚，可怜我一片真心，换不出二嫂子半点情肠来，你怎么跟我装傻？

金慧容恼在心头,笑在面上,故意地花枝招展,格格地娇笑,说:"我的傻兄弟,嫂子是逗你玩的,你真格的叫你死鬼哥哥不瞑目吧?我若是没出息的人,我早就打别的主意了,我还能泡到今儿个么?你们就留,也留不住我呀。你别把嫂子看错了,我若那么一来,我就对不起你的死鬼哥哥了。"

鲍雄飞哼了一声,顶了几句话,意思说你不过是个死了男人的小老婆罢了,来头就不明,何必假装正经?外面闲话很多,苍蝇不叮无缝的蛋,还要瞒哄谁呢?

金慧容面露笑容道:"你要揭我的根子,好像我一定不是好人,好人怎么会嫁给你家哥们做小?可是我做姑娘的时候,我又没了爹,我怎样知道你们鲍家是这样?我也想不到你家哥们会瞒天瞒地,欺负我的寡妇娘。生米已做成熟饭了,我不当小,怎么办呢?跟你哥哥散伙么,他又死了。我说我是正经人,你冲我笑,看你这话头,你是说正经人不会招来跳墙的。你使劲捏我的不是,我有什么法子?就说你吧,你天天来串门,你说你是可怜我年轻守节,我能把你推出去么?咱们是叔嫂啊。日久见人心,我绝不是讨厌你,咱们叔嫂谈谈说说笑笑,倒行。我也用不着板面孔。可是你要讲到别的,老天爷在上,你看我年纪小,我是好人家儿女,我一条大道走中间,你往后仔细品吧。兄弟,我总能对得住你!我若跟别人说一句话,我准得跟你说两句;我若请别人喝一杯茶……"

鲍雄飞道:"你就请我喝两杯,是这个话么?"

金慧容咯咯地笑起来道:"傻兄弟,你倒说着了,归里包堆,兄弟对待嫂子这番意思,我心领了。咱们是……"

鲍雄飞道:"哪辈子见?"金慧容又娇笑起来了。

她的话是多情,既媚又软,却有一定的堡垒,适可而止,再往前赶落不成。鲍雄飞有搔不着痒处之苦。假若金慧容一派冰媚,也可以拒人千里之外,偏偏她有时又艳如桃李。鲍雄飞几次用心机,未能得手,他也照样乘夜来偷窥，竟一点破绽没有。

鲍雄飞不肯死心，暗想女子最怕人死腻，只要盯得紧，哪怕她是孟姜女，也搪不起死魔。鲍雄飞由此天天去泡，步步紧逼。金慧容渐渐有点招架不住了，态度也慢慢软化了。鲍雄飞心中暗喜，自料眼看水到渠成。哪知金慧容已感到情形紧迫，她已知此地凛乎不可再留。她打定主意要走。

她受了亡夫之骗，降为人妾，暗中也有避地躲祸的意思。她的身世有不可告人之苦。她虽然无意守节，却也不甘心降为姘妇。外面流言愈甚，对面鲍雄飞咄咄逼人，她决定要走，但是她需要一个助手，方能平平安安偷回河南故土。她正处在这欲留不可，欲走无助的夹当，鲍雄飞像疯狂了一样，天天来磨，她忍了又忍，哄了又哄，眼看山穷水尽，势将决裂，突然间，纪宏泽失陷在铁牛堡，持刀威胁她开门。她芳心一转，急不暇择，她把纪宏泽引救出虎口，潜逃到秘窟。

金慧容起初无非是暂借纪宏泽一臂之力，先解面前之危，再作自己的打算。但是纪宏泽年少英俊，似乎是个良伴，品貌不恶，既可托付终身，年纪又小，自然易于驾驭。金慧容想：我就跟从这么一个不相识的外乡少年人，到了地方再把他一甩。就算真嫁了他，也比在鲍家围给他们当玩物强。鲍雄飞自恃少壮，有势有财，硬逼我给他当外宅。我虽然是志在避祸，可是一次失脚，不可再失，我往后怎么抬起头来？她如此盘算，就急不暇择，仓促以身相许，和纪宏泽搭了帮。鲍雄飞一路的挤兑她，倒成了"为丛殴雀"，凭白给纪宏泽做了脱身计的解铃人。

纪宏泽可就由此更陷入第二道美人关。当时借仗金慧容，做了向导。偕逃之后，竟摆脱不开。那边更有一个飞来凤桑玉明，骤失意中人，在铁牛堡内外，满处穷搜乱找，大吵大闹。这两个女子，一个是娇豪泼辣的二十多岁处女，一个是柔媚刁钻二十来岁的艳孀，性格恰恰相反，竟起了夺婿之争。

偏偏纪蔚叔受着托孤重责，携徒出来游艺访仇，刚迈出头一步，便弄得师徒失散。他心中懊恼,深觉愧对寡嫂。在一股急劲之下,他用尽方法搜寻纪宏泽。独力搜查不周,他又忙忙地邀来帮手,又偏偏带着一个十八九岁的大姑娘,这姑娘一身的好功夫,和纪宏泽门户恰相当!

帮手不是外人,正是纪宏泽亡父狮子林的三师弟连珠箭何正平。当年护镖遇仇,狮子林在洪泽湖船头血斗,一念之慈,遭了白龙方靖的暗算,当场殒命。何正平横刀拼命,左股中矛,伤筋失血,过后赶加救治,幸保性命,到底跛了一条腿,在武林中势已落伍。

何正平却有这么一个好女儿,芳名叫何青鸿,承父技业,学武有成,连珠箭练得格外精熟。论起辈分,他是纪宏泽的师妹;论起品貌,又般上般下。纪蔚叔看见这师侄女在面前敛衽一拜,他蓦地心头一动,问了问姑娘的岁数,跟着又问有没有婿家,何正平捻髭笑道:"她还小呢,没有婆家。"

纪蔚叔脱口说道:"好!"何正平道:"七弟,你说什么?可是要给你侄女做媒么?"

纪蔚叔眼望姑娘含羞垂头,姗姗地退到别室,他这才浩然长叹,讲到大师兄的孤儿,今日改名叫作纪宏泽,如今也大了,然后又讲到现在游学失踪。于是他这脱口而出的一个"好"字,不久便发生好大的影响。

第二十三章

陷情网流连小甸

当夜纪宏泽不由自主,跟随金慧容逃到一个隐僻的地方。这是小户人家,几间草舍,草篱短垣,似很寒苦。

金慧容便要过去叩门寻宿,纪宏泽忙低声道:"你我这般模样,人家一定拿我当拐带,那使得么?"

金慧容冲他一笑道:"我大远地单扑奔这里来,一定有点道理。你不必多虑,瞧我的吧。"

在堡内她还恐慌,一出堡外,她竟似胸有成竹,到了草舍短垣之下,她蹬着纪宏泽的肩,攀上墙头,踊身跳到小院内。果然院内漆黑,也没有狗,金慧容直奔屋门,屋内也没有灯火。她侧耳听了听,旋身奔到院门口,摸索着要拔门闩,好让纪宏泽进来。

纪宏泽在外听见,说道:"我也跳进去吧。"俯腰用力,跃上墙头,又一偏身,脚落平地,两个人先后进了小院。纪宏泽张目一看,黑影中辨不仔细,但已看出上房三间,似有人住,耳房两间,像是磨坊,前面大敞着,不过是草棚罢了,并没有门窗。他忙低问金慧容:"可是在这儿躲一夜么?"

金慧容摇头低笑,用手一指上房,又一指门,她要叩门,纪宏泽道:"屋中人可是熟人么?"

金慧容又摇了摇头,一指黑影,叫纪宏泽蹲藏起来,密嘱数语,她竟上前叩门,啪啪啪三敲,对着东间纸窗,连叫两声:"三大妈!"

屋中没有即应,金慧容把门拍得直忽扇,里面方才咳嗽一声,一个老女人的口吻,怯怯叫道:"你是谁呀?"

金慧容忙道:"三大妈,是我来了。"里面问道:"你是谁呀?"

答道:"我是二海媳妇。"

屋中老妪道:"哦哦,你真出来了?你等着,我给你开门,哎呀,火镰也不知在哪儿了?"

金慧容忖道:"三大妈,您不用点灯了,你只开了门,让我进来歇歇腿,回头我还走呢。"

老妪咳嗽着,摸摸索索好半晌,才把屋门开了,让进金慧容,跟手把屋门又闩上。纪宏泽藏在黑影中,等候进屋。

金慧容和老妪叙话,老妪说:"您那兄弟接您来了么?您真要回娘家么?"

金慧容道:"三大妈,您说我不走,有什么法子呢?他们净造我的谣,我真个跳进黄河也洗不清了,我的兄弟说是今个来,我先出来等着他。三大妈您帮忙,您是有年纪的人,我知道您心肠又热,嘴又严密,我才投奔您来。倒搅了您的觉了,您先上炕睡一吧,您那西间不是闲着了,我上那边歇一会儿,咱们明儿一早见吧。"

老妪道:"那屋潮,你就在这儿睡吧。"

金慧容把老妪哄得上了炕,她悄悄出来开门,把纪宏泽潜行放进来,然后随手上门加闩。纪宏泽溜入西间,半铺土炕,久无人睡,也没有被褥。金慧容早由老妪屋内抱出一床被,一个褥子,又提出两个包袱来,悄对纪宏泽说:"你自己先上去睡吧,我还得对付老太婆呢。"她扣着纪宏泽的手,又一抚肩,往炕上一推,她这才翩若惊鸿,重到东间。

纪宏泽坐在土炕褥子上,见金慧容已出,他便要关内间屋门。不想门才微微一响,金慧容已然寻声过来,低喝道:"这是什么地方,你别关门呀?你只倒在炕上歇一会儿,回头我们还得挣命呢。"

纪宏泽道:"这一夜不在这里寻宿么?"

金慧容道:"傻东西,别问我了,看叫老婆子听见了。"纪宏泽忙又叮了一句:"你可是在那屋歇么?赶到天明,我怎么样呢?忽然多出一个人来,屋主人岂不要炸?"

金慧容忙掩他的嘴,不叫他多言。果然这时老妪在屋中说了话:"二婶子,你跟谁说话哪?"

金慧容忙道:"吓了我一跳,原来是一个小板凳,我要方便方便。"老妪打着呵欠道:"这里有盆,你怎么还要出去么?"

金慧容道:"我要听一听,我们兄弟说是今天来接我,我怕他黑更半夜找错了地方。"

金慧容且说且走,又回到东间,老妪催她上炕。她应了一声,跟着又说话。说着说着,老妪打起呼来,原来年老的人贪睡,她又睡着了。

纪宏泽一夜奔波,连日劳顿,虽然是偷进人家偷着寻宿,也不由得瞌睡起来。心想金慧容已在老妪屋中睡了,但不知明天她要变什么戏法了?此地犹在铁牛堡势力范围以内,明天更不知该用何术,混过巡查人的眼目,逃到织女河边。自己把金慧容送走之后,还得寻找七叔。心中胡思乱想,又困倦又焦悚,正在心似油煎,眼如沾黏,忽然听见金慧容蹑手蹑脚,溜了进来。

纪宏泽心中一动,隐隐听见金慧容凑了过来,虽然极力屏息,已然听她吁吁欲喘,哦,她果然找自己来了。纪宏泽心中不由怦怦跳动,连忙敛气屏息,闭目装睡,要看金慧容的举动,到底要怎么样。

那金慧容居然悄移纤步,摸索到炕边,停住不动了,似乎弯下腰来察看纪宏泽,跟着听见她轻轻嘘了一声,随后便有一只暖暖的手,直扪到纪宏泽的面门。纪宏泽顿觉耳轮烘烘地发烧,也不敢睁眼,只微微动了一动。金慧容竟低垂粉颊把脸挨进来,低低地叫了一声:

"纪！你睡熟了么？"

纪宏泽不敢响,金慧容候了一会儿,那另一只手又扪过来,直触到纪宏泽的唇腮上。娇喘息息,直当宏泽的耳鼻间,低声叫道:"喂,你醒一醒,我跟你有话！"

纪宏泽再不能装睡了,欠伸一下,就要起来。那金慧容的两只手正挂在他的两肩旁边,未容他动,就伸手把他一按。金慧容的两只手又推了推,侧身坐了下来,对宏泽说道:"你不要动,就这样说顶好。……"手虚向外一指,轻笑道:"你倒真成,住在这里,跟在你家一样,你倒真会睡着了,你好心宽啊。"

纪宏泽侧了侧身道:"你还没有睡？你不是叫我歇歇,预备明天送你过织女河么？"

金慧容道:"咳,那是当然的了。可是今晚上怎么样呢？"纪宏泽道:"今晚上你不是在那屋里歇么？莫非那屋里还有男子,不很方便么？"

金慧容道:"可不是。"纪宏泽道:"你不是说这里只有一个老婆儿么？"

金慧容道:"她还有个儿子,不凑巧,回来了。"纪宏泽愣然,刚才听动静,分明没有男子。

现在既然如此,纪宏泽轻轻说道:"我起来,您在这里歇。"

金慧容道:"你呢？"纪宏泽道:"我么,不拘在哪里坐一会都行,我上当院躲一会儿吧。"女子道:"那是何必,就这样好了。"

金慧容就盘膝坐在炕边上。叫纪宏泽仍睡在炕里。纪宏泽十分不安,欠身要起。女子双手扣肩把他按住。纪宏泽刺促不宁,挣扎着也要坐起来奉陪。女子低斥道:"不许你动！我和你商量正事要紧。事到如今,你我一男一女,素不相识,已然一块逃出来了,总算是共患难了,你还要避嫌疑吧？我且问你,度过今天,咱们到明天该怎样呢？"

纪宏泽想了一想道:"到明天么,我一定照约行事,无论如何,我也得把你送到织女河,给你雇好船,你就可以回娘家去了,不是这样的么?"

金慧容爽然道:"我心上也打算这样,不过我走了以后,你呢?"

纪宏泽道:"我么,我却没法,我得寻找我那七叔,我还得找那桑家姑娘,把我的一柄家传宝剑弄回来。"

女子不言语了,低头寻思了一会儿,方才说道:"你是打算送我上船,咱们一到织女河就该分手了。"

纪宏泽道:"我是打算这样,我承您引路,方得逃出铁牛堡,您的一番好意,我将来一定设法报答。至于眼下,我一定依您所愿,先把您送上船。"

女子道:"上船以后,你就不管我了?"纪宏泽道:"这个……"女子的意思显然表现出来了,可是纪宏泽很为难,沉吟良久方道:"您莫非还有用我的地方么?您有何差遣,只管说出来,我一定尽力帮您的忙。"

女子欣然道:"这还像一句话,我倒真得求求您,我们一个女人家,孤身一个实在寸步难行,您可不可以把寻七叔、要宝剑的事,稍为靠后些,先把我的事料理了?"

纪宏泽遇到了难题,他如今急等着找他的七叔,金慧容提出要求来,是邀他伴行。男女授受不亲,又都在妙龄,自己又受着人家的好处,从他的嘴中,实在说不出一个"不"字来。他没有话了,他欠身又要坐起来,觉得浑身不得劲,如芒在背。女子忽地一笑,又把他当胸口按住,可是这手竟不再抬起来,低嘱宏泽道:"人心隔肚皮,你这工夫转我什么念头了,你倒出声啊?你把你心上的话只管说出来,不要这么一起一动的,要说又不肯说,不说又憋不住,你瞧你这毛毛骨骨的样儿!"

纪宏泽左右不知所以,只剩了心忙意乱。女子问他的话,他回答不出口,可是女子也不再追问。蓦然间女子换了话头,先叹了一口气,徐徐说道:"别看你年轻,你倒怪很那个的。可是我们两个人事先谁也不认识谁,忽然间受老天爷的摆布,竟会凑到一块儿。如今你跟我算是……你瞧,这漆黑的小屋,除了四面墙,就只咱们俩面对面的避难。这工夫的事,就只有天知,地知,你知,我知。还是那话,你们老爷们家怕什么,我们做一个女人的,落到这份上,我都为得什么呀?我说,你也是个聪明人,你也替我们想想,以后我们可怎么样呢?"

纪宏泽越发惶惑起来,女人的手按着他的胸口。他要轻轻扶开,女手反手抓住他的手指,竟似语带哭声,低低怨诉道:"我是好人家的儿女,如今跟你逃在这里,你也琢磨琢磨我心上是什么味儿?我帮着你逃出来,我知道你姓纪,你知道我姓什么呀?我也不说,你也不问,你跟我装傻,你真叫我凉半截哟!……"

纪宏泽矍然抱歉道:"可不是的,到底您贵姓?您不是鲍家的人么?您娘家姓什么?您到底为了什么,肯跟着我一个陌生人,逃出铁牛堡?您娘家还有什么人?您跑出来,鲍家不找你么?您尽管把你的身世告诉我,只要我力所能及,一定代你想法。"

女子叹了口气道:"真不容易,我到底也换出您的一点心来了。你若问我遇见的事,可算是上了你们男子的当。我娘家姓金,我们本来是好人。只因我从小死了爹,受了媒人的骗,竟误嫁到鲍家来。哪知鲍家不拿我当人,他们家还有大婆。我的男人又死了,他们欺负我年轻守孀,又认为我是个小婆。咳,这期间一言难尽。你往那边一点,直跑了这一夜,把我累死了,脚底下生疼,腰也酸得很。你让开点,让我也躺一躺,歇一歇。咱们一面躺着,我一面告诉你……你总得帮我一把。"

这女子一面说,一面把身躯一倒,侧卧在纪宏泽身旁,把她的头倾了过来。纪宏泽急想敛避,他的一只手竟被女子抱住。小屋无灯,遮住了羞脸,金慧容似小鸟般蜷卧在这边,纪宏泽侧坐在那边。金慧容情不自禁,吐露真诚,软语绵绵,委身相就,把纪宏泽的手拉到她的腮边唇边。纪宏泽觉得她有两点热泪流在自己手背上。他本是十八九岁的少年,再也矜持不住了。她虽然说了实话,自称是个少年孀妇,可是她宛转柔媚,比起桑家的那个飞来凤,倒显得富有少女娇态。于是纪宏泽仓促间忘了一切……

但是俩人经过一番痴醉之后,渐渐清醒过来,纪宏泽本是少年,自恨没有把持,好似吃了碱似的,越品越不是滋味。金慧容偎着纪宏泽,好像情重意惬,爱恋很深,还是依依不舍。纪宏泽想到自己是什么人,此处是什么地方,现在做的是什么事,不觉有动于衷,叹了一口气,身子一侧,手摸额角,暗暗忏悔。他这一叹,勾起金慧容的不安来,忙拉着纪宏泽的手,问他叹息什么。纪宏泽半晌不答,经她再三叮问;方才说道:"我错了,我不但毁了你,我也成了罪人了。"

金慧容觉得这话刺心扎耳,忽然间,把身子一扭,偷偷啜泣起来。纪宏泽忙加安慰。金慧容勾起旧恨,很是伤心,又受着礼教的谴责,不禁呜咽道:"你不用这么说,实在是我没有廉耻,明知道你还是一个好孩子呢,叫我害了,我真是对不住。可是,唉,我太爱惜你了。我也不晓得怎么的,我刚和你一见面,就觉得你是我的前世冤家。现在还有什么说的?我本是个不祥的女子,我叫旁的男子害了,我如今又害了你。可是我很爱惜你呀,我倒害了你,纪呀!我实在不该,你太好了,可惜我配不上你呀。我要是个处女,我心上就好受得多了。无奈,我成了残花败柳,纪呀,你、你、你心上一定看不起我,你笑我不知羞耻么?"说着她又哭了。

她越这样自怨自艾,越觉得对不住人,倒越招得纪宏泽十分怜惜她。两人终于错到底,两人喁喁私语,濡恋忘晓,一霎时纸窗上透露鱼肚白色了。两个人立刻整装,预备着化装出走。

这屋中主人,本是金慧容预先贿买的。她的私房和出走的行囊用具,都寄顿在这里。她的出走之计是早有布置的。现在有了伴,她不等天明,早溜到老妪屋中,把自己寄顿的财物全都取出。她立刻改扮成男子,还有富余的衣服,忙给纪宏泽换上。她扮成一个少年书生,披了长衫,提了小包,别了屋主人,和纪宏泽一同上道。他二人慌不择路,就便先到了织女河下码头。

一到织女河的码头。两人先落店。

一到码头,两人都把帽子扣在眉毛上,两人弟兄相称,觅定店房。金慧容向纪宏泽说,她已然筋疲力尽,今天无论如何,也得好好歇一夜;并说:"你看我都面无人色了吧?你的气色也不好,依我说,这个地方他们未必寻得到。咱们歇一天吧。"

两人吃过饭,命店伙泡茶,遂将房门一掩,歇在木床上,一边一个,闭目歇息。名为歇息,谁也睡不着,只觉心神恍惚不定,纪宏泽更甚。

于是歇了一天一夜。到了第二天,两人竟在店房中流连不走。金慧容本说回河南;现在她也不催纪宏泽雇船,纪宏泽也忘了给她雇船。两人竟在这小小店中住了三四天。

金慧容不说走,纪宏泽也忘了寻找他的七叔,也忘了讨他的宝剑。起初纪宏泽还有些惭愧,等到定情之后,金慧容一味曲意相从,款语温存,婉顺过于处女,好像纪宏泽看她一眼,她便乍羞乍喜,如不胜情,纪宏泽稍加抚惜,她就带出有销魂的样子,她真个把纪宏泽看成意中人。她已经动了真情,纪宏泽又是初恋,两人到此地方,什么隐患全忘了,只觉得秋夜苦短,白昼天长,在店房中痴痴相对,犹同坐忘,诉起疑曲来,无尽无休。两个人完全陷在无可奈何的境地,只图眼前的欢娱,更不知将来落到什么结果。金慧容一片痴情热恋,恨不能把自己的心肝掏出来,交给纪宏泽握着,她的一对眸子,就好像被一根无形的线系挂在纪宏泽身上。纪宏泽也是这样,迷迷糊糊,好像失魂丧胆。两人在店房中,痴痴相对,有时喁喁私语,有时一声不语,就这么你看着我,我望着你,两个人又都是男子装束,出门才住店,住店竟不出门,他们两人自不理会,已然因此招引得店伙店主诧异侧目了,他两人还是不觉。

金慧容本说回娘家,现在一字不谈。纪宏泽本为访仇,暂时也不打算走。可是热恋的时候,也有时会清醒一阵,两人也就虑到收源结果。两人此时已然无话不说,金慧容把自己误嫁为妾,守孀受窘的事一一告诉了意中人。却还有难言之隐,未肯贸然尽吐。她娘家的事,她一字未讲。她却仔仔细细地盘问纪宏泽,家中都有什么人,有什么产业,年轻轻地为什么至今没有成家?出这远门究竟为了什么?

纪宏泽也只说道:"家有寡母再无他人,家道清寒,房无一间,地无一亩,我是如此的孤苦。父亲早亡,流寓外乡,想要成家,谁家的姑娘肯许给我?现在我是奉寡母之命,跟随七叔,出来寻财谋生。"

金慧容听了,忽觉不对劲,就问道:"出来求财谋事,你何必携带兵刃?"

纪宏泽咳了一声,答道:"我还年轻,没出过门,没有伴,我娘不放心。带兵刃又是防身之宝,我现在不就是用上了么?"

金慧容笑眯眯地点头道:"我明白了。你说得很对,若没有刀,咱们真闯不出来。可是你那伙伴,是你的什么七叔?大概不会武吧?"纪宏泽答道:"会武,他还是我的师父呢,我的剑法和拳脚都是他教给我的。"

金慧容把嘴一抿,把头一摇道:"我不信,他还是你的师父,怎么他的本领还不如你?"又仰脸笑道:"恐怕连我们一个女人也不如吧?"纪宏泽笑道:"你又没见过他,你怎么知道他不行?"

金慧容道:"这显而易见,你不是说你们一同失陷在姚山村么?你都逃出来了,他会走没了影,他准是……"

忽然觉得失言,她怕勾起纪宏泽的心事,又要闹着寻找七叔,忙即打岔道:"这可真成了那话了,有状元徒弟,没有状元师父。你的七叔别看不济,你可真不含糊,你真成,我还没有见过像你这么年轻,会有这么好的本事的人哩。你前天蹿房越脊,杀敌夺路,真像一个生龙活虎一样的。我算误打误撞,遇上可心人了。"竟扑过来,往纪宏泽怀中一躺,手攀脖颈,昵声连叫了几个亲密的称呼。

果然把纪宏泽的心思搅乱了。纪宏泽刚刚说:"不成,我得赶快寻找七叔去。"未等说到究竟,她的尖生生的手,红润润的唇全上来了。两人又沉醉在恋河中,于是暂时又忘了一切。

跟着纪宏泽把金慧容轻轻放在床上,他自己站起来,在屋中走溜,忽然搔头道:"不成!我们总在这店中,太不成事。我看我总是把你送回你府上,我还得寻找我那七叔去。我还是得讨债去。"

金慧容忙道:"你说什么?讨什么债?你不是求财谋生,怎么又讨债了?你原来是骗哄我呀。"

纪宏泽自知失言,把脸背着金慧容,徐徐笑说道:"慧娘子,我这回出门,实在是为讨债。可是话说回来,讨债正是求财,求财岂不是谋生?我没有哄你呀。"

金慧容故意做出委屈的样儿,发出娇嗔的调儿道:"纪,我是痴心女子,我不管你是不是负心汉。我的身子已然交给你了,我的整个的心也交给你了。我现在一步走错,已经失身给你了。我自己明白,你是个好孩子,我就爱你这一点。我越爱你,我越觉不配你,我到今天,也不配和你谈什么嫁娶,我也不配坐花轿,叫你明媒正道地娶我,我跟你也谈不到什么名分。这么说吧,我连骨头带肉都是你的人,只要你要我,我就跟你一辈子。我只跟你一天,我就算快活一天。万一你们老太太觉得自己的儿子是初婚,犯不上娶个小寡妇,或者你的本家户族们不愿意,或者你跟我过够了,不喜欢我了,你叫我散,我就跟你散。我到了那时,你可听明白了,我决不改嫁别人,我一定拿起剪刀,不把头发铰了,我就往喉咙上一扎。谁叫我爱你着来呢,谁叫我遇见你的时候,已然不是大姑娘了呢?反正我的身子、我的性命都交给你了,我只图现在趁心趁愿,将来是死是活,我不管了。可是,纪呀,到底你是怎么个意思呢?你也替我的终身想想。咱们远了不说,就讲以后,你可怎么安插我呢？你可以把我送回你家里去么？"

她这话是试探，她焉肯丢开纪宏泽，独自回到纪家，她不过是试试纪宏泽的真心实意。纪宏泽连忙安慰她："慧娘子，你不要这样说。你本是很贞节的年轻孀妇，不幸仓促遇上我，我只为要救自己，反而连累了你。你我年纪轻，都没有把握，我尤其不该，我越想越悔。但是现在后悔难追，我一定对你终身极力设法，我决不会始乱终弃；只有一节，我的母亲，她老人家虽然疼爱我，无奈她这回打发我出来，曾经命我立誓……"

金慧容忙说："老人家命你干什么？"

纪宏泽忙抢着往下说："她老人家再三嘱咐我，务必把债讨出来，再设法谋生，叫我正经干，不许贪酒贪色，叫我起誓戒酒戒赌戒嫖。我如今刚出门，便弄了一个少年女人回家；况且我又把那很要紧的宝剑丢了，又跟七叔散了帮。这实在……咳，慧娘子，我也不知道我该怎么好了。索性我把实情全告诉你，你替我斟酌斟酌吧。"

金慧容怨怨尤尤地说："我一个年轻女人，我能怎么样呢？"见纪宏泽脸色一变，其实是心中为难，金慧容连忙哄慰他，站起来，把他拉到床边，蔼声说："你把你难为的事，仔细告诉我。我虽然无能，可是一人不如二人智，也许能替你想出好招来。到底你是找什么人讨债呢？"

纪宏泽道："我么，我是找小白龙讨债。"金慧容道："小白龙？他是什么人呀？这不像是个寻常老百姓，是个闯江湖的吧？"

纪宏泽答道："对了，他本来不是好人。"

金慧容道："唔？……哦，我明白了，可是的，你们老人家从前做什么营业？这小白龙到底为了什么缘故，才欠下了你们的债？是多早晚欠下的？连本带利，一共是多少钱？"

纪宏泽听了这话，不由霍地立起，眼中闪闪冒火，半晌才说："他欠我们的债，连本带利太多了。我一定找他本利讨清。我父亲生前是干镖行的，这小白龙是闯江湖的，他为了……咳，他丧尽天良，倾了我父亲,我父亲被他气死的。他们欠我家的债,眼看有十多年了,利上加利,砸了他的骨头也偿不清我们。我这趟出门,就是专心找他,找他讨讨我家的陈年旧债。"

说到这里,声色俱变,微黑而带怒气的脸倏然惨白,他把脸扭到一边了。他站在屋心,眼向窗外。

金慧容是个聪明女子,纵然测不透实情,已然觉出这是不寻常的债务。她偷偷窥看意中人的神气,低声说道:"纪,我说,到底他欠你多少钱?"

纪宏泽转过身来,很奇怪地笑道:"他欠我多少钱?这告诉不得你,总而言之,连本带利……我有一本详账,连我也计算不清,这得由我七叔替我核算。你打听这个做什么?这与你无干呀?"

金慧容唉了一声道:"什么话呀,我不是跟你了?我就是你的人了,你的债户就是我的债户,你的仇人就是我的仇人。你要明白,我也会一点武功,你要找小白龙讨债,我可以跟了你去,也可以助你一臂之力呀……据我拙想,你这债户必然不是寻常欠户,恐怕是善讨不成,难免要拿武力去讨。这一点,我虽然是个女子,纪呀,我不是成了你的人了,我一定破出性命,和你共患难。你这个债户,他住在哪里呢?多大年纪,有何势力,做何营业呢?"

纪宏泽本受母诫,此事不许轻易对外人言讲;他自谓假称债户,可以隐藏真情。哪知他的话有含蓄,他的声色已然吐露真情,尤其是瞋目切齿讲到"小白龙"三字,几乎要怒吼。这一来,金慧容已然揣摩出十之六七了。金慧容眼珠一转,尚恐纪宏泽顾忌动疑,她便把话头绕到别处,又徐徐兜转来,慢慢套问他。谁想纪宏泽一时忿不可遏,微露锋芒,旋即检点,再问不肯重提了。金慧容已然揣知意中人的心事,她唯恐纪宏泽舍弃自己,为了买好,忙告奋勇,情愿跟随纪宏泽,同找小白龙去。又问:"小白龙现在何处?"

纪宏泽道:"连我也说不清,我还得细访。我的七叔知道,现在七

叔他已失踪,我此刻必须寻找他。"又向金慧容笑说:"我的那本旧账,也在七叔手中,我的那把宝剑乃是债户的押当,这两件东西必须寻回。我们不能在店中久恋了。慧娘子,你既然不嫌弃我,我打算先把你送回你的娘家,我自己再入铁牛堡、姚山村,好歹要把七叔和宝剑寻回才好。不知你的心意怎么样?"

金慧容愣了一愣道:"我不是说过了,我一定舍身跟从你,你上哪里,我上哪里。你要再探铁牛堡、姚山村,我当然跟你搭伴。别看我不行,我的飞纵术也还将就去得,纪,你放心擎好吧。"

纪宏泽不肯道:"我见你上高不行,算了吧,还是我先送你回家,我自己去探堡。"

金慧容脸一变,半晌叹道:"你大约是看我前日从堡里逃出来的时候,有点不济,但那是骤出意外呀。我的功夫有点搁下了,现在就不致再那样。只要你不嫌我,你瞧我的吧。你要寻找你的七叔,我准能跟你上姚山村;你要讨剑,我准能跟你进铁牛堡。为了你,叫我怎么着都行,谁叫我爱你来着呢。我是不肯回去的了,家里只有一个老娘,我这一辈子将来怎么样呢。难道我再走一步不成?纪,我的一颗心都在你身上了,你就是我的前世冤孽。你不知我们女人的心,是犯死性的,现在我除了你,连性命都放在度外了。"又重复一句道:"我不是水性杨花的女人,我心上有了你,再没有别的想头了。我也知道将来我们总归是个不了之局,咳,人生能活几年,我知道我明天准能怎么样?如今我是得趁一天心,就算白赚一天。我实在舍不得离开你,我多少还有一点武功,我总还能帮你的忙,只要你不嫌我累赘,你往后看吧。"

她翻来覆去地说,眼中含了泪,纪宏泽没法推辞。她又似看出纪宏泽的犹豫不决来,索性巴结着他,不但也要帮纪宏泽寻七叔,讨宝剑,她还自告奋勇,要帮着寻找债户小白龙。她道:"你这债户一定不是简简单单的债务,我知道你登门索讨,免不了还要用武力。纪,你不要看不起我,我手底下还有两套花活,准能给你做个好内助。……"故意提出"内助"二字来,试探纪宏泽的意思。

纪宏泽左思右想,难割难断,金慧容已然彻底看透他,人虽然精神,虑事到底嫩些,她就不再征询,遂问道:"纪,你打算多早晚动身?我静听你的吩咐。你说走,咱们就一块走。"

纪宏泽仰面想道:"今天晚了,明天我打算先奔铁牛堡。"金慧容道:"这个,明天什么时候去呢?"纪宏泽道:"明天天黑去,我得先找那个桑家的姑娘,把剑讨回来。第二步再找我的七叔,第三步就去讨债。"

金慧容听了心中暗笑,既是明晚再去,此刻天也没黑,无所谓今天已晚了。由此猜出纪宏泽,也是贪恋着自己,料他心中此刻正在打仗呢。这样一想,金慧容想很是自幸。不过要探铁牛堡,寻找桑家的姑娘,金慧容又有点不乐意,可也不敢明拦他,绕着弯子说:"我看咱们刚离开铁牛堡不多几天,他们必然正在搜寻我们呢。我们撞了回去,就算是夜探,也恐怕讨不回剑,倒落了网。依我之见,一把剑到底是小事,咱们何不先探姚山村,寻找你的七叔去呢?等到寻着了他老人家,有咱们三个人,再一同去找桑家三丫头讨剑去,岂不是手到擒来?"

纪宏泽忽然道:"这话很对,可是,有一样不妥当。"金慧容道:"哪点不妥当?"

纪宏泽不肯言语了。他想:寻着七叔,我竟把复仇之剑遗失,反而添了一个少年孀妇做伴,七叔岂不骂我没出息?寻思一阵,对金慧容道:"我想我明晨自己先到铁牛堡,找那桑家姑娘,把剑要回,然后你我再结伴进姚山村,比较合适。"

金慧容一愣道:"你是找飞来凤,好好地去要,还设法盗回来呢?还是用武力抢回来呢?"

纪宏泽道:"这个我也说不定,当然要看事做事了。"

金慧容道:"可是的,这话我不该问,你的剑怎么落在飞来凤手内呢?她本是邀来的帮手,不是正主子呀。"纪宏泽道:"咳,你不知我是飞来凤扣下来的么？"

金慧容听话听音，沉了一沉道："如此说，她是你的对头了，你怎么又找她去讨呢？"纪宏泽道："这里头有情节，是她扣的我，还是她放的我哩。"

金慧容恍然大悟道："哦！"不由站起身来，直勾勾地看着纪宏泽，她显然猜出情由，显然颇有醋意了。

纪宏泽也自觉失言，微露忸怩之态，不禁把脸扭到别处。他想起飞来凤和自己的柔情密约，和金慧容正是一样。但飞来凤却是处女，金慧容乃是艳孀，飞来凤是那么放任，金慧容却是这样缠绵，两人的性格和身份恰恰相反，岂不是怪事？

纪宏泽心中作念，金慧容两眼盯着他，忽然格地笑了一声，把纪宏泽拉过来道："小呆子，你转什么念头了？"纪宏泽道："我正盘算寻剑的人手和办法呢。"

金慧容道："我看不是吧，我告诉你一件事，你可知道这飞来凤是个什么人物么？"纪宏泽道："这个，我如何知道，我跟她素不相识呀？"

金慧容道："素不相识，你也没有一点耳闻么？我告诉你，你可不要对外人说，她实在是个女采花贼。"

金慧容的眼始终不离开纪宏泽，见他有点疑惑不信的意思，忙说道："我说了你不大信。她对人说，她是个处女，她可是实是养了两个儿子、一个女儿了。直到现在，她头一个儿子和第二个女儿，都被她掐死了，只有末一个儿子，被她那……第五个也不是第六个情人，强给要去了。要不然，她干什么叫飞来凤呢？她原本和她的哥哥做着盐枭的勾当，兼做海贼，她和她哥哥误劫了一家知府，她哥哥把人家少奶奶掳了，她把人家少爷掳了，哥俩为这个犯了案，逃到内地来。这里鲍家一伙不成气候的东西，反拿他兄妹当英雄，勾引了来，给姚山村械斗，这就是狐朋狗友，什么鸟勾什么鸟。你不是见过飞来凤么，你看她像个处女么？"

纪宏泽道:"真的么?"不由想到飞来凤和她哥哥拌嘴的情形,又想到她引逗自己的情形,心中怙惕起来,当下回看了金慧容一眼,正不知二女谁是好人了。

金慧容就好像猜透他的心意,脸上讪讪地笑道:"我只顾笑话飞来凤了,我却在你面前出了丑。冤家,你知道你是个害人精么?我也不知怎的,我自信青年守寡很有把握,老天爷偏偏叫我遇上你,一遇上你,就像叫你吸去了我的真魂一样,我也没得可说,但愿你不要为这一点看不起我,我一向可不是那路人啊。"

金慧容又道:"我跟飞来凤可不一样,她和男子相处,一开头很热,转眼就凉了,再往后她一腻,就把她的情人杀了。光杀了不算,还要消尸灭迹呢。我说这话可不是故意褒贬人家,我总算在你手里有了短儿,我还能觍着脸装好人,作践别人不成?这不过是话赶话,讲到这里,我也是怕你一个人找她去讨剑,一个不留神,上了她的当,那可是个美人祸水,眨眼就杀人的家伙。小弟弟,你可要小心了啊。"

金慧容这末了几句话,被纪宏泽听出意味来,微微一笑把金慧容一拍道:"你放心吧,你以为我见一个女人,就被一个迷住,见了别的女人,也跟你一样吗?我只是仓促失了把握,我对于桑家姑娘的确是预有戒心,和你我这番遇合不同。你和我这一番事,简直是上天有意作弄人。那天夜里,我就像叫鬼迷住一样。经这一番,我也算有了经验,我再不致上女人的当了。"说到这里,见金慧容花容惨变,低下头来,忙哄慰道:"我太冒失了,你不要在意。我真实是抱怨我自己,我不是嫌恶你。"

金慧容仍是低着头,不肯仰视。细看时,泪流满面了,纪宏泽忙取手巾,扶起她的头代为拭泪,再三安慰。金慧容还是不言语,大概是勾起伤心,自怜身世,竟抽抽噎噎,要放声哭一顿才好。纪宏泽越劝越劝不住,不由勾起少年的烈性,站起脚来,要往屋外走。才迈了一步,他的后衣襟被金慧容抓住,同时也抬起头来了,两眼泪汪汪的,泛出笑容来。纪宏泽这才感觉到女子的性情，真有点不易捉摸，越哄越伤心，不哄她倒不委屈了。

闹到末了，金慧容还是费尽说词，劝纪宏泽先探姚山村，不愿他先探铁牛堡。此刻去探铁牛堡，简直是飞蛾投火，自找危难，倘若一定要去不可，金慧容说："我还是陪了你去的好，我的道路比你熟，还可以引你躲避卡子。"纪宏泽只得依了她，两人规定明晚就去探道。

金慧容忽又想了一个主意，对纪宏泽说："我们算是打定了主意了，今天也别闲着，我说你我何不上街，找找估衣铺，先买两套男子衣服，再买一个铺盖，也省得叫人家看着咱们两个男子，只有一份行李，未免不像样。"

纪宏泽笑了说道："你还是改为女子，你装我的夫人，就好了。"金慧容灿然一笑，红泛桃腮，道："我做你的夫人，只怕没有这大造化吧。"

两个人在店中用了饭，又喝了一会茶，便即打扮好了，相携出来，到街上寻找成衣铺、估衣摊。这里乃是个小市镇，竟没有估衣摊，找了一个到，也没有找到。纪宏泽心中发急，说道："你我衣履都很不齐整，这可怎么办？"

金慧容道："傻子，你不用着急，一到今夜，我管保给你弄两套来。现在我们先买点随手用的东西吧。"

金慧容到底是女人，忘不了脂粉修饰。在街上买了些整容的东西，又买了两个包巾，又买了火绒和火链、纸煤等物，以及夜行人应用之物。又选购了一把刀，和可以做暗器的铁珠。金慧容依在纪宏泽的肩下，紧挨紧傍着走路，街上行人有的就打量她，大概看出她不很像男子了。她还不理会，纪宏泽却觉出有一个人远远盯着自己和金慧容。

纪宏泽心中怵惕起来，忙低告金慧容："有人在后头盯着咱们呢，你看看是堡里的人不是？"

金慧容吃了一惊,张皇举目道:"在哪里呢? 在哪里呢?"纪宏泽道:"那不是在小巷口站着哩。"

金慧容不禁止步回头,假装趁奔路旁小铺,往这边巡视过来。纪宏泽跟在后面,再看那人。也是欲前又却,两人刚转身,那人便扭过头去,走入小巷了。

纪宏泽愕然,往四面一望,就要缀过去。金慧容好像很惊恐,扯住纪宏泽内衣袖子,说道:"别价,别价,咱们快回店吧。"

两人顾不得再买东西,立即折回店房。金慧容一面走,一面回头,把纪宏泽也弄得毛毛骨骨。低声盘问她,到底是堡里人不是? 要紧不要紧?

金慧容不肯说,只是摇头,两只俏眼直转。进入店房,坐下来,半响方说:"那人是端详你了,还是端详我了?"纪宏泽道:"自然把咱们俩全盯着了。"

金慧容道:"他是只拿眼盯着,还是缀着咱们走呢?"答道:"先盯后缀,直等到咱们返身往回走,他就躲了。"

金慧容发起愣来。纪宏泽道:"你不必心慌,当真情形不对,我们可以离开这里,到底他是堡里人不是?"

金慧容看了纪宏泽一眼,忙道:"你别发慌,不要紧的。我瞧他很像堡里人,不过他未必认得我。"纪宏泽道:"你怎么知道他不认识你?"

金慧容笑道:"你看神气呀,我们如今不是全改装了,他若认得我,早跟下来了。刚才咱们进店,不是没有人暗缀么?"金慧容又媚笑道:"你不懂得做了亏心事,就怕鬼叫门,谁叫我是跟你偷跑出来的呢。"

金慧容把刚买的东西放在案头,她盘着腿坐在店炕上,纤眉一皱一皱的,口说不要紧,心神大概不很安顿,她却极力地安慰纪宏泽:"没事,不相干,出不了错,他们不会找来。"又道:"就算找来,我也不怕,我已然是孀妇了。他们凭什么扣留我?你就算是我娘家的兄弟,算是接我住娘家的,他们凭什么不许我回家看看,我又没有卖给他们。"

她这说法显然与前言不相符,也在事理上说不通。她只是媚笑着哄慰纪宏泽,不叫他担心。过了一会儿,她又说:"我们今天晚上,到姚山村看看去,你说好不好?"

纪宏泽不悦道:"我们已然商定,先探铁牛堡寻剑,咱们不要再游移了。莫非你怕去?我可以自己去呀。"

金慧容忙道:"不是,不是,我觉得这个人多少有点可疑,万一被他看破,他回去一说,恐怕不容咱们探堡,堡中人就会先一步找咱们来捣乱呢。我说纪,咱们现在先挪挪店,回头晚上再到姚山村,你说好不好?"

纪宏泽道:"挪店很好,可以防备万一。你别脚踩两只船了,我一定要先探铁牛堡,后探姚山村。"

金慧容怕纪宏泽不喜,忙说:"依着你,依着你,先探堡,就先探堡。据我想,我愿意先寻着你的七叔,我好见见他老人家。有年纪的人,总比咱们小孩子主意稳当。我是这么想,我可不是跟你拧着。可是的,回头寻着七叔的时候,你怎么给我们两人引见呢?你说我是干什么的呀?"

纪宏泽道:"这个,我只可实话实说,说我是被你们铁牛堡扣住了,多亏你舍身搭救,陪着我逃出来了。"

金慧容道:"好,这么讲很合适,你可以说我是……"蓦的红了脸道:"……你别说我是个寡妇,你说我是个姑娘,行不行?"双颊笼罩娇羞,低垂粉颈,又很抱歉似的,带出央求的口吻道:"你能替我瞒这一点么?"

纪宏泽望了她一眼。她此时羞羞惭惭的,以手掠发,垂着眼睑,又带出情不自胜的模样来。纪宏泽忍不住走到身边,挨肩坐下道:"我就说你是良家妇女,被他诬害来的。"

金慧容道:"你说我还没有嫁人。"纪宏泽道:"只怕他看得出来。"

金慧容失声微喟,颇觉扫兴,站起身来,把刚买的镜子拿到手内,自己照看着,又看看自己的脚下和身上,她还是男装打扮。过去把门掩了,对镜掠鬓,回头笑问纪宏泽道:"你别冤我,你瞧我丑不丑?还有点像姑娘不像?"纪宏泽道:"你漂亮极了,可惜你已然开了脸,不像姑娘了。"

金慧容恨不得自己再变成处女,可惜芳春已过,年纪就算不大,眉目之间,显见不是大姑娘,早成小媳妇了。她怅怅若有所失,拿着镜子,挨在宏泽身边,两个人并肩窥镜。她叹息着说道:"纪,你到底说,我丑陋不?你嫌恶我不?你瞧咱们俩站在一块儿,还般配不?"

这话她这几天不知问过多少次了。她恨不得把自己的岁数缩短了,把纪宏泽的岁数扯长了,无奈这办不到,任她怎么装少女,她也显见比纪宏泽多活了起码三岁。宏泽夸她美丽,她不很信。宏泽说她不像处女,她又心上难过。现在她这一套又来了。纪宏泽想到"女为悦己者容"这一句古语,觉得金慧容这样倾心求爱,未免可怜,由怜生恋,由恋生迷,他又忘却所以了。一霎时相依相偎,默然无言,到底是先探何处,又不暇谈及了,这又是金慧容的智略。

过了一会,金慧容霍地站起来道:"纪,你不是说,我们先挪店么?咱们此刻就挪,好不好?"纪宏泽道:"也好,你且歇着,我去找找店。"金慧容粘住宏泽半步不忍舍,说道:"咱们俩一块找店去吧。"

为了避免人的注意,容到黄昏时候,两人吃过饭,重行相伴出来。这小小市镇,共才三家店房,两家鸡茅小店,一家较大的栈房。两人挑了又挑,只得搬到那家较为干净的茅店内,多花店钱,叫店东给腾让出一个小单间,把小行囊放下,砌了一壶茶,两人痴痴地对坐,静等到二更以后,偕同出去一趟。

转瞬之间,到了二更。金慧容眼瞟着纪宏泽,一味没话找话,喁喁款语,时候到了,也不说走。纪宏泽眉峰一挑一挑的,心情驰骛,忽然面带怒容,忽然微打咳声,忽然站起来,来回走溜。过了一会,向金慧容问道:"这工夫有二更天了吧？"

金慧容道:"只不过刚天黑。"侧耳听了听外面,又摇了摇头,说道:"也就是刚到二更。"纪宏泽叹一口气,复又坐下,金慧容有一搭没一搭地和他闲谈,他已然听不进去。又耗过一会,推门往天空一望,回身进来道:"走吧。"立刻裹刀系带,结束停当。

金慧容打着哈欠,做出萎靡的样子,实在不愿去;她仍然是不肯明拦,只装出样子来,想叫他自己作罢。但是纪宏泽已下决心,一定要去踩探。他对金慧容说:"我看你很疲倦,你在这里歇息一夜吧,我一个人去也好。"

金慧容赔笑道:"我哪能让你一个人涉险去呢？我倒是精神差点,我只怕为我耽误了你的事。若是能够多歇一天，明天我们再去的话……"说到这里,看出纪宏泽不喜欢,忙又做出踊跃的样子道:"你别笑我胆小,你一定要去,我一定奉陪。咱们说走就走。"她真格的宛转依随,连忙站起身,也结束停当,暗将兵刃、火折、暗器等物,包了一个包,手提着站在纪宏泽身旁,一扶肩膀道:"这就走么？"

纪宏泽答道:"这就走。"金慧容道:"不早点么？"答道:"不早了,我们还得走一会子,还得探道,我只怕晚一点了。"

金慧容忙推门出去,望了望天上星斗,听了听更锣,回来说道:"可真是的。天不早了,我瞧着足有三更多天,我们走到地方,怕要到四更了。我说怎么样,还去得么？"

纪宏泽不悦道:"晚也得去,你怎么不早催我？我看你还是怕去,算了吧,还是我一个人去吧。"立刻推门往外走。金慧容慌了,赶紧上前,一把抓住纪宏泽,道歉道:"纪,你别恼,我不过这么说,走走走,我是怕耽误了你的事,我绝不是打倒退,你等我锁好了门。"

纪宏泽这才化嗔为喜,金慧容忙将行囊中要紧之物带在身上,把长衫提起,催纪宏泽罩在外面,却将兵刃都打了包,叫纪宏泽拿着。她自己也穿了长衫,跟手吹灭了灯,招呼店家来锁店房门。不等店伙问,先替纪宏泽解说道:"我们出去看望亲戚,今晚也许在外面住下,你们好好给照应着,不管谁来找,你不要开门。"

两人就这么公然出离店房,金慧容抢先一步,当前引路,转了一个弯,到一小巷,四顾无人,两人便将长衫脱去,把包袱打开,取出兵刃,包了长衫,重新结束好了。金慧容依然是男子装扮,仍用一块粉色绢巾,掩住面貌。又替纪宏泽插刀在背后,把白昼衣裳的包裹也替他系在腰间。两个火折子,也分开了,一人带上一个。黑影中,金慧容咯的笑了一声,低说道:"你看我比你还在行吧?"

纪宏泽笑道:"你是老师,这全靠你指导了。别磨烦,赶紧走吧。"金慧容忙道:"且慢,你道路不很熟,还是我在前面,给你带路吧。"纪宏泽道:"那就请你开道!"

两人全低笑了。两人竟错着肩,稍微地一个在前,一个在后,展开夜行术,出离小市镇,径扑奔荒郊。

此时天色很黑,纪宏泽在白昼问过店家,把姚山村和铁牛堡的地势,和他们械斗的经过,都重新打听过一番,尤其注意他们最近的动静。可是店家不肯说实话,只告诉他应走的道路,别的事一字不谈。两人并肩疾行,眨眼间到达一段丁字路口上,应该往那边就是铁牛堡,往那边就是姚山村。金慧容当前引道,竟毫不迟疑地往这一拐,似乎要奔姚山村。

纪宏泽道:"喂,你这是往哪里去?别是走错了吧?"

金慧容在黑影里回眸一笑道:"不错,这么走更抄近,我比你道路熟,你跟着我走,没错。"脚下加紧,直奔岔道。

又走了一程,纪宏泽虽然不辨路径,仍知南北,仰面观星,推测方向,穿过一道丛林,四面荒旷,曲折的大路,在黑影中显出一条白线似的。纪宏泽觉得不对,顿时站住脚说道:"慧容,别走了,你走错了,咱们到底是奔西北,还是奔东南?"

金慧容止步说:"一点没错,你瞧,再往那边一拐,再走这么一程子,不就到地方?"

纪宏泽再不肯瞎跑了,奔到一座大岗上,看了看附近地形,虽在昏夜,他已然辨明这去向,恰与铁牛堡相反,忙向金慧容叫道:"你过来。你多半是转了向了……"说到这里,猛然醒悟,他已听见金慧容的俏笑声音。纪宏泽不禁含嗔道:"慧容,你告诉我老实话,你把我带到什么地方来了?这地方究竟是哪里?"

金慧容咯咯地笑起来,挨到纪宏泽身边道:"你不是要找你的七叔去么?这儿是奔姚山村的大道。"

纪宏泽怒道:"好,真叫我猜着了,刚才在岔道上,我就知道你要闹鬼,你拿我当小孩子耍。"

金慧容连忙说道:"纪弟弟,你别生气,我不是骗你,我实在不敢再到铁牛堡去,我怕你我一去,好比自投虎口,我先领你探姚山村,找着你的七叔,咱们三个再一同到铁牛堡去,管保没错。这工夫省得倒打草惊蛇,自投罗网,好弟弟,你依着我吧。"

纪宏泽很不痛快,重往四面看了看,说道:"我知道你不愿去,算了吧!你趁早回店,我一个人去好了。"愤愤走下土岗,张皇四顾,还打算另觅去路,扑奔铁牛堡。

金慧容纤足一点,蹿过来迎头拦住,再三央告:"好弟弟,你带我走吧,我已然跟了你了,你上哪里,我就上哪里,你不要甩我。"

纪宏泽道:"我要上铁牛堡。"

金慧容道:"我就跟你上铁牛堡。"口里说着,她已然晓得天色太晚,决计返不回去了,偷笑着跟随纪宏泽往回跑。

果然纪宏泽噘嘴生气,一个劲地跑,好半晌不说话。跑回一段路,仰面看天,又回头往姚山村那边望了望,默计时候,哼了一声道:"慧容,你不许再耍我。这里离铁牛堡还有多远?离姚山村还有多远?"

金慧容道:"哟,我骗过你几回呀?你瞧,奔这边,再走这么十来里地,就是姚山村。往那边绕,得走出三十多里地,才能到铁牛堡。怎么样,纪弟弟,咱们奔哪里去呢?"

纪宏泽扯衣襟拭了拭脸,说道:"你明知故问。你把我诓到姚山村,自然没有办法,先探姚山村的了。咱们有言在先,等到进了村,可就算是进了龙潭虎穴了,你可不要再耍小心眼,你不要毁了我呀。"

金慧容本有点调情谲闹的意思,不想因此引起纪宏泽的多心,连忙伸出手按着纪宏泽的肩膀,赔笑起誓赌咒地说:"我可真是错走一步道,永远叫人家瞧不起了。好弟弟,你可别这么多疑,我刚才跟你逗着玩,我是知道铁牛堡的厉害,不愿叫你去送死。咱们这回进了姚山村,我一定小心在意跟你合力。我明知道入村寻人,一失手就要遭擒,一遭擒就是一个死,我还能害你么,那岂不是害我自己?我简直对你起个誓吧,也省得你不放心。苍天在上,民女金慧容在下,我跟纪弟弟是一心一意,我若要安着两个心眼,老天爷叫我现世现报,不得好死,万世不得人身,下辈子叫我还托生一个女子,比现在还倒霉!"

半玩笑、半认真地起了誓,两个人折回来,重奔姚山村。转眼间又走到刚才那土岗前面,忽然发现那土岗上有一缕火光,跟着见有一条黑影,和纪宏泽刚才的举动一般,也正登高眺望,也似乎在那里仰观星斗,俯辨路径,金慧容不禁"哟"了一声,一把将纪宏泽扯住。

第二十四章

双女拼斗夺少婿

纪宏泽早已望见了,止步凝眸,远远地打量这条人影,对金慧容说:"这许是过路的行人,迷失了道路的吧?"虽然这样猜,他也知道不像,这地方正介在铁牛堡、姚山村两庄械斗的地段,万不会在荒郊半夜,发现孤行客。

他们猜想这人影不是铁牛堡的巡风人,便是姚山村查夜人。纪宏泽要奔过去察看,又恐另有埋伏。金慧容更是心虚,认定此人是铁牛堡的打手,扯着纪宏泽,往道旁树后一藏,低声嘱道:"不管是谁,你先别慌,咱们仔细看明白了再说。咱们先看看他有伙伴没有,再看看他是往哪里走,咱们可以悄悄地缀着他。"

纪宏泽摇头道:"这分明只有一个人,我说慧容,咱们索性过去,把他捉住,拿刀威吓他吐实,他要是姚山村的人,我就向他追问我七叔的下落,我还可以逼他带路。他要是铁牛堡的人,那也不错,我们可以向他询问你我二人逃出以后,堡中人的动静,同时还可以问一问飞来凤的行止。"

金慧容爽然不答,纪宏泽只要一提飞来凤,她就心上不痛快。纪宏泽见她不语,就要提刀奔过去。金慧容道:"使不得,使不得。"伸手把纪宏泽的腕子捋住。

纪宏泽道:"你是怎么回事,怎么一点也不许我动弹呢?"

金慧容附耳道:"你再细看看,你只看见他一个在土岗上瞭望,你可看见土岗下面,他还带着好几个伙伴呢。咱们才两个人,人家估摸倒有六七个,四五个,咱们捉人不成,人家岂不捉了你我?"

纪宏泽把她手指一摘道:"这个使不得,那个使不得,跟你回店睡觉使得!"这末一句抢白得重了,金慧容蓦地愧不可抑,勉强辩解道:"你又不痛快我了,可是你还是年纪轻,管前不管后。就算你有本领,不怕事,可是你打算杀人害命么?"

纪宏泽道:"我是寻常百姓,我又不是强盗、马贼,我凭什么无故杀人?"

金慧容道:"这不结了!你这一去,当然要用武力逼他吐露实话。可是他若不肯说,你又该怎么样?你杀他不杀他?……"

纪宏泽道:"这个,干什么非杀人不可?我只持刀威吓他,再不然,拿刀背拍打他,管保他一害怕,拿我当作强人,必然会问什么说什么。"

金慧容抓住缝儿了,把头往纪宏泽肩上一倚,嗤之以鼻道:"你真巧,就算他比我还胆小,一见刀子就吓酥了,你问他什么,他就说什么,可是问完以后呢?你是把他放了呢,还是把他的嘴堵上?还是把他的舌头割下来呢?还有他本来是个活的,他还有两条腿呢,你是把他的腿锯下来呢,还是把他的腿绊拴上呢?"

纪宏泽道:"你瞧你这份啰嗦。哎呀,不好,他要走……下坡了,你瞧奔那道去了。……哼,怎么样,你瞧,就只他一个人不是?你也不是怎么看的,归里包堆就只一个人,你倒说他还有伴。"急急地把金慧容一扯,抢步出离树后。

却是才往外面一蹿,两个人不由愕然。想不到这人影的身法竟十分矫捷,相隔虽远,夜色虽暗,此时月光已露,隐隐约约看见这人苗条的身躯,一身黑夜行衣,背插兵刃,如飞地奔向树林那边去了。不知何故,又一旋身,突然发现一道火光。原来此人手里还拿着火筒。

这人影持火筒往地下瞧看,瞧了又瞧,绕林而寻,似乎是俯验人踪足迹。也不知此人验明没有,跟着一直腰,把火筒的明亮闭住,展开夜行术,一径走下去了,那去向好像也是奔姚山村。

纪宏泽心中一转,拔步就追。金慧容急忙拦阻,纪宏泽如一支箭似的,早已飞蹿出去。急得金慧容连喊:"嘻,嘻,嘻!"嘻声不住,纪宏泽却已越过大路,扑向树林。金慧容也是慌促失神,竟大声喊了一声。这就糟了!竟喊得前行那条人影也因此寻声回头!

纪宏泽此时只想到一点,这前面飞奔的人影必是姚山村的人,我无论如何也得赶上他,捉住他,向他拷问七叔的下落。他竟没有转想,这人影也许不是姚山村而是铁牛堡的人,但是就是铁牛堡的人也好,也值得追上他,可以找他探问飞来凤,探问那柄小白龙的仇人剑。他竟没有想到,这人影也许正是专心寻找纪宏泽他自己的。

金慧容也是心急失计,正如纪宏泽心急妄动一样,于是纪宏泽追那前面的人影,金慧容就追这追人的纪宏泽。那被追的前行人影突然觉出,背后有人,前面人影突然止步。

前面人影往树后一闪,把兵刃、暗器、火筒全都准备停当。

纪宏泽也把单刀、暗器,握在掌心,脚不停趾,如飞赶来。金慧容也脚不停趾,如飞赶来。

金慧容竟顾着急,反而大意,一味地纤足连点地,追赶意中人,仓促间忘了回手抽取背后的刀。三个人如同螳螂捕蝉,黄雀在后,你追我赶,眨眼间纪宏泽扑绕到树林这边。前面人影,往外一探头,刷的一扬手,嗖地打出一暗器。纪宏泽猛然一凝步,斜身拧腰,往旁一闪,就势一拿桩旁跨,暗器还打,也脱手而出。喊了一声"哒,站住!"

同时,前面人影蓦然喊了一声:"咦!"

后面金慧容跟着叫了一声:"喂,嘻!"

这一哒,一咦,一喂嘻,三个人竟凑到了一块。

前面人影蹿出树林,手中兵刃一展,刷地扑到纪宏泽近面,口中发出了银铃般的叱声道:"什么人,站住!……"跟着又喊:"你是谁,你是谁,你是干什么的?"

纪宏泽不禁大诧,失声道:"呀,你是谁?你是?……"已然听出是个女人。

那金慧容听声辨人,更不胜惊扰,她已然猜出这个人。这个人不是别人,正是那个飞来凤桑玉明桑三姑娘,三寨主桑三爷!

金慧容慌慌张张奔过来,又站住了,站住了又往前蹭,口中吃吃地对纪宏泽叫道:"喂,喂,喂,你快回来!"

喊声未停,纪宏泽似往前迎,辨动静,察敌友,心中料到七八成。那飞来凤早将手中的火筒一转,发出一道黄光,如车轮一转,照向纪宏泽。黄光停在纪宏泽的面上,她心中大悦,果然是自己要找的人。纪宏泽奔驰在夜影里,抵面骤受明火,两眼有些睁不开,身子仍往前凑,提刀护着自己。

飞来凤桑玉明左提刀,右提灯,细辨人面,失声叫道:"哎呀,你,你,你!"真格的喜出望外,不由真情毕露,她跃然叫道:"这不是你么?你不是纪么?你、你、你怎么溜到这里来了?"

黑影中桑玉明早已望见纪宏泽身后还有一个伴,她心中一动,断定那个人不是外人,必是意中人那天说的那个什么七叔,失陷在姚山村的那个人。那个什么七叔,当然是纪宏泽的长辈,也就是在将来的未来,将要变成她的长辈七伯。

她远远地肃然起敬,矜持起来,自己算是没有过门的人,不能不端着点,她忙叫道:"宏泽,你原来是寻着七叔他老人家了吧?你可叫我好找,我猜你一个人必要投奔这姚山村这条道上来,我就摸了过来,我算真料着了。我跟谁也没说,我怕耽误了你的事,我自己偷偷寻了你来。你那把宝剑,不是传家之宝么?你瞧我给你背来了,我给你送来了。"

飞来凤好比一个热火盆似的扑上来,连说带笑,未容纪宏泽发言,她先放了一阵连珠炮。她满面欢欣,又对着纪宏泽背后的人影,冒叫了一声:"您是七叔吧,七叔您好!我的事情,宏泽告诉您了么?我姓桑,我叫桑玉明,我和您的令侄是在铁牛堡遇上的,您的令侄叫他们铁牛堡一群匪类……"边说边往前凑,手中的火筒一晃一晃的,由纪宏泽的脸上,晃到纪宏泽背后,遥遥照向男装改容的金慧容的脸上。

金慧容忙将脸一扭,把头一低,侧转身子,心中纷扰,那只手提刀,那只手探囊取物。

纪宏泽心上也慌,猝出不意,不知该说什么好。他先找了一句寻常的问讯话:"你一个人出来的么?上哪儿去?"简直问得不合拢,不对劲。

飞来凤觉出不对劲……

这工夫,飞来凤口不停,脚不停。纪宏泽钉在那里不动,飞来凤直凑过来。眨眼间,飞来凤和纪宏泽相距两三丈了;那么,飞来凤和金慧容二女之间,相距只有六七丈了。火筒的黄光照近不照远,金慧容的脸只往旁边闪,她越闪,飞来凤越要照。虽然光线弱,面目辨不清,可已看出身子骨来,是如此地苗条、单细、瘦腰、削肩、小个儿,喉咙又如此娇脆,飞来凤觉出来,这断乎不是什么七叔,七叔是老爷们。这个人影躲躲闪闪的,单看轮廓,也似乎不类。她心中起疑,忙将火筒重往上一照,又往下一扫,从头到脚,从肩到腰,腰扎紧带,如此婀娜,脚登快靴,如此纤瘦,飞来凤心中说:"唔,这是七叔吗? 倒像她娘的七婶娘了!"

飞来凤往前凑,要越过纪宏泽,直抵纪宏泽面前时,二人面对面了,她心中又高兴,她问道:"宏泽,这位是谁? 可是你寻着了七叔吗? 就是这位吗?"

纪宏泽还没有把这突然应变的话头打点好,他呆呆地再搪塞一句话"你往哪儿去? 你从哪里来? 我老远地瞧着像你,真就是你,就只你一个人吗? 没有别人跟你一块来吗?"

一连串废话,飞来凤听着倒爱听似的,笑嘻嘻地说:"可不是就只我一个人,我为了你,还敢惊动别人么?你再想想,你不知人家全要毁你,他们都想把你活埋了,我这是背着他们出来的。可是的,那天晚上,咱们定好的死约会,不见不散,我敲窗的时候,凭空挨了姚山村狗东西们的一支冷箭。我怕伤着你,又怕你钻不出窗口,我就追了过去。回头我赶跑了贼,再来找你,连个影儿也不见了,你到底上哪里去了?"

纪宏泽敷衍了几句话。

飞来凤欢然说道:"你到底怎么出来的?是一个人出来的么?我听他们闹得很凶,说那天姚山村有大批的奸细进了堡,有的人说进来七八个,有的说还多。他们大概是劫救俘虏来的,这个碍不着我,我也不管。我又听说那天他们堡里一共逃跑了三个人,我猜内中必定有你,只不知那两个是谁?莫非你寻不着七叔,你的七叔反倒寻了你来,把你救出了的么?我问了一会子,到底那一位是你的七叔不是,你给我引见引见。"

她又展望四面,再瞅纪宏泽背影,她已看出金慧容不是七叔,听口音娇脆,她疑心是个小孩。却是金慧容站在那边,不肯过来,似避着飞来凤,飞来凤当然多心了。

金慧容暗打主意,不肯挨过来。纪宏泽造次之间,要给二女子引见,又觉得兆头不佳。如今二女遥遥相对,此觑彼问,他不好装傻,无论如何也该说明,介绍。他踌躇地说:"你问这一位,这位不是七叔……"

金慧容不愿见飞来凤,乃是当然的。她是少孀私奔,当然不肯见熟人,何况飞来凤又是她丑诋过的,无奈三个人面面相视,不得下场。纪宏泽回头看了看金慧容,金慧容恨不得打倒退。纪宏泽忙凑了过去,低声问她:"没法子,遇上了,我给你们引见引见吧。"

金慧容把身子一扭,低声说:"我不见她。"

纪宏泽道:"她已经看见你了。"

金慧容道:"你好好歹歹把她支走完了,我决计不见她。"

纪宏泽道:"那可怎么行,她直问你。"金慧容又惭又怒道:"我说什么也不见她,你这人也不替我想想。"她恨恨地回身要走。

这却是女人见识了。

两个人在这里一嘀咕,飞来凤就立在那边不远,纵然听不清,已然看得明;心中怦然一动道:"好吗,他捣什么鬼?这个人是谁呢?"

那个女子不肯来见,这个女子索性直迫过来,大声说道:"这位到底是谁呀?怎么不过来,给我引见引见。宏泽,你太那个了,就不是七叔,也一定是你的朋友伙伴,我也应该见见呀。"

飞来凤手提火筒,一直走过来。火筒的光这么一照,金慧容顿时无地自容,全形毕露了。纵然改装,瞒不过行家。她万分无奈,忽然一转身,愤愤说道:"何必引见,我认得你,你也认得我,见个什么劲?"

飞来凤道:"咦?"再将火筒仔细瞧看,两个女子面面相对。飞来凤愕然失声,她已料得一点,可是再想不到是金慧容。当下说道:"哟,是你呀!"

"不错,是我,怎么样呢?"金慧容显然羞愧反成愤怒了。

飞来凤桑玉明看了又看,人很面熟,想了想,说道:"哦,你不是二海媳妇吗?"

金慧容把身子一扭,脸向旁处道:"什么二海媳妇,你不是丧门神家的三丫头吗?你怎么跟我称名道姓起来?"

飞来凤提起火筒,心中转而又转,格格地一阵狂笑道:"好哇,我这明白了,我前天听人说,你们铁牛堡里丢了人了,又说六房里头跑了一个小寡妇,我再猜不到是谁,原来就是你。我只听说逃跑了一两个俘虏,我只道是他们姚山村的人救了去呢,原来是宏泽你。你们俩个原来合起手来了。你们可是旧日早有认识呢,还是临时凑合的打起伙来呢?"

飞来凤大发雷霆,她胸中燃起忿妒之火来,手中的火筒吐露黄光,摆来摆去,她心中的火更比灯光旺,火筒的光一时照到金慧容,一时照到纪宏泽,她的话越说越刻毒。

纪宏泽听她讲得如此尴尬,心中也很动怒。金慧容更是恚忿已极,抗声骂道:"我是你家的小寡妇么?你管得着么?……这一位是我的娘家兄弟,他接我来了。我们是亲姐弟,一奶同胞。你姓什么,你一个外姓人,你倒考查起我来了,你忘了你是什么东西了,你一个姑娘家,趁早给我躲开了,少管闲篇。"口发咄咄之声,把身子一扭,又冲着黑地,啐了一口。

飞来凤桑五明猝然朦住,手晃着火筒,直勾勾地看着金慧容,转脸来又看纪宏泽。纪宏泽一声不响,多亏了昏夜,遮住了他的脸,他的脸臊得通红,尤其是亲姐弟这一句话,太有点那个了。他越发觉得出两个人的分量不同,他当下一声不哼,一筹莫展,静看着两个女子为他争吵。

飞来凤的口齿比金慧容强,现在竟被人家噎住。但转瞬间她已觉出破绽,立即追问纪宏泽:"宏泽,她真是你姐姐么?你真有这样的姐姐么?她到底是你的什么人?"

纪宏泽两腮热烘烘的,还是不哼。飞来凤往前凑一步,抗声叫道:"你别不说话呀?你不是外乡人么?你怎么会是她的弟弟,她的话都是真的么?你真和她是一家子?你会有这么一个不要脸的寡妇姐姐?她给人家做小,妨死了男人,还乱七八糟。你说,你们到底是怎么凑在一块的?是怎么个讲究?我不能单听她一面之词,我要问问,哼,想骗我可不成,我不能听她的一派胡言假话。喂,宏泽,你说!"

金慧容忙道:"什么一面之词,什么实话假话,你问不着我,咱们没话。"

飞来凤嘻声笑道:"你一个无耻的寡妇,你要高攀我,我却没有精神和你胡訾,我问的是他!"

金慧容被她一口一个寡妇,骂得愧极,竟气得抖抖地说:"他是我弟弟,你不能欺负他,你有话冲我说。"

飞来凤道:"我偏冲着他说。宏泽,宏泽,我只听你一句话,你忘了咱们两个那天的话了么?"更对着耳门说:"你怎么遇着她了,我不信你从前会认识她,你快告诉我实话,我好替你把她打发了。"直凑到纪宏泽的眼前,要拉他的手。

金慧容急了,忙抢上一步,横身遮在纪宏泽面前说道:"纪,咱们快走吧,不要跟她一个女混混胡缠了。她一个姑娘家,却有一大串男友,无耻极了。"

两个女人就要当面劫夺纪宏泽,两个女子全扑上来。这个说你跟我来,那个说你跟我去,纪宏泽再不能袖手。他红头胀脸,往旁一闪,忙说道:"你们不要吵,不要动手,你们全听我说。"

两个女子依然听不入耳,各抽出兵刃,就要动武。纪宏泽振吭喝了一声:"你们全给我住手。"

这一声大喊,两个女子都应声往后倒退。飞来凤侧着头问道:"你快说吧!她到底跟你是怎么回事?你真是她娘家的人么?"

纪宏泽不答,正色道:"你们谁也不要闹。全听我讲,我没进铁牛堡以前,跟你们谁也不认识……"

飞来凤畅然笑道:"完啦,我说怎么样,好你个二海媳妇,我准知道你是胡扯。来吧,宏泽,跟我走吧,你不是要寻找你的七叔去么?我来帮着你去。"

这口吻和金慧容一样。金慧容好像心口上被刺了一下,正要抢话。纪宏泽忙说:"又吵,又吵,二位暂且住口,你们听我说完了。"

飞来凤道:"好,我不言语,你只管说。"金慧容也忍住。

纪宏泽这才面向飞来凤道:"我们的遇合是这样……是你捉的我,又放了我。"转向金慧容道:"是你引导我,又放了我,同我一块逃出来。……你们两个人和我全是萍水相逢。在这以前,我和你们谁也不认识。我知道你们两个都愿意帮我，你们都想跟我，我却是一个大孩子罢了。我身上还背着很重的债务，我不能迷醉在女色上面。"说到女色二字，声音极低，有音无字。

他接着讲："我现在还得办我的正事，我要寻找我那七叔去。你们二位都不要吵了，嗐，慧容娘子，我辜负你了，你还是回转你的娘家。玉明姑娘，我也对不起你，你的一番好意，我只可心领，你也回你的胞兄家去吧。我们三个人萍水相逢，我们再萍泛而散。慧容娘子，店中的东西我全不要了，你拿去吧。玉明姑娘，我那把剑，请你赏还我，那本是我讨债的信物。从此我们三人你东我西，各奔前程。我不是，咳，不是我故意负心，无奈我……况且，你们又起了争执，你们又彼此对讦。我实在弄不清楚，我不晓得你们二位的身世，你们二位也不知道我的身世，我们实在是……散了的好，合则两伤，散了最、最、最……"

纪宏泽这一番话还没有说完，已然把金慧容说得粉面焦黄，和傻了一样，她早料到飞来凤一出现，必影响到自己的终身。现在，纪宏泽果然说出绝决的话了。金慧容竟猝然无对，扪着心口叹了一口怨气。

飞来凤却不然，首先起来道："不行，你说得好轻松，你要甩了我，你怎么许我来的，我一个姑娘家，焉能无故拿身子许给人，焉能说散就散？你一定是叫她这个小寡妇给迷惑住了。你们两个人一定有事。我已然猜透了，你说是咱们三个人一刀两断，我可不上当，你把我抛子，回头她再找你，你再找她。宏泽，我的心肝肺腑都割给你了，你不是要找你的七叔？好，走，走，走，我陪你去。咱们俩一块去。"

金慧容听她这一闹，忽如绝地逢生，倒喜欢起来；忙说道："他凭什么跟你一块去？他刚才说的话很对，我也听明白了，你们俩不用说也有约会，他可是跟我也有约会。不但有约会，他简直按现在说，就是我的人了，我就是他的人了。他要走，也得跟我走，不管怎么说，也轮不到你。依我说，你也别赖，我也别争，他愿意带着谁，谁就跟了他去。

纪,你说,你打算带谁?"

纪宏泽道:"对不起,你们二位我谁也不想带,你们二人放我一个人走吧,你们二位全都请回吧。"

飞来凤道:"那可不成,我在铁牛堡闹翻了天,我都为的谁呀?我已知没有回路了,我只好扑奔你来。我和我哥哥也闹翻了,跟他们鲍家也吵起来了,我已然被你害得无家可归,我不跟你跟谁?走吧,你别不好意思,你不要怵着她,我会打发她。"

飞来凤就要动手,纪宏泽横身拦住。

金慧容一点也不怯,她只有得失之患,没有生死之惧。她又有了辞,向飞来凤说:"你也别争,我也别争,还是那句话,像这样谁也不甘心退后,依我说,嗐,咱们俩全舍了他,叫他一个人干他的去。我回我的娘家,你回你的山寨,当你的女寨主去。你不是还有二寨主,三寨主,两个老爷们做你的朋友吗?你何必再霸揽人家一个年轻的好男子?你放了他去吧,你肯放手,我决退让。"金慧容口齿不如飞来凤,心眼却比她快。当下提出双方齐退步、全松手的办法。

然而飞来凤桑玉明并不傻,连声冷笑道:"好主意,这招儿也不错,我们全别争夺,让他一个人去。那么,你先走吧,我随后就去。宏泽,你听见了没有?你不是要自己一个人寻你的七叔去么?你就去吧,我桑玉明决不给你打扰,我也决不死乞白赖。二海媳妇你先走,宏泽你第二走,我第三走!"说罢,嘻嘻冷笑,金慧容的诡招被她明白揭破了。空吵了半响,还是不了。

纪宏泽再忍不住,向二女举举手道:"我先走了,对不住,后会有期!"他摇了摇头,抛下二女,拔步绕林而往前去。

他迈步投奔姚山村的大路。金慧容不知不觉,纤足挪动,要举步追随。于是飞来凤成心故意,登时也斜身傍行。三个人二女一男,又走成一串了。纪宏泽回头一望,哼了一声,脚步顿然放慢。

金慧容"哎"了一声,站住了脚,遮住飞来凤道:"咱们俩谁也不许跟着。"

飞来凤冷笑道："你不跟，我决不跟。耗吧，我不亏心，耗到白天我也不怕。只怕咱们三个人里头，准有一位白天不敢见人的。咱们俩全别动。让纪宏泽一个人去他的。"

飞来凤竟揭破了金慧容的短处。可是，她也到底忍不住，黑影中望见纪宏泽徐徐远行，渐没入林翳，再转眼就不见了。她"咦"了一声，"哟"了一声，自觉上当。她想：还是他和她相处工夫久，他们一定有密约。我一个弄不好，就要上当。她就远望黑影中去之已远的纪宏泽，又抵面看火筒火光照耀着的金慧容，据她看，金慧容就好像心中有十成把握似的，长线放风筝，纵得很远，一定还能扯得回来。她自己瞎在这里监视他们，他们终究要抛掉我，再相合在一处。飞来凤就又"哟"了一声，道："且慢！宏泽，宏泽，还你的剑！"

她慌忙地抽出背后插的那把剑，匆匆说："这是宏泽的剑，他一个人去探姚山村，总得有趁手的兵刃。宏泽！宏泽！你回来！你等等我，你站住，这是你的剑，你不要了么？"她比比画画，拿着这剑，如飞地投奔林翳。她是要还剑。

而金慧容顿时也一愣，也立刻往豹皮囊中一摸，也照样叫道："纪呀，纪呀，你的镖！你的镖！"

飞来凤一溜烟似的飞追纪宏泽，要送剑；金慧容一溜烟似的，紧跟着飞来凤要送镖。

桑玉明绰号"飞来凤"，施展夜行术，不亚如雌凤飞来飞去。金慧容纤足苗条，不能相及，只一晃的工夫，便落后了。

金慧容大为焦灼，娇叱一声："纪，给你镖，接镖！"一抬手，金镖出手，往纪宏泽的背影投去，却实是往飞来凤的后心打去。

嗖的一声，利器劈风，黑影中，镖打了个准，正指飞来凤的要害。

飞来凤早已防到情场敌人的暗算。倏然一闪身，身子往旁一侧，让过镖锋，探纤纤玉手，向镖穗后一抓，没有抓住，险些伤了手。

飞来凤勃然大怒,陡然翻身,骂道:"好东西,你要毁我!若不冲着宏泽,我早就要宰你,你倒老虎嘴内拔牙!"立刻一展手中剑,蓄势以待,先把火筒放下,又把皮囊端正好,使得暗器应手可得。果然眨眼间,金慧容抢上来了。

二女变了脸。

金慧容深情独钟,忘了利害。她明知飞来凤是有名的辣手,可是她一点也不惧。既已揭开情面,更不多言,利刃一挥,这个往前一凑,那个往前一赶,剑碰刀,刀撞剑,登时换了三招。

金慧容一声不响,和情敌相拼。飞来凤桑玉明却不然,她还要声罪致讨,手不停挥,与金慧容相打,口不住喊,招呼纪宏泽快来:"喂,喂,宏泽,你瞧她可是暗算我,她冷不防给我一镖,她要我的命,你瞧见了没有?好你个挨千刀的不要脸的小寡妇,我跟你何冤何仇,你竟下这毒手!"

飞来凤振吭高呼,金慧容缄默无言,纪宏泽在远处登时听见,吃了一惊。凝身止步,张目远望,才看出两条人影幢幢乱晃,两个女人为了自己,真格的要拼性命,打起来了。纪宏泽晓得金慧容武功既弱,暗器又不敌,她不量力而争,势必把性命葬送在飞来凤手中。飞来凤那个迷人七窍的暗器,中人口鼻,顿丧知觉,更料到金慧容无法应付。

纪宏泽怅望俄顷,急急奔回来,低声吆喝,劝二女住手。二女不肯听从,刀剑齐挥,往这乱窜。纪宏泽直奔到二女斗处,拔出刀来,更厉声喝阻。飞来凤挥剑如风,不肯后退。金慧容横刀击扫,也有恃无恐似的挺身与情敌周旋。纪宏泽替她们担险,劝她们不住;急忙持单刀,要隔在二女之间。二女苦苦相持,纪宏泽要想好好冲进去,竟不可得。纪宏泽忙紧握刀柄,飞身一横,用夜战八方式,直冲进二女交斗的中间,刀锋猛扫,二女齐退。

纪宏泽舞刀横身,当中一站,向二女发话道:"你们这是何苦?我走我的,你们回去你们的,怎么我刚转身,你们就好端端地打起来?刀剑无眼,你们又无仇无恨,这图的是什么呢?"

金慧容不语。飞来凤桑玉明微微后退,用剑锋指着金慧容道:"可说的是呢,你问她去,为什么拿暗器找我?"

纪宏泽转面来,连问数声:"这怎么讲?"金慧容仍不出声。纪宏泽又问:"到底你们谁先动的手?"

飞来凤尖声道:"着啊,你是个好问官,你问问吧!到底谁先动的手,谁打算毁谁?"

纪宏泽恍然明白了,低问金慧容:"到底为什么,是你先动手了?"

金慧容方才冷笑道:"不为什么,她看着我碍事,我也看着她碍眼。你不用管,我活着也无味,你要是一走……你去你的吧,我跟她拼,索性叫她把我杀了,倒痛快。"说罢,一展刀锋,重扑桑玉明。

桑玉明狂笑道:"好你个泼妇,你冲着男人,撒娇寻死拼命,男人们许受你的迷惑。你忘了我桑三爷,也是个女人呀!你要作死,岂不现成?宏泽,宏泽,你听明白了,你看明白了,这可不怨我!"把剑一直,揉身进招,喝道:"要寻死不难,叫你尝尝姑娘的厉害!"

飞来凤飞蹿如鸟,利刃劈风,让开纪宏泽,直抵到金慧容面前。金慧容往后退了一步,立即还刀相迎,黑夜荒郊中,二女又打在一起。

纪宏泽空提着那把刀,竟束手无计止争。二女此攻彼守,此进彼退,团团打转。纪宏泽很着急,二女在内圈斗,他跟在外圈,团团打转,三个人如纺车,如转磨,眨眼过了七八招,转了三四个圈。

二女各展身手,抗不相下,纪宏泽绕来绕去,总拦不住。一时凑到金慧容背后,低声劝道:"慧容娘子,你这是何苦?你不要跟桑姑娘动手,你们有话好说。你不是她的对手,你搪不了她的暗器。"一时又转到桑玉明背后,连连叫道:"玉明姑娘,你何必跟她计较,你可怜她和你不同,她已无家可归,她是个孤苦无依的年轻孀妇。"

两女全不听他这一套,金慧容只攻不答,手不停扫,好像听出纪宏泽替她担心。她便抗声答了两句:"我不怕她,她的迷魂帕,会迷惑不懂局的外来男子,叫她冲我施施!"捎带着也算警告情敌。

飞来凤立刻听出来,纪宏泽口气之间,分明暗向着金慧容,她心中越觉不平。殊不知纪宏泽还是同情于弱者,不愿出人命。飞来凤恨恨地说道:"不用你们嘀咕,落在我手里,我准把你们撕罗清楚了。我又不办寡妇堂,行好也行不到她身上,别不害臊了,寡妇会跟人半夜跑!"

两女口斗又手斗。金慧容的武功身手,纪宏泽曾经目睹,飞来凤却是初次领教。所以飞来凤不敢忽略,如临大敌,忽攻忽守,一点也不敢大意。金慧容到底不是飞来凤的对手,工夫长了,自然相形见绌,乍斗却看不出优劣,金慧容的刀法居然头头是道,专攻敌手的要害,招又快又毒。

纪宏泽首先诧异起来,飞来凤更有些心惊。飞来凤自涉江湖,在女人群里还没有遇见对手,现在竟是初逢劲敌。并且金慧容的刀法又很特别,摸黑影进招,居然攻守如法。飞来凤乘夜而斗,倒显着不如,她真料不到这个二海的孀媳,善于夜战。

其实黑影中看不见面貌,飞来凤面不改色,气力绰绰有余,金慧容已然头面上见汗。飞来凤暗暗焦灼:我难道真栽给她?不好,不好,我看我还是拿暗器毁她!用利剑攻她,抽身旁闪,把她的暗器取出来,要相机运用。夜风扑面,飞来凤暗移步伐,且战且走,打算抢奔上风头。

金慧容早已防着,此刻顿时察觉,敌手斗着转圈,她也跟着转圈,也抢上风头。两个人都改了斗法,一面打,一面转,你也抢上风,我也抢上风,抢来抢去,两个人全往斜刺里斗着挪动。

飞来凤飞纵术较高,金慧容赛不过她。每当落后,叫敌人抢了上风去,金慧容就改招自救,另外往旁边跨。跨到旁边,自然躲过下风。飞来凤见状,忙又重扑上来,两人再打。一扑一跨,一转一绕,两个女子竟一律打着横,像螃蟹似的,且交战,且横蹿。两个女子简直像横着身子赛跑。

金慧容横着跑,也跑不过飞来凤。她十分乖觉,一见落后,立刻折回来,往原处跑。恍如横身拉锯,倒牵引得飞来凤,东截一头,西拦一头,飞过来飞过去乱晃。却是像这样斗法,金慧容竟走内圈,飞来凤竟走外圈,一个弓弦,一个弓背,飞来凤未免吃亏,多走冤枉路,徒劳而无功。

飞来凤恚怒起来:"好你个狡猾的小寡妇,你倒会溜人!"把手中剑一挺,猛扑上来,一连数剑,锐不可当。

金慧容极力招架,还口骂道:"臭丫头,知道你打圈绕,没安好心,又要施你那迷魂招了。奶奶懂局,偏不上当。丫头,今夜叫你抢一辈子,奶奶也不能叫你抢了上风去。"

飞来凤骂道:"小寡妇,你倒行家,姑娘不用七香袋,只凭这剑,也够你快活的!着家伙吧!"狠狠一剑,猛砍下来。来势太猛,金慧容不敢硬架,急忙往后一退。飞来凤立刻刷刷刷,连发三剑。金慧容划刀招架,连连闪退。

飞来凤大喜,扬声一呼,猛然凌空一蹿,到底借力攻,抓住了用暗器的巧机会。如电光火石般,剑交左手,袋交右手,刷的一道迷雾,抖手发出来,随着喝了一声:"倒!"

纪宏泽大骇失声,道:"呀!"

却不料,金慧容连闪三剑,暗有提防,黑影中,恍然望见敌手一招,她就下死力一弯腰,下死力一顿足,蓦地腾空,往旁边跳去。刚刚跳出下风头,七香袋的迷雾已然发到,同时也落了空。

金慧容身才落地,捏鼻子,屏呼吸,蜻蜓三点水,刷刷刷,连蹿三四丈以外,方敢凝身拿桩回顾,也将暗器取出,却蓄势未发,等候敌人的空挡。

飞来凤骂道:"好刁滑的小寡妇!"

金慧容大骂道:"万恶的死丫头,又摆弄你那迷魂招。怎么样,奶奶不上当,有本领你再来!"

飞来凤怒不可遏,挺剑追来,又斗在一处。纪宏泽长吁了一口气,不由叫起好来。

飞来凤叫道:"好吗,她是比我好吗?再叫你看看,到底谁好!"把掌中剑嗖嗖施展开来,一片剑光,将金慧容团团围住。金慧容也奋力相持,百般用心应付。突然间,飞来凤又得了一个机会,她抢了上风,把七香袋又发出来,迷雾一抖。金慧容又忙地一跃,飞来凤却在运用暗器中,加上了急击,趁敌人惊忙外蹿之际,利剑一挺,顿足一跃,照敌人后心扎来。

金慧容更诡,虽然力气不济,智力甚巧,她刚刚地蹿到圈外,料定敌人必来穷追,她把手中刀往后一扎,跟手把掌心暗藏的暗器,一声不响,倏然地打出去。纪宏泽眼看金慧容要吃亏,只一眨眼之际,那飞来凤猛然失声,身子突扑过去,又一蹿退回来,黑影中,剑刚扎出去,又蓦地掣回,却有一条黑影掠空落地了,正是金慧容发的一只镖。

两个女子全失声惊叫。全逢险招,全都用尽气力自救。往圈外跳。金慧容先躲开了迷魂袋,又躲开了剑。飞来凤先躲开子敌人的反手刀,又躲开了镖。二女全都惊怖失措,纪宏泽也代她们大吃一惊。

金慧容也退到一边,气喘吁吁说道:"丫头片子,也叫你尝尝,你只当你一个人会施暗器呢,别人也会,你那迷魂袋,在奶奶跟前卖不出去。"说罢连声冷笑。

飞来凤越发生气,骂道:"你天生是夜里的玩意,一到白天,你再试试。你倒是个夜度娘。不成,我今夜非把你放倒不成,我不能叫你臭美!"

飞来凤忙拭了拭汗,挥剑又扑上来。两个人重新动手,眨眼又走了十余回合。纪宏泽唯恐她们两败俱伤,又过来相劝。

金慧容似已力疲,怒也稍息。飞来凤竟好像越斗越勇似的,更暗恼着纪宏泽,认为他偏心眼,越发不依不饶,一面动手,一面向纪宏泽说道:"好你个纪宏泽,你索性不要替她担心,你莫如下场来,帮助她毁我吧。你看她力疲了,你就来劝架。你看她缓过气来,你又站在一边看热闹。你拍拍良心想一想,你太对不住我了。我看她不是你的姐姐,别是你的……"

纪宏泽正要再过来分拆她们,被这一句话堵住了,纪宏泽愧忿道:"这真是岂有此理,你们无冤无仇,当着我的面,在这里拼命,我能够坐山观虎斗么?况且你们是动刀,是性命相扑,况且你们又都是冲着我来的,我焉能不拦劝?叫你们自己想想,你们要处在我这种地位,我能帮你们谁?自然是劝你们两边。你们两边谁也不听我的劝,我也看明白了,你们好好地在这里打吧;我管不了,我还躲不开么?再见,再见!你们拼命地打,我对不起,先走一步了!"

纪宏泽放下这话,一怒而去。这却是妙法,二女一扑一蹿,苦斗不休,都要在纪宏泽面前抢个上风,越打越没有完。纪宏泽现在扭头要走,二女齐叫起来,齐住了手,一齐拦阻纪宏泽,叫他且慢,且慢!且慢!

二女一面追,一面叫,一面还是侧着身子,你趁空给我一剑,我抽空给你一刀。不但赛跑,赛刀,还赛喉咙。这个叫:"纪呀,你回来!"那个叫:"纪呀,你别走!"刚才的把戏又重新搬演了。

纪宏泽且跑且回头,虽然发着狠,要跺脚一走了事,毕竟旁观二女为己拼命,于心不忍。二女一个劲地追而且斗,一迭声地喊叫纪宏泽。纪宏泽又可笑她们,又可怜她们,止步回头,向二女摇手道:"你们二位请别喊吧,你们不要缠障我了,你们狠狠地打吧,我失陪了!"转身举步,又回头望了一眼,心中琢磨:怪不得人说,女色不可近,真格和毒蛇一样,缠起人来,没完没了,连性命都不要。我看二女全不好招惹,她们动起手来,也分不出谁强谁弱,飞来凤也未必能把金慧容伤了。我索性趁她二人互争之际,认真抛了她们,脱出情海的漩涡为妙!

纪宏泽这样一计较,这才脚下加快,眨眼间走到林边。二女吵着打着,动刀剑不方便,都往开处闪了闪,都摇出暗器来。金慧容用镖暗算情敌,飞来凤用飞蝗石子和甩手箭。一男前行,二女后逐,眨眼奔出半里地,相距一箭地。起初男女之间相隔不远,此刻二女还得提防对头,当然脚底下不济,当然落后。抹林转弯,纪宏泽愈行愈速,忍不住又回看了一眼,自己一狠心道:"去她的吧!"他于是投身进入密林。

不料他刚刚抛二女决意投林,忽听背后起一声惨呼,又起了一声得意的笑骂。纪宏泽登时心中一惊,忍不住又往林外探头。

纪宏泽到底是多情、不忍、少决断的人,他回头瞥望,远远望见月影迷离,二女竟分出胜负来了。

两条人影在路上打晃,往自己这边奔来,却恍惚望见飞来凤这个颀长的女子抢了上风,金慧容这个娇小的妇人似乎落后。纪宏泽不觉住了脚,努目光欲观究竟。

起初二女并肩而奔,且奔且斗,此刻情势一变,一个追,一个跑;更凝眸细看,一个是扬着兵刃砍着追,一个是横着兵刃倒退着招架。

一阵狂笑,又跟着一声惨叫,飞来凤竟伤了金慧容。

金慧容好像受了重伤,依然不肯落荒逃命,依然扑奔纪宏泽这里来。她越往这边逃,她的情敌越不轻饶,左一剑,右一剑,横一剑,竖一剑,攻击金慧容。金慧容只剩了招架之功,再没有还手余力。她负痛惨呼,依然痛骂敌人,依然奔寻纪宏泽。她越奔寻纪宏泽,飞来凤越怒,剑光挥霍,越要刺倒她。纪宏泽心中惊惧,急忙奔过去,只听飞来凤骂道:"臭女人,我叫你再卖狂,我叫你再跑!"

那金慧容分明输了招,依然不输口,她并没喊救命,仍在奋力与敌相持,且斗且倒退,并且还骂道:"好你个飞来凤,姑奶奶本就不想活,姑奶奶早就活腻了,你有本领,再给我一剑。"她又远远向纪宏泽告别道:"纪呀!纪呀!你快走吧,我输给臭丫头了,你还不快走?"

纪宏泽觉得奇怪,金慧容负伤往自己这边跑,似盼自己驰救,却又叫自己快走;他想不出金慧容的矛盾心理。纪宏泽脚下加紧,急往

这边跑,月影下金慧容也跟跄往这边凑。飞来凤猛往当中一跳,将金慧容截住,手起剑落,照金慧容背后一刺。金慧容往旁一侧,回手刀往后一捞,叮当一声,刀剑相碰,幸将这一招架住,可就百忙中忘了敌人的七香囊了。飞来凤已然趁着金慧容败逃之际,取出了七香囊,并且抢奔上风。

纪宏泽如飞地赶到,远远口叫喊:"你们别打了!别打了!"

飞来凤扫眼一看,连声冷笑,赶忙递剑又一扎,金慧容已然手忙脚乱了,又往旁一闪,飞来凤更往前一迫,喊一声:"看剑!"急往上风头一抢,利剑一晃一劈,七香囊刷地打出手来。

金慧容突然惊觉,见情敌把手一扬,她就努力往外一蹿,埋头伏腰,争抢上风,稍稍迟了一步,一阵迷雾掠空飞散,月影下看不清,嗅得出,金慧容屏息躲避,终没有十分躲开,一缕缕迷雾笼罩,刺入鼻观目隙,登时支持不住,"哎呀"一声,挣命地往外再一蹿,踉踉跄跄,直扑出数步,腰肢一闪一闪,终于腿根一软,坐在了地上,仍然支持不住,斜扑地下了。

胜利者一声长笑:"好你个不要脸的小寡妇!"仰面看月,侧目旁睨纪宏泽。纪宏泽急奔急叫,直扑过来;她就立刻挥剑一跳,趁纪宏泽还差一步,她先赶到金慧容栽倒之处,立即伸脚尖把情敌一蹴,然后照准脖颈,横剑往下一勒,樱唇紧咬,双眉一挑,透出得意之态来。

纪宏泽竟三步并做两步走,如飞赶到,连声锐叫:"嗐,嗐,嗐,使不得!"

飞来凤急抬头一看,醋意大发;他还是向着她!不拦还好,这一拦索性竟自挺剑往下。却不料飞来凤的剑刚往下急扎,金慧容纵然跌倒,犹未昏绝,情敌来伤自己的性命,登时于伤殆疲危中,求生中故产宏力,二目难睁,手中刀尚且在握,锐声一叫,刀往上一撩,倏然就地十八滚,往外一翻,倏然鲤鱼打挺,登时跃起来。

飞来凤只顾看纪宏泽,猝逢冷招,金慧容的刀尖上取,她急急一退,持剑的手臂扫着一下。

飞来凤大怒,若非纪宏泽来打岔,何致受伤?飞鹰似的又一扑,向金慧容挺剑急扎。金慧容摇摇欲倒,惨叫道:"纪,我受了丫头的暗算了!"

纪宏泽断不忍坐视任何一女为己殒命,使足气力一跳,插在二女中间,地点正在林边。

纪宏泽叫道:"桑姑娘,手下留情!"飞来凤刚刚削来一刀,金慧容已然手慢招迟,不能招架;纪宏泽立刻一探身,横刀一托,猛架住飞来凤的这一剑,又一横身,遮在金慧容的身前,面对飞来凤。

金慧容已然不济,鼻孔中吸入熏香气,伤疲力尽,摇摇欲倒,终于强持了一两步,坐在地上,再挣扎不动。纪宏泽回头看了一眼,咳了一声道:"何苦!"

飞来凤怒火腾空,哪里看得下去?厉声斥责纪宏泽:"好!你帮着她!当真就跟我这样!"

纪宏泽以刀蔽住前面,忙辩解道:"桑姑娘息怒,我绝不是拉偏手,我不愿你们谁害了谁。她已然失招,叫你打败了,我请你不要赶尽杀绝,你饶她一命吧,你们都是女人。"

飞来凤暴躁道:"不行,不行,你快给我躲开,你别遮在这里装劝架的,刚才你怎么走的?这是我伤了她,她要是伤了我呢?"

纪宏泽忙道:"她不会伤你的,她真个伤了你,我一定帮你。"抱着刀,向桑玉明连连作揖。

飞来凤气得一跳多高,恨不得用七香囊,再把纪宏泽拿下,不知怎的,又施不出来。

飞来凤瞋目向纪宏泽喝道:"你给我闪开,你说得好听,你给她鬼鬼祟祟的,你拿我当傻子,她伤了我,你准不是这样,你一心向着她。不行,你快给我躲开,你说你躲开不躲开?"右手剑,左手囊,做出发放的样子。

纪宏泽一味赔笑道:"我哪能躲开?杀人不过头点地,我怎能忍心看着你杀人?"飞来凤道:"她刚才要是杀了我呢?你们必然趁愿了,欢欢喜喜一块走了,连理我都不肯吧!"

纪宏泽道:"那万无此理。你想想看,我和你二人全是素昧平生,全是在铁牛堡新认识的,你们二位全帮过我的忙。得了,得了,桑小姐,桑姐姐,你已然把她伤得不轻,你看我的面,高抬贵手,你只饶她一命,叫她自己走她的。"

飞来凤忽然听出意思来,心中一喜,仍然佯嗔诈怒道:"你的小心眼叫我放了她。我若是饶了她,你一定要背着她一走,赶紧回店给她治伤,把我自己一个人抛在这里,是不是?"

纪宏泽道:"不不不,你只看我之面,把她放了,那就叫她自去她的。"

飞来凤道:"那么你呢?"

纪宏泽道:"我么?我还是上姚山村,寻救我的七叔去。"

飞来凤道:"那么我呢?"

纪宏泽道:"你么……哦,桑小姐,你若是还愿意帮我的忙,那你就费心陪着我,往姚山村去一趟。"

飞来凤桑玉明大喜过望,看看右手的剑,看看左手的七香囊,又看看坐在地上揉眼睛、抚伤口、调呼吸、还在挣命的金慧容,飞来凤踌躇满志了。还是自己一剑之功,七香囊一掷之劳。

于是她说:"太便宜她了,冲着你的面,咱们走。不是咱们说好了,你得跟着我走,不许你半路脱滑,再寻她去。"

飞来凤心中大喜,又看了看手中宝剑和七香囊,这真是全恃这剑这囊,收了夺婿之功。又看了看情敌,金慧容坐在地上,犹自不能起来,揉眼抚伤,调息精力疲殆,她再没有拼命的能力了。飞来凤如愿以偿,催纪宏泽随了她快去。

飞来凤收剑一笑,抗声向纪宏泽说:"太便宜她了,冲你的面子,我就饶她一死。咱们走吧！可得说好了，你必得跟着我，不准半路上滑脱，再寻她来。真也怪事，一个不要脸的小寡妇，也会把人迷住。你们年轻男子真没有骨头。"

纪宏泽一声不响，为了救全金慧容的一命，自己又斗不过这只七香囊，只好以身为质，跟了飞来凤。飞来凤一个劲地催促他走，他说："你等一等，我对她讲一句话。"飞来凤忿不肯许，纪宏泽坚不肯去。金慧容已然支持着站起来了，长叹一声，向纪宏泽摆手道："纪呀，纪呀，你我永别了！恨我无能，争不过来，你去你的吧，但愿你们事事如愿。至于我呢，你不要再惦记我，我没了你，我实在是……但是，我还不死心，我倒要跟命争争。只要有我这一条性命在，哼，我们是青山绿水，再往后看！还有一句话，我嘱咐你，你往后多加小心，不要把一条小性命叫人毁了！"说着，声泪俱下，扭头要走。

金慧容的话怨怨怒交迸，句句有刺，飞来凤叫道："好，你这小老婆，我不叫你往后看，别走，咱们现在看！"登时，亮剑重扑下来。

金慧容咬牙回身道："来就来，我等着你。我打不过你，还拼不过你么？该死的死丫头，你来，你来！"

纪宏泽急急拦阻道："你放了她吧！"飞来凤怒笑道："我不能放虎归山，你听听她的口气，她还要找我报仇呢！"把纪宏泽一推，又绕过来。

纪宏泽顿足道："咳！"横身一挡，伸手拉住飞来凤的手腕，再三央求。飞来凤左绕，纪宏泽左挡，右绕右挡……飞来凤的剑高举不下。纪宏泽回头道："慧容娘子，你省说两句，还不快走！"

飞来凤急得跳脚道："你还是庇护她，你还是庇护他！这一个祸害留下，你可替我想想，不是我没完，是她不依不饶。"

终于横遮竖拦，纪宏泽把双方劝住，飞来凤和纪宏泽相伴，投入林中。金慧容气急败坏，忍不住一阵阵伤痛昏愦，再站立不牢。索性坐在草地上，怅望着纪宏泽的背影，一晃一晃，被飞来凤伴走了。她蓦地一惊,就惨叫一声道:"纪呀,纪呀,永别了!"她又奋声跳起来,要追了过去。

她又明知斗不过飞来凤,她要回店,孤影独吊,又负重伤,竟独自支持不得。她呆立在荒郊,又延劲张目,怅望良久,她又回想到自己的身世。她悲愤怨恫,把手中刀一举,往颈下一横。她激于情场之得失,咬牙切齿,决意自杀。

于是冷冰冰的利刃,触及她的柔软的肌肤,她不禁打了一个寒战,她独自贪恋着最后的一瞥,刀横咽喉,目望林表。月影暗淡,纪宏泽被飞来凤羁伴着,已然去远了。她忍不住心如刀扎火烧,纵声悲泣起来,旷野荒郊,声音惨厉。然她又心思怦然一动,她且哭且语道:"我不能自己寻死,我还是拼给她,叫她把我活活宰了,叫纪宏泽当面看着我被杀,我死了得不着他,我叫他眼睁睁看着她母夜叉相!"

她如此设想,顿足惨叫道:"我管不了许多,我不能自杀!"立刻振亢叫道:"你们别走,你们等等我,我告诉你说!"她决计要死在仇人手内,借此破坏仇人与情人的结合。她这样打算,竟太无聊,她伤心绝望,只剩了这一招,自以为可行。

金慧容提刀挣扎着往前跑。金慧容一直跑到林边。她哪里走得动,等她走近林边,情人、仇人早已去远了。她搜寻,她喊叫,她绕着树林,挣命似的狂走疾叫。

突然间,脚下一绊,她扑地栽倒,手中刀掷出多远,人也摔得气厥,躺在冰冷的草地上,惘然失去知觉。

经过了很久时候,金慧容忽然缓醒。眼前景物一变,朝色朦胧,身卧在深林中,有三个人围立在她的身旁。内中还有一个少年女子,好像飞来凤,比飞来凤略矮些,姿容仿佛更漂亮。这漂亮女子正提壶向金慧容口中灌水灌药。那两人是一个跛足老者,好像五十多岁的人了。一个长身量健壮的黑面男子、三四十岁的年纪,三人环立在自己身旁,自己乍醒,耳边便听他们互语道:"灌过来了。"

金慧容呻吟了一声,头一句话便叫道:"你们别走!"那漂亮女子微笑道:"你这位娘子,慢慢地缓着吧,我们一定要救人救彻,断不会把你一个受伤的人丢在这里的。我说,你究竟是怎么一回事呢?可是遇上歹人了么?你大概也是我们武林中人吧?"

女子蔼声寻问,俯身坐下来,挨着金慧容。金慧容渐渐神定,这才觉出来,自己身下已不是借着细草,乃是一条小褥子,项下枕的是一只小行囊。置身处,是在这密林的极深处,土岗之后,挨着大树根。她的刀和她的夜行囊,也被这三个人放置在自己身边。再看这三个人,女子穿裙,男子穿长衫,却人人气象桓桓。再睁开眼,展望四周,顿然看出,这三个人也是夜行人物,不过是天色已明,他们全换了白昼衣服。可是脚下的鞋袜裹腿,还未更换,人人手头都带着兵刃。

金慧容恍然有悟,自己一定是落在姚山村的群雄手中了。听口音,这三个人全是外乡话,那么,也许是姚山村新邀来的械斗帮手。弄不好,也许是铁牛堡外请的朋友。金慧容情愿落在械斗的对头人手中,也不愿落在夫家铁牛堡中人的掌心。那女子徐徐问她,她心急如焚,瞑目不语,做出来气力不支的样子,借以搪塞诘问,暗揣对方的情形,潜打自己的主意。

那跛足老人道:"青姑,你先别问她了,让她大缓一缓,你把她腿上的伤再裹一裹,给她敷上一点药。"

少女依言,从树枝上所挂的包袱中,取出药瓶和绷布,仍俯下身,慢慢地拉过金慧容的大腿,要给她裹伤。

金慧容的左腿,被情敌豁伤了两处,她自己已然用包巾扎住。当时感情激愤,连死都不怕,早忘了伤。此际被少女轻轻一拽,方觉出火剌剌地痛,血液浔浔,早已渗透出扎包之外。少年女子轻轻替她解缚,伤口血色凝紫,创口仍往外冒血。那女子忙给她敷上许多药,再用绷布扎紧,低声问道:"你这娘子,觉得好些不?"又将些止痛定神的药取在手中,叫金慧容再服一些。刚才灌救,药物入口不多,倒流了一脖颈。金慧容只得点了点头,坐了起来,依言用水把药送下。那女子扶着金慧容,仍躺在地上,劝她闭目养神,等候药力发舒。

那少年女子和跛足老人,与那黑面长身男子,凑在一处,低声议论金慧容的来路。黑面男子说:"此地介在姚山村和铁牛堡之间,他们两村正闹械斗。我看这位娘子未必是行路遇劫,多半跟他们械斗有关。"

跛足老人低声说:"七弟不必乱猜了,少缓一会儿,我们可以仔细问问她。七弟,你看这位娘子伤处,正是行家受伤的地方,我们说话也要检点一些。"回头又对少年女子说:"等会我来询问她,青儿你不要再插言。"少年女子道:"爹爹问吧,我也不会问。"

三个人低声讲话,金慧容隐隐约约听出一半来,已知三个人既非铁牛堡的外援,也不是姚山村的帮手,那当然是过路的武林中人了。她一面苏息,一面盘算话头,好对付这搭救自己的三个人;一面前思后想,悲伤自己的命运不济,恼恨飞来凤劫夺了她的情人。容到药力行开,痛稍可忍,疲仍不支,竟挣扎着坐起来,又要站起来。少年女子忙按住她,道:"你不要多礼,你的伤不轻,你不要起来道谢,这算不了什么。"

但是金慧容并不是就要道谢,她是要往林外望一望。可是稍一转动,心便狂跳,这才哀呼了一声,摇了摇头,又复坐下。忍不住话到口边,猝然问道:"劳您驾,你们三位可看见一个二十来岁的男子,一个长身量二十五六岁的女子没有?"

少年女子道:"没有看见呀,莫非这两个人把你扎伤的么?他们都是干什么的?什么长相?什么打扮?"

金慧容摇了摇头,又不言语了,半晌才说:"我谢谢你们三位,你们三位在什么地方救的我?"

少女道:"就在这林子里,我们远远听见女人悲号,方才奔过来查看。我们先瞥见那边地上抛着一两支暗器,里里外外,围着林子一搜,才发现你脸朝地,栽倒在那边,好像叫树根绊倒了似的,可又汪着血,还有一把刀抛出多远。我们就知道你是遇上歹人了。我们随后就把你搭到这儿,把你灌救活了。看你的模样打扮,自然也是我们武林同道。究竟你是哪里人?你是本地的?还是过路的?你到底是遇上什么了?你说的那一男一女,究竟是你的同伴,还是你的仇人?他们都是做什么的?你可以详细地说出来,我们一定设法搭救你。"

金慧容悲叹了一声,说道:"我真是遇上了歹人。我是外乡人,路过此地的。不知三位可看见那样的一男一女没有?他们正是我的同伴,他们竟把我抛下逃跑了。我一定要找他们!"

她勉强站起来,挪动脚步,向少女敛衽下拜,身子还是摇摇欲倒。一夜奔波挣命,她渴极疲极,说话的声音依然沙沙发哑。那少女很怜惜她,扶她坐下,仍自款款地向她问许多话。她总是回避着,不肯直答,反向少女询问着一男一女的行踪。少女连说没见,她依然追问,又要向那旁边站立的跛足老叟和中年长身壮汉道谢。

老叟连忙说道:"这位娘子,你不要挣扎了,也不要道谢。我们老实告诉你,我们救人定要救彻。你究竟贵姓?府上是哪里?遇上了什么事情?尽管如实告诉我们,我们一定想法子,本着你的意思去做。你放心,你有什么难处,你不妨告诉小女。"

那壮汉也说:"你打听的那一男一女,都姓什么?是做什么的,什么长相?他们大概不是夫妻吧?他们彼此是怎么个称呼?依我看来,你别是被你这两个同伴伤的吧?你还是遇上对头了吧?"

金慧容能够设词支吾这个少女,却瞒不过两个老江湖,人家不知从哪句话上,竟猜到金慧容不是遇见路劫,乃是遇上仇人。人家依然察言观色推想到"奸情出人命"这句老话上了。金慧容心中有病,不由脸上露形。

长身壮汉一句跟一句地盘问,先问:"你贵姓?"回答说:"姓金。"又问:"这是你娘家的姓,还是婆家的姓?"紧跟着又问:"那个男的姓什么？女的姓什么？"步步紧逼。

金慧容脱口说道："他姓纪。"

长身壮汉不由凑近一步道："谁姓纪？是女的姓纪，男的姓纪？"

金慧容道："男的姓纪。"

壮汉忙道："他姓纪，他叫什么名字？"

答道："他口叫纪宏泽。"

长身壮汉不由一振，十分惊异地说道："哦，他叫纪宏泽，多大年纪？什么长相？身量有多高？说话哪里口音？"

金慧容答道："他是个细高挑，大眼睛，很精神的，他今年才二十来岁，说话是直隶口音。"

跛足老叟登时凑到壮汉身旁，两人张目互相凝视。也就是一瞬之间，老叟向壮汉说道："你听听，对吧？"

那少年女子也在旁边发出疑讶之声，不由同声向金慧容询问："这纪宏泽和您是怎么认识的？你们怎么个称呼？跟他同行的那个女子，又是做什么的？姓什么呢？跟纪宏泽怎么称呼？"三个人一齐发问，那长身壮汉问得更紧。

金慧容也觉得奇怪，忙仰面向长身壮汉看了一眼，这壮汉长身黑面，正在中年。金慧容心中一震，忙道："你老贵姓？"长身壮汉随口说道，"我么，我姓任。"仍向金慧容追诘纪宏泽的情形。

金慧容眼望面前搭救她的这三个人，心中像明镜似的，料想这长身男子，正和纪宏泽所说的那个七叔，年貌相似。不觉肃然起敬，要重行见礼，忽又忍住，打点好了话头。然后站起来用很客气的口吻说道："你老是我的恩人，我总得谢谢您。还有这位老丈，这位姑娘，你老都贵姓？"一死儿地要下拜。少女再三拦阻，方才罢了。金慧容复又赔笑道谢，谢了又谢。少女皱着眉说道："你怎么忽又客气起来？我们问你，你倒快说吧。"

金慧容道："您救了我，我总得知道您贵姓，我心上才能安顿。"

少女不耐烦道："我们姓何,那是我爹爹。到底您跟纪宏泽是怎么认识的？"

金慧容忙叫了一声："何小姐！"又对那跛足老人叫了一声："何老伯！"方才答道："你老要问纪宏泽和我么？咳,我们是姐弟。"

长身壮汉正色道："什么？你们是姐弟？你不是姓金么？"跛足老人道："你婆家姓金,你娘家是姓纪么？"

金慧容脸一红道："不是的,我娘家姓金,我和纪宏泽乃是结拜的干姐弟。"

长身壮汉脸色一变,越发露出奇诧的表情,用很沉重的声音诘问道："你们是干姐弟,你们多咱结拜的？你的男人现在哪里？他姓什么？"诘问的口气很不客气。那老人和少女也都用稀奇古怪的眼光看着金慧容。

金慧容忸怩道：我的丈夫不在此地,咳,他若在此地,我可不受这回害了。说来话长,这本是不相干的事,三位既要打听,我索性把实情都告诉你,只求你口上严密一些。因为这里头关碍着人的性命呢。我和纪宏泽是新近才结拜的。这纪宏泽是个很有志气的少年人,是他不幸误落在歹人手内,是我冒着险,把他救了出来。他感恩不尽,才拜我为姐。我没做亏心事,也不怕人说我的闲话。哪知道我帮着他,逃出匪窟,一路奔逃到这里,那匪窟中的女采花贼竟追赶了来。那女采花贼本领很大,她贪恋上了纪宏泽,她要把纪宏泽架走。是我和纪宏泽二人协力,和女贼苦斗,到底受了女采花贼的熏香之害,她把我刺倒在地,硬把纪宏泽架走了。纪宏泽本来不肯跟她走,她拿刀子逼着,我和纪宏泽全不是女采花贼的对手,这可不是我们本领不济,实在是我们没法子破她的熏香。

金慧容眉头一皱一条计,心思一转一个谎,把飞来凤极力丑抵。

跛足老人听了这话,不由哼了一声,冲那少女摆手道："青儿,你过来！"把少女叫到一边,不让她听。人家原来是个十七八岁的姑娘,果然听着这尴尬的话,粉面一红躲到大树那边了。

那长身壮汉更不悦,像吃了苍蝇似的,忙拦住金慧容,赶着问道:"这位金娘子,纪宏泽到底被那女贼撮弄到什么地方去了?这女贼姓什么,叫什么?"

金慧容道:"这女采花贼姓桑,是此地有名大盗丧门神桑玉兆的老妹子,她叫飞来凤桑玉明,也是有名的女贼。不瞒二位老伯,我和义弟纪宏泽,是在铁牛堡遇上的。我本来是武师之女,不幸嫁夫不良,惯与匪徒为伍。我的丈夫把我一个人丢在铁牛堡,寄居在他的朋友家中,他一个人出去了。不料他这铁牛堡的朋友,并非安善良民,专门为非作歹,新近正和邻村械斗……"

长身壮汉道:"哦?是跟姚山村械斗么?"金慧容道:"正是,……你老猜想,我本良家女子,误嫁匪人,心上本就难过,借居的房东又是匪类,我久欲离开此地,寻找我那糊涂丈夫去,只一时不得其便。偏这工夫,我的房东勾结了大盗丧门神和丧门神的无耻妹妹飞来凤,专心和姚山村打架。他们擅自扣人杀人,势同造反。我见事情不好,正要躲了他们。可巧这时候,纪宏泽这个年轻的少年人,因跟他的七叔失散了,误入铁牛堡,寻他的七叔;竟被女贼飞来凤相中了,硬把他扣下。他不肯受女贼的污染,逃出飞来凤的手心,竟逃不出铁牛堡的卡子,他可就遇上我了。我可怜他少年无辜,冒着很大的险,把他放了,他把我也救了。我算把他引出女贼之手,他算把我引出匪类之手,我们互相救助,结为姐弟,一同逃到这了……"

金慧容遂咳了一声道:"哪晓得万恶的女淫贼,不肯舍了他,又一路穷追了上来,到底把我扎伤,把他重架走了。这就是我以往的实情,我都据实对二位老丈说了,请二位口上严密一些。我还得稍为缓一缓,再寻救纪宏泽去,还有他的七叔,也承纪宏泽义弟,据实告诉了我。他说这位七叔,乃是他的恩师,不幸一同出门游学讨债,行至姚山村,遇上械斗,以致叔侄失散。他还告诉我,叫我帮着寻找他的七叔。

现在局面一变，他倒失踪了。我此刻又打算寻他去，又打算找他的七叔。把他误落在女贼手内的实情，告诉他七叔。他七叔乃是年高有德之人，必有妙计可以救他。只是我不认识他的七叔，就是抵面相遇，没他在场，没人介绍，也没法子诉说曲折。二位老丈，你看我够多么倒霉呀。"遂又深深地叹了一声，静听对面二老的答言。

她认定对面长身壮汉，就是纪宏泽口中所说的七叔。她如此这般，加以粉饰，一面是诉苦，一面是在骨子里陈情。她现在很希望对面的人，率然承认："我就是七叔。"可是对面的人听了这些话，脸上神色一连数变，始终还不肯取消刚才所说"我姓任"的一句话。她也就无可奈何了。

她再想不到对面的人，这个长身壮汉，满腹疑怒，恨不得喝出声来："好个年轻无耻的小子，竟这样没把握，什么女采花贼，什么干姐姐，好好好，真没出息！"

那跛足老叟也听得呆了，连连干咳数声，和长身壮汉退到树那边，低声秘语起来。长身壮汉十分愤怒。那少女也一言半语听出来了，也红着脸微笑着，觉得奇怪，低声问跛足老人："这个纪宏泽，可就是故去的大师伯的长子林师兄么？他怎么才离开七师叔，就出了这些事故？"

跛足老人道："青儿傻丫头，少说话，你盯着这个女人，我和你七叔商计商计。"

少年女子忙过来陪伴金慧容，有一搭，没一搭，向金慧容问纪宏泽的为人。跛足老人和长身壮汉，躲得远远的，议论寻救纪宏泽的入手方法。跛足老人见长身壮汉很生气，就安慰他道："你不要尽听一面之词，说不上实际情况是怎么一回事呢。我看我们现在就照着姓金的女子的话，先问明纪宏泽的去向，再设法找他，找着了他，一切真相自明。也许那飞来凤是无耻的女贼，也未可知。不过这姓金的女子，目光游离，也未必是良家女。"

二人议定，返回身来，由跛足老人重问金慧容："我说金娘子，你可知飞来凤把纪宏泽架到什么地方去了？"

金慧容道："我也正要找他。我猜想，他如果不受女贼的牢笼，势必会乘隙离开她，再投奔姚山村，寻找他的七叔去。他若搪不开女贼的诱惑，那么他必被女贼架到她的秘密巢穴里去，那就不可问了，早晚必被女贼害死为止。"又叹道："我看那情形，多一半他走逃不开女采花贼的引诱的了。"

长身壮汉和跛足老人互相示意，重诘金慧容道："这女贼的巢穴在什么地方？离这里有多远？你总知道的了？"金慧容答不出来，她只知丧门神桑玉兆的党羽，出没在晋、陕、豫三交界的地方，恍然是在织女河附近。

长身壮汉和跛足老人又走到一块，低声议了一阵，转对金慧容道："这位金娘子，你现在打算怎么样？"

金慧容道："我和纪宏泽陌路相逢，曾共患难，我们既然结为姐弟，我必要搭救他。可惜我的能力不够，我很想寻找他的七叔。料想他的七叔必有计划，把他拔出女淫贼之手。可惜我又不认识他的七叔，虽想作个向导，也得不着机会。"

长身壮汉不接声，只听她说。她叹了一口气，又道："这纪宏泽是个有志气的少年壮士，实在值得搭救。我只缓过一口气来，我就只身去救。两位都是武林前辈，一定仗义救危。两位如肯助我一臂，把这可怜的少年，从女淫贼手中救出来，实在是件好事，不知三位是否肯拔刀相救么？"

长身壮汉仍不答，反问道："你到底知道他的准确下落地点么？你不知道地方，要想救他，可怎么下手？"

金慧容忙道："他和她一男一女，扮相个别，就不知下落，沿路打听，也不难搜个水落石出。要有人帮忙，我情愿做向导。"

跛足老人问壮汉道："如何？"

长身壮汉摇了摇头："依计而行。"遂由壮汉对金慧容说："我们本是过路的人，我们还有正事。我们和这纪宏泽素昧生平，我们也救不了他。我们还得赶办我们自己的事去。我们现在只能做到一件事，就是救人救彻，得把你安插一个地方。想必近处也有店房。金娘子，我们可以保护你投到店房，你自己再想你自己的法子去，你还是投奔你的亲友为是。至于拔刀救人的话，怨我们无能，且又无暇，我们只可作罢了。"

峻拒之下，金慧容大失所望。看三个人的神气，知道他们对自己的话，并不很信。她摇头哀呼道："我承三位救命，我只有衷心感谢。我此刻身受重伤，只可先投到近处镇甸，投托亲友，先养伤，再议别事。不过此时此地，姚山村和铁牛堡正在械斗，禁止行人，我又不便出去，我只得耗到日落，再行回店了。"

长身壮汉道："你既然可以自助，那就很好，那我们就别过了吧，你倒是回店养伤的好。"向金慧容点了点头，与跛老人，叫着少女，退到一边，钻进林翳深处了，把金慧容一个人抛在这里。

金慧容一阵灰心，又坐在地上，哭了起来。忽然那少女又凑到身边，把一块干粮、一壶水、一包药，送给金慧容，说道："你自己好好回家养歇去吧，你不要和那女贼争斗了，恐怕你不是她的对手。"说罢，退身回去，又道："再见，再见，我们还得赶路。"

这少女与那二老忽然而来，救了金慧容，忽然又弃她而去。金慧容垂头丧气，歇到日落时，方才起身，先回店房，缓了一天，急急改装裹伤，强打精神，秘密地再去搜寻飞来凤。

她再没想到，她虽然秘密，在她身后，已然暗缀了几个更秘密的人。

可是她已然料到，那长身壮汉正是所谓纪七叔，纪七叔竟不肯承认。

那跛足老人，却是连珠箭何正平。

那少年女子，正是何正平的爱女何青鸿。这都是金慧容想象不到的了。

第二十五章

魏豪求援寻故友

那天夜间,纪蔚叔在姚山村和纪宏泽,冲破乡团的围抄,夺路退走,叔侄两个终至失散。到五更时分,纪宏泽出西北方,被诱入铁牛堡;纪蔚叔却只身到东南方,各不照面。纪蔚叔甩开了追兵,再翻回来寻找纪宏泽,总想他不是落荒迷路,就是困在姚山村,未能出来;再往不好处想,也许被姚山村活捉住了。纪蔚叔本负着托孤重责,不料才携孤儿出门游学,便出了差错,他心中万分焦灼,只得先往荒郊搜寻了一阵。仍不得踪影,他又重探姚山村,甘心冒险,捉住一个巡逻的乡丁,持刀威吓,询问了一遍,也没听说村中活捉住年轻男子的话。又问伤了人没有,回答说械斗伤了人,没听说伤过单身人。

纪蔚叔五脏如焚,焦急无策。又加细刺探了一回,仍无下落。他便一口气,奔出二百里,邀来了两个帮手——这帮手就是何正平父女。

何正平善使连珠箭,本是纪蔚叔的三师兄;当年在大师兄狮子林廷扬手下,同开镖局,威名很大。师兄弟一共七人,狮子林居长,纪蔚叔最幼,纪蔚叔的真名就是摩云鹏魏豪。不幸狮子林与绿林结仇,飞蛇邓潮勾结小白龙方靖,在洪泽湖截江斗剑,狮子林遭暗算殒命。连珠箭何正平苦战护镖,受了重伤,镖局事业一败涂地。仇人赶尽杀绝,又迫害狮子林的妻、儿,他们狮林七友,大动公愤,推举二师兄解廷梁，专任复仇。推举魏豪化名纪蔚叔，专任托孤护眷。这已是十数年前的事了。

独有连珠箭何正平，一只腿受了重伤，实不能再在武林中做事。在解廷梁为狮子林报仇之后，他便返回故乡。何正平养好了伤，到底落了残疾，一条腿已跛，只得在家务农为活。

何正平却生了一个好女儿，就是何青鸿。今年刚十七岁，生得眉目姣好，而膂力甚足，她父将她爱如掌上明珠，遂将自己全身武功，都传给女儿。又因女儿终是女子，不能与男儿作比，故此特授她一些绝技，以巧降力的功夫，又传给她多种暗器和防备暗器的技巧。

现在，纪蔚叔带着孤侄纪宏泽出门游学，才迈出头一步，便出了这样不幸的事故，纪蔚叔急得不知所为，只得一口气奔到三师兄何正平隐居之处，求师兄帮忙，代为设法查找。

纪蔚叔和何正平已有多年没见面了。师兄弟乍见之下，各增叹息。尤其是何正平已变成老头子，何正平早不是当年短小精悍的人物了。二人匆匆话旧，升堂入室，引见家人。何正平老妻刚刚下世，家中只有她父女二人和一个老仆，其余便是雇工佃户了。

随后，弟兄二人饮酒，何正平见纪蔚叔心神不宁，忙问道："有什么事故？"

纪蔚叔这才说到纪宏择失踪之事。他告诉何正平，大师兄的孤儿，那个小铃子，现在已然长成，学业还未成就，本月刚刚携他出来游学访仇，便在姚山村失踪了。万一此子遇上不幸，觉得自己太对不住惨死的林师兄和守寡的林师嫂，而且也对不起同门诸友，当下向何正平讨教，并请帮忙代找。

连珠箭何正平听了，蓦然动容，先"哦"了一声道："林师兄的孤儿已经长成了么？他在什么地方失踪的？怎样失踪的？"

摩云鹏魏豪，也就是纪蔚叔，皱着眉把路逢械斗的话，重复说了一遍道："地点离你这里不远，叫作姚山村，属晋冀豫交界。"

何正平站起来说："这倒很巧,要是失陷在姚山村,我还有办法可想。"

这时连珠箭的爱女何青鸿,已经出来拜见七师叔,正忙着斟茶。何正平回顾女儿道："记得上月,姚山村不是打发人来,送聘金,请我助拳去么?我因为有你太累赘,偏巧械斗的对方,间接着也有熟人,我不便出头,故此推辞了。那姚山村的绅士姚廷绅,和我旧日有些渊源,如果小铃子失陷在村里,我倒可以托人把他讨出来。"

摩云鹏魏豪听了大喜,说道："三哥务必辛苦一趟吧。"何正平走来走去,左腿多少有点跛拐,因自视低唔道："完了,我是出不去的了。"

魏豪道："但是,三哥,这是咱们大师兄唯一的骨肉呀,你怎能袖手?"

何正平仰面长叹道："我是这么说,我怎能不去呢?现在我固然在这小乡村务农糊口,可是每一想起十几年前,咱们弟兄七个人,由大师兄引导着闯荡江湖的时候,我们彼此都很年轻,整天大鱼大肉,书馆酒楼,整天都是乐子。哪想到洪泽湖上猝遇仇敌,大师兄一掌殒命,我也毁了一条腿,事到如今,往日豪情全化成流水了。"不禁追怀旧欢,凄然欲泪,坐下来拍着自己的腿,说道："小铃子今年也十八九岁了吧?他现在叫什么名字?他跟你学得怎么样?他的人才、人品如何?"

魏豪便将纪宏泽的性情技业,仔细说了一备,跟着何正平又问及大师嫂。魏豪说到她守节抚孤,蓄意复仇,十余年如一日,两个人都不胜叹息。魏豪也说起当年雨夜逃亡,被仇家追杀的苦处和匿名隐居,教训孤儿的前情。何正平道："七弟,真难为你了。自从大师兄下世,只有你和二师兄解廷梁做得够味,我呢,完了,完了!"

魏豪忙道："当时你和四师哥一个水战御仇,一个舟战救友,你们二位一死一伤,大师兄地下有知,也必要挑大拇指的,总而言之,咱们是各尽其心。"

老友对谈，都流着眼泪，连珠箭的爱女何青鸿伺候茶水已毕，竟悄悄站在内间门帘后偷听，已然听呆了。何正平一眼望见，笑道："青儿，这是你七师叔，不是外人，你伸头探脑的做什么，你索性出来吧。天也不早了，你也该张罗张罗酒饭了。七弟，你还能喝两盅吧？"

魏豪道："我早就不喝了。"

何正平道："我倒贪杯不已了；你该记得我从前三杯就醉，现在我却是顿顿离不下四两酒，我还能多喝，你侄女她管着我。青儿，快烫酒，我们先喝后吃。"

何青鸿掀帘出来，开厨备酒。魏豪仔细端详她，中等身材，眉目清秀，肉皮白嫩，只手背略露青筋，透出习武的样子；但看外表，十分温柔，却不知此女性子非常刚烈。

村中无佳肴，何青鸿取出两副杯箸，几个碟，无非盐蛋、煮豆之类，可也有熏鱼、腊肉，跟着烫酒。何正平和魏豪都坐在小炕桌旁，且饭且谈。何正平道："青儿，现在我要出门，你把我的兵刃收拾好了，我明天跟你七叔上山西去一趟。这件事是缓不得的，越快越好。"

魏豪欣然道："三哥还是这样热肠。"何正平道："我懒极了，可是得分人分事，这不是咱们大师兄的孤儿吗？"

何青鸿插言道："你老腿脚不便，出门行吗？"

何正平道："那也没法，你没听你七师叔说么，你大师伯的儿子现在失踪了，我既在近处，就必得设法去把他搭救出来。"遂转顾摩云鹏道："看来小铃子十有八九是被姚山村扣留了。"

魏豪愤然道："他们正在械斗，这岂不是有性命之忧？"何正平道："那倒不至于，他们还不敢戕害俘虏，只不过是械斗时拼命罢了。"魏豪仍很担心，沉吟道："我乘夜再探姚山村，一共搜了两三个过儿，可是，并没有发现他们拘留俘虏之所。"

何正平道："你总是外乡人，地理不熟，他们村中确有地窖，幽囚俘虏。"

两师兄弟痛饮数杯,摩云鹏仍是低头发烦,恨不得立刻邀着师兄去寻人。何正平道:"你我不过阔别十几年,你的心眼倒怎么小起来了?你从前可不是这样啊!"

魏豪道:"咳,三哥,我受着托孤重责,刚带着小铃子出了娘怀,就把他失踪了。万一他有个好歹,我就见不得林师嫂的面了,我焉能不着急?"

何正平道:"万不会出错,咱们林大哥没做坏事,姚山村的人也不敢乱杀人,倒是怕他误走入姚山村的对头铁牛堡那边去,可就麻烦了。他们堡里常常接近匪类。不过我也有熟人,我准给你设法把小铃子寻着就是了。"

魏豪道:"寻着还没算完,我们大师嫂的意思,还要你给铃儿举荐个老师呢。"

何正平道:"那也不难。"

魏豪道:"别看三哥跛了一条腿,你办事还是那股子劲。依你之见,天下没难事了。"

何正平道:"天下本没难事,只在人为。老弟,你再喝一盅,不要一味翻眼珠,想心思,小铃子断不会有闪失。"

魏豪草草喝了几杯酒,便催何青鸿给他盛饭。他恨不得何正平此刻站起来就跟自己走。

何青鸿越听越知她父必须出门,忙抽空低唤父亲,到内间低语,她定要跟了父亲去。何正平不肯,说:"你是个没出闺门的姑娘,虽然是出门寻人,到了不得已的时候,也许动手比画一下子,你是去不得的。"

何青鸿摇头道:"爹爹,我只为了这个,才不放心您一个人出门,您这大年纪了,又有一条腿不得力,女儿如不跟了去,我在家中实在待不住。"

父女争执,何青鸿坚欲侍父同往。何正平道:"你不怕你七叔笑话你么？你忘了你是女孩子呀。"

饭后茶来，何青鸿打点兵刃行囊，把自己用的暗器也包上了，一面仍在低声央求她父："您不过嫌我是女孩子，走路不方便，那也不要紧，我可以改装男子。"

这父女正在内间喋喋不休，魏豪已在外间听见了，大声道："三哥，我可真给你添麻烦了，既然侄女要陪你去，这是她的一番孝心，你何不依了她？"又道："青侄女，你手底下怎么样？"

何青鸿笑而不答，何正平道："她手上倒不见得怎样，脚底下很利落，登高上房，和野小子一样。她的暗器也对付得，就是兵刃差点。不过愚兄年纪已老，如同废人一样，有她跟着我，诸多不便，况且大师兄的遗孤出门还不免出错，她一个女孩子更叫人担心了。"

魏豪不禁说道："着啊！"也要拦阻。何青鸿早已迎着话茬上来，笑道："林家哥哥是林家哥哥，我是我，他会出错，我何青鸿还不至于劳动你老找我。不信你老带着我试试，我多少准能给您老帮忙，决不会给您老二位添麻烦的。"她满脸露出刚强自负的神气来，竟赛过男儿。何正平看了，不由心中喜悦。摩云鹏却不禁感慨系之了，忙问道："青姑，我还没问你，你今年多大了？"

何青鸿正在自告奋勇的时候，冲口道："你问我么，我十七岁了，倒叫你笑话，我只会几手笨招。"

摩云鹏忽然联想到别处，失口道："好，好，好！"何青鸿道："您怎么叫起好来？"

摩云鹏愁眉一展，哈哈大笑道："好好好，青侄女问得好。我说三哥，小铃子现在的学名叫纪宏泽，他今年整整十八岁。三哥，喂，你说，好不好？"这一串"好"字，在场三个人登时默喻于无言了。何青鸿腾地满面通红，低下头来，搭茬也不好，不搭茬也不好。

连珠箭何正平手捻微髯敛笑沉思，半晌道："且看吧，但不知他对他父亲惨死之事，也很抱着决心么？他功夫上到底怎样？"

魏豪道："我的话先搁在这里，咱们还得是先寻人，后说别的。"何正平点头会意，含笑转问女儿道："我明天就走，你怎么样？你当真还要跟着我么？"

何青鸿面显窘容，可是她性子刚烈，百折不回，她一片芳心一转，装着没事人，笑道："我还是不放心您，七叔刚才这么说，我倒要看看这位林师哥，是怎的才出门，就丢了人。"她还是要跟着走。

魏豪说道："三哥，怎么样？就叫侄女保护着您也好。"何正平道："你侄女一个人闹，你不替我拦她，你也这样说，去就去吧。"

议定，师兄弟重新归座，饮茶叙旧，何姑娘忙着收拾一切，她心中乍喜乍羞。究其实魏豪并没有说出过着边际的话来，女孩子年及破瓜，一片芳心如一张白纸，只要粉笔一点，便留下痕心了。

何青鸿不免生出非分之想，到了次日凌晨，果然侍父登程。

连珠箭何正平要青鸿更易男装，青鸿含笑摇头，她说："穿了男子衣履，走道不习惯。"她总未免有些忸怩之态，挡不住她父谆谆嘱告，青鸿也就带了男装，预备路上万一之用。依照连珠箭的打算，先投奔姚山村，寻找姚书绅，备礼投刺请见。

三个人衣冠楚楚直抵姚山村隘口，村口戒备更严，乡丁持刀矛拦路，眼望见三个人的来势，立刻吆喝禁止上前，跟着从林翳中，走出两个人，盘诘来意。何正平跛着脚，抢先一步，拱手通名答话，指名求见本村乡团总会头姚书绅姚大爷。村口巡逻的乡丁看了看何跛，又看了看少年女子何青鸿和长身壮汉摩云鹏魏豪。他们似乎认得魏豪的模样，这两天总在他们这里徘徊。他们有些疑忌，遂说道："我们会头这两天正在公忙，并不见客。"

何正平忙说："我是豫北的连珠箭何正平，这里有名帖，和你们姚会头是老朋友，烦你费心，言语一声，他上月邀过我的。"

乡丁嘀咕了一阵，说道："我们会头实在忙，对不住，你先候一候。"指着道旁一棵大树，叫三人躲开隘口，退到树下，立刻拨出一个人,持了何正平的名帖和一包礼物,直上山坎传话。

摩云鹏魏豪看了这派头,心中焦急,这上山下山,恐怕打一个来回,就需一个时辰。何青鸿也不觉露出女儿态,对父亲说:"这还了得,谱儿太大了。"

哪知刚刚过了一顿饭时,便从山坎飞驶出三匹马,后面还跟着三匹空马。为首的骑马人,远远招呼道:"何老前辈,何老英雄,是亲身来的么?"

摩云鹏魏豪迎观这人,年约四旬,长袍马褂,正是魏豪探庙所见的那个绅士,也就是何跛的朋友姚绅士。

姚绅士早就想邀请何正平,做本村的乡团教练。何正平虽却聘,姚仍未死心,今日听见来了,十分欢喜,火速地迎出来。他们村中居然设了驿站似的岗位,步步传信,片刻即达。姚绅士偕同会友,下马相见,寒暄了几句话,彼此引见了,把那另备的三骑牵来,立请何正平上马入山。

这时候姚山村正在忙碌,厉兵秣马,打点三日后的大械斗。目前铁牛堡烦出人来,要交换俘虏。依着姚书绅,一个人抵换一个人,也就罢了。无如姚山村的货船,曾被铁牛堡秘遣水贼,焚劫了两只。今日议和,若只人换人,这批货物该怎样办?那铁牛堡又不承认焚舟劫货的阴谋,和议终于决裂,两方暗备下次的械斗。忽然间,铁牛堡又有能人,定下秘计,要夜袭姚山村,盗救俘虏。堡中人预有戒备,搭救俘虏的人空手而回。由此又引起姚山村的能人也要照方抓药,你来袭,我也袭,你来盗,我也盗,不求成功,先做示威的表示。这双方遂在正经械斗外,又加上偷营劫牢盗俘的枝节。

连珠箭何正平和师弟魏豪,偕爱女何青鸿直入姚山村的宾馆,村主人优礼相待,动问来意。何正平具实述说:有一个师侄,如此这般模样,长身材,大眼睛,微黑的脸庞,不到二十岁,一个英挺少年,他和这一位出来游学,误入山村,忽然失踪。想贵村正在械斗,只怕把他误认为间谍,扣押起来,敬烦费心,代为查找。

姚书绅听了,方知来意,何正平不是应旧聘,乃是寻故人。姚书绅立刻传谕全村,各处查找,人人说没见其人。为了讨取何老英雄的信任,姚绅士亲领何、魏三人,到他们秘密幽囚俘虏之所,请何老自己寻认。何正平叫魏豪逐个去认,全是铁牛堡的人,或铁牛堡请来的帮手。魏豪看罢摇头,重归宾馆。果然纪宏泽不出所料,没落在姚山村。

姚书绅对何老说:"前天大前天,我们这里闹贼,叫他们铁牛堡搅得很可以。他们自然是来偷俘房。可惜我们警戒很严密,他们徒劳往返,还掉在这里一个乏货。他们这一闹,勾得我们这里的朋友也动了怒,也要邀几个飞檐走壁的高手,闹闹他们去。我本不赞成此举,可是众意难违,他们也说得好,叫铁牛堡的朋友也尝尝滋味,也让他们明白偷营盗俘房的把戏,人人会耍,其实没有大用。我们这几位朋友打算今晚就去。何老前辈,我小弟意欲烦你老人家,做一个首领,率领他们哥几个,辛苦一趟,不知你老人家还有这份兴头没有?"

连珠箭何正平喟然一叹,哂然摇头道:"我小弟倒还老有少心,可惜力不从心,已变成残废人了,我这腿太不得力,我只好敬谢不敏,对不起姚大爷。"

姚书绅望着何老的面色,诹道:"你老太谦,虎老雄心在,英雄还在晚年,我刚才见您上马下马,一切都好,您不要推辞吧。"

何正平仍在推辞道:"不行了,不行了,废了!"

姚书绅依然怂恿说:"你这令师侄没有落在敝村,一定落在铁牛堡了。你老这一去,可说是两便。一来给我们村中的几位能手做个领率,二来你也可以亲自寻找令侄。我敢断定,令侄十之八九,是失陷在他们那边了。"

何正平听到这里,眼光霍霍地望着摩云鹏魏豪,魏豪微微点头。连珠箭又看自己女儿的神色,女儿何青鸿神情跃然,虽当着村主人,坐在下首,不敢插言,可是她正挨着魏师叔,便悄悄地一肘魏豪,低声说:"七叔,你劝爹爹走一趟。"连珠箭早看见了,微微一笑。

那村主人姚书绅也瞧出来,忙将话锋一转道:"何老前辈,我看你不必推辞。你本人年高,用不着争名争胜,可是你正好鼓舞他们少年。你等我把我这几位朋友引来,他们全都钦慕你,要想见见高贤。你只带他们到铁牛堡,涉险的事叫他们年轻人去做,你只给他们督后队、巡风看起落。还有你这位令友,这位魏仁兄,想必武功很好,我们一见如故,我也打算……"说着向魏豪拱手道:"我小弟愚不自量,要麻烦生朋友。你别见笑,我和何老前辈是至好,你是何老前辈的朋友,咱们自然都是朋友了。魏老兄,简直今天好比见'财'起意,我一定要奉求你拔刀相助,再请你替我劝驾。"

姚书绅又向何青鸿说:"何小姐是名父之女,武功一定是很可观。我也一并奉求帮忙。好在只是入堡探寻囚牢,是秘密的事,斗智不斗力,你们三位我全要麻烦。"

姚书绅反复怂恿,果然何青鸿先沉不住气;魏豪蓄意未言,何青鸿径直凑到父亲面前,低声说道:"纪师兄多半落在铁牛堡了。爹爹,咱们去吧,你一开头不是打算先到姚山村,后到铁牛堡么。现在人家又烦咱们,咱们又得了帮手,正是一举两得,咱们去吧。"

连珠箭何正平哈哈一笑,对摩云鹏魏豪道:"小孩子都是沉不住气,你看她先急了。"转面对姚书绅道:"我不是推托,实在正因为铁牛堡里面,我也有熟人。第一叫他们知道我在这边帮忙,他们必要不痛快我。姚爷如此谆劝,我去是可以去;只有一节,千万请您嘱咐他们秘密一点。我们的来意,是在寻找我那师侄,寻着了他,我就告辞。姚仁兄不要笑我为德不卒。我还有一点意见,你们这场械斗,打了十好几年,何日是个了局?我想给你们说合说合,不知贵村诸位首脑人物,愿意不愿意?"

姚书绅欢然道:"我先谢谢何老前辈的盛意。"又向魏豪揖,然后说道:"何老前辈,您想我们都是安善良民,谁还愿意丢下正经生意,一味好勇狠斗不成？只是对方欺人太甚,故此我们箭在弦上,不得不发。何老兄若能找出他们那边主事的人,给我们了一了,当然我们求之不得。只有一节,他们鲍家四虎气焰太盛,又不幸他们勾结了丧门神一伙子水寇,为非作歹,日趋下流,只怕好生讲和,他们未必甘心。他们一定要抢一步先招,我们这边又不服气,这样就僵住了,越斗越凶。我也知道不得了局,终有一场大祸。"姚书绅咳了一声道:"后患真不堪想象,只看何老兄这回帮忙的结果了。"

姚书绅见何老已允诺,立刻把村中要人引来,双方相见,最要紧的,自然是今晚要探铁牛堡的那七位武林人物,全都少年英勇,初出茅庐,不畏险阻。姚书绅先给他们引见了,又盛夸何老的威名,然后设宴欢饮,即席商量探堡的入手步骤。

姚书绅首先说出铁牛堡中,一伙水寇,武功并不见如何,只是丧门神弟兄几人,其中并有他的胞妹飞来凤,专会使用暗器,稍不留意,就会上了当!

这时在座的何青鸿,早听得入神,口口声声非要随同爹爹走一趟不可,到底要看看铁牛堡里有什么秘密？何老英雄只能瞧着女儿,生怕她年纪轻多说话,立时向姚书绅说道:"铁牛堡里几位武林人物,我很想见识他们,此去的目的,并不是要拼个死活。如果能息事宁人,化干戈为玉帛,也不枉此行。同时我能寻找到我的师侄,早了却心愿是最好不过。"

姚书绅听过何老英雄一席话,也点头称是,借着话题又斟问起何正平的这位师侄的来历,将来寻到之后,是远走他方,还是回归乡里？

何老英雄难以答言:"将来如能找到,还是随他魏师父云游访友,因为他们有一桩大事未了。况且纪师侄是奉母命随他师父外出,不料先遇着姚山村、铁牛堡两村械斗,弄得彼此不知下落。魏师弟才只身找到我家,要我念当年之情,访个水落石出,救出纪师侄。"

旁边坐的何青鸿小姐,忙着插言:"刚才听说铁牛堡有一个女寇,她的武功怎么样？使什么兵刃？"

姚书绅回答："这个女寇并没同本村的人会过阵，听说惯使一柄宝剑，她会打三四种暗器，还有一个迷人香囊。只要跟她动手，微微闻到一股香味，立刻就能晕倒，失去知觉，那还不束手被擒么？何小姐此去探堡，须要切记这女寇手中暗器要紧。铁牛堡周围防御，也很严密，四外俱有土壕堑沟，还有一段河流，约有丈来深浅，河流湍急，也没船只，外人不能轻易进入堡内。铁牛堡一帮土豪，倚仗有几处险要，才和姚山村对抗为仇。这十几年中，可以说没有度过一天消停日子。"

何正平父女二人、摩云鹏魏豪和姚书绅谈了许久，无非是村堡之事，魏豪又述说了过去和纪宏泽出门访友经过，再三叮咛大家严守秘密。

少时姚书绅把探堡的七个壮士先后邀到，引至客厅，与何正平、魏豪相见。七个人高高矮矮，俊丑胖瘦不一。

一个叫铁笛彭青，是个俊俏洒脱人物，年约二十八九岁，长衫丝履，像个儒士，却有很好的武功。

其次，是邹桐年、董俊千两个师兄弟，是外乡人，年约三旬，黑面长身，形貌壮猛，看来倒像亲兄弟，其实是同出一个师门罢了，乃是少林寺的别支，新近被姚山村邀请来帮拳的。他二人的本业原是镖师，故此这两人江湖气很重，虽穿长衫，短才掩膝，说话嗓门很大，原籍是河南省南阳府人氏。

又其次两个人，一个叫许延华，年约四十六七岁；一个叫许少华，年约三十一二岁，乃是亲叔侄。本业是一家当铺的护院镖客，善打暗器，善于飞檐走壁，也是近两个月才被姚山村罗致来的。就请他叔侄，教给本村乡民练习飞纵术和发暗器的功夫。这五个人全是外姓朋友。

末后还有两个人，一个姚承权，一个姚承钧，是堂兄弟，姚山村的居停主人，比会头姚书绅晚了一辈。这两人手底下也有两招，可是俱在青年，不过二十多岁，正在努力习武，前途难以限量。这两人一胖一瘦,形貌大异,只是性情非常相投,好交朋友,待人热忱。

这七个人,最属许延华年长,最属邹同年和铁笛彭青两个人拳技高超。因为是要乘夜探堡,故此经过一度选拔,他们七个人,全都是上选人才,全都精于纵飞术,打暗器也都很高。

在广厅上彼此见了面。这七个人似乎早听姚书绅称扬过连珠箭何正平的威望,一个个全都向何老深致钦仰之意,却又微露疑讶之情。大概因为何老足跛面瘦,身材本矮,他们觉得名不副实似的。

何老已然觉察出来了,微微一笑,向众人抱拳答礼,十分谦逊,面对着大众,目视姚书绅说道:"姚大哥把我捧得太高,我要摔下来更重。你们众位所听到的乃是十几年前的我,现在的我早成了废物了。众位不要听信姚大哥的谎言吧,我区区在下只是一个又瘦又瘸,死了半截的朽骨而已。"说罢哈哈大笑。

别人听了不甚留意,那许延华却从这一笑声中,听出何老声若洪钟、衷气甚足,人虽瘦,腿虽跛,两只眸子顾盼闪闪,依然流露出少年的火焰;当即赔笑道:"何老前辈太谦了,英雄仍旧是出在晚年,我们都是些末学晚进,还盼望前辈英雄不吝赐教才好。"

那个邹桐年依然诧异,脸上带出相来。何正平冲他笑了笑,特意凑到面前,客气了一阵。随后又由居停主人姚书绅,引见这七人与魏豪寒暄了,又与何青鸿小姐施过礼,大家便相谦相让落了座。献茶,对谈,应酬了一会,立即摆宴。大家推何正平上座。何青鸿是个女孩子,姚书绅忙命家人告诉内宅,打算由内眷另行设宴,款待青鸿小姐。

何青鸿唯恐她父抛下自己,独自随众涉险,因此不肯离开客厅,紧挨在父亲肩下,依依不舍,轻轻说道:"我不进内宅了,我和姚伯母又不认识。爹爹,我只在这里吧。"

何正平道:"岂有此理,这里哪有你的座位?"

何青鸿道:"我不吗!我不吃,我也不入席,我就在这儿等着您。"

何正平不悦道:"你怕我丢了不成?"父女低声呶呶争辩。

摩云鹏魏豪不由笑了,说道:"青姑还是小孩儿呢,离不开爹的。"

姚书绅看出意思来,说道:"何老前辈,这么办吧,您和令爱小姐,还有魏仁兄,可以坐这一桌。叫他们七个人凑一桌,也很方便的。"忙吩咐下去,少时果然摆上宴来,分为两桌。何青鸿这才把皱着的眉峰展开,换出笑容来。魏豪看她这意思,大概比纪宏泽脾气还拧。可是拧之中,又带着撒娇的憨态。魏豪手绰酒杯,微微地笑了。

两桌酒并摆着,居停主人周旋两边,一一敬酒,三巡之后,欢然共饮,谈起探堡的打算来。何正平势不可免,必要以身率先。何青鸿低声央告她父,还是那句话,她要跟着何老寸步不离。

何老生了气,摔筷子,吹胡子,瞪眼。何青鸿歪着头,觍着脸,一口一个"爹爹,我去。"又在桌子底下,用她的纤足,微蹙魏豪道:"七叔,您替我劝劝爹爹。"

魏豪笑道:"三哥,你看看,你不叫青姑跟去,她真不放心。"何老咳道:"当着这些生人,你一个女孩子,你不害臊么?"何老瞎拦子一阵,到底依了女儿。何青鸿这才笑了笑,不再麻烦了。

何正平、魏豪和青鸿三个人,加上姚山村的七个人,恰凑成十个人。另外由姚书绅加派四个人,出发时,作为开路先锋兼向导,探堡时留在外面,打接应,传消息。这四个人不会飞纵功夫,故此不能入堡。仍由他们十个人,用夜行术,分道进堡,一来救人,二来示威。

就在宴席上,商议分工合作的办法。十人分两队,每队五个人,推一人为领袖。东路一队,由许延华率领,许水华、邹桐年、董俊千、姚承权,算是一路,由铁牛堡东围墙袭入。西路一队推何正平为领袖,率领何青鸿、魏豪和铁笛彭青、姚承钧,算是又一路,由铁牛堡西袭入。各路预备下火筒、绳梯、软索、破锁的家伙,背人的搭包,御敌的暗器。每一路上,全要有一个熟悉铁牛堡内部道路的人,作为向导;也必有一个武功精强的人,专为御敌断后;两个飞纵术高超的人,专为背救俘虏出险。只要背出堡外,便由那四个打接应的人迎接上前,以便接力代背。然后努力奔逃,只求渡到械斗场两交界的小河滨,就算成功了。

在这河边上由姚山村的人埋伏大队,表面装作守界值岗巡逻之兵,骨子里正是探堡十人的后援。却是这个大队也只有五六十人,只可在河边巡守,不能渡河的。因为敌人那边本有防备,双方械斗俨成敌国,这一道小河恰恰成了界河,双方都屯兵守夜,只能单人偷渡,不能大队公然涉河。你这边只要有较多的人数,过渡口越入敌界,敌人那边立刻知道对方要偷营夜战了,转瞬之间,烽火齐举,警笛连吹,全村全堡得到警耗,立刻亮出大队前来迎敌了。

因为有这等缘故,姚山村此次探堡,最多只能派十来个人,而且必须化装分路,还要声东击西。若想从堡东混入,必须派人先在堡西南诱敌。姚书绅和何正平、许延华等,把探堡人选任务议定之后,把诱敌的人也拨派好了。跟着计议入堡得手以后的步骤。

姚书绅——谆嘱众人:"我们此行既然志在救俘虏,示武威,进了堡之后,我们只可以搅扰敌人,惑乱敌人的军心,除非迫不得已,千万不要抢先伤人,更不可放火。要知道我们会放火,他们也会报复咱们的。我们这次探堡,只算是报复之师,因为他们无故来刺探我们村内,所以我们才投桃报李,还他们一下。我们只略略示意,适可而止,不要变本加厉。况且一把无情火,固然足以泄愤,却势必毁害了良家。"谆嘱至再,成行的十个人全都表示同意。

却还有一事未妥,西路首领,大家推举了连珠箭何正平;何正平自以年长,本有允意。偏偏看见那个邹桐年,向铁笛彭青微微示意,背着身子,指着何老,意思之间,有点不放心,或者简直说,有点不服。

何老久涉江湖,闭着眼也能看出人的心意来,何况他们嘀嘀咕咕的样子,已然明白了。何正平把伛偻的老腰一直,抢到众人当中,大声地说话,敬谢不敏:"古董越老越值钱,人要老了,就完了。"他向大众普遍地逊让了一遍,随后单盯住居停主人,话却向大家说:"诸位不要因为我痴长几岁,就这么抬举我,我无奈是抬不起来的人物了。诸位仁兄请看……"往前走几步,往后退了几步,笑着说:"我不配做诸位的先导了。我这样一瘸一拐的,有谁扶着我走才对劲,我哪能抢头阵呢?姚大哥,你另举吧。"

果然何老步行起来,一瘸一点的。姚书绅道:"何老前辈,不要客气吧。你的飞纵术,江湖闻名。"何跛道:"你说的那是先前。"

姚书绅道:"你走着瘸,跳起来却高,算了吧,何老前辈。况且探堡的事,最要紧还是随机应变,搜牢救友,动的是心眼,手脚倒在其次。"

那许延华也帮着劝道:"我都不推辞,何老前辈更要从实吧!"一词群劝,磨翻良久,邹桐年见何老直拿眼睃他,他也觉出不得劲来,和铁笛彭青一齐凑近劝驾。何老只是笑,仍无允意。

魏豪最心急,忙绕过来,向众人道:"我三哥不仅是客气,情实他上了年纪,叫他打头阵冲锋,我也不放心。这样办吧,我小弟可以从旁替我三哥效劳。三哥也无须再推,诸位也不必再议了。"

这样,就算定局了,宴罢茶来,一面调派,一面商议细节,一面等候时间。耗到二更将近,十四个人结束停当,各藏好兵刃。何青鸿自然紧随她父,通身换了女子夜行衣,头扎青绢包头。足登铁尖软底窄靴。另备男长袍、男冠、男履,打做一个小包,背在背后。别人的打扮也一样通通夜行衣,背行囊。

这时月色昏沉,山风振振作响。何正平已将铁牛堡往来的通路一一问明,随即告便,站起身来,走到外面,仰头观望天星。众人也都相率跟随出来,何正平又请姚书绅陪伴,走上瞭望台,看看四面的形势。此时银河耿耿横空,无数星群闪闪睒眼。

何正平倒背着手,纵目前瞻俯窥,向魏豪道:"七弟你看,下半夜必有月亮,这得紧赶,时候恐怕是到了。"一抬手一指,对姚书绅道:"那道黑压压的那一大片,可就是铁牛堡吗?"

许延华答道:"你老指的那边,过了铁牛堡了。铁牛堡就在这边,离我们这里不过二十里。"

大家都站在台上，纵目瞻望，天色太暗，只辨出一块块的黑和一条条的灰。何青鸿年少眼尖，可是她任什么也看不出来。她说道："我们该走了吧，你老看什么？我看你老任什么也看不见。"何正平呵呵地笑了，说道："糊涂闺女，你给你爹泄底，你知道我看的是什么？是看方向，是看远近？"说得魏豪也笑了。

　　在这黑成堆的村庄远影，和灰成线的道路远影之外，还有一条曲折迂回的亮灰线，那正是织女河，三面环绕着姚山村和几处邻村；水道略似弓形，比弓更多几道小弯。姚山村就在弓弯里，铁牛堡却在弓背外了。何正平很细心地指东问西，铁笛彭青、邹桐年之流，都暗笑他瞎看瞎问。跟着走下瞭望台，何正平请教彭青、许延华："我们到了该走的时候吧？"

　　姚书绅道："现在还差一刻不到二更，何老前辈请进客厅再喝一会茶吧。"

　　摩云鹏魏豪插言说："不然，我们三哥说得很对，我们得赶紧走。我们这里距铁牛堡固然不甚远，可是我们偷渡关卡，步步闪绕，恐怕也得费一个更次，才能到地方。此刻动身，正好是不到三更，就进了铁牛堡。不到四更，就可以往回返。这样我们才有半个更次，能够做活，似乎稍微紧迫些，可也不能太提前。现在走正好，再晚了，天一亮，我们去能去，回可回不来了。"

　　大家听了，齐夸一声："你说得很对。走，我们这就动身。"

　　姚书绅忙道："既然如此，我先传知他们一声。"立即派出一个人，先一步通知本村各卡，仍不明讲，只说随后有几个人要下山，也许过河；又把那一小队管策应的乡团，也关照了，叫他们如时发动。于是，两路探堡壮士，九男一女，由四个引路人当先开路，径走姚山村后山坡，姚书绅亲自送行。仆从人挑灯照着护送。

　　姚山村在起更之后，早就派出乡团巡逻守岗，并已发出口令。姚书绅送出一段路，这才把下半夜的口令，低声告诉了连珠箭何正平父女和摩云鹏魏豪,是上一字"承",下一字"平";问"承",答"平";问"平",答"承"。上一字管上半夜,下一字管下半夜;俨然有了军队的戒备气象。

村庄本建在半山腰,送过头道卡子,何正平拱手道:"姚兄请回。"姚书绅道:"请,请,我总得送到山根。我还得支派他们给你们几位打接应哩。"

于是又挑着灯笼,走到山脚下,这面前又要通过一道卡子。说是卡子,无非是一座板屋,两排拒马木栅,挑着一个气死风灯,有四个人乃至八个人,在那里分班值岗,走来走去巡风罢了。不能说他没设防也不能说他关防很严,他们究竟是百姓、乡团罢了。

但是何青鸿看了,却十分惊讶,低声问她父亲:"他们整天整夜总这样么?"

何正平道:"糊涂闺女,这个你又觉得稀罕了?我告诉你,咱们这里是这样,他们铁牛堡那边更是这样,恐怕比这里还要紧一层哩。你一定要跟着我,你有本领,当着这些人,又点着灯笼,你可能偷闯得过去吗?"

十数人且说且走,何青鸿连忙说:"爹爹,您等一等,让我闯一闯看。我闯一闯,您瞧着。"很着急地讲着话,立刻抽出兵刃,摘下肩头挂的弹弓,悄悄蹑足斜趋关卡。

卡子旁搭盖着那么一座柴棚板屋。因为地当关要,这里总是八个岗。却散列开,在板屋中歇班的四个人,正在卡子附近潜伏的四个人。何青鸿姑娘看了看前后左右,四个暗岗被她发现了三个,都蹲坐在暗隅黑影中呢。前仰后合的,拉着兵刃,大概被凉风一吹,犯起困来。倒是板屋中的四个歇班的乡团,正在里面聚赌,无非是竹牌顶牛、推牌九,"长三""大天",闹得正欢。何青鸿精神跃跃然,借物障身。嗖的一蹿,又嗖的一蹿,把弹弓扣上了弹丸。她要先声击灭当路的一盏灯,然后摸黑影一跳,便可以跳过了拒马。

刚刚嗖的一声,同时听见黑影中喝了一声:"谁呀?口令?"跟着啪的一声,连珠箭何正平登时哧然一声轻笑,乡团首领姚书绅同时"哼"的一声冷笑。面前顿然一黑,何青鸿姑娘一掠而过,从拦路木栅上面飞蹿过去。木栅有一丈来高。

板屋中推牌九的守岗乡兵,哗然抢出来,问道:"什么事,什么事?灯怎么会灭了?"一迭声地发问。那个伏在暗隅的乡兵,首先发觉何青鸿的情形可疑,既问之不答,又张弓硬闯。灯光一灭,他登时大喊起来:"快快,伙伴们,进来人了,进来奸细了,拦住他,放箭,放箭!"其余暗隅中的人也都蹿起来乱喊:"什么人,什么人?站住,口令!"可是何青鸿早格的一声娇笑,如飞地越过了木栅,如飞地抢奔出山口了。

八个岗兵要鸣锣纠众,姚承钧连忙阻住。姚书绅很恼怒,厉声斥责八个人:"亏了这是自己人,试探你们的,若真是敌人,还不是愿来就来,愿去就去么?你们就知道瞎嚷,哼,还耍钱!"痛痛训斥了一大顿。八个岗兵面面相觑,方才明白,这是自己人偷渡关卡,特为考查他们勤惰的。

姚书绅吩咐他们重新点上灯,加紧戒备,再不许疏忽了。虽然这样说,他心中怏怏不乐,想到这八个人如此不尽心,别人也就可想而知。

连珠箭何正平暗地欢喜,看见女儿身手毕竟利落,虽然终不免被岗兵发觉,可是她到底闯过去了,看来她胆力是有的,机警够用的,功夫也算拿得出去。他见姚书绅兀自盛怒,忙大笑着安慰道:"姚仁兄,你无须过虑,你要看事看两面。你瞧着他们哥儿八个似乎疏虞一点。可是由这一来,我们去到铁牛堡探险救友,不也就如入无人之地了么?咱们的人疏忽,他们的人必然也疏忽。咱们能够闯过咱们自己的卡子,咱们一定能够闯过敌人的卡子。得了,可以预计,我们这一趟,一定是马到成功。"说着,哈哈地大笑。

那何青鸿自然十分得意,把弓重搭好,说道:"爹爹,怎么样?"

众人见了这情形,方才深信何老果然名下无虚,他女儿既然有这么好的功夫,正是将门出虎女。大家不住口地盛赞何青鸿姑娘,倒把她赞得忸怩起来。

并且何正平的话说得很俏皮,尤其是触景生情,由于自己卡子的疏忽,推论到此去探堡必获成功。众人欣欣然都有喜色道:"不错,不错,卡子好闯。"

姚书绅也就改嗔为喜,把八个人再诫饬一顿,又吩咐众人,把刚才的情形,通传各处关卡,一体小心戒备,万勿疏忽,尤其不许值岗之时为破睡而聚赌。跟着把那支策应兵也调遣好了,然后正式告别,预祝成功。他向十四个人一一拱手道:"诸位仁兄,受累偏劳吧,请多多保重,不要贪功。请看事做事,要提防他们的暗箭和陷坑。"

十四个英雄把精神一提,眼向前途一扫,用沉重的语调,低声齐说:"会头放心,您擎好吧!我们这一去,多少带点东西回来。又有何老英雄父女帮着我们,一定马到成功的!"相对抱拳分手;十四个人立即衔枚疾走,大宽转,绕奔织女河支流。

十四个人约定,要在渡过织女河支流之后,再行分路入堡。他们预备得很好,在这支流浅滩前后,尽是些苇丛杨柳,起伏掩映。四个引路人火速地搭架摆渡。

这只是小小的一只木筏,预先备好,停在小溪这边;用时可先遣人泅水过去,用绳子牵引。把木筏拽到彼岸,再拽转来,以免被敌人利用。筏上只能对付着坐三四个人,且须趴伏着,四个引路人先渡过去,往四面急急搜寻了一回,居然没发现敌踪,跟着便来引渡大众。

由姚山村奔铁牛堡,本有三四处岔道,中间还有六七座村落,就如棋盘上的黑子似的,错错落落夹在两个强大村庄械斗场中间。这些小村落,大抵人少村贫,势力寡弱,对这械斗的双方都不敢作左右袒。他们两家每一械斗,这些小村便受扰害,最觉着不便是一出一入,不能自由。两边的卡子往往横堵咽喉,下在这些小村出入路口边上,小村居民单身出入,全被鲍、姚两家的乡团检查盘诘,他们都是安善村民,竟没法子抵抗。

现在连珠箭何正平等所要偷渡之处,正当织女河支岔一处浅滩边上,距离姚山村,是往后退绕出三四里地,恰当双方械斗场的界外,是最远最僻的一个所在。浅滩上丛生着芦苇杂草,颇宜于偷渡。本来在此地,也曾设过卡子,但因双方械斗,相持之日过久,渐渐地耗得不耐烦了,双方相率把不甚重要的卡子渐渐撤回,纵然不时派人巡视,究竟留下空隙,姚山村便决计由此乘虚而入。按路线说,一往一返,却已经绕出七八里地了。

引路人用小木筏偷渡浅滩,十四个人全都悄悄地过去,敌人那边果然神不知、鬼不觉。头一个觉着诧异的,便是何青鸿姑娘,张目四望,远近寂然无声,低声对她父说:"偷营就这样容易?"

魏豪笑道:"这只算刚走出自己家门;你再往前闯,你再看。"何正平道:"禁声!"

许延华在黑影中说:"姑娘的胆气真好,你一点也不害怕。"何青鸿道:"您叫我怕什么?"许延华道:"人家男子还有怕黑的啦!"

何青鸿笑了一声,何正平又重禁止道:"别言语。"

于是留下一个引路人,在这里看守木筏渡口,其余的人立即绕着浅溪,钻入前面的荒林,衔枚疾走,转瞬走出林外。

这树林正是纪宏泽遇见铁牛堡的人上当的那地方。前后土岗起伏,丛草丛树颇多,众人择径深入,曲折而行,由河滩起,又已走出六七里,仍未发现铁牛堡卡子。各人都不言语,只侧目瞻前顾后,提防着黑影中的埋伏。

何青鸿姑娘乍试身手,走得很加劲,展双眸东张西望。又走了一程,方才觉出他们走的方向,乃走先退后绕再往前转。她不禁又说道:"怪不得没有埋伏,我们还没有走到敌人地界以内呢。"

魏豪、姚承钧齐说:"不,不,这已然到达他们的势力圈了。河那边才是姚山村的阵地,刚才那小河就是界河。"

约莫又走了七八里地,迎面有一片浓影,像是村落。引路人远远站住,众人也陆续站住。姚承钧低告许延华、何正平说:"前面是个小村,乃是铁牛堡的头道卡子。要是绕过去,得多走一二里地。若是不绕,我们得偷闯。"

何正平道:"前面是怎么样的卡子,叫什么地名?"回答道:"这地方叫作马坊村,村中有座小铺,铁牛堡的人大概跟开铺的林老头沾亲,听说他们在那小铺里安放着三四个岗。究竟我们是躲过去,还是闯过去?"

何正平问许延华。许延华说道:"只不过多绕一二里地,就走过去了,我们不必在这头道卡子上,打草惊蛇。"大家也都说:"对!我们绕。"立刻由引路人钻入道旁禾田,斜岔过去。

但是,只岔出二三里地,前面又有村庄,地当冲要,如欲直赴铁牛堡,必须掠村而过,引路人又请问连珠箭何正平。何正平先仰望天星,次遥瞻前路,旋又盘算时候,然后对许延华道:"我们要是再绕,得绕出多远?"

铁笛彭青从旁答道:"须绕出七八里地。"何正平道:"不好,不好,再这么绕远,恐怕我们回来的时候不够了。这似乎得闯。"大家全说:"闯,我们穿村硬闯。"

这村庄叫柴家坡。这道卡子,大约敌人傍着村口,安放着四五个人,还搭着窝铺。摩云鹏魏豪说:"我们就是闯,也是以偷渡为妙。"大家也都以为然,一齐伏身用力,展开夜行术,嗖嗖地往前蹿。村前农田还有晚成的庄稼,没有收割,十几个人一道线似的钻入禾田,依然由引路人当先开道,许、何两个首领持兵刃断后。

这道卡子据白天刺探的所得情报,原说是约有四五个人,此刻入夜之后,也不知是全撤回去了,还是在窝铺睡熟了;他们这些人居然平安渡过,连村中的狗都没有惊吠。十几个人,内中也有三四个初试偷渡关津的滋味,握着暗器,提着兵刃,本预备敌人惊觉,立即袭攻;多半提精会神,心情紧张,料到必有一斗。并且秘商着,敌人只要喊,就把他掩捕住,捆臂塞口,不叫他惊动后方。哪知白使了一回劲,反倒没事。于是他们又觉着高兴,又觉着失望。只有何、魏与许延华几个有老经验,还都淡然置之。

跟着又闯过一道卡子,连前共闯过三道子,何正平一面脚下加紧,一面问女儿:"青儿,怎么样,累不累?"何青鸿一点不觉累,更觉有趣。但是他们的人却减少了,每过一道重要卡子,必将引路人留下一个,作为巡风转信之用,现在深入已经十六七里,四个引路人全都留在半路了。只剩下他们九男一女,续往前进。又走了三五里,铁牛堡已在面前不远,这十个人按原定计划,立即分开。

连珠箭何正平父女、魏豪、铁笛彭青、姚承钧,这五个人,趋奔堡东。许延华、许少华、邹桐年、董俊千、姚承权,这五个人趋奔堡西。引路人既都留在半路,那么做向导的,只恃姚承钧、姚承权兄弟二人。

在分途之前,九男一女望堡止步。环顾四面的形势,据二姚说,再往前走,只隔一个小村,便是铁牛堡。现在置身处,已算达到敌人腹心要地。可是四面并没有瞥见敌人埋伏,只隐隐望见铁牛堡附近,偶有星星火火,在旷野闪烁,既不闻人声,也不闻犬吠。大家聚神远望,都不免心滋疑猜:"敌人竟会这么疏忽么?"尤其姚山村的人,互相低语道:"难道他们比我们还大意不成?"

这里面只有魏豪心中潜笑,暗道:"你们也够大意的,我一连数日,连进你们姚山村也是如入无人之地。"他们还自觉偷渡的本领高强,魏豪却已料到,他们双方械斗太久,日久就人心疲怠,纵然层层设卡,可是昼夜不闭眼,一味死守,任谁也做不到。老虎也有眨眼的时候,何况铁牛堡、姚山村的人,全不能一味械斗,白昼仍要照常生活。

这九男一女小心而又小心,把铁牛堡的地势看而又看,挑出两股道,认为可以偷渡,立即分开了。个个暗道一声珍重,霍然分开,各往前再闯。五个人往东,五个人往西,先越过小村。这小村便是金慧容引诱纪宏泽偕逃投宿之所。跟着分途再往前进。忽然间,小村中出现了一条人影。这人影正是铁牛堡守卡的一个乡团。

第二十六章

父女仗义探贼穴

这乡团大概首先瞥见了许延华他们那一拨的人影。随后一扭头,似又瞥见连珠箭。这个乡团登时喊了一声。

许延华的路线近,已然越过这小村,突闻呼声,立刻率四个同伴,一头钻入路旁矮林中。

连珠箭何正平的路线远,刚刚率侣斜绕到小村东边,突然发现村口人影一闪,他急忙发出暗号,挺身一蹲,蹲到旁边一棵大树下。其余四个人也急急藏起来,有的上树,有的藏在土坡后,有的无处可躲,半躺在地上。

天色昏黑,这守卡的乡团名叫鲍三旺,连声喊问口号,东西两面全不见回答。

鲍三旺立即缩身回去,叫齐了同伴,一共六个人,提刀矛、火筒,吆喊着重寻过来。只这一只火筒,西边照了一照,东边照了一照,竟没有照见人踪。鲍三旺乃是守卡的头儿,忙督促五个同伴,到两边树林细搜,绕林转了两圈,一无所得,抽身回来,又扑到东边。却不知东边的人已然挪了地方,他应该分开人,两面齐搜,鲍三旺却恐敌暗己明,吃了大亏,这么稍一持重,许延华引领同伴,已然蛇行而去。连珠箭何正平所遇的地势不利,仅仅挪开,仍不能离开;他便急引同伴,反倒冒

险袭入小村。鲍三旺在前村口寻找,他们从后村口溜入村内。

鲍三旺还要过细重搜,他的同伴都以为他眼迷离了,对他说道:"咱们不要虚惊虚诈了,也许是邻村的人,也许是过路的人,就是姚山村的奸细真敢闯来,那简直是送死。"

六个守卡的乡团又虚喊了一阵,又重绕了一圈,到底丢开了。几个人仍回板屋,斗起竹牌来。却不知连珠箭何正平五个人,恰恰偷伏在板屋之后,要偷听他们谈话,刺取堡中的消息。

何正平一条腿虽跛,飞纵术施展开来,毫不见减色。掠空一跃,蜻蜓三点水,半点声音不闻,便由藏身处,蹿到板屋后面,值班的人竟没有觉察。那铁笛彭青也掠空一蹿,袭入小村,隐藏在人家房舍后。何青鸿和魏豪,也都觅好了障身处,相继往前,深入一步。姚承钧稍稍落后,可也躲过了敌人的灯光,斜绕到小村一个僻角落。于是五个人先后闯过这一关,暂不前进,先偷听动静。

板屋中的人漫不加察,照样呼幺喝六,重新热闹起来,却是谁也不谈械斗,一味纵赌。

连珠箭何正平在板屋后窗听了一会儿,一无所得。仰头一看,屋后有树,悄悄攀上去,展目四望,只有彭青离开最近,何青鸿反倒隔在那边。何正平急急做了一个手势,往东一指。彭青也正张目四寻,见状也做了一个手势,照样关照别人。一霎时,五个人互相知会,默喻无言。却是板屋外边还有两个岗,五个同伴不约而同,各走各路,一律改为蛇行,贴墙根,走黑影,从村后绕行,袭入禾田。

众人仍旧是何正平打头阵,何青鸿紧钉上去,五个人散为三拨。何氏父女当前,姚承钧是向导,反而落后,魏豪与彭青倒成了断后之兵。越过禾田,闯过这道卡子立刻脚下加紧,直抢铁牛堡东围墙,一眨眼,到了壕沟边。堡墙上有更道,更道上有巡逻,堡棚门加大锁,门里边有灯光,何正平到了这时,当仁不让,默揣形势,奋勇抢先。他认为该这样走,他就首先这样走;认为该么避,就首先那么避,其余四人衔枚相随。彭青这时觉得十分钦佩,何老腿虽跛,眼力很准,武功更精深。

连珠箭何正平已到壕边,又往后退,先择隐身处,略避一避;等候伙伴来齐,他又一指墙围,东面偏南,似乎偷袭较易。五个人只略缓了缓精神,立即蛇行急进,到得壕边,齐逞身手,用飞抓绳索,硬往堡墙上蹿。

那一边许延华也是这样,许延华、姚承权开路,董俊千、许少华居中,邹桐年断后。但是这五人较比何正平一行,得着好地势,很容易地脱出卡子,风驰电掣,扑向前途。前途便是小林,小林过去,隔着一道土岗,曲折一绕,便是铁牛堡西面长墙。伫望长墙,有两股道摆在夜影中。一股大道,地当冲要,似乎暗影中有人把守;一股窄径,稍微绕远。许延华向四同伴打手势,决定要打窄径通过。

姚承权赶上来拦阻,据他说,窄径既远,又不好闯,那地势一夫当道,万夫难渡,乱草丛生,敌人更容易设埋伏,五个人穿行其间,怕遭暗算。

许延华微笑低说,大道太宽,白茫茫一片,五个人穿行其间,恐怕被堡墙上敌人望见,与其露行,不如涉险。于是许延华先扑过去了,四个人推他为领袖,当然随下来。这么一走,恰巧走得是纪宏泽、金慧容逃亡的先路。只过了半个更次,纪宏泽便逃到这里来了。

有土岗掩映,比较易行,五个人转眼来到坡前。众人还往前进,许延华道:"且慢。"命众人在此歇一歇,他要独自先去蹚道。

邹桐年笑道:"我们现在算是到了地头了,这就该进堡墙了。许老英雄你看,我们到底跑在那位跛英雄的前面了。我们赶快前进吧。"许延华笑道:"他们也不见得落后,我们也未必抢先。我们要紧的是,不要露形迹,不在乎快慢。"许少华道:"何老丈的武功也许很好,可是刚才闯卡子,他分明落在咱们后边了。"

许延华道:"你不要小觑人,你年轻,不晓得连珠箭当年的盛名。"

遂嘱三人在坡后稍待,请姚承权偕同自己,往前蹚了一回,又登高一看。择定路线,叫过同伴来,说道:"我们从土坡南边走。"

他们立身处,正当堡西,许延华向众人拱手道:"这一入堡,大家举动务必要一致,要互相策应,千万不可争功。"约定之计,是入堡之后,直趋铁牛堡中心偏南小庙,在小庙那里,作为东西两路会师之所。一出一入,一聚一散,事先商量了一个大概,此番告诫,只是许延华怕邹桐年、许少华逞能罢了。

许延华抖擞精神,和姚承权斜趋西南,一路如入无人之境,很快地到达围墙外土壕边。堡围上隐约都有浮光,猜知内部必有灯光。许延华巡墙半转,情知堡上颇有戒备,这只有冒险硬袭了。择而又择,择定一个地段,认为可闯,立即与姚承权当先而上;若有物障身,便疾驰猛进,若逢坦平大路,便不惜蛇行匍匐。这样一步一趋,立即到了堡墙根,又恰好是金慧容、纪宏泽闯出来的那条路,正是那个围墙破缺处,堆着好多砖,要修筑还未动工。结果,这地方便成了金、纪的逃亡口,又同时成了许、邹的袭入口,同时同地,各不相谋,只差半个更次。

这时正当三更左右,许延华五个人很容易地袭进铁牛堡墙,许延华先跳入,姚承权继跳入,其余三人也跟踪而入。

可惜人数稍多,多则显形,末后两个人竟被堡中巡逻人发现。却没有看真,只瞥见人影一闪,堡中巡逻有三个人正在墙头更道上,人由外面袭入,他们没有留神,直到跳进墙,才听见微微地扑登一响。巡逻的人急急寻声,提灯广照,许延华、姚承权已然深入,董俊千也已掩藏过去,独有许少华一股急劲,慌忙贴地一躺,平躺睡在地面上,假装地皮一声不响。邹桐年也措手不及,赶紧往墙根一贴。两个人一样的心思,打算蒙混过去。

巡逻的人不大容易受骗,竟巡过来,居高下瞭,先看墙外,再寻墙内。正值午夜昏黑,对面不见手掌。这三个巡逻人忙在堡墙更道上喝问:"谁呀?口令!"当然没人搭腔,三个人不放心,就寻便道,走下平地,把灯火挑着,且走且照,且寻且问。认不准方向,先往北一照,又往前一照,更往东一照。终于照到许少华、邹桐年潜伏所在了。

许少华一见不得了,本来躺在地上,看灯光一晃一晃,渐到身边,再不设法,就要被敌人当面寻出。他顾不得许多,挺身一跃而起,伏腰急蹿,往黑影中一扑,弯腰急走,投入小巷,从远处望,好似惊突骇奔的狗。

但巡逻的人不肯放松,就便是真狗,也要追过来看看。越发地逐影随声,直追过来。

许少华已然奔入小巷,他算脱过去了。邹桐年贴住墙根装鬼影,再想躲更来不及,他距离敌人更近。邹桐年万分无奈,把手一抬,扑的一声,把巡逻的灯打灭,拔腿就跑,立刻也奔入小巷。

这样他们的形迹竟已败露。巡逻的人大惊大喊,火速地传暗号,通知同伴。说是看见一个人影,越堡墙进来。堡中值夜班的人立刻调出十几个人,大搜起来。

堡中人由这破墙搜起,探堡人已然合在一起,也急往堡的深处搜起来。自然,堡中人是搜谍寻仇,探堡的人却是搜俘寻伴。

许延华驰入小巷,回头一望,直等到许少华、邹桐年先后赶到,顾不得抱怨他们,急急一招手,当先率领着,直扑堡南,寻找小庙。他们专逐黑影狂奔,堡中人却穿大道传呼不已。姚承权地理熟,许延华紧催着,曲折寻绕,一面寻庙,一面躲着堡中人,终于找到了约定地点,那座小庙。

许延华飞踪当先,直到小庙前。黑影中,突然发出一道劲风。许延华一闪身,黑影中跳出一人,彼此齐往旁退闪,急打招呼。对面黑影中继续跳出两个人,后面邹桐年、许少华等也先后赶到。双方抵面,邹桐年心中一惊,原来人家何跛子已然悄没声地先进来了;并且登房越脊爬墙登高,十分地活跃,十分地灵巧,并且人家一行五人,悄没声地袭进堡来,而没有惊动敌人。那个女孩子何青鸿,居然也很不弱,人家照样也能登房越脊,和自己不相上下。

两路探堡的人刚一对面,立即往一块凑。凑到一处,立即往黑影中藏,然后急急查点人数,十个人一个不短。同时互相招呼:"你们闯得怎么样?惊动堡中人没有?露了形迹没有?"回答说:"还好,我们没有,你们怎么样?"

"我们么?"邹桐年说出口来,实在有点惭愧,又不能不说,刚才坷坷地说出半句话,许延华忙代答道:"我们闯得不好,我们的行踪,恐怕叫他们瞥见了。"铁笛彭青道:"呀,他们缀下来了?"立即张目四顾。许少华接声道:"他们只瞥见我们一个人,还是半信半疑,大概此刻把他们甩开了。"

其实瞥见一个人影,也是露了迹。连珠箭何正平安慰道:"他们至今没有缀下来,想必不要紧。这是没法子的事,十个人一块往里闯,哪能保得住不露形,我们这边也是差一点。不过我们这路赶巧了,好像他们把守得松一点,现在我们动手吧。"

这工夫堡中已听警笛之声,继续发动,堡中人也似乎正在奔驰传信,实在是已深入虎穴刻不容缓,应该赶紧动手。两拨人豁然重新分开,专钻黑影,各走各路,各办各事。

许延华一行五人,专搜囚禁俘房之所。只要发现囚牢,便即动手搭救。连珠箭何正平一行五人,一样也搜囚牢,按预定之计,却先绕一步,搜寻鲍家四虎的住宅,刺探口风,一面寻找纪宏泽的下落,一面还要密寻一个熟人,名叫顾金林的,本在堡中帮拳,何跛子要找他替双方和解。

两拨人展开探堡的路线。这一边,姚承权当先开路,从黑影中辨认高低起伏的宅院,指示宽窄不等的巷路,何处可行,何处当避,何处住着何人。许延华和许少华叔侄二人,就一左一右,在旁潜缀,要躲避铁牛堡的守夜人,要立即找出囚牢来。邹桐年和董俊千这师兄弟二人,就一前一后,登高瞭望。五个人分三堆火速地排搜。上面要提防铁牛堡的更楼瞭望台,迎头、背后、侧面,要顾忌着堡中的埋伏卡子。

他们人人精神抖擞,要争功,要抢先,不要叫何跛子夺了头功,方才保住自己的体面。邹、董二人更格外较劲,倒是许延华视不胜如胜,只盘算着救人之法,窥察着眼前之险,无心争胜,志在成功。于是眨眼间,穿行数道小巷,越过数道十字路的夜班守岗卒,把全堡勘履了四分之一,却仍未能发现囚牢的所在。许延华仰面一看,改计而行,叫邹、董二人在平地走,他自己伴同姚承权,登高瞭望,要从各院落灯光影里发现囚牢。囚牢没寻见,他们改计,一径向鲍家四虎的本宅搜勘过去。

那一边,何正平和何青鸿父女做一拨,魏豪和铁笛彭青做一拨,由姚承钧开路,也深深地踏过铁牛堡的全面积的四分之一。他们误打误撞,竟把囚牢发现了。

铁牛堡围墙内外的建筑形势,本来瞒不了姚承权、姚承钧兄弟,他们姚山村和铁牛堡,本是好几百年的老邻旧居,自然谁也瞒不了谁。双方械斗一起,谁都做到知敌知己的地步,他们把敌方内部的布置,加以推测、观察,全给绘出地图来,夜袭潜探,不难按图索骥。他们所不知所欲探者,只有囚牢所在地,和发号施令的大本营。但是大本营一定是在该村该堡首脑人物的本宅,再不然便在该村该堡的公议所,公议所不是借村塾,就是借庙宇。许延华寻不着囚俘之所,就一直扑奔鲍家四虎的老宅去了。

连珠箭何正平一行,由姚承钧引导,通过两条小巷,便发觉姚承钧这人,武功也许不错,可是飞檐走壁、涉险趋避之术似乎太差。迎面遇上堡中巡逻人,他竟险些躲避不开。还有何青鸿,飞纵之术很精,却是防敌的机智,仍然还缺乏实地经验,有时似乎太大胆,太大意了。本来是由姚承钧当先开路,由魏豪、彭青登高瞭望,由何氏父女跟随姚承钧,踏平地前闯。由这个墙隅,猛然一蹿,到那个墙隅,听一听,看一看,再往前蹿。再由这条小巷,奔向那条小巷,这一个人闯过去,安然无事,另一个人再跟了过去。如此一步一探,虽然显着慢,却很吃稳。

这样走过两三条小巷,斜吊角趋向鲍家四虎的老宅,连转了几个圈,姚承钧立在墙后,要往外钻,被何老飞跃上前,把他拖住。跟着何青鸿也蹿过来,也要往外钻,被何老一把一个,将二人拦住,低喝道:"前面有人!"急急往后退,就近跃上临街的墙头。

果然工夫不大,便见隔巷有四五个人,提着灯笼,绕寻过来。却幸人已避开,未被瞥见。姚承钧心中纳闷,前面一点响动没有。何跛怎会晓得隔巷有人?却不知何正平隔着街,望见天空浮着淡淡的灯影微光,故此先行躲开。眼见这四五个人提灯提棒,急急走过去,好像是查街。他们五个人,此时全都上了房,似听见过去的几个人,一面讲究,一面急行。

何正平向魏豪一摆手,意思是跟缀过去听听。铁笛彭青早已悄悄地由房脊上一滑而下,先一步跟缀下去。他也见到这一层,要从堡中的人口内,获得敌情。

这四五个人只顾讲话,举步疾走,竟不知背后暗被人缀上。铁笛彭青手脚轻灵,贴墙根缀。何青鸿跃跃欲动,也要跟下去了,被何老一把抓住,低告道:"有一个人跟下去,足够了。我们千万不要扎疙瘩,要分散开,分头行事。"仍烦姚承钧指示前进之道,何老带女儿亲自开路,叫摩云鹏魏豪独自瞭高。

两个人走平地,两个人走房顶。走平地的一步一停,忽蹿忽伏,走房顶的完全伏腰蛇行而进。正走处,忽然听见前途黑影中,一人断喝道:"快追,是他!"蓦地涌现出十几个人,分持刀枪,好像从一个大门钻出来,立刻由东往西奔去。

何正平微微后退,蹲在墙角,侧耳倾听。只听见乱嚷,不知是追谁。心中却想:许延华恐怕要栽跟头!

何青鸿也学她父,蹲在另一墙角,她倒是不害怕,紧随她父,深入敌境,只觉得十分紧张,却是觉着眼睛不够用,身藏此处,时时顾虑背后身旁的黑影,怕受了暗箭。因此眼睛不够用,耳朵也不够用。东张西望,没有她父那么闲闲像没事人似的,满不在意,却又十分当心。她这才钦服她父,没有老糊涂,到底比自己强得多。少年人是往往看不起老朽的,何姑娘也照样。躲过这一阵,何正平暗打招呼,催众续往前进。何青鸿、姚承钧忽生戒心,说:"彭青也许叫这十几个人碰上,就坏了,我们找他吧。"

何老笑道:"那一来一定有大动静,你们放心,我看彭兄很有两下的。我们走我们的,他自然会寻来。"正在低议,摩云鹏魏豪突然嘘唇微啸。三个人立刻噤声,各觅藏身之处,嗖的一声,这个一蹿,刷的一声,那个一跳,三个人全散开了。

何正平仰面寻着,魏豪向他点手。何正平急忙叫何青鸿不要妄动,他自己张目四望,黑影中没有异样,赶紧脚下一点,嗖的上了房,直寻到魏豪隐身处。

魏豪忙往隔巷一指,连珠箭随手望去,隔巷有一所三进的四合房,恰当对面,本来院内漆黑,不闻人声。此时,忽然听得哗啦一响,跟着见四合房中层小院的北正房,窗纸骤然通明,这当然是屋中人忽然点起灯火了。

连珠箭何正平和摩云鹏魏豪,两人立在这边小巷的短墙上,恰借房山墙遮住身体,只探出头来,从侧面往隔街小院窥视。稍过片刻,小院正房堂屋门扇忽然大开,从屋中走出一个人影。此时正当深夜,星斗无光,只恃这隔窗的灯透露微光,辨出人影。这人影直走到庭院心,打圈一转,好像侧耳听什么,仰面看什么。

旋见这人影一蹿,直扑街门,却又不开门,仿佛摸了摸门闩,立即抽身蹿回,重返入正房。在这正房中,鼓鼓捣捣,似有所为,映着纸窗,人影晃来晃去,由一个人影变成两个。跟着听见堂房屋门加闩之声。

连珠箭何正平、摩云鹏魏豪一齐看呆了,不知此人和自己探堡之事,有无利害关联。进前欲观究竟,又恐徒劳,害时误事。何正平低声道:"这个……"魏豪道:"三哥既然不放心,索性过去看看。"还未说完,何青鸿、彭青忍耐不住,先后跃上墙来,问道:"你老二位看见什么了?"

就在这工夫,突然间那正房灯光骤灭,从后窗飞跃出一条人影,箭似的上了后墙,蹿封房顶,面向南一张,箭似的掠下平地,奔向西南,急驰而去。身法骏快,手足矫捷,是个大行家,是堡中人,也许不是堡中人,是……到底是谁呢?

何正平、魏豪并头低声打算,要追过去掩捕这人,由这人口中,探取俘房所在,和纪宏泽的下落、顾金林的住处。何青鸿心性很急,忙说道:"不管这人是谁,我们应该分一个人缀下他去。"

铁笛彭青插言道:"我陪姑娘。"施展身手,往平地一跳。何正平要想拦阻,已来不及。何青鸿不叫彭青抢先,她双臂一振,飞鸟一般刷地掠到平地,如飞地抄了过去。

连珠箭何正平勃然动怒,目视彭青,忿指着何青鸿。魏豪忙道:"这也是正办。三哥,他们年轻人莽撞,我们快下去。"

何正平心中极其不悦,尤其不满意铁笛彭青,又恨女儿不听话。魏豪催促他快下,他不得已,一侧身,跳下房,和魏豪、姚承钧跟追下去。何青鸿、彭青已然奔出很远,盯定前行人影,相隔半箭地,紧紧追下去。

五个人分成两串,嗖嗖地紧缀前行人影,前行人影循墙急驰,连穿过数道小巷窄径,紧跟着又越过一条横街。前行人影横穿大街,又没入另一小巷。

何氏父女追到这里,忽听横街转角处,传过来奔驰践踏之声。何正平急急噱唇作声,何青鸿回头略一打愣,不往回退仍往前赶。果然践踏声中,灯光射过来,从转角涌现出几个人。何正平忙一缩身,退藏在街这边,努目瞪着街那边。那边的何青鸿已然听到了,慌不迭地往附近邻房上一蹿,簌簌地坠下土来,彭青也一蹿,藏起身形。转角处的成拨来人已然飞奔到来,一个跟一个,数一数整六个人。

连珠箭何正平几乎气破肚皮,目瞪着何青鸿手忙脚乱的样子,恨不得过去训她一顿。

这拨人直通过横街,且奔且语。一个人说:"总得报一下",一个人说:"那当然"。一个又说:"你真看见了么?"一个答说:"真看见了,我还谎报不成?"

又一个说:"快走快走。报是总得报,可得说话小心,别再像上次,只顾夸功,反叫会头训了一顿,说是虚张声势,惑乱军心。"

六个人风卷浓云似的,走尽横街,没入黑影。何正平目送背影,猜测去向。姚承钧凑上来,低声通告道:"他们是奔鲍家四虎的本宅。"这当然是闻惊驰报消息的堡中人了。这自然应该拨人跟缀。

何正平容得这拨人过去,疾向魏豪招手示意,要先赶过去,把女儿何青鸿唤回,不要再缀那单身人影了。但是何青鸿,好像跟铁笛彭青赛上了劲,报警之人才过,便翻身落地,和彭青一左一右,刷刷地急走起来。何、魏赶过去再看,她和他早已逐前影,一拐再拐,走没了影。

摩云鹏魏豪忙劝师兄:"三哥别着急,这单身人影也很该缀。这么办,我陪姚仁兄缀这六个报警的人,准可发现鲍家四虎的大本营、聚议厅,三哥快去追青侄女,我们还是在小庙附近接头。"

匆匆立议,刷地分开,五个人又分为两拨。摩云鹏魏豪和姚承钧一径潜蹑这拨报信的堡中人,果然缀出不多远,发现了鲍氏四虎的大本营,已不在四虎的本宅,现在他们的鲍氏家塾,俨然改成了他们的公议堂,也就正是纪宏泽陷堡受讯的那个所在。

连珠箭何正平,这跛足老人,就鼻孔生烟,胸膛冒火,恨恨不已地急追他的女儿。他的女儿何青鸿,与铁笛彭青,穷追单身人影,好像双雕追一孤雁。

那铁笛彭青,不知心中如何盘算,他倒要跟这十七八岁的武林姑娘搭伴赛跑,一面跑,一面抬头望望前行人影,又侧脸瞟瞟偕驰的女伴,脚下加劲,口中无言。

那何青鸿姑娘,有彭青陪伴着她,她一心好强,又不大乐意。她仍然颇有女孩子气,好胜,逞能,抢先,抓尖,却不愿与一个陌生男子做伴。她又不认识路,不愿追随她父和她的魏师叔,嫌他们拿自己当小孩,横来相干。她又不愿和姚承钧搭伴,嫌他太糙。挤来挤去,彭青自告奋勇,她只得和彭青同路。她一声不响,蹑足急追,前面人影若是跳上房,她立刻跳上房;人影若是奔到平地,她立刻跟到平地。

那条人影真也奇怪,好似堡中人,又不似堡中人,行踪怕人瞥见,又不甚怕人发现。一路急行,遇上了岗,有时径往前闯,有时又躲避,不肯明目张胆地通行过去,猜不透他弄的什么把戏;却已料到这人影决与自己不是同路,他绝不是刺探铁牛堡的夜行人,他绝不是堡外人。

这人影走起来,也忽紧忽慢,也东张西望,很小心,却有一节,只注意面前和两旁,毫不留神背后。好像他只怕前行有人拦挡,不怕后路被人追袭。

这人影细腰扎臂,十分轻灵,迫近了偷看他一眼,背后还带着刀剑,肋下还挂着镖弹囊。这人影一口气奔过两条小巷,前面有宽街,街心有岗,四个堡中人挑灯持枪棒。这人影往黑隅一退,当路踟蹰,欲前不前,似乎一面观望,一面思量。忽然低呻一声,不往前进,抽身往回急退。

何青鸿骤出不意,急忙敛迹,有些措手不及。铁笛彭青忙低声警告:"姑娘快俯腰。"眨眼间再看,那人影并非退回,只是一转弯,往斜刺里横行。略略绕远,避开卡子,刷的走上长道,飞奔起来。

转眼到一大院,这人影加倍小心起来,围着院墙踏了一遍,从后墙跳过去。院内漆黑,这人倾耳贴窗,连听了两处,忽又退出来,一直顺堡内街道,往东奔去。越奔越快,俄顷之间,竟到了铁牛堡的东面墙根。墙根外面,就是奔织女河码头的大路了。这人影却不上堡墙,因为堡墙上有值夜班的岗。只见他来往张望,忽寻得一棵树,"噢"的一声,走到树下,一径攀上去,猜想他定往堡外窥望。

何青鸿、铁笛彭青,到此全都疑惑起来,正不知这个孤身人影用意所在。互相知会一声,分别潜藏在暗处,看个究竟。

那人影旋由树上跳到平地,仍走小巷,穿土路,曲折而行,越走越快,于是前面有一道卡子,正当冲要。何青鸿暗揣此人必该躲避,不意他一直往前走。卡子横拦住四个人,这人影把手一挥,递口号,一径穿过去了。

铁笛彭青和何青鸿一样地诧异起来。但有一节,这人影悄递口号,已然闯过去了;他二人却不能,若是绕远,势必落后,若是硬闯,这四个守兵必炸庙,也不是办法。何青鸿没了主意,彷徨四顾,只有绕道一法了。她忙向彭青一指左侧,低言道:"这么绕,许走得过去。"

两个人溜墙根,往卡子视线以外走,忽见墙隅黑影一晃。铁笛彭青忙取出暗器来,何青鸿眼尖,忙拦住彭青,低声嘘气,说了一声:"喂,谁?"

黑影里"哼"了一声,何青鸿道:"是爹爹!"忙走过去,果然是连珠箭何正平,已然紧缀上他们了。他们只顾张望前头人影,竟疏忽了背后。

何正平也不言语,向女儿说了一个字:"来!"举步当先引导,曲折斜绕,多走了半箭地,才躲开十字街口这个卡子。再寻人影,又已无踪。何青鸿道:"爹爹,这怎么办?"何正平"哼"了一声,仍不还言,一直地取路紧走,俄顷间转过数条小巷。跃上临街民房,登高一望,居然在西南边发现了那条人影。

这人影扑奔一片密集的院落,到一大院附近,先跳到紧邻小房上,低头俯窥,左瞻右望,十分谨慎,随后飘身下来,绕奔大院后边。

何氏父女急急与铁笛彭青分开,一个把守左边,两个把守右边,据何正平推测,人影飘忽鬼祟,必有阴谋,就不是铁牛堡的外间,也必是内叛。他们伏伺的旁边，要等这人影干出他的密谋，他们就上前劫捕这个人影，审取他的口供。

何氏父女再测不出这人影就是飞来凤，就是纪宏泽的陌路情人，而纪宏泽，正是他们所要寻找的。偏偏魏豪不在此处，那么，他们即使是抵面相逢，也恐熟视难辨了。他们并不认得纪宏泽。

这个人影由左邻上房，悄悄掩入正院，正院正是鲍六原来居住的房子，鲍六房之庭院现在正是铁牛堡监禁俘虏之所，何老父女当然更不晓得。

这人影左右顾盼，骤然跳落院中。

何青鸿从右首照样缀过去，彭青从左首缀过去。何老居中指挥，登高巡风，这人影躲躲闪闪，溜溜失失，已入正院，旋复退回，改扑到正院东房后边夹道，伸指弹窗，窗内屋中就是纪宏泽。

就在这时，"螳螂捕蝉，黄雀在后"的夹当，许延华、许少华叔侄，恰也一路穷搜瞑索，摸到鲍六房附近了。

人影在东夹道敲窗，铁笛彭青、何青鸿各展身手，从邻院屋顶往下窥看。不知怎的，发出一点声响，人影骤然回头，骤然发出暗器。何青鸿一伏腰，本已躲过，可是她竟一顺手，还打出一件暗器。那人影正在掀窗，啪嗒一响，窗又合上；人影口中发出警报，立即一纵身，上了墙头。何青鸿手捏着暗器，藏在邻房上，铁笛彭青手提着兵刃，立在邻房对面房上。

这人影跃上墙头，抬眼寻敌，头一眼便瞥见彭青。只听低低"哼"了一声，这人影立展兵刃，飞追过来。人未到，手先扬，先打发一件暗器。铁笛彭青吃了一惊，再藏已来不及，忙一闪身，往邻院中一跳，口发呼哨，向何氏父女递信。人影立即追踪四望，也往邻院一跳。彭青忙又抽身，抢上另一墙头，人影火速地追上另一墙头。

何青鸿见到这情形，急将手中暗器一发，直向人影后背打去。那人影一晃肩膀，躲过暗器，回头看了一眼，一声不作，依然猛追彭青。

何青鸿精神一振,立即横截过去,她要抄追这人影。

她这举动是错了。连珠箭何正平在高处看见,慌忙跳过来,向女儿打一个手势,催她火速奔东夹道,叫她模仿刚才那人影的举动,再去弹窗。何青鸿并没有看清她父的手势,她竟一直追赶那个人影去。那人影就一直追赶彭青。他们三个人眨眼间,离开了鲍六房,扑到平地空场。于是彭青止步,人影止步,何青鸿也止步,三个人一声不响,打到一处,反把寻人救友的正务,丢到一旁。

连珠箭何正平拦住女儿,没有拦住,忙即抽身,亲来动手补救,由房上跳到东夹道侧面,把四面形势匆匆一望,急忙跳下去弹窗。

这时候,许延华、许少华等早已潜入鲍六房院后。何正平冒险跳到夹道,寻到窗前,不想这后窗已然洞开。窗隙原透火光,此刻漆黑,对面不见手掌。何正平回手抽刀,挺身一跃,直袭入窗开处的小屋内。这小屋正是鲍六房的西厢房延宾馆,也就是纪宏泽的软禁之所。然而纪宏泽已然抢先一步离开了。

何正平燃火折一看屋中情形,又登上床,湿破前窗,往外一张望,外面正是鲍六房的中庭,已然大乱起来。何正平分明看见许少华挥刀在庭心斗,许延华挥刀在屏门边上斗,十几个人齐攻许氏叔侄。那邹桐年已然救了一个人,正背着往外闯。许氏爷俩原来是奋勇断后,独不见董俊千,猜想许是在前开路。

这时堡中哗然,已经大扰。

连珠箭何正平提刀一望,登时瞭见,他应该穿窗出去,帮助二许。可是他不放心女儿,他仍要退回去。他手中的火折子一亮,竟被院中人看破,忽听一人喊道:"不好,西厢房也进来人了,那个秧子是奸细!"立刻分出几个人来,破门来攻。

何正平无可奈何,横刀冲出,只一冲,便被他撂倒一个人,伤了一个人。恰巧此时摩云鹏魏豪赶到,正自踏房顶寻声找来,姚承钧也缀了过来,用约定的暗号低低一叫。何正平忙招呼了一声,摩云鹏魏豪立刻跳下平地,寻踪而至,忙即帮打。何正平抽出身来,忙去寻找女儿。

铁牛堡的鲍家四虎,大虎鲍麟生、二虎鲍龙友,正和丧门神桑玉兆,聚在鲍家老宅议事。桑玉兆恼怒妹子飞来凤,庇护纪宏泽,当场给自己下不来,鲍氏弟兄多方劝解着。就在这工夫,听见警报,说是由西北面破缺处,跳进来奸细,人数摸不清,大概是两三个人。鲍龙友听了,心中疑惑,以为定是谎报。吩咐卡子要查搜,他们照旧商议白天决斗的事。忽然续报又道,别的卡子上也瞥见人影,已经追堵下去。鲍龙友不觉站起来道:"我们到外面看看去,也许不是谎报,也许姚山村派了奸细,勾结我们堡里人,混进来了。"

他们这时是商量要事,说是要出去巡看,结果只派了一两个助手,挑灯带人,到各路要卡,一面传令戒备,一面查问虚实。紧跟着第三拨又有人来告警,在飞来凤住的客馆中,值岗的团丁发现一个夜行人。鲍麟生说:"不好,我们不能不查查了。"

丧门神蓦地红了脸。他本来疑心自己的妹妹,行踪诡秘,恐有不贞之事。听了这一报,很有些挂不住,说道:"什么夜行人,这么大胆,我去看看,你们弟兄们在这里商议。"

鲍龙友是四虎之杰,武功最精强,早已娶妻,却对飞来凤一见钟情,心中私慕。他的原配夫人偏偏抱重病,又不死,不能对好朋友的妹子,提出续弦的话来,可是心曲免不了抱着难言之情。今闻飞来凤住处,发现了夜行人,也不由往邪处想,由顶门冒出酸气。竟又站起来,对大家说:"我陪桑大哥去瞧瞧。"

丧门神道:"不用,我自己去就够,你们还是守老宅。"鲍龙友道:"夜行人一来,必不会只一个,大哥独自去,恐怕照顾不到,他们又不济,还是我奉陪吧。"

丧门神脸看别处,一味搔头,连说不必,不必。鲍麟生忙说道:"桑大哥,白日里你和老妹妹拌了几句嘴,你自己去,恐怕妹妹又要生气,说你查看她了。再不然,二弟……"转对鲍龙友说:"你在这里护宅,我陪桑大哥到外面看看去。"

这样说时,鲍麟生吩咐宅中人,给他鞴马,鲍龙友哈哈一笑道:"大哥,你还要骑马?你在家里歇歇吧。现放着我们,怎能叫大哥出去冒险?你知道这夜行人是干什么来的呀?"鲍老二拦住胞兄,立刻一甩长衣,提了兵刃,叫手下人预备孔明灯,佩带弓箭,开后门,陪着桑玉兆,直奔飞来凤假馆之处,报警人在后紧跟着。

刚刚拐弯,突然听到西大街卡子上,发出警笛。鲍龙友立即止步道:"桑大哥,你等等,我听见西头好像有响。"忙就近登高眺望,黑洞洞的没有望出什么来,却连续听见警笛。再看四面的瞭望台,共有五处更楼,全没有传出示警的灯火和警号。鲍龙友骂道:"奇怪,奇怪,难道他们全睡死了不成?"地面上已经有数处报警,情知奸细已经通过数道卡子,一路寻来,深入腹地,到了鲍六房囚禁俘虏之所,怎么瞭高的人会全没有看见?可是平地上的卡子,怎么又全看见了呢?

这好像是个疑团,究其实,乃是因为天色太暗,登高倒望不见,对面反倒碰着了。

当下,鲍龙友和丧门神在房顶上,看出鲍六房那边情形有异,连忙跳下平地,先给鲍麟生送去一个信,叫他们鸣锣聚众掌灯搜谍。他自己和丧门神桑玉兆,立即抛下这一边,赶奔那一边,施展夜行术,直奔西大街。手下带着十几个人,跑起来声音很大,刚走到通衢,通衢上的四个卡子,上前拦阻,喝问口号。

鲍龙友怒喝了一声,立即申诉道:"你们都睡熟了吧?遇见自己人,反倒虚架弄这些样子,你们怎么守的卡子,会把奸细放进来?"

值岗的听出鲍龙友的声音,连忙行礼声诉:"庄主,我们没有放松,奸细没有打我们这里通过……"

鲍龙友道:"你还要狡辩!"伸手把那人推到一边,举步前进,从斜刺里,又传来一阵脚步声,动静很大。鲍龙友诧然道:"这是谁?"眨眼来到,竟是周德茂、杜宝衡等六七个人,飞似的跑来。双方递过口令,鲍龙友道:"你们跑什么?"

周德茂、杜宝衡忙道:"原来是二爷,鲍六房那边混进奸细来了。"

鲍龙友急问:"来了多少人?可是姚山村的?"

答道:"来的人不少,他们已经动起手来了。他们是来劫俘房的,一定是姚山村的人来了。"

鲍龙友勃然大怒,命周德茂赶快奔老宅报告鲍大爷,鸣锣报警,传聚乡团,叫杜宝衡跟随自己驰往查看,忙向丧门神桑玉兆说道:"桑大哥,帮我一臂之力吧。你看他们姚山村真的好大胆。"

桑玉兆钉问杜宝衡:"到底他们来了多少人?是偷袭还是偷来救人?"杜宝衡情实不知进来的人数,只得说:"来的人很不少,总有好几十人。他们跑到鲍六房那里闹,一定是要偷劫俘房。"

鲍龙友向桑玉兆说:"咱们快走,叫杜宝衡传告别人。"

桑玉兆抽出兵刃,和鲍龙友往鲍六房那条街奔去。

这时鲍六房全宅骚乱已极,姚山村派的人大肆活跃,许延华、许少华、邹桐年、董俊千、姚承权,一鼓袭入鲍六房的邻院。许延华伏在房脊上瞭望,许少华、邹桐年奋勇前进,正冲到铁牛堡囚禁俘房之所,试用姚山村的口号,循着后窗,低低吹唇一叫。连叫数窗,那被囚禁的姚山村的人听见了,忙应声答了腔。于是俘房和搭救俘房的人居然通了话。监视俘房的人忙出来禁止,已然无及。许少华非常粗莽,硬用刀来撬后窗。监视人急发暗器,许少华刚掀起一扇窗,锐风已到胸前,急急旁退,窗扇发出大响,所有监视人一齐大哗。邹桐年忙发一镖,将一个监视人打倒。

许延华一见这情形,大呼道:"快上!"五个人由后窗旁,房顶上,纷纷跳下院来,硬往上攻。鲍六房喝命护囚人众,赶快报警,但已然展不开手脚。鲍六房十分机警,忙奔入正房,跳出后窗,逃出院外,跑到跗近卡子上,把守卡的人分出两个来,驰奔老宅送信,其余的人,他就亲自率领，反从正门，还救本院。

这工夫，许少华、邹桐年等，果然抢到院心，硬攻囚禁俘虏的西厢房。监守的人多是些力笨汉，敌不住邹、许二人，丢下了屋中上绑的三个俘虏，一个个逃避出去。许延华从屋顶翻身跳到中庭，立刻与董俊千把前后门从里面上了闩，许少华、邹桐年、姚承权三个人立刻抢到西厢房。西厢房本有灯亮，已被监守人吹灭，许少华仓促间把火折一晃，没有晃着，邹桐年摸着黑大声问："你们都是谁，快报名？"姚承权就摸到俘虏身边，用刀挑断绳索，解救下一个人来。许、邹二人也就一齐下手，纷纷摸黑解扣。刚救下三个人来，还有一个人没解开绳子，并且救下来的三个人也都捆麻了手脚，寸步不能移动。许延华忽然低喝道："快快堵外面！"

堡中人退出来，立刻返回来，却已纠集了许多人，从外面砸门而入，抢攻鲍六房的西厢房。许延华正在庭心，疾招呼侄儿许少华，快将所救的俘虏，背救出来。许少华、邹桐年虽已解救了三个人，却在黑影中，没有认出是谁来。只有姚承权，寻着了本村失陷的要紧人物，是庄主姚书绅的本家侄子，急急蹲身，把这人背起来，往外就闯。

姚山村失陷的人，共只三个，囚所中囚禁的人，一共竟有六个。已然解救出来的，已经四个，黑影中看不清面目。姚承权仓皇叫着名字问，无奈时机已迫，铁牛堡卡子上的人已然闻警，纷纷前来进攻。自许延华以下，五个人全部陷在包围中。许延华、许少华虽会飞纵术，只有空身人可以登高，背上若背了人，只可步行平地，硬往外闯，这样就艰难多了。许延华大吼一声，横刀挡住前门，催促邹桐年、董俊千、许少华、姚承权，火速往外夺路。许少华便不顾一切，一个人抢背着一个人，挥动手中兵刃，跟定许延华，一条线似的往鲍六房正门走。

第二十七章

青鸿斗凤胜女寇

鲍六房调到卡子上十几个人，恰好赶到，急喝命放箭。只零零落落放出几支箭，许延华便怒吼一声，挥刀直上，一阵乱砍，把弓箭手驱散。鲍六房急得怪叫，抡动手中花枪，往前猛攻，另有铁牛堡乡团中一个小头目，略会飞纵术，急急引领三五个人，搬梯子，从邻院上房，由房顶上进攻袭来的敌人。一霎时，鲍六房院内院外，纷然喧噪打成一团。

许延华急吆喝部下四个人，火速往外抢，一时未能猝然得手，略缓得一缓，堡中人越聚越多，邹桐年等不过刚刚由鲍六房内院，抢到外院，再想由外院抢奔小巷。可惜为时已迟，堡中人越来越多了。各方面的警锣大响，那鲍氏四虎，调动全堡的乡团，纷纷搜街查谍，终于齐往西大街鲍六房这边蜂拥上来。

那鲍老六本不是许延华的对手，只交手几个回合，便连连倒退。许延华又往前一欺，眨眼要把鲍老六驱逐出去。这工夫，鲍龙友、丧门神桑玉兆又率二十多人接踵而来。丧门神桑玉兆正怀着一肚子不高兴，把手中双钩一展，猛扑上来，和许延华打在一处。

许延华紧紧拒守着门口，不放堡中人入内，为的是留出工夫，好叫邹桐年等负人逃走。他手中的一把七星刀，倒也十分精熟，又扼住

屏门,堡中人展不开手脚,竟抢不进来。丧门神连次猛冲未能得手,鲍龙友急急上前,要双战许延华。

桑玉兆急叫道:"老二,上高!"意思叫他从墙头跳进去,好抄许延华的后路。鲍龙友不知怀着什么心事,似要在桑玉兆面前露一手似的,竟不抄后路,反要直闯敌人,叫桑玉兆去抄后路。桑玉兆不肯后退,两个人就并肩双战许延华。这一来,不啻给许延华一行留了一个缓手的机会,叫许延华一个人独挡大敌,他们四个人很可以乘此救人一走。不料他们也打错了主意,要随着许延华一块走,坐令好机会逝去。

起初堡内各处乱报警,摸不清何处准进来敌人,现在耗时稍久,互相传呼的结果,全都晓得鲍六房那边进来奸细。鲍家老宅鸣锣聚众,也都陆续扑来。许延华阻门拒敌,许少华、邹桐年、董俊千、姚承权四个人背了三个人,在院中打转,意欲夺门,未能冲出去;又要上房,房上有人放箭,他们一时束手无计。他们应该硬抢,这样稍一迟徊,堡中人已有数十人上了房,他们连硬抢的机会也失掉了。

铁牛堡乡团前后聚了三四十人,把鲍六房西大街包围。许延华横刀独战,回头一看,许少华等还没有逃出院外,不自怒喝道:"你们等什么,怎么还不走?"

许少华忙道:"他们连珠箭何正平几个人还没有露面呢!"许延华道:"混虫,你已然得手,你等他们做什么?"

其实许少华这四个人,缺少一个有力的开路先锋。只恃许延华单刀断后,还是闯不开去。董俊千急叫姚承权,替自己背人,董俊千抢先一步开路,前后门都有阻碍,他就往角门闯。刚刚摸到角门,劈头打来一镖,人影一闪,现出一个人来,连发连珠镖,把许少华等打回。

许少华团团打转,脱身不得,眨眼间,桑玉兆、鲍龙友、业已分兵进扑;鲍麟生又已调到一拨人。许延华恚极,吆喝许少华,赶快弃下所救之人,全身速逃。因为这工夫,许延华搪不住房上的冷箭,渐觉阻不住屏门了。

就在这时,连珠箭何正平和摩云鹏魏豪,一个由东厢房现身,一个由房顶蹿到。摩云鹏魏豪见许延华腹背受敌,忙跳落平地,替他挡住一面。连珠箭何正平丢下这里,仍去驰寻爱女。

魏豪年力正壮,武技骏快,仗他一阵猛冲,和许延华合力,一前一后,居然把邹桐年等援救出来,但结果功亏一篑,他们所救的人全没有背出来。又被堡中人截回,只把一个紧要人物好歹背逃出来。这也费尽气力,董俊千、邹桐年全都负了伤。

连珠箭何正平抛下了救囚之事,忙去追逐何青鸿。这时的何青鸿,和那个铁笛彭青、那个独行人影,此奔彼逐,已曲折奔到铁牛堡偏南角一个广场中。

这个独行人影,不是他人,正是那个女飞贼飞来凤桑玉明。桑玉明在这昏夜中,竟与何青鸿交了手。

飞来凤桑玉明既和纪宏泽定了夜奔之约,挨到半夜,换了全身夜行衣靠,由她的假馆之处,悄悄出来,直到铁牛堡的宾馆,就是那鲍六房的东厢房。她轻轻地弹窗一叫,那纪宏泽已在屋中应了声,并已推窗照面,双方通了一句话。不意,突于此际,从背后袭来一阵冷风,飞来凤略略一闪,一支钢镖穿窗钉在对面屋内。

这一镖是何青鸿所发。

飞来凤急急一回头,没有瞥见何青鸿,却发现铁笛彭青站在邻院屋顶。几人互发暗器,此追彼逐,三个人一条线似的来到空场。

飞来凤桑玉明立即旋身,一声不响,抽刀就剁。铁笛彭青往旁一侧,展开手中刀斜切藕往外一削,飞来凤赶紧收回兵器。铁笛彭青往上一上步,刀锋再展,刷刷刷,一连三刀。飞来凤低叱一声,沉着招架,两个人猛搏起来。

飞来凤心中忿恐已极,认为自己行藏败露,这两个暗缀偷窥自己的人,必是鲍家四虎手下的走狗。她自己在铁牛堡,本是客情,他们竟敢来打搅,破坏自己与情人的幽会,这实在可恼。而且他们竟敢一路追到这里,一句话也不说,硬来暗算自己,尤其是装傻装得可恨已极。她心中想:你不哼,我也不哈,宰了你再说,故此她一言不发,只是猛斗。

铁笛彭青也是这样打算,要凭掌中刀,活房住这个单身夜行客,好从他口中取供,来营救姚山村失陷之人。两个人各下绝情,一开招,全施展辣腕毒手,在空场黑角落里,眨眼斗了几个来回。

何青鸿此时早已赶到,本要上前,与彭青协力擒敌;可是女孩子心性,不知怎么一转,又不肯凭白帮助陌生男子动手了。彭青只顾力战,嘘唇作响,连向她通暗号,似乎只要她给自己巡风,不曾明请她助战。何青鸿赶到空场,藏在树后,一手握暗器,一手提利剑,凝眸注视这个身段苗条的夜行客,蹿蹿跳跳地格斗;何青鸿完全存着初生犊儿不怕虎的心情,她倒赏鉴起来了,一霎时忘了自己身在虎口。

那飞来凤把敌人诱到这里动手,满以为彭青不过是铁牛堡的走狗,凭自己身手,用不了三招两式,就可以拿下。偏偏彭青是个硬手,刀法很精,飞来凤不由诧异起来。她立刻改招,不再与敌斗力,猛然往前一攻,忽往后一退,又往旁一蹿,乘势把她的暗器取了出来。

两个人已然斗过十来个回合,铁笛彭青也开始纳罕,这个敌人怎么也一声不哼,一味猛斗,而且功夫竟这样好,到底他是堡中人不是呢?彭青两眼回顾,唯恐惊动堡中人,把手中刀又一紧,追赶不舍,施展开得心的五虎断门刀法,打得更猛烈起来。

飞来凤似乎抵敌不住,急施蜻蜓点水,往外蹿出两丈多远,做出要逃的样子,只等敌人一追,她的暗器便脱手而出,专打敌人的面门。铁笛彭青果不出所料,也跟踪连跳,直追过来。飞来凤回头一瞥,叱了一声,把手一扬。

铁笛彭青久经大敌,暗中已有防备,立刻斜身往外一蹿。若是别种暗器,当然闪开了,无如飞来凤的暗器并非镖箭,她虽有镖,此刻竟不曾施,单把她的最歹毒的暗器发出来,随着这一扬手之势,顿时浮起一层薄雾;若在白天,定可看见,现在暗影中交斗,当然看不清,也就躲不开。铁笛彭青"哼"了一声,已然没在黄雾中,猛将双脚一顿,再想往外蹿,已经来不及,登时口鼻之间,嗅着一股辛辣气味,几乎令人窒息,尤其是刺目伤明,彭青的双眸,立时酸得睁不开。他暗道不好,拼命俯腰往圈外一拔。飞来凤桑玉明轩然一笑,容得暗器得手。照例赶上来,乘敌人失明,要把敌人踢倒或砍伤。这一回当然照例行事,也就一展手中刀,对准彭青上三路,猛下毒招。

铁笛彭青已然百忙中发出警号,那倚树旁观待机欲动的何青鸿姑娘,已早从黑影中看出大概情形。她知道彭青受了伤,这实怨她自己袖手坐观,招来的不幸,她大怒,立即也一扬手,猛叱一声,噌的一响,也发出一件暗器,同时蓦地腾空一蹿,从斜刺里横截过来,其快如矢,暗器到,人到剑也到,手中的利剑刷的一送,直刺飞来凤的后心。

飞来凤的刀这时眼看砍着彭青,同时何青鸿的暗器也在间不容发的夹当,打到飞来凤背后。飞来凤登时觉出,并早防到,她就猛然一弯腰,不旁闪反而前蹿,借追敌为避敌之计,仍冲彭青扑来。

何青鸿的暗器啪哒落地。铁笛彭青的两眼受黄雾的刺激,泪落如雨,双瞳模糊,看不清眼前的危急情势,却从直觉上料知敌人必即追来,他就闭着眼往开处又一跳。立刻一股锐风袭到,他就慌忙探囊取镖,一回手,甩打出去,喝一声:"慢来,着打!"不为击敌,只为自救,跟着又努力顿足,再往外跳。不知怎么一来,扑通栽倒。

恰恰何青鸿如飞截到,铁笛彭青闭眼打出来的这一镖,没有打着飞来凤,倒险些伤了自己人。何青鸿轻轻一扭腰,便已躲开,急嘘唇作响,通知彭青,手底下仍不放松,剑锋一展,奔了飞来凤。飞来凤桑玉明也是一个踢蹬式,单足凝力,把身子立稳,然后翻身来邀取何青鸿。何青鸿和飞来凤立即交手。

何青鸿用剑,飞来凤背着剑,手握着刀,两个武林女杰在黑影中叮叮当当大斗起来,全是一声不响,全是化装改扮,谁也不知对方是女子,并且谁也看不出敌人的面貌。

铁笛彭青是失足跌倒的。但他立即鲤鱼打挺跳起来,两个眸子还是睁不开,看不见,眼泪簌簌地流。摸着瞎退到一旁,右手舞动刀花,运夜战八方式,保护己身,左手掣衣袖,忙忙拭眼。何青鸿一面打,一面偷看彭青,口发嘘声,问他受的伤怎么样?因为她只看见彭青突然跌倒,不知他是何处受了伤,彭青忙即应声道:"我的亮招子迷了,小心,点子使的是迷魂烟。"

何青鸿吃了一惊,忙问:"什么迷魂烟?"答道:"是迷人眼睛、呛人咽喉的烟粉!"

何青鸿且打,且打量敌手,飞来凤的左手果然捏着一物,何青鸿忙用右手挥剑迎敌,用左手把自己的蒙头帕,往下扯了一扯,屏息用力,与敌支持,心中未免发慌;因为她初出茅庐,还没有遇见什么迷魂烟这类的暗器,只听她父告诉过,江湖上有蒙汗药,有伤人七窍的毒烟,乃是很歹毒的暗器。何青鸿又想不出救急应险的办法,心上一急,急起一个计较来。这只有速战的法子,把敌人立即战败活擒,或与同伴全力双战,把敌人打得应付不暇,不给他施展暗器的工夫,就不致吃亏了。

何青鸿的心思总算来得很快,她忙把她父亲授给她的天罡剑法施展开,以攻为守,迅速无比,想把敌人缠在自己剑光之下,不使他有缓手之力。她打算得很好,可惜自己的剑法学得不算很精,还不能手到成功。连战二十来回合,飞来凤毕竟是个强敌,经验比她丰富,居然打个平手,一时还不能取胜。

何青鸿连展险招,连攻三次,都被飞来凤轻轻架住了。她又变计,往后一退,重往上攻,那一支剑如电光般快,奔敌人突击过来,满以为用足腕力,这一下必可得手。哪知飞来凤只被冲得倒退子一步,仍被她横刀一扫,把招数破解开。何青鸿到此有点寒心,有点怯敌了,忙眨眼看铁笛彭青，希望他恢复目力，好二人双战，把这夜行客战倒。

但是，彭青还是揉眉揉眼，不能上前。何青鸿心中着急，索性叫了起来，催铁笛彭青从侧面齐攻上来。她一面猛打，一面嘘唇，暗催同伴。她只觉自己遇上了劲敌。殊不知飞来凤桑玉明此时的心情，正和她一样，也觉得自己在江湖上闯荡，想不到在此时此地，忽逢劲敌。这样一个轻娇矮小的人儿，剑法如此高强，除非是自己，换了别人，必要遭他毒手了。并且就是自己，也是在这二三十回合中，连逢险招，有一下险些把自己的手指削断，若非自己改招收势来得很快，早已败在此人手下了。

她自然不晓得何青鸿是女子，她心中诧骇，很想认识这个敌手的面目，到底他多大年岁，什么人物？听他嘘唇通号，嗓音娇嫩，猜想年纪必不大，或者比纪宏泽年岁还要小一点，也未可知。她二人此刻正是铜缸碰着铁瓮，又好比拿麻秆打狼，未免两头害怕。

而且飞来凤又起了非分之想，她终于忍不住，要喝问一声，她一闪身，退后一步，叫道："呔，你是什么人？你为什么缀我？"

何青鸿一声不响，剑尖往前一扎，两人又打到一处。飞来凤连问四次，何青鸿一声也不答；飞来凤问她是不是堡中人，她也是不答。飞来凤不由激怒，她决计要擒住这个偷缀自己的小人儿。她把刀一封，照例抽身往后一退，打算翻身一蹿，仍用蜻蜓三点水，把敌人抛开，再把暗器发出。偏偏何青鸿十分乖觉，飞来凤刚刚往旁一闪，何青鸿忙往旁一赶，飞来凤往外一退，何青鸿忙往外一迫。她要把飞来凤粘住，决不叫敌人离开自己，借此缠住敌人。飞来凤施展身法，连试几次，未能把敌人甩开。她不由得又怒又笑，她想不到会在这里遇上强手。

她心中猜想，这对面的敌人，十有八九是的家四虎暗支使出来的。她越想越发嗔怒，忙将手中刀一擎，猛攻上来，一连三刀，疾如电火，满以为敌人必将倒退。她可以乘此机会，也往后退，便可以运用暗器了。哪知何青鸿手底下很快，虽在黑夜，也应付得十分如法。她把手中剑往外一划,轻轻一拨一架,跟手一翻腕子,接招发招,剑尖猛照飞来凤手腕点来。

飞来凤倒被逼得赶紧收招,她刚一收招敛式,何青鸿的剑锋一展,又往前赶进一步,刷的一下,立刻又劈出一剑。飞来凤桑玉明疾横刀一架,也猛往前上一步。何青鸿竟丁字步一站,把剑一挥,上盘纹丝不动,把门户封得很严,做出以逸待劳的架势,飞来凤竟抢不上去。两人相距过近,飞来凤只得往外一瞥,往后一跳,略退出七八尺以外,这一来留出档子来,彼此都好施展身手。

何青鸿挺剑注目,仍然不动。飞来凤往后一跳,又往前一扑,刀锋一指敌人,嗖的又攻上来。何青鸿蓄势以待。把掌中剑往外一推。飞来凤这一次仍未抢上去,禁不住失声骂道:"该死的,挨刀的!你上!"

这一句女人声口,何青鸿听了不禁诧然,侧着头重向对方,细加打量。她心上疑疑思思的,可是她依然缠住敌人,竟不敢丝毫放松,她依然一声不哼。

飞来凤又把手中刀一顺,照何青鸿猛攻,一连数下,俱是险招,却都没有得手。她又照样往后一跳,做出再要跳出圈外的姿势,料到对方一定仍要以逸待劳;她却往外一跳,猛一翻身,一个败势,顿足再往外一蹿,立刻闪开两丈多的档子,她没忘了使暗器。她的打算,立刻被何青鸿觉察到了,她决计不令敌人退,也不令敌人攻,她忍不住喝了一声:"哪儿走,少弄诡吧!"腾身一跳,也追上两丈多,剑尖一晃,专找敌手。

却是前后时间上稍为差了一步,飞来凤竟将暗器摆布好,抬手一扬,喝一声:"呔,着!"暗器刚在脱手外扬,何青鸿大吃一惊,急忙埋头侧脸,弯腰顿足,拼命往外一蹿,左手本已握住暗器,登时脱手打出来,借以自救。

暗器打得很准很巧,飞来凤的暗器直打上三路,何青鸿也打上三路,上三路和上三路直走一条线,立刻相碰。何青鸿发的是镖,镖是铁打的,出手当然沉重加速;飞来凤发的是一种粉袋,粉袋是布制的,出手轻飘飘。于是粉袋先发,钢镖先到,扑的一声,镖打粉囊,啪哒一响,软的硬的齐落在黑地上。

何青鸿吓了一跳,如飞地疾蹿,跳出三丈以外,方敢回头。紧跟着对手飞来凤也吓了一惊,她的百发百中的暗器竟被敌人打落,她怎么能不害怕?她也不知不觉往外一跳,然后扭头侧目,察看虚实。敌人好好地站在圈子外,面前地上黑乎乎的一物,当然是失坠的粉囊。两个人都微微一愣,暗暗发慌,忽又个个收神定睛,应急救败。

飞来凤桑玉明最关心她的宝贝暗器,她立刻一顿足,如飞地一蹿,要来拾取坠地的粉囊。何青鸿登时醒悟,更不相容,娇叱一声道:"呔,住手,看镖!"先打出一镖,跟着一顿足。

飞来凤仍不肯放松,钢镖掠空而至,她只略略一闪,仍不肯直腰,仍如飞地抢奔粉袋。可是这一镖之功,已将她阻碍一阻,何青鸿早已如飞截扑过来。手中利剑一挥,身躯一跃,人到剑到,直劈下来,一缕寒风直袭飞来凤的粉颈。当此之时,飞来凤已蹿到粉袋之前,刚刚一喜,把右手刀换交左手,左手刀顺在腕底,往上一抬,右手伸出了尖尖的五指,往地面上一抓眼看再上一步,就可以抓着她那粉囊。却是机会不巧,直是危发千钧之候,何姑娘的剑已然够到方位,已然斜切藕狠砍下来。

粉囊是宝,性命更可贵。飞来凤一蹿之力,再收回不得,忙将左手刀往上一迎,腰肢用力,往上一起,往斜一跨,叮当一声响,剑砍了个十成力,火星乱迸。飞来凤的左手刀不很得力,幸而是横抬,也险被砸落,不禁失声道:"哎哟!"立即旋身招架,把刀换交右手。地上的粉袋眼看要捞着,到底是功亏一篑,眼睁睁望着它,没有工夫拾取。

何青鸿一招得势,更不稍缓,紧赶上步,把纤足一点,恰将粉袋踩住,手中剑刷刷刷连发三招。飞来凤一时贪功,弄得手忙脚乱,由惭生怒,忙将右手刀一层,照何青鸿下部横削。何青鸿得意地一笑,把剑往下一沉,把敌人的刀格开,也想着脚下所踩之物,只一弯腰,便可以拾夺过来。这是敌人最可怕的暗器,无论如何,不能再叫敌人捡回。

可是,她这样想,飞来凤焉能容得?她一腔狂忿,把右手刀紧得一紧,刷刷刷,一连数下,一刀才过,第二刀、第三刀跟手横劈侧扫。她一定要把何青鸿砍倒,至不济也把她赶走。

两个女子立刻又你死我活,大拼起来。那个粉囊就丢在二女四眼之前,四只脚之下,谁也没有工夫去拾。自然何青鸿很喜,飞来凤很恼。一喜一恼的关键,全在这粉囊正践在何姑娘的纤纤玉足之下。

飞来凤用尽手法,要把敌人赶开,何青鸿当然谨封门户,寸步不肯移。飞来凤猛攻、退诱,何青鸿更不上当。飞来凤故意一顿足,要弃此暗器一走,何青鸿索性格格地娇笑起来,敌人才一翻身,她就立刻要俯腰。飞来凤更不容她俯腰,立刻又猛扑上来,两人又狠斗起来,何姑娘还是不动。

飞来凤气得戟指而骂,女子态毕露。何青鸿得意挥剑,置之不答。飞来凤陡然有了主意,把手中刀一紧,往何青鸿背后一绕,刷刷刷连攻数招。何青鸿微微一旋身,把敌人迎住,仍不肯离地方,脚下踩定那粉囊,踩了又踩,似已踩知这件暗器的形式来了。

飞来凤又一攻,倏地一退,忽地一上,又猛扑到何青鸿的左侧。何青鸿微微一旋身,把敌人的招数接住。飞来凤倏又一退,往外一绕,突又猛扑敌人的右侧,右侧更不易攻,何青鸿照样一旋身又把敌招架住。

飞来凤真如飞来凤鸟一般,忽前忽后,忽左忽右,一连乱窜乱扑乱攻,突然间,她似伎俩区穷。突然又一蹿,翻身一跳,直跳离开两丈多远。何青鸿大喜,并想追赶。她两眼盯住敌人的动态,趁此时相隔稍远,她就火速地一俯身,要拾取那件粉袋……

突然间,听飞来凤舌绽春雷,一声断喝:"看暗器!"立刻有一件软绵绵的东西,握在飞来凤右手。飞来凤的刀又已换交到左手,她这右手握定这软绵绵、黑乎乎之物,猛然一顿足,猛提上来。刷的一扬手,那黑乎乎之物脱手而出,直取何青鸿的面门。

何青鸿吃了一惊,原来敌人的迷雾暗器不止一件,这黑乎乎之物当然又是一个迷人袋子。何青鸿猝然惊骇,不暇思辨,急急地一侧腰,同时一弯腰,往开处一蹿。蜻蜓三点水,一股猛劲,直蹿出两三丈以外,同时把掌中暗藏的第二只钢镖打出去,啪哒一响,钢镖和黑囊同时落地,却没有飞起轻雾。

飞来凤一声长笑,如飞地扑上来,直抵何青鸿原立处,一弯腰,一伸手,从地上拾起一物,立刻出口骂道:"该死的,到底上了当了!你瞧,这才是爷爷的真法宝呢!"说时,把拾起的那个物件一举。

何青鸿愕然惊忙,才知上了敌人的当,刚才敌人发出的那黑乎乎一物,只是飞来凤的一条绿绢帕,内包一只铁球。

何青鸿红颜一变,勃然大怒,把手中剑一提,骂道:"好东西,叫你弄诡,看剑!"她才喊看剑,那飞来凤也突喊看宝,忽地又有黑乎乎的一物,扑奔何青鸿的面部打来。何青鸿唯恐黑夜不审虚实,误中毒雾,急急往旁闪躲,脚步连移。飞来凤大喜,抢上一步,忙伸手俯拾。何青鸿不容她如愿,锐声一呼,飞身一掠,利剑照飞来凤肩背猛砍下来。

这一招险极快极,飞来凤再不肯放松,顺手往地上一操,竟把粉袋抢到手,这才一块石头落了地;原来这才是飞来凤的粉囊,刚才她拾物只是骗人。飞来凤正在欢喜,却是何青鸿连人带剑早已扑到。飞来凤身子未容直起,见敌人来势过猛,弯着腰脚下一登,点地一蹿,直蹿出一丈多远。料到何青鸿必然穷追不舍,忙回手把粉袋一抖,正是要暗算敌人。不想,在这时,黑影中忽然蹿来一人,相隔尚远,突然凝身止步,跟着刷的一声,发出来一件暗器,直奔飞来凤后背。飞来凤连忙躲闪。刷刷刷,竟一连打来三件暗器,把飞来凤打得手忙脚乱。

来的这人正是何青鸿之父,连珠箭何正平。所发的暗器,就是他的甩手箭。

何正平一到,情形顿然一变。何青鸿忙向她父报告,敌人有可怕的毒雾暗器。铁笛彭青也揉着眼,从暗隅闪出,向何老报告自己受毒雾毒烟的滋味。

何正平大怒,斥道:"青儿你好大胆,你还对我说哩!你们两个人不会把他圈住么?什么毒烟毒雾,你们干什么容他施展出来?"

何正平立刻把手中兵刃一紧,照飞来凤猛攻过来,并招呼铁笛彭青、女儿何青鸿,一同协力围攻。何老这样一布置,飞来凤暗吃一惊,情知自己人单势孤,结局没有好,她的粉袋只能贴近了伤人,不能远击,她便虚掩一刀,回身就走。何正平道:"追!"

三个人截堵一个人自然容易,飞来凤东转西绕,到底甩不开,她忙嗖的蹿上了房,何青鸿立刻追上房。她忙跳落平地,何正平立即截住路口。飞来凤又惊又忿,忍不住出声喝问道:"你们三个人是干什么的,为什么死摽我?听你们说话,又不像铁牛堡里的人,你们一死儿监视我,到底是什么用意?"

何正平忙道:"朋友,你休问我们是干什么的,我先问问你,可是堡中人不是?"飞来凤答道:"我不是堡中人。"

何老又问:"你到底是干什么的?"飞来凤道:"我呀,我是来找一位朋友的。"

铁笛彭青立即插言道:"如此说,你可是铁牛堡对面的人么?你贵姓呢?"

飞来凤道:"我也不是什么对面的人,我办的是另一码事,我找我自己的一位朋友,我那朋友是误落在这里的。……你们一定是姚山村的人了?"何老答道:"我们么,也不是的。"

飞来凤道:"既然如此,咱们谁也不认识谁,谁也碍不着谁,正是各不相扰,你们何苦盯着我?我可不怕你们人多,实在嫌你们碍事。"

何正平笑了笑,略略有些瞧料,说道:"朋友,你何不早说,也省得动手了。你找这个朋友,现在何处?找着了没有?"飞来凤愤然道:"眼看寻着,被你们扰了。"

何正平也不答言,心中一转,要看看飞来凤的面貌,飞来凤不肯叫看。何老忽然想起一个条件,说道:"朋友,你可是陷在我们三个人包围之中了,若要我们放你,倒也不难,你须答应我一件事。"

飞来凤怒道:"你把我看成俘虏,你可错了,我跟这堡里的人也有认识,我不愿意惊动他们罢了,你惹急了我,我可要叫他们鸣锣聚众,把你们三个人一起拿下。"

何老笑道:"你不要吓唬人,你从哪里出现,往哪里私探,我们全看见了。我也明知你跟堡中人是客情,可是你的事也不愿堡中知道,正跟我们是一样。你既然跟堡中人有交情,你自然知道堡中的虚实了。朋友,我求你一件事,请你把他们监禁俘虏的地方指示给我,我一定帮你的忙。咱们是志不同而道相合,正好互相关照,互相帮忙,最不好的是互相掣肘,互相告发。"

飞来凤固然久涉江湖,毕竟不是何正平的对手,何老说的话又滑又辣,他立逼飞来凤献底,如不献底,暗示着要破坏她的事。自然此时何老不知道飞来凤是女子,却已断定是堡中的叛徒了。

飞来凤性如烈火,无端受了人的挟持,心中愤恨已极,只是她心爱纪宏泽忒深,恨不得立刻相会,携手同逃,也就恨不得立刻把这三个屈死鬼火速打发开才好。遂忍住一腔怒气道:"你们的意思我明白了。你不要小看人,我可不是卖底的人。我跟铁牛堡另有交涉,既非亲,也非友,我可不是怕你们,你们要是客客气气求我指示一条明路,那么我看在江湖道义上,还可以告诉你们一二。他们铁牛堡囚禁俘虏之所,我虽说不甚清,可是大概地方还知道一点。"

何老心中了然,对方是要脸面,忙深深一揖道:"朋友,多帮忙指教吧。"

飞来凤哧的一笑道:"不用客气,其实他们囚禁俘虏之所,你们已然探着了,又何必非问我不可?你们刚才去的那个地方,正是铁牛堡软禁姚山村里的人的地方，你们已然访着了。"

何青鸿当着他父，来敢多言，至此忙说："就是刚才那个两进的四合房么？"飞来凤道："一点不错。"何青鸿道："你要找的那个朋友，莫非说也是一个俘虏么？"

飞来凤在黑影中盯了何青鸿一眼，此时何正平父女和铁笛彭青，正分两面把住一条小巷，飞来凤就在当中负隅而立。飞来凤深知这三个人武功均强，自己实在敌不过，粉袋又是抵面近击的暗器，只可猛试一击，不能连打。她只可让步求和，把鲍六房监禁俘房之所，细说了一遍。又重告三人："你们已经身临其地，你们只认准他们那三间东房就行了。他们这里不过是个大土堡，并不是山贼盗窟，也没有水牢地牢，只不过拨几间民房，派几个乡丁，日里夜里好好看守着，就算是牢房罢了。"她又把鲍六房全宅的设防，告诉了何老，共有多少人监守，共有多少人被囚，大致说完，向三人拱手道："你们所求于我的，我是有闻必告，全说出来了。我的私事很忙，对不住，咱们各办各事，我需先走一步，请你们让开道吧。"

飞来凤侃侃而谈，虽以孤身，陷入包围，竟昂然不惧。何正平很佩服她的大胆，依了何老，就放她走去。何青鸿却恨飞来凤的暗器毒辣，似乎定要窘辱她才可心。向何老说道："原来咱们刚才到的那地方，就是囚所。这一位刚才是寻找囚所的西房，咱们要寻找的却是东房，正好同在一处，咱们何不邀请这一位当先带路呢？"又对飞来凤说："请吧，你在前头走，我们在后边跟着，等着到了地头，再为分手。"

这分明强人所难了。飞来凤气得"哼"了一声，正要发作。何正平却已听出对方的不悦来，忙问："青儿，各人有各人的机密，我们何必紧撺着人家，叫人难堪呢？"随即一挥手，往旁一侧身，然后向飞来凤一举手道："朋友，请先行吧！我看尊驾身在铁牛堡内，心在铁牛堡外，你如果肯替姚山村的人合手，我们可以引见，如果你另有所为，我们也就不再多打扰了。我也不问你的贵姓，你也不必问我。我们是青山绿水,改日再会。"

丢下这几句场面话,带领女儿和铁笛彭青,扑奔这边巷口,留出那边巷口,叫飞来凤走。

那飞来凤挟着一腔怒气,拔腿就走。走出一段路,回头一看,好像这三个人并没有再缀下来,她心中一松,展开身法,急驰而去,心上十分着急,因为隔时稍久,怕纪宏泽等急了,又怕出了别的闪错。却不料她刚刚转过两条小巷,便觉前面有一条人影,回头一看,背后又有两条人影,前后一共三条人影,把她自己夹在当中,正也一步一趋,奔向同一路途。

眨眼间奔到一股岔道,飞来凤心中一转,陡然骤转身,不走直道,反奔斜道大宽转弯斜走下去。趁着转身之际,回头一望,再抬头一望,不由勃然大怒,那三条人影,仍然摽着自己,一步一趋地缀来。飞来凤恨极,立即止步,持刀蓄势以待。她才止步,这人影立即闪避不见。飞来凤登时明白,却故作不知,续往前走;突到一窄道,抽身避入人家门洞,把两只镖掏出来,那粉袋暂留在鹿皮囊内。刚刚藏好,果然听见动静,轻轻的一阵脚步声,奔寻过来。飞来凤突然一蹿,把手中镖一发,那人影猝然立住,立即往旁一闪,也要往暗隅藏躲。飞来凤忿极,厉声喝道:"咳!你们干什么还缀我,怎的不守信约?"往前一追,抡刀就剁,那人影急回身招架,抹头就走,飞来凤跟手又发出一镖,那人竟没闪开,咕咚一声,跌倒在地。飞来凤大喜,纵目四望,立即赶上一步,举刀就剁。

飞来凤满以为这人影是连珠箭何正平父女和铁笛彭青。不意这个人陡然一打滚,跳起来飞跑,飞来凤奋力急迫。这个人竟往歧路上飞奔,飞来凤赶出一段路,把这人追得没影,然后抽身回走,仍自取路直赴鲍六房。

飞来凤这一次竟看错了人,她竟不知此人实是铁牛堡的巡丁。飞来凤提刀急走,虽然又见前面人影一晃,飞来凤疑心生暗鬼,认定何老三人安心缀她,破坏她的好事,她又疑心是鲍老二和她的哥哥丧门神跟她捣乱。她性格鲁莽得很,竟不寻思,锐叫一声,又追了下去。

　　前面的人影一转一绕,忽然不见了。飞来凤又寻了半圈,这才往黑影中一藏,贴着墙根,再往前走,背后忽然啪哒一声,打来一块砖石。飞来凤气得一翻身骂道:"屈死鬼,给我滚出来,我碍着你的什么事了,这么跟我捣蛋?"

第二十八章

何跛斗场显神威

骂声未了,听得隔巷隐约有弹指传声的暗号。飞来凤越发暴躁,觉得自己无形中落在人家的包围中了,她索性怄起气来,往隔巷抄了过去。转过墙角,迎面吱的一声,从黑影中蹿出一伙人,约有六七个,飞来凤登时陷在包围中。

这一群人正是铁牛堡的巡逻小队,听见警笛,特来搜查奸细的。飞来凤一肚子怒气,正和他们撞上,那侧面潜行的连珠箭何正平冷笑一声,引领着铁笛彭青,悄悄从别巷偷渡过去了;何正平竟耍了一个偷梁换柱的诡计,收到了李代桃僵之功。

飞来凤往前一闯,首先扑出来三个人,厉声喝道:"站住!"飞来凤喝道:"滚开!"

三个人往上一圈,齐声骂道:"好大胆的奸细,还不丢下兵器!"飞来凤气得骂道:"一群瞎眼的混蛋,三爷乃是你们头儿请来的,你敢骂我是奸细!"

三个人刀矛齐上,三个人在后一兜,飞来凤急急一侧身,刀锋一挥,疾如狂风,为首一人先被她刺伤。她又回手一镖,打倒了一个。再挺刀往前一上,直奔那个持矛的巡丁砍去。巡丁大叫,把矛一抖,被飞来凤顺矛杆一削,巡丁的手指被削断了三个,惨号一声,回身就跑。其余的人吓得狂喊四散。飞来凤持刀追杀，巡丁登时吹起警笛来。飞来凤提着带血的刀，得意地一声狂笑，立刻追赶下去，却是一面追，一面取路仍奔鲍六房那条西斜街。

巡丁已被她赶散，她一口气走到十字路口。

十字路口灯光闪耀，聚了二十多人，已然听见警笛，正在集队寻声来搜，不想飞来凤已然找来了。黑夜之中，辨不清面貌，飞来凤又穿着男装夜行衣。双方相遇，遥相诘问，那个受伤的巡丁恰巧奔来报告："一个独行的奸细，持刀行凶，把我们伤了。"一眼望见飞来凤，就叫道："就是他，别放走他，把他活抓住活埋了！"

他在这里诉说，飞来凤已然抢上来，喝命这二十多人："闪开了，让我过去。"那带队的头目颇有见识，忙喝问："你是什么人，黑更半夜，手持凶器，你要干什么？要往哪里去？"

飞来凤道："瞎眼的东西，连我也不认识了，我是你们堡主请来的贵客，你们胆敢拦阻我么？"

头目叫道："你是贵客，你也得看看时候，你姓什么，叫什么名字？"

飞来凤没有好气说道："你问不着我，快躲开，再不躲开，我要对不起你了。"头目心中动疑，仍不放松问道："请你告诉我，你姓什么，我们好有个交代。"

飞来凤仍不肯答。那头目身旁还站立一人，一面打量飞来凤，一面从旁说道："朋友，咱们全是干这个的，你别叫我们坐蜡。"那头目也怒了，受伤的巡丁又一个劲地催着动手，这头目便说："随便你怎么讲，你不拿出点凭据来，我们不能借路，喂，你报出口令来！"

众乡丁一齐喊道："快报口令来！"

飞来凤是女人，不由犯起死心眼，既不肯报姓名，也不肯报口令，一味用强闯路。她心中很恼，想他们是故意刁难自己，自己在他们这里已有多日，不信他会听不出自己的口音来，更不信他们会认不出自己的面貌来;她却忘了现在是什么时候,现在正在搜查奸细,她反要任意乱闯。

她越闹越怒,骂他们瞎了眼,昏了心,她怒道:"怎么连我也不认得了?"

那头目名叫蔡六,其实也听出一点来,要不然,他早就传令放箭了。蔡头已然猜测出来,这迎面的孤行客就是堡主的女朋友飞来凤,正因为飞来凤是堡主的女朋友,他这才故意逗弄,一半儿恶作剧,一半儿是起了疑心。最后他说:"朋友,你别骂街,就算我们眼瞎,你等一等,让我们看一看。"

蔡六一手持刀,一手提灯,和那负伤巡丁,与一个副手,直走上来,口中说:"朋友,你别动,让我们看一看,只要真是贵客,我们绝不敢无礼。不过您既是贵客,现在黑灯瞎火的,您怎么一个人不带,自己跑出来,那是要干什么呢?"

蔡六安着顽皮捣蛋的心,直走过来。他却误会了飞来凤的脾气了。飞来凤桑玉明把刚才从何正平那里所受的恶气,都迁怒到这个头目身上。她眉峰一挑,杀气顿生,冷笑一声道:"你们一定要看看我,我当然叫你们看,你们过来看吧。"

蔡头道:"你可不许动手。你要是动手,我可叫他们拿乱箭射你。……只要你是熟人,我绝不刁难你,一定放你过去。……不过现在正拿奸细,你一个人出来,又拿刀动杖的,你到底要干什么?"

这个头目一面说,一面走过来,两只眼随着灯笼,上看飞来凤的面孔,下看飞来凤的手掌,刚刚提灯笼往上一照,飞来凤手起刀落,喝一声:"叫你看!"嗖的一声,刀光一闪,照这蔡头目直劈下来。头目大叫,急急往上一架,却没用刀架,反用灯笼往上一扫,登时喀嚓一声,灯笼全碎。刀锋一抹,斜照蔡六削来。蔡六狂喊一声,回头就跑,飞来凤道:"哪里跑!"刷的又劈下一刀。蔡六回手招架,且招架且跑且喊:"快放箭!奸细!奸细!"

飞来凤哪容他们放箭,立刻扑上去,刀光挥霍,如同虎入羊群,一阵乱砍乱扫,二十多个巡丁被冲得散而复聚,聚而复散。这蔡六的胳臂被飞来凤削去一块皮,鲜血迸流,却是出其不意。蔡六欺负飞来凤是孤身一人,他又听出口音,已知飞来凤是女子,正是堡主鲍龙友的女朋友,一个风流女贼,而且听人传说,她有许多风流艳事,流传在江湖中。这蔡六生了邪僻的心,故意和她麻烦斗口,拿捏她。他却不知飞来凤的厉害,他自恃人多,又在堡内,万想不到飞来凤真敢动手,而且真敢要他的命。

但蔡六手底下也有三招两式,他挣命往外一蹿,躲开刀锋,抛下碎灯笼,立刻一抖精神,把手中刀一挥,先封住门户,登时向同伴大叫:"快放箭,射死这个奸细!"他口中这样喊,闪目一看,他的同伴被杀得乱窜。却是他们铁牛堡的乡丁,曾经鲍家四虎训练有素,内中又颇有行家,一时虽被飞来凤冲散,他们竟不溃退,立刻互相传呼,把分散开的人群结聚为两队。扼住路口,一面上前打圈,围攻敌人。

飞来凤竟忘了利害,也忘了耽误自己的正事,只负怒要把挡路之人砍散,她以为他们这群东西明知自己是客,反而故意和自己捣乱,实在是居心万恶。她本来刀毒手辣,这一来锋芒更不可当,眨眼间便被她砍伤了四五个人。

她还是不依不饶,挥刀冲击,蔡六的功夫并不弱,拼命支持着。这里守的乃是要道,手下人也有会两手的,这些人一面发出警号,招呼救兵,一面绕着圈子,缠住飞来凤。警笛乱响,铁牛堡的人互相传告,纷纷赶到。飞来凤负气挥刃,激起怒火,堡中人虽然不住地喝问,她竟不管青红皂白,一味刺击挑划。

这一来凭白给连珠箭何正平、何青鸿、铁笛彭青,留下一个机会,三个人悄悄地贴墙循壁,往鲍六房那条街上紧走。劈头遇上堡中人,他们也跟着喊拿奸细。铁牛堡本有口令暗号,却是十字路口已经打起来,堡中赴援的人只顾往前跑,遇上连珠箭,也顾不得细细盘诘,他们的眼光耳音都倾向飞来凤被围的那一边，因此反倒纵容何正平三人擦身而过。

何正平自是大喜，又觉可笑，引领了何青鸿、铁笛彭青，一抹地扑到鲍六房那条街上，仍由侧面偷偷攀上墙头。这时候鲍六房全院，已然悄寂无人了，只差着半顿饭时，这院还在上上下下围聚着许多人，现在情形一变。

那许延华、许少华一行五人，起初本已陷入重围。许延华为首，破窗袭入鲍六房，仅仅救了两个俘虏，便被铁牛堡的人调动援兵，把全院包围起来。摩云鹏魏豪和姚承钧二人，临时赶到，由房顶上跳下来，挥刀帮打，替许延华等开路，好给他们容出空来，搭救俘虏。可惜这两个俘虏手脚都被绳子捆麻，虽已释缚，简直寸步难移。仓促之间，全恃姚承钧、许少华二人背负，竟不能登高而逃，只好贴地夺路。当时若能很快地冲出去，或者可以平安出堡，无如他们人力孤单，敌兵大至，奋力猛一闯，没有闯出去，再想闯时，堡中人越来越多，到底陷在包抄中了。所幸堡中还没有放箭，还能以力硬拼，但已危险万分了。摩云鹏魏豪和许延华两个人急忙合力并肩开路，连砍伤三四个堡中人，才夺出一条血路。

许延华命许少华、姚承钧，背着所救的俘虏，夹在当中，他自己和魏豪当先开道，由刍桐年、董俊千合力断后，且战且走，居然冲出鲍六房院外。劈头遇上了鲍家四虎的鲍熊飞，摩云鹏魏豪赶上一步，把鲍熊飞邀住。许延华立即回头一点手，挥刀前闯，冲开了前面敌人，把许少华、姚承钧援引出来，且斗且往外抢，抢到一条横街上，越过这条横街，便到堡墙根，迎面突又来了一伙人，打着火把灯笼，刀矛棍棒，丫丫叉叉，把出路挡住。前有截兵，后有追兵，双方往前一凑，立即把许延华等又围在核心，苦斗不得脱身。堡中人互相传呼，催人快传弓箭手来，情势越见危急。

这时候连珠箭何正平，带领女儿何青鸿和铁笛彭青，正抓着一个机会,一直扑奔鲍六房而来。机缘凑巧,只差着一步,这鲍六房全院恰巧做成贼去关门的阵势,大队的人已然追赶许延华一行五人去了,这里只剩下寥寥十二三个人,把大门关上,吹灯灭明,秘密守御起来。

连珠箭何正平恰恰由房顶上赶到,凭高往下一望,下边静悄悄,黑乎乎,没有人声。何氏父女吃了一惊,看这样子,好似许延华等已然全军覆没,已被人包围生擒了。铁笛彭青也不由这样想,全都懊悔起来,何老紧皱眉头,想而又想,忽然觉着不对。自己人如果遭擒,这地方应该灯明辉煌,大开公堂,讯俘审囚才对,断不会这么冷冷清清的。忙向四周一看,立即引导彭青二人,潜行默移,扑向鲍六房后房檐,三人伏下身来,一齐侧耳倾听,凝神俯察。半响仍不闻动静,何老心生一策,把一块飞蝗石子,顺房檐照空院投掷下去。石子咕碌碌一响,啪哒一声落地,登时听见什么地方,低低发出一种喊喊嚓嚓低讯互告的声音。何正平又顺手远抛下一石,啪哒大响一声,登时见下面屋窗微光一闪。

连珠箭何正平心中一转,立刻猜测过半,急和何青鸿、铁笛彭青,分两面往正院伏行,径抄囚禁俘房之所。这禁俘之所窗已破,是被许延华砸开的。何正平向彭青二人一挥手,令二人暂伏,他自己立即悬身,用倒卷帘式,侧耳一听,屋内隐隐有屏息嘘气之声。何老大悟,忙抽身退回,请铁笛彭青向对面房后,去放一把野火。彭青依言,仍从房顶上度过去,暗暗溜下平地,取出火折子,点着松明,就在人家后窗,放起一把火来。不等火势起来,立即抽身退回,与何老合在一起,伏在房上,以窥其变。

火势渐吐,院中突然起了一片大喊"火!火"的乱叫,刚才黑乎乎的正房厢房,窗前猛然一亮,原来是用什么东西,把灯光遮蔽了,好像是一闻声,立刻摘去灯罩,并且立刻由正房、厢房,奔出六七个人,一齐向失火的地方奔去,同时分两个人,往各处搜查。

内中一人正是房主人鲍六,且跑且叫道:"你们看看,鲍老三这么

大意,上了姚山村调虎离山计了。"

何老本用的是纵火诱敌之计,将以窥察虚实,倒没想到别的。现在他就将计就计,尤其可怪的是敌人,口叫着调虎离山计,他们却到底要被调,要离山,有些人忙着救火,有些人又去到外面报警。何正平和女儿何青鸿、铁笛彭青,飞身一跳,竟冒着险,蹿向后窗平地。何老胆大包天,命女儿何青鸿落后一步,给他巡风;他自己手提一剑,竟顿足一跃,立刻蹿窗而入,身入重地。直如电光石火一般,袭到这囚禁之所,他竟不怕暗算。

他刚刚蹿到屋里面,立刻夜战八方式,把手中剑一转,左手的火折子也同时一晃,登时一溜火光,照得屋中全景,屋中土炕上捆着一个人,地上靠着门把着两个人。这两个人正是守囚的乡丁,却只注意到炕上的俘囚,忘了后窗。突闻人声,刚刚一回身,何老手疾眼快,不容他们动弹,眉峰一皱,倏地一抬剑,首先用剑柄照头顶砸去。那人哼了一声,咕登躺在地上,人已晕倒。第二个乡丁锐声一叫,何老顺手一剑,这已经来不及砸打,剑尖直透肩井,把那人刺倒在地,然后调转剑柄,仍照头顶上狠砸,砸得那人不哼不呻。

何正严立刻往炕上一扑,低叫一声:"喂,朋友,快报名,你可是姚山村的某某么?"姓名是姚书绅预先告诉他的。那人"唔"的应了一声,何老矫如游龙,飞身登上土炕,破窗往前一看,刷的往后一跳,又跳到后窗,急向铁笛彭青、何青鸿点手。

何青鸿首先一步蹿入,连珠箭何正平急急地往屋门口一指,又往地下一指,何青鸿登时误会:父亲是叫我一面把门,一面监视倒地之人。她立刻提剑往屋门后侧身一藏,剑锋向外,人若一来她就是一下。

同时铁笛彭青也飞蹿进来。何老急急往土炕上一指,把火折子一晃一照,急急地说道:"快看看,快问一问……"言外是叫他问一问,是不是咱们要救的人?再问别人怎么样?铁笛彭青依言跳上炕,把炕上人一推,炕上人只哼不答,原来是堡中人刚才抵御奸细时,给堵上了嘴。

于是彭青忙着救人询情，连珠箭何正平又矫若游龙地一跳，扑到地上躺倒的两个受伤人跟前，他跛着一条腿，跳上跳下，扪着黑做事，手法真是快极而又稳极。他的火折子只供认识人的面目而用，此刻立即熄灭带起，却将屋中门幕扯下，信手一撕，撕成长条，就用这布条，把两个受伤发晕的人捆上，而且不知怎么一来，被他弄苏醒了一个，他就拿刀磨顶，口对耳根问供。

他手极忙，心极静，不愧是老英雄，把个彭青佩服得五体投地；虽然忙，忍不住大赞道："你真成！"何老听了，急忙摇手，说道："你也快问，我也快问，到底咱们的人都上哪里去了？"

彭青忙答道："不用问，炕上这位正是咱们要救的人，他是姚乃屏。"立刻把姚乃屏口中堵塞之物掏出，又把两臂绑绳割断；急急问他许多话。可是这姚乃屏一阵干呕，仓促间不能回答。那何老所伤的两个人，虽然被弄活，也发昏发傻，不能猝供。

就在这时候，屋外面早就扑来了两个人，大声吆喝道："快看看这里吧，俘虏只剩下一个人，别叫奸细再捞了去。"

这是自警之语，反给何氏父老做了一个警告。何老命何青鸿姑娘，提剑把门，外面人这一喊，何老急嘘了一声，"喂，留神！"何青鸿早已一声不响戒备着，把剑一顺，堡中人只一探头，她就一刺。

这来的两个人，后面的一个竟是行家，在后面喝道："你干什么？"前行的那个人正要往屋中钻，被他一把扯住，竟不肯叫他走屋门。脚步也变轻了，却突然喀嚓一声，屋前窗破裂。

何青鸿回头一望，窗扇倒掀进来。彭青忙将姚乃屏拖下平地。窗前现出一个人影。何老低声道："看屋门！"

果然前窗一倒，从屋门登时忽然扑进一条黑影。何青鸿急砍一剑，刮的一声，却剎在椅子上。何青鸿急忙抽剑，顺手打出一镖，屋外之人也打进来一镖。何青鸿正要出去，那人也不敢进来，那另外一堡中人隔窗打进好几块石子。

连珠箭何正平催彭青背救姚乃屏，他自己趁女儿拒住堡中人的工夫，把那受伤人猛拍一下，然后持刀磨顶，低声询供。那人想是知道利害，居然照实回答。

首先问："我们这些人呢？"答说："他们全跑了。"又问："你们那些人呢？"答说："他们全追下去了。"又问："奔到哪里去了？"答说："奔向西边去了。"又问："救出去几个人？"答说："救出去两个。"居然有问必答，一一实供。

他们这里问一句，答一句，外面攻击得很紧。何青鸿只能拒住屋门，不放堡中人进内。堡中这两个人都很在行，不肯冒险进攻，一味呼喊拿奸细，往屋内乱发暗器。何青鸿一声不响，运利剑，侧身阻路，堡中人竟估不透这因所之中，袭入多少奸细，二人又连声呼喊屋中自己人的名字，屋中的自己人又全不回答，好像全部覆灭。此刻的情形，宛然反客为主，屋外这两个堡中人倒没了主意。但也只是仓促之间失措罢了，跟手他们两人便狂叫起来，向对面屋后大喊："不好了，囚所也混进奸细了，咱们的人全叫他们毁了。"喊了三四遍，对面屋后救火的人纷纷赶来。

对面西厢房屋后，刚才放的那把火，恰已扑灭，火光顿息，仅存残烟，当即留下一半人，戒备第二番的意外，大多数的人都扑奔囚所。鲍老六大呼小叫，比比画画怒骂："砍了他，埋了他！"也不知是威吓奸细，还是威吓部下。

部下人分散开，赶来阻堵前门后户。可惜迟延了一步，何正平隔窗抬头，望见西厢火光不亮，估料时候已然紧迫。这调虎离山之计，本只蒙骗一时；逼供已毕，他立刻俯腰，把所擒两人，重新堵上嘴，提到炕根下，免为流矢所伤。

何正平张目四望，先催铁笛彭青快走。彭青已将姚乃屏背好。他也从姚乃屏口中，也已问明许延华一行的来踪去影，又已得知姚山村那两个俘虏,已被许氏叔侄救走。彭青环顾情势,救俘之功已成,不宜再行留恋,举目望窗,就要穿窗而走,无如身背重负,力量不够,飞纵之术不精。忙躲避窗口投来的暗器,俯腰取一小凳,作为垫脚,他向何老说了一句话:"我先走了!"

何正平忙道:"且住!"立刻替换下女儿,命女儿何青鸿给彭青开道。他自己代女儿断后,扼守门户。

何青鸿退下来,轻移脚步,侧身到后窗口,登上小凳,急急向外一望,外面似无异状,立刻唇边吐出一字:"走!"掠身穿窗而出,平稳落到平地。立刻唇边重吐一字:"快!"给彭青做了先锋。

铁笛彭青立刻背好姚乃屏,踏凳扶窗,刚要耸身,却又持重,向外再一探头。就在这一刹那,果听何青鸿急口低啸了一声:"风紧,小心,暗器!"六字才出口,顿然听见暗器破空声,利刃披风声,何青鸿已与堡中两人斗在一起。

这两个人影刚从西厢失火场绕过来,被鲍六房催促,特来防堵后窗,堵个正着。这两人不是何青鸿的对手,被打得倒退;彭青趁此平安跳出囚所。

却是这两人手底下不吃力,嘴角上仍不饶,竟不肯好好退走,大叫起来:"后窗有人跑出来了!"满指望前院的人必要分兵赶来应援,谁想连喊几声,没有一个人过来。这都是连珠箭何正平之功,他居然从囚所屋门冲杀出来。指东打西。一阵乱冲,前面的人挡他不住,也大声呼喊,打算把何老包围住。何老决计不肯上当,在庭心乱转,一溜烟又奔到西厢屋前,就是纪宏泽被软禁之所,也就是飞来凤和纪宏泽幽会订约之所。

何老此举,专为牵制堡中人,给女儿和彭青预留出走之路。堡中人果然穷追何老,何老扑到哪里,他们截到哪里,一味死缠不休,并认为何老是一个最重要的奸细,哪知上了何老的大当。

何老竟把堡中人诱到西厢房后面火场,从那里仍向外闯。堡中人乱喊:"截住他,别放走他!"何老这边越吃紧,何青鸿这边越松动,只有那两个人跟缀,反被何青鸿反击得倒退。别的人无暇增援上来,何青鸿心中大惊,锐呼一声,挺剑猛冲,却向彭青悄打招呼。彭青又赖何青鸿迎敌断后之功,急急越墙图遁。

铁笛彭青背了一个人,处处落慢。何青鸿赶散两个追兵,忙又返寻回来。这工夫,彭青刚刚把姚乃屏背到东墙脚。何青鸿赶到,忙说:"我来!"

何青鸿首先翻上墙头,取出飞抓,投下飞抓,自身骑马式,在墙头一跨,低呼道:"快上。"彭青妄想跳墙,这不啻错打定盘星,不肯径用飞抓,试着往上一蹿,未及墙头一半,便落下来,恰好飞抓投下。何青鸿又催了一句,彭青面上一红,黑影中看不出。姚乃屏在背上说了句话:"还是揪住飞抓往上攀。"

彭青道:"我自料还行。"姚乃屏道:"只未免耽误工夫,你看那边许是追兵。"

铁笛彭青这才换上飞抓,仰面道:"姑娘,揪住了!"何青鸿催道:"揪住了,你快上吧。"

彭青只得用这飞抓做为引绳,一把一把往上倒,何青鸿在上双手引绳,也一把一把往上汲。

何青鸿却做了一件外行事,她应把飞抓这头拴在墙头,因为墙头平坦,没有铁脊,无处可以系绳,她只用双手之力硬扯。彭青也做了外行事,背一个人,汲一人,是两个人的分量,不下二三百斤。何姑娘腕力尽强,也有些勉强,只得努着浑身臂力,双手硬拔。突然耳畔嗖的一声,似飞来流矢,何姑娘骑马式在墙头,慌忙一闪身,失了重心,彭青又猛一揪,咕咚,松手,彭、姚齐坠地,何青鸿面色一红,幸而黑影中也都看不清。

彭青猛然省悟,忙解下姚乃屏,先将飞抓投上去。容得何青鸿接住,彭青释了重负,便可顿足一跃,径上墙头。姚乃屏也发了话:"我此时也许可以跃得上墙头,不必用这飞抓了。"

彭青催道:"别客气,快点。"姚乃屏揪住飞抓,何青鸿一声不言语,把姚乃屏轻轻提上了墙头。

就在这时候,那边墙头,发现三条黑影,已然追来三人。彭青正要蹿墙,何青鸿首先望见黑影移动,忙说:"留神看那边,房上有人!"

从高处追来的只有三个人影,分三路兜来。彭青估量远近,自料无妨,不去理会,仍要顿足上房,突又有六七个人影,如飞地从平地奔驰过来,为首一人脚步很快。彭青吃了一惊,忙回身负隅,先发出一暗器。房上的人、平地的人发一声喊,立刻冲彭青逃路圈来。

何青鸿姑娘把姚乃屏提上墙头,又落到平地,送到墙外,然后纵目四望。追兵已至,彭青没有上来,她父也没有赶到。何青鸿很不放心,翻身就走,要再次上墙。姚乃屏忙追叫道:"喂喂,这位仁兄,咱们快走吧。他们追赶的人随后就到。"何青鸿不答,父女关情,她惦记她的跛足的爹。

姚乃屏万分焦灼,忙拦住道,"这位恩公……"他明听出彭青称呼姑娘,他仍不敢冒昧,勉强叫了一声恩公道:"我手无寸铁,实在是……"

何青鸿微微一笑,知道姚乃屏败军之将,不足言勇,一度被俘,胆量没有了,随手抽出一把匕首,递给姚乃屏。她仍然一顿足,跃下墙头,铁笛彭青竟在隔墙被围,何青鸿把父亲所授的连珠弩从背上取下,骑在墙上,往下面一阵暴打,把房上的人打下平地,把包围的人打得呼噪乱窜,彭青趁势也跃上了墙。

何青鸿忙问道:"我爹怎么样?怎么还不来?"刚说了两句,未容回答,下面喊声更大,人影奔窜更乱,彭、何一齐向下望,只见那六七个人影背后,忽又拥出一条人影,身形短小,走路特别,掩到人群背后,人群立刻如惊涛破浪一般,豁地分散。何青鸿叫道:"这一定是我父亲。"

果然不差,这短小人影冲入人群,好似分水蛇一般,一直突围冲到墙根,抬头一望,口发呼哨。果然是连珠箭何正平。

何青鸿急急叫道:"爹爹,快上来,我在这里呢!"

何正平飞身跃上墙,瞧见女儿和彭青,说道:"你们怎么刚到这里?怎的还不快走!那个姚什么屏呢?"疾如星火,催何青鸿、彭青下墙,他自己解下连珠弩,嗖嗖,刷刷,如骤雨梨花,打得下面人越发奔窜。

何青鸿这时很喜,立即飘身而下,铁笛彭青也飘身而下。不由大赞道:"到底是老英雄,到底姜是老的辣。我看老英雄的连珠箭,比姑娘更厉害了。"

何青鸿笑了一声,道:"别说了,快找那位姚爷吧。你看他也不知躲到什么地方去了。"

铁笛彭青张眼四望,也暗吃一惊,口头却说:"别慌,他不会再失陷的,他也是老行家了。"忙打口哨,左右乱啸,直啸出两条小巷,方见姚乃屏潜伏在暗隅中。两个人这才一块石头落地。

铁笛彭青立刻背着姚乃屏,往前急走。姚乃屏已经勉强可以步行,还不能飞跑,彭青伏下身,又要背他,他说:"不用,不用!"正在谦辞。后面铁牛堡竟聚了大队追来,隔巷听见传呼之声。何青鸿又要帮助彭、姚二人,又想追随他父断后。连珠箭何正平在黑影中居然料透,忙叫道:"不好,青儿你快过去保护彭青,往堡外赶紧闯,我留在这里挡一阵。"

何青鸿叫道:"爹爹,我不放心,我跟着您。"何正平道:"胡说,别找麻烦,什么时候,快依着我,你们自管自,快奔姚山村闯。我还得挡他们,一边挡,一面还得接应许延华。"这老儿也跨着墙头,展开连珠箭法,以一人之力暂阻追兵。

何青鸿依了她父之言,急追彭青,彭青强把姚乃屏重新背起,三个人曲折夺路,连躲开两道卡子,一直抢到堡墙根。一路上何青鸿姑娘在前开道,极尽护卫之责,侥幸没遇见挡阻。大墙当前,立刻合力,用飞抓绳梯,翻墙而过。跳过壕沟,大喘一口气道:"惭愧,出险了!"

前途黑乎乎一片旷野,时时有星星之火闪烁,分明是铁牛堡的外卡,他们并没有完全脱险。三个人趋至丛莽黑影中,先缓一口气。铁笛彭青放下姚乃屏,在旁拭汗。姚乃屏向两人道谢,彭青也向何青鸿道:"这一回多亏了何姑娘,给我开道。"

姚乃屏闻言大诧,上眼下眼打量"何姑娘"。何姑娘格的一笑,彭青忙正式介绍:"这是连珠箭何正平何老武师的令爱,青鸿姑娘。"姚乃屏越发惊诧,连连拜谢。何青鸿微笑道:"这工夫可不是道谢的时候。彭壮士,您歇过来没有?我们还得快走。"

他们这一路,只出来两个人,救出一个人,还剩下何老和摩云鹏魏豪、姚承钧三人。

何青鸿一行三人复往前奔,奔出不多远,遇上七八个堡中人,似是巡夜的乡团,又似是闻警回援本堡的救兵,这七八个人走得很快。何青鸿仍在前面开路,她首先发现,低啸一声。三人仓促在平原旷野间,何、彭等人只得让开小路,急忙往草地一躺。那一小队人打着一只灯笼,如飞地奔过去了。何青鸿嘻嘻一笑,跃身起来,说道:"真有意思,和捉迷藏一样。"彭、姚二人都笑了。

续往前走,到了预定地点,遇上潜伏的接应,从树影后跳出来,共只两个人,何青鸿突然说:"不行。"她再不肯往姚山村走。向彭青说:"请你自己个和他们二位,把这位姚君护送回去吧。"

彭青道:"姑娘你呢?"

何青鸿道:"我还得返回去。"刚离开虎口,她又要只身重去寻父。

铁笛彭青拦她不住,姚乃屏说道:"姑娘,这恐怕不妥当,姑娘一个人返回去,太涉险了。"何青鸿道:"怕什么?"坚持要回去,她还是不放心她父。

彭青又劝说道:"何老英雄比我们年轻人还强呢,姑娘既不愿回姚山村,我看我们索性全在这里等候,不久他老人家就回来了。他老人家一身的武艺,我刚才已经领教过了,姑娘请放心吧。"

等候了一会,仍不见何老赶到,也不见许延华一行。何青鸿再沉不住气,拔腿就往回走。彭青阻不住,连忙说:"您等一等,我还有一法。"何青鸿道:"你有什么法?"

姚乃屏抢着说:"我倒有一法。我觉得我自己可以摸回去。彭仁兄,请你费心辛苦一趟,陪着何姑娘找何老英雄,也是很要紧的。"

何青鸿道:"用不着这么麻烦,你自己回去,认得路么?"姚乃屏笑道:"我原是姚山村的人,这里的道路我还认识。"何青鸿自觉失言,讪讪地笑了。

铁笛彭青也忙插言:"这么办,很对。可以请他们二位接应过河,护送姚仁兄,往小河偷渡。我可以奉陪何姑娘再返一趟。"

彭青乃是好意,何青鸿愤然挑了眼,说道:"我用不着叫谁奉陪!"拔腿就走,展开飞纵术,眨眼间没入黑影之中。

铁笛彭青很僵,自以为碰了人家年轻姑娘的一个钉子,很不是味。姚乃屏没有理会,忙叫道:"何姑娘,何姑娘!"何姑娘一声不响,已然越走越远,又不便大声喊叫。

姚乃屏眼望黑影,说道:"彭仁兄,这姑娘好像武艺很了不得,不过二番再入虎口,太也危险,彭仁兄,我自己回去吧,还是劳你驾,跟着她点,免得出错。他们铁牛堡中往往在路旁掘着陷坑,一个人独行,吃了亏,没有救星。"

铁笛彭青想了想,悄说:"我暗缀下她去。"稍过了一会,向姚乃屏拱手道:"一切请你回去报告吧。"展开身法,遥逐去影,也就紧跟上去,姚乃屏随了两个接应人,自往回走。

那一边,连珠箭何正平,用一把连珠弩,镇住追兵,也只是片刻之间的事,工夫稍大,堡中人在哗乱声中,聚人渐多,从四面包抄过来。何正平身在墙头,看出大概情形,料到自己女儿和彭青此刻必已去远,他不敢俄延,连忙一翻身,跳下院墙,打算往斜刺里逃走。他想,堡中不过一群乡下力笨汉,不难把他们抛开。殊不知此时也惊动全堡,鲍家四虎和丧门神桑玉兆,全都出动。何老还想寻找摩云鹏魏豪,他又想接应许延华,可是敌人已不容他自由行动了。

何老立在墙头,敌人已有人立在对面墙头盯着他。他翻下墙头,敌人便呼喊:"奸细下来了。"他往东跑,敌人就喊:"点子奔东了。"何老往西走,敌人就叫:"奸细又上西边了。"敌人盯得十分紧,他已然觉得陷入重围。他的形迹已然大露。这老儿本来是老手,一看情形不对,他立刻见硬就回,慌忙改计。他现在忙着冲出重围。

他的计划已定,施展小巧的功夫,走黑影,奔暗隅,蛇行鹿伏,躲避敌人,到底把敌人甩开了,但没有甩净。敌人散漫开,远远地还是圈着他,然后再用孔明灯,上下乱照排搜,他到这时,深知接应许延华已不容易,其实他用李代桃僵之计,已将彭青、姚乃屏救出,这就很不容易了。他这第二步打算,未免年老好胜,画蛇添足,多此一举。可是他见硬就转弯,到底颇识时势。他冷笑一声,心中说:我得赶紧出去,不要把我一个人剩在堡里。于是他悄没声地穿小巷,曲折往外绕。突然前面遇见阻挠,他就抽身折回。突然听见近处有动静,他就连忙躲避。他本可以用暗箭,暗算敌人;可是敌人不老实,受了伤,必要鬼号,要了命,也要呻吟,他又不肯多所杀伤。他这样闪躲,费了较多的工夫,居然溜出重围。

他已溜出重围,可是跟手他的行迹又被堡中人发现。他诧异起来,又悬虑起来,现在好像敌人追得越紧,他越担心彭青三人,怕他们遇上自己所遇着的事。

可是转眼他明白了,他这里一步落后,故此堡中人不肯全冲他一人钉上来。故此他感觉到寸步难行似的情形了。他登时又明白,这正是自己预定的打算,他需要敌人专追自己,方好放缓别人。

他不愧料事如神,他立刻放了心,现在只顾及本身的安危了,别的已不必多虑。他择定了逃走的线路,曲曲折折走去,自然仍是小心躲避着敌人,渐渐地被他冲到墙堡。于是他掷飞抓,上了堡墙,这堡墙正当东南角。他站在堡墙,向四外张望。堡内东一处西一处透亮,堡外也有利落的火光。何老明白了,猜想许延华他们或已奔到东堡墙以外,自己可以奔了过去。

何正平想定主意,正要转身,突然听见一声断喊,跟着发来一件暗器。何正平"哎哟"一声,往墙外一翻,咕咚坠落在堡墙以外。立刻从墙头上出现一个人影,俯身往下一望,正要往下跳,不意何老在地上突然抬手,发出暗箭,那人影照样"哎呀"一声,却栽在堡墙以内。

何老在墙外哈哈大笑,那受伤的人在墙内大骂。忽然不骂了,却吹起警笛,吱吱地叫了数声。何老道:"不好!"撒腿就跑,一面跑,一面想:我该装乏小子。

果然警笛过去,追兵寻声来到。想是听见受伤人的报告,立刻有两个人影上了墙。同时有十几个人影在墙根一打晃,把堡门开了,蜂拥出十数人,提了孔明灯,追逐出来。

连珠箭何正平回头一看,把舌头一吐暗道:咳,上当,上当,我射他个什么劲呢?真是自找麻烦,没法子!撒腿就跑。

追兵先出来一小队,约有十数人,随后警报传开来,又追出一小队,也有十数人。何正平往前看看,又往后看看,心想:不好,不好,我只怕他们前边另有埋伏。但不知我的女儿她可平安出来没有?心中想着,两只脚并不闲着,他自己对自己说:"只要还有脚,我就要跑。"

追兵越追越紧,黑压压人影乱窜,吹着呼哨,不住地传呼,好像说:"拿奸细,追奸细!"连珠箭何正平一瘸一拐,一面飞奔,一面不住地回头看,并往前面、旁边看。前面黑乎乎,已快到来时通过的那片森林了,树林还是有卡子的。何正平打算绕林潜闯,忽回头,看见那两队追兵背后,从斜刺里又冲出一队追兵。这一队人数更多,脚程更快,并且人人似打着火把,穿行旷野,如一条火龙似的,转眼赶上前面的追兵。

突然一阵鼓噪过去,这最后的大队追兵往左一兜,那最前面的追兵也往右一兜,立刻合成围阵,把当中的那队追兵围在垓心,登时喊杀声中,乱打起来。跟着围阵又一散,从中冲出一伙人,竭力往这边奔来。那两队合兵急忙从两侧重兜上来。何正平忙登上高处,竭尽目力一看,这才明白,那最前面和最后的两队,方是铁牛堡的追兵;这当中一小队人,远看辨不清为敌为友,如今有火把一照,已然测出,正是自己人,是突围落后的许延华一行。估计人数,利利落落奔来,足有八九名,恐怕许延华叔侄、姚承钧、姚承权弟兄和邹桐年、董俊千,以及自己的七师弟摩云鹏魏豪等,都在其中。

连珠箭何正平攀上这棵大树,越看越分明,顿悟刚才的追兵并不是追赶自己,但是眼下他们落后的人且战且走,有些摘落不下,自己倒独自一人先脱出来了。何正平又回头一望,树林后已有火光闪烁,料想铁牛堡卡子上的人必已闻警出动。敌人离此虽然尚有半里路,却最怕他们两面抄袭自己人。心中略一转念,立即打定主意。忙跳下树来,匆匆选择地势,就着二道土岗,埋伏下来。可惜的是只有自己一人,恐怕孤掌难支。他刚刚往岗后一藏,忽闻草丛簌簌一响,忙蹲身注视。却是一条人影,从荒草地绕来,身法很快,趋走如蛇,好像是他的女儿,候到临近,试啸了一声,那人影抖手打出一镖。被何老闪过,又叫了一声,果然正是何青鸿,只身寻父来了。

何青鸿一见她父,心中大悦,高高兴兴叫了一声:"爹爹!"忙挨过来道:"你老藏在这里了,叫我好找。"

何老忙道:"冒失丫头,没看清人,千万不要乱发暗器。你来得正好,快随我来。"匆匆地问过数语,父女二人忙分蹲在土岗后,人人手中把着连珠弩。这是两用的连珠弩,既可以发射连珠箭,又可以发打连珠弹。

藏过片刻,追喊声越来越近,突围的人果然是许延华、许少华叔侄。由姚承钧、姚承权各人背着一个人,是他们救出来的俘虏。由摩云鹏魏豪和二许叔侄奋力开路,由董俊千、邹桐年二人断后。几个人脚程都可以的,无奈其中还有背救着两个人,顿然缓慢下来,好容易冲出墙堡,便被缀上,好容易把跟缀的堡中人打退,那丧门神桑玉兆和鲍氏二虎又得讯紧追来。七个人共救两个人,一路且战且走,渐渐摆脱不开追兵,许延华忙命许少华和董俊千两个脚程最快的人,把二姚换下来,并由背负改为搀扶,同时改由魏豪、邹桐年和许延华三个劲手合力拒后。

又奔了一程,竟至铁牛堡的鲍氏四虎率领后队,全赶上来了。许延华的暗器又已用尽,只得和魏豪、邹桐年,用牵制的战法,和敌人缠战,容出工夫,叫许少华、董俊千先走。但是一开初,追兵赶得急,没带灯火,还容易躲,等到鲍氏四虎齐到,在火把照耀之下,越发难以躲藏。许延华是个很精神的矮胖子,摩云鹏魏豪身量很高,两人累得口角喷沫,仍奋力挥刀挡住了鲍二虎和丧门神。鲍、桑二人大骂姚山村,不讲道义,各挺兵刃,来斗许、魏。却由鲍三虎指挥全队,赶前一步,又将许少华等围住,登时陷入混战。

许延华一面打,一面喊:"快闯,快闯!"起初不过是拒斗,还无心伤人。后来铁牛堡的乡丁,各持长兵刃,来助堡主,夹攻他们,他们顾不了许多,渐渐用刀锋伤人,刺伤了一两人,才得松动一步。这一来血溅荒郊,越勾起铁牛堡的狂怒。刀矛如林,喊杀之声大作,不再想活擒,要把这群偷营盗俘虏的对头,个个乱刀砍死。

双方越打越凶,许延华仍是且战且走。但是转瞬之间,形势又变,许、魏二人抵得住鲍、桑,邹桐年和二姚竟打不开出路,他们人单势孤,顾此失彼,又被包围。摩云鹏魏豪大吼一声,抛了敌手,又来冲锋,许延华也向鲍麟生虚掩一刀,纵身一跃,打倒一个乡丁,把许少华拔救出去。二姚紧跟在后,也冲出来。那边董俊千也由魏豪救出。

当下，董俊千拖着一个所救的俘虏，许少华也拖着一个俘虏，这两个俘虏都不如姚乃屏，因这两个人被幽囚已久，失去了斗力，没人扶掖，极难奔走，这就添了累赘，许延华、魏豪都很着急，也没旁的法子，算计着只有闯到小河滩，方庆脱险。可是举目一看，去路尚远，简直打不出去。若是当机立断，应该抛下所救之人，全军而退，最为上策，无如看在江湖道义气上，这话无法出口。许延华把刀乱砍，魏豪也是一样，拼命砍敌，其余董俊千、姚承钧、姚承权，也都破出性命，一人拼命，百夫难当，何况他们一共七个人，敌人虽众，竟一时拿他不下，却还穷追不舍。

姚山村众人最怕的就是穷追不舍，人的气力有限，路远途长，这七人就是不被杀死，也要累死。鲍麟生料敌知胜，忙大声告诉手下人："大家努力，缀住他，别放松，看他们飞到哪里去！"众乡丁也都倚仗人多势众，狐假虎威，硬往上拥。

转眼间，又延缠出去一段路，一望前途，黑漆漆，距河尚远。许氏叔侄、姚氏昆仲等等，全知道要糟；这两个俘虏，各持一把匕首，被人扶着跑，只一心盼望出险，没有转想一下，自己此刻已成了他们七个人的累赘。他二人正应该自己说出口，叫别人夺路速走，光棍汉不要累害别人；可二人只说，快跑，快跑。许延华也只好干着急，不便说破，魏豪更不便说破。姚承权、姚承钧是姚山村的居停主人，已经弄到筋疲力尽，忽想起这一点，忙说："许老英雄，魏壮士，对头缀得太紧，你们全速退吧，不要管我们了。"

可是他喊迟了，敌人大批涌上来。前面一道土岗，七个人一齐想，得努力抢上土岗。内中二姚和两个俘虏疲喘不堪，往岗上一蹿，竟跌倒了两个。许延华在后面望见，大叫："坏了，坏了！"

追兵持火把自后面大叫："看你们往哪里跑。"由鲍麟生、桑玉兆指挥，分两队抄来。七个人跟跟跄跄刚上了土岗，追兵已经赶到土岗。

第二十九章

连珠箭智退群敌

突然间,岗后一声大喝:"铁牛堡的人,看箭!"

又一个清脆的声音道:"姚山村的人快过来。"

一霎时,弹如流星,箭如疾雨,往岗下打来。迎面抢头阵的追兵,登时被打倒三四个。第二排又到,又被打伤好几个。立刻哗然鼓噪,往后退下去,一迭声道:"不好,土岗后有埋伏!"

这时候,土岗后,只有连珠箭何正平、何青鸿父女两个罢了。许延华、魏豪陆续抢上土岗。双方一过话,立刻翻身、布阵,把土岗守住。二姚和两个俘虏喘作一团,觅蹲在土岗后,一时不能动弹,董俊千、邹桐年随后跟上来,也忙翻身挺刃。

但是这道土岗并不是天险,仅仅是借仗这凸起的黑影,虚实难辨,把追兵略略一阻罢了。铁牛堡那边,有的是灯笼火把,高举起来一照,就任什么都看清了。便是何氏父女这两个埋伏,只凭两张弩,也只能阻挡片刻之间。弹丸有限,连珠箭更无多,仅发出数十下,打倒七八个人,便已弹尽箭绝,父女两人只剩下最后两弹两箭,不肯再发,同时住了手。

何氏父女就是不住手,也不能阻敌了。此时丧门神桑玉兆和鲍麟生督队已到。鲍氏兄弟一看土岗,立刻用一只红色灯笼,指挥全队,绕从两侧,夹攻土岗。瞬息间,便已越过这短短的土岗,分兵来抄何正平的后路。那桑玉兆就一挥锯齿刀,带着七八个倔强的汉子,从正面硬抢土岗。姚山村两路的人刚刚会合在一起,一霎时同陷在围阵中。

何正平却不慌不忙,在黑影中叫了声:"七弟!"摩云鹏魏豪应了声:"三哥,我在这里呢。"又道:"青侄女呢?"何青鸿忙答道:"我在这里呢。"

摩云鹏魏豪又叫道:"三哥,可寻见小纪没有?我可没碰见一点线索。"何老答道:"我倒是摸着一点,回去再说。七弟,咱们合起手来走。"

何老是一面开弓,一面和摩云鹏回答。又向许延华叫道:"许老兄,事情怎么样?"

许延华只顾挟忿挥刀,仅仅应了一句道:"不妙,只救出两个,倒引得人家大队缀下来了,我多谢何老前辈接应。"

这时火光已经全照过来,两侧敌人齐声呐喊,他们再想互诉,已不能够,且亦无暇。何正平大声说:"许老兄,努力往外冲啊,我给你断后。"

何老又叫:"七弟帮着我,还有哪位帮我?"

董俊千、邹桐年都说道:"我!"四个人连何青鸿,据岗迎敌,一扫潜踪奔逃的样式,竟大呼挥杀起来。却是总共几个人,无论如何虚张声势,也吓不退铁牛堡大队的人。铁牛堡的人反而高举火把,一壁从土岗正面攻,一壁从土岗侧面抄截。

那许延华骤见援兵,方才一喜,旋又焦怒。又见救出来的两个俘虏,全似软瘫一般挣扎不动,他便奋身上前扯起一个,叫道:"快跟我走!"许少华忙扯起一个,催着姚承钧、姚承权,夺路急走。此时敌人漫散着抄来,何正华、摩云鹏等又挡一阵,退一阵,敌人竟死缀不休。

鲍麟生大叫:"姚山村的朋友,趁早把劫去的人放下,若不然,我把你们全杀了。"桑玉兆也这样喊,铁牛堡余众也这样喊。何正平、许延华谁也不肯听,只是有路就走,有力气就施展。当下迤逦而斗,此奔彼逐,又追出一段路,遥望前途距小河边还远。许延华大声向何老说:"糟了,糟了! 他们两位竟寸步难行,太累赘了,太累赘了! "

何正平大怒,忙道:"累赘也得受。"他以为这不能半途而废,忙着又道:"许仁兄铆力,我可要施毒手了,青儿快上这边来。"

何青鸿往何老身边一扑,丧门神桑玉兆大吼着来截。摩云鹏魏豪挥剑一阻,何青鸿翻身一剑,何老大吼道:"呔,着法宝! "

桑玉兆咕咚一声,跌下土岗。何老把他最后暗器发放出来。桑玉兆是个很魁梧的汉子,突遭暗算,铁牛堡的人齐惊,立刻互相传呼。

桑玉兆受了伤,仍然一跳而起,大叫道:"鲍贤弟,快拿暗器打东西。"鲍麟生道:"快传弓箭手! "弓箭手只留下护堡,没调来追敌。

鲍麟生又道:"快发镖! "登时,有几个人发出蝗石、镖、箭,照何老等拈击过来。

何老叫道:"哎呀! "抬眼一望,急向何青鸿、摩云鹏、董、邹众人挥手。五个人登时虚挡一下,跳过土岗,一直败下去。

许延华叔侄架着俘虏,已经退出一条小路,背后就有七八个铁牛堡中人,脚程较快的,跟随紧缀。在这七八个人背后,才是何正平父女五个人,再后就是铁牛堡的大队,敌党己党,追者逃者,这么五花三层地错落跑着,呼声振荡旷野。许、何等全跑得力疲汗下,铁牛堡中人更拨出一小队急走,赶先一步抄奔小河。何正平、魏豪、许延华都觉得甩不利落了,前面小河就不易奔到,更何况渡过? 他们仍旧是且打且走,东张西望,盼望谁来援救。

那许延华忽东忽西地往前奔,把那俘虏拖得脚不沾地似的眨眼到了林边。

林边有铁牛堡的卡子,此时闻警亮出一小队人来,把林路口一挡,有火把照着,远远地看出八个彪形大汉,拿着刀矛、白蜡杆子。许少华吸了一口气,忙道:"叔叔,我们绕林子走吧。"许延华道:"咳,不行,闯！"急将两个俘虏交给姚氏弟兄,由许延华、许少华挥刀直扑林口。

八个大汉将灯火挂在树上,齐挥刀矛拦阻,许延华跳上前一刀,三四个壮汉冲他攻来,许少华跟踪而上,又过来三四个壮汉,把他挡住。许延华急回头道:"你们快闯！"姚承钧、姚承权拖着两个俘虏,直扑上去,只剩了两个守卡的壮汉,急急来攻。突然听怪号一声,这两个壮汉先跌倒一个,跟着又跌倒一个,一齐连滚带爬钻入黑影去了。二姚大喜,那两个被救的俘虏忙即跟跟跄跄奔入林口。

二姚叫道:"且慢,看看是谁！"林口中闯出一人道:"是我,还不快走！"

这突如其来的人,正是铁笛彭青,他没寻着何青鸿,恰好暗助了二姚一臂之力。二姚昆仲,慌忙突入林中。许延华、许少华叔侄也忙抛了敌人,从刀矛丛中突过,先后一抹地进入这片荒林,那六个壮士不肯就舍,大叫着追去。

这时候,连珠箭何正平、何青鸿、摩云鹏魏豪、邹桐年、董俊千,陆续也败到林边。可是铁牛堡的大队,鲍家四虎也紧紧赶到林边,又且战且走,打出林外。

前面走的许延华一行,后面断后的何正平一行,个个觉到危发千钧的情势。一面寻路前奔,一面回望背后。后面喊成一片,猜想铁牛堡必已倾巢出动。势到如今,连何正平也急了,连说:"坏了,坏了！"两只眼不住地打量前途。

何青鸿也叫道:"爹爹,怎么咱们的接应还不赶来？"何老说:"奇怪,奇怪,这大的动静,不信他们听不出来。"

这时候人人望救,人人怨恨接应兵的迟到。但等他们越过荒林,面前展开了黑乎乎的一片平原,在平原那边,高高矮矮,分明望见利落如星的火光,而且这火光正似往前移动。

连珠箭何正平略辨出火光,立即大声喊道:"弟兄们,脚下多加劲呀。前面火光是咱们的救兵到了。"这一声喊,如余烬添薪,大家喘吁齐声说道:"可好了,可好了。"人人强提着一口气,拔步紧奔火光抢。

可是,就在这同时,后面的追兵也望见了。头一个鲍麟生忙发号令,把部下叫住,匆匆发话道:"伙计们都来看,前面的火光,一定是他们姚山村的大队救兵,他们一定是过河了,我们得赶紧截住这几个奸细,不能叫他们好生回去。无论如何,也得把失去的三个俘虏夺回来,就夺不回来,也得拿镖箭打死他。若不然,凭白叫他们扰了一夜,我们太丢人了。"

鲍麟生先命一个头目率领二十余人,从斜径小路,先抄过去,要先抢住渡口,不叫逃人渡过。那头目见大敌当前,火光利落,颇觉为难。丧门神桑玉兆连忙插言:"我带他们去,我还可以裹创助战,我得找那老头子算账。"他倒提了九环刀,率领部下,立刻赶了上去,绕走左侧。

鲍麟生又取了一张弓,回身照铁牛堡,连射出三支响箭,又加射了一支火箭。这意思是催援兵快来,仍派一个急足,往回路上翻,要叫留守的人调动全队,就此和姚山村决一死战。然后他们自己率领余众,再从右侧抄赶下去。灯笼火把急走如一条火龙。眨眼间又把许延华、何正平两拨人横截在垓心了。

何正平、许延华大呼突围,所幸围阵并不严密,只是虚拢着,不放他们逃走罢了。何正平一见这种情形,忙带女儿何青鸿飞跑,摩云鹏和邹、董二友也拼命急跑,直赶到许延华一行背后,何老急叫住许延华道:"别快走了,预备抵敌吧,敌人可是急了。"

许延华张皇四望,顿然明白,大家立刻分拨,两人做一拨,背对背,挽臂侧身而行,互相掩护着,一边打,一面仍然往前闯。何正平、魏豪这边也是如此预备。再望河边姚山村那边,果然聚集了大队,却只驻在河岸对面,没有过来,只有散兵游探,往来梭巡。何正平、许延华一齐振吭疾呼,恰巧头一个脱险的姚乃屏,已由接应兵救至渡口。那姚山村的会头一听铁牛堡大队追来,也就顾不了许多,登时将停在河边的小渡船驾起来,把数十名乡团打手渡过河岸,由乡团教师率领,挑着灯笼火把,纷纷迎杀上去。

这时候,晨星高挂晴空,天将破晓,一片喊杀之声振动旷野。这一边,连珠箭何正平、何青鸿、邹桐年、董俊千、姚承钧、姚承权、铁笛彭青等,陆续败逃下来;那一边,铁牛堡鲍氏四虎和丧门神桑玉兆等,一步不放松,紧迫下来。姚山村的人连忙划着小船,整队迎击上去;一面把何正平、许延华,和所救的俘虏,先行接应过河,一面挥动刀矛,把铁牛堡的打手挡住。

械斗登时开始。

这一次械斗又与先前不同。从前几番斗殴,都在小河西岔,是一片平原,既非铁牛堡地界,也非姚山村地界。这一次却是姚山村为了接应救俘的人,仓促渡河迎战,恰做成了背水阵式。按战法说,只能打胜,不能吃败仗的,故此姚山村的人打得十分出力,简直有点拼命。

那一方面,铁牛堡的鲍家四虎以下,也因追逐奸细,未能成功,本已激起斗志,并且因为敌人胆敢渡过河来挑战,未免欺人太甚,有点堵门口挑衅的意思,故此人人死斗,也打得十分出力。双方可以说势均力敌,全是由三更起始动兵,四更刚过,便动了手,双方陆续地增兵,倾巢而斗,直打到天明,又打到过午,又打到太阳平西,渐渐都饥疲,不能再行支持,方才同时收兵。仍旧与前几次一样,由铁牛堡的会头鲍大虎,和姚山村的会头姚书绅,两个人吆喝着发话,个个传命收兵,各将自己受伤的人,和斗死的人,抬回去,又七言八语互相威吓了一阵,各丢下"瞧着我的,下次再会"的话,然后一面救死扶伤,一面各安置断后、巡风的兵,渐渐都回去了。

按照从前的情景,双方便要互相夸述己方的战功,人人总觉得自己这边占了上风,觉得对方吃了大亏,究其实不过彼此都倒霉罢了,谁也说不清敌人的伤亡实数。唯有这一回,姚山村的人自庆大功告成,把自己的俘虏救出三个来,又把敌人挡回去了,显然是打了一次胜仗。于是他们大开盛筵,给何正平父女、许延华叔侄贺功。

铁牛堡那边未免在夸功之余,想起追逐俘房,又没有夺回来,而且凭空把姚山村的人放过小河来,又任凭人家收队回去,自己未能杀他一个片甲不回,如今就是强夸战胜,究竟未免内惭。何况铁桶一般的城堡,任由敌人来去自如,实在觉得有些丢人。

更有一件事,令人不悦,便是飞来凤桑玉明,在内大闹起来,被她连伤了好几个人,看在她哥桑玉兆的面子上,仍得向她道歉,鲍氏兄弟屈着心自认误会,未免叫人越琢磨越憋气。

那飞来凤桑玉明,夜半潜出客馆,本为寻找情郎纪宏泽,半路上被堡中人阻挡,惹起她的惭怒来,被她连连砍伤四五个人,最后还是鲍麟生赶到,方才解围。飞来凤怒冲冲地告诉鲍麟生,说众乡丁出言无状,颇有调戏自己的意味。鲍麟生只得长揖谢罪,心想好歹把她哄回客馆。哪知桑玉明并不想回去,一心要到鲍六房那边找纪宏泽。可是这件事又是背人的,飞来凤捣了半晌鬼,最后仍被鲍麟生派遣一个小头目,给她带路,仍把她送回客馆。她怔了一回,借口把小头目骗走,这才第二次重奔鲍六房。却是一去扑了空,白挨了一暗器,再找纪宏泽,已经失踪了。

她当然猜不到纪宏泽被鲍家的青年孀妇金慧容诱走,她想,纪宏泽一定是被鲍氏弟兄押到别处。她悲怒已极,要找鲍麟生大闹;可是遍寻鲍麟生,又已不见。问及堡中人时,都说鲍家四虎和她哥哥桑玉兆,这时已然整队追出堡外,原因是堡中进来了奸细,把俘房盗了。桑玉明持刀诘问,堡中人全这样说,而且刚才那一阵大乱她也听见了。她噘着嘴待了一阵,正自无可如何,那鲍六房在旁又劝她说:"刚才姚山村的人袭进这里来了,也许那个姓纪的跟他们是一伙,叫他们拐走了。姑娘既然一定要扣下他,你何不赶快追了去,把他抓回来,这工夫去还行,再多耽误,更来不及了。"

飞来凤桑玉明瞪了鲍六房一眼,说道:"你说的话是真的么?"鲍六房道:"姑娘,你看这里叫他们姚山村搅的,你再看这扇窗户叫他们砸的,他们是刚逃走,那姓纪的一定是他们一党。"

桑玉明一对大眼翻上翻下,忽然哼了一声,扭头就走。她果然被鲍六房的话打动,她真个直奔姚山村追下去了。

姚山村和铁牛堡临河决斗,她不久赶到,登高一望,顿然明白:他们打起来了,那个纪宏泽莫非真是姚山村的人么?

飞来凤登高伫望,已望见她哥哥和鲍氏兄弟,指挥打手,和姚山村的人拼命。她冷笑一声,暗道:我才犯不上给你们卖命呢。心头一转,打定了主意,她悄悄退下来,仰望天色,已然大明,今天是不行了,她想:晚上再见。

她决计要挨到日落之后,她要夜探姚山村,寻找纪情郎。她于是落荒而走,找到一个镇甸,她独自落店,白昼假寐,耗到夜深,便即出动。

当天夜间,她扑奔姚山村,不想刚接近村边,便听见呼喊奔斗之声。原来是铁牛堡的人,为了报复,也派遣了十几个能手,到姚山村来营救俘虏来了。也和铁牛堡一样,登时被发觉,也照样地被追逐、被堵截,此刻正打得热闹。姚山村的人个个持着火把灯笼,把一座山村照同白昼。飞来凤先是听见喊声,立刻攀上高枝一望,立刻望见火光,再迫近了观望,简直挨近不得。她不由啐骂了一句:"倒霉!"

她在暗中观望良久,姚山村这夜直折腾了一通夜。飞来凤气得干瞪眼,只得生气回转,一时负气,不肯回铁牛堡,仍到小镇甸去,投到那店房住下,一连到姚山村附近窥望了两三天,姚山村那边戒备太严,满山村全是灯火,简直不易混入。

飞来凤思恋纪宏泽,不肯罢休。直到第三天上,她重到铁牛堡打听了一回,和她哥哥吵闹了一回。她哥哥也说不晓得纪宏泽的下落,鲍氏弟兄也没有说纪某那夜乘乱逃走了,十有八九恐是姚山村的一党。飞来凤恨极,竟向她哥哥说了绝情的话,她一定要找纪宏泽,她这才愤然重回小镇甸,表示不再问铁牛堡械斗的事。她仍要恃仗自己的本领,设法搜寻纪宏泽的下落。

她在姚山村、铁牛堡附近,彷徨不去,终于在一天夜间,在荒郊半路上,是直奔姚山村的道口,出其不意,和纪宏泽、金慧容两人相遇了。

金慧容已然以一种柔情蜜意,和纪宏泽订了情。拿慧容虽然是个少年孀妇,却是非常的柔媚,又颇知男子的情怀,她竟把纪宏泽诱惑了,使得纪宏泽暂忘了一切,既忘了报仇,也忘了失踪的七师叔。

纪宏泽正在青春,今竟无端遇见一个柔媚女子,如此地眷恋着自己。这女子又自视甚卑,把自己看得很高洁似的。他不由动了真情,觉得这女子太可怜了。金慧容越说自愧的话,纪宏泽便越觉得可怜,却是这怜惜与恋爱在男女之间,几乎是没有什么区别的。这样,纪宏泽便被金慧容迷惑住了。

然而,冤家路窄,当金慧容和纪宏泽相偕私逃之时,忽然与飞来凤相遇。于是夺婚之争骤起。

飞来凤和金慧容是完全异样的两个性格。飞来凤生得颀长俊美,论姿容实比金慧容更美,而且飞来凤纵然狂纵,究竟还有处处之美。但落到纪宏泽眼里,却觉金慧容实更娇柔,飞来凤则未免是一棵玫瑰花,有香,有色,有味,可惜有点刺。

金慧容却像一朵泥中莲花,虽然早失去童贞,已非处女,可是她竟颇具情痴,依依犹有女儿态,决不像飞来凤那么矫健。

而且少年男子和少年女子俱是一样,初恋最易打动人心。纪宏泽把她二人来比,总觉金慧容更可怜;而且人们的心情,总是同情于劣败者。当下,飞来凤和金慧容争夺起来,金慧容不是飞来凤的对手,被飞来凤一剑刺伤。

纪宏泽到了这时,竟横身来劝架,虽然是劝架,无形中,已算是救了金慧容一命。

可是纪宏泽竟跟了飞来凤去,做了交换条件。飞来凤把纪宏泽勾引到一个秘密的所在,也和金慧容一样,拿出柔情蜜意,向纪宏泽献媚示爱,她要把自己的身体,嫁给这不期而遇的少年人。

她究竟是姑娘,她不愿意像金慧容那样仓促订情,以身相许。她还要拜天地,入洞房,和纪宏泽做一对明媒正道的少年夫妻。她的性格倔强,却和金慧容恰恰相反,她纵然是姑娘,她一见纪宏泽,便心醉动情,竟如狂风骤雨一般,一发而不可遏止,她的热恋反叫纪宏泽很吃惊。

纪宏泽本是一个乍涉江湖、初步情场的聪明少年。他固然没有经验,他却有的是理智,并且对于金、桑二女,总有些"一日夫妇百日恩"、以先入者为主的印象,他和飞来凤邂逅虽早,却敌不过金慧容定情在先。而且飞来凤的做法显见不及金慧容,若觉得飞来凤的为人飘忽兔脱,便越显得金慧容的风光旖旎。

金慧容是那么柔媚,婉娈,她骨子里做了主动人,处处用心机来牢宠纪宏泽;却在表面,把自己放在被动地位。她勾引了这个少年男子,反而叫这少年男子自己觉着调戏了她。她的一双媚眼,藏在深密的睫毛里,就像是一副厉害的钓鱼钩。每当款洽之际,她那样轻颦浅笑,似怯似羞,透出来迷离荡漾的眼波,她便把自己放在欲死欲仙的地位。那纪宏泽也就受了交感,觉到销魂意味。而且她自惭身非处女,老早地向纪宏泽说了实话,并且自认对不住纪宏泽。是怪她自己没操守,把宏泽糟践。她十分忏情愧悔,便越增加了纪宏泽的爱怜。

飞来凤桑玉明却不是这样。她另有一脉跌宕不群的气象,却未免豪情稍深,柔情稍差了。

她对于纪宏泽,虽然没明说,却已叫纪宏泽觉察出来。她的唇边眼角,透露出无声的话语:"我喜欢你,我要嫁你。我救了你,你该娶我。咱们哪天办事?"总而言之,她很干脆,她不像寻常处女,简直说:

不像寻常妇人。她一点也不客气。

飞来凤仗着掌中利刃、囊中迷魂袋,把金慧容战败,把纪宏泽俘虏过来,引到一个地方,立刻说出拜堂成亲,并且向纪宏泽说,是你找媒人,还是我找媒人?

自然这些话也不太直截了当,也稍稍绕于一点小弯子,可是她太急,还未开口,早叫对方如见其肺腑然了。她真是大马金刀的刘金定,只可惜雌风过锐,倒把纪宏泽吓住了。

她在这一点上,实在不如金慧容。金慧容没有说出"成婚"字样,便先"定情",而且自自然然,使双方都陷入无可奈何的爱河波中。末后才提出怎样渡河,如何善后的办法。这飞来凤却是扯着纪宏泽,遥指着前途深险的爱河,向情人问道:"咱们过去呀?"

这一来,她拙了。

她和金慧容二女孰贞孰淫,颇难定论。但在纪宏泽心中,再三比较称量之下,总觉得飞来凤这一脉情火爱焰似乎太热烈,而金慧容太可怜了。因此,他的人,纵被飞来凤强俘过去,他的心仍旧不无恋恋于金慧容。并且他的理智未混,他幡然想起了自己的誓愿,他仍须寻找七师叔,再去寻访他家的仇人。因此,他尽管和飞来凤抵面敷衍情话,他的一片心神早驰骛到别处去了。

于是这一天,纪宏泽和飞来凤对面坐在绣榻矮几之前,引杯喁喁共语。纪宏泽唯唯诺诺,飞来凤且吐情焰,面含愠色;正在苛责纪宏泽,丑诋金慧容,而金慧容已然潜踪赶到了,正在爬窗根、偷听偷窥,偷生闷气,偷着打算下手歼情敌、夺情郎的办法。而在同时,螳螂捕蝉,黄雀在后,青鸿女侠恰也随从她父连珠箭、师叔摩云鹏赶到这秘窟之前。

金慧容只是为寻新欢,青鸿女侠却是为保旧谊,要来搭救师门子弟。可是到后来,旧谊也要转变为新婚,不过现时尚还谈不到别的。眼下要做的事,只是捣破凤巢,逐走飞来凤,把纪宏泽拔出牝贼之手,仍

将复仇之剑交还给他,叫他去寻杀父的仇人白龙和飞蛇的踪迹。

第三十章

飞来凤秘窟逼婚

当天下晚,姚山村和铁牛堡械斗的人陆续收队,双方一样,俱是一面摆宴庆功,一面救死裹伤,人人以为打了胜仗,哑巴吃黄连,都不肯说出一个苦字。大体比较起来,还是姚山村占了上风,他们到底救出来姚乃屏等三个俘虏。

乡下人一向睡得早,晚饭吃得更早,这一天却破了例,直到二更,姚山村那座公议堂上,还摆着十多桌盛宴,聚着七八十位有头有脸的人物,都是本村的富农、绅士和会武技、有气力的壮士。外来客除了教师董俊千、邹桐年、许延华、许少华以外,还有新到的连珠箭何正平和女儿何青鸿、师弟摩云鹏魏豪。最惹人注目,最受会首礼待的,便是何氏父女、许氏叔侄。许氏叔侄是有功之臣,何氏父女是异样人物,老者是跛足,少者是女子;再加上长身量、黑面皮的魏豪,几乎成了全场的中心人物,大家都看着他们,听他们说话,心上佩服得很。

何青鸿姑娘年纪既小,武功又好。并且是全场唯一的女客。她的一颦一笑都成了姚山村群雄的话题,这一回搭救俘虏,他们父女实在是立了大功。铁笛彭青和她父女搭伴,脱险后更是赞不绝口。

倒是摩云鹏魏豪,出力不小,武技甚精,反而没人理会似的。魏豪目视他的何三哥,和三哥的爱女青鸿姑娘,只是微微含笑。在他心中,也正权量何姑娘的人品、人才,觉得她不过十七八岁,又这样苗条,等到出手应敌,实在比自己一手教成的故师兄狮子林的遗孤纪宏泽胜强十倍。他不由心中暗叹,纪宏泽这孩子虽不是没出息,究竟缺少出人头地的锋芒。恐怕寡嫂的一番盼望、自己多年的教诲,将来收源结果,未必获得十分的把握。是的,纪宏泽已经十八岁了,怎么着,也赶不上三哥跟前的这个侄女。即如现在,纪宏泽竟丢了,遍觅不得,他到底跑到哪里去了呢?夜间探堡,只得了一点荒信,究竟纪宏泽的下落所在,至今尚没有探出头绪。摩云鹏魏豪想到这里,目视何氏父女,不禁摇了摇头,他心上忐忐忑忑,很不安顿,脸上神气自然透出不高兴。

何青鸿正坐在她父的肘下,姚山村的人齐向她庆功,她也勉强饮了三五杯酒,大家颂扬她,她不由忸怩含羞,把头低下。忽一眼看见魏豪面含不悦,忙悄悄一推他父,低声说:"爹爹,您看魏七叔,好像不痛快似的。"

连珠箭何正平侧脸旁顾,心中明白。会首姚书绅正向自己敬酒,何正平忙将这杯酒转给魏豪,对姚书绅道:"姚仁兄,在下老了,又有残废,实在是不中用。这一回探堡救人,自然全仗诸位英雄一齐努力,可是我们这位七师弟也真出力不小,临出堡的时候,若不是他暗助我一镖,我几乎失陷在堡内了。"

姚书绅应声答道:"是的,是的。这一回我们全仰仗着何三哥和这位魏七哥出力,才得把姚乃屏三个人救出来。尤其是魏七哥,我们以前素不相识,这一回可算是路见不平,拔刀相助,我们真得好好谢谢魏七哥。"

姚书绅对探堡诸人,本已挨次把盏,这时忙又凑到魏豪面前,重说了一番感激的话。摩云鹏魏豪连忙正容应酬,其实他心中所想的满不是这回事,他还是惦念纪宏泽的失踪事件。不过他由这里看出何青鸿的机警来,不由冲着青鸿一笑道:"青姑,你会捉弄我!你刚才和你爹爹说我什么来?"

何青鸿笑道:"我没有说您呀。"

他们二人在这里低声说话,大厅上一面传杯共饮,一面纷纷议论救俘之事和械斗之举。那被救出来的三个人,只有姚乃屏先行一步,平安逃出来,其余二人稍为落后,都已受了伤,虽不甚重,已不能赴宴。现在就只有姚乃屏列席,由姚书绅偕带着他,先向出力诸人道谢,跟着也就入了座。大家都向他打听被囚的情形,和铁牛堡的虚实。

姚乃屏被俘的日子已经不少,差不多快二十天了,只是铁牛堡监视很严,他任什么没有听见,也没有看见,只从监视人隔垣闲谈中,偶尔听出鲍四虎新邀来一伙江湖人物,前来帮拳,内中有一个水贼丧门神桑玉兆,一个女贼叫飞来凤桑五明,不知刚才械斗,有他们出面没有。

众人听了忙又互相传问械斗之人,都说刚才一阵乱打,双方都没有报名叫字号;只觉察出对方后队的确有一二十个异乡口音的人。他们打得最凶,喊骂得最秽,猜想恐怕不是好人。

姚乃屏反问:"内中可有女贼出面?"答的人都说没有看见女人。

摩云鹏魏豪在座上倾听众人议论,没有听出什么来,旋即离座,找到姚乃屏面前,问他前在铁牛堡被囚时,可曾听说有一个十八九岁的长身体大眼睛少年壮士,被堡中扣留?

姚乃屏回答道:"他们铁牛堡整年为非作歹,劫人扣人的事,倒是常有。"魏豪又问:"和你老兄一同被囚的,可有这样一个人么?"

姚乃屏道:"没有,我小弟一时不慎,是被他们诓诱去的。他们只把我软禁在一所空房中。平时也不上刑具,也不讯问我。只在前两天,他们哄传我们姚山村要派人前来偷营,他们方才加起紧来,连我和我的那位本家一齐上了绳索。"

摩云鹏见这姚乃屏似不愿人向他打听被囚的情形,也就不肯再问了。直到三更宴罢,各人散去,姚书绅把何氏父女和摩云鹏魏豪,安置在三间精舍内,又拨了一个使女、一个长工,服侍他们。

魏豪容得主人道子安,告辞去后,才悄问何老:"可曾获得纪宏泽的下落?"又说:"三哥,你说堡中有熟人,你的熟人究竟是谁?找到了没有?"

何正平答道:"没有找到。"何正平究竟上了年纪,他这时早有些支持不住。何青鸿更是年轻女子,当时奋勇过力,此刻更显得疲劳不堪。父女都想歇息,有话明天再讲。

这三人倒是魏豪精神洋洋如平日,何老只显得寡默,瞑目调息,何青鸿却不住欠伸,据床抚枕,做出我倦欲眠的样子。魏豪两眼注视何氏父女,立等开谈。

何正平扣膝而坐,望着女儿娇慵可掬,不禁叹息道:"完了,人一到了我这样时候,空有雄心,力气不给使唤,就什么都完了。"向女儿道:"青儿,你困了,你自己到里间睡去吧。小孩子到底不济事,昨天的英雄好汉到哪里去了?"

何青鸿忸怩道:"还是七叔,您真成。爹爹您瞧他老还不怎么的呢!"

魏豪笑道:"我本来没出力,自然不累。哪能比得上青姑你呢?开路是你,断后也是你,你好比长阪坡的赵子龙,七出七进,我不过跟着你们爷们打下手罢了。"

何青鸿道:"您别逗我了,我可真困了。"说着走进内间,掩门就寝,她素有择席之病,到了今晚,耳朵刚挨枕头,便发出轻鼾。何老听了,望着魏豪一笑。

连珠箭何正平确有一个熟人,在铁牛堡受过聘,当过教师。这个人名叫石振铎。魏豪说:"这个人我也知道,也是当年一位镖客,不过洗手歇马已久了。"

姚山村、铁牛堡械斗一起,石振铎镖师受了鲍氏四虎的礼聘,跑来教练乡丁。可是,等到何老探堡之时,经擒住堡中人持剑讯问,方才晓得石振铎早已辞馆不教了。听说还闹过别扭。那石镖师也是个狷介自矜的人，想是看不惯鲍家弟兄的跋扈行为。等到铁牛堡续勾来水路绿林丧门神桑玉兆兄妹，这石振铎便见机而作，不俟抓了一个茬，和鲍家中途分手了。

何老说："这些情形，都是我从堡中人口内讯出来的。"如此说，铁牛堡的内线是没有了，魏豪不由失望。

但是何正平跟着说："我们寻找内线的缘故，无非是想寻找大师兄的遗孤小铃子。这小铃子的下落，我却影影绰绰，抓着一点线索了。我持剑威吓一个堡中人，逼问实供。他们说，的确在前几天，捉住了一个外来少年客，年约十八九岁，面膛微黑，大眼睛，重眉毛，直鼻梁，正跟你说的小铃子的相貌差不多，并且跟他失踪的日期也相符。他可是穿一身青，带着一把剑、一只行囊么？"

摩云鹏魏豪矍然道："他正是这样，一定是他了，他现在哪里呢？怎么我们没有搜着？我跟他约定过暗号，昨夜探堡时，我用暗号啸了好几个来回，竟没有见回声，莫非他不在……"一阵着急，不由站起来了。

何老说："七弟别心焦。如果准是他，那么他大概离开铁牛堡了，他确是在铁牛堡被扣，他也有一些武林本领，他会逃出来的，你不要过虑。刚才听姚乃屏说，他们铁牛堡新请了一帮水道绿林，那个舵主和他的妹妹，两个人非常地强梁，鲍氏弟兄却把他兄妹礼如上宾，用为谋主。他们堡中人有的就不愿意，说械斗只管械斗，不该勾结匪类，引狼入室。我也讯过一个人，据说这个少年外来客，就是那女绿林亲手擒拿的。又听说那女贼很年轻，很风流，好像是看上了少年外来客，曾经向堡主要求，把她手擒之人交给她管。堡主没有答应，被她大闹了一顿，到底也没有闹出结果来。那少年客，末后还是押在囚禁俘虏的对面屋内……"

说到这里，魏豪"哎呀"一声道："这消息很要紧，三哥怎的当时不告诉我？我们竟没顾得搜查囚俘房的对面屋，那屋……咳，我还在那屋外动过手,竟没有进去看看,也没有叫一声。咳,咳!"一迭声地后悔不迭。

何老揉着眼笑了,说道:"七弟改了脾气了。你想,你没搜,我就也没搜么?况且这话又是我讯出来的,我又是干什么去的?"

魏豪恍然道:"我是当局者迷,我只觉得丢了林大哥的孤儿,良心上过不去。……可是的,三哥搜得情形怎么样?"

何正平道:"还是那话,大概离开铁牛堡了。我先到俘虏室,在那里救了姚山村的人,又捉住两个堡中人,被我利刃磨顶,讯明实情,我立刻扑到对面屋。那屋里明灯煌煌,只剩了屋寂寂了。八仙桌腿朝上,后窗大开,显见是屋中有囚人,囚人已经破窗逃走了。照你所说,这少年客十之八九就是林大哥的孤儿,那么他在昨夜,已经乘乱逃出铁牛堡了,我们还得往附近地方寻找。"

魏豪瞪着眼听,半晌道:"这可怎么好?昨天晚上,我也跟你一样,捉住了一个堡中人,我也持剑威吓着盘问了一遍。这家伙也说,确有一个少年客在堡被扣,他却不曾见过这人,所以说不出相貌衣履来,只知是个不到二十岁带剑会武的少年男子,像个挟技游学的武林。可是他又说,活捉这少年的,不是本堡武师,乃是外请的一位女英雄。但他说,这少年游学的武林,已在堡中扣留数日,当晚并没有逃跑,却被那个女英雄要去了。"

何正平点头道;"两样口供倒还相符,只不过传闻异词罢了。你捉的那人是干什么的?"魏豪道:"是他们铁牛堡在僻巷站岗的。"

何老说:"那就是了,我捉的却正是监视俘虏的人,还是我的消息可靠。"魏豪道:"但是不管如何,明天我们必得再辛苦一趟,若找不着小铃子,我真没脸见林大嫂了。三哥,你务必帮帮我。"

何正平道:"七弟放心,我也是义不容辞,责无旁贷的。我们今晚先好好歇一觉,明天我们开始围着铁牛堡左近加细搜寻。不怕七弟见笑,我真有点不济事了。你别看我当晚上打得那么欢,现在我可是两只腿像泡在醋里,这条废腿更像针扎似的跳着疼,并且腰干儿也酸。我是老了!"

魏豪道:"这就难为三哥了。昨夜我见你生龙活虎似的,这都是当年苦练所致,若像小弟我,恐怕到了三哥这大年纪,就要动弹不得了。"二人又商议一阵,各自归寝。

次日凌晨,姚山村把住要路口,准备械斗。

何正平洗漱完毕,忙向姚书绅告辞。姚书绅正在用人之际,极力挽留。何正平道:"实在对不起,我此来专为寻找一个故人之子。现在我先向您告假,我寻着之后,一定再来效劳,还有我这位师弟,我也替你邀下了。今天没法子,我们只好先走一步。"姚书绅又要设宴饯别,又要厚赠行仪。

何正平一一辞谢道:"我小弟并不是立刻就要离开贵村。我这故人之子就失落在铁牛堡附近,前夜我已访明,我们现在就要出去找找。如果访不着,我弟兄还要回来借贵村驻脚的。"姚书绅又要列队欢送,赠送良驹。

何正平忙又推辞道:"这更不敢当,敌人就在面前。我们不敢惊动诸位迎送,就是我们爷三个,也要改装潜行,不叫他们铁牛堡的人知道才好呢。前天夜里,我们既然帮着您的人,把姚乃屏姚兄救出来,对方一定把我看成仇人,我们不能不小心些。"

何正平遂向姚书绅借了三套衣服,何正平、何青鸿、摩云鹏魏豪,一齐改了装束,不走正村口,仍从后村山道断崖下,悄悄蹽下平地。姚书绅就直送到断崖前,彼此拱手作别,订了后会。

连珠箭何正平已将铁牛堡、姚山村附近的地名、道路的远近,从姚书绅口中打听明白,魏豪也早于数日前访问过了。出离村后,师兄弟二人和何青鸿,立即大宽转弯,绕过铁牛堡,径奔织女河码头。这本是附近一带村庄的走集,又是水旱镇甸,地点很冲要,人口又多,江湖人士最易溷迹。三个人进了码头,先行投店,把何青鸿姑娘安置在店房中。然后何正平拿出老江湖的派头来。到街市上买东西闲逛,逢人打听一切,措辞只作为唠叨老人的闲谈。魏豪却又假装有病,路受风霜,找到店东店伙打听偏方,顺便扯东拉西,把刺探的话混在瞎扯中间。

　　只经过半日水磨工夫,居然探骊得珠,在织女河码头本镇上,确曾有过这样一个急装带剑的青衫少年,在本店对过福盛泰客栈投宿过。但不是单行客,却带着家眷,也不是过路急行,却在福盛泰店房一住好几天,而且中间挪过店,并在街市上赶过集,买过被褥、胭脂、手巾、梳子等物,又在码头上问过船。并且这少年同他的家眷,好像是妻子吧,一块儿并肩出门,恩恩爱爱,小两口儿很有趣,招得旁人侧目。他们俩有一阵子好像没事人一般,有一阵子又毛毛骨骨,羞羞惭惭,也像怕人看似的。因此有人说,这不是一对少年夫妻,十之八九是情人私奔。却也有人说,男的女的都带着兵刃,怕是走江湖的人物。那女子也许是个绳妓,却是气度又很豪华。倒是那个男的,举动稍差,像个雏儿。

　　这样的一男一妇,在织女河出现,因为男女口音各别,所以很引人注目,又因少年夫妻同行的自来少见,越发地被人传说着。又说是,那女子确是一个媳妇儿,不是姑娘。又说是那男子好像比他的妻子年纪轻,好像差个三几岁似的,这倒是北方农村常有的事,甚至富农有给他八岁儿子聘娶十九岁的大媳妇的。但是这两口又不类,因为那男的好像是直隶口音,那女子又似河南口音……

　　摩云鹏魏豪又听店伙说,这一男一女就在他们店里住过一天。连珠箭何正平也听码头上船夫说,有如此一男一女,在这里打听过南下的船,却不知雇妥没有,也没人看见他们上船启程。

　　何正平又打听到本镇的地保,直找到地保家,花了二两银子,买回许多消息来。大抵铁牛堡、姚山村械斗的事,和双方延揽江湖人物的话,都瞒不住这个地保。就是鲍氏四虎,潜招水寇的秘事,这地保也有耳闻了。他还说亲眼见过那个水寇的瓢把子,和那瓢把子的妹妹,叫作什么凤的,也曾在一天傍晚,见她引领三四个短衣帮,由织女河下船,跟着上了轿车,直奔铁牛堡去了。

当下,何正平和摩云鹏魏豪,在店中叫了三份酒饭,一面吃喝,一面交换消息。到了这时,两个人都已断定纪宏泽有了下落,他一定是叫那个叫什么凤的女贼给弄走,一定离铁牛堡了。只是他们既没有雇船,也没有雇车,现在要猜想他的去向,可就颇难着手了。

魏豪急得直搔头。何正平道:"我可以先打听这个女贼的姓名底细,飞鸟不离本巢,我们总有法可以掏着她。"

匆匆饭罢,三个人出去往远处查找。当天没有结果,次日仍没有结果,仅只打听出飞来凤桑玉明的来历。知道她是个女贼,相传她有不少面首。

魏豪一听这话,更是着急。何正平倒呵呵地笑了,说道:"女贼好色,小伙子便可以保得住性命,你何必吸凉气?"魏豪看着何青鸿,低声说:"三哥忘了,奸情出人命,倒采花更容易毁害少年。"何正平道:"我们只赶紧掏就是了,空吸气没有用。想不到一晃十余年,七弟你倒变得娘娘们的了。"

三个人续往各处访,何青鸿这个年轻姑娘居然听了江湖上不少艳迹,都是关于飞来凤的。她只向地下啐唾沫,冲着她父亲皱眉。她父亲倒不介意,魏豪反替纪宏泽丑得慌。

终于这一天,在林边遇见了金慧容。这金慧容才是真正诱走纪宏泽的女人呢。不过这时她已把她的情人失掉。飞来凤已用武力将纪宏泽夺走。

何正平父女把受伤的金慧容救苏,金慧容诉说前情,把飞来凤描摹成母夜叉,这个母夜叉把她的义弟纪宏泽劫走了。她自然有一番饰词,但饰词瞒不了久涉江湖的何正平、魏豪。何、魏二人穷诘细讯,获得不少实底,表面漠漠然不置可否,只用权词把金慧容遣走。

金慧容含着眼泪，一步一跛，自去投奔一个地方，何、魏三人立刻潜踪缀下去，要从金慧容这一边下手，来搜摸纪宏泽的下落。这样做，果然做对了。

金慧容不知用什么方法，也不知由何处获得线索，竟在两天之内，把飞来凤秘密潜身之处寻着。地点在豫北，是个小村镇，大院落。飞来凤已将纪宏泽撮弄到这里来了，正忙着筹备成婚大典。

金慧容奔命似的寻找过来，却不敢登门讨人。她情知自己的武功，不是情敌飞来凤的对手，况且自己如今是孤身一人，更不能抵敌了。她仍然不甘心，她想明的不成，我要暗箭取事！她切齿咬牙，发着狠，她便在飞来凤这个秘密巢穴附近，潜伺起来，昼伏夜出，潜踪如狸，白天睡在废刹屋顶，一到夜深，便设法奔到凤巢前后左右，窥探琢磨。她想：无论如何，我得把宏泽调走，我知道他心上有我的，他决不会贪恋她！她又想：而且我无论如何，此仇必报，我要用暗箭把臭妮子制死，哪怕跟她死在一块呢！

她怨愤已极。

金慧容只注意飞来凤，唯恐自己一个孤行女子，惹人注目，不幸传到飞来凤耳里，或落到飞来凤眼角，我是白白地找死呀！因此，她提心吊胆，防备着情敌，可也就顾此失彼，忽略了自己背后，还有三个人暗缀着自己。

她并不是不精细，她坠入情海，当局者迷，竟忘了生死利害。她念念在心里的是寻着纪宏泽，潜递消息，一同偕奔。同时，把飞来凤好歹弄杀。

但是她受的伤还没收口，稍一用力，创口仍然渗血。她好容易寻着了凤巢，当天竟未敢迫近前，她急得要哭。她终于冒险上了邻房，从邻房往凤巢这边偷窥。

这一所小村的大院落，夜间旷旷荡荡，四合房只有正房灯火映窗。她远远地望着，不敢凑过去。侧着耳朵听，又没有听出什么来。她趴在邻房屋顶,足足过了两个更次,仅仅望见飞来凤乔装改扮,由打外面回来,倒把她吓得缩头不迭。过了好一会儿,再探头看时,飞来凤已然进了院,又已然进了屋。可恨的是,一时胆小,没看准她进了哪间屋,更可恨的是,早知飞来凤出去了,自己正可以鼓勇下去,径行拍窗弹指,把纪宏泽唤出来,一走了事,岂不是痛快?然而良机已失,空后悔已无及了。

她又摸摸自己所带的暗器,但分有机会猝然一发,明枪易躲,暗箭难防,一下子把情敌射死,岂不是更痛快?然而这机会还得再等。

金慧容这样潜伏暗窥,直到快收更,才悄悄回去。第二日白天,改装男子,脸上抹上姜黄色,到近处踩探了一圈,入夜又开始偷窥。这一回居然看明大院内出来进去的人数,并且黑影中,好像有一个人颇似纪宏泽。

纪宏泽此时颇有"预备做新郎"的模样了,身上穿着崭新的长袍马褂,大概是从正房赴厕所,随后又回去了,并没有张皇四顾。金慧容几乎失声叫了出来,究其实她并没有一准看清。她却信她的心胜过她的眼,她以为再不会看错。但是想个什么法,知会纪宏泽呢?居高临下,又隔着一道院子,她是一点法子也没有,空着了很大的急。眼看这少年进了屋,她才忽然想起可以投问路石子,试着打动他,不过稍为想得慢,又把机会错过了。

这一晚照旧熬过很久,方才含泪回去。苦忖良久,打定了一个主意:不入虎穴,难得虎子。她决计要拼命下去行刺。是的,先行刺,除了情敌,次寻情郎,就万无一失了。

而且这行刺之事,实在已不容缓,她曾瞥见了情敌飞来凤,打扮得花枝招展,带出新嫁娘的派头来了。而且,她又访明,正有花轿、吹鼓手被大院雇来,分明他们要克日拜堂成亲。一日夫妻百日恩,她、她、她……究竟是处女。他虽说是很爱我,无奈我到底是个孀妇,我的姿容就算比飞来凤强,可是男人们性情无定,万一容得他们俩真个拜了天地,我可就再也夺不回来了。金慧容如此设想,行刺之举,决计趁当晚一试。她就处心积虑,赶忙地预备百发百中的暗器。

同时,她那情敌飞来凤桑玉明,正在春上眉梢,百般设法,要赢得纪宏泽的欢心,也要提早下嫁。

飞来凤虽然用武力把纪宏泽夺来,那只是对付金慧容罢了。她对待纪宏泽,实在动了真情,故此一到她这所秘窟,立刻和纪宏泽分室而居,谨订婚期,定要明谋正道地做纪宏泽原配之妻。她已然仓卒之间,烦好了大媒,并且仓促之间,备好了一切装新之具。她在纪宏泽面前,做出无限娇羞,无限恻媚。她要凭一己的姿色和媚态,捉住纪宏泽的人,同时捉住纪宏泽的心。她正努力作良家处女模样。可惜一切烦媒备礼,仍得自己操心,那也就没法。

便是她这番娇羞之态,也是直到她的秘窟,方才施展出来。当在路上,押着纪宏泽同走时,她不能不施出一点雌威,否则又怕纪宏泽再跑了。她起初把纪宏泽看成战场上的俘虏,只一味辱骂情敌,抱怨情郎。等到此刻,她把纪宏泽看成情场上的俘虏,再要施武力,深恐惹起纪宏泽的反感。她立刻把百炼钢转变为绕指柔。她先把纪宏泽让进上房,自己陪伴着,说了一些闲话,随后盼咐手下人给纪宏泽备酒,却让纪宏泽一个人独酌。自己假说更衣,躲了出去。将她的心腹人叫来,秘嘱了许多话,把闲杂人等全都遣出去。只留下一个使女、一个女仆和一个副手。就叫这副手陪着纪宏泽说话,正正经经提出嫁娶的事来。

这副手先向纪宏泽盛夸飞来凤的才色,称她是北地有名的女侠,至今守贞不字,一味仗义游侠。想必是良缘天定,不意今日一见阁下,便动了真情。随后又夸纪宏泽的少年英俊,把纪宏泽的家况重问了一遍。末了就是提到成婚的日期,自然表示快办为妙。这副手说飞来凤手下率领许多健儿,今既要下嫁阁下,她当然要赶快洗手,把寨中事务结束起来,所以婚事不便从缓,以速为妙。

副手说了,更不容纪宏泽回答,便代定了日期,又自任大媒,言明五天之内拜堂。把个纪宏泽说得十分诧异,不觉动了少年脾气,连说不可。

副手笑道:"这事怕由不得阁下,我们寨主在此地颇有一些势力,我看阁下还是俯允了吧。"说到这里,这副手更不再谈,便告辞出来。

纪宏泽忙说:"朋友慢走,这件事不能这样办,这样办太仓促了。况且,跟我同行的,还有我的一位长辈,在我舍下家里,还有我的娘亲,我不能随便自主。请你上复你们寨主,您的寨主是个女英雄,承她垂青不才,不才只是个稍为大点的孩子罢了,我不晓得她从哪一点上看取了不才,不才实觉齐大非偶。这件事么办,似乎有点……我倒绝不是拒婚……不过……"说到这里,他连咳了数声,末后方说:"这件事似乎应该稍为从缓,不必这样忙。"

那大媒听了这话,好像得到了出乎意外的回答,登时愣住了。脸上露出似笑非笑,似讶非讶,很古怪的一种神气,扭头往门外一看,回头盯住了纪宏泽的面孔,情不自禁发出一声:"唔?"

起初,这个副手看待纪宏泽,当然是看做了女头领的入幕之宾、东床娇客,如同二国舅应承驸马爷似的,礼貌上不敢怠慢,意态上却多少含了一点轻薄、调皮。向纪宏泽一口一个阁下叫着,两只眸子骨骨碌碌,上下打量着这未来的寨中新郎。脸上的表情,和口边客气话好像并不协调,而且辞色间总有些酸溜溜的味儿。在他心目中,不知把纪宏泽看成何如人也,但是他料定纪宏泽已成了"俺们桑三爷"口中的肉脔,推想这块肉脔起初多半是由肉票变成的。飞来凤是那么美而俏、俏而辣的一个女寨主,这小伙子大远地被带来了,乖乖地跟了来,讲到婚姻大事,一定百依百顺,还敢支吾不成?不但不敢,按情理说,也不能够拒绝。若要拒绝,怎会跟来呢?

并且这说媒的演词,又完全出于女寨主的授意,这不过表示格外郑重其事,仅在定期隆重举行成婚大典之外,加上一个提前速成的意见,把提婚问名、纳采涓吉成婚,赶于五日内先成罢了,论情,论理,论势,这个裙衩带来的健马,只应诺诺诺,妇唱夫随,断无不不不,回头再说之理。想不到大媒振振有词之后,这小伙子居然说出"从缓"来。

"从缓"二字依照世故常套讲辞,并不是简单的从缓,干脆仍是"作罢"的换一句话。

大媒站起来的身子,呆呆钉在桌角边,只剩了眼珠打转,半响才疑疑思思地问道:"纪先生,您阁下说的是什么?您是要怎样地从缓呢?"

纪宏泽忸怩道:"我说是这日期太赶碌了,而且跟我出来的一位长辈又不在这里,我应该先找着他,然后再请他……主持一切。"

大媒道:"哦,您的长辈没在这里,你阁下还要等候他。……刚才您又说什么齐大非偶,谁又是齐大呢?您莫非嫌我们寨主岁数大一点么?您要知道常言说得好,女大一,好夫妻;女大两,黄金掌;女大三,抱金砖……"底下还有两句,是女在四,没意思;女大五,赛老母。那大媒故意把没意思改成有意思,把赛老母改成全家福。

这副手眼睛里含着嬉笑,说道:"我们寨主很年轻,和您很般配呢。您二位才真是郎才女貌,她比您许是稍为大点,可是世界上女人比她俏皮得太少了,大主意您可拿定了。这一回听我们寨主的口气,好像您二位一切都定局了,她不过叫我来做媒,和您面定日期。您说从缓的意思,我可有点不摸头,我可不晓得您要怎样地从缓。要不然,您稍等一等,我请示请示去,回头来我再听您的意思。"

这大媒说了这样怫然不满的话,眸子始终盯着纪宏泽的脸,心上却在暗暗揣摸纪宏泽的来路。他已看出纪宏泽"嫩"来,他想这小子也许是初出茅庐的绿林,不知怎样,在飞来凤兄妹重逢的时候,叫她看上了,诱来了。再不然,就是一个寻常的漂亮小伙,想必是在铁牛堡那边,被飞来凤看见,硬给架了过来。这大媒原是飞来凤的副手,很知道她的为人,素常玩弄男子,总不肯提到嫁娶。唯有这一次,她居然装起

555

良家处女,还要正正经经地办喜事。这个副手未免觉得奇怪,他很想设词套问纪宏泽:第一刺探这一男一女结识的始末缘由;第二还要探明纪宏泽到底从哪一点上,能够打动飞来凤委身相从的心。

他的话在舌头上直转,可是他要问又不敢问,恐怕日后叫飞来凤晓得了,必不饶恕自己。飞来凤的脾气是很暴烈的,这个副手乃是她的看摊的小头目,年纪已大,深得飞来凤的信任的,故此飞来凤特意派他来当大媒。飞来凤的本意,只是叫他客客气气,把婚期通知纪宏泽,但不要说是她的意思。这个副手却没给她办好,一来他是好奇,二来也有点妒意。他终于又坐下来,拿话挤兑纪宏泽,告诉纪宏泽,这吉期是我们寨主查皇历选定的,是个很好的吉日。现在只要请问阁下一句话,是可,是不可,痛快答复了,我好回去交差。

这样一说,到底把飞来凤一片盼嫁的真情全给抖搂出来了。可是纪宏泽到底也不肯痛快说出可否来。挤到最后,纪宏泽便把和七叔偕出游学、中途失散的话说出,现在他还是要先寻七叔,然后再议婚事。是再议婚事,不是再定婚事。

大媒听了,连声说道:"哦哦,是的,我晓得了。这也很好。不过我听我们寨主说,好像并不是这样,她的意思是先办婚事,后帮您寻找您的长辈。这也许是我听拧了。这么办吧,您请坐着,我先跟您告假,我先把您这番意思回复了寨主,然后咱们再从长计议。不过有一节,我得先透给您阁下,我们寨主实在是个女中豪杰,豪杰做事却与寻常妇道不同呀。我瞧您阁下像是道里的人,道里的事您总该明白的,这可跟平常人家大不相同,您要想开了,看明白了,省得以后……"说罢,两眼重向纪宏泽扫了一下,把底下的话咽住,站起来,拱一拱手,告辞走了。

纪宏泽站起来要送行,被大媒拦住。于是宏泽一个人留在屋里,环顾四面,又像是落到被囚的局面中了,屋外仍有人把守着。

纪宏泽双眉紧皱,更坐不住,只在屋中来回走溜,心中纷如乱麻,想到这几天所遇到的怪事,不由愧悔交迸。

他自想:和七叔失散才数日,自己竟会遇到了两个怪女子。那一个女子金慧容,是一个少年孀妇,是我持刀威吓她,叫她给我开门,我好逃出铁牛堡。她竟情愿给我做向导,把我领出堡外。我竟一时昏迷,半夜中和她有了沾染,我真该死。可是她呢,也愧悔万分,自以失身于我,几要羞忿自刎,除非我把她收下,她更不想活了。我就这样被她的柔情美貌所惑。可是,她实在教人可怜……

纪宏泽又想:我和金慧容落到无可奈何的地步了,偏偏这一个女子飞来凤,用暗器捉获我,和我谈起终身大事来,一定要我娶她。她们俩竟为了争我,动起刀来。金慧容受了伤,不知逃到哪里去了。现在飞来凤摽定了我,把我引到这个地方来,她公然烦了大媒,要逼我即日与她成婚。看这样子,我若不答应她,一定不肯放我走,也不肯帮我寻找七叔了。

纪宏泽又回想这个女人的谈话:她对我说,她今年刚二十岁,只比我大两岁。她说她是一个女侠客,手底下率领几十名喽啰,专做劫夺贪官污吏、杀富济贫的事业。她虽然带了许多人,她至今还是处女,她说她曾在师祖面前立誓,终身不嫁,一意游侠。她说她不知怎的,一见了我,就投了缘,她情愿委身相从,从此洗手,退出武林,矢守妇道,做一个良妻贤母。我看出她举动性格过于泼辣,她却向我再三表说,她是有激而然,只要我肯要她,她一定痛改前非,我叫她怎样,她就怎样。

纪宏泽默默独想,想到此处,不禁摇了摇头,心中说道:"我看这个桑姑娘太泼辣,不如金慧容。金慧容倒有点温柔劲。桑姑娘别看生得比金俊俏,打扮得也漂亮,可是我看她到底不及金慧容……"

想到这里,因又回想那日林边二女决斗的情形,更追想到自己和金慧容在店中厮守的情形,总觉金慧容这个女子可怜,因而反觉得桑玉明这个女子有点令人不敢招惹似的。她固然豪爽,只可惜豪爽太过。并且她的为人也有些可怪,譬如在铁牛堡,刚一相遇,她就猝然冲我提起了终身大事,她脸上一点怍容也没有。可是现在她把我撮弄到这里来,她忽然又不见面了,她竟躲起我来,她把我一个人拘在这里,她究竟安着什么心呢?

纪宏泽胡思乱想,不觉又激起少年烈性。他说:"我是不受人挟制的。"站起身来,又要独自出来。

这一次已经有了经验,纪宏泽不肯冒冒失失硬往外闯,先到屋门口,叫了一声。他晓得这地方是飞来凤的秘密巢穴,自己硬要自由行动,一准行不通的。除非是又像在铁牛堡,拿武力夺路。但用武力,他又不是飞来凤的对手,飞来凤的刀法并不怎样,唯有她那件暗器,自己吃过苦头,实在没法子抵挡,故此纪宏泽客客气气要先告辞了。而且他也是真真受了飞来凤的牢笼,一厢情愿跟了来的。飞来凤说,定要助他寻找七叔,既要寻找七叔,必须邀集强援,他们这是特来此地约请帮手的。却不料一到地方,飞来凤竟烦大媒,先提婚事,把寻七叔之事做为缓图。纪宏泽因此动了猜疑,认定自己始料不错,飞来凤这个女子果然有点诧异,自己斗她不过,还是设法和她"善离"为妙。

纪宏泽抱着这样见解,贴着房门招呼了一声。立刻有一个长衫人物,类似富家豪奴模样的人,从厢房走出来,向纪宏泽走来,恭恭敬敬行了一个礼,问道:"二爷,是您招呼我么?您有什么吩咐?"

纪宏泽干脆说道:"哥们,劳你驾,替我言语一声,我有要紧事,打算出去找一个人,烦你把你们贵寨主请来。"这豪仆模样的人忙应了一声道:"是,您请稍候,您要出去会朋友吗?我们寨主是要招赘二爷您……那么,您请屋里坐,我这就给您请去。"

这人双眼露着古怪的神情,把纪宏泽重让回上房,转身回来,到二门口说了一句什么话,立刻有两个短衣壮士,从南屋走出。这豪仆向二人低告数语,二人抬头往上房一瞥,立即走进角门,转到另一跨院。纪宏泽侧立在上房堂屋,俱都看明,暗想:这飞来凤派头好大呀,不用说,她把我看成肉票了。肉票和肉窝原也差不多,若论飞来凤的居心倒是把纪宏泽看得很重,故此她自己装起千金小姐来。只可惜这个大媒没给她办好罢了。

两个短衣壮士找到了飞来凤,把纪宏泽要请她,要告辞的话,据实转达。飞来凤这工夫忙得正高兴,劈头挨了这一杠子,不由羞恼交进。

飞来凤刚才已然听完大媒的报告,她已然不悦。那大媒已走,她这时正命侍女给自己试梳盘头,面前堆着一大迭妆新的衣裳,对面坐着两个头目,她正向他们交代话。还有一个半老的徐娘,乃是三寨主的小妈,陪在一旁,正讲究洞房花烛夜的禁戒。她回味大媒的话。那大媒措辞很委婉,把纪宏泽拒绝的话说得很受听,却是飞来凤的要紧希望,乃是在五日内成婚,"不过这一点,纪先生已然拒绝了。"别的还有什么?别的就是"先寻找七叔,好给纪先生和桑寨主证婚。"这推得远了。

可是大媒并不会直说。这两个短衣人物就不然了,劈头一句就是说:"那姓纪的要走。""他干什么要走?""他要寻找他的朋友去,不肯在咱们这里待了。"

飞来凤蓦地脸通红,眼看两个头目,似笑非笑,再看半老徐娘,也啧啧有声地说:"这是什么话呀?"飞来凤忍不住了,陡然立起来,手挽着青丝发,喝命这两个喽啰:"快把马老台叫来。"这人就是豪仆模样的那个长衫人物。

飞来凤一迭声追问马老台:"刚才那位纪先生说什么来?"马老台据实报告。飞来凤又喝问:"谢老三对他都讲了些什么?"这个他就是纪宏泽。

两个头目都要笑,见飞来凤发怒,全都不敢笑,只顺着口说:"谢老三瞎扯扯,办正格的怕不成。"那马老台说不清谢老三的话,只将纪宏泽告辞的意思详细讲出。两番说话一对,她登时觉出大媒谢老三的饰词来。

飞来凤勃然震怒,把梳子一摔,顿足骂道:"谢老三真可恶,你们快给我把他叫来。"

谢老三肚里明白:女寨主一心要嫁小白脸,可惜小白脸不老愿意。他正和同伴嘲笑女寨主,女寨主传唤他,他笑容未敛,洋洋走来。哪知飞来凤已然怒不可遏,一见面就骂:"谢老三,我拿你当人,托你给我办一点事,你却给我耍滑头,你到底什么意思,你成心给我弄砸了!"

谢老三忙道:"当家的,我没有耍滑头啊?"

飞来凤气得嚷道:"你没耍滑头?你那狗脸笑什么?告诉你,我们路上原讲得好好的,他一定要娶我,我一定要嫁他,不过只有一件小事没有商量停留。我没法子,才烦你去替我说,你反而全盘给我弄得变卦了!你到底是怎么回事?"

两个头目听不明白,忙也顺口问道:"到底怎么回事,是谁变卦了?"

飞来凤道:"还有谁?左不过是他变卦了!他一开头就叫我帮着他,寻找他的七叔。我却叫他跟我来,先把喜事办完了,然后再寻找他的七叔。他自然有他的理,他说他要请他的七叔给我们主婚,可是他的理到底叫我驳倒了。我说一个年轻姑娘家,怎能平白无故,跟你一个陌生的年轻小伙子,合手办事?岂不叫人笑话我没有廉耻?人家常说,男女授受不亲。我们江湖道上固然不讲什么授受不亲;可是若提到终身大事,别看我是一寨之主,我也不能错了大辙,我可不能叫婆家的人耻笑我。"

飞来凤接着说:"我对他说得明明白白,我们必得先办事,随后我才能帮他寻人救人。我问他,一个新娘子若帮着自己的丈夫,搭救叔公公,那是没人笑话的。若是一个没过门的媳妇,竟先跟着爷们满处乱跑,谁家有这个规矩?我把他问得没话了,他这才跟我一路到这里来。我跟他讲得好,我邀他到咱们这里来,不一定是要成亲,最要紧的还是择个日子,先过门。哪怕拜完天地,不合房呢,我再跟着他满处乱找,我就不落褒贬了。我也跟他讲清楚了,他也跟我点头了,怎么回头烦你一说,满又不对劲了?谢三,这不是你给我耍轴儿,是什么?难道我的终身大事,你瞧着有点不大对你的劲么?哎,谢三?"

谢三蓦地也红了脸,张口结舌,面带恐怖之容,连忙辩白道:"当家的,我可不敢,您可错疑了。实情是姓纪的这么对我说的,我照着您的意思办的,只怨我不会办事就是了。我天胆也不敢拗着您的意思胡来。你老昨晚上教给我的话,我一字一板对姓纪的学说,我告诉他,这全是您的主意。我说是您已经把日子定好了,我劝他赶紧依着您的主意,五天之内,快快地把喜事办了,有他的好处。我还告诉他,您手下带得人很多,势力很大……"

飞来凤越发震怒道:"你说什么,你说我势力大,带得人多?你是要吓唬他?你说是我说的,要在五天之内办事?……你这个血浑血浑的浑蛋!我不是对你说过么,一切千万别说是我说的,要叫你拿你自己的口气劝他,催他。你也一大把年纪了,你听谁说过,做新媳妇的人,自己个亲手张罗婚事,亲口规定婚期?我为什么打发你去,我不是要借你的嘴使唤么?我不是因为我自己不好出头,有好些话碍口,才叫你替我转达么?你到底把我掀出来,与其这样,我不会自己跑去告诉他,岂不干脆?我何苦绕弯子,支使你这倒霉蛋给我泄底呀?我为什么叫你当大媒?要照这样,我要媒人干什么?"

谢三惶恐已极,再三赔罪,先认了自己糊涂,办事不善,然后解说刚才自己确是依着寨主的意思,用自己的口气,向纪某表示一切,不过此刻为了报告寨主,这才径直说出来。

谢三说:"其实我和姓纪的当场谈话时,所有规定婚期,催促办事,都是用媒人的地位讲的,实在我并没有把当家的露出来。我对他讲,别看我们当家的轰轰烈烈,做了一寨之主,只一谈到婚姻大事,她老人家照样是很害羞的。我们常劝她出阁,她老人家只是害臊不肯。我还告诉他,说你老一向见了年轻男子,就红脸的;这一回遇着你纪先生,实在红鸾星动了。我说你老从前再不是这样的。那姓纪的听了这话,很佩服您的,您不信可以请了他来,咱们三面对问。"

飞来凤不由啐了一口,骂道:"你不用花马吊嘴地骗我,干脆说吧,他到底答应了我的亲事没有?"

谢三吃吃地说:"他早就答应了。他说他实在佩服您是一位女英雄。不过,他要等等他的七叔,好给您二位主婚。他说,五天以内赶办喜事,未免太仓促了。他叫我请示您,稍为缓上几个月期程,才好。他还要把他的母亲接来看看您。"

飞来凤顿足道:"反正你给我弄砸了,你不用描了,你越描越黑。你小子不知对他讲了些什么。你这工夫是满口谎言,你破坏了我的终身大事。刚才他们告诉我,说他着急要走。他一开头不急着要走,反倒叫你小子劝娶之后,闹着要走更急了。你小子没安好心,你给我滚过来!"

飞来凤越说越怒,越琢磨越不是味,连声喝命谢老三过来。谢三吓得黄了脸,忙向在座诸人求救。那两个头目一齐站起来,替谢三讲情。那个半老徐娘,名叫曹四姨,也探身扯着飞来凤,劝道:"三当家的,您别急。这种事让谢三哥办,是不大合适的。您要是跟邻近别的杆子有什么争执,您教他去当说客,那他一定办得漂亮,他的舌头是硬的。您若叫他当媒人,他可就玩不转了。您的意思,不是要告诉驸马爷,定规五天之内拜堂成亲么?您把这事交给我,大媒不如媒婆子。我若是说个媒,拉个纤,管保成功。再说这位驸马爷不是有眼无珠,凭您这份人才,头是头、脚是脚的,他一定心里早就爱上你了,只不过年轻人脸皮子薄,有话不肯说出口来。"

曹四姨平时灵嘴巧舌,甚得飞来凤的信任,实是凤巢的女管家。她与谢三分管内外,难免为争宠,有点小摩擦。这次想借机立功,压谢三一头。

曹四姨姗姗来到纪宏泽居室,已是酉时。纪宏泽自从申时打发马老台去请飞来凤,足足等了一个时辰,却来了这么一个半老徐娘。这一个时辰,纪宏泽觉得好似过了一年,思绪变化万千,想走又不敢,欲留又不甘,先气,后急,忽愤,忽恼,最终有点怒了,正想不顾死活,拼命一闯!

曹四姨来得不是时候,正值纪宏泽怒气上升的时刻。曹四姨满面笑容,先谈家常,后进说词。纪宏泽强捺着性子听着,也不再多加解释,只坚持要走,立刻要走,要面见飞来凤:"如桑姑娘实在没空见我,请代我转达这个意思,等我寻着七叔,再来相见。"

曹四姨自以为说词委婉,道理十足,其实大多不过是重复谢三的话,徒增纪宏泽的厌烦,没有得到半点转机。她下不了台,心烦,舌尖也不那么灵了。他得不到结果,心也烦,态度越发坚硬了。二人由坐着谈,变成站着谈,宏泽逐渐向屋门移动,曹四姨赶忙堵住门口,两人就在屋门口,一个劝留,一个闹走。曹、纪僵持着,都忘了时间。

飞来凤在闺房开始耐着性子坐等,使女在一旁没话找话哄慰三爷,谢三一再赔罪,飞来凤怒气未消,一言不发,静等曹四姨带来好消息。等了半个时辰,仍不见说客回报,她沉不住气了,打发使女探听。这个使女已然十八岁,伺候飞来凤两年,颇知她的暴躁脾气,又怕得罪四姨;偷听半响,已知越谈越僵,但不敢如实报告,只说两人谈得还合拢,劝三爷再等等。飞来凤追问使女,两人是怎么谈的,都说了些什么话?这使女吞吞吐吐,却又说不出来。飞来凤一怒,打了使女一记耳光,骂道:"我净养你们这些废物!"说着便要动身。谢三和两个头目再三拦劝,飞来凤才又坐下,继续在等,等……

小院不大,两间屋里,气氛都很紧张,都是一触即发。纪宏泽虽是恼怒异常,但还含着点怕;夜幕已然降临,他想再等一会儿,硬闯出去。飞来凤先憋不住了,她亲自出马了,别人劝不住,也不敢拦。

飞来凤仍是一般少女打扮,长裙盖绣鞋,花枝招展,两手空空,努力掩盖女盗本色。只是百香囊暗藏在身,她强捺着性子,徐徐踱往上房。

谢三心中有数,猜知不会有什么好结果,悄悄操带兵刃,并使眼色,让两个头目也携刀剑,稍后跟随。

此刻已是戌时,天色昏暗。金慧容却已悄悄伏在屋顶。她已探听明白,凤党大多外出,院内不过四五个人;她只要能够暗器重伤飞来凤,别贼不足为惧。她情急忘祸,夜幕刚刚降临,便潜赴凤巢。她有自己的如意算盘,天一黑就暗伤飞来凤,救出宏泽,然后携情侣,连夜潜逃,不待凤党聚集起来,他们便可走出五十里以外的安全地方了。

金慧容伏藏不多时,影影绰绰见到新嫁娘一般打扮的飞来凤,挑帘出来,碎步徐行。慧容大喜,忙在屋顶爬行数步,挨近房檐,掏出暗器。

飞来凤走近上房丈许,停下脚步,喘口气,沉下怒容,换上笑颜。正值此时,忽觉背后被人猛刺一箭。她往前一蹿,身形未起,肩、腿又各中一箭,噗咚倒地。就在同时,屋顶跃下一人,手持利剑,刺向飞来凤。

谢三急蹿两步,单刀格住利剑。凤党两头目,不待吩咐,也围攻金慧容。

上房的纪宏泽正欲抢出屋门,突闻院内刀剑格斗声,他不顾一切,一手拨开曹四姨,蹿到小院中。他借屋内灯光,略一环视,只见一人卧倒在地,三条大汉围攻一矮小人影。那矮小人一边拒敌,一边嘶声喊叫:"纪,纪……"

纪宏泽大惊,忙蹿前相呼:"是慧容吗?"

飞来凤受伤不轻,欲起不能,急探右手掏出百香囊。忽闻纪、金问答声,心中愤恨已极,想暗算慧容,但相距较远,又恐误伤自己人。宏泽正赤手空拳站立跟前,不知所措,飞来凤奋全力扬右手,百香囊打中毫无提防的纪宏泽。宏泽惊叫一声,当场失明,急往旁一蹲。金慧容听宏泽答声,刚一喜;又听一叫,又一惊。一喜,一惊。一失神,被谢三单刀扫着左腿,也跌倒在地。

正在此际,屋顶突然又跃下三条人影,一人急奔宏泽,另二人迎斗谢三等贼。这正是何正平、何青鸿父女和魏豪三人。三人紧紧跟踪金慧容,也潜伏在房顶之上。事态变化太快,待三人看清情势时,已有三人受伤。魏豪喊着宏泽的名字,奔到跟前。

金慧容那边形势大变。何正平急于速战,一筒连珠箭便射倒二贼,谢三带伤逃窜。何青鸿性本疾恶如仇,举剑便刺飞来凤。何正平忙喊道:"青儿,手下留情!"青鸿手中剑略一下偏,离开心房,刺中女贼腹部。飞来凤当即昏死过去。

何青鸿又奔向金慧容,也想要她的命。她觉得这俩女人都不是好人。这回却被何正平拦住了。

魏豪狂喜地拉着纪宏泽走过来道:"三哥,三哥,这就是小铃子,救出来了,就是眼睛让毒烟迷了。他说,用清水一洗,一会儿就好了!"

纪宏泽忙着向何三叔行礼,何正平急道:"现在不要说闲话、办闲事。七弟,赶快给铃哥用水洗洗眼,尽快离开这个匪巢……"

四人忙了一阵,何正平道:"七弟,你背着小铃子;青儿,你背着这位金娘子,赶快走!"

何青鸿道:"不,我不背这个骚货!我不杀她,就算便宜了她!"

纪宏泽听了何正平父女的对话,心中苦辣酸甜,说不出是什么滋味,硬着头皮低声哀求魏豪道:"七叔,这个女子也是受害人,您可怜可怜她,也救她一命吧!"

何青鸿哼了一声。何正平道:"青儿,我救这位娘子走,自然有道理。现在顾不得细说。青儿,听话。"

何青鸿负气一拎金慧容的胳臂,放在自己背上,也不言语。

魏豪已背起纪宏泽,问何正平道:"往哪里去?"

何正平道:"姚山村!贼党人多势众,先到他们寨子里避一避风。"

何正平本意要借助姚山村暂躲一时,就想送姚山村一份小礼物。金慧容是铁牛堡的人,正好把她交给姚山村,让她提供铁牛堡的虚实。谁料到,待何正平将金慧容带到姚山村,认真盘讯,金慧容竟系假名姓,实是小白龙方靖之女。魏豪早已探知小白龙方靖隐藏河南,却不知白龙躲开黑鹰程岳、狮林同门和官府的追缉,在河南却遇到他早年仇人、被他戮杀的前妻的同门。敌人登门寻仇,白龙诱敌逃逸,但失散了他的爱女小桐姑娘。小桐孤身少女遇恶霸欺凌,无处容身,被迫改名换姓,嫁给鲍家做妾避难。

小白龙方靖是什么出身,为什么他曾"言受祖训,不准为官,只得为盗?"他又为什么残杀前妻?

金慧容,也就是方小桐,屡受重伤,性命如何?纪宏泽,也就是林剑华,如何对待仇人之女金慧容?是否寻到杀父仇人小白龙?